《小说月报》编辑部 / 编

小说月报

FICTION MONTHLY

2015年活力作家
精品集

天津出版传媒集团
百花文艺出版社

图书在版编目（ＣＩＰ）数据

小说月报2015年活力作家精品集 /《小说月报》编辑部编. –– 天津：百花文艺出版社，2016.1
ISBN 978-7-5306-6935-8

Ⅰ.①小… Ⅱ.①小… Ⅲ.①中篇小说–小说集–中国–当代②短篇小说–小说集–中国–当代 Ⅳ.①I247.7

中国版本图书馆 CIP 数据核字(2015)第 301949 号

选题策划:《小说月报》编辑部　　　封面设计:郭亚红
责任编辑:高　为　齐红霞　　　编辑统筹:徐晨亮
　　　　　赵　芳　　　　　　　　　　　刘　洁

出版人:李勃洋
出版发行:百花文艺出版社
地址:天津市和平区西康路 35 号　　邮编:300051
电话传真:　+86-22-23332651（发行部）
　　　　　　+86-22-23332656（总编室）
　　　　　　+86-22-23332478（邮购部）
主页:http://www.baihuawenyi.com
印刷:天津泰宇印务有限公司
开本:720×970 毫米　1/16
字数:370 千字　　插页:4 页
印张:20.75
版次:2016 年 1 月第 1 版
印次:2016 年 1 月第 1 次印刷
定价:35.00 元

田　耳

艾　玛

蔡　骏

徐则臣

文　珍

周李立

祁　媛

石一枫

蒋　峰

马小淘

周嘉宁

李清源

双雪涛

目 录

银　河

文　珍

一

银河泻地如水。

我在通往和静县城的高速公路上下了车,和老黄换了手。我们还要继续赶路,但换手的短暂瞬间借着星光看了看彼此的脸。我确定他有事瞒我,看上去心事重重,想必我在他眼中也同样沉默而疲惫。天上的银河非常完整,可以听到自己的心跳,像所有的星星都在同一时刻沉沉地往心上砸。不能停,还得跑下去。在星光下,月光里,大日头底,倾盆大雨中。那一瞬我就把彼此黯淡无光的前路看了个清楚透亮,得一辈子往前跑,跑下去。停下来庸碌生活就会追上来,就会把我们拖入流沙底部。停下来就是个死。

我们一路都没怎么说话,经过下一个服务站老黄收到条短信突然就情绪失控了,忍了半天还是哆哆嗦嗦地说,我得下去抽根烟。他拉开副驾的门就往下跑。我没拦他。即使现在是初夏的五月,我也知道巴州的晴夜有多冷:零上五度都是暖和的。服务站附近的小房子都黑着灯,没人会注意这个突然发疯的流亡者。我是什么都不怕,早豁出去了。

关掉火,把车停在无人区,低头在驾驶室里打了一个盹儿。约莫半个小时后被冻醒,摇下车窗一看,老黄还没回来,正在离车不远的树下低头打电话,冻得来回踱步,形同困兽。我不想问他在给谁打电话:那是另外一个世界的事,和我没关系。

星星还是冰冷的,闪亮地挂在天上,像蒂芙尼店里买不起的光辉熠熠的首饰，离我们此刻的生活是那么远，那么不真实，又那么美。

如果我们可以跑到星星上去就好了，如果可以跑到星星上去，就再也没有人能找得到我们了。

我又低下头打了会儿瞌睡。不知道为什么他一离开我就特别特别困。就好像一直绷紧的那根弦松了，短暂落入了一个无人之境，自由坠落。到处都是星星，哎。到处都是没完没了的星星，有的大，有的小，有的黯淡，有的刺眼，就像人群里无数无声逼近的面孔，准备随时对我审判。我感到害怕便醒来，只见老黄的脸正悬在面前，低低靠近。

于是接吻：一个没有温度也谈不上有多少感情的吻。就是两片嘴唇习惯性地阖在一起，轻轻碰触，确认彼此的真实，旋即分开。这回轮到我继续开车了，他沉默地坐在副驾，轻轻搓着冻僵的手。

到了十二点钟我们赶到了下一个县城。还有一个地方是开着灯的，粉色灯，一看就知道是小发廊。我们此刻不需要那里，我们有彼此。他的手抖抖地摸索过来，粗糙的、冰冷的、颤抖的。下车到现在他身体还没暖和过来，刚才的嘴唇完全是一小块没融化的冰。所有的欲望都封锁在里面，叫人想敲碎，想破坏，想高声大叫。这回该轮到我发疯了，不能一直那么不公平，总是一个人疯。

他也许是看懂了我眼神里疯狂的神色，说：换我来。

我咬牙又坚持了一会儿才下车。刚才那一阵热病发作之际，如果看到有狗有牛有大牲口在前面过路，大概也会毫不犹豫地撞过去。即便是个人也许也一样。我想碾碎什么东西，最好是自己。我想驾驶着汽车把自己碾轧得粉身碎骨，最好灵魂在那一刻就立刻出窍，以后永不轮回。

老黄换手后把方向盘握在手里，紧紧地。我要多邪有多邪地望着他。知道他现在已经不想死了，想死的是我。

但是招待所已经到了。

除了发廊，这是唯一一个看得到还在亮灯的地方。我熟练地熄火，拉手刹，下车，和他一起走进去。前台是个大姐，面无表情像一尊肉菩萨。她的家庭在什么地方？她有老公孩子吗？如果我们抢劫她，会多快被发现？这样我就会迅速被遣返回过去的生活了吗？

老黄说我们的钱已经不多了。大部分钱都得按揭买房子，谁都发了疯一样刻薄自己好早点付清尾款，给自己留下的自由支配额度低得惊人。

谁能想到会有今天。

他发现了我的眼神发直，不对劲，一把把我拉在身后，掏出自己的身份证，伴笑着递上去。

大姐刚刚不动声色地抠了一下鼻屎,脸色在雪亮的日光灯下显得特别蜡黄。普通话充满西北县级市通用的侉气和不耐烦:标准间一间两百。

老黄说:要大床房。

大床房一间两百五。

便宜点,二百五多难听。都这会儿了。

最低两百。

再少点。我们明早也许七八点就走。

一百八,不能更少了。

一百五。

成。大姐坐直了身体,少许轻蔑地看了我们一眼,但是眼神中却开始带有了亲切之意。她断定我们今夜会住下,身份已经从陌生人转变成一夕之客。会发生关系就得搞好关系。她不知道从哪里很快摸出一张纸,开始对着身份证填单子。临别时甚至对我们挤出了一点笑。说实话那笑吓着我了,她不适合笑。

我就这样再次和老黄睡在了一张床上。号称二十四小时供应的热水龙头打开像直接接通了慕士塔格山顶的雪水。匆匆揩了把脸,躺下的时候还冷得浑身都在抖。他也洗漱完毕,上床靠过来。我背对着他,身体蜷成一只大虾,他的凉身子一过来就起了一身鸡皮疙瘩。他一把搂紧我,我挣扎。老黄说:别矫情。因为冷,听上去有一点咬牙切齿。便继续往下动作,摸,脱,脚蹬几下把睡裤来回踩掉,翻过身体,用膝盖分开腿。

一路的疲惫和满心绝望让我放弃反抗。主要是冷。这天太冷了,运动运动好歹会摩擦生热。此外,在天涯海角,这个身体也变得和自己无关。既毫不享受,也可以不再抗拒。性就是这样一件必须要发生的事情;我俩出来假以私奔之名,没有性是可笑的。

但是就像所有的题中应有之义:这一切都让人感到疲惫。像生下来就必须活下去。像到了某个岁数就必须结婚。像结婚就必须买房子生小孩。像生小孩就必须买车买进口奶粉。如果反抗这一切只能通过偷情。偷情就要私奔。私奔就要做爱。循环往复,没有更新鲜的命题。

事后他从后面抱住我,拘谨而仿佛怜悯地抱了一会儿,发现我仍然毫无反应,就无趣地放开,平躺睡着。很快就传来了他的鼾声。

我们已经三天说话不超过十句。我有时候想,大概再过三天,自己就会因为无法得知他对我隐瞒的那个秘密而崩溃。我已经受不了了。试着把手放在他脖子上,他轻唔了一声,转过头去。我盯着他的脸看,像看一个陌生人,一只面目含混的兽,或者毫无反抗能力的愚蠢家畜。有时他的睡脸也偶尔流露出儿童的神色,像十岁的男孩。这种时候我对他重新燃起久违的柔情,但三十秒不到情欲就像潮水般迅速退去。这天太冷了,一路奔波又太困顿,没多少柔情的余地。我不由得想到我们的处境,过去种种,未来桩桩,就觉得是从一个藩篱跳入了另一个牢笼。但是生命本当如此,不过就是一个陷阱紧挨着下一个。有时候你以为自己在陷阱外面,那一定是搞错了。

是夜我做了一个梦,梦见家乡的母亲。母亲对我摇头,不说什么话,满脸都是泪。继而梦见张梅,不说一句话就突然来到房间,拖老带小,还在不停招呼走廊上其他人过来围观。我大叫一声醒来,老黄却还可恨地在一旁安睡,看上去平安喜乐,丝毫没有受到这一段孽情的干扰。我再度试着把双手卡在他脖颈上。稍微一用力就可以解决一切问题了。他的罪,我的罪。事后我可以自首,也可以自杀。总而言之,这样是让一切结束最快最方便的法门。只要一用力。

他渐渐感到胸口的重压,鼻息变得粗重起来,眉头皱起来,左右晃头,旋即睁开眼,看见我眉开眼笑:你醒了?

我说,早醒了。

我们去外面吃点早餐,他说,没准儿这条街上除了发廊和招待所之外,还能找到一家卖小笼包的。

这里是新疆,我说,早餐除了馕就是拉条子。

拉条子也行。他嘟囔道:我就是有点不适应面食。

<h1 style="text-align:center">二</h1>

我清楚记得,我们是四月二十六号那天到达的乌鲁木齐。从北京飞过来,整整五个小时,老黄在飞机上一声不吭,死死抱着他那台 iPad 不撒手。中间空姐过来提示高空气流将导致剧烈颠簸,请所有乘客把移动电子设备包括平板电脑关掉他也没关,但我发现他其实也并没真在看电影——眼睛直勾勾地看着前面乘客的座椅靠背。一路上老黄都在无法自控地抖,我给他要了两次毯子也没止住他的神经质痉挛。我终于忍不住问:你是不是后悔了?

他反应很快:我哪有。这辈子唯一由着自己性子的事就这件——当然不后悔。

说完生怕我不信,一只手抓住 iPad,另一只手哆哆嗦嗦伸过来捉住我的手:我就是……有点恐高。

后来的三小时旅程，除了上厕所，我俩就一直这样拉着手。他的手热了又冷，冷了又热，并不恒定，但坚持不松开，好像我是他此刻唯一的救命稻草。他就这样别别扭扭地在飞机上睡着了，头一歪靠在我肩膀上，沉得像生铁。我一动不敢动，只觉一阵悲从中来。临走时说是他私奔，没想到到头来像是我诱拐。这个故事里明明我是小情儿，他是陈世美。到头来最稳妥的倒是北京的秦香莲，带着孩子幸福快乐地生活在大房子里不挪窝——而我俩下到一半的棋盘被上帝之手一胡噜，全乱了。

我又想起单位那些认识我也认识他的同事——没错我和老黄本来也是同事，在一家银行——知道这丑闻后会得多高兴。顶天了也就嚼两礼拜舌根吧？我们又不是闹绯闻的明星。

真正高兴的也许是部门主任。同为大龄未婚女青年，她比我大三岁，从别的部门空降过来，永远觉得身为元老的我对她虎视眈眈，更担心我和她抢本来就寥寥的男性资源。新官上任不到两年，伺机给我穿的小鞋数不胜数，最明显的就是试图把我一辈子钉死在柜台。这下可好了，竞争者身败名裂自动退赛，一劳永逸。她一定会假装公允替我开解几句，以便引来更多的飞短流长。不过除了高兴她还会感到一丝落寞吗：有机会和人私奔的居然是我而不是她？

和酷爱栗色梨花头一字裙的她比起来我显然不算摩登。从不化妆，不穿丝袜套裙，每天都是衬衣西裤，清水脸。除了接待客户，能不开口就不开口。前台的其他同事每天中午都在聊电视剧，不是《唐顿庄园》就是《破产姐妹》，最近最多的话题是《纸牌屋》《来自星星的你》。我全没看过，因此插不进嘴。其他人下班后热闹聚餐，我直接回家上网、看书、睡觉。大家都说剩女宅腐，可剩女更多的因素显然不是因为宅，而是因为身边缺少不宅的可能性：生活圈子太小，除了银行男同事就只剩下淘宝送货的快递小弟了——小弟显然看不上我，大家工资都挺高的，何必呢。而银行的未婚男青年有多抢手，地球人都知道。他们有全阶层二十五岁以下女性可供挑选，干吗非死心塌地吊死在一棵大龄同事的树上？

直到老黄出现。他从另一家银行跳槽过来，和我平日里见惯的所有银行职员都不一样。三十二岁了，身材依然挺拔，气质依然干净，眼神依然清澈，居然也就只是个管借贷的最普通的业务员。重口味上帝就是这样爱开玩笑：所有好一点的部分都混得比较惨，不大好的那部分全都神气活现。

他第一次来部门自我介绍，我一见他就眼酸心跳，就好像有什么东西从远处突然飞到了眼底。这人我肯定在哪儿见过的——不是这辈子，就是上辈子。当他面我就开始揉眼，摇头，流眼泪。狼狈不堪，但那一点什么横竖就是冲不下去。

　　我就这样红着眼像个傻子一样抬头看这陌生人，他诧异地看我一眼就走开了。走了几步又突然回头。

　　那瞬间我心动得怕人：就是他了。

　　他和他们所有人都不一样，就像我和她们所有人都不一样。他表情里有一种无所不知的冷淡，含嘲带笑，离这热火朝天的世界永远保持一点清醒的距离。每次碰了钞票都要神经质地去洗手，和同事说的话比我还稀薄，偶尔开口却总带点讽刺，不认真听不出来。因为只是个小业务员的缘故，他气息再特别，也没人认真听他的微言大义：只除了我。

　　他开腔，我总要三五分钟才回应。其他人早忘了，唯有当事人还记得：那微妙应对，那起承转合。渐渐我俩形成了一种默契，听上去没头没脑的一句话，不针对任何人，但对方都明白唯一听众是自己。过很久对答一次，像空气中的简讯，时间差足够造成缓慢持久的电流通过，最终感应到了彼此都是销魂蚀骨。而我如此需要这样的化学反应以确定自己的物理存在——

　　在柜台面对取存钱、换汇、购买基金的客户五年，早已成了行尸走肉。业务永远完不了，下一个号永远待处理。大多数客户来再多次也不记得，所有程序都惊人一致：叫号、发问、取钱、存钱、打明细单。最让人困惑的是存取额只有几千块还要求打明细的客户：这些人隔三岔五地要求知道自己在半年、一年甚至三年来事无巨细的收支。这些大多是这个城市里最穷困潦倒的人，一辈子省吃俭用还对自控力极不自信，生怕一不小心就花超了几十上百块钱导致下半生接着穷困潦倒。这些客户通常也和在我行按揭房子的客户极大重合，一两个月固定来一次，将工资卡里的钱转移到银行按揭的卡上，对按揭之外的所有支出面露恐怖之色。

　　他们一定是奇怪自己除了按月喂养房子这头怪兽还居然需要吃饭、上街、看电影，还居然敢社交、享受、搞对象。这太费钱也太没必要了。

　　有些时候，无数让人厌倦的小业务后面会突然出现一笔大额基金或者其他理财产品的大单，这些业绩将和个人奖金直接挂钩。但这类好事一般不会从天而降。通常说来，手持上百万现金流的客户突然跑到属于你的柜台问"你好，能不能帮我买五百万某某基金"的概率比中六合彩的概率还小。

　　其他做柜台的同事则深谙"机会只留给有准备的人"等等成功学秘笈，主动结交不时联系，时刻准备着下班后进一步拓展业务。有时他们会形成一个乐观向上的金融服务团队，配合默契地使出浑身解数吸储、放贷、推销理财产品，并为这些努力最终转换成多几平方米的房子和更高档的装修材料而洋洋自得。而每当这些时候，我却在为另外一件事烦恼。

我烦恼的事很简单：就是为什么总有人在我服务完毕后按"不满意"键。小领导趁机找我谈心，要求我"有则改之无则加勉"，如果不能"微笑服务"，就别想调岗去后台办公室。

一次在食堂吃饭时我和老黄无意中提起。他一边面无表情地往嘴里送一根青菜，一边说：我在上一家银行做柜台也老遇到这样的人。千万别以为这世上没人会为难刚替自己服务过的另一个普通人，只要这个世界上有"不满意"键的存在，就一定会有人用它来宣泄个人情绪。

我下次该问问这些人为什么。

他们比劫匪跑得还快，真要理由也应有尽有：别人都笑你怎么不笑？别人都化妆你怎么不化妆？你动作怎么那么慢？而真实原因只有一个：就是他不爽。他对银行每个月连本带利扣掉自己八成收入当按揭款不爽。对银行象征的固若金汤的金钱世界不爽，对此刻正代表着银行体系的你不爽。他得找个地方泻泻火，刚好眼前就有个"不满意"键。

这解释很酷。我对此表示满意。接受。很好。

相比此时在飞机上靠着我昏睡、微张嘴像婴孩一样无害的男人，我更怀念当时当地那个坐在我对面意气风发的老黄。他那时还相信未来、相信自己的洞察力，可现在被命运及我挟持到这架飞机上，即将失去曾经拥有的一切，他看上去就像个被掠夺的赤贫者。

而其实我也和他一样即将一无所有。

三

在乌鲁木齐西郊的租车公司我俩为到底租丰田的 RAV4 还是最普通的捷达争执了起来。照我的看法，新疆的高速公路路况好得在全国都排得上号，地广人稀，一马平川，没必要租那么好的越野。老黄说，我们要走的路那么长，还是有备无患的好。

我俩各自陈述理由，谁也不忍心指出问题的关键其实就在于钱。RAV4 一天的租金要四百五，捷达才两百六。老黄觉得我会喜欢越野车穿越沙漠的酷劲儿，也真的有点怕出事；而比起成为公路电影一骑绝尘的超炫主角，我更担心的是还没走完全疆就油尽灯枯。带出来的钱不多了，得省着花。都是成年人了，又是这情况，弹尽粮绝，只会有人说一声：狗男女，该。

租车公司是我们在网上事先查好的，私营，口碑不错。看我们掰扯半天，老板终于走过来说：最多给你们让到三百八，RAV4。

我说，捷达呢？一百八走不走？你看你这车都多大岁数了，起码是上世纪产物了吧，我都恨不得对它叫一声大爷，您辛苦了。

老黄看我逗贫，眼神里都是求告。都在银行干了这么多年了，不至于，真的不至于。他甚至掏出钱包开始数钱给老板：租十五天，RAV4，总共多少？

租车费五千七，押金一万，另外还得押个户口本。你俩谁的都行。

我俩面面相觑。出来得急，谁会随身携带户口本远走高飞啊。尤其是老黄：估计他的本还和结婚证一起锁在柜子里呢。

没带户口本。他说，身份证行吗？

老板嗤地一笑：这年头身份证假的那么多，哪能信？

老黄说：我的肯定是真的，你可以用电脑查。他举着那张薄薄的卡片，屈辱地、生怕人家不信地递过去。老板瞄都不瞄一眼。

咱这儿又不是宾馆，联不了网，验不了身份证。没户口本就加押金。一辆这样的车，怎么都得值十五万，算上三年折旧，至少押十万吧。十五天后，你回来开走，我一分都不少给你。

老黄面露难色。我不知道他银行卡里有多少钱，估计应该比十万多还是少？我卡里其实也不大够：每个月的按揭就像定时榨取油井的磕头机，银行卡里别想有多余富裕。

看我掏钱包老黄立刻停止了犹豫，当仁不让：我来我来。

刷了卡我们就上路了。我手机里存了不少歌，这辆 RAV4 车况还不错，居然还有个外接音箱线接头。我把手机插上去，车厢里立刻就回荡起了熟悉的音乐，崔健的《一无所有》。

> 我曾经问个不休
> 你何时跟我走
> 可你却总是笑我
> 一无所有

在震耳欲聋的音乐声中老黄开着车，一边回头看我一眼：现在我可真是一无所有了。要是这车坏了，咱们就玩儿完，回不去了。

我说，那就甭回了，算十万买了辆车，浪迹天涯。

他没吭声，我感觉他激灵灵打了一个寒战。伸手过去，他立刻用一只手紧紧地握住我。和飞机上一样,只能用这样的办法表明我们仍然愿意在一起,谁也不嫌弃谁。这年头还有谁会这样古典主义地私奔呢,何况是千里迢迢奔来新疆?

关于目的地其实我们很早以前就讨论过好多次。每次觉得走投无路了我就问老黄:咱们去哪儿? 老黄第一次和最后一次的答案始终一致:塔县。

什么?

塔什库尔干塔吉克族自治县。

好像听过,在新疆?

帕米尔高原上,离喀什不远,天山南麓,真正的南疆,有全世界最纯正的欧罗巴人种塔吉克族。翻过慕士塔格山就是青藏高原。我们从那可以去拉萨或是巴基斯坦、印度、尼泊尔……你想到的任何地方,都能去。

干吗去那儿?

看看。

有时候我说不清楚自己是迷恋老黄的渊博还是单纯着迷于他口中那些动听的地名。只有一件事是确定的:工位桌子上有一沓《中国国家地理》的他和我一样,骨子里都向往远方。生活在别处,在他乡,绝不在日渐庸碌的婚姻生活中和每日打卡的银行里。

老黄告诉我:每次打卡他都用的是中指。

那天晚上被张梅在宾馆里抓个正着的时候老黄表现得还挺像个爷们儿。他当时和我在宾馆里下围棋——这坐而论道的形式还挺逗的,只可惜衣冠不整:我身上至少还套了件老黄的大 T 恤,他则只用一条浴巾裹着瘦骨嶙峋的下半身。旁边放着两瓶喝了一半的科罗娜,电视机开得震耳欲聋,正在放国安对长春亚泰。我正为一个黑子搁于何处冥思苦想,门突然开了,我俩都以为是服务员。

老黄说:不用打扫房间,谢谢。

黄河桥你王八蛋!

我被这哽咽的一声喊吓了一跳,这才迟疑地抬起头来,发现门口站着的是个陌生女人,因为表情极度愤怒,我甚至看不清楚她的脸。

老黄明显被吓坏了。他一推棋盘赶紧站起身来:张梅,你怎么来了?浴巾差点滑下去,他赶紧一把抓住,那形象可不怎么好,活像个被捉奸在床的贪官。

我记得张梅是他太太的名字。如果是这样,那么我很安慰他第二句话不是

"张梅你听我解释",而是:张梅,这就是苏令。

作为一个居然被原配知道的小三,我实在感到受宠若惊。可见老黄说回去谈判过多次要离婚是真的,他真没想过要耽误我。但是眼下他如此坦荡又有什么用呢?甚至都不能够阻止这个叫张梅的陌生女人径直地走到我跟前来,用尽全力给大T恤里的我一巴掌。

我下意识地想还手,被老黄死死拉住了:是我们不对。

我看他一眼,他立刻改成了:是我不对。

我跑到卫生间里把自己的衣服换回来,出来看见张梅还在对老黄怒目而视:臭不要脸。她想再给穿戴整齐的我一巴掌,老黄赶紧拉住了她。他脸色铁青地说:你放我们走吧。放我们走吧。

我说,还是我先走吧。对不起。真对不起。

走在路上的时候热泪终于滚滚而下。一边走一边仍然机械地说:对不起,对不起。一边意识到没人听见我的话,也不能和任何人诉说我的处境,包括现在正焦头烂额的老黄。我究竟是怎么一步步把自己的生活弄到这步田地的呢?

此刻我回头看了一眼老黄,他正在我身边目不斜视地开着车,向着夕阳下陌生的应许之地开足马力。我们的下一站是出产香梨的库尔勒,途中将经过那个传说中有长辫子姑娘的达坂城和有全新疆最出名的拌面的托克逊。我们到现在仍然在一辆车里驶向远方,我并没有失去老黄。但是我得到的,又是多少分之一的他呢?还有多少比例的他,此刻留在了北京,留在了他和张梅共同按揭的那套房子里?

汪峰的《北京北京》适逢其时地响起:

> 我在这里寻找
> 也在这儿失去
> 北京北京

我看着老黄,他的右颊肌肉不易为人察觉地抽搐了一下。我按了下一首。他敏感地问:怎么不听了?

给你找首《达坂城的姑娘》。我若无其事地笑道:走之前专门下的。应景。

四

达坂城离乌鲁木齐不到一百公里,经过时天色已晚,许多高大的风车在苍蓝暮色中空转,草原的尽头就是四月底山顶雪廓日渐消亡的天山。老黄打开了车灯,停在路边眯缝着眼抽了支烟。我和他并排站在一起,问:你说达坂城这歌什么意思,姑娘都嫁给他了还得带着妹妹赶着马车来?

达坂城在天山博格达峰南部,是个大风口,长年累月除了风,就是沙。没有西瓜,也没有姑娘。不这么唱,兵团的战士怎肯过来垦荒。

我说,原来所有的浪漫主义理想都是骗人的。

谁也没许诺过谁什么,老黄说,大部分时候,我们自欺欺人就足够了。

夜风渐起,我和他靠得那么近,仍然不停地筛糠。果然是个大风口,仔细听,风里面还有呜咽,有叹息,有嘶吼。猎猎风声里老黄的电话突然响了,他捂着嘴走到一边,我回到了车里。

天刚暗下来,可时间已经八点了。新疆就是天黑得晚。这时如果在北京,应该刚换乘完两次地铁一次公交精疲力竭地回到家中,可能正准备在厨房下点番茄鸡蛋面。老黄说他早就和张梅摊了牌,我有时还好言劝他回去和她一起吃个饭。毕竟没离,夫妻一场,也别太过了。

我和她一直没什么共同语言。离婚也就是个时间问题。

当初是怎么想起来结婚的?

就是相亲。过了适婚年龄好几年,父母都疯了,恨不得一个月安排八次相亲,周六日都别闲着。相了大半年遇到张梅,还是她主动追的我。

喊,我笑,没劲,都和人家结过婚了,还纠结这个。

是真的。后来我才知道,那时候她刚失恋不久,正是痛不欲生的时候。我俩都算对方的救命稻草。否则我早晚也得被爹妈逼疯——见过的姑娘太多了,人都记混了,有阅人无数实则谁也不认识的错觉。

都没合适的?

我合适,人家不合适。或者人家合适,我不合适。老说我,你呢? 你怎么不找对象?

也找了,没合适的。后来自己买了房,就更不急了,我说,这些年在银行工作,只干了一件事就是转账:把这家银行的钱取出来,拨拉拨拉给另一家银行。

没啃老?

父母都在四川县城,指不上。

都一样。我和张……咳那谁,我们也差不多掏出了两家全部积蓄买了个三环边的小房子。那谁非说喜欢城里,要是天通苑,价格能便宜一多半。

城里是好。我住回龙观,到崇文门咱们单位,光倒地铁得一个小时。这还不算地面交通时间。红军不怕远征难——怕只怕日日长征。

不到深夜十二点,我们就到了离乌鲁木齐四百公里的库尔勒。库尔勒是个地级市,到处都是林立的高楼和纵横交错的街道,酒店数不胜数。虽说到了南疆边缘,可比乌市看上去还不像少数民族地区。我们在孔雀河边随便找了家宾馆住下,房间设施又小又破,老黄一进去就疲倦地倒在床上,脸都没洗。我刚"哎"了一声,就发现他已经睡着了。

这些年张梅大概没少忍受他的邋遢、懒惰以及冷淡。现在轮到我受罪了。对他来说大概也一样,不过就是换个人管。说实话如果我是他,就懒得这么伤筋动骨。

怀着轻微怨怼的心情我洗漱完毕,和衣睡在另一张床上。到了清晨他睡醒了摸过来:睡得怎样?

我说:不怎样。做了好多梦,一闭上眼就梦见张梅站在房间门口。

咳。别老提她。

他起床,洗漱完之后拉开窗帘。外面天光大亮,不到五月,库尔勒上午气温已经有二十度。街上戴维吾尔族花帽的人白天看上去多了些,但是绝大部分还是穿着和内地无异的汉人。孔雀河边到处都是拉客的黑车,还有个农贸市场,熙熙攘攘,热闹非凡。

老黄站在窗台前说,你还记得吗,那次在北京,楼下有两个中学生?

我说,记得。那两人早恋。

五

一开始谁都没想过会走到这一步。我俩那种有一搭没一搭的隔空喊话,连短信调情都算不上,是邮件暧昧。我光觉得他和别人不太一样,仅此而已。不料此人有一天在某个周末的中午发信息给我说:我现在在国贸顶楼的旋转餐厅上吃饭。你来吗?

我去了。还打了个车,在一周车流量最多的时候,悍然横穿过这个硕大无朋的城市。国贸、旋转餐厅(多像《西雅图不眠夜》),太太多半不在家(不怎么靠谱的偷情暗示),太高的楼层总让人想跳下去(殉情自杀?)。这一路我都为这些意象意乱情迷,并嘲笑自己在出门前临时换上一件更性感的黑色蕾丝内衣。

老黄一个人坐在餐厅的样子很局促,明显像模仿欧洲电影里的什么人。因为对角色的不熟悉及不确定,他看见我甚至没来得及露出惊喜的神色。

你来了。

因为这次出乎意料的邀约,我们都感到彼此的关系近了一点,也变得相对更不安全。老黄假装不经意地在烟灰缸边沿磕了磕烟灰,对我笑笑。他看起来根本就不想闲聊,开口就很笨拙:我……今天在家收拾东西。

那么是收拾东西的时候想起我来的。我就是他收拾心事多余出来的一个什么。无法安置,也无可归类。

这么巧,我也在家里收拾衣柜。

我们都是衣柜里来的人——知道那小说?

知道,那个写"拉漂"的。千里迢迢跑到拉萨去的女主角最终也没出成轨,因为不敢。

那小说挺逗。不过我不大喜欢那个女主角,懦弱。

我更不喜欢那个男主角——真正懦弱的人其实是他,不敢面对现实生活才一直在拉萨漂着。

我们煞有介事地聊了一会儿一篇说不上坏也说不上好的当代小说,老黄突然感叹道:在这窗边往下看,底下芸芸众生,就好像看到了自己的现在、过去、未来。在这城里的生活一眼就能看到头,就为在这儿买了个房子,人生所有的轨迹都已经被规定好了,像蚂蚁在蚁穴进进出出,为财死,为食亡。真他妈虚无。

我想看场电影,我打岔说,好久没去电影院了。

结果看的是王家卫的新片《一代宗师》。那电影挺矫情的,两个人,一辈子,"世间所有的相遇,都是久别重逢",最终也还是刻意错过了。我正要回头和老黄打趣:"什么叫郎心自有一双脚,隔江隔海会归来,艳不算艳,酸倒挺酸……"靠近他那边的左手就突然被握住了。那只手很大,热软,掌心微微有汗,但是笃定地算准了我不会抽离。

我的确没有。我只是手背冰凉地被他握着,握了很久都没有热起来;但心跳极快,脸烫得可以摊熟一个鸡蛋。

电影散场后从电影院出来,天居然还没黑,一步又从婆娑世界踏回光天化日。老黄牵着我的手往外走,我猜想他会带我去哪儿。唯一的悬念是酒店的档次。如果是如家、七天之类的快捷酒店,证明他对自己的出轨毫不看重,驾轻就熟;如果是希尔顿、香格里拉这样的大酒店,又有点太郑重其事了。我希望是介乎这两者之间的中档酒店,没那么个性鲜明,但是房间设施讲究,私密性也好。

果然是一家驻京办酒店。地点偏僻的三星级酒店,楼下就是风味食府,往来人多是办事的本地商旅人士,不容易注意任何偷情男女。老黄公然用自己的身份证登了记,就默默带我进了房间。房间条件在驻京办里来说相当不错,我很好奇他是怎么知道的。回头看他一眼,还没问出口,他已经明白了,说以前在楼下吃过饭,记得环境不错,人也少。

看过那么多不道德电影，仍然不知道一切是怎么开始的。进房间后很长一段时间我们只是相互羞愧地望着彼此，笑容尴尬。他拉开电视机柜下面小冰箱的门，拿出两瓶科罗娜，递给我一瓶。我刚想推辞，又觉得不大合适，伸手接过来。沉默地干完两罐啤酒之后，他主动靠过来，就此接了一个充满啤酒味道的吻。眼泪突如其来凌乱纷纷地落下。他说，你别这样，别这样。

窗帘拉着，房间光线昏暗，能听见下面传来远远近近的市声。我们突然就回到了刚认识的时候，尽量东拉西扯天南海北地说童年、少年、大学、工作，一切事，一切人，枝枝蔓蔓，前因后果。越说越真，越说越觉得连世界观都一样，好比两个失散多年的兄妹终于找到了彼此。他长久没有进一步动作，那种缓慢的耐心也完全合乎我心意。

时值黄昏。进房间两小时之后，他终于迟疑地抱住了我。我浑身的紧张僵硬终于松懈下来：还好，不至于如此没有魅力。与此同时却又感到一阵凄凉。这一切都太好太温柔了，必然不能久长。

他突然说，你听。

楼下有一男一女的声音，听上去很年轻。听一会儿就听出来了，是两个中学生，口口声声"学校里的那谁谁谁"，大周末的逃到这里谈恋爱。听上去每句话都冒傻气，可每句话又都深意无穷。

女孩问："你爱我吗？"男孩一再保证："我一辈子都对你好！"女孩又问："一辈子能到我们大学毕业吗？"接下来就杳无声息了。大概是男孩亲了女孩。我正听得出神，老黄突然轻声对我说：我平时老想早点认识你就好了。现在看来，早认识也不好，可能到现在，慢慢也就走散了。

我想说点什么，终究什么都没说出来。复又吻在一起。接吻的间隙老黄又叹口气：真想带你走，走得远远的。我从没这么希望离开北京。

我问：走去哪里？

他那次就告诉我：塔县。

事后老黄先睡着，我扳过他的身体看他的脸，才发现他熟睡后脸上皮松肉弛，再好些也就是一个打拼到中年的人的侧脸。唯有他没刮干净的胡子硬硬的硌手，让我感到陌生，又生出某种亲切，用手轻轻抚过他的轮廓，停留在喉结一会儿，就放开了。

窗外的天早已黑透，远处的灯火渐渐亮起来。往下看，那两个在楼底靠墙喁喁情话的中学生早已不知去向。该发生的一切总会发生，对于这点我确信无疑。

六

在托克逊乡住了一晚,继续往南走,紧接着就是轮台。到处都是戈壁滩上的磕头机,我们在油田附近的轮南住下,招待所新开没多久,床褥被套居然是一水簇新娇艳的粉红,还带蕾丝花边,毫无商旅酒店之感。

我先去登记开的房。老黄把车停下,吃力地拖着行李上来,一进门就发表个人感想:这房间刚当过新娘房?正适合洞房花烛夜——

我白他一眼:没蜡烛。

那晚投宿比较早,加上房间浓郁的家庭情味,我和他靠在床上看了会儿电视,关掉电视又继续聊天。更像老夫老妻了。

离家日久,老黄的脸色日渐灰白、黯淡、疲惫。太多禁忌的话题不可触碰。他只能反复告诉我能说的那部分过去。他老早就说过他童年在安徽一个小镇长大,父母都是公职人员,爸爸是副镇长,母亲是老师,对他管教严格。严格的结果是他一路上了北京的大学,毕业后进了银行,相亲数十次之后结了婚;副作用则是最终剥夺了他对真实幸福的感知能力。他从小就太知道什么事情该做、什么事情不该做,要当人上人、出人头地、安身立命,就必须循规蹈矩。他从来就怀疑这人生信条的真实性,但是他唯一能做的事就是规行矩步,最多闲暇时光看影碟,看看他人的人生可以疯狂自由到何等地步,而自我的现实又可以平庸乏味到何等地步。

而我的人生道路和他的大抵相同。在四川小城长大,父母也都是普通公司职员,一生的积蓄甚至不够供我读完大学以后再给我按揭买套房,更不够让我自由自在地单身。他们提醒我存在的方式,就是时不时打个电话逼个婚:相亲了吗?还没?要不要北京的那谁谁阿姨介绍?不想相亲?一辈子单身自在?开什么玩笑,要不要我们最近来趟北京?这类对话,最终都以一声"妈!"宣告结束。再说下去,说不定那边就急了,不欢而散。

最爱看公路片了。《邦妮和克莱德》,看过?

我说当然,又名《雌雄大盗》。还喜欢《一夜风流》。还有大卫·林奇的《我心狂野》。

对。还记得《我心狂野》里那个玛丽刚上路有多暴躁吗?都不能听收音机,说打开这世界就全是坏消息,关掉就清净了。我每次看新闻都想起这个。要是这个世界的坏消息都在车载电台上就好了。一关了之,一了百了。老黄说这话的表情有点油然神往。

你这路上的鸵鸟。

大概是。刚还没说完呢：一踩油门，一骑绝尘。只要在路上，就永远在路上。

老黄突如其来的文艺腔让我乐了：还有《三十七度二》。在路上的不是疯子，就是死人。

爱看公路片的女生可不多。他说。

胡说。我笑道：女人下定决心出走了，通常比男人决绝。

不知道为什么我总觉得这番对话发生过。也许就在村上的世界尽头冷酷仙境。

此时此地就是世界尽头冷酷仙境。老黄轻声说。

黑暗中我们紧紧地抱住对方，在这没有一个人认识我们的异乡，一个打开灯就会发现到处都是艳俗的粉红色的房间里。远处有火车轰隆轰隆开过的声音。我说：还记得《十八春》里世均离开南京那段？那些悲剧性的人物，那些恨海难填的事情，都被丢在后面了。多好。

唔。老黄有点敷衍地重复了一句：恨海难填。抛诸身后。

怎么了？你有心事？我问。

我就是不相信自己可以这么开心。他抱紧我：我总觉得你像是我偷来的快乐，不知道什么时候就要归还。

七

白天的时候我们总比晚上要高兴得多。窗外是陌生的路人、陌生的风景，异族风情渐渐浓烈，沙漠公路蜿蜒无尽，要开很久才会开到下一个绿洲。

我们是第二天上午开车到达的库车，住下后参观了王府。老黄看王府的时候只嘟囔了一句：和卓住这么大的房子。

而我则过于认真地把大小和卓的事迹包括原建筑沙盘模型都看了一遍，整整一个上午就报销了。在此地的巴扎我给老黄买了旅途中的第一个礼物：一顶小花帽，绿色的，手工钩边，图案繁复精细。他煞有介事地把它顶在头上，巴扎上的路人们都笑了。

作为回礼他也给我买了一条黑色长头巾。我学路上看到的那些本地妇女一样把头发包得严严实实，老黄端详了半晌：挺好挺好。这下可安全了。

我还买了巴扎上的瓷器和馕饼，和本地妹子讨价还价问东问西很高兴，全然不顾老黄的嘟囔：我不喜欢吃面食。瓷器放在车后备箱颠簸着颠簸着就碎了。

馕在路上是最好的干粮。有时就清水，有时就路边买来的酸奶皮子，本地妇女酿造，不加分量惊人的白糖就酸得没法下口。还有一种馄饨叫"蛐蛐儿"，极薄的皮包了茴香羊肉馅，西红柿酸汤放了茴香和干薄荷末，极大地投合了老黄的安徽口味。从此他几乎每顿都热望"蛐蛐儿"，可惜不是每个市镇都有，可遇而不可求。

就为贪图这口腹之欲，当晚我们冒险去了库车的夜市，发现除了烤肉就是烤包子。回酒店再问前台，才终于找到附近一家维吾尔族餐馆。菜谱还是维汉双语的，老黄盯着看了半天，终于抬头疑惑地问：这个"加长土豆片"，到底能加到多长？

这时我也看到了"两半土豆丝"，突然福至心灵：老黄，你看这个"两半"，就知道"加长"有多"长"了——是凉拌，家常！

旁边给我们点菜的维吾尔族巴郎子被我们前俯后仰笑得一头雾水，摸着后脑勺也笑了：你们两个感情好着呢，那个结婚，多久了？

他的普通话说得磕磕巴巴。我们被这磕巴击中，瞬间沉默下来。

很久了。过了一会儿老黄才说：你们的土豆片"加"到多"长"，我们就结婚有多久。很长，很久。你的，明白？

八

离开库车去拜城龟兹博物院的路上，我们绕道去了苏巴什故城，又名昭怙悝大寺。据说雨季时波涛滚滚的库车河可穿城而过，然而四月的旱季大水变成涓流，赤地百里，像到了另一个火焰山。

老黄说，这儿的确也和西游记有关。唐僧去印度取经的时候在这儿住过俩月，鸠摩罗什也在这儿升座宣讲过佛法。还有库车河你知道是哪条河吗？子母河。

知道，女儿国嘛。真逗，最后怀孕的是八戒——我最喜欢的还是孙悟空。那可是我偶像，无法无天，欺佛灭祖。

我也喜欢齐天大圣。可是现在想想，他最可怜，因为本事最大，责任也最大，最跑不掉。

为什么跑不掉？

因为有唐僧的紧箍咒啊。

老黄显而易见也有他的紧箍咒。一路西行，他的脸色越来越苍白，看上去心事重重。有的时候我怀疑自己紧紧拉着的，不过是一个从北京城千里飘荡到此的游魂。他回脸一看我，我就突然觉得他要和我摊牌了，惊出一身冷汗。然而他只是很随便地问：累不累？

这儿游客很少，但是沙地里到处可见散落的空矿泉水瓶。因为忙着捡瓶子，我甚至没顾上好好看这座千年古刹。老黄沿途一直取笑我是"不可救药的城市环保主义者"。

捡了大概二十个空瓶子后我终于直起身来，看见自己的身影在沙丘上孤零零地拉得很长。老黄再次不知去向。

故城并不大，我吃力地在烈日骄阳下提着装满了空瓶子的塑料袋在断壁颓垣中四处游走。苏巴什被库车河分成两岸的东寺和西寺，我们在保存更完整的西寺。到处都是佛殿佛龛的遗址，有些地方还有残留的塔基和壁画。

千年的壁画斑斑驳驳都还在，刚才还在眼前的人却不见了。老黄好像就在这空旷世界人间蒸发了。极端的寂静和炎热中我耳朵嗡嗡作响，一边走一边放声大喊，二十分钟后终于放弃，精疲力竭跌坐在临河的断崖前。夕阳西下，此地离龟兹不远，幻觉中鸠摩罗什和玄奘的驼队正从我眼前的断壁颓垣缓缓而过，我感到口渴、焦躁、不安，却流不出一滴眼泪来。

老黄真的不见了。

差不多足足过了半个小时他才重新从沙丘那边现身，这时千年已过，鸠摩罗什最重要的译作都已完成，玄奘也已千里迢迢从印度归来，而我的肉身早已渴死是乡，像那些沙漠中倒毙的骆驼。

老黄第一件事就是递给我一瓶水。我神情恍惚地推开。

我刚回门口给你买水了。当地的守门人在河床那边捡了好多石头，都特别好看，一会儿我们走的时候可以买几块。

我还是没吭声。

你怎么了？他害怕起来。我就是去买水了，真的。

我说：你去打电话了，对吧。你觉得这儿人少，不想让我听到你说话，就故意走得远远的，让我找不到，对吧。

他不答。

直到龟兹博物院我们都没有再说话。大部分洞窟都不开放，领我们参观的是一个从拜城来的汉族女研究员，大学毕业没多久，讲解起来抑扬顿挫熟极而流，告诉我们"泰国公主诗琳通也来过咱这儿"。

我说，在这儿工作多好，能看到好多别人看不到的洞窟壁画。

她说，好啥好呢！这儿的饮用水没法喝，都是盐碱水，连澡都没法洗，得去二十里地之外的小镇运水。

我回头看看老黄。他面露恻隐之色。从苏巴什故城门口买来的石头沉沉地放在车后备箱，他刚才不辞而别的一小时同样沉沉地压在我心头。差一点我就以为自己会死在这片沙漠里了，连口盐碱水都没有。

离开龟兹时天色已晚。我们将在拜城住下。一路驶过那些风刀削刻的山间窄路，一轮圆月短短地在摩崖顶上升起来。天是无可形容的碧蓝色，但是不能开窗，一开窗沙子就粗粝地划过脸庞。

依旧是老黄开车。他看上去非常疲倦，有好几次，我都以为这辆车会一头撞向那些迎面而来的土崖。但是没有。山路回旋，在每一个千钧一发之际他都成功勒马，车身紧贴着悬崖驶过。我的心提起又放下。最终空空荡荡。

九

阿克苏市是我们沿途见过最丑陋的城市，没有之一。虽然这里的冰糖心苹果很出名。在这个南疆城市里到处都是温州人，我们在温州大排档吃了一顿晚饭之后经过一个温州足浴城，最终在一个温州茶艺馆住下。叫是叫茶艺馆，其实是俱乐部，有麻将房，也有单独客房。其他所有冠以温州之名的大酒楼都客满，宾馆大厅和电梯里挤满了南方客，温州口音只是众多口音中的一种。

老黄告诉我说，这儿是温州的对口支援城市，所以……

是淘金还是支援？

别那么尖锐。我们只是过客。

我想我只是受不了这个南疆城市变得如此面目全非。

第二天早上吃了一顿温州面条当作早餐之后，我们离开了"阿克苏—温州"市。我们的确离南疆的腹地越来越近。

有一天晚上，我们连夜奔赴民丰，那晚刚好是个月圆之夜。

大概是路线设计和时间估计错误，那天我们一整天都在赶路，到了夜里十一点多，还没有到达县城。但是一轮绝大的明月正好挂在车前，两边都是黑黢黢的戈壁滩，沙漠公路上前不着村，后不着店，只有我们这唯一的一辆车，让人有直奔月球的错觉。

我睡醒抬脸的瞬间，车上正好在放中国好声音出来的梁博。他把汪峰的歌唱得清澈低回，突然嘶吼又有如伤兽。这一次我没来得及换歌，还是《北京北京》。

老黄突然说，这就是个雏儿啊，他哪里懂得北京？北京是温水煮青蛙，嘶吼没用，呐喊也没用。

我说，那什么有用？

做梦有用。过一会儿他看着月亮，突然说，碧海青天夜夜心。

此时天际湛蓝。我扭头看往窗外避开月亮，装作什么都没有听到。

十二点半到达民丰，县城大街上好像只有一家招待所还开着门。白天会发现这儿正好在民丰县的城中心，离银行邮局都很近；而晚上则只能看到一个困眉耷眼的前台黄毛小妹。她都没心思和我讲价，很随便地就给我们安排了一间大床房，进去后才发现是个麻将套间。插卡一开灯，厅中央的自动麻将机哗哗地洗起牌来。我俩都被吓了一跳。

你说，这么人烟稀少的县城，宾馆居然还有麻将房。

宁波的天一阁外面就是麻将博物馆。这是国粹。老黄故作正色。

好，国粹。

我放下行李，在麻将桌前一屁股坐下，伸手拈起一张二万。手感不重，表面有点黏手。

老黄也过来，坐在我对面，飞出一张一筒。这感觉倒像是那次在宾馆里玩围棋。

那谁挺烦我下围棋，但是不讨厌我玩麻将。围棋是出世，麻将是入世。她老说我得多和同事领导打打麻将，老黄说。

我垂目不答。那谁一路追过来了，正坐在对面不动声色玩麻将。老黄和我说这个什么意思？

他说赶路太累，遂进里屋洗漱，关灯睡去。不知道分控开关在哪儿，只能把总电源一关。第二天早上起来，一按总电源，房间外的自动麻将机遂又哗哗地洗起牌来。我推老黄道：快起来，领导同事叫你打麻将了，三缺一！

老黄一惊，在床上坐起身子：哪儿哪儿，谁？

十

民丰是汉朝西域三十六国的精绝国所在地。饶有如是名头，现而今也只是一个破败的小县城，一个胖大的维吾尔族女人一声不吭地坐在宾馆门口小卖部的最深处，看一窝刚出生不久花色各异的小狗仔一声不吭凶狠地彼此撕咬。邮局里的明信片只有一种胡杨林的，而且还难看地配上了解说文字：一千年不死，两千年不倒，三千年不朽。

我说要去邮局寄明信片。结果买了一张，想了半天不知道寄给谁。老黄说，干吗不寄给我？

好。等你过两天家去了,刚好收着。我笑道。便真的写了我们银行的地址,黄河桥收。

老黄说,开什么玩笑,现在我不是和你在一起吗?

不,伟大的是银行,永生的也是银行。将来我们都速朽了,这银行以及银行后代表的一切也还是一千年不死,两千年不倒,三千年不朽。像胡杨。

他疲乏地说,别闹了。

与此同时沿街的水果摊纷纷收起来。沙漠中心小得可以忽略不计的城市,起沙尘暴了。

遂又上路。经过盛产人参果"恰玛古"的柯坪县、以天价巴楚菇著称的巴楚县,在阿图什县停下吃了一客酸奶冰淇淋,就来到了喀什。在高台民居里流连了差不多一整个白天和傍晚,自喀喇汗王朝而来的维吾尔族精神圣地到处都在拆迁,可笑的是拆迁公司和那个以热爱诗歌著称资助北大未名湖诗歌节的中坤公司同名。

第二天我们在当地办了去中巴边防站的边防证,就直奔红其拉甫的国门。

这就是老黄一直和我说的帕米尔高原,历时十日,终于到了。

冰达坂终年不化,沿途雪山延绵,此刻又是下午四点,灿烂中微微带点酡红的阳光打在雪峰上,是一种柔美到极致的锋利,像冰中藏着火光。

老黄一路都不说话,看到惊人的美景才忍不住停下照相。沿途信号不好,但只要稍微有手机网络覆盖的地方,他的手机就会突然响起,在我们翻过的每一座美不胜收的冰达坂上,持续发出噪音。我保持沉默,直到老黄终于关了机。

红其拉甫的战士养了一只土黄色的狗,在太阳底下肚皮朝天地躺在路边的冰面上。我对着边防站想照相以示到此一游,老黄下意识地阻止我说,别照有国徽的地方。

这居然是两个小时以来,他和我说的唯一一句话。就跟我是个不可救药的环保主义者一样:他也是个不可救药的循规蹈矩者。

当晚住塔县。傍晚时看到很多美丽的塔吉克族女人戴着圆顶帽子、穿着毛皮大衣优雅地走过街道,塔吉克族和维吾尔族一样,也是穆斯林。白种穆斯林。

还有很多退伍的汉族战士在这里开了饭馆,多是川菜馆。也不知道那些肉菜是怎么克服重重困难运到这么高的地方来,卖得也并不贵。老黄吃饱喝足之后,用宾馆院子里的水管洗了车。宾馆老板大概也刚吃饱,嚼着牙花子在一旁看:这车还挺新,跑多久了?

乌鲁木齐租的,大概车龄也就两三年。

租的车你还这么认真对待。老板立刻心疼起来:我这水也是从下面抽上来的,贵着呢。

天黑得非常晚,却亮得非常早。第二天早上,我们去了石头城。

"石头城是丝绸之路中道和南道的交汇点,喀什、莎车、英吉沙及叶城通往帕米尔高原的数条通道都在此地汇合,还是西域三十六国之一的蒲犁国的王城,唐朝此处设有葱岭守捉……"老黄念着牌子上的字,煞有介事。

不知为何,此时再听到这些地名,我不再感到油然神往。

城下有林,有草原,有四通八达的栈道。一些早起的人在栈道上走着,远远看去就像从国贸往下看的人群一样渺小,和我们当下的处境一样毫无关系。

哪里和哪里,谁和谁,都是隔岸观火,我突然对老黄说。

不知道他听明白了没有。但是其实连我自己都不太明白我想说什么。

回县城后却看到许多黄头发长得酷似俄罗斯人的小男孩骑着自行车向一个地方飞奔,而众多塔吉克族女人也都互相招呼着前往。

是赛马会! 途中的巧合永远让人惊喜。

我们不必商量地停下来, 下了车。老黄负责给赛马会上的年轻姑娘们拍照,而我则混迹在最前沿的群众中,用刚学到的几句塔吉克语大声给每个骑手加油。

这儿信号很好。无意中回过头,就看见老黄正在人群中低声给谁打电话。我不知道他和旧日的世界还有什么联系、他又在和谁通话。但我知道这一切很快就要结束了。

为了和他保持距离,我悄悄走到了调试音箱的舞台附近,给一拨又一拨优胜者正面照相。负责调试音箱的是个脸色黧黑、笑起来满嘴豁牙的老人。中间一度音箱放不出声音,他求助地看我,我蹲下捣鼓了半天总算不辱使命,又顺便在地上的一堆垃圾中捡到了一部手机。因为掉在赛马场的尘土里,手机变得很脏,但是还有电,一直在响。老黄也不知道躲在哪个旮旯拐角打电话。

一个塔吉克骑手在马上对我微笑着,英俊得令人吃惊。到处都是我听不懂的语言,向我毫无保留展示着陌生火热的生活。孩子,老人,女人,欢笑声。好容易找到了一个塔吉克族警察,把捡来的手机交给他。他会说一点汉话,问我:古丽,你从哪里来?

北京。

一个人吗?

不,不是一个人。我往远处信手一指。那个人和我一起来的,也从北京。

啊,北京是个好地方。

老黄给我买的黑色头巾依然紧紧地裹在头上,我对这个友善的老警察微笑着,同时确认不管我和他说多少话,也仍然不能够明白彼此的生活。就像狗不能明白猫的生活，猫也不能明白猴子的。此时此刻，只有舞台上反复响着的震耳欲聋的高音喇叭是真实的世界。

优胜者每人奖五百块钱，年轻人，都来参加吧，都跑起来吧！跑起来吧！

老黄向我走过来。一路上害怕的摊牌终于来了。我求助地四处张望老警察的身影，却发现他已经走得看不见了。他还有他的整个赛马大会纪律需要维持。那是他的生活。他的现世生涯。

优胜者每人奖五百块钱！

自从提出分居，我已经五个月没法还款了。还款的工资卡在张梅手里，房产证上是我的名字，她没法也不愿意替我还。再不还款，房子就会被银行收掉，这样我以后就再也没法贷款买房子了。

年轻人，都来参加吧！

这些天一直是她的电话吗？

都跑起来吧！跑起来吧！

不，大多是银行催收的。我一直不敢告诉你。

我微笑地低头看了一眼自己手机收到的第三条相同短信：尊敬的客户，您因按揭欠费没有及时归还，再次提醒您，如欠款超过六期，房产即将被银行冻结——我也有我的要被银行吃掉的房子啊。房子吃我们，银行吃房子。大鱼吃小鱼，小鱼吃虾米。

老黄像梦游一样对我说：喏。这就是塔什库尔干塔吉克族自治县。这就是帕米尔高原。这儿就是世界的尽头。

我说，嗯。

看完了咱们就回去吧。他说。回北京。

天蓝得要人命。十分钟后，我们就将走在回去的大路上。才一会儿工夫，塔县热闹非凡的赛马会就将被远远抛诸身后。会是个晴朗的上午，路边白杨树新鲜脆嫩的叶子刚长出来不久，轻轻地在头顶摇曳着。音箱里最好放《假行僧》：我要从南走到北……要么就是《北京北京》：如果有一天我不得不离去，我希望人们把我埋在这里——为什么要埋在这儿呢，因为我们的房子买在这儿吗？

我将明确地在歌声里知道一切都已经完了。梦已经提前醒来，一切都结束了。我们正在紧急掉头往旧日的生活里跑，倒带键一路狂按，一直往南、往东，用最快的速度回归正轨。单位的小领导和同事们最晚将在周一发现我们正常回去上班，老黄将带两件行李重回他的婚姻，肆意评判我的客户正一大波一大波地靠近。正午的太阳明亮刺眼，我听见自己的心跳，好奇自己怎么会以为可以逃得掉这庸碌生活，这流沙底部，这向生而死。

但我此刻在塔县的赛马场。我开始发足狂奔。

不在北京，不在香港，不在哈萨克斯坦，不在以色列，不在美国，不在任何别的地方。"优胜者每人奖五百块钱，年轻人，都来参加吧，都跑起来吧！跑起来吧！"

不时听到后面有骑手惊呼：让开让开！我大笑着，喘息着，回过脸，尘土飞扬中一匹雪白神气的大马正疾奔而来，高大的骑手像天神下凡，马裤贴身，长靴锃亮，质地极佳的黑天鹅绒短袄镶着金丝线边，一层波浪，一层直线，一层小三角，极尽繁复地勾勒出鲜衣怒马。他瘦削的脸整个地藏在帽檐的阴影里，看不清。旋即尘土像酒狂一样意气风发地扬起来，嘚嘚嘚嘚，调子越扬越高，漫天漫地变成狂喜的赤金色，这黄金世界一个硕大无朋的马蹄突然凭空出现，越来越近，向脸直踏过来。

【作者简介】文珍，女，上世纪80年代生于湖南，长于深圳，中山大学金融系学士，北京大学中文系硕士。已出版中短篇小说集《十一味爱》《我们夜里在美术馆谈恋爱》。曾获西湖·新锐文学奖、华语文学传媒大奖最具潜力新人奖、"紫金·人民文学之星"中篇小说提名奖等。现居北京，为某出版社编辑。

苏让的救赎

李清源

一

苏克修老婆死后,某夜忽得一梦,梦到老婆来会,告诉他说,她将投胎到某地某户人家,希望他能顾念夫妻之情,找个时间去看看她。苏克修醒后,老婆的话历历在心,找人一打听,在百里之外果然有那么个地方。老苏遂备干粮动身,辗转找到那个村子,入村一问,亦果有那么一户人家。老苏问他家最近是否生了孩子。村民说没有。老苏大起困惑,转思计划生育这么严厉,难保主人家不是偷生,不敢外传。他找上门去,向主人表明来意,恳请给个方便,让他看一眼新生儿,以了老婆心愿。主人说婴儿没有,倒是家里的母猪新生了一窝猪崽,你既然这么认真,就去猪圈瞅瞅吧,看哪个是你老婆。老苏大怒,正要发作,忽有一只小猪跳出猪圈,径直奔向老苏,绕着老苏双腿蹭来蹭去,意极亲昵。主人与老苏皆大骇。老苏问主人这头猪崽卖不卖。主人说卖。老苏遂掏出钱包,如数付款,然后倒提小猪,抡向猪圈旁的大石礅。小猪应声而毙。苏克修将死猪一丢,转身扬长而去。

苏克修是个话题人物,如是离奇的传闻在附近还有很多。苏让虽不大回家,对故乡亦疏离已久,但父亲的那些传说总会通过某种渠道三三两两进入他的耳朵。而这个故事,苏让直到今天才听到。当时是在回老家的城乡客车上。有名乘客极爱说话,也极能说,话题亦无限发散。苏让不认识他,但从他言谈里对老家一带的熟稔程度推断,想必相离不远。苏让本来听得饶有兴趣,当这位民间演说家将话题发散到苏克修身上时,顿如当头一棒,一下子将他打晕了。这个荒诞戏谑的故事,对于苏让来说,毫无疑问充满了恶意的羞辱。他想冲上去打一架,可是那人虎背熊腰,坐在那里如一堆花岗岩,打架不但讨不到便宜,还将使自己与故事的渊源暴露于人,徒然取辱。那人声音洪亮如钟,訇訇然撞击着耳膜,苏让埋头而坐,羞恨不已,同时庆幸车上没有同村的人。

苏克修只是个小人物,普普通通一农民,按理说应如大海里一滴水,或者万里平川上一坨泥,默默而生,悄然而死,苏让实在想不明白为何偏偏围绕着他产生那么多传说。那本应该是闻达之士们才享有的待遇。作为一名草野小民,拥有太高知名度绝非好事。首先,这种知名度大多建立在丑闻之上,具有拍案惊奇的娱乐属性,因为符合乡土传播学规律而得以传遍四方。所谓好事不出门,坏事传千里,生活乏味的人们总是对别人的丑闻充满兴趣。而对于事主来说,这种"知名度"又岂是令人愉快的好事?关于苏克修的传闻大多即属此类,而且不断翻新,毫不留情地毁掉了苏让的童年。苏让讨厌他父亲。

今日这个故事加深了苏让的厌恶,以至于使他怀疑千里返乡搭救父亲的行为值不值得。苏让对"传奇"父亲的传闻本已产生抗体,接近麻木,但是今天这个却扯上了他已故的母亲,还恶劣地将他母亲转世为猪。他母亲生前长年卧病,严重时连呼吸的力量都没有,就算想表达对儿子的宠爱,亦是力不从心,所以苏让对她也没有格外的敬爱之情。但是母亲总归是母亲,仅仅是这个称号,已然神圣不可侵犯,谁能容忍自己的母亲被如此丑化?但是苏让知道,编故事的人如此安排,只是在做包袱,好比杀鸡设罗,目标是苏克修这条老狗。当剧情一步步深入,包袱最终抖搂,对老苏的羞辱也成功地达到高潮。所以说,这一切最终还应归罪老苏,是他让家人跟着蒙羞。

苏让尤其无法接受的是故事的结局:他父亲竟将投胎转世的猪狠心摔死。很难想象,该是多么卑劣的人,才能编出如此恶毒的桥段。但是苏让必须承认,这个桥段真的太符合父亲的性格了。从他记事起,母亲就缠绵病榻,内外事务皆需老苏一手操办。老苏身兼数职,长年累月的"牛马生活"最终消耗尽了他本就贫乏的耐心,对老婆的态度日益恶劣。这并不算什么恶行,对久病不死拖累全家的亲人不离不弃固然令人起敬,但若做不到那样高尚,以虐待的方式发泄一下不满,也是人们普遍可以理解的,只要不往死里弄。遗憾的是,老苏突破了这个底线。

八年前的秋天,苏让突然接到舅舅的电话,叫他赶紧回家,他母亲快死了,而他父亲则已失踪多日。苏让那时刚与女朋友和解,约好当晚去看电影,接到电话不得不违约而归。经过一番医治,他母亲最终活了过来。苏让问及父亲行踪,母亲浊泪长流,说他莫名其妙发了一顿脾气,然后就消失不见,迄今已逾半月,若非那天邻居听到她垂死哀鸣,翻墙进来察看,她早已臭死屋内。又过了七天,老苏终于回来了。老苏神情疲惫,脸色阴沉,扫了一眼坐在楝树下玩手机的儿子，显得有点讶异。打水洗脸后，老苏搬张凳子坐到苏让身旁，问他回来干吗。苏让气得想笑。他说他舅给他打电话，说他妈没人照看，他就回来了。老苏毫无愧色，反而骂舅舅是王八蛋。骂过之后，父子两人就陷入沉默之中。这种无话可说的尴尬令苏让浑身难受，他摆弄着手机，问老苏去哪儿了。他这话只是客套，用以打破僵局，事实上他对老苏的行踪已经不感兴趣。而且根据经验，他认为老苏的反应必然会是不耐烦。不料老苏居然做了回答。他先叹了口气，然后告诉苏让，他遇到了拍花子的，在他肩上拍了一下，他就中招了，回家把所有钱都拿给了对方，等到清醒过来，坏人早已不知去向。他气不过，就提了把刀去追踪。

跑了好几个县，也没追到。老苏的语气很颓唐。

多少钱？

一万五！

苏让的心脏怦然一跳。一万五算不上大数目，但对收入微薄的老苏来说，能攒到这么多已属不易，不仅要从牙缝里抠，甚至还要从老婆的药瓶里抠。难怪他会丢下母亲，拿刀子四方寻仇。苏让脑海里浮现出父亲气急败坏、执刀奔走的画面，感觉他可怜而可悲。他问父亲有没有报警。老苏脸上呈现出不以为然的表情。

报警有什么用？警察又不是神仙。

几只乌鸦在树上聒噪。老苏正无处迁怒，此时勃然发作，跳起来操竹竿驱打。苏让抬头望去。老楝树的叶子已经落尽，干枝之上的天空碧冷如冰。乌鸦当即飞散，而老苏的咒骂却持续了十几分钟。苏让在父亲狠毒而荒谬的诅咒声中站起身，走进自己的房间。他曾听说过拍花子，对这种据说能够迷人心智的邪术半信半疑，没想到自己的父亲竟然也着了道。他用手机上网查询，发现此类骗术遍及各地。有人认为是下了迷幻药，使受害者在一段时间内成了听话的傀儡；更多人则认为是被骗者醒悟之后，自觉丢人，遂编出被人一拍即迷的故事，借以掩饰自己的愚蠢。苏让联想到父亲平素每每自诩精明，不禁冷笑了几声。

次日一早苏让回省城，老苏执意相送。老苏穿了件新夹克，皮鞋擦得锃亮，两手插在裤袋里，在苏让身旁踽步而行，仿如一只骄傲的鹅。昨日的焦躁和颓唐在他脸上一扫而空。苏让知道他是故作镇定。老苏是个好面子的人，小家子情绪都发泄在家里，在外面永远一副傲然自若、胜券在握的神气。苏让猜他被骗财而不愿报警，肯定是怕传出去被人笑话。他想尽快离开老苏，但是公交车久候不至，村人一个个从他们身边走过，眼神儿皆饱含深意，打招呼的语气也很值得推敲。苏让心里难堪极了，他知道他父亲已经惹了众怒。

的确，老苏极端不负责任的行为引起了公愤：明知老婆不能自理，却丢到家里任其自生自灭,岂不是摆明要置她于死地?老苏的声名本就不佳,这条罪状更使他臭名远扬,而今日客车上这个尖酸刻薄的故事,无疑就是对他品性的无情揭露和鞭挞。苏让含恨吞声,头抵车玻璃望向窗外。夕阳已衔入远山,温吞的余光留恋天际,在几片云彩上染出一抹淡红。一辆重型卡车紧贴客车呼啸而过,苏让吓了一跳,脑袋本能地从车窗上弹开。车厢内骂声一片,有人质疑重卡司机是不是在抢屎吃,还有人断言他一定是急着去火葬场排队。苏让被丰富的民间语言所感染,不禁莞尔一笑,心情也好了些。当他再次望向窗外时,夕阳余晖已尽,在昏黄的暮色里,一座熟悉的村庄跃入视野。

已经到家了。可是苏让还没想好如何营救他父亲。

二

老苏涉嫌故意伤害,被关进了看守所。

苏让是昨天晚上得到的消息。大伯打来电话时,他正在跟女朋友吵架。女朋友脾气很好,虽然有时吵架,但很少真正翻脸,就算翻脸,苏让一哄就哄过来了。所以苏让有恃无恐,一不高兴就要性子,直到要够了,再嬉皮笑脸地结束战争。但是这次,女朋友却坚决不妥协,苏让装横未能达到目的,改而装可怜,依旧无效,就动用终极武器,试图用做爱来化解冲突。女朋友对他的意图洞若观火,将计就计,乐得享受,做完之后还是不松口。苏让阴谋破产,再次跟女朋友吵起来,言辞激愤而委屈,好像吃了大亏。女朋友本来还觉得好笑,但是苏让的话越来越难听,几乎可以用蛮横无理、尖酸刻薄来形容。女朋友就哭起来。

你太过分了苏让! 她说:你是不是欺负我对你太好?

苏让怔住了,看着涕泗滂沱的女朋友一时手足无措。那是被命中要害之后的慌乱和心虚,兼有真相逼迫下良知尚存的愧疚。仔细回想,自从确立关系以来,女朋友对苏让一直很好,关心体贴不在话下,而苏让却有点儿不冷不热,三心二意。从原则上说,他这种态度是很不道德的。而且说心里话,苏让的确有点儿依仗女朋友对自己的好而蹬鼻子上脸。拿别人对自己的好当勒索的筹码,已不仅是不讲道德,简直就是无耻的犯罪。面对女朋友一针见血的指责,苏让无言以对。

但是苏让又有点儿委屈,总觉得还有替自己辩护的正当理由。这理由是:他并不爱他现在的女朋友。既然不爱,傲慢与薄情就师出有名了。

这个女朋友是第二任,在她之前,苏让还谈过一次恋爱。那个女孩是他大学同学,长得很漂亮,苏让带她去参加同事聚会总会赚足面子。苏让相貌条件一般,智商和情商亦俱属中等,算起来没有任何吃天鹅肉的资格,如果考虑到家庭背景,更将注定是屌丝的命。他能混到那么个才貌俱佳的女朋友,首先要感谢母校。大学生们虽已学会面对现实,但毕竟不够彻底。其次要感谢专业。苏让读的是中文系,阴盛阳衰,万紫千红里仅有几片绿叶点缀。苏让大占便宜,几度庆幸选报志愿时的英明。他高兴得太早了,上帝给你一块糖,必会再挖一个坑。毕业临近开始找工作,苏让串了几场招聘会,这才惊觉自己大错特错。天底下最没用的学科大概就是中文,天底下最荒唐的事大概就是男生读中文系,同样是本科文凭,中文专业所能铺垫的就业之路狭窄得放不下一块鸡肋。大部分同学都选择了考研,包括苏让的女朋友。苏让展现了男子汉应有的气概,决定牺牲自己,供她读书。他费尽周折,在一家养老集团谋了个职位,省吃俭用报效美人。省城米贵,房租更贵,为了压缩开支,他们放弃了租房同居的计划,苏让住在公司宿舍,女朋友则与同学在外合租。两下相距大半个城市,虽不能天天见面,但是彼此劝勉,相互激励,颇有些苦命鸳鸯打天下的劲头。

苏让隶属公司企划部,职责是写各种报告和文案。企划部共有六名员工,两女四男,关系还算融洽。四名男士经常一起去夜市喝啤酒,本部主管偶尔也会纡尊降贵,与他们同乐。有一回苏让的女朋友刚好来找他,遂带她一起去了。诸同事一看到她,尽皆惊艳,然后轮番向苏让灌酒,以解妒羡之情。苏让大出风头,愉快极了。唯一让他略感不悦的是主管的一句话。主管半醺之时,两眼盯着苏让女朋友,笑嘻嘻地对苏让说:

你小子艳福不浅啊!

主管此语也许只是应景的赞美,苏让却敏感地听出了另外一重含义:鲜花插在牛粪上。他有点儿不悦,但很快就被同事们的恭维冲淡了。大家杯盏交错,尽欢而散。苏让虚荣心得到极大满足,喜欢上了带女朋友参加聚会,反正又不去高档场所,街头夜市大排档里的啤酒敞开喝也花不了多少钱,何况每周只有一次,大家轮流做东。随着越来越熟,大家跟他女朋友也亲昵起来。主管也对聚会变得热衷起来,只要苏让的女朋友在场,他几乎都会参与。有一次苏让被同事们灌晕,眯眼趴在酒水横流的桌子上,恍惚间看到主管正跟女朋友交换联系方式。大家都没带纸,主管就拉起苏让女朋友的手,将号码写在她手掌上。女朋友巧笑盈盈,雪白的手文静地摊在主管的手心里。苏让头疼得厉害,眼里的一切都开始变形,在流光溢彩的各色灯下曲曲袅袅,仿佛随风荡漾的油污。

第二天苏让就跟女朋友吵了一架。是他主动找茬挑起的战火,他觉得再不爆发就要憋死了。不仅因为昨天晚上那一幕,还因女朋友对他的态度已经很冷淡,看他的眼神日显鄙弃,对话的语气也越来越不耐烦。遗憾的是,他的发作没有起到任何有益作用,反而使他女朋友以此为借口挂起了免见牌。耗了两周后,苏让气焰全无,灰溜溜地负荆请罪,对女朋友曲意奉承,终于取得了她的谅解。他们约定当晚去看电影,电影票都已经定好了,舅舅的电话却如败兴的程咬金横空杀来。苏让只好向女朋友表示歉意,匆匆赶回家照顾被父亲遗弃的母亲。半个月后他等回父亲,重返省城,急不可耐地去找女朋友。可是女朋友已经搬走了,只有一封信在合租女孩那儿等着他。

苏让就此失恋。喝醉之后,他恬不知羞地放声大哭。他说爱情真是脆弱,竟然经不起十五天的分离。同事们同情地望着他,劝他节哀顺变。一个同事说:苏让你应该这样想,你玩了别人的女朋友,一玩这么久,还不用你负责,你小子占了大便宜。这句话不是同事的原创,苏让以前在网上也看到过,当时觉得搞笑,不想此时却成了自己疗伤的良药。苏让挂着泪笑起来。同事说:你还是哭吧,那样好看点儿。

酒醒之后,苏让就辞职了。在以后的几年里,苏让换了好几个工作,皆不如意,索性不再上班,彻底辞职做了个自由人。他一直没再谈恋爱。非他不想,而是不能,红尘世界里的女孩可不像学生妹那么好骗,以苏让的条件,也只够在网上猎个艳。他的恋爱史也成了再次恋爱的绊脚石。前女友太完美,苏让不由自主会拿她当标准,来衡量有意深入发展的女士。愿意与他交往的女士理所当然不会太优秀,哪里经得起他这样对比?所以也活该他找不到女朋友。有次几个相熟的人聚会K歌,说好都带上女友,众人皆如约,唯独苏让单身而往。大家说你什么意思呀,是不是想对哪个嫂子下手啊?要不哥儿几个凑钱,你去租个小姐充充数吧。

苏让说:我带着女朋友呢。

在哪儿呢?

苏让伸出他的右手。众皆哗然。有人问:苏让,你只用右手吗?苏让想了想,说:有时候也用左手。那人说:我靠,你脚踏两只船啊。

时间就像海绵里的水,挤出来再多也不值钱。最后的青春光阴在徒劳的折腾中悄然而逝,一天早晨,苏让在镜子前刮胡须,突然想起自己已年过而立,孑然无成,一时悲不自胜,心凄凄而涕下。他觉得应该重新审视先事业后爱情的戒律,不能再把有限的生命耗在无望的事业上。况且,作为一个正常的男人,他认为正常的性生活应该是人与人,而不是人与手。他渴望有个女人做伴了,也不再以前女友为标准,只要说得过去就行。他先租了个二居室的套房,然后打广告寻合租,如果看房的是男士或情侣,就找理由谢绝,只等合适的单身女士入住。可惜合适的单身女性很少,好不容易等来了一个,没几天就带了个男人回来,宣称是新交的男朋友。这对男女几乎每夜缠绵,害得苏让差点儿神经衰弱。男的还对苏让充满警惕,好像洞察了他的内心。苏让忍无可忍,就找借口把他们轰走了。那间房子就又空着了。苏让觉得自己真他妈悲催。

去年初夏，在苏让近乎绝望时，终于又来了个单身女士。单从面相，苏让看不出她的年龄，不光因为她的容貌让人无法直视，还因为五官搭配得不合逻辑必然构成较大的判断误差。但是身材不错，挺胸翘臀，长腿细腰。苏让内心嗟叹不已，接过身份证看了看。谢春丽，汉族，三十一岁。女士三十一岁而单身，想必与这张脸有莫大关系。他把身份证还给她，说：房东又涨房租了，现在一月五百，你能接受吗？

谢春丽说：行。

谢春丽当天就搬了进来。她爱干净，不吵闹，不带人来，和气，爱听克莱德曼，喜欢坐在客厅沙发上看书。她厨艺不错，经常邀请苏让一起吃饭，而不要求分摊伙食费。所有这些都是美德，使苏让对她充满好感，可是一看她的脸，苏让就决定还是做朋友。某天晚上，苏让上了会儿非法网站，被那些色情的东西惹得身热如焚。他想到了谢春丽，神差鬼使地走出了房间。谢春丽正在洗澡，卫生间哗哗的水流声令人躁动不安。苏让悄悄走过去，轻轻拧了一下门把手。门没有反锁。谢春丽惊叫了一声。但那惊叫不像恐慌，更像鼓励。卫生间灯光朦胧，谢春丽赤身站在莲蓬头下面，被细密的水雾温柔笼罩。这是一幅多么诱人的画面！苏让大脑充血，轻而易举就被这具优美而暧昧的胴体击垮了。

退火之后，回到灯光明亮的卧室，苏让立即就后悔了。但是为时已晚，谢春丽以极其自然的姿态反客为主，俨然已是他的女人，给他煮饭，给他洗衣，给他收拾房间，并在晚饭之后自然而然地来到他的床上。苏让怀疑自己上当了，他觉得那天晚上发生的事很可能是个陷阱。但是既已中计，无可奈何，何况谢春丽百般温存，让他不忍心拒绝得太生硬。他打算找个合适的机会向她挑明，尽量既不伤和气，也不伤自尊。然而这个合适的机会如此难找，而他的性欲又在炎热的天气里如此旺盛，每晚关灯之后，事情就一错再错，终至无法回头了。

日久天长，苏让渐渐习惯了谢春丽的脸，也就不再那么排斥。但他依旧不敢带她去见朋友，怕被人取笑。不过呢，谢春丽身材可真是不错，比前女友还要好，如果有假面晚会，苏让将毫不犹豫地带她参加。另外可以自慰的，就是谢春丽的贤惠。谢春丽对他的照顾到了无微不至的地步。苏让从没享受过这样的呵护，感觉她就像是上天派来弥补他缺失的母爱的。就这样吧，苏让认命了。大不了等以后有钱，带她去韩国整整容。

在谢春丽的强烈要求下，他们趁着去年春节见了双方的家长。谢春丽本来把更多的时间安排在了苏让家，但苏让却坚持在谢春丽家过年，然后带她回了趟自己家。他选在傍晚驱车进村，次日一早就仓促而去，还以美酷为名给谢春丽配了副大墨镜。苏让在谢家获得热情款待，谢春丽却在苏家遭受冷遇。老苏眼已半花，且谢春丽进门时天色已昧，但老苏还是被准儿媳的容貌吓住了。他与儿子取便说话,从优生优育角度,对两人的关系表示坚决反对。老苏若不反对,苏让对这事儿还心存犹豫,老苏一反对,苏让就跟女朋友站一边了。

就算会生丑小孩吧,你总还有个孙子抱。苏让说:难道你想让我绝后?

儿子这句没出息的话让老苏备感心碎。他对苏让的事业已经绝望,不料连婚事也将如此丢人,这个骄傲的老头彻底被命运打败了。打发苏让和谢春丽走后,他一病数日,郁郁寡欢,在外则偏激而好斗,看什么都不顺眼。一日登高修葺房子,大意失足,竟然跌断了腿。他认定老天跟自己过不去,暴怒不已,也不延医治疗,就躺在床上死耗。当他最终耗不过生理上的剧痛,打电话把医生请来时,大片肌肉组织已经化脓坏死,花了一大笔钱,只保住躯体没有截肢,而右腿就此跛了。

跛腿的老苏反而看开许多事,主动接受了丑媳妇的事实。老苏兄弟四个,他排行老二,老四都已经抱孙子了,唯独他依旧膝下孤单。他给苏让打电话,催促他们结婚。他满以为他做出这么大的让步,两个小东西一定会欢天喜地,立即遵命把婚事办了,然后怀孕生子,以续香火。不料他的愿望再次落空。苏让和谢春丽暂时都没有结婚的打算:谢春丽计划先买房再结婚,苏让则根本没有结婚的意愿。但他不敢把无意结婚的想法表现出来,正好躲在谢春丽的计划后装腔作势。他以谢春丽的理由搪塞老苏。老苏问在省城买房得多少钱。苏让说:最便宜的小户型也得五十来万吧。老苏直接就把手机摔了,大骂谢春丽丑人多作怪。

是的,苏让不爱谢春丽。一句"不爱",足以成为所有伤害的理由。所以,在这天晚上空前激烈的争吵中,当谢春丽指责苏让欺负她对他太好时,苏让虽然无法反驳,却亦感觉委屈。他盯着号啕大哭的谢春丽,不知是该妥协还是该坚持。谢春丽一边哭,一边穿起衣服,意态决绝地走出房间。苏让以为她要回以前她住的那个房间。那个房间已被他们改成书房,但仍保留着一张小床。此时苏让的手机响了,大伯以极焦灼的语气告诉他,他父亲因故意伤人,被警察抓起来了。苏让大惊,忙问其详。他的耳朵全贴在手机上,大门被用力拽上的巨响从耳边掠过,竟没有产生一丝影响。当弄清大体情况,并决定明天一早赶回老家之后,苏让有意与谢春丽讲和。家难当前,他需要团结的队伍做后盾。他推开书房的门,谢春丽并不在里面。他找遍了所有房间,全然不见她的踪影。这时候他才想起了那声来自大门的巨响。

谢春丽出走了!

三

苏让动身很早,但一路耽搁。先是从住处到车站,公交车堵了又堵,通畅时一小时可到，今日花了两个多小时。然后从省城到县城，苏让为了省钱，买了走省道的普通车票。客车空座太多，出站后在近郊反复兜转寻客，又浪费了一个小时。半路上发动机又出现故障，修理又花了一个小时。但还没完，这一个小时只是用来确认无法修好，乘客最终被分为几批，塞进了后续的班车里。时间被诸多意外拉得无限漫长，然后再一寸寸挫骨扬灰。苏让焦躁几死，自怨怨人，没完没了地嘀咕起了"早知道"的后悔经。

早知道这样，苏让会按照惯例，租个汽车开回去。事实上今天早上他也想过租车，但是再想到已经迫在眉睫的财务天坑，他就放弃了这个计划。方便诚可贵，面子价更高，若为生存故，两者皆可抛。对于积蓄有限的苏让来说，此时的处境就如游戏里的小角色面对法力超强的大BOSS，每一块钱都是那根短小的血柱里弥足珍贵的一滴血。所以放弃租车之后，他还放弃了打的去车站，继而放弃了走高速。天底下的好事往往会打折，霉运却会自开立方，利用你的窘迫环环相生，最终把你推入绝境。

苏让早晨离开住处时，谢春丽依旧未归。昨天晚上谢春丽出走后，苏让本来还担忧过，在城中几条街道里找了一圈。但是父亲的事更让他焦头烂额，索性不再管她，返回住处自囚愁城去了。他相信她不会出事，他促狭地想，她有张天然防贼的脸，自可无往而不安。此时的他断然想不起一件往事：有一回他跟前女友斗嘴，前女友愤而离去，不知所往。苏让仿佛装了永动马达，一口气找了一天一夜，只恨不能化身蚯蚓，把自己切成一千段，变出一千个人，大街小巷分头去找。当长夜耗尽，东方发白，苏让已经准备动身，而谢春丽依然没有出现在眼前，苏让开始发怒了。他觉得谢春丽太不负责任了，这样子一夜不归，就不怕他担心吗？

客车抛锚后，苏让头顶太阳站在灰尘飞扬的省道旁，看着旁边一名同患难的女乘客，想起了他的谢春丽。那名女乘客穿着一件短袖斜襟的青花瓷旗袍，谢春丽有件一模一样的，但是穿起来的效果却要比眼前这位女士强得多。旗袍可不是什么身材的人都能穿的，合适的人穿会相得益彰，不合适的人穿则会变得更难看。苏让掏出手机给谢春丽打电话。嘟嘟响后无人接听。谢春丽出走时没拿手机，这说明她依旧没回住处。当然也可能还在赌气，不愿理他吧。苏让闷闷不乐。

苏让在暮色掩护下踏进村庄，直接来到大伯家。大伯看到侄子，悲欣交集，望了望大门外，问他怎么回来的。苏让说坐客车。大伯说：怎么没开车？苏让说：朋友外出旅游借走了。

大伯点点头。没有车，跑着办事可不方便啊。你吃饭了吗？

大伯是名小学教师，颇守长兄的本分，对几个弟弟都有力所能及的关心。

因老二苏克修情况最特殊,所以也最为关照。苏让对大伯亦有好感,每次回家都要去他那儿坐坐。父亲此次出事,全赖大伯周旋。当然,身为一个草根教师,他的周旋也仅仅是找受害方求求情、给已被拘留的二弟送点儿衣物、同时通知侄子尽快赶回来,而没有任何足以扭转案情走向的资源可供利用。

　　苏克修的案子并不复杂,但说起来很扯,据大伯讲,他是因打碎了同居妇女的鼻梁,被那女人报警抓走的。腿跛后不久,苏克修就跟邻村一名寡妇勾搭上,没几天就同居了。这事儿直到两个月前苏让才知晓。那天他刚进了一批书,正在分类,忽然接到老苏电话,说他要去省城,带了个娘儿们,想让他见见。苏让独身前去,在约定的地方看到了父亲和一团肥肉。老苏瘦高,肤色黝黑,那团肥肉则矮圆而白,两人并列而立,相映成趣。老苏将儿子介绍给肥肉,肥肉说长得不赖,怪帅气。此话一出,她在苏让心里的代号瞬间由"肥肉"变成了"阿姨"。阿姨姓王,名大红,五十二岁,丈夫于去年冬天死于车祸。苏让母亲已去世三年,父亲要开第二春,按理说无可厚非。何况他腿跛了,能有个女人照应亦是好事。所以,苏让虽然不喜欢王大红,但也并不反对她当自己的后妈。三人在街口说了几句后,老苏问儿子:车呢?

　　苏让说:春丽回娘家,开走了。

　　老苏说:那就算了,咱找地方吃个饭,然后你去忙你的,我跟大红在街上转转,下午就回去了。回顾王大红:他生意忙,就不让他陪咱们了。

　　苏让就见过王大红这一次,除了觉得还算和气,其他如性格、品行、家庭底细等重要信息一概不知。他也没兴趣知道,反正要跟她过日子的是老苏,在现实生活里几乎跟自己没有任何关系。事实证明,苏让这个想法是荒谬的。半个月前,他忽然接到王大红电话。王大红开门见山,问他对她和老苏的事持何态度。苏让说:当然支持啊。王大红说:我和老苏已经住在一起这么久了,没名没分,真不是事儿,背后也不知道被多少人戳脊梁骨。既然你支持,就得张罗一下,赶紧帮我们把婚事儿办了吧。苏让说:行啊,我跟我爸谈谈。王大红说:还有个事儿,得事先说清楚。虽说我和老苏都是二婚,但也不能草率,彩礼钱还是得有的,我一个清白妇女,嫁给你爸,要是没彩礼,显得很不尊重,是不是?还有,老苏腿瘸了,你们又在外地,他眼看一天天老,全靠我照顾。我要照顾他,就照顾不到我那边的孙男嫡女,你们最好出一笔钱,送给我的孩子们,算是一个补偿。你看行不行?

　　苏让期期艾艾说:行啊,一共多少?

　　我也不多要,五万。你跟你爸商量一下,如果行,就马上结婚,如果不行,一拍两散,也不叫人再戳我脊梁骨了。

　　苏让头大如斗。他原以为老年人结婚好比补破袄,只要有人穿针引线,把他们缝到一起就 OK 了。看来他错了，正确的比喻应该是装修老房子，改头换面，拆旧翻新，原有的选择性保留，该添的一样也不能少。不过想想也是，时代在发展，人人都想证明自己的价值，对有些女士来说，一场婚礼的花费，就是自己的市场价格。谁不想把自己定价高一些呢？既然年轻女人的价格一直在涨，凭什么年长女士就不能随行就市？王大红所提的要求，客观说合情合理，要的价钱也基本公允，如果当成一桩交易，也算公平买卖，童叟无欺。只是这五万块钱，老苏决计拿不出来，王大红打电话给苏让，意思再明白不过：敦促他这个当儿子的尽孝心，把这笔钱出了。

真是荒唐啊，当老子的还没给儿子的婚姻尽义务，当儿子的却先得为老子的婚姻做贡献。苏让想起了他的母亲。可怜母亲生他一场，到死都没花过他几块钱，这个姓王的还没进门，就想提桶放他的血。这算什么道理？一念至此，苏让心中顿生厌憎。见你的鬼去吧，有这钱我还得给亲妈买纸元宝呢！

王大红的刺激，唤醒了苏让对母亲的思念之情。确切说，是这件事让他开始认真回忆起了母亲在世时的情形。在苏让的潜意识里，有这样一个印象：他母亲活着就是为了生病，其存在的意义，则是在他父亲身上测试人性的底线和善恶的边界。母亲略瘦，并没有因为长年害病而骨瘦如柴，天天待在还算干净的床上，或侧卧或半坐。他们的平房盖得早，窗子偏小，房间内光线不太充足。母亲默默地生活在略显幽暗的丈方世界，无喜无嗔，空耗岁月。小学的时候，苏让趴在床头的桌子上写作业，或者坐到母亲旁边剥花生，折纸枪，母亲会微笑看着他。有时候也会给他讲故事，但不是外国的格林和安徒生，也不是中国的哪吒和孙悟空，而是一些奇奇怪怪的东西，大体是说某某人信了什么，于是就怎样好了，某某某不信，结果倒了大霉。她讲这些故事时很小心，一旦听到父亲的动静，马上改变话题，或者闭口噤声。但是最终还是被父亲发现了，他像一头暴怒的狒狒，旋风般闯进来，在母亲苍白的脸上连抽两个耳光。啪啪的耳光声响彻幽暗的房间，一直回荡在苏让灰蒙蒙的童年里。

母亲之所以不能下床，不仅因为诸病缠身，还因为她的双腿都断了。父亲说是摔断的，苏让一直信以为真，直到初三那年，他才从大伯那儿得知真相。那是冬天一个星期六的下午，他去大伯家借书。大伯是村里最大的知识分子，家里有很多文学类书。苏让这个好学的侄子，大伯也非常喜爱。他给苏让选了两本抗战题材的小说，然后跟苏让促膝谈心。他问侄子有何志愿。苏让看多了典型作文，遂亦因为有个卧病的母亲而立志学医。大伯听后，喟然长叹，对苏让说，你就算医得了你妈身上的病，也医不了你妈心里的病啊。苏让不解。大伯说：你也大了，一些事也该让你知道了。

原来母亲生苏让的时候，因将养不善，落下了好几种病，腰疼头疼，心脏也受累,吃了一年药,亦无明显效果。母亲很苦恼,遂信了不该信的东西,从此四方奔走,不理家务。父亲恼火不已,将她囚禁在家,不准外出。但是一不留神,她就又不见了。父亲怀抱嗷嗷待哺的苏让,寻觅多日,终于逮到了母亲。母亲不愿回去,对父亲说:要我待在家里,除非打断我双腿。父亲二话不说,抄起铁棍就打了上去。

大伯讲述这些时,一副痛心疾首的神气,终了又借题发挥,畅谈起了鲁迅先生弃医从文、拯救国民心灵的伟大故事。大伯是鲁迅的铁杆粉丝,而纵论鲁迅,在他看来不过是最能展现一个人思想渊深的办法,并无劝勉侄子效法鲁迅的意思。不料苏让竟从大伯这番话里受到启示,废弃了学医的计划,改而热爱上了文学。

苏让的母亲是在他跟女朋友分手第二年去世的。失怙失恃,本是人生至悲,但是母亲的死并未使苏让感到格外的哀伤。相反,他觉得这是最好的解脱:不管是对父亲,还是对母亲自己。直到现在,回忆起与母亲有关的种种往事,苏让依旧这样认为。

但是这些关于母亲的回忆,无意间使苏让发现了另外一个问题。这么多年来,苏让一直从儿子的视角看老苏,对他的暴戾无常和莫名其妙的骄傲深恶痛绝,以至于从初中时代就致力于远走高飞,离他而去。他从没有想过,作为一个丈夫,他父亲的生活有多么可悲!他忽然觉得父亲其实很可怜,虽然种豆得豆,万事有因,可是徒有一段漫长的婚姻,却无缘享受应有的夫妻之情,思之岂不心酸?他掏出手机,拨通了父亲的号码。

有事吗?老苏问。

你和王阿姨的事怎么样了?

就那样吧。

你觉得她人怎样?

就那样,就那样。

他们的对话就这样简单地结束。但从此苏让对父亲多了一点儿感性的理解,对他的排斥也稀薄了些。一天晚上,谢春丽炸了几条小黄鱼。苏让想起炸鱼是父亲最爱吃的东西。八九岁那几年,每到夏天,父亲最爱带他去河里捕鱼。那时的河道水流丰满,两岸杨柳浓郁,无数水鸟在芦苇丛里清脆和鸣,而在藻荇密布的河湾,几只白色或灰色的长腿老等——很多年以后苏让才知道,它们的学名叫白鹭和苍鹭——正悠闲地觅食。父亲擅长撒网,只见他双臂一扬,渔网遂如一面圆盘,在阳光的照耀下罩向河面。等到拽出来时,网眼里总会跳跃着一些大大小小的鱼,有鲫有鲤,很少落空。回到家后,父亲刮鳞宰剖,烧油烹炸,鱼香很快就在房间里弥漫开来。

谢春丽听完他的动情描述，咧嘴笑起来，洁白的牙面上反射着吊灯的光芒。怎么？想你爸了？

苏让未置可否，夹起一条鱼慢慢咀嚼。这天晚上，他们做爱的时候，苏让吮吸谢春丽的乳头，谢春丽在他身下软绵绵地呻吟：乖儿子，好不好吃？苏让蓦然想起了他母亲。他没有恋母情结，只是从谢春丽这句骚情的话里发现了另外一个问题。性是正常人类不可或缺的生理需要。这几十年来，老苏的性生活是怎么解决的？思考长辈的性问题是非常尴尬的事，但是苏让的思维已然穿越洞开的记忆之门，从将近发霉的角落里找到了一个模糊片段。是几岁时的事已无从得知，但不会大于五岁。幼小的他被尿憋醒，蒙眬间发现父母在厮打，父亲努力压住母亲，而母亲殊死抵抗。他不知道发生了什么，就呆呆地看着。厮打了一阵后，父亲放弃进攻，气恼地夹了个被子到另一个房间睡去了。他正回想得出神，耳朵边痒痒地传来谢春丽的声音：怎么软了？

他说：把灯关了吧。

苏让决定答应王大红的条件。他银行卡里只有两万块钱，不到一半。他自忖要筹够五万元并非不可能，但需要时间。然而当他将有希望借到钱的朋友列名单，一一打去电话，才发现自己太乐观了。这时王大红的电话又来了，问他什么时候给钱。

苏让说：这几天太忙，过几天吧，过几天我给你送去。

再给你五天，就五天，不能再拖，再拖就没意思了。

行，你放心。

五天转眼又过去了四天，苏让竭尽所能，只筹到两万，还差一万的缺口。眼看时限已到，苏让黔驴技穷，只好将希望寄托到谢春丽身上。谢春丽的职业是造价工程师，在某建筑公司任职，薪酬优渥，所以胆敢做买房的准备。两人虽已确立关系，但收入各是各的，日常开销则大多由谢春丽承担，游玩、看电影之类娱乐费用也多数归她支付。一开始苏让曾装作随意的样子，向谢春丽提了父亲彩礼的事，隐约表达了让她赞助的意愿。谢春丽当场就给堵了回去。

谢春丽说：儿子还没钱结婚呢，老子凑什么热闹？

苏让说：怎么说也是咱爸呀，咱们来日方长，他可活一天少一天了。

谢春丽说：我把他当爸，他还不一定把我当儿媳妇呢。

苏让眼看无望，赌气不再说话了。不料绕了一圈，最终还是只能在她身上下功夫。他主动做了晚饭，又把谢春丽按到床上殷勤按摩，伺候了一通后，正式向她提出了赞助的请求。

算我管你借。苏让拍打着谢春丽的屁股说。

谢春丽的回答只有一个字：不！

苏让就发火了。发火无效,改而乞求。依旧无效,遂与之做爱,试图用性贿赂达到目的。可惜还没用。苏让彻底愤怒了。

你也不照镜子看看,你算什么货色!除了我这傻×,谁他妈会上你?苏让张牙舞爪地吼叫:我他妈天天伺候你舒服,向你借点儿钱,又不是不还,你他妈就这么无情!

没有人受得了如此刻毒的侮辱,哪怕是一贯好脾气的谢春丽。苏让这段污秽横流的粗口重创了她本不脆弱的心。于是,她出走了。而就在她摔门而出的同时,大伯在电话里告诉苏让,他爸打伤了王大红,王大红则把他爸告进了看守所。这意味着两个老家伙的婚事已经黄了,自然也用不着再筹措彩礼。

也就是说,苏让和谢春丽原本可以不用吵这一架。大伯崇尚节俭,堂屋里只有一盏十五瓦的小灯泡,光线微弱得要打瞌睡。大伯坐在八仙桌旁的椅子上,一边说老二的案子,一边不停地抽烟。他看到坐在下手的侄子有点儿精神恍惚,问道:你困了吗?

没有。苏让说:我去趟厕所。

苏让在厕所里拨了谢春丽的手机。依旧无人接听。苏让有些发慌,开始担心她真出事。要知道她的脸虽不好看,但身材好啊,在昏暗的夜色里,色狼们是看不清脸庞的,而身材则会是首要关注的目标。万一……苏让不敢再往下想,就劝自己相信她还在生气,所以拒接电话。他给谢春丽发了条短信:

对不起,原谅我的粗野!

他想了想,认为有必要向她报告自己的行踪,于是又补了一条:

我在老家。我爸打伤王大红,被警察抓了。

四

苏让对父亲案子的了解,仅仅来源于大伯的陈述。大伯是教语文的,言必称"中心明确,条理清晰",但是讲述发生在现实中的事件时,往往会因为浓烈的主观色彩而模糊焦点,混淆主次,情绪激烈之下,连是非都能颠倒。比如他对案情的描述,有些地方与苏让所掌握的信息明显构成矛盾。

据大伯讲,苏克修的确打了王大红,而且下手重了点儿,把王大红打得比较惨,不但鼻梁粉碎,左眼也几乎瞎掉。但是大伯认为,王大红挨打不亏。事情的经过是这样的:老苏腿跛以后,不能干其他事,就通过公路段上的熟人揽了个扫公路的活儿,总长三里,每天一次,月薪五百元。由于天热,老苏总是起早赶工,等太阳升起来时就已扫完,扛着扫帚打道回家。前天凌晨他如时上工,捡到一只黑包,打开一看,红艳艳的净是钱,拿回家数了数,整整十万。这是天赐之财,老苏当然要据为己有。不料王大红那婆娘竟然报了警。警察上门索要,老苏想抵赖,但是连包带钱被警察当场搜出,只好眼睁睁看着钱被带走。王大红报警之后,已躲回邻村家里,老苏等警察一走,立即打上门去报仇。王大红逃避不及,她儿子又不在家,于是遭了殃,若非邻居们赶来搭救,非被老苏打死不可。

你说这婆娘,不是活该挨打吗?大伯愤愤不平地说:虽说这钱的确不该要,得交上去,但你也不能报警呀,对不对?都成一家人了,克修的钱不也是你的钱?

苏让听到十万这个数,心头亦是一热,一点儿失落如薄雾淡淡升起。从道义上,他谴责父亲见利忘义野蛮无情;但从感情上,毫无疑问,王大红这婆娘真他妈有病。但在抨击的同时,苏让注意到了一个明显的悖论:从王大红催索彩礼的贪婪和迫切,可知其必非视钱财如粪土的高尚之人,但在这个案子里,她却性情突变,视不义之财如浮云,为了公义不惜得罪暴戾的未婚夫。如此巨大的反差,不符合最基本的宇宙逻辑,就连伟大的辩证法也不能给出足够合理的解释。苏让断定,这其中必有一些隐情为大伯所不知,或者被大伯认为与中心思想无关而忽略了。他要弄清楚到底遗漏了什么。

与案子有关的证据和证言都掌握在警察手里。苏让打算次日一早就去派出所,找办案民警了解具体情况和案子进展。大伯则认为大局已定,找警察已经没有意义,除非有得力的人帮忙打点儿。他说当务之急是跟王大红谈判,争取尽快和解。苏让觉得大伯的话也有道理,遂听从他。翌日清早,苏让便欲去找王大红。大伯说不能急,去得太早会让他们认为咱们急于求和,必将漫天要价。苏让大服:到底还是大伯练达,不愧多吃了几十年盐。

他们等到十点钟方才出门。大伯指示苏让买了箱饮料,作为通好之礼。王大红家大门紧闭,久喊不开,向邻居打听,原来是到县城住院去了,至于是哪家医院,他亦不知。苏让盯着大伯,等他拿主意。大伯稍加思索后当即决策,带领侄子直奔县城,在几家大医院挨家寻找,终于在人民医院外科病房找到了王大红。苏让扛着饮料气喘如狗。他将饮料放到病床前,向王阿姨问好。王大红圆溜溜地躺在床上,眼窝青紫,鼻子上盖着一块厚厚的纱布,肥胖的脸庞上陈列着刻意的愤怒,看上去颇似富有喜感的小丑。她扫一眼苏让,对他的问候不理不睬。她的一儿两女簇绕在床头,充满敌意地瞪着苏氏伯侄。大伯眼看情形不妙,满脸堆笑,卑声诣气地询问伤情,恭媚之态难描难画。传说中的汉奸也不过如此吧!苏让呆立一旁,心中很不是滋味。大伯的低三下四换来了对方的回应,双方在病床旁开启了和解谈判。其实用"谈判"这个词太抬举苏氏一方:王大红一家人多嘴快,根本不给他们发表意见的机会;苏氏伯侄则自认理亏,而且也不具备周旋折中的能力,面对气势汹汹的攻击皆无力招架。谈判遂变成批判。王氏一方痛快发泄之后,给出了和解的条件。

三十万,少一分不说事!

大伯脑门儿上汗珠密布,小心赔笑说:再少点儿,再少点儿。

你耳朵塞猪毛了?王大红的儿子厉声吆喝:少一分也不行!

王大红的大女儿说:说啥钱呢?不要钱,就叫他坐牢!谁稀罕那三十万?

苏氏伯侄狼狈而出。苏让对大伯的敬意烟消云散,觉得他老人家也不过如此。他坚持要去派出所找办案民警,但扑了个空,办案民警今天休班。他向值班民警咨询能不能探视父亲,获知刑事拘留不能面见亲属,但律师可以。苏让跟大伯商量是否请个律师。处理此事无疑要关涉许多程序与规则,而他对此一无所知,就连对付刁横的王氏一家,也已超出他的能力之外。大伯脑袋里装有许多与律师有关的文学作品,而在那些作品里,律师往往以讼棍的形象出现,所以他批评侄子的想法太幼稚,请律师唯一的结果,就是多花冤枉钱。

大伯也许是对的,也许不对,苏让不知该不该听他的。他向大伯要了一支烟,靠在城乡公交站台旁肮脏的铝合金广告牌上,默默将烟点燃。他想谢春丽了。谢春丽性情温吞,但很有主见,情商也比苏让高得多,遇到什么事情时,她会征求苏让的意见,但最终做决断的总是她。他掏出手机,再次拨通谢春丽的号码。

依旧无人接听。

苏让心中如百鼠抓挠,又无可奈何。晚饭还是在大伯家吃。吃饭时,苏让问大伯:你看王大红像不像不爱财的人?

不爱财?哼哼,我看是不爱小财!嘴巴一张,比鳄鱼都大。大伯想起王大红一家的嚣张,不禁愤然作色。他们铁定是想讹一大笔,谁让你有钱呢?

苏让说:我哪儿有钱?

慌什么?大伯笑了笑。有没有都是你的,我也不会花一分。

苏让黄连塞心,有苦难言。他久知村人都视自己为有钱人,最不济也算事业有成。他每次回来都开轿车,而且每次的轿车都不一样,就是最有力的证据。在这片相对封闭的乡土,知道汽车租赁业的人尚且不多,所以经常换车这个最大的漏洞,在不少人眼里,反而成了苏让格外有钱的铁证。即使有些车辆不是他的,能被他轻易借用,也足以证明他生活在一个高端的圈子里。多数乡亲依旧朴素地认为,轿车就是富贵的象征,行必以轿车代步的人,就算不是富贵,也离富贵不远。

热衷装阔的人很多,其中半属行骗,半图虚荣。虚荣之心,人皆有之,苏让固亦不能免俗,但为虚荣而不惜将脸打肿,却也并非他的初衷。他的初衷是行骗。

那是一场失败的骗局,源于一个弄巧成拙的策划。苏让曾经是个单纯的青年,相信梦想,胸怀大志,因为喝多了鸡汤,而坚信只要努力一定就会成功。他的第一份工作,是某养老集团公司企划部文案。这个前途无边、薪水有限的公司是苏让的伤心地,并被他视作日后一切霉运的源头。他先在那儿丢了女朋友,辞职离开后,工作换来换去,竟没有一个如意的。他当过内刊编辑,应聘过民校教师,在几家半死不活的文化公司干过策划,还尝试过推销保健内裤和万能钙片,就差没进传销组织碰运气。在职场拼搏之余,他还坚持文学创作,写了大量诗歌、散文和小说。如是奋斗了六年,他可悲地发现,愿望中的成功非但没有随着脱发速度的增加而日益靠近,反而在他的不懈努力下渐行渐远。文学作品攒起来亦几可等身,但是一篇也没在正经刊物上发表过。二十六岁那年,他看到一篇关于网络作家富豪的报道,怦然心动,于是辞掉工作,投身于网络写作。他从春天写到秋天,花光了所有积蓄,最后欠着一个月房租,灰溜溜地逃回了老家。他在家一住月余,闭门不出,老苏便找他谈心,问他意欲何为。他说他不想走了,想在老家创业。老苏让他谈谈创业计划,他养猪啊种蘑菇啊云来雾去乱说了一通。

老苏听罢,对他说:给我滚回城里去!要想回来,先把供你念书的钱还给我!

苏让只好返回省城。走之前他得到老苏五千块钱的资助。他以此做本,批发了一堆盗版书籍,以三轮车载着游街摆摊,过起了与城管斗智斗勇的生活,月底计算收入,居然比上班和推销内裤要强。苏让遂坚心以此为业。有了点儿积蓄后,他在图书城盘了个门店,做起图书批零,从此告别游击时代,干起了坐地生意。

二十八岁春三月,他回了一趟老家,看到街道上张贴的村委换届选举公告,觉得不失为改变人生之路的一个机会,遂决定回来参选。他先找到几个发小寻求支持。苏让不才,是村里有史以来第一个大学生,而发小们几乎没有读完初中的。大家问他在省城干什么事业,他说图书批发。复问赚不赚钱,他谦虚地说,一般吧,天天开车去进货。苏让说的车是三轮车,发小们理解成轿车或卡车,凭良心讲也不能怪他。他以推销内裤时练就的不烂之舌,说服了一群发小,建立起自己的竞选队伍。老苏得知此事,与他对坐在院内老楝树下,让他陈述竞选策略与施政计划。这次苏让准备充分,慷慨陈词,自忖必能打动父亲。老苏听罢,却并不表态,起身无语而去。这天晚上吃饭的时候,他对苏让说:你这样还不行,你一个没钱没权的生瓜蛋子,说出花儿来也没人信你。你得吹嘘吹嘘自己,打扮成成功人士,再加上你大学生的身份,才有可能成事。

万一穿帮呢?

省城那么远,谁知道你究竟做什么?你去找个轿车,开着车回来,说什么人都信。

苏让依计而行,赶回省城租了辆轿车,又印制了几千张名片,给自己安了个"信诚图书有限公司董事长"的头衔。此举虽是策略,但从性质与要素来讲,与行骗也没什么区别。这种方式还真奏效,在一干发小的鼎力支持下,苏让的竞选活动搞得风风火火。老苏亦在底下游走,疯狂吹嘘儿子在省城事业前途无量,并称他所交往的都是些大老板,随便在村里建个厂,就够全村人吃喝了。

老苏的办法本来有用,遗憾的是凡事有度,过度则否。老苏唯恐牛皮吹得不大,遂引起了大家质疑:你儿子放着省城那么大事业不干,回来竞选村长,图什么?老苏说:能图什么?报效乡亲,为家乡做贡献呗。大家听他说得这么高尚,更加起疑。苏让的竞争对手是个开煤矿的土豪,投票前挨家送礼,并承诺当选后唱三天对台戏,大宴全村。选民们既有已经到手的实惠,复有唾手可及的好处,较之苏让画饼充饥的空头许诺,大家觉得这才靠谱。选举如期隆重举行,至于结果,可想而知。

竞选的失败给了苏让致命一击,促使他彻底放弃了乡村。老苏倒不觉得难堪,反而一副虽败犹荣的神气,到处表达对村民鼠目寸光的鄙视。大家对他的骄狂亦嗤之以鼻,懒得理他。偶尔会有人说:苏老二,你儿子那么有钱,你怎么不去省城享福?

老苏会撇撇嘴,现出一副嫌厌的神情。高楼跟摞鸟笼似的,住不惯,再说空气那么差,我才不去呢!

那也让你儿子花点儿钱,给你盖个小洋楼啊,还住这破房子,不怕掉价儿?

他想盖,我不让。吃苦是福,要那虚荣干啥?

选举对村民的影响很快归零,但是苏让却在装阔的道路上骑虎难下,直至于今。现在被王大红敲诈,算起来也是自作自受,纯属活该。更叫苏让伤心的是,大伯也因他脱口而出的"我哪儿有钱"产生了不满,觉得这话意似担心他老人家谋他的钱。看得出大伯想控制这种不满情绪,但还是丝丝点点地流露了出来。在接下去的商谈中,大伯的精神越来越疲倦。苏让有种不好的预感:大伯恐怕是想撒手不管了。饭后道别的时候,他的预感得到了部分证实。大伯说:你明天再去找找王大红,多说说好话,尽量往下压压价。我还得上课,就不跟你去了。

苏让穿过几条黑黢黢的街道,孤独地回到自己家。空荡荡的院落仿佛一只盒子,寂静地浸泡在幽昧的夜色里。苏让走到老楝树下,软瘫地靠到树身上。他觉得很累。事情才刚开了个头,他就已感力不从心,后头不知还有多少麻烦在虎视眈眈地等候,而那未知的一切,将只有他一人去面对。此时此刻,他如此想念谢春丽。她若在,就算帮不上什么忙,至少可以做个伴,使他不至于这样无助和孤单。他掏出手机,再次拨打谢春丽的号码。

仍无人接听。

苏让心乱如麻,各种不祥预感在脑壳里风起云涌。他又发了条短信:

我在老家,思你若狂,看到短信请回话。

他拿定主意,如果明天谢春丽再不回话,就赶回省城去找她。可是父亲的事怎么办?再者,万一谢春丽也出了意外,不知所踪,又该怎么办?

怎么办?怎么办?苏让抱树而立,将脸贴在粗糙的树皮上,难过得想哭。

五

苏让睡得很不安稳,梦里乱象纷纭,怪事迭出,无数荒谬不堪的意象和情节毫无逻辑地交错登场,乱糟糟地折腾了他一夜。醒来后第一件事是看手机。只收到一条代开发票的短信,余无任何消息。身陷困境的时候,只有骗子还惦记着他。苏让苦笑。

办案警官至关重要,必须去见见。苏让买了两条好烟,裹以报纸,来到派出所。办案警官是个小年轻儿,看上去年龄可能比苏让还小。苏让报上身份,请求了解案情。警官将他带到自己办公室。一进屋,苏让就将烟放到办公桌上,口说警官办案辛苦,这两条烟表示一点儿敬意。警官也未多做推让,挑开报纸看了看,便收入抽屉,对苏让说:你爸这个案子呢……

警官刚说这几个字,一群人已鱼贯而入,为首的女士手持一尺多长的采访话筒,一名扛摄像机的大汉紧随其后。警官的脸瞬间白如死灰。女士笑靥胜花,自报家门和来意。原来他们是县电视台《社会与法》栏目组,收到一条线索,说是有个扫公路的老头儿,捡到一笔巨款,想私吞,他未婚妻百般劝说都没用,就大义灭亲,把老头儿给举报了,结果被老头儿打成重伤。他们认为未婚妻的行为充满了正能量,应予大力弘扬。

你是办案警官,所以想采访你一下,请你谈谈这个案子。女记者声如鸣玉,字正腔圆。别紧张别紧张,你可以先想想,准备一下再录。

警官的脑门儿上已然沁出汗粒,听完记者的话,神情明显放松下来。头一回被采访,一见摄像机就慌了。他自嘲地说着,抽出张纸巾抹汗。不好意思啊,让你们见笑了。

记者说:没关系。很多大领导也是这样,平时威风得不得了,摄像机一对着他,就傻那儿了。

警官笑起来。双方闲聊了几句，眼看警官进入状态，遂开始正式采访拍摄。女记者请他给观众朋友讲述一下农妇大义灭亲的故事。警官说：你们接到的报料不太客观。据犯罪嫌疑人苏克修交代，他在捡到巨款后，他未婚妻王大红要求平分，苏克修不答应。王大红几次降低要求，均被苏克修拒绝，一怒之下，就报了警。苏克修气不过，就殴打王大红泄愤。所以说，这个案子其实并不是大义灭亲，而是分赃不均。但是在客观上，起到了好的结果，让巨款得以物归原主。当然，这是苏克修的一面之词，被害人王大红予以否认，自称目的就是为了正义。由于缺乏第三方证人，究竟谁在撒谎暂时无法得知。但是不管事情的起因到底是什么，苏克修打人是事实，而且伤势比较严重，构成了故意伤害，已被依法刑事拘留。

警官吐字清晰，淡定自若，一遍就过了。送走电视台的同志们，警官关上房门，彻底松懈下来。吓死老子了！他说：我还以为是纠风办的。他在饮水机下接了杯水，一饮而尽，然后盯着苏让，脸上一派施恩者的神气。你知道这事儿多危险吗？我是说你爸。我要是不说出真相，替你爸辩解，王大红一旦被树立成英雄，你爸可就完蛋了。你想想，公然挟私报复，伤害一个做好事的英雄，那是什么概念？但是我说归说，电视台怎么播，我就管不了了。

苏让坚信父亲的证词即是事实真相，因为它完美地解释了曾经困惑苏让的悖论：一个庸俗的女人怎么可能做高风亮节的事呢？警官所言不差，万一王大红被媒体塑造成英雄，不但他爸彻底臭掉，王家对赔偿问题也必将更加强硬。报料的人毫无疑问是王大红家的，不想对方还有这样的策划人才，真是失敬。他颇庆幸及时来找警官的明智。警官如实全面地陈述案情固然是其职责所在，但这段正本清源的发言，无疑对苏家有利，因此苏让宁愿相信那两条烟也起到了某种作用。他向警官请教对策。警官亦建议他与王大红和解，但是动作要尽量快，因为案件是讲程序的，刑拘七天之内如达不成和解，就要提请检察院批捕。批捕之后如果还达不成和解，一旦法院判决，就只能去坐牢服刑了。

苏让只好再去找王大红。城乡公交破旧而狭小，无空调，脏兮兮的玻璃窗悉数敞开，借以通风散热，兼以释放浓烈的汗臭味。苏让夹在人丛里，攀着头顶的扶手，随车子的颠簸摇来晃去，仿佛吊在烤房里的熏肉。旁边有人手机响，他不由自主也掏出自己的查看。并没有谁联系他。他再次想念起谢春丽。如果今天仍然没有她的消息，是不是真的赶回省城呢？他又拨了她的号码。

谢天谢地，谢春丽的电话终于不再是无人接听，而是提示正在通话。这说明谢春丽安全无虞。苏让骤然松了一口气。过会儿再打，那边通话已结束，但却再次无人接听。很明显，谢春丽不想跟他说话了。苏让心里好比被针灸的穴位，酸楚之中挟带着隐痛。以前两人也曾在怄气之后多日冷战，谢春丽亦玩过以出走相威胁的把戏,但苏让根本不在乎,结果每次都以谢春丽主动求和而告终。不料这一回,先挺不住的却是一贯没心没肺的苏让。苏让觉得自己怪贱的,可就是抵制不住源源不绝的伤心。他在摇摇晃晃的熏肉丛里编了一条短信:

原谅我,宝贝!真想立即出现在你面前,向你倾诉这几天的懊悔和思念。

编完之后,苏让看了又看,最终又一字一字删除,重写了另外四个字:我需要你。短信发出后,直到苏让走进外科病房大楼,亦未等到回复。电梯门打开,一男一女迎面走出来,男的穿着件袋兜密布的摄影马甲,手提一只小高清,女的则戴着副窄小的黑框眼镜,手握一支采访话筒,上头套着省内某著名电视台的台标。苏让心慌不已,料定必是采访王大红了。当他走进王大红的病房时,见其全家人都在,喜气洋洋的像过节。一看到苏让,他们顿然变色,那种傲慢和冷漠如同一个老师教出来似的,整齐划一地呈现在他们脸上,然后相互联网,造就了一个巨大的气场。苏让放下水果,关切地询问王阿姨觉得怎么样,好些没有。

王大红的大女儿说:别假惺惺了,有事说事,没事马上走,我们这儿不欢迎你。

苏让忍气吞声,表明来意,请求王阿姨看在跟他父亲相好一场的分儿上,放他们一马。当然不敢奢求不赔钱,只是三十万实在太多了,无论如何拿不出来。王大红怫然说:我跟你爸相好,是我瞎了眼,找谁不行,找那个狼心狗肺猪狗不如的东西!你也少给我装可怜,你在省城开着大公司,谁不知道你有钱?我要三十万都嫌少了。

王大红的女儿不满地瞪了她妈一眼:妈,要什么钱啊?谁稀罕那三十万?电视台已经采访了,就等着上电视吧,这么大的事儿,三十万就想了结?没门儿!

王大红的儿子说:对,三十万想都别想,至少五十万!等着上电视吧!

苏让笑起来。他本来该如丧考妣的,可是脸部肌肉不受控制地痉挛。这事太荒谬了,却又有着完整的逻辑和充分的理由。生活真是优秀的编剧,草蛇灰线,伏脉千里,然后选在主人公最艰难的时刻伏兵四起,一时发作。难为它费了这么大功夫,不在高潮时把情节设计得疯狂一些,怎么对得起上帝那个万能的观众?苏让一边笑,一边摇头。实话对你说吧,王阿姨。他说:你们上当了,都上当了。我不是什么有钱人,更没有什么大公司,我只是个在省城楼缝里苟且偷生的小爬虫。

苏让一五一十把自己的真实情况讲了一遍。所以,王阿姨,别说三十万五十万,就连五万我都拿不出。如果要得少,我还可以去贷款,你要这么多,就算我去找高利贷,也没人敢给我呀。

王家诸人失望与愤怒交织,痛骂苏家一窝骗子,不得好死。王大红捶床悲叹:我跟姓苏的好,就是听说你有钱,想跟着他沾光享点儿福,谁知道都是假的,我真是倒了八辈子血霉喽!王大红的儿子气得头发都直了,暴躁地说:算了,不要钱了,叫老家伙坐牢,等牢里头的狱霸打死这个老东西!

王大红的大女儿瞪了哥哥一眼。你急啥呢?打死他你有啥好处?然后回视苏让,神情充满鄙视与厌憎。你走吧,我们商量商量,你明天再来。

苏让将自己扒衣剥皮,原形毕现,彻底豁了出去,虽然体面不再,尊严受辱,他们父子也必将在家乡沦为笑谈,但是走出病房,苏让并没有感到更多的压抑和痛苦。或许人的精神承受力就如一杯水,达到饱和度后,再加多少溶质,也不会使浓度更高。苏让没乘电梯,顺着楼梯一阶阶缓缓而下。当事情相持不下时,亮出底牌,未必不是破解僵局的好办法。他断定王家必定会修改赔偿数字,至于改成多少,则非他能左右。事已至此,只得听天由命,若能救出父亲诚然是好,如果不能,也是父亲自作自受。所谓意外之财,见者有份,倘若分给王大红一些,又何至于有今日之祸?可见做人不能太贪,否则天理难容。

将近中午,派出所办案警官打来电话,告诉苏让,省电视台也去采访了,跟县电视台一样请他讲大义灭亲的故事,而他照例坚持原则,在摄像机前向观众提供了全面信息,以正视听。苏让感激涕零。警官询问谈判情况,苏让说对方正在考虑赔偿数额。警官劝他抓紧时间,早一天和解,他爸就能早一天放出来,看守所可不是宾馆。

苏让在县城街道上信步而行,不知所往。这一片城区犹如大乡镇,嘈杂、脏乱,毫无特色的中低层建筑挤挤挨挨地铺展开去。他一边茫然行走,一边等待着谢春丽的电话或短信。但是手机却像死了一般,一直悄无动静。傍晚时分,他在一家小旅社开了间房。他对老家已经心怯,不愿回去。何况自从大伯也撒手之后,整个村子已没有任何一个可以容纳他的人。他的那些发小误信他是大款,需要钱时向他求助,无不被他婉拒,大家去省城时电话约见,他也都推诿躲避。诸发小尽皆寒心,早已断交殆尽。房间很寒碜,陈设简单到只有一张床和一只旧床头柜。苏让刚走进房间,手机突然响了。苏让一阵狂喜。然而来电的是本地的陌生号码,并非谢春丽。

电话接通,原来是王大红的女儿。他们已经商量过了,考虑到苏让的实际能力,决定大发善心,少要点儿,意思一下就行了。

毕竟我妈和你爸好了一场,也是命里的缘分。王大红女儿说:不让你出三十万了,二十万就行。二十万还嫌多?那你想给多少?你还个价。多少?五万?你开什么玩笑?我给你五万,把你打残疾,你干不干?我再减两万,十八万,不能再少,你答应就答应,不答应就拉倒。五万五?你打发要饭的?你要搞清楚,我们可不稀罕你这点儿钱,你只要不怕你爸在监狱里受罪就成。十七万,就十七万,真是仁至义尽了,碰到你们这种无赖骗子,算我们倒了八辈子霉……你不要欺人太甚,十万,十万,说到底了,十万!滚你妈×吧,老子不要了,叫你爸到监狱里挨打去吧,打死他个鳖孙!

王大红的女儿气急败坏地挂断电话。苏让被骂得狗血淋头,不但未生气,反而颇有点儿成就感。十万应该是他们的底线,再少估计已不可能,大伯告诉过他,有个远房亲戚曾以相似的情况和伤势,获赔了十六万。相比之下,苏让能跟王家蹭到十万,可以算是一场大捷。苏让发现,只要放弃虚伪的尊严,事情就没有想象的那么难办。然而纵使十万,苏让又如何出得起?他现在的实际支付能力只有两万。哦不对,前几天为了筹措彩礼,还借到两万,尚在他的银行卡里。但这并不是一件值得欣喜的事,因为这两万元同时代表着一个令人难堪的事实:他所能借到的钱已全部在此。那么,剩下的六万该如何筹措?

只有贷款。

银行贷款很难,所以不用考虑,唯一可以尝试的,就是找高利贷。但是高利贷也好比毒品,并非你愿意冒险就可以随时得到。苏让打遍了通讯录,只有两个人说可以帮忙找找,但同时又都劝他最好别碰。苏让说已经走投无路,顾不上那么多了。他们说那更不能碰,那些放贷的可不是善人,他们可不管你还不还得起,到时候别弄出人命。苏让说:别吓我了,帮帮忙吧。过了一会儿,那两人相继回电,一个说没找到,另一个说对方利息太高,要五分,还利滚利,然后又盛劝苏让不要贷。这么高的利当然不敢碰,除非真不想活了。苏让闷闷不乐,觉得是他们不愿真心帮忙,但亦无可奈何。他在吱吱响的床上辗转反侧,彻夜难眠。

天快亮的时候,手机短信响了一下,打开看,是谢春丽发来的。这一瞬间,苏让激动得鼻尖发酸,好像受惩罚的孩子终于被家长赦免。谢春丽在短信里问:你爸的事怎样了?苏让回:糟透了,电话里说。然后急急忙忙地拨通谢春丽的手机。不料谢春丽立即挂断。再拨,依旧拒接。正要拨第三次,谢春丽的短信又到了。苏让将短信打开,看了一眼,大脑顿时呆钝如木,连心跳都似停歇了,肢体僵如石冷如冰已无从知觉,只有眼泪像泉眼一样,从瞳仁深处漫上来,漫上来,漫上来……

谢春丽的短信如是说:我已经搬出去了。祝你好运!

六

网吧面朝东,门前人行道上有棵女贞树,浓密的树冠郁郁如盖。苏让从网吧里走出来,脸色苍白如纸。他站到女贞树的阴凉里发了会儿呆。一缕阳光穿透层层枝叶,明晃晃地落在他脑门儿上。他抬起头看过去,迟钝的眼光与日光相遇,仿佛电焊烧熔时强烈的一闪。他闭上眼睛,感觉头顶的树盖开始旋转。

他刚在网吧发了一条信息。他要卖肾。

苏先生,男,三十三岁,B型血,身体健康,无不良癖好,无性病及传染病史。生活所迫,卖肾救父,有需要者请联系。电话……

帖子发在某个知名的网络社区。

他是从街头肾病广告上得到启发,经过深思熟虑之后做的决定。谢春丽已经离去,世界如此之大,但放眼望去,除了路人还是路人,唯一的亲人却在高墙之内。谢春丽走了,苏让才意识到她是何等难得和重要;难道也等父亲老死囚狱,然后再来后悔泣血,向天痛诉"子欲养而亲不待"的悲伤吗?他再不好,也是父亲,有他在,就不用做孤儿。

他已三顿不食,此时终于感到饿,举目四顾,见附近有家小吃店,遂移步前往。手机响了,生号,来自省城。他想,是不是要肾的呢?接通之后,他听到一个男子的声音。

你好,是苏让吗?

声音清亮有力,带着点儿金属的质感。

是我。你是?

我是达信律师所的朱炜律师。你爸爸是不是涉嫌故意伤害,被刑拘了?

对不起,我不请律师。

有人替你请了。把案情给我讲一下。

苏让一怔。炽热的阳光大片大片地洒下来,烧得他脑子发昏。他说:是谢春丽吗?

总之不用你出律师费就是了。闲话少说,谈正事吧,我的时间是很贵的。

苏让心中百味杂陈,眼睛涩得厉害,但在朱律师干练话语的逼视下,一切涉嫌矫情的东西纷纷退避三舍。他说:谢谢你,我已经不需要律师了。

手机里传来呵呵的笑声。年轻人,别这么绝对。朱律师说:我保证你肯定需要。

真的不需要。

这样吧,你只管把案子讲讲,我看能不能给你提供一些意见,反正老谢已经预付了一点儿钱,我不可能退给她。

果然是谢春丽。若在几天前,谢春丽做的一切事都会被苏让当作理所当然。但现在已分手,她再这样做,难免就具有其他意义,苏让不知她是可怜自己,还是难舍旧情。他犹豫了一下,终于还是开口叙事,将案情由来与现状讲述了一遍。讲到电视台采访时,他忽然想起竟然忘了看昨晚的电视,不知他们播了没有,怎么播的。他现在已不担心电视台的报道会对赔偿数额产生影响,但是想到王大红有可能被塑造成英雄,便恶心如吞下一碗苍蝇。

这个不用担心,电视台不可能幼稚到听信一面之词。即便他们不谨慎,把王某做成了英雄,也完全可以用后续报道再把她打回原形。朱炜说:媒体们既乐于塑造英雄,也乐于毁灭英雄。

那不是打自己的脸吗?

你以为他们要脸吗?朱律师刻薄地说:他们要的是收视率。

苏让觉得有理,心下释然。他将所有情况讲述完毕,静候朱律师评判。朱律师在喝茶或者喝咖啡,苏让清晰地听到啜饮的声音。朱律师喝够之后,只说了一句:也就这样了。

苏让略感失望。一开始朱律师口气那么大,苏让以为他必能给些好主意,让他进一步扩大成果。他不知谢春丽预付了多少钱,但凭朱某寸功未建的结果,给一块都嫌多。他给谢春丽发了条短信,三个字:谢谢你!

谢春丽没有回复。苏让反复逼迫自己不要再奢望她能回话,但总扼杀不了内心深处那点儿期待。他要了一屉蒸饺,一碗紫菜汤。吃着吃着,他忽想起第一次和谢春丽出去吃饭,点的就是这两样。那时谢春丽刚搬入不久,傍晚时水管坏了,两人合力修了很长时间才弄好,虽然不累,但都不想做饭,便一起去外头解决。谢春丽说:咱俩划拳吧,谁输谁请客。苏让说行啊。结果苏让输了。谢春丽得意扬扬,嬉笑说:哈,我赢了,我可要狠狠宰你一顿!苏让有点儿小郁闷。他本来无意跟谢春丽一道吃饭,不过是当他表示要外出觅食时,谢春丽要求同行,他不便拒绝而已。他担心谢春丽真会大开杀戒,点太好或者太多,害自己破费。还好谢春丽只是装腔作势,选了个小吃店,而且只点了蒸饺和紫菜汤。

或许这只是巧合,不必做形而上的矫情联想,但是无法否认,总会有些生活的细节因着某种原因而被嵌进生命,并在某个时刻不经意重现。吃完饭后,他无处可去,遂回网吧看有没有人回复自己的帖子。回复的人很多,有同情,有建议,有质疑,有挖苦,绵延的回帖仿佛一条深长的胡同,里头人声鼎沸,面目各异。其中有一条质疑把苏让逗乐了。

那个网友说:这哥们儿不会是想买 iPhone 吧?

苏让放声大笑,全然不顾网吧里游戏虫们看傻×的眼光。至苦中未必不可有乐事,这一秒钟的开怀,是对无情现实傲然一比的中指。有人回帖表示有意购买,并留有联系电话。苏让直接无视。作为一名资深网民,他早已练就识别真伪的能力,可以在陷阱密布的网络世界从容游走而不中招。这当然与智商有关,更重要的是他不贪小便宜,更不相信天上会掉馅饼。至于回帖里的那些联系号码,毫无疑问是吸费电话。如果真需要买肾,他就会打过来,而不是让苏让

打过去。他登录网站,回复那些敬业的骗子们:

老子已经窘迫到这个地步,还想对老子下手,还有一点儿人性吗?

他是气糊涂了。他应该知道,骗子就是专拣人性的弱点下手,如果讲人性,就不是合格的骗子了。况且在现实的利益面前,所谓人性真是轻薄如纸,为了攫取钱财,谁会管对方死活?要想自己上天堂,就得敢推别人下地狱。

他刚回复一条,王大红女儿的电话忽然喧哗而来。苏让想着"你再急,也得等我把肾卖了",随手接通电话。不料王女并非催逼本已达成共识的十万赔偿,而是要撕毁协议。他们看了电视节目,发现那些该死的记者并没有按他们表述的那样来报道,还去看守所采访了苏克修,而办案警官也没有对作为受害方的王大红表示任何偏袒。这样两造对质,傻子也知道观众更倾向于相信哪一个。尽管这也并不能够替苏克修脱罪,但无疑把自己也拖进了粪坑。王家弄巧成拙,追悔不已,在加倍痛恨苏克修的同时,对出此馊主意的大女儿给予了激烈批判。今日午时,有两家亲戚听闻王大红被打,来做人情探望。说到赔偿,他们纷纷指责要价太低,并举出他们所知的相关案例为证。人家都要十五万二十万,如果自己要太少,不光吃亏,还会被视为无能,惹人嗤笑。至于苏家给不给得起,是他们的事,真给不起,可以叫警察当证人写张欠条。总而言之,这赔偿是宁可不要,不可少要,须知人活一口气,一分钱不落让老东西在监狱里受罪,也强似区区十万块就轻易放过他们。大女儿再次被批判,怒火攻心,立即致电苏让,通知他情况变了,二十万一个子儿不少,如果同意就这样定,如果不同意,就不必再联系了。

大女儿的话不但强硬,更且生硬,说完即挂,不留任何余地。苏让仿佛被突袭,机关枪一阵猛扫,前心打透后背,三魂七魄亦被惊散大半。他已在网上查过,一颗肾大概可卖十几万元,当然前提是正常交易,如果通过中介,就只能到手三万左右。二十万,就算正常交易,也得卖两颗才够。他妈的这不是把人往死里逼吗?

苏让无心再上网,在大街上兜来转去,无计可施。难道父亲只能在监狱里终老了吗?连自己的老父亲都保护不了,生而为人还有什么意义?他想到了自杀。想到自杀时他又想到了谢春丽,然后又想到了谢春丽已付过费的朱律师。

接到苏让的电话,朱律师似乎并不感到意外,但是语气颇含讥诮。他说:你不是不需要我吗?怎么?知道错了?

苏让说:你不也保证我肯定需要你吗?难道你也错了?

朱律师微微一愣,放声大笑。笑声很爽朗,充满了成功人士面对屌丝的自信和宽容。对得好!我喜欢!他说:说吧,想让我为你做些什么?

苏让遂讲了王家翻悔的事,向朱律师请教对策。朱律师问:之前说定十万的时候,你们签协议没有?苏让说没有。朱律师说:那你活该。苏让如被扇了一记耳光。好在经过几天磨砺,苏让的脸皮已粗韧许多。他说:没有其他办法了吗?

朱律师说:当然有。只要有问题,就一定有办法,正像只要有把锁,就一定有打开它的钥匙。不过……

不过什么?

不过得我亲自去一趟。我明天正好有空。可是我很贵啊,我得先问问老谢愿不愿出钱。

朱律师挂断电话后,苏让就觍着脸等候,而没去想如此连累已经分手的谢春丽是否合适。这或许是因为他潜意识里已有一个不便透露的逻辑:姓朱的一口一声老谢,想必他们熟识,既然熟识,收费肯定也不会太高。但他没有接着往下推理:就算收费再低,人家谢春丽还有什么责任与义务替他花钱?

几分钟后,朱律师终于回过来电话。谢春丽同意付钱,他明天一早开车来他们县城,叫苏让务必保证手机在身,电量充足,以备他随时联系。苏让高兴得咧嘴直笑,好比将要饿毙的乞丐终于化到一碗肉菜。他跟朱律师约定在县城标志建筑马踏飞燕那儿见面。次日一早,他就直奔马踏飞燕,站在雄伟无比的塑像下等候。上午九点,朱律师如约而至。朱律师开着豪车,戴副墨镜,头发整齐油亮,穿件竖格短袖衬衫,系一条黑白相间的领带。领带有些晃眼,分不清是黑纹白地,还是黑地白纹。他招招手,示意苏让上车。朱律师四十来岁,看上去精神饱满,神情从容而略带骄傲。人家这个派头,也的确配得上骄傲。苏让想到了自己父亲,走在村庄的街道上,总像一头趾高气扬的驴子,实在想不通他骄傲什么,凭什么骄傲。朱律师取出一份委托书,叫苏让签讫,叫他指路去派出所找办案民警。苏让总觉得这个朱律师有点儿眼熟,回忆了很久,终于想起曾跟随谢春丽参加一个聚会,在那个聚会上见到过。苏让尚需努力回想,方能记起曾经的一面之缘,想必人家朱律师根本就不曾留意过他这个路人甲。一路上,朱律师边开车边听音乐,不时腾出一只手来做弹奏状,神情陶醉,而视苏让如无物。快到派出所时,他才问苏让一句:

能听懂吗?

苏让摇摇头。

巴赫,《赋格的艺术》。

说完之后,又丢下苏让自顾自陶醉起来。到派出所时,苏让要陪他一起进去,被朱律师阻止。朱律师说:签过委托书后,事情都交由我来办,你唯一要做的是给我带路。苏让就站在大门外,看他提着一只精致的黑色公文包风度翩翩地走进派出所大楼。二十分钟后,朱律师与办案警官谈笑风生地走出大楼,在旗杆前握手道别。下一站是看守所。苏让依旧在外等候。他躲在看守所外大柳树的阴凉里，想着朱律师的干练和高雅，以及由此而得的清贵地位与尊荣生活，心下称羡不已。他没有自惭形秽，自惭形秽是物我对比之后的卑怯心态，而苏让根本不敢拿自己跟人家做对比。他不知道谢春丽怎么认识的他，又是什么关系。谢春丽爱交朋友，其中不乏男士，苏让虽不惧她给自己戴绿帽子，但他生性不喜社交，所以对她的五湖四海很反感，也懒得陪她去交际，何况以她男朋友的身份出现在大庭广众，也不是什么长脸的事。还好谢春丽从不把朋友往家里带，使苏让可以安享他的清静。

朱律师这次进去的时间比较长，一个多小时后才从厚重的铁门里走出来。苏让忙迎上去。朱律师盯了一眼苏让，摇着头叹了口气。苏让以为遇到棘手问题，顿觉心慌。坐上车后，朱律师没有急着安排下一站的去向。他回头看看自觉坐到后排的苏让，说：坐前头来。苏让如命换到前排副驾驶上。朱律师又叹了口气。

他说：可怜天下父母心啊！

苏让不知何意，呆呆地望着朱律师。朱律师忽又一笑。苏让——你叫苏让，没错吧？Sorry，我记忆力不太好。老实说，昨天上午听你讲了你爸的案情，我一点儿兴趣也没有。你捡个千儿八百，心生贪念，自己花了，也行，这点儿钱也不成什么事。但你捡的是十万！十万是什么概念？是普通家庭两年的收入，能救大急，也能要人性命。你爸竟然想吞掉！这已经够呛了，王大红要分赃，分一点儿呗，也能封她的嘴。结果不分，要独吞，多贪婪啊！出事被抓，纯属活该。虽说老谢给了律师费，但律师也是人，眼里不光有案件和业务，也有是非和善恶。所以我真心不想管。刚才在看守所里跟你爸一谈，才知道他为什么这么干。他催你和老谢结婚，但你们打算先买房，对吗？他就急着想给你们弄钱。他跟王大红相好，就是听说王大红丈夫出车祸死掉，对方赔了一大笔钱，他跟王大红相好是假，打她钱的主意是真。不料王大红非常抠门儿，不但敲不出钱，还想管你爸要彩礼。后来看到你爸捡到钱，又要求平分。你爸不答应，她就报警了，她得不到，叫你爸也得不到。你可以想想，你爸该有多恼火，就去打王大红泄愤。你爸对我说，他知道私吞很丢人，也对不起失主，但是他不后悔，如果再捡到巨款，一样不会上交。除了这些，他还主动说了其他一些不光彩的事，比如偷人几棵菜、顺一瓶酱油什么的，就为了省几个钱……

朱律师没有再说下去，因为苏让的哭声已经灌满了车厢。或者说那已经不是哭，而是号，但是嗓子被无形之手紧扼，倾尽江海般的滚滚悲啸，却只能传出压抑号泣。纵使如此压抑，那悲声亦高过外头车流的鸣响，而将朱律师的声音淹没了。朱律师默不作声，抽出几张纸巾递过去。等到苏让哭泣渐缓，他说：下一站,你老家。

朱律师要寻找证物:一张X光片和一份检查报告单。老苏在讲述案发过程时,提到一个重要的细节:王大红一个月前曾乘车去赶会,不小心跌下来,磕断了鼻梁。而这个细节朱律师在派出所的口供笔录里并没有看到。老苏说当时可能太激动,忘说了。在闹翻之前,王大红一直住在老苏家,所以X光片和报告单肯定放在苏家。鼻梁骨折的康复耗时漫长,一个月绝不可能痊愈,只要找到当时的X光片和报告单,与王大红做法医鉴定的片子一对比,即知她现在的伤究竟是不是老苏造成的。如果不是,老苏故意伤害的罪名就不能成立。

苏让化悲为喜。朱律师在他们的院子里溜达,东研究西观察,仿佛玩赏古董,对这座破败的农家老院充满兴趣。苏让则在父亲的房间里翻箱倒柜。翻着翻着,苏让渐渐黯然神伤。父亲的箱柜里,除了些衣物和简单的生活用品,什么值钱的东西都没有,就连衣服也大都旧了,而父亲以前可是热衷穿新衣裳的。箱柜里还有些女人的物事,一看便是王大红遗留的,苏让恨乌及屋,尽弃于地。他翻遍箱柜桌屉,皆无所得,最终在床席下发现了一个牛皮纸袋,打开一看,正是他们要找的东西。

朱律师将牛皮纸袋小心放进公文包,眉宇间稳操胜券的自负和淡定令人着迷。苏让有点儿发呆。朱律师魅力如此,想必一定有很多女孩喜欢,苏让自忖如果生为女人,难保也会为他倾倒。不知道谢春丽是不是也喜欢他。一念至此,苏让心头便发酸。他们驱车回城,先去吃饭。朱律师好整以暇,谈兴甚浓。苏让因为父亲翻案有望,亦精神大振,平素读书积累起来的无数东西倾巢而出,与朱律师你来我往,互斗机锋。朱律师自有朱律师擅长的领域,苏让亦有苏让精通的范畴,抛开各自的专业,竟然打了个平手。朱律师拽开领带,敞怀大笑。

我知道老谢为什么喜欢你了。朱律师说:老谢虽然长得不行,但却爱才,别看她丑,一般人还入不了她的眼。

苏让笑了笑。你们是怎么认识的?

聚会上认识的。有一次我跟朋友去酒吧,她也在场,穿一件旗袍,那身材真是一级棒。我看她第一眼,就决定要上她。但是她一回头,我就没上她的能力了。

朱律师回忆往事,笑得前仰后合。苏让心有不悦,碍于面子陪着假笑了一下。

老谢是好女人,可能就因为太好吧,上帝才把她的脸弄成那样。一个人不能兼有太多好处,否则会折福折寿。朱律师说:但她最大的好处,同时也是最大的坏处,你猜是什么?是哪个男人娶了她,就会变得不思进取。因为第一,她会像养猪一样养着你,既不指望你建功立业,也不要求你飞黄腾达。第二,男人娶这么丑一个老婆,生活自然就没有了动力,还进取什么?

也许是喝多了酒,朱律师的话越来越刻薄。这不是对待朋友的应有方式。苏让盯着他亢奋的脸,说:我劝你最好不要再这样说话。

否则呢?

否则咱俩可能要打一架。

朱律师再次大笑起来,放浪形骸的姿态倒也有几分豪爽气概。好,好,我注意。我听老谢说,你们分手了?是不是啊?

苏让情绪有些低落,手捧杯子沉默了片刻。她还好吗?

不知道,这几天我也没见过她。朱律师说:不过听她说,她要去韩国整容。听她这么一说,我立即充满了期待,如果整得好,说不定我会追她。哈哈。

这次午餐几乎耗尽了苏让对朱律师的敬畏和尊崇,使他看到了朱律师迷人形象之外的另一面:刻薄,庸俗,不尊重朋友。世上固无完人,所以似乎也不必苛求朱某,但是对他系上领带之后的强干过人,好像也没有过度膜拜的必要。每个神圣面孔的下面,都是同样质地的碳水化合物。从饭店出来,朱律师在旁边的宾馆开了间钟点房,说要午睡。苏让只好相陪。但是朱律师并不仅仅想睡觉,他问苏让知不知道哪儿有高级点儿的小姐。苏让说不知道,只知道警察局在西大街拐弯处。朱律师大笑,遂倒头而眠。苏让心如沸水,全无睡意,在落地窗旁的沙发上枯坐以待。三点左右,朱律师终于睡醒。他看了看表,打着哈欠说:还好,不耽误赶回省城。

苏让一愣。下午不办事了?

办啊。

那你明天再来吗?

来什么?连个小姐都没有,不来了。

那这案子呢?

一会儿就弄好。

苏让将信将疑。朱律师照例独自出场,叫苏让在病房楼下等他电话。交代完毕,朱律师手提公文包,吹着口哨上了电梯。一个多小时后,苏让手机响起。朱律师对他说:上来签协议吧。

王大红一家都在,尽皆神情怅怨,面无人色。朱律师则安闲地坐在旁边一张空病床上。朱律师对苏让说:王大红同意以五万元人民币和解。然后并不征询苏让的意见,直接当着双方的面,抽笔在 A4 纸上拟了一份协议,让双方过目之后签名按指印。苏让本来还奢望能够完全翻案,尽量不赔,及见朱律师自作主张,跟对方谈定五万,不禁心生不满。但是相比之前的二十万,这个结果已是意外之喜。何况一切全依仗朱律师,如果不听他的,他万一翻脸,事情就麻烦了。协议一式两份,两造各一。签罢之后,朱律师夹着公文包站起来,目视苏让:走吧,回去准备钱,赶紧给人家送来,然后去接你爸。

下楼的时候,苏让到底忍耐不住,质问朱律师为何不跟他商量一下。朱律师洞知其心,脸上掠过一丝冷笑。做事要给对方留个余地,不能太贪,别忘了你爸的教训。朱律师说:另外呢,让你们出五万块钱,也是对你爸的警告,叫他知道疼,才能长记性。否则下回见到不义之财,又心动手痒,岂不又要惹祸上身?

苏让虽心有不甘,但亦无话可说。他又请教怎么说服的王氏一家。朱律师笑起来。这是我吃饭的门路,你就不要问了。

两人在医院门口作别。苏让目送朱律师的豪车绝尘而去,感慨万千,觉得这才是人生。像自己这样,只能称为人偶。人生与人偶的区别,大概就看是掌控生活,还是被生活掌控吧。当然这是受刺激时的肤浅看法,当朱律师的豪车融进人流深处,苏让的想法已经改变了。朱律师的生活虽则高端大气上档次,但让苏让来过,未必就会适意。每个人都有权选择自己想要的生存方式,苏让希望这种选择能够得到尊重,而不因世俗的价值取向被贴上形形色色的标签。朱律师瞧不起不思进取的人,但是现在的苏让就乐于过不思进取的生活。

他拖着细长的影子,走在柔媚的夕阳之下,以一种前所未有的爱意和温存想念着谢春丽。这种想念只持续了半个小时,因为还有更重要的事情等他去思考。他现在有四万的现金,再有一万就能凑够赔偿。也就是说,他的肾有可能保全了。然而一万虽少,也足以困死末路英雄,一时之间,苏让还真没有筹措的办法和门径,索性不管了,先睡一觉再说,这几天他一直忧劳奔走,早已经疲惫不堪了。他挺身倒在床上,懒洋洋地扭了扭腰肢,睡眠之门立即打开,将他拖入黑暗世界。就在睡眠之门行将关闭之时,手机铃声乍然清脆一响,一下子又把苏让搜醒过来。苏让打开手机扫了一眼,是一条银行卡转账短信。苏让以为又是骗子的招数,懒得细看,关掉手机屏幕灯准备继续睡。但在手机关掉的一刹那,苏让突然觉得不对,再次打开短信仔细查看,原来是银行的通知,有人刚给他的银行卡转了五万元钱。

不用说,一定是谢春丽。苏让将脑袋捂在枕头下笑起来,笑啊笑啊,一直笑得泪流满面。

七

苏克修天生一头好发,虽则年龄已长,难免灰白相间,但是依旧稠密茁壮,不秃不脱。这是他骄傲的本钱之一。以前他常说,他的头发之所以长得这么好,是因为下头有一个肥沃的大脑。直到有一天有人如此回复:你脑壳里净是大粪,当然很肥。老苏与那家伙大打一场,从此不再提那个蹩脚的理论,但对头发之满意却是持之以恒。他把头发留得长长的——但绝不长到流里流气——左分分,右分分,打上廉价的摩丝,然后在街上扭来扭去,刺激那些秃顶脱发的家伙,以此为人生乐事。

苏让已经习惯了父亲长发的模样。当老苏光着青亮的脑壳跨出看守所大门时,苏让差点儿没认出来,继而又在强烈的前后对比下几乎失笑出声。老苏发现了儿子的轻佻,本就板着的脸更加阴沉,也不理会苏让,挺着脖颈径直往前走。苏让连忙收敛态度,影步随行在父亲身后。老苏走了一会儿,怒气稍霁,停下来问苏让:赔了多少钱?

五万。

老苏再次挺着脖颈走起来,脚步快而重,仿佛在跺地泄愤。苏让猜父亲肯定心疼得要死,急走几步赶上他,宽慰说:钱无所谓,只要你能出来就行。

谁让你把我弄出来?老苏暴躁地吼叫:我在里头很快活,不干活也有饭吃,谁让你把我弄出来?

苏让说:那你打我一顿?

老苏挥手就是一巴掌,结实地抽在苏让太阳穴上,指甲扫过眼睑,划出一道浅浅的血痕。苏让没想到父亲竟然真打,猝不及防,半边脸一时麻疼,眼睛更是酸胀无比,冒着各种星光模糊一片。他捂着眼睛蹲在地上。老苏愣了一下,懊悔之情如流云之后的阳光,在灰白的脸上忽隐忽现。他想察看儿子的伤,一伸手又犹豫了,犹豫后复又伸过去。苏让强颜欢笑,说没事。老苏硬是把他的手扳开,看到眼睑上已然浸出的血印,顿觉愧疚,嗫嚅说:打得重了,不疼吧?

苏让说:不疼,舒服得很。

老苏扑哧笑出声来。父子间气氛融化,并肩而行,但终究没什么话可说。在搭乘城乡公交回家前,他们在一家小饭馆吃了碗烩面。苏让往父亲碗里倒着醋和辣椒酱,说:我想跟你商量个事儿。

你说。

你跟我去省城吧。老家也没什么好,到省城随便做点儿事,都能吃饱饭。

老苏埋头吃面,直吃得热汗满头。行啊。他推开面碗说:我也正想去外地。电视台采访我了,这一播,我算在老家臭透了。哎,你看见电视节目没有?看守所里没电视,我没看成。不知道把我照成什么样了,理个大光头,肯定不上相。

苏让本担心父亲会保持倔强本色,死活不离老家。既然他同意去省城,真是再好不过,以后父子做伴,相互也有个照应。至于父亲也上了电视,苏让倒不知道。那么难堪的时候,父亲居然还在关心形象,也真算是奇葩。不过经他这么一说,苏让倒也真想看看父亲在电视上是什么样子。毕竟不是所有人都有上电视的机会,对父亲来说,这可能是今生唯一的一次,未能亲睹风采,实属遗憾。他建议不要再回老家,父子俩这就起程去省城。老家破床烂瓦,无一长物,没什么可收拾,也没什么好留恋。老苏摇头。破家值万贯,我总得打理一下。还有家里的地,让给你大伯种,也得交代一声。你先走吧,我过几天就去找你。

苏让只好由他。但苏让宁死不愿再踏入村子,于是父子暂别,各奔南北。苏让风尘仆仆赶回省城的住处,打开门时,久违的空气扑面而来。谢春丽的确已经搬走了,而且搬得很彻底,苏让在几个房间到处寻找,已完全没有她在过的痕迹,不用说阳台上藤编的吊椅、客厅内紫色的风铃、排列于书架之上插绿萝的小瓷皿,就连厨房的碗筷、厕所的卫生巾、卧室床头卡哇伊的闹钟,凡是与她有关的东西,无不清除一空。甚至连她脱落的长头发,也被细心地清理干净。这是要花多长的时间、多大的精力才能做到的事!而谢春丽这么做,除了用来证明她的决绝,还能作何解释呢?

苏让颓然坐在沙发上。沙发是皮革的,表面已染上一层灰色的尘埃。苏让已顾不上这些。他给谢春丽发了个短信,说他回来了,想她。他等了一个小时,没有等到回复,就拨打电话。不料拨通之后,听筒里传来的声音居然是:对不起,你拨打的电话已停机!

没关系。苏让想:反正知道她的公司在哪儿,可以去公司找她。他一刻也无法停留,立即起身赶向谢春丽所在的建筑公司。可是当他心急火燎地赶到公司,请前台小姐叫一下谢春丽时,却被告知,谢女士已经辞职了。苏让手足无措,猛然间想起朱律师,连忙翻出他的号码打过去。朱律师似乎正在忙碌,对他的打扰颇不耐烦,说他也在找老谢,还有一部分律师费她还没付呢。苏让忙说声打扰,把电话挂了。

谢春丽就这样消失了,丝痕不存,无影无踪。

苏让开始了他的新生活。他得重新学会一个人过。这不是一件容易的事,好比诗人说的"由俭入奢易,由奢入俭难"。这一年多来他已经习惯被谢春丽照顾,像头猪一样被她养,并最终被她养成了一头猪。当依赖心理一旦建立,想要改变至为艰难,犹如附骨之疽,拿刀刮都刮不尽。苏让的生活陷入混乱,煮干了三次饭,烧坏了两把壶,断水时开着水龙头出门,回来后赫然已水漫金山。他觉得再这样下去非得把自己弄死不可,于是背张小行军床,住到了他的书店,三餐全靠盒饭,轻易不动电和水,尽管过得像山顶洞人,但好歹没有生命危险了。

老苏在家一连停留了二十来天才来省城。期间苏让几次打电话催促,皆被他以各种理由推延。老苏来那天,苏让关门去接他。老苏仅提着只空瘪的蛇皮袋,根本不像背井离乡的样子。事实上老苏已经铁了心背井离乡,转移到省城来讨生活了。他说:那些破坷垃东西,还要它干吗?到省城了,一伙儿都买新的。

苏让说:那你在家待那么长时间干吗?

老苏打开蛇皮袋,在里头摸索了一会儿,摸出一包东西,层层打开,尽是百元面值的人民币,分作五沓,想必是五万。老苏将钱递给苏让。他说:还给春丽吧。

苏让将钱接在手中,惊讶得眼珠都要掉了。哪儿来的这些钱?

你别管。

我怎么可能不管? 万一哪天又有警察找上门来,我怎么解释?

老苏呵呵冷笑了几声。放心吧,这钱本来就是你的,我把它讨回来而已。

老苏讨钱的方式很简单,也很流氓。他怀揣菜刀、斧头或铁镰,每日在王家门外晃悠,手舞足蹈,装神弄鬼。王家有人出门,他就跟在后面,像只尾随猎物的鬣狗。对王家的小孩尤其关照,经常守在幼儿园和小学门口,盯着他家的孩子龇牙咧嘴。王家人报警。但是他又没做出具体的伤害行为,警察来了也拿他没有办法。所有人都骂他无赖变态,但又不敢多事。大家都知道他素来行为偏执,现在又变成这般德行,难说不是因为受刺激疯掉了,万一惹毛了他,恐将招祸上身。王家不堪其扰,反复权衡钱和命哪个更重要之后,托支书当中间人,把五万块钱还给了老苏。

反正以后又不回去了,随他们怎么看我。老苏嘴里噙着烟,将蛇皮袋里的东西一一往外掏。名誉顶个屁用,把钱弄回来才是实在东西。

袋里的东西很快就掏完了。都是些贴身的杂碎之物,比如手机充电器、唱戏机、剃须刀等等。只有一个大件东西,是油了黑漆的木制相框,里头嵌着一张十寸的照片。照片里的人是苏让的母亲。那是在她去世之前那一年春天拍的,有个走街的摄像师游乡至此,老苏富有远见地想到了遗照问题,遂将摄像师叫到家,把妻子梳妆打扮了一番,抬到光线稍亮的堂屋,拍下了这张用来宣告人生终结的照片。老苏将相框取出来,看了一眼,放到旁边的沙发上。苏让突然想起在回乡客车上听到的那个传说,心头一阵厌恶。他捧起相框,注视着那名面带假笑的老妇,与她有关的回忆再次倾泻而来。

我心里一直有个疙瘩。苏让对父亲说:还记得那年你被拍花子的事吗?你怎么忍心丢下我妈,就外出那么久? 要不是被邻居发现,我妈那时就死了。

老苏把烟从嘴里拿开,不满地瞪着苏让。胡说! 他大声吆喝:我走以前先做了一堆吃食,放在她床头的桌子上,又绕到你舅家,给你舅交代了一下,说我要出远门,让他去照看一下他姐。怎么可能丢下她不管? 我要不想管,她早十年就死了。

苏让愣在那里。他回忆起当时舅舅的表现,果然觉得可疑,难说不是他忘了这事,就把责任推到父亲头上。可怜父亲蒙冤至今,犹无所知。老苏吸烟的动作既深且长，烟雾在他的吞吐中袅绕盘旋，几乎将他的头笼罩起来。他的头发已长得盖住头皮，但也斑白了许多，恰如烟雾的颜色。他靠在沙发里，微眯着眼，似乎沉入到回忆之中。

说到你妈，都说我对你妈不好，其实我们还是有感情的。你妈死后，我还经常梦到她。说到这里，老苏破颜一笑。有一回的梦很古怪，好笑得很。梦到你妈来找我，说她要托生到一个地方，叫我去找她。我去那儿一找，真有这户人。我问他有没有生孩子，他说没有，只生了一窝小猪。这时候一头小猪就跑到我脚下头，在我腿上蹭，好像认识我。我想，这可能就是你妈了，就掏钱把它买下来，掂到山沟里摔死了。

这是你做的梦？

是啊。

你对人说过吗？

说过。后来被人传得不像了，传成真的了，哈哈。

原来这只是父亲的一个梦，而且父亲知道它被人扭曲变形之后到处流传。亏他还笑得出来！苏让盯着隐身于烟雾之中的父亲，颇感无语。闷了一会儿，他说：你为什么要把小猪摔死呢？

不摔死怎么投胎转世？她是你妈，能看着她当猪？

苏让额头抵着相框，心头涌动着难言的悲伤。此时此刻，他才发现原来并不了解父亲，或者说，他根本不认识他父亲。他与别人一样，只是看到套在父亲身上那只变形的壳，甚至连这只壳，他也没有看完整过。苏让从没想过，父亲也有权利选择他想要的生活方式，有权利用他自己的思维和眼光去观照这个世界，寻求他想要的自由。苏让意识到，这么多年来，自己看待父亲的态度，正如朱律师之看待自己。他深感羞惭和愧疚，后来想起陶靖节的诗："悟已往之不谏，知来者之可追"，心下才略略感到一点儿宽慰。他说：爸，今晚咱吃炸鱼吧。

苏让去了趟银行，把钱打回谢春丽账号。办手续的时候，他想了想，将自己卡里的两万块钱也取出来，一并汇了过去。他刚回到书店，手机便收到转账短信，谢春丽把多余的两万还回来了。苏让信心大振，立刻马不停蹄赶回银行，再次转入谢春丽账户。然后他坐在大厅里一直等到银行下班。谢春丽没再转过来。

苏让发现了这个唯一能与谢春丽建立联系的通道，他要利用这个通道挽回谢春丽的心。从此之后，每到月底，他将收入汇拢，留下营业周转和生活所需的部分，其余的都打入谢春丽的账户。他经常幻想这样的一幕：某一天，他正忙碌之时，一名装扮得体的女士款款走进书店。她身材和走路的姿态非常熟悉，但却长着一张漂亮的脸庞。他目不转睛地盯着她，想起了失踪已久的谢春丽。

女士发现了他的失态,做嗔怒状。他遂向她讲起前女友的故事,说到对她的思念,忍不住痛哭流涕。女士非常感动,向他表示好感,愿意替代谢春丽做他的女朋友。他摇摇头拒绝,对女士说:今生今世,我只爱她一个,她在我心中永远无可替代。女士闻言,顿时泪如雨飞,扑到他怀里哭喊:苏让,我就是谢春丽呀!原来谢春丽去韩国整了容,故意装作陌生人,来试探他是否变心。两人冰释前嫌,破镜重圆,从此过上了幸福的生活。

每当想象至此,苏让都会如犯花痴,不由自主地笑起来。他相信这一浪漫的情景早晚会出现。不过到那时候,他得格外小心朱律师那个大流氓,以免他对春丽妄图不轨。老苏身无长技,但烤得一手好红薯,自己动手做了台烤薯车,推上街头,正式开始了他的城市生活。老苏生意不错,苏让略微估计了一下,赚得比自己还要多。傍晚书店关门之后,苏让有时会去父亲那儿帮忙。说是帮忙,其实是贪嘴,且老苏的顾客大多是年轻女孩,正好顺道饱饱眼福。这天晚上,他正捧着一块里外红吃得欢,忽然发现一个女孩从街道对面走过来。此时已属初冬,夜风吹到脸上,冷飕飕的如冰水袭面。那个女孩穿着一件驼色高领毛呢外套,头戴一顶韩式针织休闲帽,脸蛋明媚如画,步履轻快地走向老苏的烤薯摊。谢春丽也有一套一模一样的衣装,而且身材、个头、走路的姿势亦俱相似。苏让心跳顿如擂鼓,两眼直勾勾盯着她一步步走近,心中充斥着梦想成真的激动和狂喜。美女走到老苏的烤薯车前,指着一块烤薯说:我要这块,多少钱?

苏让骤然狂热的血液瞬间又跌落到零度以下。那不是谢春丽的声音。他颇感扫兴,欲要坐回凳子,身后忽然传来一个声音。

看到美女,魂儿都丢了!

苏让猛然回头,然后彻底僵在那里。眼前是一张熟悉的脸——究竟有多熟悉,苏让也不敢说,虽然一年多来朝夕与共,他却并未认真仔细地欣赏过。谢春丽下身套着条黑色百褶长裙,紧身白毛衣外裹着件韩式米黄色棉外套,双手插在衣袋里,亭亭玉立地站在苏让面前。她盯着目瞪口呆的苏让,微笑说:看什么?不认识吗?

苏让想起了人们常说的理想与现实的相悖。对于此时的苏让来说,理想是那边赏心悦目地吃烤薯的美女,现实则是藏在身后突然跳出来吓人的谢春丽。但他深知,自己能有的唯有现实,所要的,也只是现实。他张开双臂,将谢春丽揽在怀里。

你去哪儿了?让我等这么久。

就在公司啊,上班下班,不过是换了手机卡和住的地方而已。

可是公司前台说你辞职了啊。

朱炜还说我去韩国整容了,你也信?

苏让认真地点头。是的,我信了。

就知道你好色!谢春丽这样指责,却并无生气的表情。我倒也想过去整容,但是后来又想,整得再好,看的人也不是我,何必花自己的钱养别人的眼。谁想看,就自己花钱给我整。

老苏亦为见到儿媳而欣喜,挑了一块烤薯送给谢春丽。整什么整?老苏说:花钱整来整去,把自己都整没了,谁还知道你是谁? 该收摊了,走吧,回家去。

【作者简介】李清源,男,本名李清晓,1977年生,河南禹州人。曾发表长中短篇小说多部,并有作品被选刊转载。

老闺蜜的秘密一夜

蔡　骏

我们拼命划桨,奋力与波浪抗争,最终却被冲回到我们的往昔。

——菲茨杰拉德《了不起的盖茨比》

一个月前,我去了趟精神病院。

我没病,当然。

那天下午,天色昏暗,层层乌黑瓦楞云朵,怕是要塌了。车子开出地库,妈妈催我快点开车。她坐在副驾驶座,低头发着微信。经过中山公园门口,停车捎上一个阿姨。我认识她,从小就认识,管她叫青青阿姨。她烫着短发,体形微胖,短袖的花色衬衫,并无过多装饰,与多数跳广场舞的大妈无二。她第一次坐我的车,称赞这车的后排好生宽敞。她又酸酸地嫌自家女婿没用,女儿结婚五年至今连辆车都没买。我妈前几年退休了,青青阿姨退得更早。对于她俩的聊天内容,我的耳朵自动屏蔽。

开上青浦境内的高速,闷雷接二连三,却无半滴雨点。车载电台放着柴可夫斯基的《第六交响曲》,我妈和青青阿姨沉默下来,不知在听,还是在看天色。转入一条小路,两边是江南乡村景象,道路破烂而泥泞,小心放慢车速,以免伤了底盘。

车子停在一座灰暗的建筑门口。还有辆黑色奥迪等在旷野,车门打开,是小东阿姨。灰漆漆的天空下,她穿一件浅色风衣,白皙的面孔略施粉黛,脸颊绯红,冷艳高贵。小时候,觉得她像"东爱"里的赤名莉香。后来,看了中年铃木保奈美的照片,更觉贴合小东阿姨气质。现在,就数她保养得最好,拎着BURBERRY的包包,很有贵妇的样子。

她向我们微笑着招手，说我几年不见，居然留满了胡子，又夸我是听话的孩子，愿意给妈妈做司机。

人说风吹雨成花，时间追不上白马，青青阿姨、小东阿姨，还有我妈，她们三个做闺蜜已超过五十年了。

我妈让我早点回家，晚上她坐小东阿姨的车回去，那是辆机关单位公车，有专职司机。

但我说，我也想进去，好奇她们是来看谁的。

在精神病院的门口。

三个人不响。

还是小东阿姨提声道：没关系，就让骏骏陪我们进去吧，这种地方，还真需要小伙子陪同呢。

随后，她让公家的司机开车回去了，准备回程搭我的车。

在我有限的童年记忆里，小东阿姨是个大气的女子，常给我带各种珍贵的礼物。青青阿姨嘛，喜欢带着我跟她女儿一起玩，至于礼物就很少拿得出手了。

精神病院，门外是片荒野，唯有小餐馆一间，不时传出麻将声声。

我们跟门卫做好登记，便步入医院大楼。

这是我第一次进入精神病院。没见到强壮的护工，没有凄惨的尖叫，没有墙上的血手印。有些人穿着病号服，在楼道间自由活动，行为神情均与常人无异，更无想象中的汉尼拔博士。

小护士面无表情，把我们引到一间会客室。这里我才闻到一股药水味，很多人记忆中恐惧的气味。

狭长的窗玻璃，落下密集的雨点，光线透过铁栏杆，洒在一个女人的脸上。我不太认识。

她的年龄想必跟我妈她们差不多，但在这种鬼地方自然更显得老些。她留着长发，夹杂许多白丝，却打理得干干净净。脸上有许多灰斑，没有任何化妆，依然白得吓人。眼窝深深的，又干又瘦，反衬出了幽幽的眼神。

依稀觉得，她年轻的时候，或许很迷人。

从她穿的衣服上的编号，可以看出她是个精神病人，并且是那种比较严重的，必须要限制人身自由。

她应该认得我妈她们三个，点了点头。我妈并不害怕，坐在她的面前，从包里抽出些营养品；小东阿姨拿出个袋子，里面装着许多衣服，包括女式内衣；只有青青阿姨两手空空，只是笑着问她——哎呀，我们又来看你啦，身体怎么样啊？这里伙食还好吧？听说你的病好多了啊，真是啊，我们想你的哦！

虽然，那么一长溜话，银铃般串着，上海话说来，分外悦耳动听。

但在我看来，像在哄小孩子。

她——我不知道该怎么称呼她，不知道她的名字，只有胸口上的编号：01977。

不过，我也得叫她阿姨吧，什么阿姨？精神病阿姨吗？

她不响。

目光虚焦着，不晓得在看谁。起码不在我们身上，甚至不在这间屋里。

我妈又跟护士聊了几句，大体还是问她的身体状况，护士不耐烦地回答，01977一切都好！不要担心。

说完，小东阿姨塞给护士一个信封，我猜里面是张购物卡之类的。

护士立马给了笑脸，又给病人削了个苹果。

01977阿姨，从未说过半个字，只是拿起苹果，慢慢地啃起来。

一只苹果，她吃得异常认真。

我们都默默地看着她，不敢发出丝毫的声响。

这间小小的屋子，除了她的牙齿与苹果肉的摩擦声，只有雨点砸在窗玻璃的回响，就像直接落到我们的耳膜上。

安静到震耳欲聋。

等到她吃完苹果，几乎连苹果核也被吞下去了，我妈闭上了眼睛，小东阿姨眼眶有些湿润，青青阿姨几乎要夺门而出。

忽然，她说话了——

天潼路799弄59号。

未承想，她的口齿清晰，声音不响不轻，竟还像小姑娘般细腻，颇有穿透力的，回荡在窗户与墙角之间。

妈妈抓紧了我的手。

我的手有些痛。

小东阿姨拽了拽我妈衣角，又对精神病人说，你好好休息吧，我们走了，明年这时候，再来看你！

对方闭上眼睛。

我们四个走出精神病院，世界却黑了。电闪雷鸣，豪雨倾缸。荒野。雨点冰冷，刺痛脸颊。而我背后的建筑，仿佛沉没中的幻觉。

傍晚五点，感觉已近深夜。我把车往前开了数百米，道路一片汪洋，强行通过非常危险。小东阿姨又提醒，这一带是低洼地，出过水淹的事故，有人在驾驶室活活被淹死。

开回到精神病院门口，青青阿姨厌恶地看了一眼说，要死快了，等在这种鬼地方，要出人性命的啊！

小东阿姨倒是镇定,指着医院门口的小餐馆说,不如进去坐坐。

餐馆简陋,七八张台子,只有一个客人,坐在墙角吃着葱油拌面,浓郁的葱油味,直勾我食欲。

坐下不点什么也不好,小东阿姨自作主张,点了几样炒菜,至少回家不会饿肚子。

我低声问妈妈:你们去看的那个人是谁?

你忘了吗?抗美阿姨,你小时候,她经常带儿子来我们家玩的,你跟她儿子还一起打过游戏机。

嗯,我依稀记得吧,那个男生叫啥名字的?我挠了挠头。

青青阿姨在旁跟了一句,我们做小姑娘的时候,四个人是顶顶要好的,你妈妈、我、小东,还有抗美。

哦,才明白,四闺蜜。

我妈妈是老三届。那代人,吃过许多苦。唯独我妈比较幸运,因是独生女,未如别人那样上山下乡、插队落户,而是早早进到单位做了工人。我妈工作优异,早早入了党,特别喜欢文字,常给单位写稿,被保送到华东师范大学读书。

她们中的其余三个,命也不算太差。当年,许多人去了新疆、云南、黑龙江,小东阿姨、青青阿姨,还有抗美阿姨,因为是最早的那批,却被分配去了崇明岛的农场。

虽说与上海市区仅一江之隔,如今过大桥隧道仅个把钟头,但那时去一趟崇明,可比去苏州杭州还麻烦。有时大雾天渡轮停航,就真正变成孤岛一座。不过,她们被关在农场里头,本身就跟蹲监狱没啥区别,除非特别有事请假,否则每月才能回家一次。好在我妈在市区工作,没有兄弟姐妹,房子也算宽敞,她们就把我家当作据点,又延续了十年闺蜜之情。

抗美阿姨,在四个女生里头,她是最为命运多舛的一个。

"文革"结束后不久,小东和青青都顺利离开农场回城,只有抗美孤独地留在崇明岛上。因为她家里兄弟姐妹太多,都不欢迎她回家,自觉无望,便嫁给了崇明当地人。那座岛子号称中国第三大,却是上海乃至江南最穷的地方,就连江北许多县都比它富庶。抗美在农场里吃了太多的苦头,她丈夫是个酒鬼,动不动就打老婆,就连她生完儿子坐月子,都不能幸免。苦熬到九十年代,抗美终于跟那男人离了婚,把户口从农场迁回市区。但家里照旧容不得她,只能在外租房住,每天起早贪黑卖包子,有时还得三个闺蜜出钱接济。

她儿子读书不错,虽比我小两岁,却是出了名的高才生。抗美给儿子定下目标,必须考上一流大学,后来反而酿下了大祸。十多年前,最要紧的高考关头,抗美倾尽毕生积蓄,给儿子报了辅导班,还租下考场附近的酒店客房,只为能考进第一志愿的北大经济系。然而,高考过后,噩耗袭来,抗美的儿子偷偷买了张去崇明的船票,渡轮行至长江中流,翻越栏杆,纵身一跃,被浑黄之水吞没。打捞了三天三夜,才在崇明岛边的芦苇滩上发现了少年的尸体,已被鱼虾咬得面目全非。警方调查死因,确定是孩子因高考失利,自觉无法考上心仪的大学,无脸面再见妈妈,心郁气结,方才踏上绝路。后来想想,也是做妈的逼得太紧,一心一意要让孩子考取功名,也为补偿自己这辈子的不幸。

想来,这世上的悲欢离合,不是你妈逼的,就是我妈逼的,莫不如是。

儿子死后,抗美有足足三个月不曾说话,尝试自杀过几十次……不是割腕昏迷后发现伤口结痂了,就是跳楼被六层到二层的无数晾衣竿救了性命,跑回农场喝老鼠药竟碰上山寨货,最后一次是开煤气,结果自己非但没有中毒死了,反而搞得整层楼都被炸光,隔壁邻居三死四伤。

于是,她被送入精神病院,至今已逾十年。

说到此处,我看着她们淡然的表情,再想想精神病院里的女子,想想她那幽深的目光,窗外仍是瓢泼大雨,阵阵闷雷声滚过,不禁毛骨悚然。

最后,小东阿姨做了总结性发言:骏骏,你不知道,这一天,是我们四人初次相识的日子。其实,推算起来也不困难,就是那一年的小学入学日。每年今日,我们都会相约来这里看望抗美。

话音未落,一阵风吹开了窗户,我被打了一脸的雨。

有个男人帮我们关紧了窗,就是一直在角落里吃葱油拌面的那个。

谢谢啊。

但他默不作声,径直坐到我们的桌子边。他看来三十多岁,穿着笔挺的衬衫,胸口别着医生常用的钢笔,头发梳理得整整齐齐,伸出一只骨节细长的手,伴着雨点节奏敲打桌面。

晚上好,我是这家医院的医生,你们刚才所说的抗美,是我负责主治的病人。

男人用极快的语速说话,就像所有的医生那样,不知道还有没有精神病医生的特点。冰冷的目光扫视桌上的每个人,仿佛我们个个都有严重的精神疾病。大家不约而同地低头,只有我迎着他的目光。

我懂了,晚餐才刚刚开始。

小餐馆里沉默无声许久,还是青青阿姨先说,医生啊,真是太巧了,请问啊,我们抗美什么时候能医好啊?

告诉你一个好消息和一个坏消息,你要先听哪一个?

晕,这个医生很有九十年代港剧的风格,小东阿姨算是见多识广,浅浅笑道:请先说坏消息吧,医生,我们一把年纪了,有心理承受能力的。

坏消息,就是抗美的精神分裂症一辈子都治不好了。

唉,真是可怜啊,青青阿姨掏出餐巾纸,擦了擦眼角。

好消息呢?我妈问。

也是抗美的精神分裂症一辈子都治不好了。

这种回答让人愤怒,青青阿姨瞪了瞪眼睛,这算什么好消息?拜托哦,你是医生啊,怎么能说这种没良心的话?

抱歉,但对你们来说,这就是好消息。

医生看着我妈、青青阿姨、小东阿姨,唯独跳过了我的眼睛。

你想说什么?有话就请直说。

还是小东阿姨镇得住场面。

医生点点头,坐到我们中间,左边是我们母子,右边是青青阿姨和小东阿姨。灯光照在他的头顶,乌黑的头发,泛出几点油光。耳边全是风雨呼啸,屋顶像被冰雹砸得嗵嗵作响,随时可能被掀飞掉。

他先看着我妈,还是保持礼貌地说,除了这位阿姨以外,我想请问,另外两位阿姨,还有抗美,你们都参加过一九七七年恢复高考后的第一届高考吧?

她们三人不约而同地点头。

我只知道,我妈没有参加过正式高考,至于她的三个闺蜜,我则是一无所知。毕竟,一九七七年啊,世界上还没有我呢,哪怕连个胚胎都没有!

医生继续说下去,小东、青青,还有抗美,当时,你们三个都在崇明岛上插队落户,因为农场经常收不到信,而农场领导强烈反对知青参加高考,担心你们万一被录取的话,会搞得大家人心涣散。所以,录取通知书极有可能被农场扣押,因此在高考报名填写地址时,你们都填了在市区的家里地址——而且,是同一个地址。

他掏出口袋里的小记事本,翻到其中写满字的一页,轻声念出:天潼路 799弄 59 号。

我记得,这是今天在精神病院,抗美说过的仅有的一句话。

我还记得,这是我外公外婆家的地址,小时候我曾在那住过好几年。

妈妈点头承认,是,那是我家的地址。

小东阿姨接着说,抗美家里兄弟姐妹多,他们的关系素来不和,以前邮件和包裹寄到家里,凡是写她名字的,大部分都会遗失,或者干脆被别人拿走,为此她不知跟家里吵过多少回。

其实,我家里也有过这种情况,那年头很普遍,青青阿姨也插了一句。

医生双手托腮看着大家,说,完全可以理解,小东、青青、抗美,你们三个人填写的都是天潼路 799 弄 59 号。因为,那是你们最亲密的朋友的地址,而她恰好没有参加这次高考,并且她家只有她一个女儿,绝对不会出现邮件遗失的情况。

你怎么知道那么多?

妈妈虽然没说出口,眼神却是毫无疑问,我也很想把医生逼到墙角问一问。

让我来说吧,小东阿姨打破了这个尴尬,大家都很信任你妈妈,她拍了拍我的肩膀说,你妈妈的家啊,有前后两间,还有小阁楼,加上你外公外婆,总共只有三口人。在当时的上海,算是居住条件不错的了。而我和青青、抗美三个呢,家里兄弟姐妹一大堆,光我就有五个妹妹,上面还有哥哥嫂嫂,他们又生了三个孩子,全都挤在一个房间里。当我去崇明插队落户时,家里真是松了口气呢。所以,我们每次回市区啊,家里别说是床了,就连地铺都没空打呢。

想想都要掉眼泪了,青青阿姨补充道,真是谢谢你妈妈,还有你的外公外婆,那些日子啊,我们经常挤到你家,轮流跟你妈妈睡同一张床。要是我们三个都来了,那就一个跟你妈妈睡床,另外两个打地铺,也不会影响你的外公外婆。

医生面无表情地说,一九七七年十二月十日和十一日,恢复高考后的第一次考试时间,青青、小东、抗美都走进了考场。一个月后,如果谁有幸考上大学,录取通知书会通过邮局发到考生地址。那个冬天,上海分外寒冷,抗美因此得了伤寒,躺在农场里动弹不得。然而,小东和青青,你们两个,却以各种理由,从农场请假回了市区。但你们并没有回家,因为,录取通知书的投递地址,填写的是天潼路。因此,你们都寄居在闺蜜家里,日日夜夜盼望好消息到来。

三十多年后,三个老闺蜜都无话可说,示意医生继续说下去。

好,一个多月后,小东收到了大学的录取通知书,而青青与抗美都没有收到。有些人会去查分数,但更多的人没有去查。因为刚刚恢复高考,集中了"文革"十年无法考大学的所有知青,全国有五百七十万考生,总共只录取二十七万人,意味着只有极少数人可以考上。

小东阿姨终于开口,没错,我觉得我很幸运。

本来我就没指望考上大学,中学毕业就完全荒废了学业,纯粹是试试而已,青青阿姨说,看来并不怎么在乎。

但是,抗美并不是这么想的。

医生的话锋一转,青青阿姨抢话道:最好的朋友怎么想的,我们还不知道吗?

也许,有人知道,但不愿说出口罢了。

窗外打了个响雷,我们都不说话。医生停顿片刻,继续独白:如果你没有及早回城,而是在岛上的农村又住了十几年,嫁给一个天天醉酒打你的农民,好不容易离婚回到市区,却连房子都没得住,辛辛苦苦把儿子养到十八岁,本指望他考上好大学出人头地,没想到高考过后自杀身亡,白发人送黑发人,落得个白茫茫真干净,一无所有,这样的悲惨你们有过吗?

谁都不吭气了。

所以嘛,任何人在这时候都会想一件事——为什么命运对自己这么不公平?如果在一九七七年恢复高考,拿到录取通知书的人是抗美,而不是别的什么人,那么又会是怎样的命运呢?至少,她会立即离开那个穷得鸟不拉屎的岛子,进入大学校园学习和生活,她会遇到自己心仪的男子,像那个年代所有人那样恋爱结婚。要知道,那个年代的大学生,无论到哪里都被当作宝贝,毕业后肯定是国家包分配,进入令人羡慕的企事业机关,说不定很快还能得到提拔重用……不用我多说了吧……那么今天坐在这里,来探望精神病人的人,可能不是你!也不是你!更不是你!

他依次指了指小东阿姨、青青阿姨和我妈妈。

耳边只有大雨的哗哗声,桌上的几个炒菜全都凉了,只有我动筷吃了些炒蛋。

小东阿姨片刻才说,嗯,医生,你是说抗美她,感觉心理不平衡?才会想要自杀,最后精神分裂?这个,我想,也是符合逻辑的吧。

不只是心理不平衡。

一年前,我在治疗抗美的过程中,她向我彻底敞开了心扉,说出了她全部的故事,还有内心的痛苦。而我呢,自然非常同情她。于是,我就利用自己的社会关系,费了九牛二虎之力,终于查到了一九七七年的高考档案。

青青阿姨惊讶地说,这你也能查到?查到我的分数了吗?

精神病医生拍了拍桌子,让人心头一震——你们听我说完,我查到了抗美的名字,她考得还算不错,超过了最低分数线,她被本地一所大学录取了,还是本科,中文系。但是,很遗憾,她没有去大学报到,这个名额被调剂给了别的考生。

我瞥了瞥我妈、小东阿姨、青青阿姨,她们都低着头,不晓得在想些什么。

唯一的可能性就是——你们中间有人在说谎!三十多年前,你们中的一个,拿到了抗美的大学录取通知书,却出于某种卑鄙的目的,把通知书藏起来或者是销毁了!

医生努力压抑着,没让音量超过风雨声。而我的脑袋有些晕,似乎无数雨点射入血管。我想象那张薄薄的纸片,在一九七七年与一九七八年相交的冬天,对于那时无数的年轻人而言,对于我的父母那辈人来说,是值得拿一切来交换的。

又一记雷声响起,我妈、小东阿姨、青青阿姨,三个人分别抬头,面色煞白。

现在,你们三个都在这里,到底是谁做了那件事?

这位医生说到这里,也虚脱般地长出一口气,松开领子猛喘几下,额头已满是汗珠。

沉默了那么久,还是小东阿姨有胆识,站起来问:你究竟是什么人?

医生嘴角微扬,仿佛就此圆满,可及时去火葬场报到。他起身离开桌子,打开小餐馆的门,狂风暴雨呼啸而至,犹如盗墓贼侵入地宫。他没有带伞,浑身淋湿,隐入茫茫雨夜。

我们的头发都被吹乱,还是我冲上去把门重新关牢,抹去一脸的雨水,回头看着包括我妈在内的三个女人。

那么,现在问题来了,不是那个什么,而是……

一九七七年到一九七八年间的冬天,恢复高考后的第一届大学录取通知书,小东、青青、抗美,她们填写的收取地址都是天潼路 799 弄 59 号,也就是我妈家里。

不敢想下去了,我妈才是最大的嫌疑人?

但是,小东和青青的嫌疑也很大,她们当时都暂住在那里,三个人都有可能接触到抗美的录取通知书。

我妈低着头,躲避我的目光。小东阿姨依旧正襟危坐,风衣内裹着不老的身体。青青阿姨长吁短叹着,桌上的筷子丝毫未动过。

晚上十点。

没有人要离开。事实上谁也走不了。雷雨轰隆隆不知停歇,精神病院外的荒野,照旧水乡泽国一片。

虽说,这是适合惊险游戏的好天气,但我可不想做什么警察或法官,一句话都不想多说,拿起手机想刷刷微博,发现信号都中断了。

回家吧,我妈却说话了,突然的。

小东阿姨冷冷地回答,回不去了。

这个女人,还是那么酷啊,就像我小时候的记忆。而青青阿姨仰望天花板,仿佛随时都会被雨砸塌。

回不去了。

妈妈不再说话,而我绕到她的背后,想要看到她的秘密。过去,她曾经点点滴滴、断断续续地跟我说过。而我,也只能一丝一线地在脑中缝合……比如,她为什么没有参加恢复高考后的第一届高考?因为,那时所有人都觉得,我妈已经拥有大学学历了。

七十年代的工农兵大学生嘛——后来被吐槽过很多次的,妈妈却是正儿八经地,在华东师范大学的校园里住读了两年,读的是政教系,却在数年后被一笔勾销,好像那段大学校园的时光,只是一场小孩过家家的游戏。

于是,她错过了一九七七年与一九七八年的两届高考,再等到1979年,便永远失去了资格。

一九八二年,恰逢首届成人高等教育自学考试,妈妈对于大学学历被取消,实在是心有不甘,她依旧选择了华东师范大学攻读她最喜欢的中文专业。

上个世纪八十年代啊,要通过大学自考并不容易,许多人都没有勇气报考,也有不少人考试没通过而未拿到文凭。他们没有机会接受全日制高等教育,读书或者文学是仅有的几种爱好之一。自学考试并不脱产,平时都在各自单位上班,也无须每次都去上课,大多在家读书复习。在我妈妈的那个班级里,还有个来自金山农村的男同学,他的名字叫韩仁均,彼此却完全不相识。很多年后,我才知道,我妈的这位同班同学,有了个叫韩寒的儿子。

一九八五年,我妈拿到了华东师范大学中文专业自考专科文凭。那些年,大部分人只有初中学历,拥有一张大专文凭是件值得炫耀的事,许多人因此而改变了命运。果然,妈妈被调到了局里。

此后两年,我妈继续攻读华东师范大学中文本科专业。我还是小学生,不太记得她白天上班晚上读书复习的艰难。小时候,家里堆着许多书,从小学四年级开始,我就似懂非懂地翻阅妈妈读中文系本科的教科书了,比如什么大学古代汉语、中国文学史、中外比较文学,还有马克思恩格斯的政治经济学。

一九八七年,妈妈获得了华东师范大学中文本科专业的文凭。虽是自考,但也足够风光,在他们那个几万人的单位中,她是唯一拥有大学本科学历的女性。后来,她成为了改制后的大型国企的纪委副书记,直到几年前退休。

至于三十多年前的那个冬天,三个女孩挤在狭窄的过街楼屋子里,等待她们的大学录取通知书的岁月,妈妈却从未跟我讲过……仿佛在我出生以前,这个世界不曾存在。

回不去了。

小东阿姨又重复了一遍,令我的视线从妈妈身上挪开。

骏骏,你生下来刚满月,我就抱过你呢。小东阿姨看着我的眼睛,仿佛我仍然身处襁褓之中,被她的柔软的双手环伺,额头枕在她的胸口。

她接着说,那时我还在读大学呢,你妈妈很羡慕我呢,不是吗?她把手放在我妈的手腕上。同时,她又拉着青青阿姨说,其实呢,我倒是更愿意像你那样。

小东阿姨目光迷离地说,骏骏,托你外公外婆家的福气,我还记得,一九七七年的最后一天,在天潼路799弄59号的过街楼下,我收到了我的大学录取通知书。四年后,我成为优秀毕业生,公派留学去了美国。我在加州大学拿到了硕士文凭,一度也想过在美国定居,却在一九九二年回国了。呵呵,那时候,每个人都想着往外跑，我们那批在美国的留学生，大部分都拿到了绿卡，我是唯一的例外。很多人想不通我为什么回来，其实，我只是想家了。

嗯，而在我的记忆中，第一次出现小东阿姨时，我正在读小学。以后每年春节，她都会到我们家来拜年，带着各种各样的礼物，比如正版的变形金刚、美国巧克力，还有给妈妈的化妆品。那时，我知道她在美国，每年春节回一次上海。她每次都是独自一人，从未听她说起过老公，好像也没有孩子。或许，也因为这个缘故，她会待我特别好。等到她正式回国，被一所大学聘为教授，我已经念中学了。

那时候，我才知道，小东阿姨一直没有结婚。

回国以后，她跟我家的来往更密切了。她总是关心我的读书，偶尔教我几句美式英语，可惜我并不如她所愿。

虽说在美国留学多年，小东阿姨却很懂得人情世故，没过几年就成为学校行政领导。她出过两本书，做过很多讲座，俨然已是文化名流。最后，她升至大学副校长，从厅局级位置上退休。现在，她又被政府单位返聘，还配有专车与司机。

小东阿姨回过神来，捋起额前的短发，目光柔软下来说，这些年来，我总是惦记起抗美，这家精神病医院是上海条件最好的，就是我给她安排的。

原来，是小东阿姨把抗美关进这里的——不知为何，我想到另一面去了。

小东啊，三十多年前，你不是喜欢过农场里一个男生吗？

说话的是青青阿姨，她的脸色有些异样，嘴唇不住哆嗦。刚才我就观察到了，好像她想要说什么，却硬憋着欲言又止，这下终于迸发出来，差点让自己也殉爆了。

暴雨的屋顶之下，所有人沉默片刻。我望向我妈的眼睛，她自动躲到房间角落。

是啊，小东阿姨的脸色已恢复正常，故作轻松地说，骏骏，让你听到这些，真是不好意思呢。

青青阿姨索性豁出去了，说，我记得那个男生，跟我们差不多年纪吧，他好像叫什么来着？

志南，小东阿姨说。

对，他的长相真的蛮好啊，农场里许多女生都欢喜他。青青阿姨想想又觉得不对，立即补充了一句，当然我例外。因为，他有什么政治问题，家里是资本家，他的哥哥是个叛徒，"文化大革命"被枪毙了，所以不能参加高考。

小东阿姨点头说，志南是最爱读书的，那时候农场里头，除了"毛选"和样板戏，几乎什么都看不到。我偶尔会从废品回收站里，淘来一些旧书偷偷地看。

骏骏,我还会问你妈妈借书看,比如《红楼梦》啊、《家》啊。但大多数的小说,却是从志南的嘴里听来的,他的记性真是好,给我整本整本地讲解《悲惨世界》《战争与和平》《安娜·卡列尼娜》《牛虻》……而我印象最深的是《红与黑》,他能从头到尾说上三天三夜,从于连做市长的家庭教师,到他去神学院苦读,再到巴黎的花花世界,遇上玛蒂尔德小姐,直到被处决,玛蒂尔德小姐抱着他的人头去埋葬。

忽然,我想起十七岁时,小东阿姨送给我一件生日礼物,就是司汤达的《红与黑》,傅雷翻译的版本,这大概也是她最爱的书吧。书中的许多细节,我至今还记忆犹新,有的后来用到过我的小说里,比如玛蒂尔德每年会穿戴一次黑衣孝服,纪念她的祖先德·拉莫尔,也是亨利四世的玛格丽特王后的情人。

青青阿姨猛喘了几口气说,那个志南啊,抗美也很喜欢他的——这个秘密,是抗美亲口跟我说过的,他们还……

住嘴!

小东阿姨第一次失态了,她冲到青青阿姨面前,几乎要扇她的耳光。

一个闷雷滚过,我妈想要隔离在她俩中间,小东阿姨却静默不动了,雕塑般顿了几秒钟,终于坐软在椅子上。

青青阿姨擦了擦额头的汗,躲到屋子的另一头,继续说下去,小东,你考上了大学,真是走运啊,而我和抗美留在了崇明岛上,可……

你们想知道秘密吗?

小东阿姨打断了她的话,当然,所有人都想知道秘密。

志南,他是我的第一个男朋友,他想要跟我结婚,而我答应他了。

这回轮到我妈惊愕了,小东啊,这是真的吗?是什么时候?你怎么没跟我说起过?

就在一九七七年,我跟他说,我参加完高考,就嫁给他。小东阿姨苦笑两下,虽然,我是真的喜欢志南,但,我对他说谎了。第二年,我上了大学,而他留在岛上。我很清楚,我和他之间,隔着一江水。记得离开农场的那天,青青、抗美,还有志南都到码头来送我。但我唯独没有抬头看他。坐上回上海的轮船,我趴在栏杆上,大哭一场。那是一九七八年的春天,很冷,长江口,无边无际的风冷冷地卷来,脸上刀割般的疼。而我看着自己的眼泪,一滴滴落到江水里,连个泡沫都不会再有,就算我整个人跳进去,也不过是多个旋涡,转眼谁都不会再看到,谁都不会再记得。

这话才说到一半,屋子另一头隐隐传来抽泣声,我知道那是青青阿姨。而我妈走到小东阿姨背后,搂着她的肩膀,却不知道还能说些什么。

别哭了,青青。

小东阿姨主动走到她身边,拍了拍她的后背说,直到现在,有时候,我还会梦见志南,梦见他打着赤膊在稻田里劳作,梦见他穿着海魂衫的夜里,举着蜡烛跟我说《巴黎圣母院》里的卡西莫多。至于志南跟抗美是什么关系,我真的不知道,其实想想,这也不重要吧。离开岛上的农场,我不再跟志南联系了。而他呢,每个礼拜都给我写信,寄到我的大学宿舍里。他在信里说农场的生活,说他可以弄到外面的书了,说青青天天吵着要回城,说谁跟谁又打架了,但从未提起过抗美。他还说,想要到大学来找我,但是农场领导不准请假。他问我暑假有空再回岛上吗,他给我的这些信呢,当时我都保存得很好,但我一封都没有回过。直到一九七九年的夏天,我终于给他回了一封信,信里只有三个字——我等你。

你真的想要嫁给他了?青青阿姨问后自言自语,那一年,我还在岛上呢。

谁能想到呢,那年夏天,志南出车祸死了。

青青阿姨点头说,是啊,我记得,在岛上,从农场到码头的公路,他骑自行车,被一辆卡车撞死了,好惨呢,我们都去现场看了,脑袋都被车轮轧没了,只剩个身体,血肉模糊的。

别说了!

我妈堵住青青阿姨的嘴巴,以前她也经常这样,在青青阿姨滔滔不绝口无遮拦之时。

其实,只有我心里明白,他为什么骑自行车去码头。是因为收到了我的那封信——我等你,三个字,他要乘轮渡过江来找我。小东阿姨说着说着,眼眶早已经湿润,过去我从未见过她落泪,却破天荒头一回发现她的脸颊上,正悬着几滴泪珠。她说,都是我的错,要是我早知道,他命里注定不能离开那座岛,不能渡过那条江,我就不会给他写那封信了。

我妈给她递了餐巾纸,小东阿姨任由泪水淌落,似窗外屋檐下的雨水不绝。

要是志南不死的话,也许,他现在还在岛上,娶了抗美为妻,生了一对儿女,又生了孙子外孙,天伦之乐,日子不错吧。小东阿姨闭上眼睛,至少,比我强多了。

小东,你一辈子没结婚,就是为了这个男人?

我不知道。

看着小东阿姨的双眼,我晓得她还有很多秘密,比如在美国,后来回国以后,她走过很多的路,撞见过无数的人,遇到过数不清的事,心却终究留在了那座岛上。

终于,她抹去泪水,回头直勾勾看着青青阿姨,却对着我妈说,你还记得吗?那个冬天,我和青青住在你家。早晚青青都守在信箱前,每次邮递员来送信和电报,他们都会聊好久。

你在说什么啊？青青阿姨扑到小东阿姨面前，还是被我妈阻拦开了。

青青，从一开始，你就知道自己肯定考不上，因此也没有认真复习，你从心底里希望别人也考不上，对吗？

面对小东阿姨的问话，她摇头回答，但我不会做缺德事！至于每天都来送信和送电报的邮递员，你们又不是不认识他！小东，你的大学录取通知单，就是他骑着自行车送来的，我替你签字拿下后转交给你的。我说要感谢他，买了几个油墩子请他吃，让他大冬天的骑车送信暖暖身子。每一天，我都问他还有没有新的录取通知书，最后我和抗美的都没有收到过。但是，这小子经常下班来找我玩，他只比我大两岁，虽说家里条件很差，但那时候在邮政局上班的，也算是一个铁饭碗，总比我们农场好多了啊。

嗯，后来，你就嫁给了他。

我妈总算说了一句话。我这才想起，原来说的就是青青阿姨的老公啊。我见过那个男人的，从小的记忆里就有，从他三十多岁够年轻，到四十来岁半秃了脑门儿，直到快退休了萎萎缩缩。从前，每年他都会给我带集邮的定位册。上次见到似乎已很久很久了。

嗯，那时候，他就说，他喜欢我。青青阿姨似已忽略我的存在，仅把这晚的谈话，当作闺蜜间的私语。她说，老实说，我有些嫌弃他，长相普通，家里一穷二白，跟我没半点共同爱好。我只是想，他工作还不错，跟他结婚的话，说不定会被调离农场。两年后，我和邮递员结婚了，就是你们都认识的那个人。我提前离开农场，回到日思夜想的上海。

如果，没有你在我家的那些天，没有在信箱前等候录取通知书，你也不会嫁给他，是吗？问话的是我妈，但我想她早就知道答案了。

对，否则，我这辈子都不会认识他！

可是，过去你一直夸你老公，说他虽然没钱，但是工作稳定，没什么不良嗜好，关键是对老婆女儿非常好。

我骗你们的，对不起。

其实，我早就看出来了，小东阿姨说，她的眼睛，果然尖利呢。

有时候我会想——三十多年前，那个选择对还是不对？要是我没有暂住在天潼路799弄59号的过街楼，没有天天守着信箱认识了现在的老公，那么我还会不会一直留在岛上？我会嫁给怎样的男人？也许，就是像抗美那样，跟崇明当地人结婚。或许，我会生个儿子，长大后就像许多崇明男人那样，到上海来做出租车司机。要是这样，还真的算我走运了。只是抗美苦啊，最后一个人孤苦伶仃，被你们送进这座精神病院！

青青！

啊!想到这里,我就觉得,我好走运哪!虽然,我从没喜欢过我的老公,从结婚的第二年开始,从我们有了女儿开始,我就想要跟他分开来过。但我不敢,一个女人家带着孩子,能有什么好下场呢?你们不会相信的,这些年来,你们所看到的,都是我和他装出来的,只有我女儿知道真相,但她也从来不会跟任何人说的。有时候,想想女儿,她也蛮可怜的。好吧,就告诉你们,我青青和我老公,冷战了三十年……耶稣啊!三十年!

青青阿姨家里是信基督的,虽她本人不太信,但耶稣已成了口头禅。

我记得,在我妈的几个闺蜜里,青青算是混得比较差的。我读中学的时候,青青阿姨就曾哭哭啼啼来借过钱,说是为了房子装修,而她从厂里下岗了每月只有几百块,直到几年前,她办理了退休手续。走运的是,原来家里的老房子拆迁,她也分到了一笔钱。女儿大学毕业进了外资企业,没过几年就结婚嫁人了。虽然,女婿也没太大出息,但总比别人家有个令父母操碎心的剩女强吧。

停顿片刻,青青阿姨又说,今晚,索性就不回家了,反正我家老公也不会等我的。这大雨下得啊,让我这嘴巴,也像水龙头,再也关不住啦。让我再说个秘密,你们都不晓得吧——我女儿小青,读高中的时候,跟抗美的儿子学文谈过恋爱。

还有这种事?你肯定反对的吧!小东阿姨冷冷地问。

唉,他们两个啊……对了,骏骏你不记得了吗?以前,我们三家人,一块儿去西郊公园看动物,骏骏、小青、学文,三个孩子都去玩了。

这话说得我害羞,好像是有这么回事。那时我读小学五年级还是预备班,总之,我的年龄最大,他们比我小两三岁。那时动物园是小孩最愿意去玩的,看熊猫,看大象,看北极熊,最有趣的是猴山。对了,学文好像很安静,看起来乖乖的样子,特别怕他的妈妈。而小青呢,是个爱哭的女孩,被打扮得挺漂亮,要不是比我小几岁,大概会特别注意她的吧。

青青阿姨接着说,小青和学文,是同一年的。学文的功课特别好,小青这孩子读书不灵,特别是数学差到了一定境界。所以,我经常请学文到家里来,帮着小青补习数学。那时候,抗美已经离婚回了市区,一个人带着孩子,租了套小房子,住得离我家很近。小青和学文读不同的高中,但只隔了几条马路。他们经常一起放学回家,在街心花园写作业。渐渐地,我有些不放心了。我发现女儿越来越爱打扮,每天早上出门要反复照镜子。半夜听电台的流行歌,居然还会默默流泪。虽说女孩子青春期都这样,但她这一切似乎只是为了学文。有两次,我悄悄跟着小青,才发现她跟学文一块儿去看电影了,好像是那个……就是那个……一男一女抱着在船头的……

《泰坦尼克号》,小东阿姨冷冷地补充道。

对,就是那个号,我这脑子啊,快要老糊涂了!我说,当我发现小青和学文谈恋爱,刚开始自然是反对,强迫他们两个分开。我又是要面子的人,只跟抗美一个人说了,都没跟你们两个说过。可是,孩子大了,管不住啊,那年小青在读高二,十七岁,最讨厌听妈妈的话。后来,我却想通了,也就不再约束女儿了。看看我自己吧,当年为了早点离开农场,嫁给了一个我不喜欢的男人——仅仅因为他给我的闺蜜亲手送来了大学录取通知书,最惨的是我自己还没份!我为什么不去找个我自己喜欢的男人呢?就像小青这样,那么单纯,只是喜欢一个男孩,多好啊!对不起,骏骏,这些话实在不该对你说。但要是能重来一遍啊,我也想找个斯斯文文的读书好的男孩子,就像学文!

后来怎么样了?小东阿姨和我妈都被挑起了听下去的兴趣。

女人,果然都是天生八卦,无论十六岁还是六十岁,尤其是对于谁跟谁好上了这件事,怪不得王菲每次离婚和结婚都会上头条。

后来……我女儿,你们知道的,终归是个听话的孩子,虽说大哭了一场,还是跟学文断了。其实,我给小青留了个后门,答应等她和学文考进大学以后,就不再干涉了,随便他俩怎么谈恋爱。谁又能想到呢?学文高考刚过就走上了绝路。

原本针锋相对的小东阿姨,倒也同情地搂着青青阿姨的胳膊,安慰说,小青现在不是也挺好的吗?

好什么啊?你们才不知道我的苦呢,学文死后的那个暑期,小青像变了个人似的,木木的,也不出去玩,就算大学考上了第一志愿,也没见得有任何高兴。但她也不哭,整天在床上挺尸,那些天啊,我和她爸都担心死了,怕她也会跟学文一样。再后来呢,小青似乎对什么都没兴趣,大学毕业以后谈了两个男朋友,都是草草了事。直到遇上我现在这个女婿,也没见得他们有多要好。只是对方家里有房子,父母都是公务员,结婚条件嘛也只是中等。我原本以为,小青心里还一直念着死去的学文,没想到她爽快地答应了求婚。我就这样稀里糊涂地把女儿嫁出去了。耶稣啊,这就是命哪。

看着青青阿姨的颓丧,我完全想起了她女儿小青,有双乌黑乌黑的眼睛,头发在阳光底下宛如墨色的镜子。眼前昏暗的世界,狂风暴雨的天花板下,霎时明亮鲜澄起来,回到十多年前的清晨。还有学文,我想起打红白机的情景,虽然他是优等生,但玩游戏也是高手,我俩一起用上、上、下、下、左、右、左、右、B、A、B、A调出魂斗罗的三十条命,如此一路打到通关为止。他不太说话,嘴上有圈绒毛,留着刘德华式的中分发型,嘴里偶尔会哼起"给我一杯忘情水,换我一生不流泪……"

最后,等三个女人都不出声了,我把目光对准了妈妈。

根本不用说话,疑问已呼之欲出——妈妈,你有什么秘密?

天潼路 799 弄 59 号——"一九七七年恢复高考大学录取通知单灵异事件"(我给今晚发现的秘密所起的代号)的案发地,也是我的外公外婆的家,我从出生到十岁,差不多有一大半的童年时光是在这栋过街楼上度过的。

我记忆中的第一天,应该是八十年代初的某个下午,天潼路 799 弄 59 号过街楼上,我看到窗外刺眼的亮光,还看到墙上挂着的相框,好像是妈妈抱着婴儿的我,背景好像是在苏州的天平山上。那个瞬间,我就有一个疑问——我是谁?在我的记忆里,真的存有这么一段,因为是人生的第一段,反倒记得格外清晰。

那天开始,我的记忆就是在爸爸妈妈的小家与外公外婆的老宅之间往返……大概在我两岁那年,妈妈搬出了天潼路的老房子。单位给她分配了一套房子,在黄浦区的江西中路。那是上世纪三十年代的老建筑,就连电梯都是那时的旧物。一家三口住着也很小,但有个突出在楼房外立面的阳台,雕花的铁栏杆两边,还有真正的巴洛克风格的罗马柱,就像站在古城堡的塔楼上——只有三楼,我却已感到在很高的地方,抬头眺望对面大楼的屋顶之上,隐约可见外滩海关大厦的钟楼。那时我想到一个说法,这里是"外滩的屁股"。杂乱无章的天际线上,我经常看着那里发呆,依稀记得某个凌晨,我就这么趴在阳台上,看着天空从黑变紫直到泛出鱼肚白……

但是,爸爸妈妈都要上班,像我们这种双职工的孩子,通常都交给老人来带。因此,我的大多数童年时光,都是跟外公外婆住在一起,恰好我也是他们唯一的外孙。许多个傍晚,爸爸将我放在自行车书包架上,骑过苏州河边,穿过老闸桥,从条小巷子,进入天潼路 799 弄。那条弄堂地上铺着石板,小时候丝毫不觉得狭窄逼仄,因为小孩眼里一切都是大的。外公外婆就住在 59 号的过街楼上,穿过一道陡峭狭窄的木头楼梯,就到了时常散发着白兰花香气的房间。透过地板下的缝隙,可以看到底下的门洞。我特别喜欢爬上小阁楼,趴在屋顶突出的"老虎窗"边,原来那块狭窄的长方形的蓝色天空,一下子变得如此辽阔。眼底是大片的黑色瓦楞,偶尔长着青色野草,再远望仍是层层叠叠的瓦片,头顶不时飞过邻家养的大队鸽子……那时最爱看《聪明的一休》,现在的孩子都不知道那个挂在屋檐下布扎的小白人。我常在黄梅天的雨季,趴在阁楼的老虎窗里,看着密集的雨点落在窗上,看着阴沉的天空乌云密布,幻想屋檐下也有个小白人随风飘舞,全世界都在风雨中寒冷发抖——后来特别喜欢宫崎骏的《千与千寻》,不仅因为大师与我同名,更因为电影里那个城堡式的亭台楼阁的世界,那些高悬于墙面的窗户都像极了我的小阁楼。

而我就读过的第一个小学,也在天潼路 799 弄的尽头,几乎紧挨着苏州河,是闸北区北苏州路小学。那个校舍可是个老洋房,妈妈给我报了个美术班,也在这所小学,叫菲菲艺术学校,可惜我不能把我的学校和我的阁楼再画出来了。

我一直在想,那栋老房子里,究竟还有过哪些秘密?一定会有的吧,就算不是在我家,隔壁邻居的楼上楼下,总有些不为人知的往事。

今晚,这个秘密就在眼前,就像一只被加热的瓶子,再调大些火候,就会彻底爆裂。

小东阿姨,青青阿姨,还有我妈妈。

她们三个人里,至少有一个在说谎。

不过,也有一种可能,就是她们三个,全都说谎了。

但,我又不可能指望她们自己说出来。

忽然,我清了清嗓子,第一次高声说,我去档案局调高考的考卷,一九七七年你们的考卷,好吗?

沉默。

比打在屋顶上的暴风雨更沉默,沉默得震耳欲聋。

子夜,零点。

不知是谁要脱口而出之际,身后的精神病院却响起刺耳的声音……警报声!

听得撕心裂肺!我忍不住打开窗户,风雨小了些,荒野里亮起几盏光,从精神病院方向,变成几个人影,推开这间餐馆的门。

几个不速之客,分别穿着白色外套,两个强壮的男护工,还有个似是医生模样,却并非刚才那个男人。

对不起,你们是什么人?这些家伙就像审问似的,仿佛我们是逃跑的病人。

我们是今天来探望病人的。

哦,我记得,医生眼里布满血丝说。

前面的公路被水淹了,我们在这里躲雨,我这样跟他解释。

今晚有没有见到其他人?

说话同时,两个护工在小餐馆里转悠,包括厨房和厕所也没放过。

是有精神病人脱逃了吗?

说话的是小东阿姨,看到对方点头,她已猜到几分,回头说,是他吗?

你们看到他了?

是不是个三十来岁的男人,看起来斯斯文文的?医生说着拿出一张精神病院的表格,写着病人的名字,还有张大头照,赫然就是几小时前,出现在这里的神秘男人。

他是病人？

青青阿姨快要晕过去了，妈妈扶了她一把，我保持镇定道：他说是精神病院的医生。

嗯，这就是他最显著的症状，妄想自己是资深的精神学科医生，这样就能解释他为何一直住在精神病院了。

说话的才是真正的医生，为了让我们确信他并不是精神病人，他掏出医生的证件给我们看了一圈。

你们才发现？

晚上点名时发现人不见了，调出录像监控显示，下午他就逃出去了。

嗯，我们是见到他了，在这儿吃了碗葱油面，还跟我们聊了一会儿天，将近十点钟离开的。

天哪，这疯子够胆大的，明明逃出了精神病院，还在门口坐了那么久！一个护工往地上吐了口唾沫。

现在雨小了，路应该通了，你们有车就快回去吧，留在这里很危险，两年前，有个性变态的病人逃跑，躲在附近一间农舍，杀了别人全家。虽然，今晚逃走的病人没有暴力倾向，但还是要小心点。

其实，知道那个人是精神病，就算外面下冰雹，也得快点回去了。

我重新发动车子，妈妈坐在我身边，小东阿姨和青青阿姨在后排。

午夜，雨刷刮开挡风玻璃上的雨点，瀑布般流淌下来，大光灯前的郊外小道，不知哪里潜伏着精神病人。今晚，犹如蒲松龄的世界，妖异而模糊。

谁都没说话，但我能感到她们的出气声，不约而同地松了口气，仿佛各自庆幸——精神病人的鬼话，谁信啊！

小心地开了不到十分钟，道路上的积水果然退了，车速加快。

忽然，灯光中蹿过黑影，几乎紧贴地面飞过。

我无法躲闪，急刹车也来不及，若是猛打方向盘，很可能冲进路边水沟，只能闭上眼睛碾轧过去。

再停车。

刚才微微一颤，车轮下碾过了什么，其他人也感受到了，小东阿姨回头看着，青青阿姨却催促我快点往前开。

手心里都是汗珠，窗外的雨越来越小，车里却仿佛暴雨一场。

但我犹豫片刻，还是选择踩下了油门。

不知道轧着了什么。

命运吧，我想。

继续往前开去，很快摆脱了乡间公路，上了回市区的高速。车里的三个女人，依然寂静一片。虽然她们都很疲倦，但我想一个都不会睡着。我重新打开电台，深夜的古典音乐频率，响起拉赫玛尼诺夫的《帕格尼尼主题狂想曲》……

那一晚，送我妈和她的闺蜜们的回家路上，不知为何，我的脑中，却浮现起那个穿着海魂衫的男子。他叫志南，死的时候，应当比我年轻，死在车轮底下，死在一座孤岛上。

一个月后。

我托了许多层关系，包括档案局的领导，依旧无法调出 1977 年的高考试卷。

但我查出了抗美的高考成绩单。

结果却让人惊诧，她的总分不高，远远低于最低分数线，主要的原因在于，其中有一门课考了零分——语文。

语文零分？

这怎么可能？若说数学零分，倒也情有可原，语文从来没有零分的，就算作文打了零分，其他也不可能错光，除非交白卷。

但我没有看错。

档案馆的灯光，明亮却不刺眼。我看着这份成绩单，眼前成排的台子宛如课桌，紧闭的大门有管理员守着，宛如三十多年前的监考老师。而我就是小东，或者青青，或者抗美，坐在决定命运的椅子上，看着想象中的试卷……

深深地，吸了一口气，仿佛萃取到白兰花的香味，外公外婆的小阁楼里的气味啊。

离开档案馆，我直接开车去了精神病院，独自一人。

回到那栋灰暗的建筑前。门口的小餐馆已经关闭了，取而代之的是送盒饭的快递员，大概还是有医生和护士不满意伙食。

但我没有看到抗美阿姨。医生说一个月前，我们去探望过抗美以后，她的情绪就极不稳定，现在必须隔离，什么人都不能见。

那个医生，就是子夜时分，带着护工出来追捕逃跑的精神病人的那位。

他说，那个把自己想象成精神病医生的病人，到现在也没有被抓到。因为没有过暴力犯罪的前科，公安局没有下达通缉令或协查通告之类。好在那个人没什么家属，从小就是父母双亡，否则要被烦死了。不过，院长还是为此写了好几页检查。

逃跑的精神病人，跟抗美阿姨的关系好吗？

他几乎是她唯一的朋友……事实上，抗美把他当作自己的儿子，经常管他叫学文。

学文早就死了十多年了。

我知道。

医生，这么说来，抗美把自己的一辈子，全都倾诉给了那个病友？而那个人，就在抗美的面前伪装成医生？

嗯，他最喜欢给人做逻辑分析，除了假装给人看病，还经常给人分析各种疑问，许多秘密真的被他说准了——说实话，如果没有精神病的话，他会是一个非常出色的警官，或是推理小说家。

说到这里，我才发现医生的办公室里，摆着一排日本与欧美的推理小说。

我问不到更多的答案了，也不想再去打扰抗美阿姨，更没告诉妈妈在内的任何人，关于我的第二次精神病院之行。

返回市区的路上，我格外小心开车，以免再轧到什么奇怪的东西。车载音响里是肖斯塔科维奇的《C 小调第 8 号交响曲》，缓慢碾轧过荒野泥泞的道路，也许还包括某些尸体残骸。

我已经有了答案，或许也是我的妄想——抗美在精神病院的十年来，她宁愿相信一切都是别人的错误，而所有的错误的起点，在于一九七七年到一九七八年的冬天，自己未能住在天潼路 799 弄 59 号——最要好的闺蜜家里，导致她的大学录取通知书，被别人冒领或藏匿或销毁。

正好有个冒充医生的精神病人，被抗美误认作早已死去的儿子学文，便把一腔的愤懑都倾诉给了他。

至于他的"越狱"，或者说飞越疯人院，并非是什么巧合，而是早有预谋的——事实上，这所精神病院的管理漏洞百出，只要他想要逃跑，任何时间都可以，甚至大摇大摆装作医生从大门出去。但他之所以不愿意走，完全是为了把他当作儿子的抗美——因为他从小是个孤儿，在他眼里抗美就是最亲密的人，就像妈妈，亦同病相怜。

他决定为抗美复仇。

终于，等到了这一天，三个老闺蜜又来探望病人，唯一出现在意料之外的，是我。

趁着探视的空当，他伪装成医生逃出精神病院，等候在门外的小餐馆里。如果按照原定计划，他或许会在我们出来以后，上前搭讪再说起抗美的病情，最终诱导我们陷入当年的往事。然而，天有不测风云，狂风暴雨之中，前头道路必然中断，我们暂时无法离开。这倒给了他更大的时间与空间，当然风险也相应增加——精神病院随时会发现他不见了。

于是，他吃了一碗葱油面，果然等到我们回来。

接下来，就是他酝酿了多年的报复，代替抗美的复仇——也可以说，就是抗美本人的复仇，是她的儿子死后灵魂附体的复仇，对自己当年的情敌小东，对学文生前怨恨过的小青的妈妈。还有对于我和我的妈妈,如果不是出于最原始的嫉妒与恶意,那么就是我妈妈深埋的某个秘密吧?

心底想着想着,车子已开进市区。傍晚时分,妈妈让我回家吃饭,我说等一等。我从延安路高架转南北高架,从北京东路匝道下来,右拐一路往东开去。

到北京东路与福建中路交口,车子停在旁边的科技京城。眼前是座跨越苏州河的桥。小时候叫老闸桥,坐在爸爸的自行车书包架上,总觉得这座桥好长好大,桥下的苏州河水面宽阔,河边泊着许多船只,不少船竖起高高的桅杆。那时我最爱的,就是趴在桥栏杆上,看一艘拖船带着后面十几条船,一节节列车似的从桥洞下穿过。船上载着煤炭与沙石,发动机的轰鸣声,丝毫不觉得是噪音。船头雪白的浪花,反而煞是好看。

可惜,原来的老桥在二〇〇一年拆了。现在这座桥,是二〇〇七年才竣工通车的。所以,这已不是我童年的那座桥了。

而今的苏州河,却是分外宁静,很少再见旧时的内河货船。秋日夕阳,洒上清波涟涟的水面,金灿灿反光。一艘旅游观光的小艇经过,玻璃钢的艇壳,从我脚下桥洞穿过,眼睛像进了沙子。

翻过这座桥,就是福建北路,也是我读过的第一所小学——北苏州路小学的旧址,几年前被夷为平地。

至于,我的外公外婆家,也是"一九七七年恢复高考大学录取通知单灵异事件"的案发地——天潼路 799 弄 59 号,同样也已沦为拆迁队的瓦砾。

天快黑了,四周布满高楼,这里的建筑工地,却像精神病院外的荒郊野外。或许等到明年,才会变成四五万一平方米的豪宅楼盘。

从这一头,走到那一头,大概不过一两百米。小时候却觉得这条弄堂,好长好长啊。靠近天潼路这头,有条支弄,住着我最要好的小伙伴,我的同班同学,如今不知人在何方。尽头紧挨两条路口,已是一片空地。天潼路 799 弄的正门,曾有个玉茗楼书场,常有老人在那听苏州评弹,晚上会放录像,我记得最早看过的录像带,当属琼瑶片《梦的衣裳》。马路另一边的老弄堂尚幸存,里头藏着个老园子。清末光绪二十二年(公元一八九六年)夏天,放过西洋影戏,这是中国第一次放映电影,距离一八九五年十二月二十八日卢米埃尔兄弟在巴黎放映十二部短片——世界公认的电影诞生日——仅隔半年。

我再也找不到 59 号的过街楼了,就连废墟上的遗址也寻觅不见,不晓得在哪片角落。

小学三年级,我常爬上阁楼。有个小柜子,最底下那格抽屉,一本厚厚的《钢铁是怎样炼成的》底下,压着一张黑白照片。小阁楼里本来幽暗,老虎窗却投来清亮的光,无数灰尘在光束中飞舞,仿佛夏夜乡间无尽的萤火虫,照亮相片里的四个女生。她们都留着乌黑的辫子,手挽着手,穿着厚厚的棉袄,背景似乎就是我家的弄堂,隐隐还有屋顶上的积雪。她们笑得多么欢快,不晓得命运将会往哪一个方向去。而为她们拍照片的那个人,又是谁呢?

那一年,深秋的清晨,外婆给我做好早饭,送我去学校读书以后,就再没有醒来过。不久,外婆因为脑溢血辞世。我第一次接触到亲人的死亡,在追悼会上看着水晶棺材里的外婆,绝不相信再也见不到她了,总觉得哪天外婆还会回来。那年冬天,外婆很多次出现在梦中,如此清晰而真实。

而我对于天潼路799弄59号最后的印象,停留在办丧事的家里挂满的挽联和被棉子(丝绸被套)上。

同一年,我妈单位分配了一套新房子,她也被提拔去了局机关上班,那张华东师范大学中文本科(自考)的文凭,无疑起到了很大作用。

于是,我家搬到了西区的曹家渡,六层楼的工房的底楼,拥有了独立的卫生间和厨房,再也不用木头马桶和痰盂罐了。我们一家三口与外公同住,但没几年他就过世了,大概是单独的老人难熬过岁月吧。

以后搬过很多次家,但从未离开过苏州河。现在推开我的窗户,仍能看到那一线河水,只是由从前的墨黑稍微变清了些。如果往河里放一艘纸船,必然能漂到童年桥下。

中考那年,我依然梦想当画家,便提出要考上海美专,结果失败,也没有考上高中。于是,从北苏州路小学妈妈送我读画画班那天起的梦想,就此永远破灭了。当然,往后我也再无缘就读全日制的大学,就跟三十多年前妈妈的命运相同,尽管原因截然不同。

那一年,妈妈常常觉得在同事们面前抬不起头来,比如学习成绩很好的抗美阿姨家的学文,还有青青阿姨家的小青,还好小东阿姨没有孩子。苦闷叛逆中的我,在一本小笔记本上开始了最早的写作,不过是些倾诉罢了,我忘了有没有写过天潼路799弄的记忆。

但我也在读书,只是学校很远,在当时的工厂区旁边。过去是广东人的联义山庄,也就是公墓,阮玲玉的香冢就在我们学校隔壁。多年以后,我给那地方起了个名字:魔女区。

后来,我进入上海邮政工作,初在思南路上班,后调至四川北路的邮政总局,依然在苏州河边,距离天潼路老宅数步之遥。不知何故,我从未回去看过,只是在文章里不断回忆。

再后来,二〇〇〇年开始,我在"榕树下"网站发表小说,再到两年后出版自己的第一本书。因为各种机缘巧合,我觉得自己是个超级幸运的人,渐渐变成了你们所知道的那个人。

当然，我还是我，也从来没人真正了解过我。

二〇〇七年，我妈妈从单位退休，我从上海邮政辞职，开了家文化公司，以我的小说为主要产业。

今年，我开始写一连串的短篇小说，都叫"最漫长的那一夜"，大多来自于我记忆中的人和事。

但我从未敢写过妈妈和她的闺蜜们的故事。

我的妈妈，或许，也有她的秘密。

但我宁愿，一无所知。

对了，我也相信，我妈妈、青青阿姨、小东阿姨，她们三个人，今后的余生里，再也不会有任何来往和联络了。

天，黑了。

我想，我该回家吃饭了。

从废墟前转回头，却看到身后站着一个男人。

看不清他的脸，只感觉他穿着件白色大褂，再看胸口的钢笔，很像是医生的派头。

他也在看着眼前这堆瓦砾，似乎跟我一样，在寻找那栋过街楼上的老宅子。

我认识他，在精神病院。

好吧，我就当他是个医生，反正在这个世界里，究竟谁是医生？谁是病人？鬼才知道！

但有一点，他自由了。

开车回家路上，照例堵得一塌糊涂。我手握着方向盘，心里却浮起一个人的脸——抗美阿姨的儿子学文，因为刚才那个人吗？学文差不多是二〇〇〇年自杀死的，到现在有十四五年。要是他还活着，说不定是个社会精英，混得比我好吧。对啊，他的学习成绩可棒了，语文数学英语无懈可击，大家都觉得他能考上北大清华。那一年，高考前夕，学文到我家来做客，他悄悄告诉我——他妈反复叮嘱，走进考场，拿到试卷的第一件事，千万记得要把名字填在装订线里面，不要直接写在考卷上，否则要算零分的啊……学文困惑地说，唉，谁会犯这种低级错误呢？妈妈说到这儿啊，还会掉下眼泪呢！

【作者简介】蔡骏，男，生于上世纪七十年代。已出版中长篇小说二十多部，代表作有《病毒》《诅咒》《猫眼》《幽灵客栈》《荒村公寓》《蝴蝶公墓》《天机》《谋杀似水年华》《地狱变》《生死河》《偷窥一百二十天》等。曾获第十六届百花文学奖·小说双年奖。

平原上的摩西

双雪涛

庄德增

一九九五年,我的关系正式从市卷烟厂脱离,带着一个会计和一个销售员南下云南。离职之前,我是供销科科长,学历是初中文化,有过知青经历,返城之后,接我父亲的班,分配到卷烟厂供销科。当时供销科是个摆设,一共三个人,每天就是喝茶看报。我因为年轻,男性,又与厂长沾点表亲,几年之后,被提拔为科长,手下还是那两个人,都比我年岁大,他们不叫我科长,还叫我小庄。我与傅东心是通过介绍人认识,当时她二十七岁,也是返城知青,长得不错,头发很黑,腰也直,个子不高,但是气质很好,清爽。她的父亲曾是大学老师,新中国成立之前在我市的大学教哲学,哲学我不懂,但是据说她父亲的一派是唯心主义,"反右"时被打倒,藏书都被他的学生拿回家填了灶坑或者糊了窗户。"文革"时身体也受了摧残,一只耳朵被打聋,"文革"后恢复了地位,但已无法再继续教书。他有三个子女,傅东心是老二,全都在工厂工作,没有一个继承家学,且都与工人阶级结合。

我与傅东心第一次见面,她问我读过什么书,我绞尽脑汁,想起下乡之前,曾在同学手里看过《红楼梦》的连环画,她问我是否还记得主人公是谁。我回答记不得,只记得一个女的哭哭啼啼,一个男的娘儿们唧唧。她笑了,说倒是大概没错。问我有什么爱好,我说喜欢游泳,夏天在浑河里游,冬天去北陵公园,在人造湖冬泳。当时是一九八〇年的秋天,虽然还没上冻,但是气温已经很低,那天我穿了我妈给我织的高领毛衣,外面是从朋友那里借的黑色皮夹克。说这话的时候,我和她就在一个公园的人造湖上划船,她坐在我对面,系了一条红色围巾，穿一双黑色布带鞋，手里拿着一本书，我记得好像是一个外国人写的关于打猎的笔记。虽然从年龄上说，她已经是个老姑娘，而且是工人，每天下班和别人一样，满身的烟草味，但是就在那个时刻，在那个上午，她看上去和一个出来秋游的女学生一模一样。她说那本书里有一篇小说，叫《县里的医生》，写得很好，她在来的路上，在公交车上看，看完了。她说，你知道写的是什么吗？我说，不知道。她说，一个人溺水了，有人脱光了衣服来救她，她搂住那人的脖子，向岸边划，但是她已经喝了不少水，她知道自己要死了，但是她看见那人脖子后面的汗毛，湿漉漉的头发，还有因为使劲儿而凸露出来的脖筋，她在临死之前爱上了那个人，这样的事情是会发生的，你相信吗？我说，我水性很好，你可以放心。她又一次笑了，说，你出现的时间很对，我知道你糙，但是你也不要嫌我细，你唯一看过的一本连环画，是一本伟大的书，只要你不嫌弃我，不嫌弃我的胡思乱想，我们就可以一起生活。我说，你别看我在你面前说话挺笨，但是我平常不这样。她说，知道，介绍人说你在青年点时候就是个头目，呼啸山林。我说，但凡这世上有人吃得上饭，我就吃得上，也让你吃得上，但凡有人吃得香，我绝不让你吃次的。她说，晚上我看书，写东西，记日记，你不要打扰我。我说，睡觉在一起吗？她没说话，示意我使劲儿划，别停下，一直划到岸边去。

婚后一年，庄树出生，名字是她取的。庄树三岁之前，都在厂里的托儿所，每天接送是我，因为傅东心要买菜做饭，我们兵分两路。其实这样也是不得已，她做的饭实在难以下咽，但是如果让她接送孩子就会更危险。有一次小树的右脚卡在车条里，她没有发觉，纳闷为什么车子走不动，还在用力蹬。在车间她的人缘不怎么好，扑克她不打，毛衣她也不会织，中午休息的时候总是坐在烟叶堆里看书，和同事生了隔阂是很正常的事情。八十年代初虽然风气比过去好了，但是对于她这样的人，大家还是有看法，如果运动又来，第一个就会把她打倒。有天中午我去她们车间找她吃饭，发现她的饭盒是凉的，原来这样的情况已经持续了一段时间了，每天早上她把饭盒放进蒸屉，总有人给她拿出来。我找到车间主任反映情况，他说这种人民内部矛盾他也没有办法，他又不是派出所所长，然后他开始向我诉苦，所有和她一个班组的人，都要承担更多的活，因为她干活太慢，绣花一样，开会学习小平同志的讲话，她在本子上画小平同志的肖像，小平同志的像很大，像牌楼一样，华国锋同志和胡耀邦同志的像玩具一样小。如果不是看在我的面子上，早就向厂里反映，把她调到别的车间了。他这么一说，倒让我有了灵感，我转身出去，到百货商店买了两瓶西凤酒，回来摆在他桌上，说，你把她调到印刷车间吧。

傅东心从小就描书上的插图，结婚那天，嫁妆里就有一个大本子，画的都是书的插图。虽然我不知道画的是什么，但是挺好看，有很高的大教堂，一个驼子在顶上敲钟,还有个外国女人穿着大裙子,裙子上面的褶子都清清楚楚,好像能发出摩擦的声音。那天晚上吃过饭,我拿了个凳子去院子里乘凉,她在床上斜着,看书,小树在我跟前坐着,拿着我的火柴盒玩,一会儿举在耳边摇摇,一会儿放在鼻子前面,闻味儿。我家有台黑白电视机,但是很少开,吵她,过了一会儿傅东心也搬了个凳子,坐在我旁边。明天我去印刷车间上班了,她说。我说,好,轻巧点。她说,我今天跟印刷的主任谈了,我想给他们画几个烟盒,画着玩,给他们看看,用不用在他们。我说,好,画吧。她想了想说,谢谢你,德增。我不知道该说什么,就笑笑。这时,小斐她爸牵着小斐从我们面前走过。我们这趟平房有二十几户,老李住在紧东头,在小型拖拉机厂上班,钳工,方脸,中等个,但是很结实,从小我就认识他。他们家哥儿三个,不像我是独一个,老李最小,但是两个哥哥都怕他,"文革"那时候抢邮票,他还扎伤过人,我们也动过手,但是后来大家都把这事儿忘了。结婚之后他沉稳多了,能吃苦,手也巧,是个先进。他爱人也在拖拉机厂,是喷漆工,老戴着口罩,鼻子周围有一个方形,比别处都白,可惜生小斐的时候死了。老李看见我们俩,说,坐得挺齐,上课呢?我说,带小斐遛弯去了?他说,小斐想吃冰棍,去老高太太那买了一根。这时小斐和小树已经搭上话,小斐想用吃了一半的冰棍换小树的火柴盒,眼睛瞟着傅东心,傅东心说,小树,把火柴盒给姐姐,冰棍咱不要。傅东心说完,小树"啪"的一声把火柴盒扔在地上,从小斐手里夺过冰棍。小斐把火柴盒捡起来,从里面抽出一根火柴,划着了,盯着看,那时候天已经黑了,没有月亮,火柴烧到一半,她用它去点火柴盒,老李伸手去抢,火柴盒已经在她手里着了,看上去不是因为烫,而是因为她就想那么干,她把手里的那团火球向天空扔去,"哧哧啦啦"地响,扔得挺高。

蒋不凡

从部队转业之后,我跟过几个案子,都和严打有关。抓了不少人,事儿都不大,跳跳舞,夜不归宿,小偷小摸,我以为地方上也就是这些案子,没什么大事儿。没想到两年之后,就有了"二王",大王在严打的时候受过镇压,小王在部队里待过,和我驻扎的地方离得不远,属于蒙东,当时我就听说过他,枪法很准,能单手换弹夹,速射的成绩破过纪录。两兄弟抢了不少地方,主要是储蓄所和金店,一人一把手枪,子弹上千发,都是小王从部队想办法寄给大王的,现在很难想象,当时的一封家信里夹着五发子弹。他们也进民宅,那是后期,全市的警察追捕他们,街上贴着他们的通缉令,两人身上绑着几公斤的现金和金条,没地儿吃饭,就进民宅吃,把主人绑上,自己在厨房做饭,吃完就走,不怎么伤人,有时还留点饭钱。再后来，两人把钱和首饰扔进河里，向警察反击。我们当时都换成便衣，穿自己平常的衣服，如果穿着警服，在街上走着就可能挨枪子儿。最后，那年冬天，终于把他们堵在市北头儿的棋盘山上，我当时负责在山脚下警戒，穿着军大衣，枪都满膛，在袖子里攥着，别说是有人走过，就算是有只狍子跑过去，都想给它一枪。后来消息传下来，两人已经被击毙了，我没有看到尸体，据说两人都瘦得像饿狗一样，穿着单衣趴在雪里。准确地说，大王是被击毙的，小王是自己打死自己的。那天晚上我在家喝了不少酒，想了许多，最后还是决定继续当警察。

一九九五年刚入冬，一个星期之内，市里死了两个出租车司机，尸体都在荒郊野外，和车一起被烧得不成样子。一个月下来，一共死了五个。但是也许案子有六起，其中一个人胆小，和他一个公司的人死了，他就留了心，有天夜里他载了一个男的，觉察不对，半道跳车跑了，躲在树丛里。据他的回忆，那人中等个，四十岁左右，方脸，大眼睛。但是他不敢确定这人是不是凶手，因为他在树丛里看见那人下车走了，车上的钱没动。这个案子闹得不小，上面把数字压了下去，报纸上写的是死了俩，失踪了一个。我跟领导立了军令状，二十天内破案。我把在道上混的几个人物找来，在我家开会，说无论是谁，只要把人交出来，以后就是我亲兄弟，在一口锅里吃饭，一个碗里喝汤。没人搭茬，他们确实不知道，应该不是道上人，是老百姓干的。我把这五个司机的历史翻了一遍，没有任何交集，有的过去给领导开小车，有的是部队转业的运输兵，有的是下岗工人，把房子卖了，买了个车标，租房子住。烧掉的汽车我仔细勘察了几回，两辆车里都发现了没烧干净的尼龙绳，这人是把司机勒死，拿走钱，然后自己开车到荒郊，倒汽油烧掉。有了几个线索，杀人的人手劲不小，会开车，缺钱，要弄快钱。因为和汽车相比，他抢的钱是小头，但是他没关系，车卖不出去或者他没时间卖，一个月作案五起，不是缺钱的话不会冒这么大的险。回头跟技术那头的人又开了一个碰头会，他们说，光油箱里那点油不能把车烧到这么个样，这人自己带了汽油或者柴油。

又多了一条线索，能搞到汽油或柴油。

这时候已经过了十天。我到领导的办公室，坐下，说，领导，这个案子不好破。领导说，你是要钱还是要人？上面给的压力很大，最近晚上街上的出租车少了一半，老百姓有急事打不着车。军令状的事儿放在一边，案子破了，甭管是什么方法，提你半格。我说，领导，我觉得干警察就是给人擦屁股。领导说，你啥意思？我说，没啥意思。你跟上面说一下，全市出租车的驾驶位得加防护罩，凶手使的是绳子，就算有点别的，估计也是冷兵器，加了防护罩，安全百分之九十，就算这个人逮到了，以后说不定还有别人，防护罩必须要有。领导说，这可是不少钱，不一定能批下来。我说，最近满大街都是下岗工人，记得我们前一阵子抓的那个人？晚上专门躲在楼道里，用锛子敲人后脑勺儿，有时候就抢五块钱。你把这几个案子的现场照片带去，让上面看看脑浆和烧焦的骨头。他说，我想想办法吧，说说现在这个案子的思路。我说，我手下有六个人，有一个女的不会开车不算，剩下五个，你找五辆车，不加防护罩，晚上我们开出去。

几天之后，我给手下开了个会，我说，这事儿有风险，不想干的可以不干，干成了，能记功，也有奖金，干不好，可能把自己搭进去，跟那五个出租车司机一样，让人烧了。你们自己琢磨。赵小东说，头儿，奖金多少？我知道他媳妇正怀着孕，这十几天他基本没着家，我最担心他退。我说，奖金没说死，五千起吧。几个人干几个人分。他点点头，没再说话。

一九九五年十二月十六日晚上十点半，我们五个人，全都是男的，正式出车，每人带了两把枪，一把揣在腋下，一把藏在驾驶位的椅子底下。我提了几个注意点：第一，一个或者一个以上成年男子，打车要去僻静处；第二，孤身一人成年男子，上来就坐驾驶座正后方；第三，身上有汽油或者柴油味的人。如果是女人或者带小孩儿的，就推说是新手，不认识路，不拉。最后一点，如果发生搏斗，不要想着留活口，因为对方是一定想着要你命的。

我们在路上跑了三天，没有收获。小东说拉过三个有嫌疑的男的，要去苏家屯，他就小心起来，听他们说话，是本市口音。其中一个半路要到路肩尿尿，小东就把枪掏出来插在棉鞋里，结果那人尿完回来，三个继续说话，好像是兄弟三个，回去给父亲奔丧，其中一个上车之前和女人喝了酒，尿就多。到了苏家屯，灵棚已经搭好，小东下车抽了支烟，看他们两个扶着一个走进灵棚去跪下，然后上车开了回来。

第九天，十二月二十四日夜里十点半，下点小雪。我把车停在南京街和北三路的交口，车窗开了一条缝，抽烟，抽完烟准备睡一会儿，那段时间觉睡得断断续续，不一定什么时候就困得不行。路边是一个舞厅，隐约能听见一点音乐声，著名的平安夜歌曲，铃儿响叮当，坐在雪橇上。前面一辆车拉上一个穿着貂皮的中年女人走了，我把车往前提了提，把烟头扔出窗外，车窗摇上。这时从舞厅南侧的胡同里，走出两个人。一个中年男人领着一个十二三岁的女孩儿，男的四方脸，中等个，两只手放在皮夹克的兜里，皮夹克是黑的，有很多裂缝，软得像一块破布，女孩儿戴着白口罩，穿着一条蓝色的校服裤子，上身是一件红色羽绒服，明显是大人的衣服，下摆在膝盖上面。

她还背着一只粉色书包。书包的背带已经发黑了。头发上落着雪。

男的走过来敲了敲车窗，我把窗户摇下来，他朝里看了看，说，走吗？我摆摆手，不走，马上收了。他指了指那个孩子，去艳粉街，姑娘肚子疼，那儿有个中医。我说，看病得去大医院。他说，大医院贵，那个中医很灵，过去犯过，在他那儿看好了，他那治女孩儿肚子疼有办法。我想了想说，路不太熟，你指道。他说，好。然后把后面的车门拉开，坐在我后面，女孩儿把书包放在腿上，坐在副驾驶。

艳粉街在市的最东头，是城乡接合部，有一大片棚户区，也可以叫贫民窟，再往东就是农田，实话说，那是我常去抓人的地方。

男人的手还放在兜里，两只耳朵冻得通红，女孩儿眼睛闭着，把头靠在座椅上，用书包抵着肚子。开了一会儿，在转弯处他都及时指路。又过了一会儿，我说，大哥有烟吗？借一根。他从兜里摸出一根递给我，我用自己的打火机点上。我说，大哥做什么的？他说，原先是工人，现在做点小买卖。我说，现在工厂都不行了。他说，有个别的还行，601所就挺好。我说，那是造飞机的。他说，嗯，有个别的还行。我说，现在做点什么买卖？他看了一眼后视镜，说，一点小买卖，上点货，卖一卖，卖过好几样。我说，你爱人呢？他说，你在前面向右拐，一直开。眼看着要从艳粉街穿过，向着郊区去了，女孩儿一直闭着眼，不动弹，男人眼睛看着窗外，好像是不想再说话了。我说，现在干什么都不容易。他说，嗯。我说，就像开出租车，白天警察多，开不起来，晚上倒是松快，还怕人抢。他说，没什么事儿吧。我说，你是不看新闻，前一阵子夜班司机，死了五个。他又看了看后视镜，肩膀动了动，说，抓着了吗？我说，没啊，那哥们儿不留活口，不好抓，我算看明白了，人要狠就狠到底，才能成点事儿，撑死胆大的，饿死胆小的。他没回答，拍了拍女孩儿肩膀，说，好点了吗？女孩儿点点头，手把书包紧紧攥着，说，前面那个路口右拐。我说，右拐？你不是要去艳粉吗？她说，右拐，我要去艳粉后面。我打了个轮，把车慢慢停在路边，说，大哥不好意思，憋不住了，只要不抬头，遍地是茅楼，你和大侄女在车里等一下。他说，左拐，马上到了。我说，你们爷儿俩商量一下，到底往哪儿拐。我要尿裤子了。他说，马上到了。我转过头看他，手顺势伸进怀里，说，这一片黑，哪有诊所啊？女孩儿突然把眼睛睁开了，一双大眼睛，瞳仁几乎占据了所有的地方，她说，爸，我刚才放了屁，好了。男人的下巴僵着，说，好了？她说，是，刚刚我偷偷放了一个屁，不臭，然后就好了，我想下车。男人看了看我，说，爸也要上趟厕所，你先在车里等着。然后拉开车门出去，我把钥匙拔下来，也下了车，把车门锁好。这时的雪已经大了起来，风呼呼吹着，往脖子里钻，远处那一大片棚户区都看不清了，像是在火车上看到的远处的小山。他慢慢走到杂草丛，撒了泡尿，我把枪掏出来，站在他背后。他转过身来，一边系裤腰带，一边看着我说，哥们儿，你弄错了。我说，甭跟我说这个，别系了，把裤子脱了。他说，你去厂里打听打听，我是什么人。我说，把嘴闭上，裤子脱了。他把裤子褪到脚腕子，我从后腰拿出手铐，准备给他铐上。他说，别让孩子看见,这叫什么样子?我照着他内裤踢了一脚。他没躲,说,那诊所就在前面,是我朋友开的,你可以查一下。这时一辆运沙子的大卡车靠右侧驶来,我突然意识到,我的车没打双闪,路面上都是雪。卡车似乎犹豫了一下,还是撞上了,出租车的尾部马上烂了,斜着朝我们这边的草丛翻过来。就在我被一片手掌大的车灯玻璃击中的瞬间,我朝那个男人站立的方向开了一枪。

李　斐

　　到底从什么时候开始,我的记忆开始清晰可见,并且成为我后来生命的一部分呢?或者到底这些记忆多少是曾经真实发生过,而多少是我根据记忆的碎片拼凑起来,以自己的方式牢记的呢?已经成为谜案。父亲常常惊异于我对儿时生活的记忆,有时我说出一个片段,他早已忘却,经我提起,他才想起原来有这么回事,事情的细枝末节完全和事实一致,而以我当时的年龄,是不应当记得这么清楚的;有时他在闲谈中提起不久前发生的事情,可能就在一周前,而我已经完全忘记,没有任何印象,以至于他怀疑此事是否发生过,到底是谁的记忆出了问题,是谁正在老去。

　　母亲去世的情形,我没记忆。后来我看过母亲的照片,没什么特别,一个陌生女人而已,这让我经常感到愤慨,是什么让我和她成了陌生人?父亲的解释令人沮丧,没什么特别原因,不但一个女人生孩子有生命危险,即使是一个健康人走在马路上,也可能被醉酒的司机撞死。

　　父亲一直没再娶。在托儿所,阿姨帮我洗屁股并且有效地控制我上厕所的时点,如果我无所顾忌地拉屎或者和别的孩子厮打,还会揍我。哭,一个嘴巴,再哭,一个嘴巴,我看你再哭。没错,这应该就是母亲的职责,如果有妈妈,也是如此这般。这让我有些欣慰,没什么大不了,晚上别的孩子有妈妈来接,我就会去想,你要倒霉了,回家也是这套。可惜,这样的错觉没有持续太久,在我六岁的时候,我认识了小树一家。

　　小树是我家的邻居,在我们家那趟平房里面居中,我家在最东头,每天父亲从厂子下班,去托儿所接上我,都要推着自行车从小树家门前走过。父亲是钳工,手艺很好,和他一起进厂的人,都叫小赵、小王、小高,而父亲别人叫他李师傅。每天父亲推着我走在厂子里,都有人和父亲打招呼,李师傅走了?李师傅回家做饭啊?李师傅过冬的煤坯打了吗?要不要帮忙?还有人过来逗我,和我说话,父亲都笑着回应,但是车子很少停下。有人给父亲织过围脖,织过毛衣,红的、藏青的、深蓝的,父亲收下,都放柜子里,扔上一袋樟脑球。据说父亲过去是个相当硬朗的人,但是结婚之后对母亲好得不行,很少和人起争执,宁可自己吃亏也不愿意闹不愉快。母亲死后，他一度瘦了两圈，后来又胖回来了，还自己学会了做饭，在车间他升了班长，带着两个徒弟，都是男的，他不用徒弟给他沏茶，也不用他们帮着洗工作服，但是他把自己会的东西都教给他们，他能自己一个人用三把扳子，装一整个发动机，时间是二分四十五秒。如果有人看见父亲绷着脸，中午吃完饭没有看别人打扑克，而是去托儿所看我午睡，那一定是他的徒弟没把作业做好。

我六岁的时候，第一次和小树说上话。过去我们见过，我比小树大一岁，已经从托儿所毕业，进入学前班，转过年来就要上小学，而小树，还在托儿所的大班里，因为调皮捣蛋，很有名号，左邻右舍都知道。据说有次小朋友们在一起玩皮球，大家都用手抱着，你扔给我，我扔给你，小树接过球，飞起一脚，把棚顶的日光灯踢碎了。好几个孩子的头发里都落上了荧光粉。阿姨没有打他，而是到了供销科，把小树他爸找来了。小树他爸看了看，和阿姨们说了会儿话，把那几个吓了一跳的小朋友都找来扒开头发看看，出去买了两支新的日光灯、一大包大白兔奶糖。然后站在椅子上，装上灯管。阿姨们帮他扶着椅子，然后拉他坐下，嗑了会儿瓜子，有说有笑，把他送走了。

小树他爸是有名的活跃分子，不知道哪儿来的那么些门路，反正他总是穿得很好，能办别人办不成的事儿。

我之所以能和小树说上话，是因为那个夏天的傍晚，我想用手里的冰棍去换小树手里的火柴。

那个夏天的傍晚，在日后的许多个夜晚都曾被我拿出来回想，开始的时候，是想要回想，后来则变成了某种练习，防止那个夜晚被自己篡改，或者像许多其他的夜晚一样，消失在黑暗里。

我喜欢火柴，老偷父亲的火柴玩，见着什么点什么。其实平时我是个挺老实的孩子，话也没有多少，阿姨不让上厕所，我能一直憋着，有一次憋得牙齿打战，昏了过去。但是就是喜欢火，一看见火柴就走不动，有一次把母亲过去写给父亲的信点了，那是父亲有数的几次，给了我两下。家里就再也看不见火柴了。那次我把小树的火柴抢到手中，马上就把火柴盒变成了火球，实在憋得太久了，手指烧掉了皮都没在意，火球从空中落下，熄灭了。我突然哭了起来，不是害怕，而是我突然意识到，这样玩太奢侈了。

父亲有点挂不住，又舍不得打我，说，这孩子，小傅，你看这孩子。傅东心说，你喜欢火柴啊？我低头弄手上的皮不说话。傅东心说，为啥？我不说话。父亲用手指点了一下我肩膀，小傅阿姨和你说话呢。我说，好看。傅东心说，啥好看？我说，火，火好看。傅东心说，你过来。我走过去，傅东心拉住我的手看了看，抬头跟父亲说，这孩子将来兴许能干点啥。父亲说，干点啥？傅东心说，不知道，有好奇心，小树太小，坐不住，教他啥他回头就忘。父亲说，四岁的孩子，让他玩吧。傅东心说，你要是信得过我，晚上吃完饭，让她到我这儿来，周末白天来，我这儿书多，我小时候就爱玩火。父亲说，那哪行？给你和德增添多少麻烦。庄德增说，麻烦啥？现在就让生一个，让俩孩子搭个伴，你也松快松快。东心那一肚子东西，你让她跟我说？父亲说，还不谢谢叔叔阿姨？我说，谢谢叔叔阿姨。这时小树正蹲在地上，研究那根冰棍，冰棍上面已经爬满了蚂蚁，绝大部分都被粘住，下不来了。

第二天是工作日，我一直盼着晚上赶紧来到，可是到了晚上，父亲并没有提这茬，还是像过去一样生炉子做饭，然后在炕上摆上小炕桌，两个人对着吃，没说什么话。睡觉的时候，我在被窝里哭了一场，用手悄悄地抠墙皮放在嘴里，抠着吃着哭着，睡着了。转过天来，是礼拜日，早上醒来的时候，父亲没在家，门反锁着，一般礼拜日父亲要出去办事，都把我这样锁在家里。我窗帘都没拉，洗脸刷牙，然后在灶台找点东西吃了。父亲回来的时候，一身的汗，带回来一堆东西，半扇排骨，两袋子国光苹果，一盒秋林公司的点心。他给我换了身干净的衣服，拉开窗帘，外面一片耀眼的阳光，自己换上洗得发白的工作服，穿上新发的绿胶鞋。然后拿着东西，拉着我的手，来到小树家。

小树他爸正给皮鞋打油，小树在旁边玩肥皂泡泡，傅东心坐在炕上，在一张白纸上画东西。小树他爸抬头说，来了？父亲说，忙呢？然后他走进屋里，把东西放在高低柜上，跟我说，叫傅老师。

傅东心

一九九五年，七月十二日，小树打架了，带不少人，将邻校的一个初一学生鼻梁骨打折，中度脑震荡。是昨天晚上的事，我今天早上知道的，知道的时候我正在给李斐上课，讲《旧约》的《出埃及记》：耶和华指示摩西，哀号何用？告诉子民，只管前进！然后举起你的手杖，向海上指，波涛就会分开，为子民空出一条干路。小树的班主任走进院子，跟我讲了一下小树的情况，小树当时没在家，抱着球出去了。我跟李斐说，小斐看家，先读读，无须信，欣赏行文中的元气，小树回来，让他别出去，在家等我。然后我拿出存折，去银行取了一千五百块钱，两百块钱给老师，老师没收，说逢年过节，庄树他爸没少照顾，男孩子打个架正常，只是这种群殴，以后得避免，半大小子出手没有轻重，容易惹出大祸。小学生连初中生都敢打，以后咋办？然后我跟着老师去了挨打的孩子家，他刚出院，我递上水果，把钱塞到家长手里，坐下聊了会儿天。夫妻俩在五爱市场卖纱巾，条件不差，人也能说通，最后他们送我走，在门口说，看你文质彬彬，你儿子怎么那么浑？我没说什么，坐公交车回家了。

到家的时候，小树正拉着李斐陪他玩球，他在院子里用两块石头摆了个门，让李斐帮他守门，然后他一脚把球踢在李斐脸上，一个大球印子，李斐晃晃脑袋，跑去把球捡过来，又扔给小树。我把小树叫住，让他跟我进屋，小树把球踢给李斐说，你玩吧，好好练练，别跟大脑炎似的。李斐抱起球，跟在小树后面，也进了屋。我坐在板凳上，让他站着，说，我给你爸打了个电话，他明天回来。他说，妈，你别唬我，我爸刚走没几天。我说，你给我站好，你刚才说小斐什么？他说，没说什么，笨还不让人说啊。我说，你给她道歉。李斐还抱着球，说，傅老师，他不是故意的，我确实笨。小树说，你看。我说，你给她道歉。他说，不介，你教过我，做人要真，我给她道歉，就是不真。我说，我让你真诚地道歉。他说，那不可能。李斐说，小树，还玩球吗？小树没看她，说，不玩，以后再也不和你玩了。我说，小斐，你从小就跟着他屁股玩，你还比他大，你没玩够啊？李斐没有反应。我说，庄树，明天你爸回来，让他跟你说，我打不动你。一个钟头之前，我用公共电话给德增打了个电话，跟他说小树又惹祸了，这回还知道伙人，一大帮打一个。德增急了，说，明天就从云南回来。我说，你该办你的事儿办你的事儿。德增说，云南那边的关系现在已经夯实了，给他们看的烟标，他们很满意。我说，他们觉得还行？他说，他们说从来没见过画得这么好的。我说，那你就趁热打铁吧。孩子我再跟他谈谈。他说，小树我还不知道？谈没用。我正好也得回去，云南这边的厂子我们拿技术入股，咱们家那边的，反正现在企业也都承包，我回去跟他们谈谈承包印刷车间的事儿。咱们得有自己的厂子。

小树看我不像骗他，有点慌了，说，妈，是那小子先打的我，好几个打一个，我再去打的他。我说，你知道打人有罪吗？说这话的时候，我感觉到自己的手抖了起来。他说，啥？我说，无论因为什么，打人都有罪，你知道吗？他说，别人打我，我也不能打回去吗？那以后不是谁都能打我？我看着他，看着他和德增一样的圆脸，还有坚硬的短发。在我们三个人里，他们那么相像。

我按住自己的手，让它不抖，说，不说这个了，说你张嘴就说小斐的事，你怎么就不知道尊重人？他冲着李斐说，小斐姐，我错了。我说，你什么意思？当你妈是傻子？他说，妈，我不是认错了吗？我说，你那叫认错吗？你小斐姐内向，你得保护她，你还欺负她，你是什么东西？这要是"文革"，你不得把你妈也绑了？他说，啥是"文革"？我说，不用知道，你给我好好道歉。他转过身正对着李斐说，小斐姐，我错了，不是故意的，以后你踢球，我给你守门，让你踢我，长大了，谁敢欺负你，我就弄死他。我说，意思对了，事情说歪了。李斐说，我记住了。我说，你去院子吧，我给你小斐姐上课。他说，妈，你能替我兜着点吗？要不我也坐这儿听听？我说，你出去玩吧。

然后我领着李斐,坐在炕上把《出埃及记》读了一遍,讲了几个她能够理解的典故,然后我问她,小斐,跟我学了几年了?她说,六七年了。我说,觉得有意思吗?她说,有意思,每天都盼着晚上。我说,从第一次见你,就知道你是好苗子,我没看错,你现在的程度,一般初中生不如你。她说,我不知道。我说,无论什么时候,你就按照你想的方式读、写,多读书,多写东西。她说,嗯。我说,你马上要考初中了,一定要考上。她说,就算考上也要交九千块钱。我爸也说让我考,但是我不考了。我说,没关系,你让你爸跟我说,我帮你出,你爸现在下岗,没工作,是稍微紧一点,将来会好的,能还我们,记住,只要有知识,有手艺,什么都不怕。你现在赶上好时候,我那时候想念书没有地方念。她说,不能管你要。我说,我估计教不了你几堂课了。她抬起头说,为啥?我说,我们这趟房要动迁了,咱们都得搬走,再找房子住,就不是邻居了,知道今天为什么教你这个《出埃及记》吗?她说,那我以后就见不着小树了吗?我说,教你这一篇,是让你知道,只要你心里的念是真的,只要你心里的念是诚的,高山大海都会给你让路,那些驱赶你的人,那些容不下你的人,都会受到惩罚。以后你大了,老了,也要记住这个。李斐没有说话,朝窗户外面看着,我不知道她听明白没有。

李　斐

　　记忆里的礼拜天,总是天气晴朗。父亲会打开所有窗子,放一盆清水在炕沿,擦拭每一片玻璃。然后把脏水泼在院子里,开始浆洗床单被罩。他用双手一截一截把床单被罩拧干,展开,挂在院里的晾衣绳上,院子里都是肥皂的香味。然后他坐下抽一支烟,开始清洗屋里的锅台、地面,他粗壮的胳膊像双桨一样,划过家里的每一个角落。最后一项,是给挂钟上弦。他打开红色的盖,拿起锃亮的钥匙,"嘎嘎"地拧着。他踮着脚,伸着脖子,好像透过钟盘,眺望着什么。

　　工厂的崩溃好像在一瞬之间,其实早有预兆。有段时间电视上老播,国家现在的负担很大,国家现在需要老百姓援手,多分担一点,好像国家是个小寡妇。父亲依然按时上班,但是有时候回来,没有换新的工作服,他没出汗,一天没活。

　　父亲接到下岗通知那天,我在家里生炉子。对于生炉子,我是非常喜欢的,看着火苗一点点从炉坑里渗出来,钻进炉膛,好像是一颗心脏在手中诞生。父亲进门的时候,我没有看他。炉子里的烟飞出来,呛进我的眼睛里,我用手抹了抹眼泪,这时我发现父亲已经蹲在旁边,帮我往里面续柴火。他的下巴歪了,一只眼睛青了一圈,嘴也肿了。我说,爸,怎么了?他说,没事儿,骑车摔了一跤。今天我们吃饺子。他把脸伸到水龙头底下,洗净嘴角的血。然后烧了一大锅水,站在菜板旁边包饺子，他的手虽然粗，但是包饺子很快，"咚咚咚"剁好馅，把馅揉进皮里，捏成饺子，放在盖帘上，一会儿就是一盖帘。

晚上吃饭的时候，他喝了一口杯白酒。父亲极少喝酒，那瓶老龙口从柜子拿出来的时候，上面已经落了一层灰。快喝完的时候他说，我下岗了。我说，啊。他说，没事儿，会有办法的，我想办法，你把你的书念好。我说，嗯，你今天没摔跤。他说，没有。我说，那是怎么了？他说，我在想，我能干什么。我说，嗯。他说，我想，我也许可以卖茶叶蛋。广场旁边，卖茶叶蛋的，我过去见过，一会儿就能卖出一个。我说，为什么是你下岗了呢？他说，没什么，几乎所有人都下岗了，厂子不行了。我说，嗯。他说，我下班之后，就去广场看他们卖茶叶蛋。要走的时候，来了一伙人，穿着制服，把他们的炉子踹了。一个女的，抱着锅不撒手，其中有个小子，拽住她的头发，把她往车上带。我就过去，把那小子抱住了。我说，爸。他说，他们人多，如果是我年轻的时候，也没什么事，现在老了。他摊开自己的右手看了看，说，打不倒人了。我说，爸，你有我呢。他说，本来我是回家取刀的，看见你在生炉子，嗯，你蹲在那生炉子，我怕死啊。我说，爸，初中我不考了，按片儿分吧。他站起来说，我说过了，你把你的书念好，别让我再说一遍。然后喝光酒，收拾碗筷，晚上再没说话。

庄德增

有一年夏天，具体哪年有点记不清了，那几年一晃就过去了，好像都是一年一样。应该是在千禧年前后吧，我在北京谈事儿，接到一个电话，电话里头说，庄厂长，他们要把主席拆了，你想想办法。是厂子里一个退休的老工人，当时我接了厂子，把这些人一起都接了。我说，哪个主席？他说，红旗广场的主席，六米高那个，后天就要给毁了。我知道那个主席，小时候我住得就离他很近。老是伸出一只手，腮帮子都是肉，笑容可掬，好像在够什么东西。夏秋的时候，我们在他周围放风筝，冬天就围着他抽冰尜。我说，毁他干吗？他说，要换上一只鸟。我说，一只鸟？他说，是，叫太阳鸟，是个黄色的雕塑，说是外国人设计的，比主席还高两米。我说，我不是市委书记，找我没用，活人就别跟死人较劲了，在家好好歇着吧，不差你退休金就完了。说完我把电话挂了。

第二天我飞回家，晚上又出去接待了一拨人，弄到很晚，在洗浴中心睡了，醒过来的时候已经是中午，和我一起来的人都走了。到了前台，小姐端出一堆手牌，我挨个结了账，打电话把司机喊来，给我送回家。开到半路，我下车吐了一次，隔夜的酒从胃里涌出来，好像岩浆一样把食道熨了一遍。有一群老人，穿着工作服，形成一个方阵，在路中间走着，不算整齐，但是静默无言。司机说，咋回事儿？跑这儿练健身操来了？我也纳闷，摆了摆手，上车歪在后座，到了家门口，我突然想起来，是主席，他们是奔着主席去的。我让司机先走，自己在马路牙子上坐了一会儿。看着自己的裤腿，干干净净，皮鞋，干干净净，就在几年前，我穿着西裤和皮鞋，走在云贵高原的土地上，皮鞋几天就长嘴了，西裤的裤腿永远蒙着黄土。我抬起手看了看表，这个钟点，庄树在学校上课，傅东心应该在睡午觉。自从她辞职之后，她的午觉就变得十分漫长，好像一天的主要工作是睡觉。我站了起来，拦了一辆出租车，说，去红旗广场。

出租车司机坐在防护罩里，戴着一顶灰色的帽子，穿着司机制服。奇怪的是他还戴着一个口罩，那可是八月份的正午，烈日高照。我朝他面前的后视镜看了一眼，他的一双眼睛正在其中，也在看我。一个眼角突兀地向下弯折。我便把眼睛挪走了。

"红旗广场？"他的一只手放在"空车"二字上，我说，是。他手指一勾，牌子一倒，"空车"熄灭。行了两站地，已经看见主席无依无靠的大手，路却突然拥堵起来，原来刚才看见的老人，只是其中一支，眼前是另一队方阵从路中间缓缓通过。不同的是，他们穿着另一种颜色和款式的工作服。司机把半个膀子搭在车窗外面，看着眼前的老人，没按喇叭，也没干点别的，就是平淡地看着。我说，也是闲的。他说，谁？我向前指了指。他说，那你去干吗？我一愣，说，我去附近办事，和主席像没关系。他点点头，说，也是，你没穿工作服。我又一愣，说，咱们认识吗？他说，不认识，你什么意思？我说，没什么意思，就是觉得话头有点怪，好像咱俩见过。他说，你是个板正人，我是个卖手腕子的，你可别抬举我。我一时语塞，可能是昨晚喝多了，脑子不太对劲儿。

终于蹭到了广场周围的环岛，他说，你到哪儿？我一边朝广场上看一边说，你绕着环岛走走。他说，你没瞧见都堵死了？我说，你就走你的，耽误你的时间我给你折成钱。他说，哦，钱是你亲爹。我一下火了，说，你这人怎么说话呢？他说，我是开出租的，不是你养的奴才，你下去。我望向后视镜，他没看我，而是小心地避过前车摆动的车尾。这个疤脸。一般这种人不是话痨，就是犟驴脾气。一旦我下了车，再想打车回去，基本上没有可能，所有路口都又死了，还不断地有老人从车缝里向广场走去，好像水流一样。我说，天热，咱都别急，你帮我绕一圈，咱就原路返回。他没说话，开始向环岛内侧打轮，透过车窗，我看见红旗广场上，围着主席像，密密麻麻坐满了人。施工队的吊车和铲车在一角停着，几个民警拎着大喇叭，却没有喊话，正在喝水。老人们坐在日头底下，有些人的白发放着寒光，一个老头，看上去有七十岁了，拿着一根小木棍，站在主席的衣摆下面，指挥老人们唱歌。在他的右手边，另一个老头坐在马扎上，拉着手风琴，嘴里叼了一根烟卷，时不时翘起嘴巴的一角换气。"北京的金山上光芒照四方，毛主席就是那金色的太阳,多么温暖,多么慈祥,把翻身农奴的心儿照亮。我们迈步走在,社会主义幸福的大道上,哎,巴扎嘿。"

主席像的脖子上挂着绳子,四角垂在地上,随风摆动。几个工人坐在后面的阴影里,说着闲话。似乎眼前的这一幕和他们没什么关系,等他们闹完,动动手指主席就倒了。我想起小时候,我和几个小子就站在他们的位置,看着主席的后脑勺儿。一个人说,你说主席的脑袋真这么大?另一个人说,胡扯,这么大的脑袋不是怪物?他哥马上给了他一嘴巴,你他妈的见过主席?嘴是棉裤腰?我当时寻思,如果主席的脑袋真这么大,那他戴的军帽能盛多少顶我们戴的军帽,他穿的军裤能盛多少条我们穿的军裤?我又想,不对,主席的脑袋应该是正常大小,也许是大,但是大不了这么多。他接见红卫兵的时候,和红卫兵小将的脑袋差不多大,如果他的脑袋果真这么大,那千千万万的红卫兵的脑袋岂不是也这么大?这怎么可能,因为我们学校有人去过,脑袋就和我一样大。

车流缓缓地向前挪动,车里的司机和乘客,无论是私家车、运货车,还是出租车,都有足够的时间向广场上张望。大家歪头看着这群老人。我已经很久没回来过,搬走之后,几乎没回来过。那个建筑好像我故乡的一棵大树,如果我有故乡的话。上面曾经有鸟筑巢,每天傍晚飞回,还曾经在我的头上落过鸟粪。有好多个傍晚,我年纪轻轻,无所事事,就站在这儿看夕阳落山。那些时光在过去的几年里,完全被我遗忘,好像从来没有发生过,好像一瞬间,我就成了现在的样子。

"你知道那底下有多少个?"我说:"什么?"已经几乎绕了一圈了,我感觉到了后半圈,他的速度比其他车子都慢。"没什么,你现在去哪儿?"我看了一眼广场上,好像图画一样静止了。"回刚才来的地方。"我说。他换了一个挡位,把速度开了起来。"你说,为什么他们会去那儿静坐?"过了一会儿他问我。我说:"念旧吧。"他说:"不是,他们是不如意。他们觉得,如果毛主席活着,那些人他敢?"我说:"嗯,也许吧。他们是借着这事儿,来泄私愤。"他说:"他们让我想起来海豚。"我说:"什么?"他说:"新闻上报过,海水污染了,海豚就游上海岸自杀,直挺挺的,一死一片。"我没有说话。他说:"懦弱的人都这样,其实海豚也有牙,七十多岁,一把刀也拿得住。人哪,总得到死那天,才知道这辈子够不够本,你说呢?"我说:"也不是,也许忍着,就有希望。"他说:"嗯,也对。就是希望不够分,都让你们这种人占了。"我越发觉得他认识我。我很想让他把口罩摘下来,让我看看,可是那是不可能的事情。我坐在出租车的后座,拼命回忆,他的音调,他的体态,但是总有些东西不那么统一,从中作梗,像又不像。

到了目的地,他抬起"空车"二字,说,二十九。你知道那底下有多少个?我一边拿钱包,一边说,什么?他说,主席像的底座,那些保卫主席的战士有多少个?我说,我记得我数过,但是现在忘了。他接过我的钱,没有说话,等我拉开门下车,他从车窗伸出头说,二十六个,二十个男的,六个女的,戴袖箍的五个,戴军帽的九个,戴钢盔的七个,拎冲锋枪的三个,背着大刀的两个。说完,他踩下油门,开走了。

庄 树

我虽然完全违背了我爸的意愿,但是他多少还是帮了一点我的忙。他断了我的退路。在我妈去英国旅行的时候,我和他达成了协议,最初五年,除非我辞职,否则我不能管他要钱。这其实是一个单方面的协议,只对他有意义,因为我本来也是这么想的,我给自己的期限更久,比这久得多得多。我得承认,我和我爸妈的关系比较奇特,我妈从小和我不亲近,她和另一个孩子待的时间更长,是一个我小时候的邻居。因为我没兴趣读书,她就把时间花在那个孩子身上,教她读书,把她压箱底的东西都教给她,结果到了那女孩儿十二岁的时候,我们搬了家,从此失去音信,我曾经偷看过她的日记(她藏得并不隐秘,当然她自己不这么觉得),这么多年,她花了不少精力,去打听那个女孩儿的下落,可是没有一点线索,就好像从来没有这个人一样,那些两人一起在炕上、在小方桌旁边读书的岁月,好像被什么人用手一扬,消散在空气里。后来她爱上了旅游和收藏,我们家有好多画、瓷器和旅行的纪念品,我爸给她弄了一间大屋子,专门放这些东西。昂贵的、独一无二的艺术品,和廉价的、可以无限复制的旅游区玩偶放在一起,看上去也不怎么别扭。我爸从印制烟盒起家,在某一段时期,因为他的运作疏通而造成的垄断,他的印刷机器和印钞机差不了多少,后来他又进入房地产、餐饮、汽车美容、母婴产品领域。在我大学第三年,有一次陪女孩儿去看电影,正在亲吻时,余光看见电影片头的出品人里,有他的名字。他这一辈子干干净净,对我妈言听计从,自从做了烟盒,就把烟戒了。对于生意上的朋友和对手,他很少在家里提及,我感觉,在他心里,这些人是一样的,他们相互需要,也让彼此疲惫。在我印象里,即使他喝得烂醉,只要想回家,总能独自一人找回来,前提是我妈也要在家,帮他校准方位。我妈通常不会说他,给他煮碗面,有时候他进门一头栽倒,她就把他拖到床上,然后关上门。我爸常说我叛逆,也常说我和他们俩一点都不像。其实,我是这个家庭里最典型的另一个,执拗、认真、苦行,不易忘却。越是长大越是如此,只是他们不了解我而已。

高中一次斗殴,作为头目,我在看守所待了一宿,其他人都走了。其实我也受了点轻伤,眉骨开了个小口,值班的民警给我拿了一片创可贴,坐在栅栏外面和我说话。你知道混混以后有什么出路吗?他说。我记得他很年轻,胡子好像还没有我的密。我没有说话，自己把创可贴贴上，在眉毛上打了个叉。他说，要么变成惯犯，要么成为比普通人还普通的人。我没有说话，他说，你以为你多牛×呢？你将来能干什么？我没有说话。他跷着二郎腿，不断打响手里的打火机。他说，你知道每天全国要死多少警察吗？我没有说话。他说，我看了你的档案，你隔三岔五就得进来一回，都是为别人出头，你说你将来能干啥？你那帮朋友，从这里出去的时候，哪个回头看你一眼，哪个不是溜溜地赶紧走了？我说，×你妈，有种你进来和我单挑。他说，单挑？我一枪就打死你。我开枪不犯法，你会开枪吗？你知道枪怎么拿吗？傻×。我把手从栅栏里伸出去，抓他的衣服，他没动，衣服被我紧紧攥着，他说，你好好摸摸，这叫警服，昨天有个毒贩，把自己的父母都砍死，抢了六百块钱，他爸临死之前还告诉他钱藏在哪儿，让他快点跑，你这个臭傻×，你敢吗，你敢动这种人吗？告诉你，今天收拾完你，我明天就把他抓回来，你们这帮傻×。说完，他把我的手腕一拧，我咬紧牙没出声，松开了他的警服。他没有回头看我，我听见他开门出去的声音，然后走远了。

我一直记着他的样子和他的警号，他是一个辅警。没有编制的辅警。后来我知道，他也没有用枪的权利。大约两年之后，我的一个朋友，因为伤人进去，我在我爸那儿拿了点钱，去看守所帮他。那年我十九岁，正在念高四，复读，好几个警察都认识我。一个警察看见我说，有日子没来了，跟你爸做生意了？我说没有，然后说了一个警号，还有他的样子，问他在吗，我想让他看看我，不知道为什么，我一直记着他，好几次有人找我去打架，我都想起他。一个人说，你找他干吗？我说，没事儿。问问。那人说，他让人报复了。我盯着他看，等着他往下说，他说，死在自己家楼下，让人从背后捅死了。媳妇饭都做好了。说完，他接过我的钱，进了别的屋，我想问人抓住了吗，可是嘴唇动了动，发现喉咙发不出声音，有什么东西堵在那里。我把事情办完，我的朋友看见我，笑着向我走过来，我转身走了。

从考上警校，到从警校毕业，我妈没跟我说什么话，但在我报考之前，有一天我妈突然问我，真想当警察？我说，是。她说，别逗能。我说，没有。她说，为什么想当警察？我记得那是一个早晨，就我们两个人坐在餐桌旁边喝牛奶，她喝了一口，用手指轻轻擦掉嘴边的白色沫子，抬起头问我。我说，人迟早要死的吧？她说，嗯，要死。我说，想干点对别人有意义，对自己也有意义的事儿，这样的事儿不多。她说，挺好。然后不再说话，低头继续喝自己的牛奶。后来我爸告诉我，她跟我爸说，如果我考不上，让我爸找找关系，让我念上。我不知道她是基于何种心理。也许在她眼中，我做什么都无所谓，都不是她想要的那种人。警校四年，她从来没去学校看过我，即使是毕业时，我成了优秀毕业生，这可是有生以来第一次，但她还是没出现，倒是我爸开车到了学校，参加了我的毕业典礼，还请我吃了顿饭，西餐。他说我妈去了南非，他都联系不上，但是她送给我一个礼物。是一幅画。上面一个小男孩站在两块石头中间守门，一个小女孩正抬起脚，把球踢过来。画很简单，铅笔的，画在一张普通的A4纸上，没有落款，也没有日期。

那顿饭，我爸想要说服我，去市局坐办公室，做文职工作。我拒绝了，结果我爸提前结了账，把我扔在饭桌旁走了。

和他达成协议之后，趁他俩不在，我回了趟家，收拾了自己的一些东西，搬到局里安排的宿舍。我的申请获得了批准，成了一名实习刑警。开始的半年里，我参加了几次相对轻松的行动，那阵子搞逃犯清理，我和几个老警察一起，走了七八个省市，在村庄，在工地，在矿井，把逃了几年或者十几年的杀人犯带回来。没有一点危险。我记得其中一个人刚从矿下上来，看见我们在等他，说，我洗个澡。老警察说，来不及了，车等着呢。走过去给他上了手铐。他的头发上都是煤渣，我年少时的玩伴，随便哪个，看着都比他强悍多了。他说，回去看一眼老婆孩子。老警察说，让他们去看你吧。在奔机场的路上，他只说了一句话，你们早来就好了，我把那娘儿俩坑了。

二○○七年九月，我正式成为刑警，出警时可申请配枪，若是要案，可随时配枪。九月四日晚，和平区行政执法大队的一个城管，喝了些酒穿过公园回家，遭到枪击，尸体被拖到公园的人工湖里。市局的刑警开了动员会，骨干们又单独开了案情分析会，这是这个月里，第二个遭到袭击的城管。第一个被钝物砸中后脑，倒在自家的楼洞口，再没起来。我因为毕业成绩还可以，实习期间的表现也过得去，分析会时允许旁听。枪是警用手枪，子弹也是警用子弹，64式7.62毫米手枪，64式7.62毫米子弹。被枪击的城管，也曾先被钝物击中后脑，从法医鉴定和现场分析，这一击并未致命（怀疑是锤子或扳子），他负伤逃走，袭击者追上再给予枪击。那个城管我不认识，和我也不是一个系统，但是葬礼我还是参加了。因为上面的要求，葬礼比较简单，遗像也没有着制服，而是穿着休闲装，看上去很轻松的样子。作案的手枪，有记录可查，十二年前属于一个叫蒋不凡的警察，那是一次不成功的钓鱼行动，凶手逃脱，他成了植物人（不知是幸运还是不幸，他的脑袋被车玻璃击中后，又被钝物击打），因为是工伤，所有费用都由市局承担。受伤时他还未成家（虽然已经三十七岁），去世之前一直由父母照顾，一九九八年在病床上停止了呼吸。从未醒来，也从未留下只言片语。那次行动的另一个后果，是他携带的两把警用64手枪，两个弹夹，一共十四发子弹，丢了。

当时的案子是一起劫杀出租车司机的串案，一直未能侦破，不过蒋不凡出事之后,这起系列案件也随之停止了。而这两起袭击城管的案子,有着内在的联系,因为这两个城管比较著名。他们在上个月的一次行政执法中,没收了一个女人的苞米锅,争执中,女人十二岁的女儿摔倒在煤炉上,被严重烫伤面部,恐怕要留下大片疤痕。两人因此登上了报纸网络等各种传媒,而有关部门对这起事件的定性是,女孩属于自己滑倒,她自己的母亲负有主要责任,两人并无重大过失,内部警告,继续留用。

在第二次的案情分析会上,会议室烟雾缭绕,主抓这个案子的大队长叫赵小东,当年的钓鱼行动有他一份,那时他的妻子怀孕待产,现在他的儿子已经快十二岁,念初一,而他的战友蒋不凡没有子嗣,死了近十年。蒋父已去世,只剩下一个老母亲,住在女儿家。他每年都要去几回,局里发东西,或多或少,带过去一点。他说,没想到过去那个死案又有了活气儿。如果在退休之前,还破不了这个案子,退休之后他就自己调查,如果在他死前还破不了,就让他儿子当警察继续破。会议室里静悄悄的,我相信大部分人一方面在想着这个案子为什么这么难,现在到处都是摄像头,可是在这个案子上毫无用处,另一方面想着,那两把枪里,还有不少子弹。

自从参加工作之后,这是我第一次主动发言,我说,领导,各位,我是新人,我瞎说两句,请大家指正。赵队说,不用客套,说。我说,我看了当年的卷宗,也看了卷宗里的现场照片,还去了事发的现场。赵队打断我说,什么时候去的?我说,前天,参加完城管的葬礼,坐公交车去的。赵队说,谁让你去的?我说,我自己想去看看。赵队说,继续讲。我说,当年的高粱地,现在都盖上了楼,卖七千块钱一平方米,那条土路,已经变成四排车道的柏油路。蒋不凡被发现的草地,现在是沃尔玛超市。照片上的地形一点也看不出来了。赵队说,你他妈是想干房产中介?我说,没这个意思,我查了当年的报纸,并且问了周边的人,有一个发现,距离当年事发地点向东两站地,有一个私人诊所,是中医,十二年前就在,现在还在。我在诊所门口等了半天,问了从里面走出来的一个上岁数的患者,他告诉我这里原来的大夫孙育新,曾经是工人,下乡的时候在村里跟着一个江湖郎中学过一阵中医,一九九四年下岗,第二年自己开了个诊所,没想到就一直开下来了。他二〇〇六年春天得胰腺癌去世,现在坐诊的是他儿子孙天博。

所有人都看着我,赵队把烟掐在烟灰缸里,瞪着我说,继续说。我说,当年那起案子,一死一伤,死的是蒋不凡,伤的是卡车司机刘磊,他当时前额撞上方向盘,大量出血,晕厥,什么也没看见,只记得突然看见一辆红车的车尾,而车祸之前,他属于疲劳驾驶,据他所说,眼前只有一片黑夜,所以他连个目击证人都不算。出租车内有血迹,当时也做了检验,不是蒋不凡的,推测属于凶手,但是蒋不凡被车碎片击中的位置在车外,所以我做了一个推测,除了凶手和蒋不凡,出租车上还有另一个人。赵队说,你叫什么名字?我说,我叫庄树。他说,小庄,从今天起,你跟这个案子,和家里打个招呼。继续讲。我说,那个人在蒋不凡和凶手离开车后,还在车中,坐在副驾驶位置,卡车撞上出租车后,车倾覆到路边,他受到重创。蒋不凡倒下后,凶手拿走蒋不凡的手枪,把那人从车中救出,离开现场。这就可以解释,为什么蒋不凡藏在车中的手枪也被拿走了,如果车里没人,他怎么能发现那把手枪呢?赵队站起来说,你的意思是他们去了那个诊所?我说,我只是推测,怕打草惊蛇,没敢去诊所里面调查,但是我感觉,有这种可能。

孙天博

我爸去世之后,我又见过他两回。一次是去市图书馆帮小斐借书。我有一张图书卡,最贵的那种,一次可以借出十本书。对图书馆的构造我已经十分熟悉,这个图书馆是新建的,外面有草坪,远看也相当美观,门前有长长的石阶,每个来看书的人拾阶而上,好像在拜谒山门。坐在阅读室里,如果夜幕抢在管理员下班之前降临,就能看见脚下一条宽阔的大街,路灯的光亮底下,爬行着无数的黝黯车辆。里面的设施相对简陋,文史类书籍基本集中在一层,不到一千平方米,二层以上便是多媒体阅览室,不知具体可以阅览何物,因为小斐要借的书无须上楼,所以我从来没有上去过。每次帮她借书,我都关门一天,上午来,把她需要的书找到,然后坐在阅览室,把每一本的前言和后记读一遍,如果觉得有趣,就随便翻开一页读上几十页。等管理员戴着白手套,在我身边逡巡而过,把其他人丢在桌子上和椅子上的书收走,我就知道是该离开的时候了。那天借出的十本书是《摩西五经》《飞鸟集》《走出非洲》《洛丽塔》《伤心咖啡馆之歌》《世界尽头与冷酷仙境》《哲学问题》《八月之光》《长眠不醒》和《斐多》。我用一个下午,读了几十页《哲学问题》,主要是关于桌子,这人说个没完,但是并不无聊。"世界上有没有一种如此确切的知识,以至于一切有理性的人都不会对它加以怀疑呢?这个乍看起来似乎并不困难的问题,确实是人们所能提出的最困难的问题之一了。"似乎有些道理,但也说不上是确切的知识。

从图书馆出来,我把书分装在两个大袋子里,准备打车回家。我爸他从旁边的面馆走出来,站在我旁边,我帮你拎一个,他说。我闻到他嘴里的蒜味,他一辈子都爱吃大蒜,说是防癌。我说,我拎得动。他说,给我,看你手勒的。我没给他,拉开车门,他让我往里头坐坐,和我并排坐在后面。他说,看你脸色,最近有些劳累,给你把把脉。我说,没事儿,睡得晚了。他说,最近附近动静不对。我说,知道。他说,跟你讲过我和你李叔的事吧。我说,讲过。他说,我再讲一遍。

我说,好。他说,我下乡不久之后,就进了保安队,抓赌。你李叔是点长,小时候我们就认识,他们兄弟几个外号"三只虎",我和他走得近,我比他大,但是愿意跟着他跑,他说话我听。下乡之后,我们在一个堡子,他让我抓赌挣工分,有一次我和你李叔刚走到窗户边,一个小子从窗户里跳出来,想跑。我伸手一拉,他捅了我一下。你李叔马上背着我去了老马头那儿,老头用针灸封住我的脉,给我止了血,救了我一命。后来他找到那小子,把他脚筋挑断了。我说,是这故事。他说,不能让他折进去,他折进去,小斐就成了孤儿。我说,我心里有数。他说,你和小斐的事儿别着急,她性格怪,也不怎么见人,就自己在那儿写字。我说,没急,我也没想怎么。他说,你是让你爸拖累了,接了爸的班,爸知道,但是有时候人生在世就是这么回事儿,那天老李跟我交了底之后,就是这么回事儿了。我们是一代人。我说,跟你没关系,你和李叔是朋友,我和小斐也是朋友。他说,最近小斐再来,从后门进来,如果觉得不好,先别来,你也别去她家。我说,别操心了,该歇着了,都一辈子了。他拍了拍我的手,走了。

第二次见他,是在那两个警察来过之后,晚上,他把我推醒,说,儿子,别把自己搭进去。我说,你变样了,老了。他说,实在不行就脱身吧,你李叔能保你,以后你照顾好小斐就行。我说,爸,这事儿和你没关系了。然后闭上眼睛睡着了。

傅东心

搬家之前,有天晚上德增没在家,我想找老李谈谈。一个是关于将来的事儿,关于小斐的教育;一个是关于过去的事儿。走到他家门口,看见老李在炕上修他家的挂钟,今天小斐也没在,学校联欢会。一九九五年初秋的夜晚,在市区还能看见星星。我站在他家院子里,看他把挂钟拆开,用一个小钉子把机芯的小部件捅下来,擦擦,又用一个小螺丝刀拧上。头上的猎户座系着腰带,不可一世。院子里堆满了旧东西,皮箱、炕柜、皮鞋、锅和大勺。是要卖的,搬家带不走这么多,也许钟也要卖,但是他要先把它修好。我敲了敲门,他在炕上抬起头,说,傅老师来了。我说,小斐这么叫,李师傅就别这么叫了,跟你说过好几回了。他把钟的零件码好,下炕,站在地上,说,傅老师坐。我坐下,他用肥皂洗了洗手,走到院子里打开地上的炕柜,拿出一个铁罐,给我沏了杯茶。我说,你也坐,跟你聊聊小斐。他说,坐了半天了,站一会儿。我说,小斐上次模拟考试的成绩我看了,超过最好的初中三十分。他说,傅老师教得好。我说,我没教她考试的东西,是她自己上心。他说,这孩子能坐住。我说,择校费别太在意,我们这里有点闲钱。他说,没在意,孩子我供得起。傅老师的心意我领了。我说,古代徒弟学成下山,师傅还送把剑或者行路的盘缠,你别跟我客气,实在不行,回头你再还我,算我借你的。他拿起炕桌上我的茶杯,把水篦出去,又添了一杯热水。喝点热的,凉茶伤胃,他说,我也有徒弟,教完他们把我顶了,但是我不当回事儿。他们去广场静坐,我在家歇着,不丢那人,又不是要饭的。我伸手从裤兜想把准备好的纸包掏出来,他按住我的胳膊肘,说,傅老师别介,说说行,你拿出来我可就要轰你了。我看了看他的眼睛,很大,不像很多在工厂待久了的人,有点浑,而是光可鉴人。我松开纸包,把手拿出来,说,我明白了,毕竟是你和小斐的事情,我作为退路,这样行吗? 他说,你也不是退路,各有各的路,我都说了,心意我领了。

　　一时没人说话,我听见炕桌上裸露的机芯,"嗒嗒"地走着。我说,还想跟你说个事儿,明天我就搬走了。他说,你说。我说,你能坐下吗? 你这么站着,好像我在训话。那是九月的夜晚,他穿着一件白色的老头衫,露出大半的胳膊,纹理清晰,遒劲如树枝,手腕上戴着海鸥手表,虽然刚干了活,可是没怎么出汗,干干净净。他弄了弄表带,坐在我对面,斜着,脚尖拉在半空。我说,李师傅过去认识我吗? 他说,不认识,你搬到这趟房才认识你,知道傅老师有知识。我说,我认识你。他说,是吗? 我说,六八年,有一次我爸让人打,你路过,把他救了。他说,是我吗? 我不记得了。他现在怎么样? 我说,糊涂了,耳朵聋,但是身体还行。他说,那就好,烦心事儿少了。顿了一下,他说,那时候谁都那样,我也打过人,你没看见而已。我把茶杯举起来,喝了一口,温的,我说,我爸有个同事,是他们学校文学院的教授,美国回来的,我小的时候,他们经常一起聚会,朗诵惠特曼的诗,听唱片。他说,嗯。我说,"文革"的时候,他让红卫兵打死了,有人用带钉子的木板打他的脑袋,一下打穿了。他说,都过去了,现在不兴这样了。我说,当时他们几个红卫兵,在红旗广场集合,唱着歌,兵分两路,一队人来我家,一队人去他家。来我家的,把我父亲耳朵打聋了,书都抄走,去他家的,把他打死了,看出了人命,没抄家就走了。他说,是,这种事儿没准。我说,这是我后来知道的,结婚之后,生下小树之后。他说,嗯。我说,打死我那个叔叔的,是庄德增。他一下没有说话,重又站在地上,说,傅老师这话和我说不上了。我说,我已经说完了。他说,过去的事儿和现在没关系,人变了,吃喝拉撒,新陈代谢,已经变了一个人,要看人的好,老庄现在没说的。我说,我知道,这我知道。你能坐下吗? 他说,不能,我要去接小斐了。你应该对小树好点,自己的日子是自己过的。我说,你就不能坐下? 你这样走来走去,我很不舒服。他说,不能了,来不及了。无论如何,我和小斐一辈子都感激你,不会忘了你,但是以后各过各的日子,都把自己日子过好比什么都强。人得向前看,老扭头向后看,太累了,犯不上。有句话叫后脑勺儿没长眼睛,是好事儿,如果后脑勺儿长了眼睛,那就没法走道了。

　　日子"嗒嗒"地响着,向前走了。我留了下来。看着一切都"嗒嗒"地向前走了,再也没见过老李和小斐,他们也走了。

李　斐

我坐在窗边,看着杨树叶子上的阳光,前一天的这个钟点,阳光直射在另一片叶子上。这两片叶子距离很近,相互遮挡,风一吹,相互触碰,一个宽大,一个稍窄,在地下根的附近,漏出光影。秋天来了。叶子正在逐渐变少。我想把它们画下来,但是担心自己画得不像,那还不如把它们留在树上。这棵树陪伴了我很久,每次来这里治腿,完了,我都坐在这儿,看着这棵树,看着它一点点长大变粗,看着它长满叶子,盛装摇摆,看着它掉光叶子,赤身裸体。树,树,无法走动的树,孤立无援的树。

我想起第一次搬家,后来又搬过,但是人生第一次的印象最为深刻。搬家之后,大部分家具都没有了。房子比过去小了一半,第一天搬进去,炕是凉的,父亲生起了炉子,结果一声巨响,把我从炕上掀了下来,脸摔破了。炕塌了一个大洞,是里面存了太久的沼气,被火一暖,拱了出来。有时放学回家,我坐在陌生的炕沿,想的最多的是小树的家,那个我经常去的院子,想起小树用树枝把毛毛虫斩成两段,我背过脸去,小树说,怎么了? 我说,没怎么。小树说,你知道什么? 它吃叶子。我说,那也不是它的错。在搬离那条胡同之前,我对小树说,小树,快圣诞节了。小树说,闲的,还有三个月呢。我说,圣诞节的时候我们就不是邻居了。小树说,那有啥,该干吗干吗。我知道庄家是过圣诞节的,每年的平安夜傅东心都给大家包礼物,有一年送了我一个笔记本,扉页上写了一句话:谁也不能永在,但是可以永远同在。我虽然不太清楚这句话的意思,但是喜欢傅老师的字迹,像男人的,刚劲挺拔。我说,你想要什么? 小树说,你买得起? 我不要,我妈骂我还少? 我说,我可以给你做个东西。小树说,做啥? 我说,烟花行吗? 小树说,就像你点了那个火柴盒一样? 我说,你还记得? 小树说,那玩意儿太小了,没意思。我说,你想要多大的? 小树说,越大越好。他伸开双臂,能多大多大,过年我妈都不给我买鞭,怕我给人炸了。我想了想说,我知道,在东头,有一片高粱地,我爸带我去一个叔叔家串门,我从那儿过过,冬天的时候,有没割的高粱秆。都枯了,一点就着。像圣诞树。小树说,你敢? 我说,兴许能一烧一大片,一片圣诞树。小树拍手说,你真敢? 我说,你会去看吗? 穿过煤电四营,就能看见。小树说,你敢去我就敢去。我说,无论你在哪儿? 他说,无论我在哪儿。我说,如果傅老师不让你去呢? 小树说,不用你管,我有的是办法。我说,几点? 小树说,太早会被人看见,十一点? 我说,十一点,你别忘了。小树说,我记性好着呢,就看爱不爱记。我准到。

天博过来,跟我说话。好像在说腿的事,说腿怎么了,我没听清,因为我想起了另一件很遥远的事。很多年之前,傅老师在画烟盒,我跪在她身边看,冬天,炕烧得很热,我穿着一件父亲打的毛衣,没穿袜子。傅老师歪头看着我,笑了,说,你爸的毛衣还织得挺好。我也笑了,想起来父亲织毛衣时,笨拙的样子,我坐在那儿帮父亲绕毛线,毛线缠到了他的脖子上。傅老师说,你别动,就画你吧。我说,要把我画到烟盒上?傅老师说,试试,把你和你的毛衣都画上。我说,不会好看的。傅老师说,会的。我说,那我把袜子穿上。傅老师说,别动了,开始画了。画好草稿之后,我爬过去看,画里面是我,光着脚,穿着毛衣坐在炕上,不过不是呆坐着,而是向空中抛着"嘎拉哈",三个"嘎拉哈"在半空散开,好像星星。我知道,这叫想象。傅老师说,叫什么名字呢,这烟盒?我看着自己,想不出来。傅老师说,有了,就叫平原。我也觉得好,虽然不知道玩"嘎拉哈"的自己和平原有什么关系,但就是感觉这个名字很对。

我还想起,很多年前的另一个夜晚,我从这里的一张床上醒过来,首先看见的是天博,过去我们见过,但是没说什么话,我俩都是挺闷的人。天博坐在床边,在床单上摆扑克,从K到A,摆了几条长龙,要从床上出去了,就拐弯放。我觉得迷糊,腰上疼得厉害,下面好像是空的。我说,天博,我爸呢?天博说,你醒啦,那没事儿了,他也没事儿了,和我爸在外面抽烟呢,你玩扑克吗?打娘娘啊?我说,我的书包呢?天博指了指。和我的血衣服一起,在另一张床上。我说,帮我扔了,别让我爸看见。

这次我听清了天博在说什么,他说,今天感觉,你的左腿胖了。我说,肿了吧。他说,不是,是胖了,我针灸的时候,感觉经络活分了一点,你动一动脚趾。我试着动了动,没动。我说,你弄错了。他说,感觉到脚后跟热吗?我说,有一点。他说,是好现象。再观察看看。我说,你老是抱有希望,这样不好。他说,这是有依据的,虽然这么多年,应该没希望了,但是从上个月开始,我觉得有些变化,你伤在脊椎,按理说,不容易好,但是最近你的脊椎好像恢复了一些,有一些过去没有的反应,很奇怪,万物自有它的循理,我们再看吧。我说,外面阳光很好,推我出去走走。他说,有个事跟你说一下,昨天来了两个警察。我说,你跟我爸说了吗?他说,说了。他说没事儿。对了,昨儿我在街上给你捡了一个烟盒,估计你没有。天博从白大褂的右兜里,掏出一个已经拆开摊平的烟盒。我接过来看了看,我真没有。你看这小姑娘,画得真好,他说。我把烟盒夹在手边的书里,说,昨天那两个警察都问你什么了?他说,一个警察四十岁左右,另一个二十四五岁,问我知不知道十二年前,这附近出过一起案子,车祸,然后一个警察让人打废了?我说不知道,那时我还小,早就睡了。他们问我,我爸说起过什么没,比如那天晚上是不是来过什么人?我说,没听他说起过,他也是早睡早起的人。他们问我有没有病人的病历，我说有，他们让我给他们看看，看完之后，他们说，让你妈和我们聊聊，我说我爸下岗之后，他们俩就离婚了，我妈现在在干什么，我都不知道。他们就走了。我说，你不害怕吗？他说，我是大夫嘛……最近你不要来了，也不要打电话，等过了这阵子再说，我会把后面三个月的药给你弄好带着，然后你自己给自己按摩，我教过你。我说，嗯。他说，你最近写小说了吗？我说，写了，还没写完。写好了给你看。他说，你歇着吧，我去前面看看病人，热敷了半个小时了，快熟了。

庄　树

我和赵队最后还是决定去一趟蒋不凡母亲那，就算是枯井，也要下去摸一摸。烫伤事件里的母女，我们都已经排查过，没有嫌疑，女人是单身母亲，女孩儿成绩不错，两人收到了大量的捐款，女孩的恢复也比预想的好，两人既无作案的能力，也无更深层次的作案动机，和旧案也无瓜葛。在孙天博那里，有一定的收获，这让赵队振奋。收获就是没有收获。孙天博的诊所极其干净，一尘不染，病历、锦旗、砂袋、针艾、草药和床，都在恰当的位置，还有两盆一人高的非洲茉莉。病历是整齐的十几本，两个人的字迹，前一个写得比较凌乱，后面的则字迹清秀，工工整整，情况也写得详细。从里面出来，回到车上，赵队说，有意思，这个姓孙的好像一点毛病没有。我说，是，太利整了。他说，说说你的想法。我说，得把他妈找着。赵队说，是，找人，用不着咱俩，让局里落实。我打个电话。他把电话打完，我们俩坐在车里抽烟，我说，蒋不凡留下什么东西了吗？他说，有，他当时穿的衣服，他妈都留着，上面还有血，没洗。她说这是她儿子的血，不脏。搬了几次家，都带着。我说，赵队，我想看看。他说，走吧。

蒋不凡母亲跟大女儿一起住，在市西面的砂山地区，属于三个行政区域的交界，发展得比较缓慢，三个区都想管，最后都没管。有一片地方想开发，平房推倒，挖了一个大坑，一直没有盖东西。十年过去，还是一个大坑，所以那个地方也叫砂山大坑。她的大女儿在大坑边上开了一间麻将社，不大，六张桌子，有一个小厨房，麻友可以点吃的，炒饭或者炒面两种。我们去的时候，她的大女儿去接孩子，蒋母自己看店，她坐在一张桌子旁边，一边嗑毛嗑，一边和其中一个老头说话。老头说，今年退休金涨了一百五，真不错，死了能多穿一件裤衩。赵队说，大娘，没玩？她转过头说，小东来了。我把买好的水果递上，她说，老了，吃不了几个，下回别买了。赵队说，这是小庄。咱们后屋说啊。她说，咋地？人抓着了？桌子上的四个人马上抬眼看我们，赵队说，没有，说点闲话，有日子没来了。大爷，该和就和吧，别憋大的啦，五万对死了。几个老人笑了，继续打牌。

蒋不凡的衣服果然在这儿，一件棕色夹克，一件深蓝色毛衣，一件灰色衬衣，一件白色跨栏背心，一条黑色西服裤子，一条藏青色毛裤，一条灰色衬裤，一条灰色三角裤头。蒋母用一个包袱卷儿包着，好像一盒点心。赵队说，看看吧。蒋母说，我想了，我这身体越来越不行，今年小凡忌日，这些东西我就给他烧去了，要是我死了，怕是得让人扔了。赵队说，嗯，我们再看看。我把每件衣物翻检了一遍，没什么东西，血迹已经发黑，兜里的东西应该早就拿出去了。我说，我再看一遍。赵队说，你别急，都已经来了。第二遍我翻到裤子，发现右裤子兜是漏的，顺着裤腿，我摸下去，发现在裤脚，有个东西。裤脚扦过，是两层。我借来剪子，把裤脚挑开，里面有个烟头。我把烟头拿出来，举起来，过滤嘴写着两个字：平原。我说，大娘，蒋大哥当年抽什么烟你还记得吗？她说，大生产嘛，我给他买过，一天两包。现在买不着了。我回头跟赵队说，是吧。赵队说，是，我也抽大生产，后来这烟没了，换成红塔山，又换成利群。我把烟头递给他，说，那这烟头是谁的？

回局里的路上，我们俩停了一次车，去了烟店，买了一包新出的平原，打开一人一根抽上。我看着烟盒，觉得奇怪，上面有一个玩"嘎拉哈"的小姑娘，虽然图案很小，面目不太清晰，但是感觉很亲切。从烟标来看，做工是很好的。赵队说，挺好抽，当年也有这种烟，但是不好抽，后来没了。我说，不好抽？他说，是，还挺贵，抽的人特别少。我们可以查一下，九五年，这种烟也许刚上市，抽的人更少。我说，那就明白了。他说，是，老蒋还是老蒋，可惜这么多年我们都不知道他兜里头有东西。我说，不怪你，那兜漏了。蒋哥在车上管凶手要了一根烟，他也发现抽这种烟的不多，所以抽完之后，就把烟蒂放在裤兜里。他说，幸亏老太太没把衣服烧了。要不然老蒋就白死了。我说，不会的，不会有人白死的。

第二天赵队主持开了个会，烟头的事儿他没有通报，因为涉及过去的过失，等查出结果再说也不迟。他主要提了两件事儿，一个是密切监视孙氏中医诊所，二十四小时不能断人；一个是尽快找到孙天博母亲的下落。盯了一星期，孙氏诊所没什么动静，没有可疑的病人，孙天博也没有逃跑的动向，但是孙天博的母亲找到了。她叫刘卓美，现在在北京朝阳区东四环附近开了一家四川小吃店，卖面皮、麻辣涮肚、麻辣拌。老板是四川人，当年在本市走街串巷，推着一个两平方米的小车，四面缝着塑料，里面有口锅，常年煮着漂着大烟葫芦的老汤，她常上他的车吃麻辣烫，后来孙育新下岗，她就跟着他推着车跑了。我和赵队马上连夜飞到北京，当时北京正在办奥运，一片乱糟糟，我们两个外地警察，也被人反复查了一阵。到了那家小店的时候，已是晚上十点多，饭店里没什么人，几个服务员围着一锅面条，一边吃一边看墙角挂着的小电视，里面正在播盖了一半的鸟巢，一片狼藉，好像被拆了一半。我们拿着照片，看见刘卓美坐在其中一张靠里的桌子上点账,左手拿着一根烟。每翻开一页纸,就用拿烟的手蘸一下口水,头发花白,其实已经焗过,但是在亚麻色中间,到处可见成绺的白发。我们说明了来意之后,她没有惊慌,而是让服务员提前下班,说要和我们好好聊聊。她说,老乡啊,虽然我的口音已经乱套了,老乡还是老乡。她的丈夫从后厨出来,是一个个子不高的中年男人,穿着一双安踏运动鞋,鞋帮已经裂了。他给我们沏了壶茶,她说,他可以先回家吗?赵队说,可以,主要问你一些事情。她说,那你回吧。那个男人走出门去,却没有走,而是蹲在路边,背对着我们抽起烟。赵队说,你是哪年走的?她说,九四年十月八号。赵队说,说说怎么回事。她说,老孙下岗了,第一批被裁了员,过去他在拖拉机厂当木工。下岗之后,他想开诊所,那时给了他一笔买断工龄的钱,但是我反对,租房子,进东西,投入太大,而且他的手艺平常觉得好使,真开起诊所说不定哪天就让人封了。他不干,我就不给他钱,我们家的存折在我这儿,他就打我,我和他一直关系不好,他老打我,手劲还大。那时候我和小四川很熟,我问他,你愿不愿意带我走,我有点钱。他说,你没钱,咱们也走。十月八号的上午,是休息日,老孙没在家,我给天博做好饭,看着他吃完,问他如果有一天妈不想和爸过了,你是跟妈走还是跟爸走。他说,跟爸。然后继续吃饭。下午我拿上存折,就跑了。赵队说,说得很清楚,那就是说,九五年十二月二十四号,你已经不在老家了。她说,九五年?那时候我们在深圳打工。赵队看了我一眼,说,他们现在的诊所开得不错,你儿子接班了,老孙去世了。她没有表情,说,从走那天开始,我就和他们没有关系。天博从小就是个心里有数的孩子。顿了一顿,她说,他结婚了吗?赵队说,没有。她说,嗯。这时我说,你当时把家里的钱都拿走了?她说,是,连他买断的钱我都拿了,就给天博兜里揣了十块钱。我说,那他拿啥开的诊所呢?父母能给不?她说,不可能,他父母早没了,兄弟姐妹比他还困难。我说,那他从哪来的钱呢?她说,这我哪知道?我说,你再帮着想想。她想了想说,他有个朋友,一直很好,如果他能借着钱,也就是他了,他们从小就认识,下乡,回城,进工厂都在一起。那个人不错,是个稳当人,不知道现在在干啥。我说,他叫什么你还能想起来不?她说,姓李,名字叫啥来着?他有个女儿,老婆死了,自己带着女儿过。我说,你再想想,名字。她说,那人好像姓李,名字实在想不起来,他那个姑娘,很文静,能背好多唐诗宋词,说是一个邻居教的,小时候我见过她,那孩子叫小斐。

赵小东

孙天博很有意思,什么也不说。我找了几个经验丰富的人问过,也不行。只是不说话。不让他睡觉，他就不睡，跟你耗着，把我们几个都耗累了，他还能撑。我说，你要是不知道，可以说不知道，我们记录在案。他连不知道也不说，只是不时用手按摩自己的颈椎。

我们让诊所开着，从别处找了一个中医坐诊。从里到外翻了一遍，没有发现。其中一个人说，没见过这么干净的地儿，就不像有人住的。我问小庄，往下怎么弄。小庄从北京回来，状态有点萎靡，在飞机上想抽烟，憋得乱转，下飞机之后，到局里的路上，把半盒平原都抽了。

我们查了本市所有叫李斐的女性的社会记录，发现有一个和我们要找的人高度吻合。此人生于一九八二年，父亲叫李守廉，一九五四年生人，身高一米七六，原是拖拉机厂工人，钳工，会开手扶拖拉机，也会开车，下岗之后，就从社会上蒸发了。李斐有小学的档案记录，小学毕业之后就没有了。而这两件事情的时间点，都是一九九五年。综合我们掌握的所有情况，李守廉是一九九五年劫杀出租车袭警串案和二〇〇七年袭击城管串案的重大嫌疑人。李斐即使不是从犯，也是重要的证人。人活着就应该有记录，李斐是否还在世无法确知，但是李守廉一定在世，这中间社会上换了一次二代身份证，他一定有了新的名字和身份。

小庄说，应该是这样，那年李家发生了几件事，下岗，李斐升学，朋友孙育新想要开诊所、借钱。李守廉一向仗义，先把钱借给了孙育新，李斐升学就没有钱。我说，没明白。他说，我是经过那个时候，考初中，就算你考全市第一，也要交九千块，我假设李斐这孩子考上了，但是李守廉的钱压在诊所里，所以他实施了对出租车司机的抢劫。我说，有道理。逻辑上可以成立。他说，第一起案子你还记着吗？那个出租车司机的储物柜里，有刀，他是转业兵，开夜班，防身带着，第一起案子也许是误杀，他本来是想拿点钱就走。后来手上已经有人命，就杀人抢劫了。我说，有这个可能，但是已经不重要了，第一起案子到底怎么回事儿，重要吗？他说，后来的袭警案，就和我过去假设的差不多，那天李斐应该在车上，他们不是要抢劫，而是去办什么事儿，也许就是去孙氏诊所串门或者看病，打的是蒋不凡的车，蒋不凡觉察出李守廉的嫌疑很大，中途两人下车，后面的事情我过去推论过了。我说，可能李斐也参与了抢劫，也有这种可能。小庄说，嗯，也有。但是可能性不大。我说，为什么？他说，从人性角度讲，父亲不应该这么干。我说，×，跟我说人性？他没有说话。

第二天我又带人去翻了一遍孙天博的家，的确收拾得很干净，应该是随时防备有一天我们会抓他。里屋是木地板，我让人撬开，什么也没有。我觉得既然如此，索性继续拆。所有能藏东西的地方全拆开，终于发现了一个中医枕头，里面有一层小石子，安眠用的。在石子底下，有一本带血的小学语文教材和七十多页复印的文稿。我把这些东西拿到孙天博面前,他像没看见一样,还是不说话,然后闭上眼睛,按摩自己的太阳穴。我看了一遍稿子,好像是小说,写的都是一趟房里邻居的事情,小孩儿之间的事儿,大人之间的事儿,玩毛毛虫啊,弹玻璃球啊,打趴几啊。看意思应该是作者小时候的事情。我把这些东西转给了小庄,让他看看。小庄看过之后,没有提什么决定性的想法,而是向我请了几天假,说是实在撑不住了,身体要垮了,我同意了,毕竟年轻,第一次跟这种案子,休息休息是合理的。我提议他可以先见见孙天博,毕竟是目前我们手上唯一可用的线索,他说不见了,实在是太累,他还说,这几天他好好想一想,也许会想出个眉目,再见不迟。

就在他请假的第三天下午,出现了新的情况,这是所有人都没有想到的。年初我们搞过一阵子追逃行动,其实有些劳民伤财,抓回来的,即使手上有过人命,大多早已成了废物,不是未老先衰,就是成了沉默寡言的木头疙瘩,或者因为酗酒成了废人。有一个人现年五十一岁,一九九六年抢劫岐山路建设银行未遂,用自制短筒猎枪打死一名保安,潜逃。今年年初将他从河南省舞阳县抓回,他承认他抢劫杀人,并提出希望能见到自己离异多年的妻子。我没把此事当回事儿,如果每天满足他们的愿望,我就不用干别的了。小庄找到了这人的妻子,也已经五十多岁,重新结婚生子后,生活不错,现在退休在家,帮儿子带孩子。不愿意与他见面。小庄征得对方同意,给她照了一个半身像,带给案犯看了,并把实际情况跟他讲了。他收下照片没说什么。可就在这几天,他突然说有重要事情汇报,我去了。他要见小庄,我说小庄休假了,病了,我是他上级,可以代表他。他认识我,把情况讲了一遍,我听后,让他写下来,然后召集了专案组,拿着他所写材料的影印版,又让他讲了一遍。这人记性极好,无论是所写材料,还是两遍的供述,没有任何矛盾之处,而且十几年前的细节,很多都还记得。此人叫赵庆革,无业,酗酒嗜赌,麻将花面冲上摆着,他扫一眼,揉乱砌出城墙,所有牌的位置基本上都在心里亮着。可是就是这样,还是输钱,欠了不少外债,为了翻本,他就动了抢劫出租车司机的念头。他身高一米七五,手劲极大,据他自己说,年轻时吃核桃有时是用手掰的。尼龙绳、柴油,上车之后坐在司机正后方,行到偏僻处实施杀人抢劫,然后焚车逃走。一共五起,每一起的时间地点人物,甚至连司机的大致相貌、年龄,甚至有的人的口头禅,他都记着。其中有一个司机上衣兜揣着一把梳子,一边开车一边梳头,说送完他就去跟相好会面,相好三十二岁,丈夫常年出差。他把他勒死后,梳子拿走,一直用到现在。

但是他说一九九五年十二月二十四号,他并不在蒋不凡那辆车上,他去了广州买枪(但是没买到),那时出租车的案子他做了五起,没有纰漏,就准备向前走一步,去抢银行。我把李守廉和李斐的照片给他看,他说不认识,从没见过。

我看到了那把梳子,然后给小庄打了电话,他关机了。其实也没那么着急,只是案子的链条有了一个断缝,而我们需要做的工作并没有什么大的变化。

李　斐

看见报纸那天,我晚上失眠了。我把那份报纸放在枕头边上,夜里起来看了好几回。前两天父亲跟我说,天博出事了,那盆非洲茉莉不在窗户边上了。我就知道,很多事情要开始了。但是我没有想到,首先出现的竟然是小树。第二天一早,我叫住父亲,把报纸递给他。父亲看过之后,说,太巧了。我没有说话。父亲说,我知道你是怎么想的。我说,我怎么想的?父亲说,你想,也许没问题。我点头。父亲说,按道理,天博不会说,我知道他,而且如果他说了,也不用登寻人启事找我们。我点头。父亲说,但还是太巧了。我说,爸,你是不是有事情没告诉我?父亲说,我先出车,你让我想想。

父亲现在是出租车司机。

晚上父亲回来,我坐在轮椅上,还在看那份报纸。

> 寻人启事:寻找儿时的伙伴,失散多年的朋友、家人小斐。我一周后就要出国定居,请速与我联系。不可思议,我们已经长大了。下面是我的电话。

在电话的下面,附了一张画。上面一个小男孩站在两块石头中间,一个小女孩正抡起脚,把球踢过来。

父亲摘下口罩,把买好的菜拿进厨房。吃饭时,父亲说,广场那个太阳鸟拆了。我说,哦,要盖什么?父亲说,看不出来,看不出形状,谁也没看出来。后来发现,不是别的,是要把原先那个主席像搬回来,当年拉倒之后,没坏,一直留着,现在要给弄回来。只是底下那些战士,当年碎了,现在要重塑。不知道个数还是不是和过去一样。我说,哦。父亲说,我想好了。我说,嗯。父亲说,去见见吧。我原先想查查小树,但是怕反而会惹麻烦。索性就这么去吧。我从轮椅上向前跌下来,碗掉在地上,饭粒撒了一地。父亲把我抱起,放回轮椅上。我说,爸送我过去,我单独见他。父亲说,那得想个地方,你腿不方便,如果不好,能走的地方。我说,我想好了,船上。父亲说,船上好,一人一条船,挨着说话。我说,他也看不出我腿有毛病。父亲从腰上拔出一把枪,放在桌子上,说,你带着,放在包里,不到万不得已,不要用。一旦用,就不要手下留情。我看着枪。父亲从后腰又拿出一把,说,我们两个一人一把,你那里面有七颗子弹。在家等着,我去给你买张电话卡。

我用新的电话卡给小树发了短信,约第二天中午十二点,在北陵公园的人造湖中心见。发完短信,父亲把电话卡放在煤气上熔了。父亲说,明天中午,他来了就是来了,没来这事儿就算了,来了见完,这事儿也就算了,我们只能这么下去,你答应我。我说,我答应你。爸,我欠你的太多。父亲说,不说。你们两个总要见一下。以后还和以前一样。

庄　树

我上船的时候,看见一条小船漂在湖心。我向湖心划过去。不是公休日,湖上只有两条船。秋天的凉风吹着,湖面上起着细密的波纹,好像湖心有什么东西在微微震动。划到近前,我看见了李斐。她穿着一件红色棉服,系着黑色围巾,牛仔裤、棕色皮鞋,扎了一条马尾辫。脚底下放着一只黑色挎包,包上面放着一双手套。我向她划过去的时候,她一直在看着我。她和十二岁的时候非常相像,相貌清晰可辨,只是大了两号,还有就是头发花白了,好像融进了柳絮,但是并不显老。眼睛还像小时候一样,看人的时候就不眨,好像在发呆,其实已经看在眼里了。我说,等很久了吧。她说,没有,划过来用了一段时间。我笑了笑,说,你没怎么变。她说,你也是,只是有胡子了。来见老朋友,胡子都不刮。我说,你现在在做什么?她说,你怎么上来就问问题?你呢?我想了想,说实话吗?她说,说实话。我说,我现在是警察。她收了笑意,闭紧嘴看着我,说,挺好,公务员。我说,我小时候挺浑的吧?她沉默了一会儿,说,是。我说,现在我长大了,能保护人了。她又许久没有说话,把围巾重新系了系,隔了一会儿,她说,傅老师现在好吗?我说,很好,地球都要走遍了。她说,那就很好?我说,说实话,我也不知道。她一直在找你。她说,让她别找了,我什么都不是。我说,我不觉得。如果你时间不急,我跟你讲讲这么多年我都干了什么。她说,你讲吧。我就开始讲,讲了自己在警校交的女朋友,也讲了分手之后自己很难过,喝多了在操场疯跑,还讲了因为当警察,和父亲搞得很紧张,一直讲到现在。她听得很认真,偶尔中途问一点事情,比如,她人有趣吗?或者,没听明白,我没上过大学,请你再讲一下。很少能得到这样的听众。讲完了,我好像洗了个澡。我说,无聊吧,这么多年的事儿,这么快就讲完了。她说,不无聊。如果让我讲,一句话就讲完了。我说,一会儿是你自己回去还是李叔来接你?或者他现在就在附近看着?她没有说话。我说,他现在忙什么呢?她没有说话。我说,李叔十二年前,杀了五个出租车司机,不久前又杀了两个城管,一个用锤子或扳子,一个用枪打。她

115

没有说话。我说，我不是请你帮我，我是请你想想这件事本身。她说，没这个必要，不用你提醒我这个。我说，你告诉我在哪儿能找到李叔。然后到我的船上来，我们划到岸边，然后我们去找傅老师。她说，如果没有这事，你会来找我吗？我说，也许不会，但今天我是一个人来的，没人知道我来，而且这件事情已经有了，我也已经来找你了，都不能更改了。

　　她抓住桨，把船向后轻轻摇了摇，和我拉开了点距离，说，其实我可以说，我不知道你在说什么，但是你刚才很坦白，我也可以跟你坦白，谁也不欠谁最好。其实这么说不对，应该说，我欠你们家的，能还一点是一点。我说，不是，这事儿和你我……她伸出手，意思是这时不需要我说话，我突然意识到这么多年没见，她果真在某一个局部，有了不小的变化。她说，一九九五年那几起出租车的案子，和我爸没关系，信不信由你。我爸的钱借给孙叔一部分，然后他把他小时候攒的"文革"邮票，全卖了，我的学费是有的。但是十二月二十四号那天的事儿，我和我爸确实在。那人朝我爸开了一枪，他的左腮被打穿了。我说，嗯。她说，一辆卡车把我坐的车撞翻了。你知道吧？我说，知道。她说，然后那个人倒了，我爸满脸是血，把我从车里头拖出来，那时我没昏，腿没感觉了，但是脑袋清楚得很。他看了看我的腿，把我放在马路边，跑回去用砖块打了那个警察的脑袋。我说，哦，是这个顺序。她说，然后我跟他说，小树在等我啊。然后我就昏过去了。

　　这次轮到我沉默下来，看着她的眼睛，她一眨不眨，看着我，或者没有看着我。

　　然后她说，我爸什么也不知道，他以为我真的肚子疼。当时我的书包里装着一瓶汽油，是我爸过去从厂里带回来，擦玻璃用的。那个警察应该是闻着了。那天晚上是平安夜，白天我一直在想去还是不去，因为我有预感，你不会来。但是到了晚上我还是决定去，可我实在想不出什么办法，你说你总会有办法，可是我想不出来。孙叔叔的诊所离那片高粱地很近，我可以想办法下车，跑去用汽油给你放一场焰火，一片火做的圣诞树，烧得高高的。我答应你的。

　　我说，现在那里已经没有高粱地了。

　　她说，那天你去了吗？

　　我说，没有。

　　她说，是傅老师不让你去吗？

　　我说，不是。我忘了。

　　她说，你干什么去了？

　　我想了想说，也忘了。

　　她点了点头。

我说,当时我们都是小孩子,现在我们都长大了,对吧。

她说,你长大了,很好。

这时她指了指挎包,说,这里面有一把手枪,我不知道自己会不会使。我说,不会使我可以教你。她说,小时候,傅老师曾经给我讲过一个故事。说,如果一个人心里的念足够诚的话,海水就会在你面前分开,让出一条干路,让你走过去。不用海水,如果你能让这湖水分开,我就让你到我的船上来,跟你走。

我说,没有人可以。

她说,我就要这湖水分开。

我想了想,说,我不能把湖水分开,但是我能把这里变成平原,让你走过去。

她说,不可能。

我说,如果能行呢?

她说,你就过来。

我说,你准备好了吗?

她说,我准备好了。

我把手伸进怀里,绕过我的手枪,掏出我的烟。那是我们的平原。上面的她,十一二岁,笑着,没穿袜子,看着半空。烟盒在水上漂着,上面那层塑料膜在阳光底下泛着光芒,北方午后的微风吹着她,向着岸边走去。

【作者简介】双雪涛,男,1983年生于沈阳。工人子弟,曾是银行职员。已发表中短篇小说多部,出版长篇小说《翅鬼》。曾获首届华文世界电影小说奖首奖、"紫金·人民文学之星"短篇小说佳作奖、西湖·新锐文学奖等。现居沈阳,供职于某杂志社。

地球之眼

石一枫

一

在我大学时认识的那些狐朋狗友里,后来混得最差的叫安小男,混得最好的叫李牧光。这本来没有什么值得多说的,人嘛,都有混得好的和混得不好的。尤其是如今这个年头,两个阵营之间的差距越拉越大,几乎有变成两个物种的趋势了。不过我想指出的是,混得最差的安小男原来可没有那么差,相应地,混得最好的李牧光原来也没有那么好。他们在学校里的状况和后来的境遇恰好相反。当然,这也没什么奇怪的。社会嘛,通行的标准肯定不是上学时的那一套,否则"混"这个词也就没有那么准确而传神了。

那么我想说的究竟是什么呢?恐怕是安小男和李牧光之间那段奇特的雇佣关系。

还是先介绍一下安小男。他本来跟我不是一个系的,念的是"电子信息和自动化",但是宿舍离我很近,就隔着一个水房。对于理科生,我们这些读文科的往往有一种偏见,认为他们大脑发达但是思维狭隘,生活很没有情趣。当我们像孔雀开屏一样每天不知道瞎咋呼些什么的时候,他们却在实验室里吭叽吭叽地埋头干活,课余时间也就是守在电脑前面打游戏或者下"毛片"。埋头干活是为了拿学分,打游戏是为了放松大脑,下载"毛片"是为了在右手的帮助下抚慰肉体,他们所做的一切事情都有着简单而明确的目的。也就是说,做什么事情都必须要"有用",这是他们普遍信奉的生活哲学。然而安小男却好像和大多数理科生不一样,他跟我熟起来,恰恰是通过讨论一些"没用"的话题。

当时正是盛夏天气,学校的考试季快到了,我闲散了一个学期,如今只好捧着复印来的笔记到图书馆里死记硬背。这种工作是很折磨人的,往往还没有背上两条名词解释,我就会不停地打哈欠、流眼泪,然后不得不跑到楼下去抽一根烟。一根不够就两根,两根不够就三根,其间还要喝汽水买零食,再瞄两眼穿得比较暴露的女同学,一个晚上下来,浪费的时间肯定要比背书的时间长得多。有一次正坐在水泥台阶上发呆,背后忽然有人叫了我一声:

"这位同学。"

一回头,便看见一张又瘦又黄、胡子拉碴的脸,让人想起北京人用来搓澡的老丝瓜。我想了想,似乎是在宿舍楼道里见过这人的,便问他:"有事儿吗?"

"你是历史系的吧?"

"是啊,咱们共用一个厕所。"

"你对中国历史一定很有见解。"

"至今还比较懵懂……期末考试可能会挂。"

他又说:"那么就是说,你主要在研究中国社会的当下问题喽?"

我有点儿被搞晕了,但也只好敷衍道:"这就更不是区区不才所能关心的啦。"

这人却热情地一拍我的肩膀:"你太谦虚啦——咱们谈一谈怎么样?"

说完就一屁股坐在了我身旁的台阶上,瘦膝盖尖锐地顶到下巴上,脸却四十五度角上扬,呈现出一副很有情怀的样子。我更加惶惑了,同时还稍微有了一点儿不安,不自觉地把身体往另一侧挪了挪,问他:"你想谈什么呢?"

"谈一谈中国的历史、现状,以及中国会向何方去?"

"这也太宏大了吧。"

"那么就谈谈中国人的道德问题好了。你觉得当前的形势是不是很严峻,我们这个社会的道德体系是不是失效了?"

面对他那诚恳而热情的目光,我吭叽了半天,说:"这又太抽象了。就算我想谈,你又让我从何说起呢?"

"怎么会抽象呢?我的问题非常具体,而且离每个人都并不遥远。"他说着,突然把手往半空中的某个方位一扬,"比如说那里,很可能就存在着严重的道德缺失。"

我顺着他的手,也朝斜上方四十五度角望了过去。我看到远处的围墙之外,一幢碉堡般的建筑物耸立入云。那是我们学校的"三产",一个在中关村乃至全北京都很著名的电脑城,里面每天川流不息着形形色色的高科技二道贩子。而现在已经是晚上八点来钟,电脑城通体黑黢黢的,只留下顶端的一圈儿航空警示灯正在有规律地明灭着,仿佛这幢大楼正在呼吸。分明是指路明灯,他是怎么看出道德问题来的呢?

"恕我肉眼凡胎……"

那人一拍膝盖,咳了一声,语速飞快地对我讲解起来:"国家规定,离地高度九十米以上的建筑物航空警示灯,其闪光频率应为每分钟二十至六十次之间,有效光强不低于一千六百坎德拉——坎德拉也就是一种光学上的计量单位。然而根据我的实地测量,这幢大楼上的警示灯是每四秒钟才闪烁一次,也就是说每分钟只有十五次。更危险的是,光强也根本没有达标,在下雨或者大雾天气,很难对几百米上空的飞机起到提示作用。我还查了一下,国内生产信号灯的厂家很多,达到法定标准也并不需要多么先进的技术,那么采购的人为什么非要选择这种不合格产品呢?这分明就是拿了回扣嘛……这不是腐败又是什么?而腐败的根源难道不是道德败坏吗?"

作为一个高中"分科"以后就没有再翻过物理课本的人,我固然对他的那些技术用语感到糊涂,而好不容易听明白大概意思之后,糊涂的感觉却越发加剧了。我仍然想不出来几盏劣质信号灯有什么值得大书特书的。说句不好听的,就是真有一架飞机晕头转向地撞上了我们学校的电脑城,那儿离我睡觉的宿舍也还远着呢。进而,我不得不把眼前这位仁兄归入了"校园神经病"的行列。在我们这所号称兼收并蓄的大学里,这类人还是比较常见的。其中的女神经病症状倒还温和,顶多是到比较英俊、比较有风度的老师(比如中文系的一位著名诗人)课上去发发春,当堂朗诵几首题为"翡冷翠"或者"我底爱人"之类的诗歌什么的。男神经病就要激烈得多,我在上"中国思想史"这门课的时候,曾经见过一个长相很像弗拉基米尔·伊里奇的"超实用主义民间哲学家",他提出了一个论调,说的是应该把社会上那些"没用的人"通通消灭,肉做成罐头,脂肪用来生产力士香皂,皮拿去做鞋。他宣称,如果国务院采纳了他的建议,那么中华民族的伟大复兴也就指日可待了。然而所谓"校园神经病"大多数是一些半流浪状态下的旁听生,还有那些考了几年研究生都没考上的落榜者,年龄也都在三四十岁上下,而这人明明是个热门专业的在校生,他发哪门子神经啊。

更加让我纳闷并且懊恼的是,图书馆门口进进出出这么多人,他干吗非要找我来"谈一谈"呢?难道我看起来比别人精神不正常吗?

于是我截断了他的话头:"打住打住,我可没工夫听你瞎咧咧。"

"我知道你是个谦虚而低调的人。"他居然露出了委屈的神色,"如果你觉得我的分析不够深入,没有触及本质,你可以反驳我,但不能把我扔下不管呀。我确实很想听听你的见解。"

听起来好像我对他、对中国社会负有多大的责任似的。我差点儿急了:"凭什么呀?你想跟我聊天我就必须得陪你聊吗?这不是牛不喝水强按头吗?你把我当什么了？三陪？你给我钱了吗？"

对于我的一连串问话，眼前这人却不慌不忙，从随身携带的旧帆布包里拿出一摞书来。上面的几本分别是《中国大趋势》《中国可以说不》《中国何以说不》，而压在底下的那本则名叫《谁敢不让中国说不》。看到那色调花花绿绿，仿佛刚拍扁了一只老鼠的图书封面，我突然傻了眼，又好像明白了什么。

"这难道不是你的著作吗？我在楼道里见过你连夜整理书稿。"

他没说错，那本跟风烂书的确出自我手，但这么说又有点不全面。事实的情况是，我在上个学期想和女朋友郭雨燕去九寨沟旅游，顺便在路上把她给"办了"，便经人介绍从一个书商那儿领了这个活儿，打算用挣来的钱支付路费、门票和宾馆的房费。书里面的内容全是我到网上扒下来，再胡乱拼贴到一块儿的，至于署名，我给自己取了个颇有"民国范儿"也颇有自知之明的笔名，叫"老放"——比起"老舍"和"老残"，我所干的事儿和通篇放屁也没什么区别。顺便说一句，这本《谁敢不让中国说不》刚一上市，雇了我的书商就破产跑路了，说好的报酬也没给我。又过了没多久，郭雨燕认为我这个人既无能又言而无信，一怒之下把我给踹了。真是赔了夫人又折兵，还导致我在考试的紧要关头遭到"热心读者"的滋扰，这都是什么事儿啊。

与此同时，我又想到了前女友郭雨燕那小狐狸般的眉眼和一对大胸，不免感到了真诚的哀伤。我站起来，茫然四望，想找个由头甩开身边这人。恰好这时，我的身后又扬起了一个清脆的声音：

"咦，你怎么会认识他这种怪胎？"

我再次回头，看到的却是我的表妹林琳。她是比我低两级的数学系学生，长了一张白白嫩嫩的娃娃脸，眼睛又黑又亮，眼窝还有点儿异族风情的凹陷，看起来好像用气枪"砰砰"两声，把两颗葡萄打进了一坨奶油里。兄妹两人都考进了同一所著名的大学，这很可以被传为一段佳话，也说明我们家族的基因比较优秀——可能主要来源于我姥爷那边儿，他当过"反动学术权威"嘛。然而我这个表妹入校伊始，就对我鼻子不是鼻子眼睛不是眼睛的，几乎见面如仇人。当然，我也有做得不对的地方，我曾经以林琳为诱饵，勒索那些暗恋她的傻小子们请我泡酒吧、打台球、到小西天的中影公司放映厅看进口大片，甚至还打算召集全体有姐姐妹妹的男同学，组建一个"换亲俱乐部"，把"因为太熟而不能下手的资源"转化为"可以下手的资源"。林琳在毫不知情的状态下，已经被我同时许配给七八个人了。

而这时，我的第一反应是，难道林琳也认识这人，并且也认为他是一个怪胎吗？可再一打量，她说话时的眼神明明是看向我身旁那人的。也就是说，她在向对方宣布我是一个怪胎。我不由得气哼哼地说："我好歹也是你哥。"

"狗屁哥。"林琳同样气哼哼地说,"摊上你这种哥,我算是倒了血霉啦。"

然后忽闪着大眼睛对那人说:"你是安小男吧？我在去年的高数冬令营里见过你。你解开那道函数方程的思路,我一直都没有想明白……"

那人却露出了和刚才的我如出一辙的惶惑,然后又转换成了乏味。他把我的著作和其他几本书一起放进包里,站起来说:"问我也没用,我也讲不明白。你自己查查书去吧。"

说完拍拍屁股就走了。

作为一个长期被本系男生像狗似的围着"嗅"的漂亮女孩,林琳遭受到这种待遇,恐怕还是破天荒头一回。我心里升起了古怪的快意,顺便问她这个安小男是什么来头,脑子到底有没有被驴踢过。林琳却鄙夷地瞥了我一眼,说:"就你,还看不起人家呢?"

据林琳介绍,安小男的确是个"神人",这里的"神"是神奇的"神",而非神神道道的"神"。他简直可以被称为近几届理科生中的传奇:高中曾经获得过奥林匹克数学竞赛的金牌;从来没上过高等数学、理论物理的专业课,但考试的时候随随便便一写就是满分;可以背诵小数点后一千多位的圆周率……他还是个电脑高手,不管多复杂的计算机编程语言,只要看一遍就无师自通。据说电子系的系主任,一位年近七十的老院士曾经摩挲着他的脑袋,笃定地说:

"这里面装着半个硅谷!"

这话说得倒令我感到那位"民间哲学家"的思想应该修正:需要活体利用的其实是安小男这样的奇才,只要把他的大脑像杏仁豆腐一样一勺一勺地挖出来,就够中科院之类的单位忙活上几十年的了。

林琳又问我:"他找你做什么?"

我矜持地说:"事实上,他有一些问题向我请教。"

林琳的眼神更加鄙夷了,仿佛在看《围城》里自称"被罗素请教过几个问题"的野鸡哲学家褚慎明。而我也的确疑惑起来:安小男为什么会对《中国可以说不》《中国何以说不》以及《谁敢不让中国说不》这样的狗屁玩意儿感兴趣呢?经过一番思索,我的答案是:这恰恰可能是因为他太聪明了。作为一个不世出的奇才,"自然科学"这个确定性的、答案一望可知的领域令安小男感到了乏味,而"人文思想"的本质则是混乱的、含糊的,想不明白的东西更能容纳他那无穷无尽的智力,也就更让他觉得有意思。就像老鼠特别爱啃桌子腿一样,是因为桌子腿好吃吗?不不不,只是由于老鼠的牙齿过于发达。这样一想,我在感到滑稽的同时,又有了那么一点儿肃然起敬。

总而言之,经过那天晚上的一面之交,我和安小男就熟悉了起来。一个楼道里低头不见抬头见,我在此后又被他频频骚扰,请教一些历史学以及有关

"中国社会"的问题。他的请教常常发生在厕所里,有时我们正在并排尿着,他突然就撇过来一句:"农耕文明是否终将被海洋文明打败?"

或者我正在蹲坑,他从隔板外面撇过来一句:"官僚体制是否扼杀了中国社会的创新能力?"

他那虚心向学的态度令我越来越不好意思了,而在这期间,又发生了一个让人哭笑不得的小插曲:我表妹林琳写了一封信,逼我转交给安小男。那封信我毫不犹豫地拆开来偷看了,内容很简洁,说的是她有几道数学难题一直没解开,想请安小男帮她讲解一下;还说希望安小男能和她结成"对子",在晚自习期间一起探讨、共同进步。言辞虽然纯洁,可是其心昭昭——对于文科生而言,恋爱的发端是借书,对于理科生就变成解习题了。

"你是不是对他有意思啦?"我直截了当地问林琳。

林琳还想抵赖:"你管得着吗?"

"当然要管,狗屁哥也是哥嘛。"我苦口婆心地劝她,"我知道在你看来,安小男有很大的优点,这个优点就是聪明。可是找男朋友又不是数学比赛,聪明不是唯一的标准, 否则你直接找台586去谈情说爱不就得了吗? 对于男朋友,还是需要看看长相,看看性格,看看他有没有……魅力嘛。"

"可我恰恰觉得他有魅力。"林琳涨红了脸说,"他那副呆头呆脑的样子再配上聪明得冒尖儿的脑袋,让我觉得帅极了。"

这个小书呆子,对男性的口味也真够古怪的。我劝她不动,只好冷笑两声,抱着看热闹的心态把信交给了安小男。而安小男自然是看不出林琳的潜台词的,他吭叽了几声,极不情愿地说:"我是看你的面子才去的。"

当晚他便离开了男生宿舍,到理科楼后面的小自习室去和林琳会面了。这两个家伙待在一起会闹出什么样的笑话呢? 我躺在下铺饶有兴致地猜测着。到了晚上九点多钟,安小男回来了,他敲开门告诉我"任务已经完成",我表妹的数学难题全被他解开了。

"除了数学题,你还解开了别的什么没有?"我相当下流地问。

他好像没听懂一样,继续汇报道:"不过其他的事情,她让我很为难。"

我更加好奇并且焦急了:"她让你干吗了?"

安小男说:"我们从自习室出来的时候,她突然对我说,大家都是爱学习的人,所以不要在勾勾搭搭上浪费时间,如果我喜欢她,那么就亲她一下好了。"

"你怎么做的?"

"她把脸一仰,眼睛一闭,我就趁机跑了……这不直接回来了嘛。"安小男摊摊手说。

我咳了一声,穿鞋出门往外就跑。安小男居然把一个向他求吻的漂亮女孩孤零零地扔在了大街上，这他妈的是人干的事儿吗？好找歹找，我总算在食堂斜对面的冷饮店里找到了林琳，这时候她已经咕噜咕噜地喝下去了三瓶酸奶。好在林琳并没有因为羞辱而大哭，她只是眼神儿发直地盯着呈等边三角形排列的瓷瓶，幽幽地说了一句：

"他比我更不愿意浪费时间。"

后来林琳就再没动过谈恋爱的念头，一心念书，考GRE，没过两年就出国留学去了。而经过这件事情，我对安小男倒有了点儿模模糊糊的好感，对于他在人文学科方面的兴趣，也不得不郑重对待了起来。为了不至于误人子弟，我劝他扔掉从地摊儿上买来的"说不"系列，转而到图书馆里找几本"有营养"的书籍进行深入学习，比如汤因比的《历史哲学》、斯塔夫里阿诺斯的《一五〇〇年以后的世界》和费正清的《剑桥中国史》之类的。那些书我只是听说过却压根儿没看过，但是既然被公认为名著，那么想来应该是不错的。况且它们还有一个共同的优点，就是厚，都是能压弯一根勃起的阳具的大部头，这有利于更多地消耗安小男的时间和精力，让他少来烦我。

在这么做的时候，我本人也承受着一定的思想压力。我有时会想：我间接地助长了安小男把他那得天独厚的大脑浪费在"没有用"的事情上，这会不会导致我们国家错失一个诺贝尔奖，甚至让整个儿人类的科技进步都蒙受巨大的损失呢？再举个历史八卦作为例子，抽水马桶是英国女王伊丽莎白一世的侍臣哈灵顿爵士发明的，但如果女王在当时勒令爵士先生去研究点儿别的，那么我们今天就还得忍受厕所里的臭气熏天。但我也安慰自己：万一安小男本来会变成一个邪恶的科学家，发明出一种能够毁灭地球的机器、电磁场或者计算机程序呢？那么我的所作所为就相当于把全世界人民给救了。

在跟安小男的接触中，我倒是越来越有科学精神了。

就这样又熬过了一个学期，暑假来了又走，我们这茬儿学生迎来了大四学年。重新回到学校之后，我特地昼伏夜出了好几天，为的是躲开安小男。躲他有着另外的原因：按照他的认真劲儿以及智力水平，那几本大部头应该全都"啃"完了吧？如果他再来缠着我"谈一谈"，而我却一问三不知可怎么办？那个人可就丢大了。事实上，随着阅读的深入，他上个学期问的那些问题已经让我越来越头疼。身为安小男在人文领域的指路明灯，我既感受到了荒唐的虚荣，又不知不觉地心虚了起来。我担忧自己这个"伪劣产品"会像电脑城顶端的引航灯一样，被他有理有据地揭穿。

然而躲是躲不过的，我总得拉屎撒尿嘛。那天晚上十点多，我夹着本书溜出了宿舍，正好在厕所门口撞上了同样夹着一本书的安小男。只不过我手里的书是在看第三遍的《笑傲江湖》，而他的则是法国历史学大师布罗代尔的《十五至十八世纪的物质文明、经济和资本主义》)。狭路相逢,我心下一凛,在那一瞬间多么希望他考一考我东方不败的男朋友叫什么名字,或者华山派共有几人为了修炼《葵花宝典》而把自己给阉了。

那当然不太可能。安小男的眼神依然热切,拉住我说:"跟你说个事儿。"

"你问吧。"我又瞥了瞥他的书,心里绝望地打着鼓。

安小男却说:"我想从低年级的专业课听起,把历史系的所有课程都听一遍,你说怎么样?"

我吃了一惊:"你图什么呀?"

"当然是解决问题喽。"他用食指指了指太阳穴,但那动作却像是朝着自己的脑袋开了一枪,"你给我推荐的那些书我全读了……都很好。但是对于我心里的那些疑问,它们似乎都说了点儿,但又都没说清楚。再来问你呢,恐怕也不是个事儿。说句不怕得罪你的话,你和我一样年轻,和你探讨一下问题,共同进步是可以的,但要想答疑解惑,恐怕还得求助于教过你的那些老师。他们都是真正的专家,我想我有必要系统地接受一下他们的思想。"

也许安小男已经看出我是个不学无术的混混儿了?他的话让我一阵失落,同时却又感到释然。但随后,我却真切地为他担忧了起来:"可是咱们都已经大四了啊,马上就要找工作或者考研究生了,哪有时间去听外系的课呢?况且你还要听全本儿的。"

"那就申请延期毕业嘛。"安小男挥了挥手说,"实在不行我就转系,从历史系的大一开始念起。我查了学校的规定,这在理论上来说是可行的。"

他那既淡然又决然的态度,简直让人想起弃医从文的鲁迅先生。也许一个天才的脑袋,就是和我们这样的俗人不同。但我仍然本着一个俗人的善意,继续劝解着他:

"这恐怕有些不妥……你应该三思而后行。没必要为了爱好把专业都扔了啊,那可是你将来吃饭的手艺。"

安小男却说:"我意已决。"

说完,他就错开身子走了出去,而我也没再说些什么。这一来是因为我感到自己至今仍然缺乏和他这样一个"神人"沟通的能力,二来则是因为我已经快憋不住了,再废话裤衩上就要多出一个"柿饼"来了。后来不出我所料,安小男的延期毕业和转系申请果然闹出了不小的风波,他本人也成了我们毕业季里一桩奇闻的主角。

首先是安小男的母亲,一个肉联厂洗肠工,从河北 H 市赶到了北京。她冲进我们学校的校务办公室,怒斥有关责任人"没有抓好学生的思想教育工作",导致她的儿子眼看就要自毁大好前途,去钻研"连猪屎都不如的没用学问"。她质问校方,如果安小男真的转了系,那么谁能为他注定穷酸到底的未来负责?又有谁能为一个含辛茹苦的寡妇的晚年生活负责?如果只是学生家长闹一闹,那还不算什么,但是经由这一闹,安小男的问题就演变成了电子系和历史系两个团伙之间的矛盾。没过几天,电子系的系主任,曾经断言安小男的脑袋"装着半个硅谷"的老院士也向学校施加了压力。他表示,一般的学生倒也罢了,但是如果把安小男埋进了故纸堆,那实在是一种资源的浪费。老院士的言辞固然委婉,但也使得我所在的历史系深受侮辱,老师们抗议说,你身为一个知识分子的楷模,怎么说话的逻辑也像家庭妇女一样呢?这不还是在说历史作为一个冷门学问,不如电子、信息、自动化之类的"格致之学"有用吗?进而不又是在说人文学科的人不如理工科的人有用吗?你们这些理工科也太欺负人了,盖大楼你们先盖,拿项目经费你们比我们多几十倍上百倍,连买汽车都能从项目里面报销,到了这时候还不忘踩我们一脚,让不让人活了?

本来是一个学生的一厢情愿,只要稍有阻力,那么说不要也就可以不要的,但是本着不争馒头争口气的精神,历史系的老师却怂恿历史系的领导,跟电子系"杠"上了。他们向校方递交了一份意见:学生选择专业,本是个人自由,又所谓失之东隅,收之桑榆,焉知损失"半个硅谷",换不来一个范文澜、陈寅恪或者钱穆?进而又大谈历史学乃至全体人文学科之重要性,并上升到了国家民族的高度。搞文科的人都是善于言辞之士,那份意见写得冠冕堂皇,让校方也不好反驳,于是决定破例为安小男举行一个多方面试,大家来决定一下这个学生到底待在哪个系比较好。

没承想,那个面试会议又把风波推向了新的高潮。在会上,电子系的班主任先代表老院士发了言,说的还是人尽其才那一套。安小男表情呆滞,无动于衷。接下来,历史系颇有名气的商教授便闪亮登了场。我们系的老师里,能在学校外面混得开的人物不多,这位商教授就是其中之一。他入选了好几个政府机关的参事,为不少级别相当高的领导干部写过讲话稿,隔三岔五还会在党报的头版"刷"上一篇社论;而给他带来最大名气的事儿,当然还是登上过央视的《百家讲坛》,讲的好像是"中国宦官干政考"。大家公推这样一位人物出面,可见是想先声夺人,让对方知道我们历史系也不全是碌碌鼠辈。

商教授保持着他在电视机里的一贯做派,先轻轻胡噜了一下毛泽东风格的大背头,又抖了抖西门庆风格的"五彩洒线猱头狮子"对襟唐装,然后才循循善诱地开了口。他问道:"这位同学,你贵姓?"

"姓安。"

"那么我可以叫你小安子吗?"

不得不指出,这话说得实在有些轻佻。而商教授这个人,向来的确是轻佻的。对于轻佻,他还专门发表过一番解释:既然我们这个社会的风气,就是把轻佻当有趣,而人在任何时代都在追求有趣,都在尽量活得不那么沉重,那么轻佻一下又何妨呢? 他还引证说,许多历史上的名士,譬如阮籍、金圣叹和唐寅,骨子里都是些轻佻的人。这么一说,他的轻佻好像就有了传承与深度。再加上这套做派在电视上和领导干部的圈子里都很受欢迎,那么商教授更可以理直气壮地插科打诨下去了。

果不其然,商教授一开口,原本凝重、尴尬的会场气氛登时轻松了下来,许多人脸上不知不觉地泛上了一丝笑意。有些人就是有这样的本领,他们很善于改变周遭的"气场"。现在,全体教职工都在等着欣赏这位电视名人的表演了。

对于商教授的问话,安小男的反应是愣了几秒钟,然后磕磕巴巴地说:"这不妥吧。"

过了一会儿又补充道:"您又不是慈禧。"

此言一出,现场的人们就真的忍俊不禁了。不要说学校教务处的领导,就连电子系那两个满脸"常量函数"的教师代表都互相看了一眼,嘴里"扑哧"一声。本来嘛,地球又不是围着一个学生转的,搞得那么兴师动众干什么? 而得到了安小男不经意间的"配合",商教授就更加胸有成竹了,他笑容一敛,将谈话引入了正题:

"还是说说你平时都看一些什么书吧——我指的是在课余时间里。"

安小男便将我开给他的书目一一报上名来。要知道,这些书连许多历史系的研究生都是没有读完的,就像很多中文系的研究生却没有读过《红楼梦》一样。商教授眼睛一亮,有些惊奇也有些技痒,便当堂考问起安小男的学问来。

一考之下,令人惊奇,安小男对答如流。他不仅能够把商教授提到的具体章节精确地复述下来,而且对于关键的段落还能全文背诵。他原本是木木讷讷的模样,一谈到书本却像插了电一样,眼珠子里往外喷射的全是精光。如果不是商教授及时打住,那么他可能会孜孜不倦地说下去,直到两个嘴角下方越积越多的白沫流到脖子里去。

"大家都看到,情况已经很清楚了。"商教授轻轻地嘘了一口气,转向了校方代表,"这位小安……同学在历史方面达到了相当的造诣,虽然他的阅读稍嫌不成系统,还有点儿凌乱,但是他对重要著作的熟悉程度已经超出了我的想象。兴趣才是最好的老师,我想如果不是对历史有着浓厚的兴趣,他是不可能付出这么多的时间与精力的。而学校作为一所人才培养机构,为什么要扼杀学生的兴趣呢? 这是不负责任的。当然,搞教育的都有爱才之心,电子系诸位同仁的心情,我们历史系也能理解。不如由我个人来提一个折中的方案:我们给予小安同学电子系和历史系的双重学籍,他继续在电子系读研究生,同时还可以到历史系来念本科,由我本人亲自担任辅导老师。现在的大学教育不是提倡打通,提倡跨学科吗?历史上那些真正的大师也都是通才:笛卡儿既是一名数学家,同时也是一位哲学家;爱因斯坦提出了相对论,同时也热衷于演奏小提琴;杨振宁获得了诺贝尔物理学奖,同时也爱好着古典诗词以及翁帆女士……"

商教授好不容易正经了片刻,终于又在发言的结尾流于轻佻。但这轻佻却是恰到好处的轻佻,它让在座的众人哄堂一笑,有了皆大欢喜之感。既把安小男的人留在了电子系,又保全了历史系的面子,多么完满。只要这种长袖善舞的人物在场,那么什么问题都不是问题。校方的领导们满意地点了点头,宣布"再回去研究一下",假如对学生好,对学校好,"特事特办也是可以的"。

大家欠起屁股,已经准备离席了。但没想到,安小男却在这时候又开了口。他的话是对商教授说的:"我还没决定去不去历史系。"

难道今天的会不是为了你转系才开的吗?这时候说这种话,不是消遣人吗。商教授不免一愣:"什么意思?"

"我是说,在系统学习历史之前,我想再问您一个问题。"安小男说。

"你也想考考我吗?"商教授饶有兴致地笑了,"一个问题够吗?"

"就一个。"

"那你说。"

"历史到底有什么用?"

商教授又一愣,但过了半晌,笑容便重新圆熟起来:"历史当然不如电子有用啦。但是兴趣嘛,喜欢嘛,如果再纠缠于有用没用,是不是有点儿俗了呢?"

"您没听懂我的意思,可能我没表述清楚。"安小男舔了舔嘴唇,直视着商教授说,"研究历史是否有助于解决中国的当下问题?"

"比如说什么问题?"

"比如说中国人的道德缺失问题。"

"明史鉴今当然也是一种思路……但是我想,没必要把历史学理解得这么直接吧。"

"可是有些问题明明是绕不过去的。或者我再换一种问法,您对中国社会的腐败和道德缺失有什么看法?想过怎么解决它们吗?"安小男说。

"这就是另一个问题了。"商教授的眼神便开始迷离了。他一定感到了和我当初一样的惶惑。

"在我看来,这是一个问题。"

在安小男的锲而不舍之下,商教授又嘘了口气,看了看与会者中有着领导头衔的那些人。历史系的党委书记还没有走出门去,据说这人有可能要提成主管文科教学的副校长了。于是商教授陷入了另一种逻辑,这种逻辑就是容不得轻佻,但也容不得过分郑重的了。

"你可以去看一看上个月《新华文摘》上的一篇文章,是我今年刚写的,其中也有一部分谈到了知识分子应该如何面对今天的现实。"商教授说,"我认为我们应该分清主流和支流,比起繁荣的、蓬勃的历史主旋律,这样那样的问题都是小小不言的。"

"也就是说,可以不关心吗?"

"我们更应该关心的是主流,或者潜心于自己的专业……"

安小男一字一顿地说:"我认为您很无耻。"

他说话的声音并不大,但在会场上却有如炸雷。一些人被定住了,另一些人则逃也似的加快了脚步离开。商教授着实是蒙了,他半张着嘴,瞪着安小男,僵在了原地,连话也说不出来。

接着,安小男便抬起了一只手,手指尖利地指着商教授的鼻子,开始了滔滔不绝的大鸣大放大批判。他质问道,中国社会已经沦落到了怎样的一个地步,难道您没有看到吗?难道您不忧虑吗?如果是一般的人也就罢了,但您作为一个学者,一个在公共领域拥有话语权的知名人士,居然选择了鸵鸟策略甚至是睁着眼睛说瞎话,这是何种用心?安小男还说,他之所以对历史产生了浓厚的兴趣,正是由于认为比起中文、哲学和社会学等等其他人文学科,历史最有希望解决他的"核心问题",但今天看来他错了。中国的历史学家并没有他所希望的那样高大,他们归根结底还是一群"没用"的家伙。

谁能想到,安小男的历史研究之路沿着汤因比、费正清和布罗代尔等等大师绕了一圈儿,又绕回了在那个盛夏之夜和我讨论的领域。他挥斥方遒地发表了十来分钟的演说,直到商教授也面色铁青地溜走了,会场上空无一人,才喘息着停下来。据说此时的他已是满脸热泪,他居然哭了。

毫无疑问,转系的事儿被彻底搞砸了,而安小男也在文科生之中出了大名。再顺便说一句,那位商教授曾经把我们折腾得不善,他自己忙于上电视和走穴,基本上不给学生上课,但到了考试的时候却摆出铁面无私的架势,把题目出得非常难,一定要"挂"掉一批人才过瘾;他还把系里比较漂亮的几个女生招至麾下,通宵达旦地为他整理新一期《百家讲坛》栏目《中国秽乱宫闱考》的讲义。基于这个情况,大家虽然认为安小男有可能疯了,但也不得不感到大快人心。一时间,大家争相到电子系的宿舍去瞻仰、声援安小男,每天都有人隔着门帘对他挥挥拳头:

"干得漂亮!"

按照众人的理解,安小男之所以突然发飙,正是因为那个"小安子"的玩笑——那让他觉得受到了侮辱,进而失去了自控能力。再细一想,他对商教授的指责虽然突兀,但又来得多么刁钻,多么让对方无所适从。一个研究过西方现代主义思潮的同学阐释道,按照福柯的理论,疯子虽然和正常人驴唇不对马嘴,但是他们的思维其实有着严密的内部逻辑,一旦进入那个逻辑,正常人的经验和智慧便丧失了作用,甚至也有可能会被搞疯掉。这也是以商教授之机智老辣,却被一个小毛孩子诘问得张口结舌的原因。

在这种时候,我却越发感到自己有必要躲开安小男了。作为一个骨子里很"厌"的人,我对于那些具有狂暴因素的人与事,向来抱以本能的敬而远之。然而还得怪学校宿舍的布局以及我们排泄系统的生物钟,躲了一阵,我终于又被安小男堵在了厕所里。

那是一个清晨,我刚冲完水,正迈着发麻的两腿从隔扇里挪出来,正好撞上安小男也站在小便池前。他迅速抖了一抖,提上裤子拦住了我的去路,眼里满是悲伤。

我抠了抠眼屎,仍旧不知说什么才好。安小男却先开了口:"我想,你应该理解我。"

"理解你什么?"

"我的初衷并不是想去故意捣乱,更没有针对商教授个人的意思。"他的一只嘴角抽搐了两下,"我很真挚,的确是希望历史学,希望研究历史的人能够帮助我解决困惑。"

"对不起,我们都让你失望了。"

"怪我,我不该强人所难……我太幼稚了。"

安小男说完,抛下我转身走了。而我却沉默地站在原地,生出了一种类似于羞愧的心态。那感觉,就好像急匆匆地方便完了,才发现自己闯进了一间女厕所一样。

二

相比于安小男,后来混得最好的李牧光虽然和我是一个系的,住得也离我近得不能再近,但我对这个人的印象却一度是模糊的。这倒不是说他没有特点,恰恰相反,李牧光正是由于特点太过鲜明了,才导致我最初和他的交流极其有限。

第一次见到他,是在新生入校的时候。因为我属于北京生源,所以不必提前几天赶过来安家,而是卡在了录取通知书上规定的最后一天,才背着铺盖卷走进了宿舍。当时屋里看似没有人,大家或许都去参加"入学教育"了。我草草铺好了褥子,又到水房涮了涮脸盆,突然瞥到窗台上摆着一只爱华牌双卡收录

机,还是那个年代最新的款式呢。我一时手欠,便按了播放键,喇叭里随即传出了鼻音浓重的"牛津腔"英语:

约翰先生,今天的培根煎得怎么样?

爱丽丝小姐,我们来跳一曲华尔兹吧。

看来这台收录机主人还真爱学习。我无言地笑了笑,把机器关了,这时却听见一声呻吟从我床铺的上方传来。然后,上铺的被窝里钻出了一个人脑袋:

"哥们儿,几点了?"

这人一嘴东北腔,同样也是鼻音浓重。刚才居然没发现自己的脑袋顶上就躺着一个活人,这让我先被小小地吓了一跳,随后便不好意思起来。人家正在睡觉,我却在宿舍里东搞西搞,太不合适了。

我抬手看了看表:"下午四点多了……吵到你了吧?"

"没事儿没事儿。"那人长得倒还周正,是一张东北人里常见的国字脸,肤色也颇为白嫩,只不过睡得有点儿肿胀了。他把一条光溜溜的胳膊也拔了出来,指了指双卡收录机,"你要听就接着听,抽屉里还有磁带,音乐的也有,相声小品二人转的也有。"

看来他是那台机器的主人,我就更不好意思了:"那多吵呀,你怎么睡觉?"

"我不怕吵,在哪儿都睡得着。"他说完,把身子往被窝里一蜷。

我看了看他杂草丛生的天灵盖,又扭脸望了望窗外,轻声叫他:"那我先出去,你知道别的同学在哪个教室吗……哥们儿,哥们儿?"

上铺无声无息,这人居然一转眼就又睡着了。

到了晚上,和宿舍里的其他同学见了面,才知道我上铺这人名叫李牧光,是从赵本山的故乡"铁岭那旮旯儿"来的。同学们又啧啧称奇地介绍道,自从到校以来,他就一直在睡觉,已经连睡了两天两夜。何以要睡这么长时间?这时李牧光终于不情愿地起了床,他一边睡眼惺忪地刷着牙,一边对大家解释,这是因为报到之前,他们家人带他到欧洲和澳大利亚玩了一圈儿,偏巧地球又是圆的,纵横几万里,时差把他的生物钟通通搞乱了,所以需要用睡觉调整过来。这个理由有些牵强,但却暴露了李牧光的另一个情况,就是他的家庭条件很不错。我考上大学以后,父母只是给我买了块手表,并且还不是瑞士的,而是日本精工,就算"以资鼓励"了;其他两个来自广西和贵州的兄弟更惨,拿到录取通知书之后的第一件事情就是走亲串邻地借债。再瞧瞧人家这日子过的。

一个同学问:"欧洲什么样?"

李牧光打了个哈欠说:"上车睡觉,下车拍照,全忘了。"

有一个同学问:"你爸是老板吧?"

"算不上,也就是给国家打工的。"

说到这儿，李牧光咂吧咂吧嘴，又从柜子里拽出一只沉重的纸箱子来。嚯，那里面真是五花八门：真空包装的酱鸡腿、卤牛肉、整只鸭子，进口蛇果、红提、山竹和哈密瓜……这些大概是李牧光的父母给他留下来的，难道他们怕儿子吃不饱饭吗？李牧光嚼了两块饼干，然后又看了看我们，招招手说：

"愣着干吗，大伙儿一块儿呗。"

我们这些没出息的家伙便一拥而上，吭哧吭哧地吃了起来。这个聚餐会刚进行到一半，李牧光突然又伸了个懒腰说："你们慢用，我就不陪了。"说完爬上床，不到半分钟，又没声儿了。

谁也没见过这么爱睡觉、这么能睡觉的人。此后的日子里，我更加为李牧光在睡眠方面的造诣而惊叹。每天早晨大家出门去上课，他正在被窝里酣睡；中午大家回来，他仍在被窝里酣睡；勉强被我们拽起来，极不情愿地到食堂扒拉两口饭之后，他总算有了一点儿精神，于是便会在园子里东逛逛西逛逛，到球场去看人家打会儿篮球，但才过晚饭点儿就又困了，火急火燎地跑回来睡觉，好像刚上了一个大夜班似的。课他自然是不怎么上的，不管是本专业还是公共课，考勤表上缺席的记录都占了大多数。大二的时候，全体学生被拉出去军训，李牧光正在太阳底下站着"军姿"，突然就像一段枕木一样拍在地上，不省人事了。教官被吓了一跳，以为他中暑了，休克了，然而我们几个同宿舍的人却一点儿也不着急。我们知道，他只是睡着了。

这基本上就是李牧光大学生活的常态。套用一句伟人的名言来说，一个人能睡觉不难，能天天睡觉也不难，但要是能天天都睡得像李牧光这样惊世骇俗，那可就难了。日子久了，对于宿舍里永远有一个人在睡觉，我们从不适应到适应，又从适应过渡到胡思乱想，甚至还有了一种恐怖的感觉。大家都担心突然有一天，李牧光会无声无息地睡死在被窝里。于是我提议，每天早上出门之前，都要有一个人去探一探他的鼻息，如果不幸真的发生了，那就赶紧通知校医院的太平间。我们不能允许他臭在屋里。

这个习惯一直保持到了大学毕业。

我也不免好奇：难道李牧光一直都是这么嗜睡吗？假如中学时代也是这么睡过来的，他又是如何考进我们这所赫赫有名的大学的呢？难不成他像电子系那个传说中的安小男一样，也是一个天才型的人物，而学校为了保护天才，才特批了他不需要上课、写论文，甚至不需要考试吗？

事实当然并非如此，天才怎么会像那些抱着小孩卖黄色光盘的妇女一样，你走到地铁A口冒出一个，走到地铁B口又冒出一个。有一次班级聚餐，我们的班主任老师被灌醉了，才吐露了李牧光背后的真相：他父亲是东北一家重工业大厂的一把手，专门在厂里为我们学校设立了一个理工科的"创新基地"，说白了就是赠送一块地皮，供学校在当地开办形形色色的收费班，贩卖注水文凭；而这么做的条件，是学校要给李牧光一个免试入学名额，并且保证他顺利毕业。换句话说，李牧光虽然不是天才，但是他爸却是天才——搞钱的天才、搞关系的天才，而那些天才要比智力上的天才更加畅通无阻。

不过这个信息泄露出来，我们虽然在理性上感到了不公，但却对事不对人。再看到李牧光安然高卧的时候，并没有谁会真正地讨厌他。平心而论，李牧光其人除了舍生忘死地爱睡觉之外，身上并没有一点儿"各色"的、让人不愉快的东西。他的脾性随和极了，压根儿没显露出过公子哥儿的骄娇二气。有的时候大家闲得无聊，就用报纸卷成小棍，去捅他的鼻子，捅得他喷嚏连天的，但人家却一点儿也不生气，打完喷嚏哼哼两声"不要搞我，想吃什么柜子里有"，然后就继续睡过去了。还有一次，我对面床上那位兄弟也不知怎么弄的，把半壶热水浇到了李牧光的被子上，他被烫得嗷的一声坐了起来，愣了片刻，憨笑道：

"我尿炕了吗？"

除此之外，自然还有物质上的收买。如前所述，李牧光那装满了吃食的百宝箱，大家是可以随意享用的；他那台爱华牌双卡收录机也早被宿舍里的两个英语狂人霸占，练听力用了。世纪之交，个人电脑在学生中间普及了起来，别的宿舍都是大家凑钱集体购买，还有为了你掏多点儿我掏少点儿而打架的，李牧光却大手笔地一人买了两部，一部台式机，一部笔记本。这两部电脑，他这个长睡不醒的人几乎从来没有摸过，而我们却可以用台式机打游戏时用笔记本下"毛片"，或者用笔记本打游戏时用台式机下"毛片"。

说来也惭愧，我吃着李牧光的，用着李牧光的，心里还不止一次地嘲弄和诋毁过李牧光，但整整四年，我却从来没跟这个人进行过深入的交谈，更别提交心了。我对他说过的话，仅限于"你果然还在睡""你居然也会醒"和"给我用""给我吃"这样的层面，而他的回答则基本上是"哦""嗯""好"以及无声无息。我毫不怀疑，只要大学一毕业，我就会把李牧光给忘了，就像他同样会在睡梦中把我也给忘了。然而临到毕业时的一件事，却使得李牧光认定我是他"最好的朋友"，而交到我这样一个朋友，是他大学期间唯一的收获——当然，作为一个永远长眠的人，他也不可能有别的收获。

那又是在盛夏季节，我再次迎来了一年中最繁忙的时候。只不过以往是忙于应付考试，这时却在忙于投简历、找工作。我们历史系的毕业生可比不得理工科，到各大招聘会上稍微一扫听，就会发现自己的出路少得可怜。而我的成绩本来就不怎么样，又不是党员和学生干部，形势便更加不容乐观，也就更加需要勤勉。有一天夜里十二点，我才刚刚结束了一个位于昌平县城的企业面试，坐着长途车赶回城里。这时宿舍已经熄灯了，屋里充满了此起彼伏的鼾声和臭脚丫子味儿，我本想直接脱了衣服上床，却忽然听到咯吱一响，李牧光的脑袋探了下来。

"小庄……庄博益，你睡了吗？"他问我。

四年以来，我只见过李牧光在不该睡觉的时候闭着眼，可从来没见过他在该睡觉的时候睁开过眼。我不由得哆嗦了一下，甚至觉得天有异象，马上就快地震了：

"你他妈的要吓死我？"

"对不住对不住。"李牧光的眼睛在黑暗中闪闪发亮，"不过我的确睡不着……也有个事儿想找你帮个忙。"

难道李牧光也在为找工作的事儿发愁吗？我没好气地说："我能帮你什么忙？你应该找你爸说去。"

"这事儿他也帮不了我，只能找咱们同学。"他的语气突然变得可怜巴巴的，"我也问过宿舍里的别人，可他们都不愿意。"

"别人不愿意，我为什么会愿意呢……到底什么事儿？"

李牧光就磕磕巴巴地说了。原来他爸按照很多成功人士的育儿之道，决定送他去美国留学。为了办这事儿，老头子亲自跑了一趟得克萨斯，给他联系了一所州立大学，并且以慈善家的身份留下了一笔不菲的捐款。按说这已经足够把路"蹚"平了，然而快办手续的时候，外国佬那种特别"死性"的毛病却又犯了。他们提出，李牧光就算可以不参加入学考试，但总得提交一篇本专业领域的论文，否则没法儿向所谓的"学术委员会"交代。

"你们学校的委员会，难道不是归你们这些校领导管的吗？实在不行我就跟你们书记谈。"李牧光他爸什么时候受过这种刁难，他一怒之下，简直口不择言了。

对方表示，那个委员会还真是有权把任何学生拒之门外的；而他们已经对李牧光很宽松了，如果不是因为这两年财政吃紧，哪能随便糊弄一篇文章就可以入学。至于"书记"这个说法，对方问道："那是什么东西？"

于是压力就转嫁到了李牧光的头上。他爸打来电话，让他火速"攒"出一篇论文来，再翻译成英文。这让李牧光感到很无辜："我又没想出国，是他们非逼着我去的。这时候事情没有完全搞定，却又来折腾我，有这么不负责任的父母吗？"

我只好顺着他说："就是，他们太不知道心疼你了。"

"可是我也只好给他们擦屁股。"李牧光又说，"我这个着急呀，上火上得牙床子都疼了。今天我已经问了好几个人，但他们都说正在找工作，根本没时间替我动笔。"

"可我也在找工作呀,我的牙床子也在疼。"我说。

"别人不管我可以,但你可不能不管我。"李牧光急道,"谁让你是我的下铺呢,咱俩睡得最近,交情也就应该最深。再说我不会让你白干的……我给你钱。"

"不要说得这么赤裸……"我眨眨眼,"多少钱?"

他说了个数:"两万够吗?"

我仰着头,像一只坐井观天的青蛙,和李牧光对视着。过了半晌,我说:"够了。"

我之所以答应了李牧光,首先是因为两万块钱对于一个学生来说,实在是一笔无法抗拒的巨款,而第二个原因,就是我突然想到,那篇文章其实并不需要我来写——再说我也不认为自己有能骗过美国佬的水平。说定之后,我和李牧光分头安然入睡。第二天他照常没有起床,而我则披上衣服,蹲在厕所门口守候安小男。

七点来钟的时候,安小男果然出现了。这时候却是我追着他问了:"你对历史还有兴趣吗?"

"实话实说,已经没有了。"

"话不能这么说。"我开导他说,"你其实只是对历史系以及历史系的那些人没有兴趣了,但对于历史本身,你一定仍然是乐于思考的……否则也不能解释你为什么一口气读了那么多书啊。"

"可我正是因为历史系的人而对历史丧失了兴趣,我不认为那些人所搞的学问,能够解释我的困惑。"安小男把逻辑拽回到自己的轨道上,然后看了看我说,"你到底想说什么?"

"我想说的是,凡事应该有始有终,你可以写一篇文章,谈一谈你前段时间研究历史的心得。"我进而扯起了谎话,"我正在给出版社编辑另一本书,是《谁敢不让中国说不》的姊妹篇,名叫《中国想说不,谁也拦不住》。你对历史学的思考,是我见过最独特也最终极的,仆未尝闻有为道德而研究历史者。我认为这本书里如果没有你的文章,那么将是一大遗憾。"

安小男的眼神陡然凝聚起来:"你真这么认为?"

我点了点头,他也随之点了点头。

然后我补充道:"对了,稿费五千。"

半个月后,安小男果然交给我一篇洋洋洒洒,长达几万字的雄文。那篇文章我大概扫了一眼,所用的材料和大多数论点都注明来自我向他推荐过的那些书,但安小男对它们进行了重新整合,从而指向了一个终极的天问:中国人的道德水准是如何不断降低的?他从秦王扫六合、五胡乱华和竹林七贤一直写到了"五四运动",写到了"文化大革命"。在他看来,中国原本是有道德的,但中国的历史却是一个不断击穿道德底线的过程。一穿再穿,时至今日,我们的民族已经相当于穿着开裆裤上街了。客观地说,安小男的文章存在着严重的硬伤。首先,他将历史解释成了一个有目的、有意志(也即消灭道德)的过程,这已经近乎阴谋论了。要知道,吾国吾民除了败坏道德之外,还在春种秋收,男耕女织,需要忙活的事儿多着呢,谁那么有闲心专门和道德这个劳什子较劲。其次,他絮絮叨叨地说了八百多遍"道德",但却并没有对道德进行起码的辨析——是儒家道德还是法家道德?内心道德还是社会道德?在他看来,"道德"似乎是一种先验的天成之物,在人类的蒙昧阶段保存完好,一进入文明社会就腐化变质了。但据我所知,原始社会不说别的,起码婚姻制度的基本形态是:看上哪个女的就"给丫一闷棍",哥儿几个把她扛到山洞里轮流上——这道德吗?

看来天才也是有局限性的,安小男在理工科方面的智慧并没有平移到人文社科领域。或者说,他那种一根筋、特别"轴"的性格恰恰说明老院士制止他转系是正确的。我有些担忧这样一篇文章是否能够通过美国学校的审查,但转念一想,我又何必替李牧光那么尽职尽责呢?再说了,也许美国人会非常喜欢这种中国人自暴家丑的态度——就像他们很喜欢张艺谋的《大红灯笼高高挂》一样。于是我没有耽搁,又拿着文章找到了我的前女友,外语学院的郭雨燕,请她将其翻译成英文,翻译费五千元。挟着巨款之威,我顺便企图和郭雨燕重修旧好,并且再次提起了去九寨沟旅游的计划,但是郭雨燕干脆利索地请我滚蛋:

"你这种人,一起玩玩儿倒是挺有乐趣的,过日子就太靠不住了。"

"谁也没说要奔着过日子去呀。"我说着"香"了她一记,又揽住了她的腰,"我们就是玩玩儿也可以嘛,纯娱乐。"

郭雨燕脸色泛红,一对大胸起伏了两下,但随即却嘤咛一声,将我推开。她正色道:"这就是你的爱情观吗?太不道德了。"

他妈的,怎么又是道德。安小男不是已经得出结论,中国人早就全无道德可言了吗?可见他那篇文章的确是大谬特谬。

随着我的彻底失恋,我们这茬儿学生也最终毕了业。朋友或仇人们像狂风里的杂草一样飞向天南地北,转眼之间大部分都成了陌路人。李牧光如愿以偿地拿到了美国的入学通知书,连最后的聚餐都没参加就上了飞机。临走之前,他给我们留下了两台电脑、一台双卡收录机、几身簇新的西服,还单独交给我一个装满了钱的厚信封。我有点儿好奇,帮助他通过审查的,究竟是安小男那篇旁征博引的文章呢,还是郭雨燕那流利而精确的英文翻译?抑或这两者都不重要,美国佬既然拿了他爸的钱,所谓提交论文仅仅是走个过场罢了?当然,对于既成事实,我们也没有必要像历史学家那样一味追寻原因,否则生活将会变得更让人疲倦,也更让人难以适应。

讽刺的是,出国之后的李牧光倒是与我交往得日益密切了起来,并且真的发展成了他所谓的"朋友"。他恨不得刚一下飞机,就开始给我写信,告诉我自己在美国的见闻和生活状况。这也能够理解,人毕竟是需要回忆的,到了陌生的环境里,往事就会焕发出原先所不具备的温馨色彩。而李牧光的大学四年几乎都在睡觉,可供他回忆的,似乎只剩下了和我之间的那点儿交往。于是他美化了我们的一手交钱一手交货,将我给他"攒"文章说成了两肋插刀的朋友之义,又把他给我两万块钱说成了自己的仗义疏财。他的信上没有一点儿美国气息,反而发散着越来越浓厚的东北味儿:

咋说呢?咱们兄弟就啥也不要说了。

自从我有了手机之后,他和我的沟通方式就变成了打越洋电话。每周起码一次,一打就是一个小时,先声称"啥也不要说了",然后说的话却比我们睡在上下铺的四年还要多。这期间,李牧光的谈话主题变成了抱怨。他抱怨美国的白人看不起他,黑人居然也看不起他;中国留学生里比他更富的看不起他,那些穷得连二手丰田都买不起的家伙居然也看不起他。作为一个肤色、体格和智力都不占优势的外乡人,他在美国可真是受够了委屈。更加让他忍受不了的,是他在中国都可以尽情享受的自由,在美国却受到了粗暴的干涉:

"他们还不让我睡觉。"

"谁?"

"我那个印度导师,还有美国房东。"说到这儿,李牧光都快哭了,"有一次我在屋里睡了三天,房东就报警了。他们说这是病,必须得治。"

我想了想,第一次给了他真诚而善意的忠告:"我也认为你应该配合治疗。"

再后来,也许是度过了初来乍到的不适应阶段,李牧光的电话总算渐渐少了下来,每次通话的时间也变短了。但这并没有影响到我们的"交情",当他父母来北京,我总会跑一趟他们下榻的豪华饭店,为他们磕磕巴巴地讲解一遍美国补药的说明书——都是李牧光寄过去的,其实也就是些深海鱼油和褪黑素什么的,想来"吃错了药"也没什么危险;而过了两年,我的表妹林琳考入了美国名校斯坦福大学,我指派李牧光开着他的凯迪拉克横穿了几个州,去接林琳入学、给她安顿住处、采购生活必需品并且由他埋单。能交上这么一位有钱有闲,又傻乎乎地热心肠的朋友,这也是我在表妹面前唯一一件有面子的事儿了。

林琳专门打电话感谢我,说的话和《围城》里赵辛楣对方鸿渐的评价刚好相反："你这人虽然讨厌,但还有点儿用处。"

<h2 style="text-align:center">三</h2>

直到这个阶段,安小男和李牧光之间还没有发生直接的交集。我想介绍的发生在他们之间的雇佣关系,指的也绝非安小男那篇被我克扣了大半稿费的文章。一个"枪手"有什么稀奇的呢?在毕业之后,我找到的头一份差事,是在一个市属机关当秘书,工作内容就是给副局长写发言稿。而像我这样的编制内"枪手",在各级单位里面数不胜数。

再说一个笑话,我所"跟"的那位副局长本来是一平谷桃农,普通话不太标准,总是把"我们"说成"碗们",而恰好我们的局长又姓郭,于是他朗读稿件的时候就变成了:

"碗们要团结在锅的周围,坚决解决好老百姓的副食供应问题。"

这份工作我干到第二年,就死活坚持不下去了。坐在单位的会议室里,我感到自己真的是一只碗,叮当乱响地空空如也,只等着从锅里分出一点儿肉汤来。然而锅身边积极踊跃的碗又太多了,他们有的会往锅里倒米,有的是从更大的锅里空降下来的,还有的镶着金边妩媚多姿,并且不惮于随时和锅跳到同一个水槽里去洗澡。看起来,我这只缺了口的破瓷碗是很难熬到出头之日了,于是我咬了咬牙,放弃了这条许多人眼里的"人间正道",跳槽去了一个地方电视台下属的节目制作公司。

随着广电系统的市场化改革,如今的制作公司完全采用项目制,拍一个片子拿一份钱,不想干活的时候,在家躺半个月也没人管你。虽说碗们和锅的关系仍然颠扑不破地存在着,但在这个管理相对松散的单位,我的生活状态总算轻快了一些。我先是当记者,跑了一段时间的社会新闻,然后又转入了编导岗位,很快混上了一个导演的头衔。只可惜我这个导演和动画片导演、动物世界导演一样,都是没机会和女演员们"深入说戏"的。我干的是纪录片,所表现的内容不是边远山区的孩子走几十里路去上学,就是挺着大肚子的女支书都"破水"了还坚持带领乡亲们抢修养猪场。

斗转星移地又过了几年,我的某部主旋律片子蒙上了一个政府奖,进而和公司签订合同,成立了自己的工作室。随着财务上的宽裕,我在通州买了房子,接手了一个朋友的二手大切诺基,染上了把玩檀木佛珠和沏工夫茶的爱好;为了让自己时时刻刻"更像个导演",我还留起了络腮胡子,每天出门之前都给自己扣上一顶镶有红五星的绿帽子。总而言之,我终于变成了自己既向往又厌恶的那般模样——一个满嘴跑火车的文化混混儿。

大概是北京刚开完奥运会的时候，我的不知第几任女朋友，一位社会学专业的在读研究生向我建议了一个新选题：中关村和学院路一带的"校漂"人群。这个群体和那两年受到大量关注的"蚁族"又有不同，他们之所以不是学生还赖在大学周边，原因是多种多样的：有人纯粹是毕业之后收入低，贪图食堂的价格便宜；有人是因为还保持着华而不实的精神追求，喜欢隔三岔五去听听讲座什么的；还有人是因为怎么也跨越不了从学生到社会人的心理转变，索性就拒绝长大了。凭着直觉，我感到这些人里也许能挖出点儿什么东西，弄不好还能再骗个国际上的二流奖呢。况且，我也迫切需要拓宽题材。

　　说做就做，我"撒"出去几个聘来的实习生，让他们为我搜集汇总了一批"校漂"的典型人物，然后带着摄像扛着长枪短炮，逐一进行采访。工作进行得出奇地顺利，那些"素材"形形色色，但有一个共同的特点，就是都不把自个儿当凡人，表现欲也特别强。他们对着镜头手舞足蹈，或抒情或明志，令我不得不临时调整思路，将一部绷着块儿装深刻的纪录片改换成了喜剧风格。我还特地留心寻找了一下当年见过的那个"民间哲学家"，很可惜，留校任教的同学告诉我，那人因为偷窃了几十件女生内衣，已经被移交公安机关了。

　　几天以后，前期采访工作大致告一段落，我在母校的留学生餐厅请全组人员吃了顿饭，准备回去整理录音。但在席间，一个比较负责任的实习生小张告诉我，在她搜集到的采访对象中，还有一个没有"采"到。

　　"不是都没落下吗？"我翻了翻名单说。

　　"那个人比较孤僻，不愿意透露自己的名字，也死活不愿意上镜。"小张说，"不过我总觉得这人身上有故事。他没工作，也从来不到学校的课堂去听课，每天就是在学生宿舍里蹿来蹿去，保安把他当成捡破烂的，往外撵了好几回，但每次撵出去，没两天他又回来了……"

　　"没准真是个捡破烂的呢？或者在倒卖偷来的自行车？"

　　"我见过他一次，绝对不像。"小张笃定地说。

　　我时常觍着脸教育手下的孩子们，干活儿一定要有始有终，哪怕一个镜头没拍到也不能收工。我也对他们说过，真正有意思的素材往往是锲而不舍地"抠"出来的，而非随便拍一拍就能捕捉到的。小张的态度倒好像将了我一军，于是我让其他人先吃，自己跟着她走出了餐厅。

　　小张所说的那人的住处，就在我们学校西门外的挂甲屯一带。那儿的居民把平房加盖成摇摇欲坠的简易小楼，再按间甚至按床位租给住户。这么多年过去了，这个城中村仍然又脏又破，熙熙攘攘，土路的两侧摆满了卖鸡蛋灌饼、麻辣烫和羊肉串的摊子，不时有戴着厚厚的眼镜、满脸木然的年轻人夹着书本匆匆而过。小张带我穿街过巷，拐进了靠近圆明园西路的一个小院儿。她在一扇紧闭的门上敲了敲,半天无人应声,又不甘心地透过窗帘缝往屋里打量。

"干吗的?"一个穿花睡裤的矮胖女人拎着一网兜蔬菜进来,警觉地看着我们。她大概是小院儿的房主。

"这儿的住户不在家吗?"我指指那扇门说。

"我出门的时候还在呀。"房主说,"难道又被抓走了吗?"

"什么人抓他?警察?"

"不是警察,是学校里的人。"房主撇撇嘴,"给我惹了不少麻烦呢,要不是看他孤苦伶仃的挺可怜,早把他撵出去了。"

我对小张努了努嘴,和她走出了小院儿。院儿门对面,是一间污水横流的公共厕所,从刚才起,那股恶臭已经把我熏得很烦躁了。我没好气地对她说:"八成就是个小偷什么的。我上学的时候,就在宿舍里撞上过一个,哥儿几个撵着他满学校乱跑,最后差点儿没跳湖了。"

小张却瞪大了眼睛,朝我身后望去,同时举起了随身携带的微型摄像机:"就是他就是他。"

我不由得回过头,看见一个又黄又瘦的人。他的头发长可及肩,脏得都打绺了,身上穿了件分不出颜色的双排扣西服,脚踩一双塑料拖鞋。他的手里攥着一卷卫生纸,卫生纸耷拉下来一截,随风摆动着,倒是这人周身上下唯一鲜亮的颜色了。

我像被什么奇异的情绪击中了,半晌没说出话来。他却在红五星绿帽子和络腮胡子之中努力地辨认着我的脸,片刻之后,眼睛里流露出了单纯的、近乎天真的惊喜:

"你是庄博益?"

"安小男?"

他扭头看了看小张,伸出一只因干枯脱皮而处处斑驳的手,急促地摆动着:"念及同学的情分,你就别拍我了行吗?"

真没想到,我和安小男久别重逢,居然又在厕所门口。我让小张关了摄像机先回去,自己跟着他走进了那间小平房。房屋低矮,进门时必须得低头,否则会蹭一脑门子灰;屋里有一床一桌一椅,看起来都是二手市场淘来的旧货,此外再无他物。坐在二十五瓦灯泡的下方,安小男便显得更加肮脏,也更加瘦弱了,但如小张所言,他绝不像个捡破烂的和小偷。如果让我说,他倒像个八十年代的流浪诗人兼过度手淫犯。

他那手足无措、局促不安的模样也让我心酸。要知道,我们可是名牌大学的毕业生;作为改革的同龄人,我们虽然没占到什么改革的便宜,但是比起那些更年轻的后辈,吃改革的亏也还算吃得比较少的——起码找个相对体面的

140

工作不难做到。那些和我一样不学无术的家伙都已经有资格在办公室里大搞性骚扰了,而安小男可是理科生里公认的天才,脑袋里据称"装着半个硅谷",他怎么会混到这般田地?

因为害怕刺激到他,我没有直接发问,而是延续拍纪录片的思路,迂回着和他谈起了眼下的学校生活——都是些琐碎细节。安小男告诉我,学生第一食堂那著名的冬菜包子已成绝唱;图书馆地下室的录像厅也停业了;原来被我称为"肉香阁"的澡堂子却还开着,尤其是女部,飘出来的香味儿越来越浓了,"但洗澡的早已不是原来的人了吧",他咂吧了一下嘴说,那一瞬间居然显得有些风趣了。

总之,学校是雕栏玉砌应犹在,我是前度刘郎今又来,安小男则已经乡音不改鬓毛衰。看到他的状态倒还平和,我终于开口:"毕业之后就再也没见过面……我还以为你留在电子系读研究生了呢。"

"也是命,也是活该。"安小男垂下头去苦笑了一声,"我还得感谢你呢,当初刚毕业的时候,是你那五千块钱帮我在北京安了家。"

我扫了一眼他的"家",脸上发起了烧。幸好安小男没有察觉,他自顾自地讲了下去。当初他固然没有进入历史系,而电子系力邀他继续读研究生,还开出了免试英语、政治的条件,却也被他拒绝了。之所以做出这样的决定,和兴趣、追求之类的东西无关,起作用的只是一个简单的因素:生计。在安小男十岁出头的时候,父亲就去世了,他是靠母亲在肉联厂洗猪肠子拉扯大的。天长日久,母亲的手已经被碱水烧坏了,眼睛也被熏得迎风流泪,视力大大下降,眼瞅着这份活计都做不下去了;幸亏熬到了儿子大学毕业,手里攥着的又是一份热门专业的文凭。供养安小男上学读书,在他母亲看来就是为了改变家里的生活状况,只要能实现这一目标,那么就算回了本儿,含辛茹苦没有白费;相反,如果不能立竿见影地赚出真金白银,那么再多的头衔也是扯淡。

"我真是干不动活儿了。"他母亲对他说,"手像咬了几千只蚂蚁,这我能忍,但眼睛要是瞎了,拖累的反而是你。"

在此后的择业过程中,也是母亲的意见起了主导作用。安小男没有进入对口的通信公司或者大型国有电子管厂,他母亲的理由是,前者不是有保障的铁饭碗,而后者的效益不好,工资太低。选来选去,她主张让安小男去银行上班。一个纯粹的理工科,到银行又能做什么呢?这是因为刚好在这期间,金融机构开始大力推进数字化办公,他们需要安小男这样的人才提供"技术支持",说白了也就是当局域网的设备管理员。

于是安小男穿上了黑西服,胸口别了一只镀金领带夹。本来这份工作还是很实惠的。首先工资可观,旱涝保收;其次活儿也不多,办公室里遇到的技术问题在他看来都是小儿科,最麻烦的不过是重装系统和恢复硬盘,实在不行还可以开单子重买一台电脑,反正单位有的是钱。那段时间,安小男的生活过得相当滋润,他在西单附近分到了一间精装修的宿舍,宿舍里堆着工会发的鱼、肉、水果、成袋的大米,他还能每月定期往家里寄一笔钱,不仅足够母亲在 H 市衣食无忧,而且还能攒下来"将来结婚用"。

但是变化发生在三年以前。某一天的午休时间,安小男所在的那个支行行长突然打来了电话,想约他谈谈。这还是他头一次受到顶头上司的单独召见呢,安小男有点懵懂,但还是准时推开了行长办公室的大门。

支行行长正在屋里看文件,他抬起手来向里摆了摆,示意安小男进屋,又向外摆了摆,示意安小男把门关上。安小男把半个瘦屁股坐在写字台对面的沙发上,眼巴巴地看着领导给他倒了杯茶,给他拿出了一包中华烟,又将写字台上那只沉重的水晶烟灰缸放在了他身旁的沙发扶手上,这才意识到了什么。他立刻跳起来,慌乱地躬着腰说:

"我不渴,我也不会抽烟……要不您喝吧,您抽吧。"

行长被他那拘谨的样子逗得哈哈大笑:"我就喜欢你们这些搞技术的人——实诚,心里没那么多道道儿。"

然后又草草问了安小男的工作以及生活情况。安小男一一答了:"谢谢您的关心。"

支行行长话锋一转:"向你咨询一个技术问题。"

安小男说:"您说。"

支行行长说:"通过你那台主机,能否掌握行里每个人的电脑数据,以及他们都用电脑干了些什么——比如聊天、转账、炒股……"

安小男说:"从理论上来说,只要使用特定的软件,那么就是可以做到的。因为行里的网络是通过我这台服务器对外连接的,这就相当于我这里是公共汽车的调度站,每一辆车的行驶速度快慢虽然有差别,但是路线和停靠站点全都被我记录着。"

支行行长满意地点了点头:"那么交给你一个任务吧。"

安小男说:"什么任务?"

"去搞一个你说的那种软件,花多少钱我给你报。"支行行长说着,又把一张打印纸递到他面前,"这个名单上的人,你从今以后把他们上班期间收发的所有邮件、用通信软件和别人说的话都保存下来,每周拷贝给我过目。"

安小男就傻了。他不知道行长让他做这个是为了什么。这是在严肃工作纪律,落实考勤制度吗?可门口分明已经安装了指纹打卡机,办公室里也设有不留死角的摄像头,总行还会定期派出检查人员,一旦发现谁用单位的电脑玩儿游戏或者炒股票,立刻通报批评。再说所谓的纪律和制度,说到底都是执行给上面的人看的,又何必那么较真儿,非得将监控细致到每一封邮件和每一段聊天记录呢?

"我当时首先的反应,是这个领导吃饱了撑的,多此一举。"安小男对我说。

"你太稚嫩了。"我笑着回答他,"他给你的那个监控名单上都是什么人?肯定有一个是单位的其他领导,比如副行长什么的吧?剩下的都是这个领导的直接下属或者有裙带关系的员工吧?这哪儿是执行纪律,明明就是在搞人嘛。你们行长想要通过你的技术优势,把他的对头们搞串联的动向掌握在手里,如果还能抓到什么黑材料,那就更好了……"

"还是你聪明。"安小男由衷地说,"我当时就没有想到这一点。"

"后来想明白了吗?"

"想明白也晚了。"

"你是怎么答复你们那位行长的呢?"

安小男当时的举动是——凝视了行长片刻,像垂死的鱼一样啵地吐了个泡儿,然后说:"您这么干很不道德。"

行长同样凝视了安小男片刻,然后抬起手来,往外挥了挥,示意他出去,又向里挥了挥,示意他把门关上。但是我也猜到,事情当然不可能这样过去。在行长眼里,安小男就算没被对立面提前收买,也已经属于那种"知道得太多的人",如果不能加入自己的阵营,那么就万万留不得了。没过多久,上面来了一纸调令,将安小男调离了技术部门,发配去总行直属的信用卡中心做推销员了。

而我突然问道:"对了……那个时候,你是不是还在看书呢?"

"什么书?"

"历史书。还有那些思想神棍写的骗人玩意儿。"

"当然不了。"安小男说,"不是告诉过你嘛,我已经对历史学失望了。"

"那你又何苦扯什么道德啊。"

"我也不知道。"安小男在昏黄的光线下垂下了脑袋,油毡一般的长发散发出一股霉味儿,"我当时只是觉得特别别扭,特别难受,好像被人掐着脖子,往肚子上擂了两拳,如果再不说点儿什么就要喘不过气来了。于是我就说了。"

我又想起了他在商谈转系事宜时,对商教授的那次发飙。安小男虽然对历史学失去了兴趣,但促使他去研究历史学的终极目标,也即"中国人的道德问题",却还像华老栓的那包洋钱一样,往腰间一摸,硬硬的还在。调动了工作岗位之后,他的生活就走上了下坡路。信用卡中心属于新组建的市场部门,人员构成大多是编制外的合同工,效益考核也纯粹是计件工资,拉进来一个客户算一分钱。为了多拿提成,大家各显其能,有到各种展会门口摆摊的,有到人多密集的场所扫街的,还有像出租车司机一样隔三岔五到机场趴活儿的。但无论在什么地点面对什么人,你都必须要放得开,要有一张好嘴皮子,让目标客户在极短的时间内对你产生亲和感。而这恰恰是安小男的劣势,他实在不知道应该和那些人说些什么,更不知道如何让人对一样他不感兴趣的东西产生兴趣。他也曾经把同事们的那套推销词汇记在心里,一蹴而就地对着目标客户全文背诵,但还没等他把书背完,人家却早已带着莫名其妙的表情走开了。连续几个季度的考核下来,安小男始终是单位里的最后一名,他不仅工资被扣得所剩无几,还要遭受同事们的奚落乃至敌视,因为他的推销成绩严重地拖了别人的后腿,连累大家一块儿跟着挨批评、扣奖金。

终于,在信用卡中心新一轮的竞聘组合即将展开时,安小男又一次承蒙领导单独谈话了。这次仍然有茶,有中华烟,有水晶烟灰缸,而当他再一次如梦方醒地客气起来时,领导的话却是:"两条道儿你自己选:要不你自己走,要不我们请你走。咱们这儿任务太重,竞争也激烈,不是养大爷的地方。"

就这样,安小男被迫从银行辞了职。

"然后你没再找别的工作?"我问他。

"找了,但没找着。推销的岗位肯定是干不了了,我说我还能做技术,但人家都不信,因为原先那个行长给我写的鉴定是'业务水平无法胜任'。"

"那么你回到学校来,是打算重新考研究生吗?"

"考上也念不起呀。"

"你现在靠什么生活呢?"

"感谢母校,还是有办法。"

安小男告诉我,他失业之后,单位的宿舍自然也没了,于是便来到这里租了间小平房。茫茫北京,他真正熟悉的地方只有学校,走投无路之时也只能回到学校附近。几乎所有的学生在上学期间都恨过自己的学校,但毕业之后一旦混得不如意,却又把学校当成了避风港。他们甚至是在自我欺骗,感觉只要回到当初的状态,那么生活就还有希望。这也是我在拍摄这部"校漂"的纪录片时总结出来的共性。总算是天无绝人之路,安小男闲散了半年,手头的一点儿积蓄差不多快花光了,却意外地发现了一个在学校里靠山吃山的新门路。以前银行的人事干部给他打来了电话,吞吞吐吐地求他代替自己十九岁的儿子参加高等数学考试:

"我看过你的成绩单,理科全是满分,所以请你千万不要谦虚。"

前同事愿意为"这一单活儿"支付"市价",也即五千块钱,恰好和我当初把李牧光的论文"转包"给安小男的价格是一样的。由此可见,那时候的李牧光的确是一个睡糊涂了的冤大头，想找"枪手"也不先打听打听行情，从而给我留下了巨大的利润空间。没过几天，安小男拿到了用自己照片制作的假学生证，走进了考场。他第一次干这种勾当，固然紧张得满头大汗，但实际的操作过程却波澜不惊。公共课都是好几个系的学生混考，几百人的阶梯教室里基本上谁都不认识谁；况且大家都在埋头答题，即便是同班同学之间，也不会留意谁该来没来，谁不该来却来了。他只用了半个小时就做完了卷子，并故意答错了几道题——这是出于雇主的要求：

"我们只要七八十分就够了，太高了容易暴露目标。"

有了良好的开头，后面的路也就平坦了。通过成绩不好的学生们的口口相传，安小男变成了中关村一带几所大学中赫赫有名的"枪手"，雇主们对他的评价普遍是：待人诚恳，业务精湛，要价合理，不留后患。还有人在校内论坛上主动为他打广告：小男小男，考试不难。他的名气甚至传到了外地，就在去年，一个上海富商的孩子专门为他买了头等舱的机票，请他过去为其斩获了复旦大学微积分竞赛第一名的奖杯。这个行当的经营周期和地坛庙会上卖羊肉串的有相似之处，都属于干三天顶一年，安小男只会在期末的考试季里马不停蹄地赶场，其他的时间则都在学校周边闲逛，或者干脆窝在屋里。

不过作为一个"枪手"，安小男也有着明显的缺点。首先是他的穿着和外貌越来越不修边幅了，身上还散发着呛人的霉味儿，这导致他很容易在考场上引起怀疑；其次就是他过于注重"售后服务"这个环节，每次从考场出来拿到钱，都要苦口婆心地把考试题目向对方讲解一遍，然后再进行一通思想教育：

"连这都不会，你对得起父母吗？"

听到这里，我不禁哑然失笑，但才笑了一声就生生咽住了。我看到安小男的脸上浮现出了货真价实的痛苦，他讲到自己的失业和窘迫困境时都是心平气和的，但现在却两眼湿润了起来。如果只看那双眼睛，你甚至会把安小男当成一个不慎失足的纯情少女。

"我知道你觉得我虚伪，我也知道替人代考本身就是弄虚作假。"他打着磕巴说，"所以我每次劝那些学生好好学习的时候都是真心的，如果他们都能用功点儿，也就不用把父母的辛苦钱花在这种事情上了……"

"那样的话，你就连这碗饭也吃不上了。"我打断他，扯开了话题，"你妈怎么样？"

"暂时还过得去。"安小男舔了舔嘴唇告诉我，他的代考收入除了维持最基本的生活开销，其余全部寄回了 H 市，并且是分月寄的。他至今没有把失业的消息告诉母亲，因此反倒庆幸母亲的眼睛越来越不好，已经没法儿坐火车来北京看他了。而每年春节回家的时候，只要临时换一身西服，也能大致搪塞过去。

这么大的事儿,居然被他瞒了个严实。

"所以说嘛,别再把道德什么的当压力。"我顺势替他开脱道,"道德的标准也不是绝对的,得视情况而定。你的处境是饥寒交迫而不是衣食无忧,你面对的又是赤裸裸的生活而不是宗教审判,况且你还有一个母亲要赡养——凭什么要求你的灵魂像那些有钱人的后脖颈子一样雪白呢?那反而不道德也不公平。"

"你真是这么想的?"

"那当然,而且一直都是这么实践的。"我说,"这年头,就算苍天有眼也被马路上的摄像头给取代了,只要警察不来找你的麻烦,那你就是一理直气壮的良民。日子已经过得不容易了,咱们都得活得尽量轻松一点儿,也务实一点儿,对吧?"

安小男这时却咧开了嘴:"可是警察没准儿已经盯上我了,上次替人家考完力学出来,有个助教带着保安跟了我一路,还把我叫出去盘问了半天……他们说以后再看见我就报警。"

"那也不用怕,咱们再想想别的出路。"

那天一直聊到了傍晚,我带着安小男离开挂甲屯,到以前开在学校东门外的胡同里,后来又移师到海淀体育场一侧的千鹤餐厅吃了顿日本菜。没有想到,如今的安小男也开始喝酒了,而且量还不小,我们一共要了五六瓶糯米酿制的清酒,差不多都被他一个人给喝了。酒足饭饱,我又提出找个地方"咯吱咯吱洗干净",便强拽着他打车去了一家洗浴中心。酒劲儿被冷风吹上了头,安小男的情绪也终于开朗了一些,他跟跄着走在门口的几个"罗马人"中间,手四处乱指着,像小孩儿一样卖弄着学识:

"这孙子叫屋大维,这孙子是恺撒。"

他身上的泥都快结成壳儿了,搓澡师傅表示必须得收双倍费用。趁他正在搓着,我便穿好衣服走出了洗浴中心,到街拐角的自动提款机上取钱。先取了一万,这是当年我利用安小男的文章从李牧光那儿赚的;又加到一万五,这是把给我前女友郭雨燕的那份儿也添了进去;最后又加到了两万,这是每天的提款上限。我从脚边捡了个塑料袋,将那摞钱胡乱包了,揣进洗浴中心里递给安小男。

他正坐在休息间,赤身裸体地摩挲着两扇瘦排骨,好像一只洗干净又燎了毛,只等下锅的菜狗。看到袋子里的是钱,他惊慌地推回来:"这怎么使得……你已经对我够好的了。"

我感到了辛酸,脸上再次发烧,硬是将钱推回去:"都是同学,客气什么。你先换一个像样点儿的地方去住,再给我留个联系方式,我看看能不能帮上你。"

安小男的嘴像鲇鱼一样一瘪一瘪的,似乎马上又要哭了。我的心里五味杂陈,不禁动情地胡噜了一下他的满头杂毛,又用力搂了搂他的肩膀。这个举动倒惹得旁边两个膀大腰圆的汉子好奇地打量了过来,在他们眼里,我们也许很像一对正在上演爱情悲剧的同性恋人。

四

在此之后,我又断断续续地找过安小男几次,有时候请他吃顿饭,有时候给他送几件剧组里配发的工作装。那两万块钱他没有用于换房子住,而是都寄回了 H 市,支付他母亲治疗眼病的费用了。他继续住在挂甲屯厕所边上的平房里,等待着下一个考试季的来临,并提心吊胆会不会被校方抓个现行。

我也帮他找过工作。很遗憾,我们那个工作室的经费非常有限,因此才只能剥削那些“有志于艺术”的实习生,而要想添加一个全职的岗位基本上是不可能的。至于我问过的其他同学那里,情况就比较气人了。那些家伙平常都吹得天花乱坠的,可是真赶上事儿,却一个比一个缩得快,给我的答复不是“能力不济”,就是“掣肘奈何”,还有人反过来开导我:

“为了那么一个人,你犯得着吗?”

这固然也没什么不正常的,世上有贫贱之交,有富贵之交,但最让人无法想象的就是富贵与贫贱之交。让我不舒服的是,他们对我的义举也揶揄了起来。“上次我想在你的片子里插俩‘软广’,你张嘴就要十万,这时候却他娘的扮演起了爱心大使——”一个自己开了个小公司的同学刻毒地挤对我说,“告诉你,就你兜里那俩钢镚儿,想沾染真正的富人癖好还早着呢。”

更让我不适应的,反而是和安小男的交往本身。他看我的眼神已经不对劲了,刚开始是羞怯和感激的,后来就渐渐地变成了崇敬。那崇敬之中似乎又藏着什么严肃、高远的东西,仿佛崇敬的并非我这个人,而是我所代表的某种抽象观念。他不会认为我对他的关切是出于什么伟大的情怀,进而把我看成“道德”的楷模了吧?

“我在大学期间所做的最正确的一件事,你知道是什么吗?”在五道口一个挤满了韩国人、“西巴”之声不绝于耳的串儿吧里,安小男奋力地用嘴撸着一根烤火腿肠,喷散着酒气问我。

“是当众痛斥了商教授吗?”

“不不不,是那天在图书馆门口和你打了个招呼。”

“这实在不敢当。”我躲着他的目光说,“事实证明,我帮助你学习历史什么的,明明都是浪费时间。”

"那些都是鸡毛蒜皮的小事儿，不值一提。"安小男用竹签子"点"了我一记，"我的意思是，我很庆幸能交到你这个朋友，这让我不再那么孤独了。"

我忍不住打了个寒战，突然有一种冲动，那就是向安小男坦白，我之所以愿意帮助他只是因为"黑"过他的钱，如今心里突然过意不去了——假如非得把这种情绪称为"负罪感"的话，其性质也仅仅类似于一个立志减肥的胖子在酒足饭饱之后的后悔与自责。但我又在话要脱口之际憋住了。告诉他实情又有什么用呢？当务之急，其实是寻找到一条门路，改变安小男的处境，帮助这个已经被现实逼到墙角的人"跳出来"。

恰恰是在这个当口上，另一个曾经把我视为"唯一的朋友"的人空降到了北京。

李牧光回国之前并没有通知我，但降落之后的第一件事，就是给我打了电话。从那鲸鱼腹腔一样拥挤、杂乱的波音777机舱内，我先是听到了乱糟糟的美式英语、澳洲英语、印度英语和粤语、上海话，随后，在一片全球化的南腔北调之中，一个东北铁岭口音抑扬顿挫地宣布：

"惊喜不？我南霸天又回来啦。"

事实上，我已经有两三年没怎么和李牧光通过信儿了，偶尔在网上聊两句，也是浮皮潦草地匆匆而散。看起来，李牧光已经完全适应了美国的生活。他建立起了新的交往圈子和业余爱好，更重要的是看似弄明白了自己在那边应该干点儿什么，以及能够干点儿什么。而这样一想，他能够念及旧情，首先找到我，就足以令我受宠若惊了。

我立刻放下手头的事儿，奔向机场接他。在一群因为不熟悉新航站楼而晕头转向的海外赤子中，我一眼就发现了李牧光。他正穿着一身八十年代华侨风格的白西服和花衬衫，精神矍铄地东张西望。看见我之后，他高呼了一声小沈阳味儿的"long time no see"，张开双臂将我淹没在迪奥男士香水的气息中。

"先看看这几个宝贝吧，他们是贝贝晶晶欢欢莹莹和妮妮。"我被呛得喉咙发痒，挣脱出来指着远处广告牌上的五个"福娃"介绍道。这就有点儿没话找话的意思了：我突然对眼前这个李牧光感到陌生。

"网上不是说还有丫丫吗，她没来？"

"这不你丫来了吗……"

李牧光哈哈大笑，用力地拍着我的肩膀："兄弟，你还是那么风趣。"

开车回城的路上，我递给他一张剧组长包的酒店房卡："还没订房的话就先到我那儿歇会儿吧，想必你也累了……"

"不累不累。"李牧光挥着手说，"我在飞机的头等舱里都没睡，好几年没回国了，太兴奋。"

我惊愕地张大了眼睛。难道李牧光还有睡不着觉的时候吗？睡不着觉的李牧光还是李牧光吗？突然间，我总算反应过来他哪里令我感到不对劲了。一个一天到晚都在睡觉的人是萎靡的、淡漠的，就算站着，好像也已经完全垮塌了；过去的他就是这种样子。而今天的李牧光却是如此的亢奋、躁动和兴致勃勃，身上除了香水味儿之外，还散发着既强烈又炽热的能量。他俨然已经脱胎换骨了。

我自然问到了他是怎么治愈嗜睡症的："他们电你了吗？给你注射什么药了吗？"

"电倒是没电。药吃了不少，不过也没什么用。"李牧光不堪回首地摇了摇头，随后又笑了，"倒也真奇，本来所有人都觉得我那毛病是治不好的，但是突然有一天，我自己反而不想睡觉了。好像我已经把一辈子的精神都养足了，突然就想去吃、想去玩儿、想去找女人、想去干点儿事业了。"

"就那么自然而然地——好了，没有什么具体的契机吗？"

李牧光歪了歪脑袋，好像思索了一会儿："如果说契机，可能是我爸退休吧。退休了也就是没权力了嘛，我妈打电话告诉我的时候都哭了，说他们不能再像以前那样什么事儿都照顾我了，还说我也该长大了，以后就得靠自己了……他们还给我寄了笔钱，让我学着投资去做点儿生意。打这之后，我总感觉身后有一群狗撵着我，日子过得快了，人也有精神了。"

这倒是个合理的解释：地无压力不出油，人无压力爱犯困。别说李牧光了，我们所有人身上的精气神，又何尝不是被狗撵出来的。只不过在有些人屁股后面追着咬的，是一群得了狂犬病的疯狗，个中滋味就与李牧光这种公子哥儿不同了。不管怎么说，我还是要祝贺他，并且尽量利用好和他的交情——从那身阿玛尼西服和瑞摩瓦旅行箱看出来，他很可能已经是个相当成功的买卖人了。

随后的几天，在李牧光的要求下，我开车带着他满北京地找乐子。这些年，从世界各地尤其是欧美窜回来的中国人越来越多，我身边的不少朋友都会隔三岔五地接待一批外国还乡团，并且把这种事情当成了负担。他们抱怨说，有一类从海外回来的人很难伺候，那些家伙既像原来一样爱面子，又新学会了斤斤计较，既什么都没见过，又要装作什么都见过，既要蹭吃蹭喝从来不掏钱，又要指桑骂槐地暗示国内的种种不好。总而言之，他们同时具备着中国人与外国人的双重没出息和双重不满意。但李牧光可绝不是这样的人，他的做派与其说像个海归，倒不如说像个土财主：

"只要是国内有而在美国享受不到的，你就尽管带我去。"

于是我们去了大三元吃佛跳墙，去了朝阳公园的八号公馆做泰式按摩，还去了昆仑饭店附近那家当时尚未查封的夜总会喝了场花酒。每次折腾完，都是

李牧光抢着结账,我和他争过两回,他差点儿跟我急了:

"看不起我是不是?看不起美国人民是不是?"

还训斥我:"别以为世界上的钱都被你们中国人挣了。"

我问他:"你入了美国籍吗?"

"那当然,现在国家荣誉感正强着呢。"

能够这样爱美国,可见李牧光的确在那边混得很开。几天吃吃喝喝下来,我便开始打探他"发的是哪一路财",这一趟回来又是做什么的。

"中国人在美国还能做什么生意,无非是老三样:餐馆、洗衣房、倒买倒卖。"李牧光爽快地回答我,"我是最后一样,只不过玩儿得比一般人大一点儿。刚开始,我在洛杉矶的一家玩具批发公司干活儿,老板是我爸的朋友,他带了我两年,教会了我一些门道,然后就收手不干,搬到迈阿密去享受生活了。我趁机买下了他的公司,又扩大规模,在一个'帽儿'里新开了家玩具城,占了整整一层楼。这趟回来当然是跑货源,中国是世界工厂嘛。我过两天就要到义乌去了,如果能跟那边的商业协会谈好,绕过中间商直接发货,一个芭比娃娃就能省下十美元呢。"

我仿佛看到成千上万个芭比娃娃身穿着一模一样的花裙子,浩浩荡荡地跨过太平洋,前往天使之城,走进了李牧光的玩具大观园。接着,他又向我介绍了正在经手的各种玩具的产地、价钱和受欢迎程度:小丑鱼尼莫、机器人瓦力、凯蒂猫、胡迪和巴斯光年……看来他这个老板的管理风格是亲力亲为,事无巨细都要了解和掌握的。他谈论起生意的精明劲儿,也让我再次感到恍惚,怀疑眼前这人和当年在我头顶长睡不醒的李牧光究竟是不是一个人。

也就是在这时候,我动了把安小男引荐给李牧光的念头。我尚未想明白在李牧光的生意里,安小男那样一个人到底能有什么用处,但既然李牧光看起来不像大多数同学那样势利,又"做人正在兴头上",那么就算他不能帮安小男谋个职位,出于同学之谊施以援手也是很可能的。但我并没有立刻采取行动,而是鞍前马后地送走了李牧光,又耗过了一个多星期,等到他从义乌回来,才打电话约上了安小男。

那天算是我为李牧光回美国而设的送行宴,除了安小男之外,还叫上了以前历史系的几个同学。大家都惊愕于李牧光的巨变,但也旋即就适应了全新的李牧光,进而拿出场面上那一套,驾轻就熟地和他套起磁来。在纷飞的名片和酒杯中,安小男表现得比那天面对摄像机时还要无所适从。他佝偻着腰,深陷在沙发椅里,下巴都快与桌面齐平了,歪着脑袋一会儿看看这个,一会儿看看那个。别人说话他插不进嘴,别人问他什么也完全接不上茬儿。或许他一直搞不明白我把他弄到这种场合是为了什么。

"这哥们儿不是那个——那个谁吗？"菜走了大半，李牧光仿佛才发现了饭桌上还有一个安小男。他睥睨着，把酒杯举了过去。

"咱们着实不认识。"安小男颤颤巍巍地举起酒杯，却没跟李牧光碰，径自干了。我知道，他的举动并非有意失礼，只是因为面对陌生人的紧张。

"庄博益的兄弟就是我的兄弟。"李牧光不以为意地笑着，又问，"哥们儿在哪儿发财呢？"

"失业。"安小男小声地如实答道。

"实业救国吗？具体是哪一行？"

"不是实业是失业，没工作。"

"那就是自由职业者嘛——你太会开玩笑了。"李牧光还替他打了个圆场。

但安小男认真地纠正道："的确是失业。"

他的态度好像在和谁负气，更加与酒桌上的气氛格格不入了。旁边的几个人侧目而视，已经不加掩饰地冷笑了起来。李牧光倒被闹了个大红脸，讪讪地起身去了卫生间。

我趁此机会跟了上去，在走廊里拦住他："刚才那人，你觉得怎么样？"

"哪人？"

"失业那人啊。"

"他失业也不能赖我……不过看起来倒是个老实人，不像其他几个人那么滑头。"

"这就对了，你果然是块干事业的料，很有识人之明。"我恭维了一句，随后介绍起安小男这个人来：他是我们的同级校友，他是理科天才，他恰恰是因为太"老实"才被打压成了一个失业人员，他还要供养一个两眼昏花的母亲……自然，我略去了李牧光去美国学校的入学论文是安小男捉刀这一环节。现在再提这事儿，对我们三个人都没什么好处。

"那么你的意思是……"李牧光迟疑着问我。

"能不能扶他一把，帮他撑过这个难关。"

"这种事儿干吗找我？你也知道，我是个买卖人，不是开粥棚的。"

"但你是我所认识混得最好的人。"我赤裸地说。

这恐怕也是我能想出的最义正词严的理由了。我说完，就像真的站在了某种道义那一边，以审视的眼神直勾勾地看着李牧光。自从在心理上变成了一个成年人以来，我就很少如此诚恳而郑重地对人说过什么事儿了。

李牧光却淡淡地笑了。

"你这不是要挟我吗？"他耸了耸肩膀说，"我招谁惹谁了，混得好什么时候也成罪过了。"

在那个瞬间，我很想向他阐述一个逻辑：如果这个世界的运行规则就是零和游戏，那么混得好也许还真是有罪的。就像墙角里只有一撮面包屑，胖老鼠吃了，瘦老鼠只能眼巴巴地看着；还像这两只老鼠只够一只猫填饱肚子的，黑猫吃了，白猫便只能饿肚子。但李牧光那慵懒的笑容又让我心虚了一下，随后换上了习以为常的、漫无边际的微笑。这可能是条件反射，但也可能是深思熟虑的结果——前面说过，我很害怕变成一个偏激的人。我还怀疑自己是不是被安小男身上那种既沉郁又凄凉的气质给催眠了，这可不是个好现象。

于是，我们寡淡地咂吧了一下嘴，肩并肩地回到席上，继续吃，继续喝。那天的晚饭一直持续到了夜里，很多人都喝得语无伦次了，安小男则是自己把自己灌高了。他到卫生间里吐了两趟，皱巴巴的衬衫上沾着来历不明的液体，脸却越来越白，两只眼睛泛出血丝来。幸好有两个人的老婆打来了电话，异口同声地威胁他们"再不回来就甭回来了"，李牧光这才把杯中酒一干，瞥了瞥我说："就这么着吧？"

大家出了餐馆的大门，又在几根朱红的仿古柱子之间疯癫地熊抱了一番，口中说的无非是"何日君再来""常回家看看"或者"狗富贵，猪相忘"之类的套话。等别的鸟兽都散了，我凑近李牧光，拍了拍他的肩膀：

"再去喝壶茶？"

"要喝就到我那儿喝去吧，别再单找地方了。"李牧光仍然懒洋洋地笑着，又对不远处正在发怔的安小男歪歪下巴，"你要叫上他也可以。"

李牧光的确变得很精明，他已经料到了我接着想要做些什么，而他的意思分明是那桩事情还"有缓儿"。我欣慰了一下，赶紧过去拉住安小男。

"我就算了吧……"安小男两眼往地上溜着说。

我硬生生地扯着他："你就权当再陪陪我吧。"

李牧光的住处离餐馆不远。我们溜溜达达，影子被路灯拉长复又缩短了几个来回，一起走进了长安街畔的那家老牌五星酒店。记得李牧光的父母来北京的时候，常住的也是这一家。喝了两杯客房服务送来的锡兰伯爵茶，大家很快气定神闲下来。抓住这难得的清静时刻，我又把话头拽回到刚才的主题上，对李牧光反复强调安小男是多么地需要帮助，又是多么地值得帮助。但我已经学了乖，不再企图论述这种帮助是一种责任，而是将它渲染成了一种乐善好施、一种只有李牧光这个级别的成功者才配拥有的美德。我的有些话已经说得很肉麻了，就连"你拔一根毛比我们的腰都粗"这样的名句都引用了出来。

"哪个部位的毛呢？"李牧光还在打哈哈，脸上却泛上了颇为享受的神色。

"任何部位。"我一挥手说，"只要你舍得拔。"

说这些话的时候，我是一点儿羞耻之心也没有的。反正我是在替安小男央求着李牧光,出卖的也不是我的自尊心。而安小男的头却一再地低下去,几乎低到了地毯的羊毛里去。他的手还在用力地抠着皮沙发的边角,发出轻微的啵啵响声。他的这副样子让我觉得自己有点儿残忍,但又不得不时时扼杀着自己那令人反胃的同情心。

说到底,我是为了他安小男好。

终于,李牧光逗够了闷子,瞥了安小男一眼:"别光人家说呀,你的态度呢?"

安小男歪头看了我一眼,没有说话。他站起来,为李牧光把茶杯斟满,又从写字台上拿过一只高希棒牌南美雪茄,连同水晶烟灰缸一起放到了李牧光的手边。这是安小男在社会上混了那么一遭,学会的唯一的"礼数"。做完这些,他对李牧光近乎羞惭地笑了。

李牧光点燃了那根狼烟弥漫的屎状物,轻轻地感叹了一句:"你呀,还真是个老实人。"

"咱们谁也不忍心看着老实人受委屈,对吧?"我赶紧说。

李牧光点点头,站起来说:"再说了,庄博益的面子我也不能不给。"

"你的意思是——"

"给我看仓库,你能吗?"李牧光对安小男说。

我心里升起的悬念顿时坠落了下去,甚至觉得李牧光是在开一个恶意的玩笑了。我一个没忍住,叫了起来:"这也太屈才了吧?要看仓库你找一老头儿找一残疾人不就行了吗,用得着找安小男吗?再说了,你在国内又没有厂子,你让他到哪儿看去,把他带到美国去吗?"

"你听我解释嘛。"李牧光摇着雪茄,不紧不慢地娓娓道来,"我说的看仓库,可不是一般的看仓库,而且正因为不用去美国,所以才非得找个过硬的技术人员不可。还是从头说起吧,我公司的仓库有两个篮球场那么大,地方就在洛杉矶港口附近的一个物流基地里,是一次签了几年的合同整租下来的,不光我的货得从这儿进出,同时还租给其他人用。这么重要的产业,当然得找人看着啦,但是美国那鸟地方,劳动力的质量实在堪忧,所有的穷人都是被宠坏了的家伙,又懒又滑。我曾经一次性地雇了两个黑人、一个白人和一个墨西哥人,让他们两人一组双班倒,结果差点儿被气死。有一次物流基地里闹水老鼠,他们却喝多了睡大觉,导致几箱芭比娃娃被啃得七零八落的,简直像遭到了集体奸杀似的;还有一次,他们居然串通一伙越南流氓,把我的一批玩具给偷出去卖了……就这样的货色,我他娘的居然还要给他们发福利、上保险,而且要像伺候大爷一样伺候他们。尤其是那俩老黑,连训也不敢训他们一句,否则他们就要上法院去告我种族歧视。这他妈的是什么世道,还有没有天理呀?比来比

153

去,还是咱们自己的同胞靠得住,世界上再没有人比中国人更勤劳勇敢的了,所以我下定决心,一定要把仓储这一块的业务外包到国内来。"

说到这儿,李牧光的语调就激愤了起来。但我仍然没听出个所以然来,忍不住插嘴问道:"你的意思是把仓库挪到国内来吗?"

"那怎么可能。"李牧光像看傻子一样扫了我一眼,"我的玩具都要在美国卖,吃饱了撑的在中国盖什么仓库? 仓库还在美国,但看仓库的人要在中国。"

"这怎么可能?"

"这并不难。"一直像闷葫芦一样的安小男这时却突然开了口,"我们只要通过互联网建立一套可视系统,把摄像头安装在美国的仓库里,监视器则设置在中国,完全可以实现远程监控。不光是监控,如果把电子报警器和美国的保安公司、警察局对接,一旦仓库里出了什么意外,报警也完全可以通过网络来实现。"

"对啦。"李牧光一拍巴掌,激赏地看了一眼安小男,继续对我说,"在这方面,他就比你灵光得多。其实我这个想法也是受别人的启发,现在美国的很多行业已经这么干了——比如那些推销电话,常常就是雇了一帮印度阿三从新德里打过来的;还有我前些天新换了一辆林肯车,号称有真人实时导航系统,结果接通了一听,妈的,马来西亚口音。一个马来西亚土鳖教我在美国怎么开车去比弗利山庄参加安吉丽娜·朱莉出席的新款服装发布会,多神奇。不过我在美国也咨询过专家,他们说如果要实现我的这个创造性计划,就必须在中国找一个技术过硬的人,因为这边的监控终端得由他来建立和调试——你行不行?"

他的最后一句话就是问安小男的了。而安小男眨了眨眼睛还没说话,我就已经代为回答了:

"当然行。"

"那么恭喜你。"李牧光笑着向安小男伸出了手,"从今以后,你就是外企雇员了。"

五

随后的两天,李牧光痛快地和安小男签订了劳务合同,然后又痛快地和我告别,登上如同鲸鱼插了翅膀的波音777,返回美国了。没过多久,他往国内汇了一笔钱,让安小男租房子、买设备,将他们商量好的那个"监控中心"的中国分部建立了起来。他还专门给我打了个电话,让我帮他"看着点儿那小子":

"如果他想从我这儿揩油的话,那就打错主意了。美国的财务制度和你们中国可不是一码事儿。"

这个态度令我隐隐地感到不快，但也只好担保道："安小男你又不是没见过，那就是一榆木脑袋，让他在钱上做手脚还得现教呢。再说你让我监督他，但又焉知我是不是个老实人呢？"

"知人知面不知心啊。我爸他们单位以前有个干部，日子过得节俭极了，连过年也舍不得炖一锅肉，可后来一查才知道，人家在北京和上海买了七八套房子——那钱又是从哪儿来的呢？"李牧光哼哼冷笑两声，但大概听出了我的不满，又安抚我说，"至于你，我是一百个放心的，咱们是朋友嘛。"

他干净利索地挂了电话，却把我留在一派类似于懊恼的情绪里，莫名其妙地生了会子闷气。在和李牧光接触的这些日子里，我一边重新对他熟悉起来，一边却又感到他比以前更加陌生了。他的神态和语气里有了一种毫不掩饰的倨傲之气，并轻而易举地重新定位了和以往故交的关系，把人与人之间的平视一律改为俯视，那架势不言而喻——我和你们不是一个阶级的。与此同时，他又展示出了令人直打寒战的精明。就以他和安小男之间的雇佣关系为例吧，这个念头李牧光也许早就盘算好了，但他一直不说，而是在我反复央求之后才以施舍的姿态答应，如此一来，便可以顺理成章地开出那些苛刻的、对他大为有利的条件了：安小男是拿不到各种保险的，如果需要加班也没有加班费，工资更是只有李牧光原先雇用的一个黑人保安的三分之二，仅为区区一千美元出头而已。李牧光对此的解释是，黑人看仓库是需要上夜班的，而安小男人在中国，美国的夜晚恰好就是中国的白天，夜班补助也就可以免了。这样算下来，安小男每个月就要替他省下几千美元的人工成本，李牧光真是赚大了。

当然，我并没有把李牧光的这些变化理解为加入美国籍的结果。决定人身上某些特性的，往往不是国籍而是阶级。在全世界的无产者联合起来之前，全世界的资产者已经率先联合了起来，他们的嘴脸也大抵如出一辙。试想换成一个中国富人同学，就会对我保持平等，对安小男出手大方吗？情况恐怕更甚。所以不管怎么说，我还是应该替安小男感谢李牧光，正是因为他的创意和实践精神，才让安小男重新有了工作。再考虑到中美两国之间货币以及"人"本身的价格差异，这份工作甚至称得上差强人意。

如今的安小男终于搬离了挂甲屯，结束了"校漂"生活。在我的帮忙张罗下，他在中关村以北的上地附近租下了一个写字楼里的开间。房间大概有三四十平米，里屋的墙上挂着七八台液晶屏幕，此外还有保证时时畅通的网线以及高性能电脑主机；外屋则是洗手间和一张单人床，他下了美国的班，足不出户就可以睡中国的觉。在设置那套监控系统的时候，安小男再次显露了一个理科高才生的素养。他指挥李牧光那边的技术人员将摄像头安置在最合理、最精确的位置,保证偌大的仓库不留一个死角;他还修改了软件程序,升级出一套可以迅速切换视角的操作方法,这样一来,同一个屏幕可以分别显示几个摄像头的视角,当某一个摄像头损坏或者被挡住之后,它附近的摄像头也能及时填补空白。总之,这套系统的精髓正是:让安小男像身临其境一样,在那两个篮球场大的空间里明察秋毫。

监控屏幕里每天显示着什么样的内容呢?无非是一个又一个庖丁解牛般的黑白图像:水泥地、墙角、货架、通向走廊的安全门……把这些切片拼合起来,就得到了仓库的全貌。只不过是一个单调呆板的巨大长方体而已,但再一想到这个长方体位于太平洋的彼岸,位于上万公里以外的我们的脚下,就不由得让人心里生出一种奇妙的感觉。

在高清晰的微观摄像头里,我还见过工人们往玩具包装盒上打价签:一个芭比娃娃 14.99 美元,一个 Hello Kitty16.99 美元,一个会摇头晃脑的机器猫略贵一些,是 19.99 美元。美国的物价的确令我们眼红,我曾经给一个亲戚的孩子买过一模一样的"进口"芭比和 Hello Kitty,国内商场的售价几乎高了一倍不止。而据我所知,我们国家东南沿海的打工妹们忍受着化学原料的毒气,冒着手指和整张头皮被机器绞掉的危险,生产出了这些人见人爱的小玩意儿,出厂价也就是二十几块人民币。

很显然,安小男非常珍视这份工作。他几乎变成了一个网上所说的"技术宅",周一到周五的整个儿白天都坐在监控台前,两眼聚精会神地盯着美国夜晚的仓库。这其实不是一个轻松的活儿,那些图像几乎永远是寂静的、一成不变的,我曾经替上厕所的安小男盯过一会儿,才不到五分钟就心烦意乱地走起了神儿。别说是水泥地和货架子了,就是换成哪位性感女演员的艳照,让你直愣愣地盯上几个钟头,恐怕也得看吐了。

但是安小男却能做到绝对的忠于职守,永远不会审美疲劳,并且很快就立下了一件奇功。那是在一个中国的正午美国的子夜,一个弯腰驼背的白人老头儿溜进了仓库,先是蹦脚乱跳地自言自语了一阵,然后又哆哆嗦嗦地拿出一只打火机,企图引燃货架上的纸箱子。安小男利用网络报警系统接通了物流港的保安室,片刻就有两个屁股像八仙桌面一样大的胖子冲了进来,上演了美国警匪片里才有的场面:掏枪顶着嫌疑人的后脑勺,将其按倒在地双手背后铐成了一条肉虫子。

"那人就是被安小男顶替的老保安,因为失业了,所以丫疯了,妄想报复我。"李牧光兴冲冲地给我打电话,"这套监控太管用了,所以我总是说,干活儿还是中国人靠得住。"

我向安小男传达了李牧光的褒扬,但对被抓住的那个老头儿的身份,我却缄口不言。

这事儿过后，安小男的工作积极性更高了。当他再坐到那排昆虫复眼一般的监控屏幕对面时，脸上几乎泛起了少女怀春般的红晕。他是如此的专注和激动，就连呼吸都变得沉重了。这人从来就没在人际关系中扮演过强势的一方，更没有支配、掌控过谁，但通过这套监控系统，他一定获得了巨大的心理满足——那也是一种权力的滋味。

俯瞰一切，全知全能。毫不夸张地说，在那个仓库里，安小男扮演的角色简直可以比拟上帝。

这一切也令我获得了莫大的成就感。安小男其人能够重新走上正轨，和我对他的关心不也是密不可分的吗？再扯得远一点儿，我所从事的纪录片工作，说起来是以"记录人生、改变社会"为宗旨的，我们这个行当的人假如说还有一点儿职业理想的话，也应该是给寒冷者以温暖，给绝望者以希望。但这个观念几乎没有实现过，在操作的过程中，我所做的无非是不停地退让、妥协、谄媚，乃至于一个庙一个庙地拜菩萨，从那些头面人物的手指头缝儿里抠出一点儿项目经费来，说白了和要饭也差不多。然而在安小男身上，我却意识到自己还有着影响别人生活的力量，意识到自己似乎还是一个有用的人。在这种信心的激励下，我或许也将有勇气去结婚、生孩子、承担起一个家庭的责任来——当然，前提是得在那些急功近利的小娘儿们里发掘出一个值得我"爱"的。

而当安小男的状态彻底安定下来之后，我便不得不离开北京，到外地跑了一圈儿。"校漂"那部片子粗剪完成，有个教育主管机构提出了意见，说我的作品里"亮色"太少，然后拨了笔钱，让我着力反映一下几个近年新建的"大学城"的风貌，从而和方兴未艾的"教育产业化"改革挂上关系。对于那纸批文，我在同行圈子里极尽嘲弄之能事，但一扭脸就包了辆依维柯摄像车，叫上组里的几个得力人手准备动身。

"你怎么竟依了？"一块儿去的实习生小张问我。

"你不晓得他们的力气有多大。"我和她对了句鲁迅在《祝福》里的台词，然后无耻地辩解道，"反正我不答应他们也会收买别人，这种好处与其便宜了那帮王八蛋，还不如自己抢在手里。"

出发之前，我专门到上地的办公室看了看安小男，给他带了一盒从楼下屈臣氏商店买的眼药水："敬业归敬业，也不要太废寝忘食。"

安小男"嗯"了一声，将了将仍如乱草一般，但总算干净了一些的头发，从怀里掏出一个牛皮纸信封递给我："里面是这两个月的工资，李牧光给我打过来的是美元，我已经换成了人民币。你路过河北的时候，能不能顺便弯到H市一趟，把这些钱给我妈带过去？她眼睛不好，去银行取钱很不方便。"

我自然一口答应，并在两天之后就把这事儿给办了。紧邻 H 市不远，就有一片刚刚竣工的大学城。那儿基本上就是一块镶嵌在华北平原上的水泥疙瘩，到处都是明晃晃的道路和操场，连一棵树也见不着。大学城里聚集着省内几所三流学校的低年级本科生，他们因为被发配到这种地方而心情颓丧，像一群走错了门的鸡一样仓皇地闲逛。在取景的时候，我们还遇到了一个突发情况：几个农民工攀登上大学城的主楼，悲愤地呼号着什么，频频作势欲往下跳。一打听，才知道是开发商一直没给建筑方付清尾款，导致他们的工钱也被拖欠了。但在当地政府工作人员的陪同下，这样的场面肯定是没法抓拍的。

　　晚上又被几个头头脑脑拉进宾馆狠"撮"了一顿，到了晚上九点左右，我才有了空暇，下楼拦了辆出租车开往 H 市的老城区。这地方在很久以前还做过一个诸侯国的国都，并流传下来诸如"纸上谈兵""一枕黄粱"等等名声不太好听的成语，但如今已经看不出一点儿王城的气象了，整个儿就是一个巨大的工厂宿舍区。安小男家坐落在一条格外破旧的巷子里，车都开不进去。我下车步行，因为没有路灯，几乎在坑坑洼洼的土路上崴了脚。

　　由于提前打了电话，安小男他妈并未惊讶，热情地接待了我。这个当年勇闯校办公室的肉联厂洗肠工衰老得很厉害，头发像七八十岁的人一样苍白而稀疏，软塌塌地贴在天灵盖上。她的眼睛一翻一翻的，明显是在努力地看却又看不清楚，在狭窄的斗室里必须摸索着桌沿才能行走。

　　我把装钱的信封放在桌上，本想客气两句就走，但她却死活不依，非要让我喝壶茶。她摸到厨房去烧水的时候，我便只好歪在塌陷的布面沙发里，打量这间兼做客厅和卧室的房间。像所有独居的老年人一样，安小男他妈在屋里摆满了杂七杂八的破烂儿，床脚的夹缝里居然塞着一台竹制的老式婴儿车，难道她正期待着用它给安小男看孩子吗？而在一只矮柜上方的白灰墙上，我看到了密密麻麻地悬挂着的奖状和照片。

　　"你是有出息的人，能拍电视……"安小男他妈的声音从满是中药味儿的厨房传来。

　　"安小男更不赖，挣的都是美元了。"我敷衍着她，起身踱到那面墙边端详。

　　红地黄边儿的奖状自然都是安小男获得的，来自于五花八门的数学和物理竞赛；照片则是他们一家人在过往的不同时期拍摄的，在昏黄的灯光下具有浓郁的复古意味。有两张八寸的合影吸引了我的注意，照片的主角是一位四十上下的男人，穿着笔挺的西装，戴着一副金边眼镜，长相也很精神。他不是在主席台上领奖，就是正向某位年迈的大人物进行讲解，俨然是那个时代报纸上频繁报道的"青年改革家"或"科技标兵"什么的。这人无疑是安小男他爸。在另一张生活照里，他正在给儿子过生日，父子俩一人捧着一块奶油蛋糕，满嘴白胡子明媚地笑着。

我突然想：如果这男人还活着，那么一家人的生活就不会是现在这副模样吧，或许安小男的脾性也不会发展成后来那样。从心理学上讲，许多性格有明显缺陷的人，都是少年时代没能生活在一个完整的家庭里造成的。

安小男他妈沏好茶，又絮絮叨叨地拉着我聊了很久。她感谢我这么长时间来一直照应着安小男，并让我提醒安小男除了埋头干活儿，还得注意和领导、同事搞好关系。"他现在跳槽到美国公司去了，我觉得挺好，听说那种地方的人际关系单纯一些，更适合他这样的人……他爸当年就是在这方面吃了亏。"说到这儿，安小男他妈的神色有些凄然，又有些恍惚，但马上岔开话题：

"他也该找对象结婚了——还有你也是。别光顾着挣钱，多少钱也买不来一个家。"

我走的时候，她还给我带上了好几张下午烙好的糖饼，让我路上吃。她坚持将我送出门外，又陪着我在漆黑的巷子里走了一小段，走的时候手扒着墙，小步慢慢挪着，仿佛每一步都不知道应该先迈左脚还是右脚。

那是我第一次以辛酸的感情理解了"邯郸学步"这个成语。

离开安小男家后，我们的剧组一路南下，途经郑州、武汉、长沙，边走边拍，终于在深圳结束了工作。至此已经在外面奔波了两个月有余，每个人都蓬头垢面，乍一看很有漂泊感。在这期间，我的生活发生了两个小小的变化，一是原先那个女朋友跟着一个搞金融的跑了，二是我导致了组里的实习生小张受孕。奇妙的是，这两件事之间并不存在逻辑上的因果关系，所以我们三个当事人谁也不觉得亏欠了谁。小张的妊娠反应很强烈，才两周就开始哇哇大吐，恨不得把苦胆都清空了，而且还有小产的迹象。到了深圳之后，我只好让剧组里的其他人就地解散，自己陪着她到医院保胎。我们已经商量好，等她一毕业就结婚，把孩子生下来。做出这个决定之后，我的心情倒是颇为激荡，乃至于充满了初为人父的悲壮之感。记得夜里躺在宾馆的床上，我拉着她的手说了好多煽情的话，有几次把自己都快感动哭了。

小张一句话就戳穿了我："不要试图给自己的每个举动寻找意义——累不累啊？我和你别的那些女人相比，唯一的特殊性就是恰好在你即将折腾不动了的节骨眼上插了进来，相当于击鼓传花的最后一棒。"

比我们小十岁的那代人都是天生的现实主义者，早早儿就把什么都看透了。她们让我欣慰，也让我惭愧。

又拖拖拉拉地磨蹭到北方的天气暖和了，我才带着小腹微微隆起的未婚妻回到了北京，但也不再出去和各路魑魅魍魉厮混，而是把自己那套房子好好布置了一番，过起了深居简出的生活。小张的研究生论文答辩在即，一旦通过就可以和我去"扯证儿"了。她在正式上任之前便已经很进入状态，不但把我饲养得越来越肥嫩，而且还严格地限制了我能跟什么人交往、不能跟什么人交往。她也算在我那个圈子里混过，对我周围人的品行相当了解，好几个德高望重的老艺术家都被列入了黑名单。

"你那群所谓的朋友里，也就安小男还算个老实货色。"她如是评价道。

但即便是这个老实货色，我也有很长日子没见面了。就连美国仓库放假休息的周六周日，他也忙得团团转，根本没工夫出来和我消磨时间。正所谓天将降大任于斯人，安小男在沉沦数年之后，终于迎来了事业的"黄金期"，这还得益于李牧光那敏锐的商业嗅觉：他让安小男为洛杉矶那个物流港里的每一间仓库、每一条过道和每一间办公室都设计好"跨国监控系统"，再由自己出面推销给附近的企业主们。他还有个长远而宏大的计划，就是把那些设备贴牌批量生产，行销到所有人力成本高昂的国家和地区去。不管在中国还是美国，什么东西一旦沾上了"高科技"又沾上了"国际化"，利润都会像苹果手机一样打着滚儿地往上蹿，李牧光迅速地在玩具生意以外拓展出了新的滚滚财源。而在这一轮的雇佣关系里，他对安小男也变得仁慈多了，答应每售出一套监控系统，便返给他五千美元的提成，当然这也只是整个儿销售额里的小小零头罢了。

安小男甚至不必前往美国进行实地考察，只需要对着那些房间的 3D 图形，把监控系统的设计方案做好，再用网络传给李牧光就算大功告成。至于监控终端设在哪个国家、哪个地区，也可以由购买系统的美国老板们自行决定。在短短的几个月时间里，地球的各个角落如同雨后春笋一般，冒出了十几二十个和安小男干着同样工作的人，他们端坐在印度、马来西亚、菲律宾、墨西哥或者中国的电脑屏幕之前，注视着美国一隅的风吹草动。闭着眼睛想一想，这是多么壮观的场景啊。

"不要老说我们美国人在监控全世界，"李牧光给我打电话时说，"全世界人民也在监控着美国嘛。"

又过了不到两个月，李牧光再次乘坐着鲸鱼一般的波音 777，声势浩大地空降到了北京——对于这种行程，他现在已经不再称之为"回国"，而是改口叫作"访华"了。仍旧是到了机场，他才给我打了电话，但这一次却不再叫我出去鬼混。跟在他身旁东跑西颠的人变成了安小男。

他们先是结伴去了西安的高新区，然后又依次到华北的几个大中型城市遛了一圈儿，此行的目的是为投资建厂选址，有可能的话还要跟当地政府洽谈一系列相关事宜。既然监控系统已经打开了销路，就需要找一个国内的厂家进行规模化生产，把采购来的摄像头和主机贴上统一的商标。美国发明出来的玩意儿总是要在中国制造，这条法则就像地球总是自西向东旋转一样不言自明。

然而我却想不明白,要建厂干吗不去东北啊?那儿是李牧光的老家,他爸虽然退了,但想必余威还在,再加上和他们家沾亲带故的人非官即商,办起事情来总是要方便得多。

"恰恰因为父母和亲戚都在那边,所以才多有不便嘛。"对于我的疑问,李牧光解释道,"越是家门口越要注意影响——你这个人还是幼稚。"

我也算在中国的江湖混迹过一些年头的人,如今却被一个美国人训斥为"幼稚",这不免让人啼笑皆非。而没过两天,又有一个消息传了过来:李牧光为厂子初步选定的地址就在 H 市。这就不能不说是一个巧合了。据说当地的官员常年苦恼于经济发展和钢铁绑定在一起,污染大不说,这几年的销路也不大好,一吨钢材才赚十几块钱。他们早就叫嚣着要"转型升级",却拉不来合适的项目,如今正好和李牧光一拍即合,不光口头承诺了税费方面的优惠,而且就连地皮也是可以低价出让的。李牧光他们在 H 市盘桓的时候,我特地打了个电话,请他去安小男家里拜访一下,最好再拉上一两个政府里的干部作陪。我的用意很简单,是想让安小男的母亲见证到儿子的确"出息了",而且对老人以后的日子也有好处——哪怕能招徕一伙儿学雷锋标兵,逢年过节给她刷锅刷碗擦擦玻璃也是好的。

"这个也不用你说。"李牧光回答我,"你这朋友既然跟着我干,我就亏待不了他。"

但不久之后,安小男却先一个人回来了。打电话时一问才知道,他到 H 市只是作为"技术总监"走个过场,向当地的有关领导"汇报"一下监控系统的功能以及原理。而当洽谈涉及股权、地皮和人员安置等等关键阶段时,就得李牧光亲自出面了——那想必是个漫长而艰难的扯皮过程,尤其是在李牧光打定主意让自己的叔叔出任新厂长的前提下。

我再次见到安小男,就是在自己的婚礼上了。小张的肚子已经骇人地鼓了起来,如果再不早点儿办事儿,恐怕将来就得让亲儿子来给我们当伴童了。好在现在的婚庆公司很高效,服务也很周全,还能定做用钢丝把裙子高高地撑起来的孕妇婚纱。婚礼的地点是在一个酒店的露天花园里,我与小张并肩走过草坪,感觉自己正挽着一只雪白的蘑菇。来宾们自然对着她那奉子成婚的肚子指指点点,被请来当证婚人的一个央视春晚副导演更不靠谱,他摇头晃脑地指导我们互相戴上戒指,然后宣布:

"祝福你们仨!"

好歹把仪式进行完,我还得在人群中不停地穿梭寒暄、被人打趣。转到同学的那一桌时,我一眼就看见了被几个人勾肩搭背地簇拥着的安小男。人们对他的态度明显变了,那副亲热劲儿就好像对待熟识已久的老朋友。这也是可想而知的。安小男"咸鱼翻身"的消息经我添油加醋地扩散出去，几乎成为了一个现实中的小小奇迹，一个美国梦的中国翻版。

"啊呀呀，你放了道台了，还说不阔？"有个家伙正狠捶着安小男的肩胛骨说。而安小男一定还不习惯这样的恭维，他双手交叉抱在胸前，茫然失措地四处望着。直到看见了我，他的眼睛才亮了一下。

我过去和那帮人喝了杯酒，解围地把安小男揽出了人堆儿，在一蓬浓郁的月季花边聊了起来。

"李牧光还在 H 市吗？"

安小男舒了口气说："还在。他投资的条件挺苛刻，两边还在僵持。"

我又说："你怎么不趁机在老家多待两天？你妈还好吗？她烙的糖饼料真足，咬一口能烫后脑勺。"

"你要喜欢吃，下次让她再给你做……我爸活着的时候，每次听完高英培的相声都要吃糖饼。"安小男笑了笑，又吸溜了一下鼻子，"李牧光让我先回来，一是因为公司的仓库还得有人看，二是让我再改进一下那套监控器材，现在的成本还有点儿高。"

"得加班吧？"

"昨天又熬到三点多钟。"

李牧光果真是疑人不用，一旦用了就往死里用——还是那句话，他们那个阶级的人大凡如此。这时我如果斥责他"剥削"，反倒显得矫情了。于是我说："累点儿无所谓，能挣着钱就行。既然荣升了什么总监，他给你的工资也该涨了吧？他答应的那些提成兑现了吗？"

安小男近乎难为情地点了点头。

"那就好。"我说，"手头宽裕的话就赶紧买套房子，现在北京的房价涨得厉害，人家都说晚买俩月白干一年……还有，你妈让我劝你找个对象。我老婆有几个同学正好闲着呢，比如那个，我看就还行——"

我朝隔壁桌边一个把自己涂抹得如同雕花萝卜的姑娘指了指。那姑娘正在奋力地对付着一堆冷盘，看见我们粲然笑了，嘴里差点儿蹦出俩潮州肉丸子。

我也扑哧了一声，正想认真地寻觅出两个可以被称为"果儿"的姑娘，安小男忽然说："你结婚了，给你备了份礼。"

"搞那么'虚'干吗，"我笑道，"要是钱的话就直接塞前台那捐款箱里吧，美元也收。"

"除了钱还有别的。"安小男匆匆跑回座位，从桌子底下抱着一个纸箱子出来，"我亲手做的，你们的孩子生出来之后也许用得着。"

这时小张也好奇地凑了过来，我们两个打开箱子，看见里面分门别类地绑着几个摄像头和数据线什么的。分明是一套仓库监控系统的具体而微者嘛。

"这有什么用呢？"我不免感到荒诞。

安小男解释起来："你想呀，你很忙，小张学历这么高，也不可能不出去工作吧？到时候孩子放在家里，只能请保姆来照顾。可现在信得过的保姆太不好找了，她万一要是不给孩子按时喂奶呢？要是给孩子吃安眠药呢？所以我就专门给你们设计了这套婴儿用的监控系统，环绕着小床三百六十度无死角，而且还有体温遥感器，孩子发烧的话也能报警。你们在外面一开电脑，就可以随时掌握孩子的情况了……"

他那认真的样子让我们同时哈哈大笑了起来。小张向安小男道了谢，然后又指着我说："你还不如帮我把他也上了监控呢，他那个行当里不三不四的女的太多了，这人意志又不坚定，他每天上班我都提心吊胆的。"

"这就是所有正房的通病——刚扶了正就过河拆桥，也不想想当初是怎么'扑'我的。"我笑着跟小张逗，"但是归根结底还得怪我，魅力太大了无法抵挡。"

小张反唇相讥："咱俩谁'扑'谁呀？谁在器材间里痛哭流涕地哀求人家'暖一暖我的灵魂'呀？当时就应该把这段儿给你录下来。"

我们两个你一言我一语，但安小男却茫然地抬起了眼睛，看向了北京阴沉沉的天空。他好像正在走神，从周围的气氛里"间离"了出去。小张便有点儿讪讪的，对安小男说了句"多喝点儿"，然后就挺着肚子找她那帮女伴去了。

我拍了拍安小男的肩膀，换上了诚恳而体贴的口吻："谢谢啊——看到你能越过越好，我也很高兴。"

但这时，安小男却舔了舔嘴唇，说出了一句让我目瞪口呆的话："我不想干了。"

六

安小男的话虽然让我惊诧，但却又有似曾相识之感，就像一出彩排了几遍的拙劣话剧。只不过第一次和他演对手戏的是商教授，第二次是那个银行行长，第三次就变成了我。但我招他惹他了？我可以说是唯一真心想帮他的人啊，他怎么就这么不让我省心呢。

"为什么啊？"带着近乎委屈的情绪，我叫了出来。

"我有心理负担……"安小男的眼神游移起来，仿佛正在斟酌词句。

我突然想到了由安小男协助逮捕的那个酒鬼老头儿："难道你是因为不忍

心抢了美国老弱病残的工作吗？这就是妇人之仁了。咱们第三世界国家人民哪儿配同情美国人啊？那国家的福利好得很，当个失业的穷人幸福着呢。"

"不是这个原因。"他说。

"那么就是李牧光逼你干过什么事儿……比方说除了仓库以外，还监视监听什么人？"

"也没有。"

"那你抽什么风啊？你的心理负担是从哪儿来的？"我索性任由酒劲儿发作，指着安小男的鼻子质问道，"别身在福中不知福了，你这份儿工作多让人羡慕自己知道吗？挣钱多少都不提了，姑且谈谈尊严，谈谈人生价值吧。你知道咱们那些坐机关的同学十年如一日打水扫地擦桌子上级放个屁都得叫好越讨厌谁越得冲谁乐乐得脸都抽筋了是什么滋味吗？你知道我为了拍个片子骗完项目骗赞助骗完审查骗观众这活儿干得有多没劲吗——制片人都改叫'只骗人'了。再跟你说个玄的，我有个前女友是开皮草行的，参观了一次活剥水貂皮就开始夜夜做噩梦梦见自己也被开了个口子然后啵的一声从皮里拽了出来，因为这事儿她信了佛结果还让一假冒'仁波切'财色通吃了。谁没压力呀，谁活得容易呀？也就是你这种干高科技的，一不用缺德造孽二不用自毁人格站着就把钱挣了——你还有什么不知足的？"

对于我这番泄愤式的长篇大论，安小男似乎无话可说地点了点头。但他随后却又说道："工作本身当然没有问题，只不过……"

"只不过什么？"

安小男猛然直视我，目光炯炯，"你知道李牧光的钱是哪儿来的吗？"

"不是卖玩具挣的吗？"

安小男的口齿也加快了，但却远比我要冷静、清晰得多："我看过他的入库单和出货单，他那个公司处于整个儿玩具流通环节的末端，利润已经被其他公司瓜分得差不多了。就以一个芭比娃娃为例，中国出厂价大约三美元，到了他手里已经涨到了将近十五美元，而他还要应付税收、场租和每个季度一轮的打折促销，再刨除美国那昂贵的人工成本，能打个平手就算万幸。还记得他曾经跑到义乌，想要绕开代理商低价拿货的事情吗？当地的商会害怕得罪几家垄断性的贸易组织，根本没敢答应他。总而言之，李牧光靠他玩具生意的营收，根本不可能赚出现在这么多的钱——你知道他在 H 市谈的那个项目投资有多少？连厂房带地皮他都想买，起码要拿出几千万人民币。"

我尽力跟着安小男的思路，大概听懂了他的意思，突然又含糊了一下，打断他问道："你说你……看过李牧光的流水单据？"

安小男"嗯"了一声。

164

"他怎么会让你看这种东西？你一个技术人员，他吃饱了撑的才会请你查公司的账。"

"说起来也是凑巧。那些材料李牧光本来是不可能给我看的，他每次核对完货物，都会把单据放回仓库旁边的办公室里。但这一阵他不是回国了吗？他待在 H 市而我又回了北京的那几个白天——也就是美国的夜里，我继续在办公室监控着仓库。恰好这期间，公司到了一批货，是他手下的一个业务经理接收的，那人大概比较马虎，签完字就顺手把一摞单据都扔在了货架上，结果被风卷了一地。而等到我上班打开摄像头的时候，看见仓库里乱七八糟都是纸张，还以为出了什么事儿呢，赶紧用摄像头的放大功能拉近了看，结果就大概了解了李牧光公司的经营情况。"

我这个技术方面的白痴又提出了新的疑问："摄像头都在天花板上，那些进货单和出货单上的字迹想必又很小，离得那么远能看清楚吗？"

"对于专用的高清摄像头来说不是问题。"安小男笑了笑，"没听说过吗？在伊拉克战争期间，假如一个萨达姆军营里的士兵正在吃橘子，美国卫星能够清楚地拍到他手里的橘子有几瓣。类似的技术早就开始转入民用了。"

"再过两年，我们剧组的器材没准儿也该更新换代了。"我跑题道。

但安小男板起脸来问我："咱们还是说回李牧光吧，既然现在的公司利润很薄，他的钱到底是哪儿来的呢？"

"也许是他在开玩具公司以前挣的呢？"我含糊道，"再说李牧光家里也给了他一笔启动资金……"

"可他告诉过我——你一定也知道，李牧光在做玩具生意之前患有神经性疾病，他一直在被强制治疗嗜睡症。"安小男敏捷地打断了我，"倒是你说的后一件事情可以作为解释，但那恰恰是让我怀疑的地方：李牧光的父母再怎么混得好，也是国企干部，他们的收入保证全家丰衣足食并不奇怪，然而聚积出那么大的一笔财富就说不通了。"

"你的意思是……"我几乎是在明知故问了。

"这里面有问题。"安小男笃定地抿了抿嘴，"道德问题。"

时隔多日，我再次听到他的嘴里迸出了那两个字。此时给我的感觉，"道德"这玩意儿简直就像一种罕见的隐疾，它蛰伏于宿主体内，无形无迹，但一有机会就会不可避免地发作。在这喜庆的、觥筹交错的婚礼现场，我从安小男身上嗅出了前所未有的不合时宜的气味，仿佛他不是地球上的一个活生生的人，而是从哪个遥远的、未知的世界流窜过来的。他站在草坪上，却好像两脚悬空，只是一个飘飘然的人影。

接着，我的心里升起了一团厌恶。这厌恶并非针对安小男，但恰恰因为没有具体指向而让我格外恼火。我瞪着安小男，一字一顿地说："你这是病，得找个心理医生看看。"

"你说的是道德吗？"

"不是道德，而是你这种把一切都和道德扯上关系，再和一切较劲的怪癖。这和卫道士有什么区别？搁一百年前你是不是也得哭天喊地地阻止女人天足寡妇改嫁呀？你刚过上几天安稳日子啊，这么快就好了伤疤忘了疼了？"我冷笑了一声又说，"而且你刚看出李牧光他们家有问题呀？告诉你，我早就看出来了，从他刚一入校上大学就看出来了。但我们能怎么办——你又能怎么办？不为他那五斗米折腰吗？那好，你要有骨气的话就抡圆了抽丫一大嘴巴，搬回你的小平房里去，你妈的眼睛也干脆甭治了省得看着你糟心……我也懒得再管你了，我管够了。"

在我的逼视下，安小男的脑袋便低了下去。他的嗓子里发出了"吭、吭"的声音，好像一个挨了批评正在饮泣的小学生。片刻以后，他才重新仰起脸来，表情却很平静，甚至称得上淡漠："你说得也对。"

我乘胜追击道："我对在哪儿了你错在哪儿了——不要口是心非，要深刻反省。"

"日子得过下去，而且得好好儿过下去，你说的就是这个意思吧？"他嗫嚅道，"可我老管不住自己，成天都在乱想……我辜负了你对我的好意，我以后不这样了。"

他的声音很细小，让我一下子就心软了。于是我不知是叹了还是舒了一口气，搂住了安小男的肩膀。我挟着他往人群中走去，路上调整情绪，又掀起了一轮场面上的高潮：

"请允许我敬你们一杯！"

"为什么不呢？"大家雀跃着拥了上来，间或还有砰砰的开香槟酒的声音在半空中回荡。

那天我用七八种酒连续干了无数杯，但不知为何根本没有喝多。和身边那热火朝天的气氛相反，我的心里只感到空寂、落寞，甚至有一丝寒意在周身游走，让我不时像刚撒完尿似的打个哆嗦。安小男大概提前走了，不知何时我一回头，就发现他的座位上已经没有人了。到了下午三点多钟，折腾够了的宾客们才零零落落地散了个干净，我终于也疲了，叉着两腿坐在椅子上一边抽烟一边看着满地狼藉发呆。小张则在当场开箱盘点收上来的份子钱，不时向我通报一声谁给多了下次得找机会把人情还上，谁比较"鸡贼"红包里的票子还不够自助餐的人头费呢。

过了一会儿，她走到我面前，递过来一个沉甸甸的纸包："你看看这个，也没写名字。"

我打开一看，里面居然是美元，而且都是百元大钞。小张说她大致点了点，足有五千之多。

这五千美元大概是安小男从监控系统上获得的第一笔提成收入，而他也没换个信封，就给我送来了。我把纸包还给小张："甭管谁的，来则收之，收则花之。你不是一直想出国玩儿一圈儿吗？留着那时候用吧。"

"我是真没看出来，你们那群人里面居然还有这么值钱的友谊。"

"要是友谊犯得着用钱来衡量吗？"我惨笑道，"也许这是宣布跟我绝交呢。"

这之后的很长一段时间，我便再没见过安小男，就连电话也没通过一个。他仍在上地附近的那个写字楼里为李牧光工作着，同样没有再来找过我。分析一下我们互相敬而远之的心态，从我这边来讲，是因为他那冥顽不化的"道德感"令我感到疲惫和无所适从，而他呢，则是为了不得不继续端着眼下这个饭碗而羞愧，并害怕来自于我的冷嘲热讽吧。所以说人呢，真没必要把自个儿的调子定得太高，除非你已经做好准备和生活决裂了——这也是义士们只有在刑场上的那两句豪言壮语才具有说服力的缘故——没有功德圆满的最后一枪，其他时候再怎么喊也做不得数。

实话实说，我这些年也没少"掰"过朋友。有些人是因为利益上的纠葛而翻了脸，还有些人也没什么具体的冲突，仿佛突然之间就话不投机了，然后互相在背后说对方"俗"。我本想用以往的经验来处理和安小男的疏远，宽慰自己"谁离了谁活不了"，但我居然没有做到。每当看到什么有关于我们母校的新闻，甚或在夜阑人静无法入睡之时，安小男那张老丝瓜般的脸总会无声无息地浮现出来，不动声色地搓着我心里的某个污痕累累的部位，搓得我的灵魂都疼了。安小男如芒在背，安小男如鲠在喉。但这样的感受我也不好意思对任何人提起，就连和小张都没说过，因为我无法接受自己对安小男的古怪感情被她往"基情"方面引申——这丫头怀孕期间闲得没事儿，看了不少日本电视剧，特别热衷于在男人与男人之间捕风捉影。按照她现在的理论，世界上根本就不存在同性的交情这码事儿，远到陈胜、吴广，近到希特勒和墨索里尼，无不是尽心竭力地"卖腐"的结果。

"你注意点儿胎教行不行，我们家可是三代单传。"我怒斥她，"再说对于龙阳这事儿，你不认为教唆和歧视一样可耻吗？"

又挨了些日子，我们的儿子终于顺利出生并且满月了。四面八方的闲杂人等咸来相贺，我索性又到外面摆了几桌，给了他们凑在一起说吉利话的机会。小张的奶水很足，那天饭还没吃到一半就又快喷了，于是赶紧抱着孩子离席。

我也愈发觉得正常的繁殖能力似乎没什么可值得显摆的，对那些有口无凭的祝福更是提不起道谢的兴致，便默默地喝起了闷酒。我就这么成了一个孩子的父亲，但是除了把他制造出来之外，我还为他做了些什么呢？我是否曾经尝试过使他大驾光临的这个世界变得更美好一点儿呢？这样的疑问让我感到沮丧，越发地不想搭理人了。

正在低着头若有所思，身边似乎有人站了起来，朝着包间大门的方向打招呼："你怎么才来？"

"这么大的喜事儿，你也不早点儿告诉我。"进来的人热情地嗔怪我。

我抬起头来，赫然看见了李牧光。他穿着一身簇新的西服，越发显得身材高壮挺拔，方脸上挂着温润的笑。我赶紧对他解释："也不知道你是在外地还是外国……"

"甭管在哪儿也得专程来一趟——我可不像你那么薄情寡义，觉得我这朋友可有可无。"李牧光在我身边坐下，从皮包里掏出一样东西，"给咱们儿子的。"

他递过来的是一枚巴掌大的纯金长命锁，我一接，被那分量吓了一跳——居然是实心的。这些金子足够换一辆越野车的了。

我下意识地推让着："太重了，这要挂上对小孩儿颈椎不好。"

"没劲了啊，看不起我是不是？"

我只好把那块金疙瘩揣进兜里，和他寒暄了起来。除了这份大礼，今天李牧光的态度也让人觉得奇怪：他那种居高临下的语气不见了，哼哼哈哈的样子几乎可以称得上谄媚，全然不像一个少年得志的国际"新贵"。我打量着他，他也打量着我。我们的屁股一个比一个沉，直到把所有的客人都耗走了，李牧光站起身来，把门关上，回来后掏出烟来，双手笼着火儿为我点上。

我还在没话找话地试探他："H市那厂子筹备得怎么样了？"

"还行，土地批文已经快拿到了，他们还准备以我的这个厂子为试点，在H市城区打造一个高新产业园。"李牧光宣告着好消息，语气里却陡然没了喜色。

"那应该恭喜你才是——可惜我拿不出那么厚的礼。"我作势要举杯。

他摇了摇手，两眼迟疑地眨了眨："但我有点儿别的事儿想请你帮忙。"

帮什么样的忙能值得上偌大一个金锁呢？我郑重起来："什么事儿？"

"安小男的事儿。"

我心里怦然一跳，说："我也很久没跟他联系了。"

"但这种事儿还非得你去跟他谈谈不可。"李牧光下意识地往别处瞥了瞥，压低了声音说，"我怀疑他正在查我。"

"查你什么了？你什么时候发觉的？"

"就在最近。以前我觉得他就是一傻乎乎的理科生,现在才发现这人太阴了。自打我从 H 市回到北京,他就老套我的话,问的全是他不该问的事儿,比如我在美国的哪个银行存过钱,我洛杉矶的房子是全款还是贷款,还有我和供货商的结算周期。这还不算最过分的,就在上个星期,东北那边的亲戚突然告诉我,他居然还在刺探我们家里的情况……"

"他跑到东北去了吗?"

"那倒没有。他通过电话和网络联系上了咱们分配到辽宁工作的那些校友,还拐弯抹角地找到了我上高中时的几个朋友,说什么他是公司人力资源部的,要为我建立信息档案。这借口也太他妈拙劣了,美国是最尊重个人隐私的地方,哪个外企的人事部门需要掌握老板他爸担任过什么职务、交往过什么人、经常到哪个球场打高尔夫打完球到哪个会所洗澡啊?好在我这人平日里手面还算大方,因此那些人就算嫉妒我也不愿意得罪我,扭脸就把这事儿告诉了我……而我一猜就猜到了是安小男。我爸都退下来有些日子了,除了他,早已经没人对我们家的事儿感兴趣了。"李牧光越讲越激动,又烦躁地咬了咬牙,咀嚼肌像马一样涌动着隆起,"到现在我都不知道这孙子这么干究竟有什么目的,而身边潜伏着这么一个人,实在太让人难受了。就跟裤裆里盘了条蛇似的,谁知道它哪天不高兴了会不会照着你最要命的地方咬上一口。我已经好几天都没睡好觉了,早上醒来一把一把地往下掉头发……你知道我现在最怀念的是什么时候吗?就是大学的时候躺在你上铺——完全没有烦心事儿,想睡多久就能睡多久……"

这时候我突然想,也许李牧光治愈了嗜睡症真不是一个明智之举。人醒了就要折腾,从而把自己折腾进无穷无尽的麻烦之中,但折腾一圈儿的结论,往往不还是那句"浮生若梦"吗?早知如此,何必要醒。然而我也知道,现在可不是抒发那些旧式文人感想的时候。又不知是怎么搞的,李牧光所说的事情让我产生了某种暧昧、含混的好奇,但他那火燎屁股般的焦虑模样却引不起我丝毫的同情。

于是我盯着他的眼睛说:"这有什么难办的,你是老板他是员工啊。如果他让你不舒服,让他卷铺盖卷儿滚蛋不就得了吗——也不必在意我的面子,我对他已经仁至义尽了。"

李牧光嘟囔道:"事儿恐怕还不能这么说……我现在还不好解雇他。"

"为什么呢?"

"一句半句也说不清。"

"你该不会是怕打草惊蛇吧?"我嘿嘿干笑了两声,仿佛是在为自己那极其有限的逻辑推理能力而得意,"可不可以这样理解,安小男没准儿已经掌握了你——或许还有你家里——的什么事儿,而这些事儿又是不大适宜让太多的人知道的,所以你既讨厌安小男又害怕安小男,怕他被惹急了反倒会把事情捅出去。至于你想让我帮的忙呢,自然就是说服安小男别找你的麻烦,你甚至还打算让我出面替你收买他,用钱堵住他的嘴……"

李牧光的额头上冒出一排虚汗,他抬手擦着,趁势挡着眼睛说:"可以这么理解。"

"那么好了,"我两手一摊,"你还应该告诉我,你害怕被安小男知道的到底是什么事儿。"

"有这个必要吗? 怎么你也调查起我来了。"李牧光梗了梗脖子,白了我一眼。

我不慌不忙地又对他说:"你要搞清楚情况,你既然想请我帮忙,那么总得对我坦诚一点儿吧,把我蒙在鼓里当枪使算怎么回事儿? 再打个不一定恰当的比方:犯人的作案过程可以瞒着法官,但绝不能对他的辩护律师说假话。"

李牧光张开手指顶着太阳穴,好像在忍受头痛,喉咙里忽然发出了小狗一般的呜咽声。现在我算看出来了,这人从来就不是一个心理强悍的狠角色,他曾经摆出来的精明和傲慢,只不过是仗着有钱虚张声势罢了。只要面临足够大的外部压力,他便会像孩子一样乱了分寸。果然,李牧光又磨叽了两下,随后便吞吞吐吐地向我交代了起来。正如安小男所推测的,他从来就没在玩具生意里赚到过什么钱,而他也并没指望靠做正经买卖发家致富;开那个公司只是个幌子,其作用是把他爸积累下来的财富转移到美国去,说白了就是利用国际贸易来"洗钱"。而追根溯源,李牧光家里的钱又是从哪儿来的呢? 积累财富的过程往往要比转移财富更加简单粗暴:无非是提成回扣、资产贱卖那一套,相当一部分曾经辉煌过的国有大厂都是被这些人生生玩儿垮的。

当然,这都不是什么新鲜事情。就连李牧光也委屈地说:"不是好多人都这么干吗。"那语气就好像我的询问都是多此一举似的。但我的心里却冒出了一种酣畅的、简直可以称之为快意的情绪。这倒不是因为曾经不可一世的李牧光终于又在我面前服软认小,而是因为,这是我第一次听到在中国发了不义之财的那一小撮儿人亲口认账——此前从来没有过。

"该知道的你也知道了,那么你是不是可以……"李牧光满脸涨红地问我。

我眯着眼睛看了看他,缓缓地把那枚金锁拿出来,咚的一声拍在桌上。然后,我尽量铿锵地对自己做了个评价:"我这个人吧,缺点是做人的底线偏低,但优点是还有点儿底线。"

李牧光反而笑了:"真没想到,咱们俩的交情这么不牢靠。"

"在这种事儿上你跟我扯交情,本来就显得居心叵测。"我用贾惜春的台词反诘他，"我清清白白一个人，不想被你这样的人带坏了。"

我的态度不仅坚决，而且颇有几分豪壮。按照我的脚本，李牧光应该窘迫地、耻辱地离开，或者当场撕破脸，对我大发雷霆也可以。而不管哪种情况，我都将会成为某种意义上的胜利者——就像上中学时戒除手淫一样，哪怕满脑子里肉体横飞，可我最终"守住了也就光荣了"。

但没想到，李牧光非但屁股纹丝不动，而且把身子往椅背上一靠，坐得更加舒展了。他又点上了一根烟，透过浓郁的烟雾似笑非笑地打量着我。他的神色反倒让我不由自主地感到了虚弱，并且对刚才的那番表态自我反省了起来：我有想象中的那么昂然而坚定吗？我把李牧光"崩儿"回去，是出于自己的本意吗？另外，难不成我在潜移默化中受到了安小男的洗脑，因此处事态度也开始"安小男化"了？

我正在颠三倒四地踌躇着，李牧光却幽幽地撇过来一句话："就算咱们两个人的交情不值什么，你还是要考虑一下三个人的交情嘛。"

"怎么成了三个人的事儿……还有谁？"

"你表妹林琳啊。"他轻巧地说。

我的眼睛仿佛往外鼓了一鼓："跟她有什么关系？"

"我们已经结婚了，就在我上次回美国的期间。"李牧光再次对我亲热地笑了，"论起亲戚来，我现在得管你叫表舅子了，难道林琳没告诉过你吗？"

没想到会插进来这么一个突然性的消息，我的头都大了，猛地抓住了李牧光的衣领子："她从来没跟我提过……这丫头只跟我说过，她正在斯坦福大学读博士。你妈的王八蛋，居然敢勾引我表妹。"

"都是一家人了，别把话说得那么难听。"李牧光把我的手拨开，脸却凑得离我更近了，"再说我也没勾引她啊，是你表妹自己来找我的，她哭着喊着想嫁给我，拦都拦不住。"

"别扯淡了，我表妹是个女学霸，她怎么可能看上你这种暴发户。"

"可我是个国际暴发户啊，拥有美国国籍。"李牧光说，"说白了吧，林琳除了一门心思念书之外，还一门心思想留在美国，而她的留学签证又马上就要到期了，所以她突然找到我，想要跟我假结婚——你也不要太吃惊，这种事情很常见，唐人街还有专门的中介在做这种生意呢，只不过给留学生们介绍的都是美国孤寡老人。所以说，哪怕是名义上的丈夫，林琳能找上我还算不错呢，且不提钱，咱们儿起码体健貌端，比那些肯德基上校似的洋老头儿可强多了。"

难道不找他李牧光，我表妹就要嫁给肯德基上校和麦当劳叔叔吗？我憋着口气说："照你的说法，你娶了她还是帮她的忙啦？"

"这首先当然是看在你的面子上喽。而且我也不是白帮忙，如果林琳成了我的妻子,我可以用她的名义开个银行户头,用来处理我的那些……款项。她家底清白,无论是中国还是美国政府都不会怀疑到她头上。"李牧光说,"还是说回你表妹的情况吧。我再给你普普法,按照美国的现行规定,结婚之后必须通过两年的审核期而不被移民局发现破绽,她才能拿到独立绿卡。而这期间如果我向美国政府揭发她,会发生什么情况呢?对于我这个美国人来说无非是罚点儿款,大不了再交点儿律师费罢了,而她呢,驱逐出境都是轻的,并且还有可能因为婚姻欺诈而被判一年监禁——你可以自己到网上去查,最近有一拨儿串通美国水兵假结婚的东欧女人就被这么处理了,这案子在美国很有名。"

我都快听不下去了:"李牧光,你他妈的威胁我是不是?"

"我是想提醒你血浓于水,不过你要是把这理解为要挟也无所谓。"说到这儿,李牧光终于露出了优雅的、全然无耻的笑容,"我知道我的做法有点儿不地道,但对于你来说,眼下的当务之急应该是和我这个妹夫搞好关系,否则你表妹的苦日子可就来了。试想林琳要是真坐了牢,你们一家人尤其是你姥爷得有多伤心啊……据我所知他老人家都八十多了,这两年身体还不太好。而我想让你做的事也并不难,你对安小男有恩,他又把你看成唯一的——朋友,你的话他一定听得进去。"

接着,李牧光伸出两根指头,轻柔地推着那枚长命锁,让它像一只金光灿灿的小乌龟一样爬到了我的近前。我低头盯着那坨金子,看得头晕目眩,而李牧光却拍了拍我的肩膀,再没说什么就走了。

那天回家之后,我所做的第一件事就是尝试着联系林琳,但她在美国的手机居然停机了,再打她在斯坦福附近租住的公寓电话,一个外国老太太告诉我,她几个月之前就搬走了。于是我又去找林琳她爸,我的前姨父。这儿要补充一句,我表妹的父母早就离婚了,她爸娶了自己的女秘书,她妈没过多久就心肌梗死去世了,我们一家人都认为林琳她妈是被她爸给气死的。而那位老花花公子对女儿的情况知道得比我还少,他连林琳进了哪所大学读博士都没搞清楚:

"她在斯坦福吗……这么说我女儿和克林顿的女儿还是校友呢。"

"嗯,您和克林顿也有相同的爱好。"我说。

把亲戚们问了一圈儿,居然是从我姥爷家固话的来电显示里找到了林琳的新手机号码。她曾经给我姥爷打过一个电话,也没提她结婚的事儿,只是简短地问了个安。但或许是"隔辈亲"的心灵感应吧,我姥爷一口咬定林琳是心事重重的,并让我一定要劝她"凡事看开点儿,实在不行就回来"。我哼哼哈哈地答应着,出门用手机拨通了林琳的电话。

电话通了,中国的傍晚连接了美国的黎明。林琳半晌才开口,她这一次没叫我"怪胎",也没叫我"混混儿",而是低低地唤了一声：

"哥。"

记得我最后一次见到林琳，还是在机场送她去留学呢，那时她还是个俏皮的小甜姐儿，临走前狠狠地扯住我的耳朵揪了一记。而现在，她连个招呼也没打，就把自己给嫁了。我也沉默了一会儿，才说："才知道你结婚的事儿，但你别指望我会恭喜你。"

"李牧光告诉你了？"

"嫁得好呀，挑了个有钱的主儿。"

"你应该知道，我和他结婚可不是为了钱。"林琳的口气随着我一起变冷了，"再说他对婚前财产做过了公证，就算我们离了，我也分不到他一毛钱。"

"只为了个美国户口，就把自个儿嫁了？"

"可以这么说。美国经济不景气，大学和研究所的预算都削减了一大截，我熬了八年才熬到一个博士学位，可还是找不到工作，要想继续留下也只能通过结婚办个身份了……比起雇来的人，你这个同学还算靠得住，更重要的是愿意帮我的忙……我想，干脆就别浪费时间了。"

林琳的话让我想起了当初她与安小男的那场约会闹剧。"别浪费时间"，那时候她也是这么说的。她到底是聪明还是傻呀。

我问她："然后你允许他使用你的名字去开账户什么的？"

"反正我名下也没钱，随他怎么使去。"

"你这是图什么呀？混不下去了回来不就得了吗？"我恶狠狠地说，"是不是人一到那边脑子都变笨了？ 现在不比以前了，美国有的中国也有，这边儿挣钱的机会没准儿比那边儿还要多呢。别跟我说你是为了民主自由才死乞白赖留在那儿的，在国内的时候也没见你好过那一口儿……"

林琳却没跟我吵，而是缓缓地对我说："我也有我的难处。家里的情况是一方面，我没妈了，爸也等于没有了，当初之所以决心要走，就是这个原因。其实快毕业的时候也不是没想过回国，但事到临头又犹豫了。我已经不年轻了，回去的话得重新习惯中国的空气、交通，得重新学习那些明规则潜规则，还有想想就让人头疼的人际关系，还得打起精神来和那些比我年轻得多的孩子们竞争，这对我来说实在是太难了……我是个两头不靠的人，如果回去的话仍然没找到出路，那就算彻底失败了，可我承受不了失败，只能硬着头皮在美国扛下去……站在我的处境想一想，你说我还能有什么办法？"

说着说着，林琳就抽泣了两声。我和她隔着一个太平洋，却仿佛看到了她的眼泪亮晶晶地滑落了下来。我又想起了我们小的时候，因为家里大人都忙，一到寒暑假就被送到姥爷家相依为命。那时候林琳老和我大吵大闹，还曾经为了半根糖葫芦把我的脸挠出过一片血道子,但我要是真的烦她了,不跟她说话了,她就会一声不吭地跟在我身后,脸上默默地滚着泪水。她说我不理她就是欺负她。

我的鼻子一酸,对林琳说:"不管怎么说你也是我妹。如果李牧光趁机欺负你,你就告诉我,我他妈坐着飞机到美国跟他拼命去。"

林琳更加响亮地抽了抽鼻子,想对我咯咯笑两声,但却完全笑跑了调。她又说:"别担心我和李牧光的关系。假结婚嘛,我们只是走了个手续,其实还是互不相干,更没在一块儿住。我已经搬到了西雅图,在这边的大学里找了份短期代课的工作,而且跟他说好了,一旦拿到绿卡,就跟他离婚。"

我愕然了一下:"你还挺坚贞。"

"我只是求他帮忙,但绝不想把这事儿变成卖淫。"林琳说。

七

再引申一下我对李牧光所说的那句自我评价:假如我这人的优点是还有点儿底线,那么缺点却是底线偏软,随便被什么外力一捅,往往便汤汤水水、乌七八糟地漏了一地。既然不仅低而且软,那么再奢谈底线不仅形同放屁,而且还会给自己带来许多不必要的困扰。和李牧光的那番对峙反倒令我更加明确了这个道理,因此受他之命去说服安小男的时候,我尽量把自己调整成了漠然的、就事论事的心态。我一再提醒自己不要再被安小男的情绪所蛊惑。

随着北京路面的大拆大建,上地那地方几乎变得令我认不出来了。原先窄小、坑洼的柏油路被大幅度拓宽,路边新增了许多奇形怪状的建筑,有一栋大楼竟然像是正在缓缓降落的飞碟。越来越多的高科技公司把总部搬到了这里,原先的那些近郊农民则摇身一变成了房东,和新迁入的外来者们既互相羡慕又互相蔑视着。安小男所在的那幢写字楼显得旧了一些,但他的办公环境却经过了扩充和改造,面积达到了一百多平方米,俨然是个相当正规的跨国企业驻华办事处了。毛玻璃门上悬挂着李牧光公司的名头,屋里的空间分成两块,一块仍是联通着美国仓库的值班室,另一块则是"产品研发部",还新雇了两个技术员,在安小男的带领下对监控设备做进一步的调试。

我推门走进办公室的时候,安小男正举着一只摄像头,对一个二十多岁的小伙子讲解着什么。这场面倒令我对完成任务有了信心:看起来他仍然是很在乎这个饭碗的。而当安小男扭过头来,我们的见面还是不免尴尬——毕竟相互冷落了不少日子,这时都不知道该怎么打招呼了。

我搓了搓手,讪讪笑道:"正好到这边来办事,想到好久没见你了……"

"我挺好。"安小男僵着脸说,"你也挺好?"

"瞧瞧你,真像个领导了。"

"卖出去的产品得做售后,李牧光怕我一个人忙不过来,就又找了两个帮忙的。"安小男放下手里的东西,抄起工作台上的外套说,"这儿太乱,咱们到楼下的咖啡馆聊吧。"

"不用专门招待我,给我杯白水就行……"

他却没理我,径直领我走出办公室,来到电梯间。铁门合拢,短暂的失重感从下半身袭来,他忽然又说:"我怀疑那些人是李牧光派来监视我的。"

员工和老板之间互相提防到了这个地步,所以才会苦了我这个中间人。我感到自己就像三明治里的那片奶酪,在两块面包之间夹得紧紧的,横竖躲不过被咬一口的厄运。而酝酿好的那些话却不知从何说起了。

在咖啡馆里坐定之后,安小男直接抛过来一句:"你也是李牧光请来的吧?"

他再怎么不通人情世故,但果然还是个聪明人。我坦诚地点了点头,反问他:"你真在调查李牧光?"

安小男没说话,这就等于了默认。

我说:"何苦来哉呢?"

"最开始就是因为好奇吧。"安小男说,"你也知道我这人有点儿……怪癖,对什么事儿都爱刨根问底。"

我问到了关键性的地方:"那么你掌握了什么……信息了吗?"

安小男清脆地嗑了一记牙花子:"很抱歉,这就不能告诉你了。"

他那警惕的样子,明显是彻底把我当成李牧光的人了。我脸上红了红,但也只好硬着头皮继续说:"我知道你眼里揉不得沙子,特别有原则和——道德。我这个人呢,没什么骨气,但是非好歹还是分得清楚的,所以能和你做朋友,我感到很荣幸。但我也想问你一个问题——假如世道真的出了问题,我们又能怎么办呢?跟丫死磕吗?那好像也改变不了什么。人生下来不是为了当斗士的,我们要吃饭,我们的家人也要吃饭,能当个好儿子、好丈夫和好爹就已经不容易了。让李牧光他们那些人富去吧,反正他们黑的是全国人民的钱,平摊到咱们头上顶多相当于俩钢镚儿掉下水道里了,不值得心疼。再说个你举过的例子,咱们学校电脑城楼顶上的那圈儿灯,它就算不合格,大楼不还在那儿戳着吗?可见个人觉得天大的事儿,其实并不影响世界照转……"

"处在你这个位置,当然可以事不关己高高挂起了。"安小男突然打断我,"但你有没有想过,一旦李牧光那样的人祸害到我们头上会怎么样?谁能承受得起啊?"

"你……具体指的是什么呢?"

安小男说:"上次参加完你婚礼之后,我也用你的话劝过自己,但事情随后的进展让我忍不下去了。你知道他在 H 市的厂子选定了哪块地址吗?就是我妈现在住的那片宿舍区。政府早就想要拿那块地方开发房地产了,正愁找不到由头,恰好他的项目就来了。他们的计划是把附近几平方公里的民房通通拆掉,一小部分用来建科技产业园,其余的都盖成商品楼往外卖。至于以前住在那里的退休工人,只能被赶到郊区的安置房里去,那里基本上就是一片孤零零的荒地,连公共汽车都不通,上医院要徒步走上十几公里。这些老工人招谁惹谁了?他们苦哈哈地干了一辈子,许多人都落下了一身病,结果却像没用的牲口一样被赶出家门自生自灭……而这都是因为李牧光……"

原来还有这样一层关系。大约安小男想做的事,是找出破绽并停掉李牧光的投资项目,从而保全那一片老宿舍区。我躲着他的眼睛,继续找着说辞:"拆迁的事情对你的影响其实并不大。你现在的收入不低,完全可以给你妈在 H 市城区买一套像样的房子,哪怕就是接到北京来也行,这边的医疗条件更好。如果手头实在紧的话,我还可以替你去跟李牧光谈谈……"

"但我们家的那些邻居呢?"安小男再次打断了我,"我能管我妈,谁来管他们呀?我爸死得早,我妈的身体又不好,自从我们退掉了以前的房子,搬到那片宿舍区,就一直受到邻居们的照顾。记得高考之前我从楼梯上滚下来摔折了腿,还是邻居们用三轮车把我拉到考场的。现在我是不为钱发愁了,但却把他们抛下不管,这道德吗?"

安小男再次说出了"道德"这个字眼,但这一次,质问的对象却变成了他自己。他的手臂横放在桌子上,面前那杯一口没动的咖啡里,泛起了一圈儿又一圈儿的涟漪。他的眼眶也空洞地撑大了一圈儿,好像突然坠入黑暗之中的夜盲症患者。这时我的心里已经很清楚,对这个状态的人是没法"讲理"了。或者说,我这种人根本没资格与他理论。

可是李牧光不容我退缩回去。我今天出门之前,还接到了他的电话:"等着你的好消息。"然后他又对我说,美国移民局已经开始对他和林琳的婚姻进行核实审查了。于是,我换上了那种饱含感情但实则无赖的口吻:"安小男,我对你也不错吧。"

"你对我有恩,这我忘不了。"他简短地说。

"那么我求你为我考虑一次,就权当是你报答我了好不好?"在羞愧和感伤的双重情绪下,我的嗓子居然哽咽了。这到底是真情流露,还是在进行某种夸张的表演呢?我本人也说不清楚。接着,我就把我表妹林琳和李牧光的那场非事实婚姻告诉了安小男。如果李牧光不高兴了,便会把林琳送进监狱,他真有

这样的权力,也有这种狠劲儿。讲完之后,我又补充道:

"林琳你还记得吧?这么多年以来,只有一个女孩曾经表示喜欢过你,那就是她。"

安小男半张着嘴,点了点头。

"我知道这是个不情之请,也知道我的要求不那么……道德。"我接着说,"但我实在没办法了。今天这件事提得太突然,我不指望你能现在就答复我,只希望你再做什么事情的时候,还记着有我这么个朋友,好吗?"

说完,我就低下了头,看着自己面前那半杯咖啡里的涟漪。水波一圈儿又一圈儿地扩大,仿佛地球正在蠕动。在斯皮尔伯格的电影里,这样的波纹总是预兆着什么惊天动地的危险,比如将会蹿出一头恐龙,或者火山快要喷发了。然而很遗憾,时间不知过去了多久,当我恍然抬起头来,安小男还是我对面那个木然的安小男。我们的世界未曾发生任何改变。

我叹了口气,欠起身来叫服务员结账。但这时,安小男却摆了摆手,示意我继续坐下。他干哑、迟疑地开了口:"有件事我也一直想告诉你,但始终没说……是关于我爸的。"

我疑惑了一下:"我见过他的照片……"

"搬到现在那片宿舍区之前,我们三口人住在当地一家建筑公司的家属院儿里,我爸是那单位的土木工程师。"安小男断断续续地讲了起来,声如锉铁,但音调悠远,"记得十岁以前,家里的日子还是挺好过的,福利好,房子大,更没为钱犯过难。因为有个设计方案受到了省里领导的表扬,我爸很年轻就被提拔成了公司的副总,但没想到厄运从此就来了。以前他只管埋头画图纸,并不过问工程的具体进度,但进了管理层之后,却发现公司的几个领导没有一个不贪的。他们把钢筋的标号降低,用来路不明的劣质水泥代替品牌货,居然连地基的深度也敢改,克扣下来的钱都揣进个人腰包里了。那些人还拉我爸入伙,表示可以把赃款分给他一部分,我爸不敢答应,他们先是笑话他傻,后来还集体排挤他……这也好理解,假如所有人都在贪的话,不贪的那个就破坏了生态,成了众矢之的。为了避开这些人,我爸提出不再参与公司层面的决策,回到原来的岗位上继续画图纸,但那些人仍然没放过他……后来终于出事儿了,他们公司承建的一个会展中心发生了垮塌,砸死了几个工人。事故的原因是使用了不合格的建筑材料,可那几个领导却买通了监察部门,还走了上层关系,硬把责任扣到了我爸头上,说是他的设计方案不合理导致的。我爸被就地免职,还被公安局的人监控了起来,死者的家属也一天到晚上门来闹,说要让他一命还一命,我和我妈连家门也不敢出……"

咖啡杯里的涟漪忽然停了。安小男的身体离开了桌子,直直地靠在了沙发座的椅背上。他闭上了眼睛，我张了张嘴却没发出声音。

漫长的几秒钟之后，安小男重新开始说话："刚才讲的那些，是我后来才听说的事实。而我记得最清楚的，还是最后一次见到我爸时的情形。当时是晚上，我正趴在客厅的餐桌上做奥数题，看见我爸打开他书房的门走了出来。自从出了那件事，他在几天之内老了十几岁，连头发都白了大半，在日光灯下银光闪闪的。我抬头望望我爸，没敢说话，我爸却破天荒地朝我笑了笑，低头看看作业本，问我学到了哪一课，有什么不明白的东西没有。我就一道题接着一道题地对他讲了起来，他歪着脑袋好像在听。等我讲完了，我爸忽然俯下身子抱住了我，问了我一句和数学题不相干的话。他说：他们那些人怎么能这么没有道德呢？这个问题我根本听不懂，当然没法回答，而我爸说完，就慢慢地走出了家门。他走得弯腰驼背，连头也没有回……二十分钟之后，单位保安敲我们家门，告诉我妈，我爸从十九层办公楼的顶端跳下去了。"

说到这儿，安小男再次闭上了眼，如同正襟危坐地睡觉。无须他再做什么解释，我已经明白了他的意思，甚而可以说终于明白了他这个人。他爸那句关于"道德"的感慨如同天问，在安小男的心里种下了缠扰毕生的魔咒。从此他一直致力于求解那道难题，仿佛一旦解开，父亲就能死得其所。

"刚开始我和我妈一样，恨的只是我爸生前的那些领导和同事。但后来渐渐就变了，我觉得我爸所说的'他们'并不是那几个具体的人，而是世界上的所有人；我爸讲到的'道德'也不是一件事情上的对与错，而是笼罩着整个儿地球的神秘理念。但道德究竟是什么呢？它既然那么重要，为什么又会被人轻而易举地忘却和抛弃呢？一看到这个词我就想哭，一说到这个词我的心就会发抖，在我看来，我爸不是死于自杀也不是被人害死的，他是为一个浩浩荡荡的宏大谜团殉葬了……为了解开这个谜，我曾经求助于历史和人文学科，可最后还是失败了。你还记得我写过的那篇文章吗？我在里面说中国人已经没有道德可言了，但那只是在承认失败，是为了让自己认命。其实我不是那么想的，因为那种痛彻骨髓的感觉仍然存在。在没有道德的社会里，怎么会有人为了道德而疼痛呢……"

这时，安小男神态毫无过渡地变得暴烈，他的一只手还在胸口撕扯着，手肘撞到了桌角发出闷响，使得咖啡中的涟漪变成了海浪，热腾腾地泼了出来。接着，安小男便哭了，头两声凄厉如狼嗥，被邻桌的两个女孩惊异地看了一眼之后，就变成了汩汩不息的呜咽。他的眼泪在脸上奔涌着，像个受了天大委屈的孩子。

这人几乎完全失控了。我赶紧掏出张钞票压在杯子底下，走到桌子对面，试图扶着他站起来。我们撕扯挣扎了一会儿，才跟跟跄跄走出了咖啡馆。马路上是明朗的艳阳天,铺天盖地的光线之中,卡车扬起的尘埃像海里的微生物一样漂浮着。一家饭馆里走出了三个同样脚下拌蒜的男人,他们中的那个胖子喝多了,正豪迈地发表演讲,呕吐物就顺着他的嘴汹涌地漫过了胸膛。一个小个子男人被胖子夹在腋下,同病相怜地对我投来一笑。

"怎么有人活得那么容易,有人就活得那么难呢……"安小男已经哭得浑身抽搐了起来,两脚在路面上毫无方向地漫舞着。

我没再和他说话,近乎坚忍地把他架回了"监控室"里,扶到窄小的单人床上躺下。那两个小伙子关切地过来询问,我把他们都推了出去,反手拉上了门,将安小男关在了里面。整理着被他浸湿揉皱的外套往外走时,我突然想,随着这次说客任务的结束,我和安小男的友谊也可以寿终正寝了吧。不管他以后是继续与李牧光为难,还是因为我而隐忍下去,都不是我能够管得了的事情了。我们已经互相摊了牌,他不可能再对我这种混混儿高看一眼,我也无法理解一个幼年丧父之人的创痛。我们从骨子里就不是一条道儿上的人,道不同不相为谋。

但晚上回到家,躺在床上之后,我却还是不由自主地想着安小男这个人。在我看来,他虽然口口声声地宣称着"道德",然而他是否能对这个词汇做出一个哪怕是个人主观意义上的定义呢?恐怕是做不到的。他敌视李牧光的"道德"和本科时怒斥商教授的"道德"是一码事吗?这两者是否又和他拒绝银行行长的"道德"一脉相承?安小男想必给不出答案。"道德"让他二十年来备受煎熬,却又在他的脑海中长久地面目模糊。虽然他曾经用他那理科天才的大脑去剖析研究过它,但归根结底不过是被他爸死前的一句感慨蛊惑了、催眠了。按照我惯有的那种嘲讽性的、自以为世事洞明的思路,安小男的生活可以被定义为一场怪诞的黑色喜剧,而我也可以一如既往地从几声苦涩的冷笑中重新获得轻松。

但我没能做到。夜已经深了,窗外的天空静谧、幽深,连风的声音都没有。孩子吃饱了奶,和保姆睡在隔壁,小张正靠着枕头看书,脸色在台灯下分外光洁。在这安详得暄软的氛围里,我却感到了浩大无比的悲怆,仿佛肉体以外的东西都被震成了粉末。

随后的几天,我到一家贵金属商场卖掉了李牧光送的金锁,又将一份还没到期的理财产品赎了出来,然后把那些现金换成了美元。如果安小男真的和李牧光决裂的话,那么我应该提前为林琳做打算。据我所知,美国请律师打官司是很贵的,这点儿钱恐怕还是远远不够,但我能做的似乎也只有这么多了。

然而日子一天接一天地过去,无论中国还是美国都风平浪静,并没有什么突发消息传来。一个多月以后,一直没跟我联系过的李牧光终于打来了电话,他的腔调又恢复了原先的志得意满：

"还是你行，帮了我的大忙了。"

李牧光告诉我，根据多方打探以及安插在公司里的"眼线"的汇报，安小男已经彻底放弃了对他的调查。不仅如此，安小男的工作态度也比以前更加任劳任怨了，每天除了监视仓库，就是坐在电脑前废寝忘食地调试修改那些监控器材的操作程序。随着他从李牧光的心腹大患变回了左膀右臂，量产版的跨国保安系统定型在即，而H市那片厂区的兴建计划也通过了主管部门的审批，只等着半年以后正式开工了。"现在还有一点儿小小的麻烦，以前那些居民不想搬走，纠集起来静坐示威了几次。但是梅花欢喜漫天雪，冻死苍蝇未足奇，"美国人李牧光居然引用了两句毛主席诗词，"这些小打小闹能成什么气候？在你们国家，政府决定的事情是不能阻挡的，大不了抓几个判几个，推土机就轰隆隆地开过去了。"

接着，他专门提到了我的表妹：林琳已经拿到了婚内绿卡，一年多以后就可以升级为独立绿卡，有资格在美国定居下来。届时他也将信守承诺，和林琳离婚。至于我，他表示已经和H市内的一家文化公司达成协议，拍摄一部宣传他这个"华人企业家"的专题片，并请我担任导演："费用你可以随便提。"

"另请高明吧，我手头还有俩别的片子没剪完。"我说。

"你挂名也行……我就是想谢谢你。"李牧光故技重施地说，"你要不答应就是看不起我。"

"那不敢，我他妈配看不起谁呀。"我不由自主地衰颓了下去。

与我相反，李牧光的声调陡然高亢了起来："你也不必跟我打马虎眼，我知道你是怎么想的。你觉得我的钱来得不干净，觉得我这人不那么……道德，对不对？这些我都承认，但我还想向你说明一点，钱来得不干净不等于用得不干净，更不等于以后永远来得不干净。佛教里不是还说放下屠刀立地成佛吗？还有西方那些倍儿光明倍儿灿烂动不动就绷着块儿维护普世价值的国家，不也是从羊吃人从奴隶贸易干起来的吗？所以别纠缠于我以前干了什么，还得看看我以后会干什么。一直以来，我就想找一个合适的项目，把手头的钱投到光明正大的生意里去，我亏过本也被人骗过，现在总算抓住了机会……当然这还得感谢安小男。为了生产监控设备，我已经注册了新公司，等它一旦开始盈利，我就不是从前的我了，我会变成下一个比尔·盖茨、乔布斯和扎克伯格……"

李牧光说得如此诚恳，如此梦幻，仿佛手中握有不容辩驳的信念与真理。但我的脑子更乱了，同时还感到了累，累得连听人说话都成了一种莫大的负担。我嘟囔了一句："随你大小便吧……反正我是不想掺和你们的事儿了。"说完便挂了电话。

就此,我与安小男和李牧光都断了往来,而他们也不约而同地没再打搅我的生活。随后的一段日子里,我的工作也发生了一些变化。我放弃了"体制内"的身份,从电视台的节目制作中心跳槽到了一家才上线没多久的视频网站。新东家并没有给我提供更高的工资和制作经费,但却不会粗暴地干涉我的拍摄题材。很多过去一直酝酿着的构思终于得以实施,居然在小范围内获得了不错的声誉。与此同时,我的儿子也在茁壮成长,当我在外地拍片子的时候,小张会打开结婚时安小男赠送的那套微缩版的监控设备,让儿子在摄像头前为我表演种种人类奇观:翻身、打哈欠、乱哭乱叫、第一次坐立、第一次尝试爬行、第一次学大人做鬼脸……

在这种时刻,我才会想起那两个曾经的朋友。半年的时间一眨眼便快过去了,H市的科技园是不是即将正式动工了呢?看来老宿舍区已经无可避免地面临拆迁,而安小男终于没有做出让李牧光担心的举动。他是彻底无能为力了呢,还是被我说服了?我的"恩情"能对他起得了那么大的作用吗?也不知为何,我总是隐隐觉得我们三个的事情还没完,就像人已散曲未终,仍然有一股潜流在我们之间流淌,酝酿着冲出地表的爆发。

虽然早有预感,但那一天终于来临时,还是让人猝不及防。当时是中秋节前后,我正带着剧组在江苏拍摄化工厂排污造成的海鸟灭绝,突然接到了李牧光的电话。这一次,他一句寒暄也没有,劈头就问:"安小男去哪儿了?"

我反问他:"他不是在你公司上班吗,你问我干吗?"

"他跑了,一个招呼也没打,我让人找了好几天都没找到。"李牧光咬牙切齿地说,"说实话,是不是你把他藏起来的?"

我突然火了:"你他妈什么意思?他在的时候你找我,他不见了你还找我?我又不是专业给你擦屁股的。"

"反正我要是出了事儿,你表妹就别想在美国待下去了。"李牧光又骂了句脏话,摔了电话。

我一头雾水,同时心里窝火,但还是从手机电话簿里找出安小男的号码,拨了过去。电话没通,一个电子娘儿们告诉我:"您所拨打的电话已停机。"

这之后的两天,我心里一直都是惶惶然的。而到了第三天,小张突然也打了一个电话过来。她还没开口却先呜咽了两嗓子,然后喊叫着让我立刻回家。

我还以为是儿子生了病呢,便道:"别怕别怕,有事儿慢慢说。"

"你在外面得罪什么人了?要不就是安小男,他干吗要连累你?"小张说。

我心里咯噔一下:"到底怎么了?"

小张顺了几口气,才把事情说清楚。原来就在刚才,有三个东北口音的男人来我们家敲门,声称是网站派来给我送月饼的,没想到小张才一开门,他们就闯进屋里来，不仅把每个房间都逛了一遍，还恶狠狠地问我们"把安小男藏到哪儿了"。这几个男人虽然没有身穿整齐划一的黑西装，但是有的剃着个大光头，有的领口底下露出一根龙或者带鱼的尾巴，看起来很像"道儿上"的人。小张自然被吓得魂不附体，抱着儿子只是摇头。好在小区的物业恰好上来收物业费，他们才一声不吭地走了。

我费了好大口舌让小张放心，又建议把她姐叫到家里住两天，总算把她安抚下来。随后我又给安小男打电话，但仍然是停机。这个时候，我已经猜到了什么，便克服着烦躁又给李牧光打，没想到他的电话也关了，听筒里传出一片忙音。

两个人都找不着了，让我像没头苍蝇飞进了微波炉，沉浸在随时会被烤熟的危机感之中。这一天剩下的时间里，我也无心干活儿了，草草让大家收了工，把自己憋在宾馆里坐一会儿，卧一会儿，又打开电脑到网上溜达一会儿，总之是安生不下来。一晃到了晚上九点多钟，一条已经被转发了两万多次的微博辗转出现在我的页面上，标题像所有热门消息一样耸人听闻：贪官家族转移财产，芭比娃娃惨遭肢解。内容则是一组连环画似的高清照片，图中的男人在大部分时间里侧对着镜头，只露了半张脸；他从货架上搬下了一箱玩具，拿出里面的数十个芭比娃娃，然后粗暴地扭断了她们的脊椎，导致她们的胳膊腿散落一地。从娃娃们的腹腔里，则掏出了一捆一捆的钞票，估摸是大面额的美元，此外居然还有十来根金条……图下配了说明，指出这组照片是在美国洛杉矶的一家仓库里拍到的，照片里的主人公名叫李牧光，身份既是美国人，又是一名东北国企退休领导的儿子。我又放大一张图片看了看，在右下角的角落里，发现了截屏过程中留下的时间标记。照片拍摄在几个月以前，正是李牧光寝食难安，对安小男最为提心吊胆的那个阶段。具体时刻则是中国的黎明、美国的傍晚，仓库里的美国搬运工人已经下班离开，中国电脑屏幕前的安小男又还没有上班。在不是人来人往就是被摄像头严密监控的仓库里，只有这段时间是个空当。

微博是用"天眼"这个网名发出的，一经推送便呈几何级数扩散。网友们除了一如既往地调侃、骂街，还人肉出了李牧光及其家人的各种背景资料，并推理再现了他们利用玩具贸易洗钱的全过程：随着我们国家反腐力度的加强，领导干部的账号已经被严密监控，这使得他们不敢再像过去那样通过金融渠道大摇大摆地转移资产，手里的钱也成了烫手的山芋；比起那些把现金在家里堆积如山、放到发霉的贪官们，李牧光一家的手法倒是独辟蹊径，他们在国内把钱和金条塞进了即将出口的玩具体内，再把这些玩具的批次和箱号告诉李牧光，一旦在美国接了货，剩下的事情就方便了。这么干不光安全隐蔽，而且还省去了被洗钱机构抽头的烦恼呢。

不出所料，安小男终于"出手"了。李牧光费尽心力地要挟我去说服他，只不过把事情往后拖延了不到半年而已。H市的科技园用地应该还没有正式开工吧？考虑到这桩丑闻的恶劣影响，那个项目八成是会被临时叫停的，老宿舍区从而也避免了拆迁。至于跑到我家去找安小男的那些男人，我倒认为不太可能是李牧光指使的，而是他爸或者哪个气急败坏的叔叔伯伯所为。他们这么做，当然是想用威胁的方法逼迫安小男删掉微博，但这个想法却太幼稚，太不了解今天的互联网了。一条信息只要发出，就会和它的主人毫无关系，它更像是游弋在宇宙中的一颗彗星，到底是在茫茫的时空里销声匿迹，还是天崩地裂地把地球撞出一个大洞，都不是人能够决定的了。

而我随后的一个反应，则是得赶紧去一趟美国。在事情的连锁反应里，林琳是那条被殃及的池鱼，就算救不了她，我也要看她一眼。

八

这几十年以来，最多中国人前往的国家就是美国了。无数有志之士像不远万里前去交配的信天翁一样飞越太平洋，摇身一变成了遍地精英或者遍地土鳖。然而"去美国"这个行为却又存在着一个悖论：最多人去的地方有可能是最难去的地方，甚至要比越狱还难。因为那里不是中国的旅游目的地国家，我申请下来护照之后还得到大使馆面签，结果没聊两句就被"毙"了，原因是我声称前去游览，却说不出几个风景名胜，支支吾吾了半天才憋出了一句"要看湖人队的比赛"。对面那洋人和蔼地告诉我：

"在家看转播吧。"

但我总不能告诉他们，我表妹马上就要坐美国的牢了，我是去试图营救她的。排在我前面的一个老头儿更活该，他被儿子儿媳叫过去看孩子，可提出申请理由的时候不说"我孙子在美国"或者"我孙子是美国人"，而是说："美国人是我孙子。"这种故意颠倒的语序让精通中文的签证官大为不爽，随便扣了顶"有移民倾向"的帽子便撵了出来。

老头儿一边往外走一边愤愤地说："孙子才想当美国人呢。"

经此一拖，时间又过去了一个月。这期间我着急上火，又给安小男、李牧光和林琳轮番打了无数个电话，但却一个人也找不着。我还开车奔波几百里，去了一趟安小男在H市的家，可把门拍得山响又在楼道里守了大半天，也没见着半个人影。后来还是一个穿着秋裤出门倒垃圾的邻居告诉我，安小男好像悄悄回来过一趟，连夜把他妈接走了。至于去了哪儿，就没人知道了。

"他是不是欠债了？除了你之外，还有几个东北人来找过他，模样凶得很。"邻居唏嘘道，"这孩子小时候多老实啊，怎么看也不像出格的人……"

我无法解释，便岔开话题又问："这片儿不拆迁了？"

"你也听说了？拆迁公司都进驻了，但又突然停了。"穿秋裤的大叔说，"为了这事儿，我们还在楼道口放了挂炮呢。"

微博事件正在飞速发酵，不久之后网上有了正式的消息，李牧光他爸已被"双规"并接受调查，而他本人却凭借美国国籍继续逍遥法外；由于中美两国尚未签订引渡条款，流失的国有资产被追回的希望非常渺茫。这条新闻也让人们对那些给外国人当了爹的官员们产生了更大的愤怒。到了那年冬天，事情总算有了转机。我拐弯抹角地联系上了同样定居美国、正在波士顿"中美文化交流中心"供职的前女友郭雨燕，请她把我塞进了一个"文物保护考察团"的名单里。于是再次面对签证官的时候，我的理由就变成了"到你们国家看看我们的宝贝"。

也是有缘，在这个考察团里同行的还有一位故人，正是历史系的商教授。此人与时俱进，最近靠"歪批历史"从电视明星转型成了网络红人，因而轻佻的风格愈演愈烈。自打坐进飞机的头等舱，他就招猫递狗地和空姐打哈哈，唯恐别人认不出他来，浪费了胸前那杆"万宝龙"签字笔。听说我这个过去的学生混成了导演以后，他还屈尊纡贵地莅临了一帘之隔的经济舱，和我探讨了许多90后才感兴趣的时新话题，并隐晦地暗示我，可以把范曾、余秋雨和他并列在一起，拍摄一套名为"当代大儒"的传记片。

飞机已经升空，我们的屁股下面是浩瀚的太平洋。看着这位在三万英尺高空乱舞的恩师，我蓦然生出了何似在人间的荒谬感。商教授侃得兴起，我忽然打断他问道：

"您还记得安小男吗？"

"记得记得。"商教授热忱地呼应着我，"也是媒体圈儿的对吧？我还看过他对文怀沙做的访谈，问题问得特犀利……你们是不是老管他叫小安子？"

除了外号，没有一样对得上的。我苦笑了一声，没再搭茬儿。谁想商教授却又反过来问我："对了，你们那些同学里，是不是还有一个叫李牧光的？"

我瞪大了眼睛："是啊，您认识他？"

"当然不认识。"商教授摆了摆手，脸上浮现出一丝高深莫测的得意，"前些天突然有网站的'推手'发过来一条微博，让我转一下，说的好像就是国企领导往海外转移资产什么的。现在这种事还真吸引眼球，我和别的几个大V动了动鼠标，一转眼就成了新闻，听说还在东北那边揪出来一个窝案……又过了一阵才知道那个李牧光以前也是历史系的学生，可我怎么一点儿印象也没有啊？"

"他从来没上过课。"

"怪不得。"商教授又说,"后来他们家的亲戚还找到了我,说要给我十万块钱,让我把帖子撤了。"

"您答应了吗?"

商教授昂了昂下巴,愤慨地说:"这些蠹虫——居然想用一点儿小钱收买我,我有那么无耻吗?"

万里奔波到了美国,落地之后的行程倒是非常简单。我们被拉到一个不知名的小博物馆亮了个相,就算完成了出资机构的任务,此后的时间尽可以自由玩耍。商教授在国内当够了华威先生,到了美国却执意"追求内心的宁静",非要到梭罗隐居过的瓦尔登湖去"度过一个沉思的午后"。他这么一提议,其他几条大尾巴狼纷纷响应,而我则趁机脱了队,先去找郭雨燕。

我的前女友如今住在波士顿郊区的一个小农场里,她每天要开车去down-town上班,是她的白人老公接待了我。这个富裕农民长得像个结结实实的肉球儿,大脑袋下面连接着一根名副其实的红脖子。他大概听说了我和郭雨燕以前的关系,对我的态度热情而又存有芥蒂,一再套我的话,还警告我不要对swift存有什么念头。可见中国人在美国的名声也不怎么样,几乎成了乱搞男女关系的代名词——就像当年的美国人在中国一样。我被问得泼烦,便用结结巴巴的英文回答他说,我和郭雨燕不仅现在很清白,而且当年也很清白,"连睡都没睡过一觉,就原装出口到你这儿来了"。

那家伙登时放心了,居然还说:"多么遗憾。"

然后他邀请我一起进行他最喜爱的运动:端着双筒猎枪到他的农场里去打土拨鼠。看到那些可爱的啮齿类动物刚一探头就被轰得血肉模糊,我实在是胆寒肝儿颤,而郭雨燕的老公却兴奋得又蹦又跳,简直像个迷恋暴力的呆傻儿童。他还请我喝了地窖里封存了几十年的波本威士忌。

好容易等到门外传来停车的声音,郭雨燕从一辆巨大的凯迪拉克汽车里跳了出来。朱颜辞镜花辞树,她也和我的大多数女性同龄人一样,不可避免地显老了:小狐狸脸上涂着厚重而斑斓的妆,变成了刚遭了三昧真火的狐狸精;一对大胸倒是越发蓬勃,可惜看不出肉的质感,分明是用钢丝撑起来的。

她进门也不看我,径直搂着丈夫响亮地接吻。我则直言不讳地用中文问道:"你怎么找了这么个二傻子?"

郭雨燕一翻白眼:"你们这帮中国男的又好在哪儿啊——看着倒是一个比一个精,其实成天琢磨的还不是吃亏占便宜那点儿烂事儿?没劲。"

郭雨燕的老公问:"你们在说什么呢?"

郭雨燕回答他:"他说你可真是一个 tough guy。"

肉球儿鼓着胸脯子说:"那当然。"

接下来,她便谈起了我这趟来美国的主要目的。郭雨燕已经在办公室联系了北美地区的几个中国同学会,打听到了林琳现在在哪儿:"她已经不在西雅图了,而是搬到了加利福尼亚……听说她遇到了麻烦,正在那儿打官司。"

看来最坏的事情还是发生了,我心里一凛,问:"是移民局把她告了吗?"

"那倒没有。移民局的程序不是起诉而是直接遣返。"郭雨燕说,"听洛杉矶的一个同学说,好像是她把她刚结婚没多久的老公告了。"

这个信息让我始料未及。按理说,林琳的绿卡捏在李牧光的手里,只要对方翻脸,她就完全处于被动地位,拿什么和人家打官司啊? 难不成李牧光在气急败坏之余,还对林琳使用了家庭暴力吗? 这让我更加揪心了。

还好,郭雨燕虽然对我的态度冷嘲热讽,但帮起忙来总算热心。她给了我林琳的新地址,又上网为我订好了机票,并让肉球儿开着他的福特皮卡送我去机场。当天晚上,我就从美国的东海岸飞到了西海岸,又换乘了曾经载着杰克·凯鲁亚克横穿大半个美国的"灰狗"巴士,来到了距离洛杉矶城区几十公里的一个小镇。

此时天已彻底黑了,镇上一片寂静,只有酒吧和中餐馆还灯火通明。我循着落满了阔叶的街道找到了林琳的住处。那是一幢红砖垒砌的二层小楼,楼前像许多美国人家一样,有草坪装点门面。我按了门铃,一个华人老太太开了门,用粤语问我"雷海冰果"。

接着,像有心灵感应一样,林琳便从老太太身后的走廊里走了出来。很没出息,我的眼睛湿了一下,令她的面貌在瞬间变得模糊。当我眨了眨眼,林琳已经站到了我的面前。她竟然没什么变化,还是洋娃娃般的皮肤和又大又黑的眼睛,更让我意外的,是她的脸上一片笑吟吟的,完全看不出身处水深火热之中的样子。

"你现在不是个搞艺术的吗? 怎么肚子鼓得跟个腐败干部似的。"这是我表妹在分别多年之后对我说的第一句话。

"你倒驻颜有术,用了什么神奇的化妆品吗?"我说。

"读书读的——人在学校里都不会变老。"林琳说着,便把我领进了她租住的那个小套间。

"我很担心你。"我进门之后说。

"我知道……谢谢你。"林琳低了低头,好像抽了抽鼻子,但旋即又笑了,"你来得倒巧,下个星期我就不在这儿了。"

"去哪儿……"

"伦敦。"她说,"还没来得及告诉你,我已经被帝国理工学院录取了,准备到那儿去读为期六年的自动化专业,拿第二个博士学位。"

我惊讶得几乎跳了起来,简直觉得她是在存心开玩笑。但是再看看屋里,的确有几个大箱子堆放在地板上,外面剩的不过是笔记本电脑和几件日用品。

我扯着嗓子问:"你不是正在打官司吗?"

"官司打完了,我胜诉了。"林琳说,"李牧光答应跟我离婚,还赔给我一笔损失费,支付在英国的学费和生活费富富有余。"

"这到底是怎么回事儿……我的脑子有点儿乱。"

林琳便又笑了,但这一次,她笑得若有所思:"说实话,我也没闹清楚是怎么回事儿。我只知道我重新自由了。"

林琳把她这半年多来所经历的事情告诉了我。在和李牧光结婚之后,他们保持着相安无事的两地分居,只有在移民局例行问话的时候才一起去做做样子。李牧光这个名义上的丈夫在美国和中国忙得团团转,也压根儿没工夫去滋扰林琳。但是一个多月以前,突然有其他留学生警告林琳,李牧光可能"出了事儿",让她加点儿小心,而林琳这个书呆子又不会去上国内的网,她下意识地去查了查自己的银行户头,却发现账号里的钱已经通通被转走了。接着,李牧光醉醺醺地找到了她,宣布要和她离婚,还要向移民局告发她。他还告诉林琳:"要恨就恨你那个流氓假仗义的表哥吧,谁让他和别人一起串通起来搞我——这对他又有什么好处?他他妈的就是嫉妒我。"林琳也听不出个所以然来,但还是被对方那副丧心病狂的样子吓坏了,并且为有可能到来的牢狱之灾忧心忡忡。然而就在这个时候,匪夷所思的事情发生了:一封匿名邮件发到了林琳的信箱里,内容是数十张李牧光和不同肤色女人做爱的艳照。

"那些女人一看就是妓女,他们的样子别提多恶心了。"林琳做了个呕吐状说,"幸亏我不是和这种人真结婚。"

"照片在哪儿呢?"我问。

"我电脑里就有——我是不要再看了。"

我打开林琳的电脑,找到了那组照片。拍摄场所是一间敞亮、整洁的办公室,那里有宽大的写字台、旋转大班椅,还有一圈锃光瓦亮但几乎空空如也的书柜。至于那些蝶乱蜂狂的场面,就和办公室的环境很不搭调了:李牧光或者全身赤裸,或者穿着一件皮质小内裤,或者嘴巴里塞着一只粉红色的小塑料球;他有时趴在桌子上被东欧女人用皮鞭打屁股,有时像狗一样被拉美女人用锁链牵着满地爬,有时被亚裔女人绑在一根钢管上。真没想到这哥们儿在性生活方面有着如此离奇的爱好。而这些照片都是从同一个角度居高临下拍摄的,显然来自于安置在天花板边缘的摄像头。

林琳继续告诉我,她虽然不知道这些照片是谁发来的,但却条件反射地想到了应该怎么利用它们。她雇了一个律师，抢先一步对李牧光提出了离婚诉讼，理由是对方婚内不忠，生活放荡。自然，李牧光也图穷匕见，揭出了他们假结婚的事实，但这时候形势已经发生了逆转：结婚是真是假还需要移民局进一步调查，照片上的淫乱场面却是铁证如山；法院还怀疑他是在为了逃避责任而胡搅蛮缠。而在美国这种极其强调保护妇女利益的国家，即使他在婚前做过财产公证，一旦成为了"过失方"也会吃不了兜着走。官司三下五除二就宣判了，林琳得到了大笔赔偿。一旦手头有了钱，因为离婚而失效的绿卡反而是小问题了。

"如果我愿意，可以用那些钱来直接办理投资移民，不过我可不想过得像个暴发户，还是接着上学比较舒服。"稀里糊涂地变成了小富婆的林琳说，"只要有学可上，在美国还是在英国都是无所谓的了。"

"那么李牧光呢，他现在在哪儿？"

"从法院出来就没见过他，好像是藏起来了……听说他的生意出了很大的麻烦，在中国一个什么项目的投资亏了个一干二净，被迫把美国的公司也给卖了。后来，连离婚协议都是由他的委托律师代发的。"

我暗暗舒了一口气。而至于这些反戈一击的照片究竟从何而来，我心里已经有了答案，只不过还有一些技术上的问题需要确认。好在我面前就坐着一位理工科的双料女博士。

我对林琳说："我还是好奇这些照片是怎么拍下来的。照片上的地点应该是李牧光的公司，而大多数写字楼都会装有监控设备，这是没问题的。可李牧光难道是个傻瓜吗？他要是在办公室淫乱，肯定会提前把那些摄像头关掉才对啊。这么大张旗鼓地现场直播，不成了黄色录像的演员了嘛。"

林琳给出了相当专业的解答："监控设备既然可以关掉，也就可以重新打开，而它一旦联网的话，都是能通过电脑来远程控制的——当然，前提是操纵它的人对这套设备的源代码极其熟悉，又通过病毒或者其他黑客手段入侵了李牧光办公室的电脑防火墙。一旦入侵成功，就算李牧光关掉了摄像头，他在这房间里的一举一动都有可能出现在地球上的任何一台电脑屏幕里。这么做的难度当然很高，但在理论上是可行的。"

我点了点头："还有一个问题……通过那封匿名邮件，可以追查到发件人的位置吗？"

"也不容易，但理论上也可行。"林琳说，"一般情况下，只有军方和警察的专业设备才能做到，但如果是精通计算机和互联网技术的高手，也可以用民用电脑进入邮箱的服务器，定位出某一封邮件的发送地址。那些人还常常受雇于大公司，做点儿商业间谍什么的勾当。"

"你在美国的同学里,有这样的人吗?"我问,"我付钱。"

林琳看了我一眼:"有倒是有……不过你有必要非得这么做吗?反正我已经离开了李牧光,我这个当事人都没有好奇心了,你又何苦呢?"

我说:"这涉及一个朋友。"

林琳没再说什么,坐在电脑前打开了聊天软件。没过一会儿,她告诉我,联系上了一个每次考试之前都能从教授的电脑里把试题"黑出来"的印度裔同学,对方对这趟活儿的报价不高,只要一千美元。她已经替我把账转了过去。我点点头,走出她的房间,站在草坪上抽了根烟。

美国小镇的天空透亮而悠远,满天星光交替明灭,竟有蠕动之感,这是在国内大多数地方都看不到的。我站在这地球的另一面,怀念着我的朋友安小男。他的工作是在电脑前监视着美国,但却从来没有来过这里;然而他却神出鬼没地改变了周边那些美国人和中国人的生活。做出了这一连串事情,他心里的积郁会减轻一些吗?

戏剧性的是,他报答我、帮助了林琳的手段,其实和当初那位银行行长交给他的任务如出一辙。曾经拒绝过的事情,如今却主动为之。

经由他这个人,我对于身处其中的这个世界的观念,似乎也发生了震撼性的改变。毫无疑问,在那钢铁洪流一般运转的规则之下,我们都是一些孱弱无力的蝼蚁,但通过某种阴差阳错的方式,蝼蚁也能钻过现实厚重的铠甲缝隙,在最嫩的肉上狠狠地咬上一口。

抽完烟,我到小镇边缘的汽车旅馆订了一个房间,然后才步行走回到林琳那里。才一进门,林琳就告诉我,事情搞定了。印度人的活儿干得很漂亮,他在谷歌地图上用箭头标记了发件人的具体地址。我转动着鼠标,把电脑上的地球放大,再放大——亚洲,中国,华北平原和燕山山脉,北京城区,海淀区中关村一带的几所高校……终于,箭头指向了一个叫作挂甲屯的地方。

没想到是挂甲屯,理所应当是挂甲屯。

当天晚上,我提前订好了从洛杉矶回北京的机票,第二天一早,林琳借了房东那辆又老又破的庞蒂亚克汽车,从旅店送我去机场。我们兄妹的异国相聚就这么匆匆结束了,而下次再见面,就有可能是在伦敦或者别的什么国家的城市里了。

临别前,我像小时候一样抬起手来,把林琳额头前的刘海胡噜乱了。她的眼圈分明一红。我问她:"你就准备在全世界的学校里混下去吗……也不为以后做一下打算?"

"我是个规划能力特别弱的人。"林琳说,"以后的事情那就以后再说吧。"

然后,我们尽量轻描淡写地告了别。十来个小时之后,我回到了北京。地球的另一面仍然是白天，但由于在飞机上一直都戴着眼罩昏睡，我并不困。上了出租车之后，我让司机把我拉到了挂甲屯。

因为学校周边的特殊生态，这里的住户仍以年轻的闲杂人等为主，街道和房屋也持续着乱七八糟。我循着记忆在窄小的土路上缓缓穿行，与一张张仿佛当年自己的面孔擦肩而过，找到了当初见到安小男的那个小院儿。公共厕所仍在院子的斜对面散发着浓郁的气味，但这一次，安小男却没有攥着一卷飘荡的卫生纸走出来。我走进了院门，正好撞上了那位习惯于穿着睡衣去买菜的女房东，便问她安小男有没有搬回来住。

"没有。"女房东笃定地回答，但又歪了歪脑袋说，"但我前一阵还见过他呢……应该又回到这一片儿了吧。"

电子地图的精确范围大概是几百平方米，也就是说，安小男总会在附近的这几条巷子里窝着。然而即使是在几百平方米之内，大大小小的出租屋也多如牛毛，想要找到他并不容易。我一边乱转，一边安慰自己：就算今天找不着，还有明天和后天，时间多得是。

但刚这么想，路边的一个门脸便吸引了我的注意。土路拐角的街口，开着一家"香辣鸭脖"和一家"黄焖鸡米饭"，鸡鸭之间夹着一幢矮小的小平房，格局分为里外两层，外面是个玻璃柜台，柜台里摆着几台电脑主机和主板、硬盘之类的配件。在学生聚居的地方，这种专修电脑的小店本不稀奇，但柜台后面那个女人的侧影却分外眼熟。我放慢脚步，缓缓地挪动着脚步，认出了安小男他妈。她正面对着一台十四寸黑白电视，不知是在看还是在听。

那么安小男一定是在里屋吧，我看见刚好有一个男人走了进去，说他的车总是被邻居划破了漆，想买一套摄像的玩意儿"抓他个现行"。然后，里屋那杂乱的工作台前便出现了半个背影。的确是安小男。他正弯着腰从地上的纸箱子里往外翻着什么，同时问买主需不需要上门安装。

我心里一热，几乎脱口喊出了他的名字，但随即却又硬生生地止住了自己：我来这里，只不过是想看一看安小男这个人是否还在，看到了，心愿也就了了。我不确定自己是否应该拖泥带水地和他把交情续上——如果李牧光家里的亲戚和手下仍在锲而不舍地寻找着安小男，他们是很可能通过我把他挖出来的。况且，安小男这样的人最好的结局，不正是和所有的朋友"相忘于江湖"吗？

正这么想着，柜台后面的安小男他妈却缓缓地转过了脸来，朝着我和蔼地笑了。我慌了一下，本想回报给她一个笑容，但马上便发现她的目光是全然空洞的。她的眼睛即使还没有接近失明，也是不可能从这么远的地方辨认出我来了吧。那个笑无非是她对街上来来往往的人们的本能反应。

我掉头就走,卷着风离开了挂甲屯。一路上从小跑变成了飞奔,扛着行李来到母校北墙外的那条大宽马路上,这才停下来,扶着电线杆子喘息。而当我重新直起腰来,忽然发现手边的水泥柱上,镶着一张写有"图像采集"字样的蓝色标牌。再往上看过去,一枚三百六十度的摄像头正不动声色地悬在我的头顶。

我盯着它,如同在与苍穹之上的一双眼睛对视。

【作者简介】石一枫,男,1979年生于北京。1998年考入北京大学。文学硕士。著有长篇小说《红旗下的果儿》《恋恋北京》等,中短篇小说若干,散见于国内各文学期刊。另有翻译作品《猜火车》。中篇小说《世间已无陈金芳》获第十六届百花文学奖。

翻　案

蒋　峰

一

　　主编说，要珍惜，詹周氏快九十岁了，我可能会是最后一个见到她的媒体人。这算激励还是抚慰？没任何意义。我估计连主编自己都不知道为什么采访她，无非是在哪里翻档案，看到了民国三大奇案，发现这三个案子，百十来号人，好像就詹周氏还活着。盯着民国时期的影印照她突发奇想，如果这周末把我派过去，拍一张她九十岁的样子，彩色数码的，贴在她三十岁的黑白照片旁边，一定很有趣。

　　可是这对我来说很无趣，上海到大丰农场来回六百公里，主编只批我五百块钱经费，况且两地不通火车，早上一班从人民广场出发的大巴，晃悠到下午才到，晚上就要从那边再折回来。主编提醒我，千万别误点，那就是个农场，可能连招待所都没有。

　　用不着她提醒，还没出发我就急着赶回程车了。坐上大巴我便开始睡觉，睡到睡不着的时候，我翻出民国三大案的资料，试着做点功课。但很快就被另两个奇案吸引了，回头再翻翻詹周氏的案子，到底奇在哪儿呢？也许是生命力，我望着窗外想，大家一不留神，就让最初的那个人活到了最后。

　　大巴十二点多才到，下了车照着地址坐两站区间公交。好像农场都这样，街名地名都是按数字排的，五号门四十七街区五百一十八栋三楼三十六中门，不在这儿待个十年八年，肯定搞不清楚五号门和六号门有什么不一样。

　　站在门前我弄平衣领才按门铃，开门的是个中年女人，问我找谁。我说詹周氏。

"没姓詹的，"她说，"找错了。"

是弄错了？我下楼给主编打电话，我说，詹周氏原名叫什么？

"不是詹周氏吗？"她说。

"那是民国的叫法，她嫁给了一个姓詹的，所以叫詹周氏。现在早不这么叫了，她原名叫什么？"

"让我想想，"电话那边停顿了一阵，思考过后她告诉我，"她应该姓周。"

"对的，"我也不知道说她什么好，干脆像她一样停顿一会儿，"还有吗？"

"还不够吗，你找一个姓周的老太太，还不够吗？"

她说了两遍还不够吗，那一定是够了。可是再上楼还是不对。还是中年女人开的门，我说找一个姓周的老太太，她摇头，警惕地盯着我，好像我成了一个专门搜集老太太的变态。就在她怀疑的时刻，我又问了一句蠢话，我说："那你们家有老太太吗？"

这次连头都没摇，直接把我关在门外。下楼再跟主编确认，这回是确认地址，没问题，5，47，518，3，36，这五个数一个都没错。说着说着她突然转换话题，让我拍张照片给她。

"我怀疑你就在上海，根本没去。"

"我在这里。"

"那你就把詹周氏找到，她就在三十六中门。"

我重新上楼，再次敲开门，这次没再打听，直接拿出黑白影印照给她看。"你母亲今年八十七岁，这是你母亲三十岁的样子。"

她有些犹豫，端详了半天，没理会我，转身冲房间说："妈，外面有个人，好像是找你的。"

她让我等，但依然把我关在门外，门再开启，是一个拄拐的老人站在门边。她用普通话问我是找她吗。我一时慌神，脑子里没法将她此时的样子和照片对上号。除了衰老，她过于瘦小了，看起来一米五出头，也就七十来斤。我不知道这东西怎么算，她现在弓着身子一米五，六十年前她风华正茂时该有多高。她又问我一遍，我从哪里来，是不是找她。

我需要确认一下："您是詹周氏吗？"

我没想到她反应如此巨大，好像封存已久的不堪被我一下子揭开了。看她瞪着眼睛，嘴唇发抖，弄得我还有些愧疚。我冲她微微点头表示歉意。平复过后她说起了上海话，问我是不是上海来的。她的上海话有种很奇怪的腔调，像老酒陈酿，弄得我一时接不住，只是点点头。她邀请我进门，坐在沙发上我明白了，这是民国时期的上海话，她五十多年前就离开了上海，没回去过，不知道上海人现在怎么讲话。不堪可以封存半世纪，她把上海话也封存在大丰农场，难

193

得拿出来讲一回。

她女儿听说我是从老家来的,一改之前的冷漠,洗净水果端上来,要我留下来吃晚饭,她把兄弟姐妹都叫过来聚一聚。

"他们都在农场吗?"

"是啊,都住得不远。"

确实不远,不出二十分钟,就进来七八个拎着鸡鸭鱼肉的中年男女。我脑子里瞬间冒出一个画面,这些接到消息的儿女们,一个个撂下电话,就从一号门二号门三号门走出来。这令我有些无措,我说还要赶晚班车,不能等晚饭了。

"那我们一会儿就吃。"她的某个儿子说,之后冲着厨房喊,"别做菜了!吃火锅,有什么下什么!"

好一阵詹周氏没说话,倚在沙发一边端详我,似乎怀疑我是哪个故人的孩子。我把名片递过去。她不识字,她女儿接过来读给她,大声说人家是《泰来报》的记者。

我补充道:"我们报社四十年代报道过很多关于你的事情。"

"什么事情?"她女儿问。

我也不知道该不该说。还好菜摆上桌了,大家陆续围着炭火锅坐下来。他们跟我敬酒,我推辞说不能喝,他们说就这一杯,多了不劝。但这一杯也喝得我有点难受,脸上热腾腾的。他们套话问詹周氏年轻时怎么了,这么多年还要来采访。我不方便说,他们就问问题,让我回答是或否。有名吗?轰动吗?全上海人都认识她?这些我都点头,答案显而易见,原来母亲年轻的时候是明星,十里洋场的交际花。我这次没点头,但也没忍心摇头。我想象,如果我说出真相,此情此景会是什么样?你们都别兴奋了,你们的母亲不会唱歌,也不会跳舞,没演过任何戏,之所以六十年之后还有人采访她,是因为她年轻时是上海最臭名昭著的女杀人犯。

我当然没法说,我只要求给老太太拍张照片存档。有两个男的放下筷子,在老太太身后铺上背景墙。我数一二三,按下快门的时候感觉不对劲。我说放轻松,再拍一张,这次没数数,抓拍了几张自然点的。工作完成,有人建议我拍张全家福,还有几个孩子在外地,不过这回有几个算几个。我连拍两张,镜头里面的每个人都笑得过于幸福。看着小片我都有点拿不准,这些人真的会是一个女杀人犯生育的吗?

四点半左右我要告辞了,老太太说送送我。年纪大了,平常她几天不下楼的。大家明白母亲的心思,是想单独跟我聊聊。于是陆续都找些理由要走,什么接孩子放学,去市场买菜,去农场上夜班。就连住在她身边的那个女儿,也在屋里转了几圈,什么也没说,就出去了。

房间瞬间只剩下我们俩。她先对我说谢谢,我没有戳穿她。我说应该的,不管你过去干了什么,该判的刑也判了,该坐的牢也坐了,到安享晚年的年纪了。她没接话,仅仅凝视着我,忽然问我是不是警察。

"是不是我的案子翻了?"

"怎么翻?"我问。

"你们查到别的了?"

"不知道,我不是警察,我就是一名记者,被主编派过来给你拍张照片,甚至都不写稿子,不发报纸。"

她不明白,那表情像是不明白我为什么要骗她。我转话题问她,你儿女真多,儿孙满堂。

"都是收养,"她说,"我不管,他们就饿死了。"

怪不得他们都笑得过于幸福,原来这些幸福都是捡来的。我奇怪她怎么养得起这么多孩子。她说出狱后她在幼儿园工作,晚上挤在一张床上,白天把孩子们带进幼儿园蹭吃蹭喝就行了。

似乎不这么容易,孩子们小学怎么办,中学怎么办,总之她熬过来了。差不多五点一刻,我说我得走了,赶回上海的大巴。她依然疑惑,问我,没什么要问的了吗?

"没有了,我没准备什么问题。"

"你不是记者,"她摇头,"记者不是这样的。"

"我就是来拍张照,我连你的案子,还是来时在大巴上才读到。"

"你不是记者。"她嘀咕着。

好吧,我问一个:"你叫詹周氏,为什么解放后不姓周?"

"我恢复原姓了。"

"那以前姓周?"

"我也是孤儿,被周家收养的。"她说着说着眼睛发亮,"詹云影也是,只不过他来的时候十几岁了,就不改名了。"

"也在周家?"

她点点头。

"那是老爷许配的,还是,你想嫁给他?"

她仰头望天,像是在回忆,又像是不想回答。我也不方便多问,九十岁的老人了,我又不发稿,没必要让她痛苦一回。我冲她微微鞠躬,穿鞋出了门。

当地人说回程车在二号门,走走就能到。穿三号门的时候下雨了,不过很小,本来天就是蒙蒙的,要不是雨点啪啪啪打在玉米上,我都不知道正在下雨。我踩在垄上走,左边是农田,右边也是一片农田。我换位思考,如果我是主编,这一天的采访会用一个什么样的标题。赎罪？杀戮与扶生？算了，不上稿是对的。

后来雨停了，至少没有了雨点声。想起某个朋友说过的话，在这种地方，你每个脚印都是告别，因为你不会再回来的。二号门前后有个长途车站，看起来比上海的公交站还小。有两三个一起等车的，上了去往盐城的大巴。到六点十分我着急了，三十米远有个调度亭，一个老人在里面听收音机。我过去趴在窗口问："去上海的车几点走？"

"去哪儿？"

"上海。"

"这里就是上海啊。"

"不是，我说我要去上海。"

老人把收音机关掉，从钱袋找出身份证说："小伙子，你看我身份证啊，是上海户口啊。"

我接过来，是 310 开头，地址是上海大丰农场。这里叫飞地，这地方是上海的。就好比在夏威夷或是阿拉斯加，打听怎么去美国一样可笑。当然老人在跟我抬杠，他知道我说的美国是纽约和洛杉矶，我说的上海是浦东和浦西。他说早就发走了，每天晚上五点半，大巴就停在车站，凑够一车人就走。

"再说就算等你，也没座位了呀。"

"下班车什么时候？"

"明天，"他把收音机打开，暗示我，这是跟我说的最后一句话，"明天早上有一班。"

我给主编打电话，我说没赶上车，而且真被你说中了，这边没有旅馆酒店。

"去敲詹周氏的门吧。"

"只能这样了。"我左手握着电话，在垄上往回走，想一想自己都笑了，"我刚才还在想，每走一步都是告别，现在我还真就回来了。"

"没准还真是告别。"

"嗯？"

"你去詹周氏家，在她家过一夜，她不睡觉，在客厅等你睡着，五六点钟握着菜刀把你喊醒，是不是跟詹云影的死很像。所以啊，不是没什么写的吗，明天你就有料可以写了。"

我没说话。

"我开玩笑呢，她都九十岁了，你怕什么啊？"

"我本来不害怕的。"

"那现在也别怕，去敲她的门，说借宿一夜。"

楼道里声控灯，连敲带喊也不亮。开门的一刻反倒是亮了。她女儿开的门，要我快进来，倒一杯热水给我。没几分钟詹周氏出来了，让女儿回房休息，指了指空房间，说我可以睡在那边。我说你也早点休息，匆匆进卧室避开她。

房间能关不能锁，我搬把椅子倚在门前。关上灯我有点害怕了，坐在床边看门底客厅的光。不一会儿客厅的灯也熄了。我想这总算好了吧，没事了。躺到床上我才听出来，詹周氏并没有回房，客厅里还是有窸窸窣窣的声音。似乎她一直在那里，靠在沙发上等我睡熟。我想出去看看，假装上个厕所，但我真的恐惧，也许她正握着菜刀等着我。

不能就这么睡着，也不能贸然开灯。我掏出相机翻照片，最新的几张是合影，看着大家喊茄子心里好多了。往前翻是詹周氏抓拍的几张，怕什么，不就是一个慈祥的老人吗。那张作废的照片，我数一二三拍下来的詹周氏，还在我相机里。为什么不对劲呢，我把相片放大，嘴角过于紧绷，上下牙合得太紧，主要是眼神，瞪着相机，真的是目露凶光，就好像那一刻，有个更凶险的灵魂钻进了她体内。也许那个人一直住在她身体里，时不时出来一次，也许今晚就是他出来的时候。

我关上相机，看着无边无际的黑暗，这时有个脚步声离我房间很近了，然后在门前的时候停下来。我声音发抖，有些失声地问，谁？门外没回答，倒是将手掌贴在了门上。

"有人吗？"我问。

是的，有人，手掌向前一推，门咯吱的一声，开了。

二

开门的一瞬间晨曦的光芒令詹周氏感到有些刺眼。那是一九四五年三月二十二日的清晨。一九四五年在上海有好几种叫法，那一年的下半年叫民国三十四年，而上半年，所有的公函、报纸，以及需要存档的记录日期，则统一记为昭和二十年。此时距上海沦陷已经八年，一九三七年的几场大仗之后，仿佛又回到了太平盛世。

正如萨特所言，巴黎被占领后最大的变化，就是一帮德国人在这儿办了几场舞会。对住在酱园弄的底层人来说，日子没变化，该怎么过还怎么过，富人还是那么富，他们依然租房过日子。中华民国走就走了，况且弄堂里有一半的人还出生在光绪、宣统年间；日本人来就来了，反正又没进到酱园弄里，大不了就跟两百年前从东北过来的满人一样，再过个二三百年，把日本并作中国的一个省好了。

民国三十四年，或是昭和二十年的三月二十二日，住在酱园弄二楼的詹周氏一大早就出了门，她差不多也知道，这将是她在酱园弄的最后一天。有好多事情等着她去做,她要打扮得漂亮一些。那时代在上海,即使像詹周氏这样的上海女人,都要准备两种衣服,头一种是平常穿的,朴素一些,甚至还有补丁的衣服;另一种是为了正式场合,两侧分衩的旗袍,虽然一辈子也没几次正式场合,虽然高档衣服她只有这一件。

下楼梯时高跟鞋惊扰到了楼下的房东王燮阳,他端着正吃的面条走出来,从底下看上去,只见两只藏在旗袍里的长腿在楼梯处渐渐露出来。待詹周氏渐渐走下来,王燮阳问她昨晚怎么了,你家大块头梦见什么了,叫那么大声?

王燮阳不算有钱人,只能算二房东,当然比他们好多了,这幢楼都是他包下来的,再一家家租给她丈夫詹云影这些人。詹周氏有点走神,她正留意房东右侧上锁的那道门,那是何惠贤的房子。看来他比自己还早就出门了。

房东问了两遍她才回答他:"可能是梦见自己输钱了,你不知道大块头吗,最可怕的梦也就是输钱了。"

"他呀,总得找点事情做,不能死等着日本人走再做事,万一日本人不走呢,大块头能赌一辈子?"

詹周氏摇摇头,出了弄堂,往右走八百米是张小泉的刀铺。经过时她对老板点点头,张小泉喊住她,问她前两天在这儿做的刀怎么样,快不快?

"挺快的。"说完她就明白老板的意思了,告诉他剩下的一点刀款,明天就跟他结清楚。

反而是老板不好意思了,把她拉过来说点别的。他指着对面要出兑的生煎摊子,低声问她:"还想不想做了,我一直帮你留着呢,好多人来问过了,想在那摆摊,我就说风水不好,下面埋着抗日的兵,做不了生意。"

"你别留了,让他们做吧。"

"不是,"刀铺老板有一丝失望,把她胳膊抓得更紧,"是你跟我说,我要是给你留着,你就会给我留着。"

詹周氏拨开他的手,对他笑了笑,凑在他耳边轻声说:"那我们就都别留着了。"

她上午要去两个地方,第一站是远东饭店,从门口望过去,四层的大楼,差不多三人高的大堂,看起来是有钱人和外国人才来得起的地方。但进了门你就明白,这么大的饭店,一个厨子也没有,外国人也不会来这种地方。里面乌烟瘴气,上千号人围着几张桌,使劲喊着大小庄闲。詹周氏在里面找了一圈,最后在三号桌看见她要找的那个人。她在后面喊了几声小宁波,里面太吵,加上小宁波精力都集中在色钟上,根本没听见有人喊他的名字。

詹周氏等了十几秒,跟人说借过钻进去,伸手去摸他裤袋里的钱袋。小宁波这时警觉起来,忽然抓住她的手,回头一看是熟人,长吁一口气。

詹周氏找他是要钱,她知道小宁波有赌债欠她丈夫的,她也知道她丈夫也有些赌债是欠别人的。外头的她不管,可是别人欠她家的,她今天就要回来,况且,可能以后就没机会了。

也许是输光了,小宁波一分钱都没还她。这不可能,詹周氏皱起眉头,钱都没了,还不回家,留在赌场做什么呢?跟小宁波扯了一会儿皮,她才明白,在赌场这是一类人,兜里没钱,见谁玩得大就凑过去出主意,押大押小什么的帮他分析,错了转身就走,要是被他蒙对了,让人赢了钱,他就跟要饭的一样求着人赏两个。

钱没要来,可是下面的事情还得做。出了远东饭店,她去上海第二纺织厂,以前没来过,真奇怪,这么多年都没来过。进了工厂,她一路打听,找一个叫刘周氏的女工。这么大的工厂有好几个刘周氏,最后在四车间见到了刘周氏。

她现在不姓周,随夫姓,以前也不该姓周,都是自幼为孤,被周家收来做丫鬟养大的。各自出嫁之后,两人竟一直没能来往,以至于刘周氏在纺织车间里见到詹周氏的时候,瞪大眼睛都要哭出来了。

快十年没见了,打从出了周家大宅,她们就没有联系过。詹周氏说,早该来看你的,你孩子流产的时候我就该来,你丈夫去世那年我也该来,我早该来的。说着说着她自己也哭了,掏出一个钱袋塞给刘周氏,说过意不去,一点心意。刘周氏哪里能要,推着她的手,问她老爷还好吗。

该怎么跟她讲呢,不知道是死是活,日本人进到上海,老爷把银圆房子都捐了,才换回一条命,也不知身在何处。

刘周氏半天没说话,仿佛在回想过去的日子。她问大块头怎么样。见詹周氏不回答,猜测大家都一样,过得都不好。刘周氏没再多问,让她等一下,她攒了一些布料去给她拿过来。

刘周氏走后,她看着忙碌的工厂,这是一九三八年日本人在上海建造的,制作纱布供应前线的战士,不,是日本鬼子。一条条白色纱带飘荡在车间里,就像被日本人击落的云彩。詹周氏看得着迷,情不自禁伸手摸了一下,放回去时她发现纱布变红了,有点点血印在上面。她低头看自己,衣服是刚换的,很干净,脸和头发出门前洗过,不会有血,唯有指甲嵌进去的血还没有干。詹周氏把血从指甲缝抠出来,一时间几个手指都沾上了血。她抬头看车间,手指在下面搓个不停。

刘周氏对着更衣箱犹豫了一下,最后决定把布料全拿出来送给詹周氏。之后几十年她一定会后悔那几秒的犹豫,等她回到车间,詹周氏已经离开了,她还是把钱留在了桌上,留给了她说是一点心意,像是一生的继续。十年没联系,像这样子来,像这样子走,像这样子留下一大笔钱,一定是出什么事了。刘周氏坐下来面对钱袋有些难过,她觉得詹周氏是来跟她告别的,她就要走了,也许是永别。这都是怎么了,她抬起头让自己眼泪别掉下来,泪水蒙眬中她看见一丝血印在眼前飘飘荡荡,她眨眨眼睛,将眼泪擦掉,之后就再也找不到那条带血的纱布了。

三

一天都没等到,日落之前詹周氏被几十个巡捕围堵在酱园弄。起初发现的是她楼下的宋瞎子,这十几年靠算命为生,他说自己本事上海第三,前两名一个老得不成样子,另一个跟着蒋介石去了重庆。找他占卦的还算不少,时局不好,人们总会有这样那样的不顺。三月二十二日那天他没出摊,感冒鼻塞,捂着被子在家睡了一天。醒来的时候一脑门子汗,他以为病好了,可鼻子依然不通气,躺在床上他明白是楼上在漏水。他抹抹头上的水,起床打算上楼跟大块头说说。

大块头不在家,是詹周氏开的门,见到宋瞎子的样子吓了一跳。倘若宋瞎子能看见,或是没感冒,鼻子通气,也会被自己惊到。从房顶滴下来落在他脸上的并不是水,而是肢解大块头流下来的血。宋瞎子看不到詹周氏的表情,他只是提醒她注意点,水漏到他卧房去了。

"好的,"缓和一下詹周氏回答他,"我会注意的。"

"在弄什么啊,弄那么多水在卧房?"

"没事了,已经弄好了。"

今天有点怪,詹周氏的语气冷冰冰的,那就没必要多说了。他不知道现在是什么天色,睡到中午还是晚上。不过肚子饿了,他摸着扶手下楼,打算出酱园弄,到对面的羊汤馆喝碗羊杂汤,吃个烧饼。街上行人匆匆,听脚步声人不少,可是没人说话,好像在躲着点什么,脚步声都是咚咚咚地离他越来越远。他只是一天没出门而已,到底是怎么了,日本人进来那天也不是这动静。走到路中央他停下来,低着头听着一片一片的脚步声,没错,不是打仗,大家是在躲着他。一辆汽车鸣笛从他身边绕过,扬起的灰尘令他连打两个喷嚏。宋瞎子抬起手臂抹掉鼻涕深吸一口气。这时候他明白了,此时的他在别人看起来,不再是一个年迈的盲人,而是一张血肉模糊的脸。

四

昭和二十年三月二十二日的晚上,上海警察局副局长薛至武下班后没回

200

家,坐在办公室里等人来接他。虽说是副局长,但已经算警务系统的老大。真正的局长叫周佛海,他更重要的头衔是上海市市长。

泰来报社的副主编张言邀请他七点钟看戏,易卜生的《玩偶之家》,几十年前的老戏了,好像是国内的一个女作家改了一下,结合她离婚几年的感受,就着鲁迅的那篇杂文,改成了《娜拉出走之后》。薛至武当然没兴趣,他知道张言是什么意思,泰来报社的主编吴玲上个月被他们抓走,他这是活动关系来了。保吴玲出来是不可能了,人是日本人点名要的。薛至武在想,要是让吴玲在牢里好好活着,跟张言开个什么价码合适。

张言的汽车就停在楼下了。电话打过来,告诉他酱园弄杀人了。杀人就抓人呗,也用不着他局长出队。只是剧院是不能去了,公共场合人多嘴杂,这边杀了人,局长在看戏,肯定说不过去。电话里他让队长带一队人过去,不要妄动,等他的命令。自己下楼走到张言的车前,俯身对后排的张言说:"局里有事,我过不去了。"

张言表示没关系,据说这个戏要演一个月,哪天看都可以。

"别跟我说戏的事,我知道你找我干什么。两千万,我帮你把事情办成。"

张言有些为难:"薛副局,您可能误会了,钱不是报社出,是我个人掏腰包。"

"那就算了。"薛至武摆摆手,转身就走。

张言急忙下车抓住他袖子,点头说成交。"不过你要保证吴玲死在牢里,永远出不来。"

"你要弄死她?"

"她不死,主编这位置就得一直给她空着,当牌位供着。"

薛至武皱皱眉,不置可否地点了点头,让张言回去先数出一千万,等他消息。他也不知道弄死她对不对,登了几条重庆的新闻就一命呜呼,还挺可惜的。行吧,有人当烈士,就得有人当刽子手,不然哪有那么多英雄?

他进了自己的警车,告诉司机去酱园弄。二十几个巡捕早已把那里围得水泄不通。薛至武问队长是哪间屋子,队长还没回答他就看出来了,只有两个房间是关灯关门的,其他房间的人都探头探脑地开窗看热闹。薛至武抬枪对酱园弄瞄了一圈,警告他们关好门窗,别给自己找麻烦。队长向他汇报情况,说是二楼死人了,这里的房东讲,还有个女人在房间里。

"她还活着?"

"活着。"

"她是凶手?"

"应该是。"

"她杀的什么人？"

"好像是她丈夫。"

"杀夫。"

薛至武冷笑一声，真是世风日下，报社里二当家的要杀当家的，这两个人的小家，二当家的也杀当家的。他让队长去后窗把守，自己带两个人上二楼。队长提醒他危险，不然先鸣枪三声，再踹门进去。薛至武让他别那么多话，去后面守着。他进车里把手电筒拿出来，上到二楼先轻敲几下门，问了三声有人吗。屋里没有动静，但他听见有人在里面大喘气。他想再等一下，心里默数十个数，让手下持枪上膛，把手电筒打开，正要抬脚踹门的时候，咯吱一声，门缓缓地打开了。

没错，虽然看不清，但他知道是女人，站在半开的门后，轻声问他："怎么了？"

薛至武握着手电筒从她的脚照起，光圈仿佛男人的手一点点地向上抚摸。游过膝盖他明白这是个穿旗袍的女人，他手电筒向右侧倾斜，从大腿外侧缓缓上移，最后停在旗袍的开衩处。

"没什么，例行公事，你叫什么名字？"

"詹周氏。"

"哪年生人？"

"民国五年。"

旁边的警卫算好告诉薛至武是大正五年。他才不管这些，知道她今年二十九岁就好了。他继续移动手电筒，从胯部轻划到腰间，细不过二尺，似乎没生过孩子，一个弧线穿过胸部，将光圈留在锁骨上。

"你丈夫叫什么名字？"

"詹云影。"

"他现在在哪里？"

"房间里。"

"为什么不出来？"

"因为他死了。"

薛至武右手一抖，光圈在脖颈处颤了一颤，聚光在她的耳垂上。

"怎么死的？"

"被我杀死的。"

这是他没想到的，一个女人，杀了丈夫，却如此冷静。薛至武关闭手电筒，再打开的时候用同样的线路在詹周氏的左侧走了一圈，小腿、大腿、腰部、胸部、脖颈、耳垂，然后手腕一抖，将电筒移向中央，终于看清了这个女人的脸。

五

薛至武不打算进门,让队长押着詹周氏进去指认现场,再把尸体拖走,也就算结案了。或许是天黑,房间灯被詹周氏摘掉了,里面的人鼓捣半天也没个动静。等得不耐烦,他拉门迈进门里。蹚出两三步,薛至武被绊了个趔趄。

他打开手电筒,有三个箱子挡在前面。薛至武弯腰将它们推走。再往前走一步,脚有些沉了。他知道是踩到血了,用手电筒照在地上,都是箱子推出的血道道。箱子里都是什么呢,他快要猜到是怎么回事,关掉手电筒,走到一个箱子面前,打开箱盖,血腥之气扑面而来。他想看看,却忽然有些害怕,摸黑去开第二个箱子,感觉有一丝头发黏在手指上。他用手搓了一阵,头发从食指粘到拇指,就是甩不掉。他掏出手电筒闭上眼睛,将光照在箱口,等他再睁开眼睛的时候,他倒吸一口气。有一双眼睛也在望着他,那是大块头的头,而架着他的头的,则是大块头一双被肢解下来的脚。

总共装进六个箱子,头部一块,双臂两块,左右大腿各一块,还有身体、双脚,反正除去砍碎的骨头渣子,加起来一共是一十六块。这些都没意义了,有人死,有人认,被他薛副局当场抓获,案件也就告破了。可奇怪的是,在他眼前不停闪现的这张脸,不是大块头的,而是在酱园弄二楼门缝后面被手电筒照到的那张脸。应该是很好看的一个女人,旗袍都不用换,只要换个地方,说她是社交名媛也不为过。可是她叫詹周氏,连个名字都没有,嫁到这种地方。这就是命,美丽的女人像蒲公英,落哪儿算哪儿,生根发芽,这辈子一直到死,也别想挪窝了。

有几家报纸上了这条新闻,记者都没查出什么,连照片都没搞到,小小的一个版块,跟讣告似的,说某日某地某人杀了她的丈夫,当天破案。看起来太简单了,写多了也没意思。《泰来报》没登这种事情,他们更关心主编吴玲的状况,这个月都是这样,每天空出两个版,那是吴玲以前负责的版面,现在上面印着血淋淋效果的红字——我们在等她。嘿,是在等她死吧。

第三天晚上薛至武和张言在日本餐厅吃寿司。薛至武请客,因为张言带来了一千万。那年头钞票贬值,钱币面额可没跟上,一百一百的,箱子去皮上秤一称,就算点清楚了。酒足饭饱,请客的人最满意,薛至武提起箱子让张言回去等消息。张言提出再换个地方喝点什么。那就是还有事求他。

"那就在这儿说吧。"薛至武掂量一下箱子,琢磨一会儿出门就把它换成黄金,谁知道国民党哪天会打回来,明天是民国还是昭和。

张言结结巴巴,啰唆了半天,总结下来,是想多要点信息写酱园弄杀夫案,好替换掉"我们在等她"的两个版面。

"这是写您薛副局的特稿。"他比画着说,"主角不是死人,不是凶手,就是您。"

这倒挺好,薛副局添油加醋讲了一小时,净是些爱国爱民的细节,比如怕开枪惊扰到百姓,冒着危险独闯虎穴。当然,大卸十六块的画面也一字不落。讲着讲着他有些奇怪了,问张言:"你们报纸真的对这种事感兴趣吗?"

"这可是凶杀,读者就爱看这个。"

"死人怎么了?"薛副局点起一支烟,长吸一口,"西南战场每天死上千人,也没见哪家报纸上过头版。"

"那不一样。"

"怎么不一样了?"

张言说不上来,换薛副局也一样,大家都明白这道理,就是讲不出为什么。可能大街小巷谈论一场凶杀,要比谈论某场战役更显得像和平年代吧。如果搞一场投票,国民党哪天打回来,就像当年日本人进上海一般再来场硬仗,你是赞成还是反对,结果还真的说不定。

《泰来报》拿到独家新闻,其他报纸自然不干,第二天上午刚过十点钟,就有二三十名记者坐在警察局的台阶上守候局长大人。薛至武来不及理他们,他要先把稿子细细读一遍。不出所料,《泰来报》把酱园弄杀夫案放在了头版。文章里张言没有纠缠詹云影和詹周氏的矛盾冲突,而是从宋瞎子报案写起。作者强调,出事当晚薛副局本来是要视察上海大剧院的安保问题,听说酱园弄出人命,放下手头的公务赶往事发地点,在詹周氏被捕前,薛副局根据现场的线索,已对凶手的体貌特征有了大致的判断,至于抓捕詹周氏,早已是他成竹在胸水到渠成的事情。

通读下来薛至武很得意,仿佛那些不是他亲历的,而是另一个叫薛至武的神探所为。只是楼下太吵了,有几个没素质的记者居然对着喇叭喊,请局长大人还上海一个真相。还当是民国哪,动不动就上街游行。薛副局打内线通知队长下去打发掉他们。没多久队长上来为难道:"不然就开场发布会吧,就当是为您举办表彰大会。"

哪里像表彰,记者们认定了《泰来报》是向警局行贿才获取独家新闻,发布会上每个问题都是带刺的。《自由时报》第一个提问,他问詹周氏为什么要杀害詹云影。说实话薛至武也不知道,詹周氏被抓后甚至没人审过她。大家清楚,这案子结了,录个笔录,走个过场都用不着,检察院会第一时间判她有罪。

"请问,詹周氏为什么要杀害詹云影?"《自由时报》的记者又问了一遍。

"夫妻生活不和吧。"薛副局说得自己都想笑,这回答放哪儿都是对的。

"具体矛盾冲突呢?"

"现在还不方便透露,下一个记者。"

有个小个子男人站了起来,他说他是《申报》的记者。看年纪不大,不会有攻击性,薛至武打算让他多问两个。

"您方便透露詹云影的死亡时间吗?"

"三月二十二日早上。"

"詹周氏是如何杀死詹云影的?"

"用菜刀,趁詹云影睡熟,杀害并肢解了他。"

"当时是否有帮凶?"

"没有,皆是她一人所为。"

"那么,您为什么会认定詹周氏是凶手?"

薛至武停顿几秒,盯着他,感觉这小伙子也不是什么善茬儿。"詹云影被杀,他夫人认罪,你希望我把案子想得有多复杂?"

"好的,谢谢,请问薛副局,您知道酱园弄的邻居都管詹云影叫什么吗?"

"这个与本案无关。"

"大块头,他身高有一百八十五公分,差不多一百公斤。而詹周氏只有一百五十几公分,不足四十公斤。"

"谢谢你提醒,我再强调一遍,詹周氏是趁詹云影睡熟用菜刀下手,这些和身高体重没有关系。"

"是的,但是您曾说过,事发当天詹周氏将死者肢解成十六块。"

"我说过,有证据可以证明。"

"我们相信证据,我们相信她是一个人,没有帮凶,但是这样瘦弱的一个女人,可能剁个猪爪都费劲,却可以把一百公斤的大块头大卸十六块,请问,您是怎么相信的呢?"

薛至武向椅背靠去,侧过头迎着阳光,他知道自己完了。不用到明天,全上海人都会拿他们的警察局长当笑话讲。

六

用不着到明天,也许晚报就能把这种事传出去。几个下属找薛至武请示,按队长的意思,去找报社谈,不行的话查封它,上海有几家算几家,往前翻八年,一直到日本人进来的那一年,总会有言行不当的地方。薛至武没说话,烟抽个不停。就在下属们以为这事就这么定了,准备行动时,薛至武叫住了他们。他没下命令,行或者不行,反而讲起了几年前的案子,民国三十一年的"华美药房弑兄案"。那是薛至武任局长经手的第一个人命案,本来没立案,没人知道"华美"的二公子把大公子给杀了,老爷子为难,两个儿子死了一个,再枪毙一个就绝后了。薛至武去过几次,收了钱,帮他把这事压下去。老爷子对外面说,大公子暴病而卒。

没几天被《申报》的记者发现了,登在报纸上。老爷子头天得到消息,"华美"有的是钱,第二天一大早,老爷子就让人把全上海的《申报》都买光了,弄得挺大的新闻,却没几个人知道。

"可是瞒不住,你们猜第二天头版标题是什么,'华美'买光全上海《申报》,疑似认罪!"薛至武熄灭烟头,对下属做出决定,"所以说,酱园弄这个案子,我要重审。"

然而刚结过的案子,他们却一无所知,死的人是谁,嫌疑犯是谁,都有什么家庭背景,什么样的社会关系,没人讲得出来。薛至武先从凶器入手,已被存到证物科的一把菜刀,再把它从纸袋里抽出来,他明白这是一把黑铁菜刀,比普通的家用菜刀重上几倍。确实如记者所猜测的,詹周氏双手可能都握不稳。一把新刀,刀把没多少油脂,顺着刃线能看到几十个豁口,应该是肢解人骨造成的。他让队长晚点查一下刀是在哪家刀铺买的。

"詹家还有一把刀,"他说,"叫人把它找出来。"

队长没明白:"您是说,还有一把凶器吗?"

"没人用这个切菜,"薛至武用大拇指甲划着刀刃说,"这是屠夫用的,这就是买来杀人的。"

薛至武想去看看尸体,停尸间在地下一层冷藏库。他带着队长从五层坐铁闸电梯下到一层,再从楼梯走下去。打开冷库门,一片白气扑面而来。薛至武拢拢警服迈进去,队长跟在后面把门合上。三十平方米大小的房间挤满了停尸床,上面躺着的都是未结案的被害者,战乱年代,有些死者的身份还不清楚,在这里放了几个月,等待年底拉去火化。薛至武问哪个是詹云影的床位。

没有床位,队长指了指角落里的几个箱子,仿佛随时待发的包裹。薛至武打开最上面的箱子,是一根小腿,经过几日冰冻,上面起了一层白霜,敲起来梆梆地响。他把小腿连着脚抽出来,放到停尸台上,挑一块完好无损的皮肤,右手砍几刀,再换左手砍几刀,然后捧起来对照切口的相似度。是一个右撇子,他确定。只是惯用右手的人太多了,如果詹周氏也是右撇子,那说明不了什么。

"衣服呢?"他打开其他的箱子,伸手进去扒拉几下,问队长,"这人跟死猪一样,光着身子。"

队长东翻西找,拽出几件染血的衣服。

"这是女人的衣服。"薛至武问。

"是,大块头睡觉没穿衣服,这些衣服是詹周氏捂他的头的。"

"把法医找过来,完整地做一次尸检。"

"可是,"队长指着开口的箱子说,"都这样了,怎么尸检?"

薛至武把小腿扔回箱子,拍拍手,贴在队长面前,一字一句地说:"怎么尸检?按照程序一步一步地检。"说完向门口走去,给队长下命令:"查出致命那一刀。"

走到门外他记得还有个细节要核实,他回去抱起一个箱子,算上箱壳差不多二十公斤,他薛至武抬起来都费劲,凶手却装了六个箱子。

"你抬不走的,"似乎詹周氏就在面前,薛至武咬牙切齿地说,"詹周氏,你到底想要干什么?"

七

民国年代没法医,那时法医一般是由大医院知名医师做兼职。华山医院的钱医生接到任务时并未觉得有多棘手。行医三十多年,经历两次战争,没什么死尸在他面前是惨不忍睹。肢解,冰冻三天,分成六个箱子,这些都没问题。他让学生把尸体搬上来,看了看分割肉一般的碎尸,明白这怎么也得化上一阵儿。他先找地方吃饭,喝点小酒。跟学生说好两个小时之后开始尸检。

晚上七点钟他有些微醺地回来,和学生一起把六个箱子全打开。讨厌的是有血水,滴滴答答弄得一地腥臊。他戴上手套和口罩,对几个学生说,如果受不了,随时可以出去透口气,之后便开始了他的工作。

尽管有那么多年从医经验,可从没有哪次是从拼接开始的。先是头部,摆在上方中央,往下是上身,还好肚皮没有豁开,将内脏肠子露出来。双臂搭在两侧,大臂小臂截成了四块,两腿向下摆正。有一阵儿他差点把左右小腿摆反,还是看着双脚拇指才纠正过来。

一共十六块,拼起来真的是个大块头。从哪里开始呢?内脏没有露出,还能抽些血出来。他抽一管让学生拿去化验。没有中毒迹象,他翻翻眼睑和嘴巴,当然没有,只是上面说要全面尸检,才要多此一举。

刀伤致死,这毫无疑问,被割开的刀口达百余处,为什么一定要查出是哪一刀呢?钱医生俯下身,似乎与死者告别的距离盯着詹云影的颈部。这里是一刀,毫无疑问,尽管事后就着这伤口直接把头部割开,不过能看得出来这里出了大量的血。

　　他往下瞄去,心脏肺部未曾中刀,下体完整,死前没有经历性生活,再往下,大腿根部以及膝盖的分割处,血量已不多,接近干涸状态。再回到上身,两侧的胳膊,属于死后肢解,手腕静脉那一刀也是例行肢解。死者左手有大量血迹,这不难解释,死者颈部挨刀后,用左手捂住动脉往外喷出的血。右手没什么血,也许在反抗,抓住凶手的衣领试图同归于尽。应该没疑问了,他站起身,摘下口罩,点起烟斗,等学生的验血报告。

　　血液没问题,钱医生接过学生的报告,死者纯粹死于外伤,颈部靠右侧为致命刀伤。他让学生把碎尸一件一件地放回到箱子里,在每个箱口贴上不同的标签,双臂、左腿,等等。做到一半时学生戴着口罩干呕起来。他起身接过学生手中的大腿,往箱子里塞。

　　味道还是挺重的,分割成段,腐败的速度要超过整个尸体。到最后几块他只呼不吸,额头的汗都冒出来了。还好只剩一大件了,除去双臂、头部的整个上身,他需要把他从停尸台上抱起来。直到这时他才觉得恶心,好像在和无头的死者拥抱。他不想这样,把上身翻过来,从背面抱住会好一些。

　　翻开的一刻他停了下来,也许报告要重写了。背部还有一刀,而且不是菜刀,是三厘米宽的匕首从背部插进去。分析的事情不归他管,但是一看就明白,死者在床上熟睡,颈部先受一刀,伤口喷血,猛地起身,左手捂住出血口,右手与凶手搏斗,这时背部又挨一刀,方才致死。他知道,虽然用不着他把分析的过程写下来,相信薛副局对着报告一眼就能看明白,凶器不是同一把,凶手不是一个人,还有个凶手在身后。

八

　　薛至武感觉一整天他都在做蠢事,虽然都在按照他的计划走。詹家确实还有一把刀,与杀人无关,用了快十年的菜刀,黑铁砍刀是三月十一日于张小泉刀铺购得,花了一千五百块钱,来了两趟,头一次没有带够钱。而酱园弄的二房东王燮阳,表示詹家夫妇打结婚起就住进这间房,他从未听说詹周氏外面有什么姘头。倒是詹云影这几年狂嫖滥赌,把家里那点积蓄都败光了。

　　"还有什么?"薛至武盯着他们夫妇问。

　　"大块头头天夜里回来了。"王陈氏插嘴道。

　　"他当然回来了,他死在房间里!"王燮阳阻拦道。

　　"不是,我是说他难得回来,"王陈氏看着薛至武说,似乎希望从他这儿得到认可,"有时候一两个月都见不着一回,估计是把钱输光了,姘头也不留他了,才回来的吧?"

"詹周氏知道他那天回来吗?"

"不知道,她连她先生去哪儿都不清楚,怎么可能知道他什么时候回来?"王陈氏压低声音,"但我知道他什么时候回来,十二点左右,因为一回来,他们就开始吵架。"

"他们吵什么?"

"那我没听见,您想,大块头输光了回家,还能吵什么呀,钱呗。"

"吵到几点?"

王陈氏说三点多就没什么动静了,他们也睡着了,不过没两个小时,大概是清晨六点钟,大块头的一声惨叫,把她惊醒了。她摇醒王燮阳去看看,是不是哪里漏电了。毕竟是二房东,出了事大家都得兜着。王燮阳穿着睡衣上楼,敲了好半天门才打开,出来的是詹周氏,说大块头做噩梦,没事。他才放心回去继续睡。

"当时你信了吗?"

"不信,"二房东摇头,"谁没做过噩梦,怎么就他的噩梦喊声这么大。反正多一事不如少一事,我也没多问。"

王陈氏接话问,要是她丈夫多问几句,会不会也被杀掉。薛至武点头,又摇摇头,他也不知道,他不知道詹周氏到底是一个什么样的女人。他不想知道,也不想和这些二房东酱园弄什么的多聊几句。他真的干了一整天的蠢事,毫无疑问,詹周氏是凶手,他也一直在证明这一点,这本身就很蠢,像是证明一加一等于二,理所当然却不知从何下手。

从酱园弄出来已经是深夜一点多,五个小时之后满大街的报童就会挥舞着报纸,吆喝他薛副局的笑话。他打算找詹周氏谈谈,问队长人在哪里。

"在提篮桥。"

"为什么弄那儿去了?"薛至武皱眉问。

"之前她认罪了,我们以为案子就结了。我现在就把她提过来。"

"不用了,你跟提篮桥的人说一声,我现在过去。"

他让司机和下属回去休息,自己开车过去。提篮桥位于虹口区,从一九〇三年建成的那天起就被誉为"远东第一监狱",死亡之城。每年两千名犯人进去,但没几个人活着出来,即使不是死罪,没有枪毙,也会有疾病,狱警的虐待,以及其他犯人的殴打,令其丢掉性命。

进入监狱大门已经是半夜两点钟,从家里赶来的副典狱长全程陪同薛副局。薛至武问清楚詹周氏在几监几室,让副典狱长在外面候着,他一个人进去。

他不想开灯,不想记住与此无关的其他犯人的脸。右手握着手电筒,穿过幽暗的长廊,而长廊两侧住满了在这里等死的人们。犯人们知道是大人物来了,醒来的那些没人敢发声,走廊里只剩下薛副局皮鞋的回响。漫长的黑暗,垂下来的手电筒每隔几秒点亮一次,随即又被他关闭,仿佛海盗在发出登船的信号。

差不多倒数第二个房间,薛至武看了一下号牌,皮鞋的敲打声停止,手电筒的光开始长明,照向狱房角落蜷缩的女人脸上。他抬起手电筒在她身上转了几个圈,确定她活着,确定她醒着,确定她还记得他。最后光圈定在她的小腿上问道:"还有谁?"

詹周氏收回小腿,试图躲开光晕。手电筒仿佛追光一般,始终跟着她小腿肚的弧线,直到她放弃躲闪,被光所围绕。

"你杀不动大块头,还有谁在帮你?"

"是我杀的,没有外人。"

"剁成十六块,背后还有一刀,六个箱子,每个都有几十斤重,你已经快把我弄成一个笑话了。"

詹周氏答不上来。薛至武点起一支烟,把光圈划过她腹部、胸前、脖颈,移到她的眼睛上。

"你给我一个名字,我明天告诉记者,我保你不死,你保我别像个傻子。"

"真的就我一个,而且我也不想活下去。"

"大块头十二点回来,你们吵到三点他睡了,你等到六点下手,三个小时你在等谁来? 杀也就杀了,你不立即消失跑掉,反倒是分起尸体来了,一直到晚上,你在等谁走?"

詹周氏不说话,一定是装的,一副吓傻了的样子,讲不出话。薛至武只能继续讲下去:"你要是想割喉,随便一把刀,你家里就有现成的菜刀,可你偏偏要买一把砍刀,为什么要分尸,为什么你的计划不是杀他,而是剐了他?"

詹周氏浑身打哆嗦。

"是你们酱园弄里的人吗?"

"不是。"

"外人?"

"不是,没有这个人。"

"别这样,这样你活不过明天。"

"真的只有我自己。"

"好,好,就你自己。你为什么杀你先生?"

"一时冲动,鬼上身了。我当时看着他睡着就想,不能让他毁了我这一辈子。"

"一辈子？"薛至武笑了，"杀了他，你根本就活不了一辈子。"

"但至少没让他毁我一辈子。"

"那就让我来毁你一辈子。"

薛至武关掉手电筒，在黑暗中朝她的方向盯着。这女人不简单，他确定打从她准备杀人的那一刻，就已经在想着怎么应付警察。他转身向外走，与来时不同，这次的脚步匆匆，不到十几秒钟，就已经拉开铁门走出长廊。

副典狱长还守在外面，见到薛至武急忙问他顺利吗。薛至武叹了一口气，拍拍他的肩膀，说："听说你为了见我，特意从家里赶过来，你住得很远吗？"

"有一点远，还好。"

"那就先别回去了，九点之前，从她嘴里给我问出一个名字来。"

"属下尽量。"

"一定要问出来，要是她还不说，你就把她的心剖开，看看里面的那个人是谁？"

"呃，属下明白薛副局的意思了。"

副典狱长明白，不能让詹周氏死，况且是死在这个节骨眼儿上。然而薛至武也不想白来一趟，两手空空，灰溜溜地滚蛋。詹周氏杀不了，他就带条别的命走。

"有个叫吴玲的，《泰来报》的主编，在你们提篮桥吧？"

"是的，我记得这个女人。"

"上面要审她，我今晚带回去。"

副典狱长有些不理解："这么晚带回去？"

尽管只有他们两个人，薛至武还是凑到他耳边，讲秘密一般低声说："上头不喜欢她，上头以为她早就死了，你居然告诉我她还活着，明天给我一张死亡报告。"

副典狱长连连点头，保证不跟旁人提及，自己亲自去提人。十几分钟后，副典狱长回来告诉薛至武，人已经铐住了，在他警车的后排。薛至武看了眼车里的铁栏，他有几年没亲自抓犯人了，有人在他身后多少有点不自在。他让吴玲坐到副驾位，双手铐在扶手上。一路上他也不想说话，硬瞪大眼睛开着车。还好吴玲也不叨扰，没像一般女人那样大喊大叫。要沿着河边走上几公里才能进入市区。车开到一半他停车靠边，关掉车灯，点亮车顶灯。这时候吴玲说话了："我认识你。"

"我也认识你。"

薛至武打量一番身旁的这个女人，与抓捕时不同，身上还穿着男式的囚服。有那么一瞬间，薛至武想扑倒她发泄一番，将这一天的积怨全部放出去。非

211

常渴望,他觉得就应该放纵一下,尤其是对这么一个垂死的女人。副典狱长怎么说的,不与旁人提及。他点起一支烟,深吸一口气,让白烟一丝丝吐出来后说:"有人花两千万让我杀你。"

"这钱花得不值,我反正要死在提篮桥的。"

薛至武听后笑了,凑近吴玲闻了闻,尽管关进去有一段日子,还是有些芳香留在耳后。

"没想好,我已经收了一千万。怎么样才能证明,我杀了你?"见吴玲答不上,他自己补充道,"当然,把你杀了就是最后的证明。"他起身在后排拽出詹周氏的血衣,将吴玲的手铐打开。"换上这些衣服。"

他让她别躲,就在车里换,他看着她略显娇小的胸部,过于瘦削的胯部。之后他让她闭上眼睛,躺在河边草地上,拍下几张照片。叫她回车里,继续行驶。行至客运站,他拿出事先备好的箱子,递给她,说:"里面是难民的衣服,还有二十万,离开上海,你要答应我,永远别回来。"

吴玲点了点头,拎箱子下车对车窗鞠了个躬。薛至武头露出来问她:"你说你认识我,我叫什么名字?"

"你是薛副局,别的我也不知道。"

"不知道最好。"他摸了摸裤袋,又掏出二十万扔过去,"记住,永远别回来。"

开车回到家里已经破晓。他把窗子关严,就快了,再等个把小时,大街就会响遍"糊涂局长糊涂案"的叫卖声。睡前他打一个电话将张言叫醒。

"你头一回见我,说请我看戏,看什么《娜拉出走之后》,到今天我都没看到。"

"马上,马上,我今晚就安排。"

"好好安排吧,把剩下那一千万准备好,我们晚上边看戏边聊。"

"薛副局,您的意思是?"

"我是说,你们不用再等吴玲了。"

九

演出时间是晚上七点半,薛至武特意晚一点,等到黑场才和张言进入前排包厢。一整天他都没出门,今天他是上海的主角。大街小巷谈论着酱园弄杀夫案,谈论他薛大局长。坐进去的时候话剧已经开始了,台上的男演员在呵斥女演员"撒谎的下贱女人",女演员但凡顶嘴,便会遭到男演员的殴打。薛至武低声问张言,《娜拉出走之后》讲什么的。张言脸色不对,又看了两分钟,确定这不是《娜拉出走之后》,他们换戏了。

"你不是说上一个月吗?"

"这是时事剧,顶替了《娜拉出走之后》。"张言辨认着说,"剧院经常这样,不时会有时事热点的戏。"

薛至武苦笑一声,还有什么热点比得上他这个傻瓜局长呢?张言提议,不行换个地方再聊。说这话时他轻拍一下箱子,意思钱都准备好了。薛至武不想动了,这里黑场挺好,别处也不一定方便,毕竟他是今天的头版头条。张言打开箱子给他验一遍,问他苏玲是怎么死的,尸体要怎么处理。薛至武不说话,摸着黑数钱。上面的一句台词把他吓了一跳。

那是黎明的背景,有个男人敲门,问是什么声音。开门的是个女人,冷冰冰地回答:"没事,是大块头发梦呢。"

薛至武抬头盯着台上,不像,那女人神态举止都不是詹周氏的样子。张言紧张起来,继续提议大家换个地方。薛至武嘴角露出一丝微笑,说:"我要看一看,他们怎么演?没准我破不了的案子,这出戏替我断了呢。"

他把箱子合上,放在脚边。转场是第二幕,他薛副局登场了,当然不像他,在酱园弄前呼后拥,十几个警察持枪保护他,还自诩不需一刀一枪制服歹徒。他也得承认,有些地方是对的,不过导演还是做了点艺术上的处理,他在詹周氏门前喊了几声,一脚正要踹出去的时候,门打开了,他摔了个屁股蹲儿。滑稽戏的表演方式,全场哄笑。

张言明白今天闯大祸了,又一次提议,咱们先离开。薛至武摇头,长叹一口气,身子靠到椅背上。

"你说他们往下怎么演我?"

"薛副局,您别往心里去,这些都是胡扯,这些都是下里巴人的造谣。"

"刑讯逼供,他们要演我打女人。"

他不想看下去了,但绝对不能走,这时候离开就是灰溜溜地逃走。换了几次二郎腿,他转身问张言:"两千万,杀个人,保你个主编,值吗,万一日本人败了呢?这么多钱打水漂。"

"日本人不会败的,他们比我们强太多了。"

"是,早先说他们三个月就拿下全国,现在打八年了,还分不出胜负,可能我们站错队了。"

"那薛副局你呢,你官那么大,万一国军回来,也不会好吧?"

"不单是我,能进这戏院里看戏的,哪个不算汉奸?就当是地震吧,大家全完,我没什么发愁的。日本人来之前我就是巡捕,就算党国今年回来,我也过了八年的好日子。"

台上已经谢幕，观众满意者居多，掌声不断。是啊，这部戏什么都有了，他薛副局负责滑稽，詹周氏负责残酷，大块头负责惊悚，而那个影子一般的同谋，则负责悬念。舞台重现了一个酱园弄，所有演员从各自的房子里走出来对观众鞠躬。薛至武忽然想起来不对劲，他清楚地记得，抓捕那天有两间熄灯的房间，詹家的一间，她家楼下右手边还有一间。黑暗中门窗紧闭，还有一把明晃晃的锁，他怎么忘了？

十

苏青早明白不会事事如意，好日子过后总会跟着坏日子。这段时间她太顺了，她的出版编辑告诉她，截止到上个月，她的《结婚十年》发行了第三十六版，散文集《浣锦集》印了十八版。"这是个奇迹！"出版编辑跟她讲，"抓紧写下一本，不要再去搞话剧了，你现在是全上海卖得最好的女作家！"

但她还是想弄话剧，把易卜生的《玩偶之家》改为《娜拉出走之后》，票房不算坏，但真的说不上火爆。观众也好，读者也好，还是想看她的故事，想看她十六岁订婚、十八岁结婚、怀孕、生子，想看她丈夫有多浑蛋，嗜酒、家暴、婚外情、穷困潦倒，终于在她二十八岁的时候下定决心离婚。较之"五四"前，那年代已经很进步了，自由恋爱，自由结婚，唯有离婚却没那么自由，人们还停留在男人休了女人的逻辑上，也许苏青不是第一个，起码是最出名的一个，一时间人尽皆知，女人喜欢她，男人鄙视她。无论何种态度，人们还是会买一本《结婚十年》，看看这是一个什么样的偶像或者妖妇。

她的坏日子是从三月底开始的，下午去剧场，她被通知《娜拉出走之后》要暂时停演，他们临时换上一部时事剧。为此她险些和剧场经理吵起来，演员工资是她付的，道具搭景的钱也是她一次性出的，现在停掉就要全赔进去，之前说好的一个月呢？剧场经理搓着手跟她解释，还是可以一个月，往后延长，一般时事剧就三五天的热度，等这个劲儿过了，还是上《娜拉出走之后》。

那就这样吧，道具帮她保管好，她去找演员协调。临走的时候她问什么时事剧。"酱园弄杀夫案"，剧场经理告诉她。

她眨眨眼睛，摇摇头。她不看报纸，偶尔翻翻也是翻到副刊。

"这么大的事，你没听说过？"

"在酱园弄，一个女人，杀了她丈夫？"

"你听说过了？"

"没有，"她笑了，"就是字面的意思嘛。"

说好的三天,难得闲暇,晚上她约胡兰成一起吃饭。他们关系很好,认识有几年了。好到从餐厅出来,就自然而然去了胡兰成在大西路的住处。为什么能这样好呢?他胡兰成是个烂人,家有妻室,拈花惹草,更重要的是他卖国,给汪精卫做御用文人。然而她苏青能好到哪儿去呢,她以为自有克制,爱恨情仇,不会糊里糊涂委身于谁,可是全上海的读者都认为《结婚十年》的作者是个荡妇。

　　她把这个困惑讲给了胡兰成,你是个抹布,哪儿脏擦哪儿,女人不断,却没人嫌弃你这一点,而我,只希望找一个相爱的人嫁出去,却被当做人尽可夫。胡兰成不说话,当这话过去了。是啊,没法让他表态,他有老婆,女儿刚出生,希望他讲什么呢?

　　"你觉得我们这种关系能持续多久?"她问。

　　"我讲不清楚,愿它尽量长久。但这由不得我们,往后上海什么样都难讲。"

　　她叹了口气。胡兰成叫车送她。坐进后排时苏青说,有空我会再联系你。胡兰成讲,最近可能还要约你吃饭,最好就是这几天。苏青没明白他什么意思。

　　"你寄来的杂志我看了,《天地》,第十二期,有篇叫《封锁》的小说写得很好。你认识作者吗?"

　　"张爱玲,我很喜欢她,我们很相熟。"

　　"我喜欢这篇小说,我想我也会喜欢小说的作者,我想认识她。"

　　"你要怎么认识?"苏青有些警惕。

　　"我想你来介绍我们。"

　　苏青盯着他,摇上车窗,汽车已经在缓缓移动,她依然转着头看他远去的身影。她不敢转移视线,她怕眼睛一转,一眨,眼泪就掉下来了。

十一

　　晚饭约在八点钟,他们说好的,别太早,让食客散一散,别被某个认出苏青、张爱玲的读者打搅到。胡兰成来得早一点,两位女士入座后,大家寒暄几句,就陷入一个沉默的公约数里。还好餐厅有钢琴独奏可以解围,一曲过后,张爱玲问苏青的新戏怎么样了。苏青不直接回答,先说酱园弄有个女人,不知道什么原因,把她丈夫杀了,于是她的戏就停演了。

　　"跟《娜拉出走之后》有什么关系?"

　　苏青笑笑,不回答,问张爱玲最近如何,杂志还等她的稿子呢。

　　"我想写长篇,"张爱玲说,"我从没写过长的,不都说长篇像长跑,考验一个作家的体力和耐力,我想证明自己。"

"写什么呢？"

"不确定啊，暂时想的是一个女人被她丈夫囚禁十几年的故事，当然细节不会这么简单。"

"名字总想好了吧？"

"想好了，《十八春》。"

苏青迟疑了一下，直截了当告诉她，她感觉不好，太风尘了，像青楼的名牌。

"也是啊，但另一层面的含义是，这个女人经历了十八个春天，十八次希望，却从没能走出去。"

张爱玲恍惚起来，就像当场陷入了构思的迷局。这期间胡兰成一直没说话，还挺绅士地听着两个姑娘谈话，不时招呼服务员上菜。最后一道菜端上来时，他终于说了第一句话："不如叫《金锁记》。"

"《金锁记》？"张爱玲恍过神来，跟着念叨两遍，说，"谢谢，我会想想的。苏青，你怎么样，下部写什么？"

"我不知道。"显然苏青不想聊这些。写作对于作家而言，写得顺，就算你不问他，他自己也会滔滔不绝地讲下去，写得不顺，多问几句就是对他的折磨。

几道西餐他们吃了快两个小时，胡兰成中间加了一次香槟，一次红酒。后来大家都有些微醺了，张爱玲打听起胡兰成。她知道他，这几年政坛文坛到处都见他的名字，她问他既然你投奔了汪精卫，为什么去年又被他关进大牢里？

"我们的理念不同。"

"怎么不同了，不都是投奔日本人吗？"

"他要赢，他还要打仗，打到重庆去，把老蒋干掉，做真正的总统。而我主张和，哪里都不要打，既不跟日本人作对，也不对英美宣战。"

"这样是可以少死很多人。"

"不止是这样，当今世界分两个阵营，德意日的轴心国，和英美为首的同盟国，这场战争总要有人输，有人胜。你说输了的会怎样？"

"割地，赔款，甚至被奴役。"

"但不管是德日赢，还是英美赢，中国不会输，不会割地赔款。这就是我的态度，德日胜利，我们是轴心国，享受胜利的果实；若是英美胜利，老蒋就是同盟国，他还是中国，中国人没损失，到时候保全中国，死他一个汪精卫就好。"

"所以，这番话刺痛他了？"

"不止这些，我骂他不配做中国人，心里没有国家，只想着他自己的春秋大梦。"

"他啊，没杀你，还真是你祖上积德。"

"他要不是去年死了,恐怕我今年就没机会和张小姐共进晚餐了。"

胡兰成让服务生再开一瓶酒,有个眼尖的读者认出了苏青,过来问她要签名,然后告诉餐厅,为《结婚十年》的作者苏青小姐点一首曲子。餐厅一时间骚动起来。三个人拎着刚打开的红酒,有些狼狈地跑到了大街上。

虽已入夜时分,路上霓虹闪烁。胡兰成和两位女士商量下一站去哪儿。张爱玲表示没关系,时候不早了,不然就各自回家吧。

"去胡兰成家!"苏青高声喊道。她像为难胡兰成,想让张爱玲看到他有不少女人的痕迹,甚至还有她苏青的痕迹。看起来张爱玲也是意犹未尽,居然应允了这次邀约。

进家门时苏青看了眼墙上的挂钟,夜里十二点半,挂钟下面的衣架上还缠着她上回忘在这里的丝巾。张爱玲也见到了,眼神停留几秒,就朝胡兰成望去。他们又喝了两瓶酒,苏青已经困得口齿不清,尽听他们俩在聊天。她说不行了,去睡一下,径直进了胡兰成的卧室。

躺到床上反而睡不着了,依稀听到两人在客厅的说话声。听不清楚,她开始思考晚餐时的问题,她下一部写什么。毫无头绪,反而比酒精更有效地助眠了。

也不知道睡了多久,天还没亮,酒劲基本消退,两人还在客厅聊天。她揉着眼睛出去,看见挂钟已经快五点钟。四个多小时,他们第一次见面,就永远聊不够的样子!

"你睡醒了?"张爱玲问道。

"你还没睡?"

"是啊,还不太困。"

"我不该睡着的,连累你一夜没回家。"

"没关系,我们聊得很自在的。"

她认识胡兰成几年,好像都没有今天一个晚上的话多,张爱玲同样如此。她有些恨恨地看着挂钟,是怎么了,是嫉妒吗?时间在逝去,身旁的两个人在说什么,她一句话也没听见。四点五十九分,她在等整点敲响。分针就要指到十二的时候,她坐直身子,做好准备。

没有响,胡兰成这个烂人,怕惊扰到迷人的张小姐,把声音调掉了!

"我要回去了。"苏青起身说。

张爱玲抬头看她:"我叫车送你吧。"

她在等我离开?苏青点点头,说:"不必了,你们慢慢聊。"将外套穿好,她对张爱玲说:"晚上你问我,下一部写什么,我没回答,我现在告诉你,我写不出来,读者不爱看我编的故事,我也不会虚构,他们就爱看我自己的故事。但是我没什么好写的了,我也不知道怎么办,我是不是就这样,靠一本书,当一辈子作家了啊?"

说完她转身就走,她害怕安慰,害怕张爱玲或是胡兰成那同情的眼神,鼓励她别恐惧,写下去。开门的时候她看一眼衣架上的丝巾,犹豫了一下决定留在那里。既然今天是她的坏日子,张小姐的好日子,那就让这一天再坏一点,再好一点吧。

十二

新戏搁置,新书不知道写什么,朋友一夜之间似乎都不见了,苏青不知道接下来该干什么了。她又去剧院闹过一次,算不上闹,也就是大声争取。剧场经理顾左右而言他,他说不是钱的问题,是救人一命胜造七级浮屠。

"救谁,人已经死了,你救谁?"

"救嫌疑人。"

"你救凶手?"难以置信,苏青觉得他们搪塞都不找点像样的理由,"你救杀人的人?"

"不是凶手,是嫌疑人,除了薛副局,全上海都不认为她是凶手。"

苏青想找薛副局谈谈,他们占了我的地方,天天演你的笑话,你什么滋味,就不能做点什么吗?头一次去他不在,留下口信让薛副局回她电话。回去的路上下了几场太阳雨,晴空万里,顶着太阳,忽然就跟头顶有人泼水似的下上那么两分钟。最后一场雨出了彩虹,雨点如流星一般从彩虹间穿过,落到她头顶。苏青一时看出了神,她还不想回家,她要到处走走。

薛副局第二天没联系她,她在家睡了大半天,有些伤风感冒。晚上才出门喝了点汤,她再去剧院看看,没准儿今天人们就已经对这个案子没兴趣了。

出乎她意料,座位都挤满了,胜过任何经典话剧的票房。她只买到二楼最里面的一张票。没看完,却看得泪流满面,跟剧情无关,估计就是想找个黑暗角落大哭一场罢了。哭过之后她决定离场。对每个人说打扰了,从里面一点点腾出来。台上的女主角在进行最后一场独白,她对警察说,你们打我,折磨我,逼我说出很多假话,能再记几句我的真话吗,我不识字,自幼孤儿,被周家收养作丫鬟,本以为嫁了詹云影,就真的有个家了,可是这不是我要的家,他要么一个月不回家,在外面狂嫖滥赌,要么回一次家,就将我痛打一顿,把这个月的家用抢走。现在是他死了,你们审判我,枪毙我,有朝一日若是我死了,我想你们不会抓他的,只会笑我詹周氏体弱多病,命比纸薄。

就像那片彩虹,苏青移到一半,干脆挡住后面,怔怔地望着台上。她知道接下来干什么了,她知道下一本书终于不用再写自己,詹周氏在那里,她要好好了解一下这个命比纸薄的女人。

十三

进入四月份,宋瞎子重新出摊算命。大块头的血没能吓住他,反而让他对外吹嘘,他这回可以更容易地同死人讲话。同当时大多数地方的中国人一样,死亡司空见惯,人们早就失去了对死亡的敬畏与恐惧,战争、疾病、贫穷,二十世纪四十年代的中国人像蟑螂一样,尸横遍野地死亡,又密密麻麻地生存。

楼下一直关灯的那户人家也有了眉目,孤零零就一个男的,叫何惠贤,山东淄博人,四十多岁,十多年前老婆死了,没孩子,也没续弦。二房东王燮阳悄悄地讲,他俩绝对有事,何惠贤和詹周氏,全酱园弄都不敢借钱给她,唯独从何惠贤那儿每个月她都能弄出点钱来。

这一切都符合薛至武的猜想,当王燮阳打开账本的时候,他明白自己又想错了。何惠贤是三月十五日退房搬走的,距离詹周氏杀夫还有一个星期,买的是回老家的火车票,邻居们看着他把行李大包小包地捆在马车上,去了火车站。

薛至武点起一支烟,又陷入沉思。案子发生十来天了,合谋者没找到,他反而成了街头巷尾的消遣。酱园弄不大,围成一圈的小弄堂,里面跟他妈蚂蚁窝似的住了一百零四户人家。薛至武偶尔见到一个男人,就会紧盯他的双眼,试图找出点破绽。毫无头绪,四月三日晚上,他在办公室待了一夜,读尸检报告,读审讯笔录,读下属警员走访的记录。四月四日晚上,薛至武在大块头的家里住了下来,他以为会很怕,会失眠,结果他太累了,倒床上就睡着了。也许是过于香甜,凌晨四点多他便醒过来,摸着黑在屋里寻找,找着找着他都忘了自己要找什么,黑暗中坐在床边大口地喘气,天亮的时候他想起来了,他要找床底,找衣柜,看看这家里有没有一个藏身的地方。大块头十二点多进家门,两人吵架到夜里三点,这期间那个合谋者藏在哪里?詹家太穷了,没赚什么钱,又全被大块头赌光了。没有所谓的床底,就一张床板,跟日本榻榻米似的铺在地上。衣服都收在箱子里,或是一排排挂在墙角,唯有厨房的一个储水缸有些可疑,家里没人十来天,里面的水都有些泛浑。薛至武半蹲下来,张开双臂丈量,不到一米高,詹周氏那样的小个儿都不一定进得来,何况一个男人。薛至武推门下楼,仰头在酱园弄转了一圈,凶手就在这里面,他是三点以后进来的。

他去敲二房东的门,王燮阳没起床,妻子王陈氏为他开的门。他问,在夜里要是有外人进来,你们会不会知道。

"我们就住在大门这里，别说是外人，房客回来，我们都要看一眼。"

"那天晚上，有什么人是夜里回来的？"

王陈氏想了想，确定大块头是最后一个回来的，之后她就把大门锁上了。薛至武又过一遍酱园弄的每扇窗户，要王陈氏打开何惠贤的房子。

窗明几净，只是墙角长了些青苔。王陈氏说她每个礼拜都会打扫一遍，只是这个案子不知何时才能结束，现在都招不来租客了。

薛至武点点头，没法承诺她结案日期，他要王陈氏给他一份名单，酱园弄所有的单身男人。他假设凶手凌晨下床出门，没有家人或妻子察觉。

"出门？去哪里？"

薛至武摆摆手，开车回警局。中午王陈氏的名单交上来了，他让队长把名单上的人带回来审讯。秘书提醒他，有位苏小姐昨天来找过他，还写下了电话号码留在桌上。薛至武询问长相年纪，看着桌上的便签，家里有电话的年轻女士，又一位小姐太太，可惜和案子没关系。

他没心情回电话，在办公室等了一天，傍晚时分，队长拿着厚厚一沓笔录回来，对他摇摇头，说："都审了，看样子没有可疑的。"

他翻了翻，净是些废话，让队长备车，他要去提篮桥一趟。

这回他没有进狱区，在禁闭室等看守把詹周氏带来。明显是瘦了，好像也挨了不少打，走路都需要看守搀扶。薛至武示意她坐下，喝杯水，让看守去门外等候，自己点上一支烟，连抽几口问："你多久和何惠贤睡一次？"

詹周氏瞪大眼睛，似乎在惊讶他的查案速度。

"借一次钱，睡一次你？"

"也不一定，他主要是同情我。"

"大块头知道吗？"

"不知道，我想他知道了也不会在乎。"

"可是，他可以用这个理由打死你。"

詹周氏沉默，他说的是对的，不是今年就是明年，大块头早晚会打死她。

薛至武继续讲："你最后一次跟他借钱是三月十三日，买那把菜刀，你先去的刀铺，那把刀要一千五，我问过刀铺老板了，他说你头一次来钱没带够，又回去取的。实际上，你去跟何惠贤借钱了。"

"他给我拿两千三，让我留八百过日子。"

"可你跟他说，这样下去不是办法，你计划杀了大块头，然后跟他过。让你没想到的是，何惠贤怕了，他可以同情你，可以睡你，但他不想为你杀人，甚至不想让别人知道你们的奸情。第二天他就买了回老家的票，临走的时候还留了他房间的钥匙。你三月二十二日对大块头下手，十天的时间，你又找到一个靠山,帮你杀了大块头。"薛至武停了几秒,问,"这个人是谁?"

"没有别人,就我自己。"

"我这样讲吧,我不知道他哪天进来的,但他一直在酱园弄,住在何惠贤的房子里。你也摸不准大块头哪天会回来,三月二十一日夜里,他回来了,三点钟他才睡着,你看着时间,四点钟,五点钟,你开门把他放进来了。"

詹周氏拼命摇头:"不是的,不是的。"

薛至武盯着她,将烟头掐灭,对她笑了笑,起身离开。出门时典狱长赶来了,跟他解释:"办法都用过了,真是嘴硬,什么都不说。"

"给她吃点好的,养养伤,别在这儿出什么差错。记着,她是死刑犯,我得让她死在刑场上。"

四月六日周市长邀请他吃法餐,他是薛至武的直接上司,兼任上海警察局局长。薛至武知道周市长找他干什么,报纸天天在炒这件事。前菜还没上,周佛海就问他,酱园弄的案子是怎么回事。薛至武从头到尾汇报一遍并表示,会派人去山东抓捕何惠贤。

"把他抓到,一切就可以水落石出了。"

不知道哪句话惹他不高兴了,周佛海放下刀叉,折起餐巾擦着嘴巴反问:"他是军统还是共产党?"

"都不是。"

"那他是什么?"

"普通人,凶手。"

"好,凶手,你要费这么大警力抓一个普通的凶手?我问你,上海的警察该干什么?"

"让上海稳定,打击犯罪。"

"别在这儿讲好听的,我的人该干的是,抓老蒋和老毛的人。"周佛海看眼手表,"现在是六点半,此时此刻,全上海至少有十个组织在秘密筹划怎么暗杀我周佛海,你不去搜他们,跟我要人,去他妈山东抓何惠贤?"

"属下的错。"

"报纸我看了,记者说詹周氏一个人干不来,那就是有个奸夫。这很难找吗,满大街都是。"

"属下不明白。"

"你听着,薛至武,你说,她不给你一个名字,你就不能给她一个名字吗?"

"给她一个名字?"

"满大街都是,我给你五天的时间,我要在报纸上看见这个案子了结!"

主菜是牛排,端上来时嗞嗞冒油,周佛海都没瞅一眼,将餐巾扔在桌子上,带随从离开了餐厅包厢。

剩薛至武独自在餐厅吃了两份的前菜、主菜和甜品,主要的是还喝了两人份的洋酒。回去的路上有些微醺,还没到局里,就在路边吐了出来。他让司机先回去,自己步行透透气。司机不敢抗命,又不敢把他一人留在大街上,把车开在后面缓缓跟随。薛至武摇摇晃晃,影子在路灯下时长时短。五天,到四月十日,满大街都是,案子会更简单,只是时间太紧了,何况他真的不想随便拉个替死鬼。他迷迷糊糊,掐着指头从拇指开始数日子,费了半天劲都数不到小指。

到局里差不多晚上十一点。刚推门进去还以为自己进错门了,一位围着披巾的年轻女士正坐在他的位子上,见他进来,说:"值班的说,你一定会回来。"

他揉揉眼睛,倒退回门外,看看门牌没错,跨步进门问:"你找我?"

年轻女士站起来,向他走过去。薛至武确实有些醉了,瞪大眼睛也看不清她穿的是旗袍还是短裙,只听到高跟鞋的声音渐渐靠近。

"你好,"女士伸出右手说,"我前天来找过你,我是苏青。"

十四

他们俩聊了很久,确切地说苏青在讲,薛至武眯着眼睛看她,酒劲儿还没过去,苏青讲的一句话也没听进去。从进门那一刻,他就觉得这女人有种味道,说不上很美,看起来也不年轻了,但就是有吸引人的地方。他确定没见过她,可如此似曾相识,他又问一遍她的名字。

"苏青,薛副局,你有在听我讲吗?"

薛至武点点头,仿佛疑点解开的表情,说:"我看过你的戏。"

"《娜拉出走之后》?"

"差不多,我奔着这个去的,剧场临时换了别的戏。"

薛至武说完苦笑,两人都明白这其中的意味。他看见苏青从包里掏出烟盒,向他推过来。薛至武瞅一眼香烟的牌子,特没劲儿的那种女士香烟,他摇摇头说:"那出戏讲的是什么呀?"

"没什么意思,外国的故事。"苏青自己拽出一支点上,吐出第一口烟雾时说,"我要见见詹周氏,我要写她。"

"你想把她写好,还是写坏?"

"我还不知道,但我同情她。"

"哈,你也同情她,何惠贤的同情是跟她睡,你的同情是写她。"

苏青愣了一下，也不知何惠贤是何等人物，说："我觉得她像我们所有女人。"

"你们？你要记着，她和你不一样，她是个杀人犯。你现在还不能见她。"

"现在是到哪天？"

薛至武又数了一遍，从拇指开始，这次数到了小指，然后他握紧拳头，轻敲两下桌子说："五天，到四月十号。"

等不到第五天，八日的晚上，副典狱长打电话过来说詹周氏咬舌自尽了。话没说全，薛至武一度以为她死了。赶过去的时候她已经住进医疗部，舌头止血，躺在病床上，嘴里戴了上下两排的牙套，也不知是睡是醒。薛至武拽把椅子坐在床旁边，点起一支烟，慢悠悠地说："你反正都是要死的，不必这么急，我没让你遭什么罪吧，那你就好吃好喝地等到上刑场那天。反正你都不讲，我也不跟你问名字了，我拿三条命陪你上黄泉，二房东王燮阳、楼下宋瞎子、刀铺老板，他们都可以是你的帮凶，都可以陪你一起吃枪子儿。"

薛至武讲完走到床边，打开窗户将烟头弹出去，阳光明媚，却是一些人最后的时光。他听到詹周氏在他后面翻身，一个很含糊的声音吐出来。

薛至武想起她戴着牙套，舌头又刚咬破，让护士送笔纸进来。詹周氏握笔对着纸虚划了半天，努力地说出第一句话："我不会写字。"

"那就说出来，救他们三个一命。"

"小，"她停顿一下，舌尖舔了舔牙套，"小宁波。"

见到他第一眼，薛至武就确定小宁波杀不了人，他没那个长相，詹周氏都有股狠劲，小宁波眼珠子里面蹦的都是投机与谄媚。已经是四月九日的下午，小宁波被带进警局的十六个小时以后。队长报告薛至武，头几个小时嘴还很硬，不过还是招了。薛至武接过口供浏览一遍，放到一边问："你认得我吗？"

"副局长，他们叫你副局。"

"嗯，上海我说了算，你好好地配合我，我保你不死，风头一过我就放你出去，给你个闲差，天天玩你的牌，我给你出赌资。但你得回答我想听的。听说你昨晚吃了不少苦，何必呢，何必说我们不想听的呢？明白了吗？"

"明白，明白。"

"好，知道谁把你供出来的吗？"

"詹周氏那个贱人。"

"她为什么供你？"

"她不喜欢大块头跟我玩牌，以前去过她家一两次，都是被她撒泼赶出来的。"

薛至武摇摇头，很失望："这个不是我想听的，昨晚他们没教你怎么说吗？"

小宁波眨眨眼睛，想清楚后说："她跟我说，自己存了一些私房钱，杀了大块头，她跟我过。"

"很好，大块头很少回家，有时候一个月回不来一次，不过你知道他什么时候回家。你先让詹周氏买好砍刀，三月二十一日夜里，大块头输光了，离开远东饭店，你在后面跟着，一路进了酱园弄。大块头上楼进门，楼下是何惠贤的房子，詹周氏早给你钥匙了，你在里面等他睡着，才悄悄进了门，我说得对吗？"

小宁波愣在那里，不知如何回答。薛至武又追问一遍："对吗？"

"对，对！"

"你记得就好，明天千万不要出差错。"

"明天就上法庭？"

"着急了不是，没那么快，明天过现场，在杀人的地方走一遍。"

"我真没杀人！"

"不好，这么说可不好，记着，全上海的记者来给你拍照，你要出名了。"薛至武微笑地看着他，那表情似乎在恭贺榜上有名的秀才。

十五

薛至武数了数，来了三十多家媒体，仿佛开一场盛大的 party。一切都顺理成章，詹周氏与小宁波也还算配合。队长的意思是由他对记者讲解案发过程，薛至武摆手拒绝。这段日子既然出尽了丑，他也懒得再出风头。还好队长懂规矩，回答每一个记者问题时，都会先加上一句"我们薛副局认为"，不敢自己称功。

面对照相机，薛至武在二楼房间站了一会儿，之后从人群中退出去，到花坛边抽支烟。离老远还能听见记者问话的声音，听起来他们也满意这个结果。这时候要是有杯红酒就好了，春意盎然，借着鸟语花香小啜一口。有个女人朝他走过来，靠近一些他认出是苏青。

"我们有邀请你吗？"

"我也是媒体，"苏青在他旁边坐下，又掏出她的女士烟，"我们办的杂志叫《杂志》。"

"倒是挺取巧的。"

"您这不也是挺取巧的吗？我看了小宁波的报道，他是再合适不过的帮凶了，没老婆孩子，远东饭店的小混混、烂赌鬼。估计你都快相信，他会杀人了。"

"你要说什么？"

"我要说，你觉得詹周氏为什么要杀大块头？"

"因为她受不了大块头是个烂赌鬼。"

"所以她要杀了大块头，好嫁给小宁波，另一个赌鬼？"

薛至武侧过头盯了苏青几秒，转回来直视前方，说："案子已经结了，詹周氏怎么想的，那是她自己的生活，我不能替他们想透，帮他们活一遍。"

"好，薛副局，就说这个案子，你有没有想过，詹周氏到底为什么要杀大块头？"

"她想离开大块头。"

"那为什么不离婚呢，为什么要杀了亲夫，把自己作践成一个死囚呢？"

"是啊，"薛至武苦笑两声，"为什么不离婚呢？"

"因为她离不了婚，我是离过婚的，我知道，在中国，在上海，离了婚的女人还不如妓女。你问我《娜拉出走之后》是什么戏，娜拉的丈夫重病时，娜拉四处借钱给丈夫治病，后来丈夫病好了，那些债主也一个个催上门来，她丈夫说钱不是我借的。债主说了，你妻子借的，不跟你借的一样？她丈夫说，那可不一样，从现在开始她就不是我妻子了，我决定跟她离婚了，她借的钱她还，跟我没关系。可是娜拉离了家就无法生存，她不识字，又干不了体力活，房东都不会把房子租给一个单身女人。走投无路，娜拉只好做妓女，街边卖笑，她最后一个客人是她的丈夫，在街头偶遇，她丈夫现在已经发达了，居然嫖了她，这他妈算忆苦思甜吗？完事还把钱扔在床上算嫖资！"

"最后呢，娜拉什么下场？"

"我写时也在犹豫，我让娜拉自杀了，看起来这是最合理的结局，可是这不对，我现在明白了，我不能让她这么死，她应该拿起砍刀，杀了她丈夫。"

二楼那边骂起来了，小宁波撒泼似的，挣脱着脚镣要往詹周氏身上扑，也许才意识到他不会就此发达，他会死在大牢里。队长带头用警棍打他，薛至武站起来回身看了会儿，坐下来和苏青继续说："你说谁，你说娜拉还是詹周氏？"

"不管是谁，总有些浑蛋游走于法律边缘，没犯法，却把女人折磨得生不如死。你们警察管不了的人，我们只能自己反抗。"

薛至武身子向前弓，双臂撑在腿上，双手交叉着不说话。小宁波就算了，活着死了都是个杂碎，主要是詹周氏。已经四月十日了，晚上他就要给周局长写结案报告。他需要讲詹周氏杀人是不得已而为之吗？不可能，那就这样吧。甭管詹周氏面前有几条路，甭管还有什么人在帮她，大块头不是死了吗？按过去的规矩，詹周氏就算什么都没干，不还是得殉夫陪葬吗？真是的，谁也冤枉不了谁。

十六

仿佛是躲媒体的风头,法院一拖再拖,到六月底才对詹周氏开庭。五十天里,詹周氏成了这个春天最热门的词汇。张言对薛至武开玩笑说,上海所有关于酱园弄的报道,加起来有几百万字了吧。苏青也写过几篇稿子,发表在她自己的《杂志》上。他们不想让詹周氏死,他们觉得詹周氏一死,这个城市就要病了。

胡说,杀人不偿命才会让上海大病一场。正方反方都在等一个结果,弄得法院也不敢开庭了,它也在等,等上海忘了这件事,是死是活不再被舆论左右。六月下了几场大雨,所幸城里没涝,法院宣布检方准备好材料、证人,二十七日开庭,七月以前把这场争论了结。

开庭的第二天薛至武去了,作为检方证人,他要证明尸检报告以及两名被告口供的真实性。上海已经不再凉爽,尤其是大雨之后,法庭里闷热潮湿,几架吊扇在棚顶缓慢转动。他回答检方提问,他说三月二十二日接到报警,在酱园弄将詹周氏抓获,她本人也对此供认不讳,但一直在保护帮凶小宁波,直到警方掌握一定的线索,才肯吐露小宁波为帮凶。

"薛副局,"检察官问,"那么,在您多年的从警经验里,詹周氏此举,算不算有自首情节?"

薛至武看眼被告席上的詹周氏,她眼神有点呆,吊扇的影子一次次打在她脸上,好像一直在盯着墙角的蜘蛛网或是斑点什么的。他松松领带,回答检察官:"算的,詹周氏有自首情节,可以适当减刑。"

"尸检报告上说,詹周氏及其帮凶,将詹云影杀害后,分尸十六块,对吗?"

"是的。"

"好的,法官大人,"检方放下卷宗,面对着法官说,"杀人是死刑,杀自己的丈夫更是死刑,何况杀夫后又大卸十六块。詹周氏的罪行足够三个死刑,哪怕再有立功表现、自首情节,减去两个死刑,詹周氏还是个死。"

法官思索几秒,让被告律师问问题。詹周氏没请律师,最终由法院指定一名律师给她,与其说律师,不如说是詹周氏的代理。他先与詹周氏低声商量几句,随即起身宣布,被告方没有问题,可进入下一环节。

中午休庭后薛至武就离开了法院,晚上检察长打电话给他,告诉他是死刑。薛至武"嗯"了一声,没再说什么,换平常这多少值得庆祝一下,这次他没怎么兴奋,也许真的是被苏青这些知识精英影响了。

不出所料,苏青在次日找到了薛至武,她想知道,判死刑的人,一般多久执行。

"我还想争取一下，"她说，"争取能让她活下来。"

"我劝你还是劫狱吧，她是一定要死的。"

"薛副局，您可能不知道，一半以上的上海人不希望她死。"

"是一半以上的上海精英吧？老百姓才不关心詹周氏，西南战场谁胜谁败，他们都不在乎，会操心詹周氏死不死？"

"那如果我们也不在乎，这个世界永远不会往前走，不会更美好。"

"你们太高估自己了。"

"薛副局，我希望你能活得长久一点，久到你能看见，我今天的话是对的。"

离开警察局，苏青没有回家，她想去杂志社再写一篇稿子，杂志来不及，就发在明天的报纸上。她在桌前坐了两个小时，一个字也没写出来。因为她明白，就算稿子写得妙笔生花，也不会改变詹周氏的命运。

她给张爱玲打电话，约她出来坐坐。这让张爱玲为难，她说她在写《十八春》那个长篇，刚刚知道怎么写，她怕一出来，又要重新构思几天了。听到苏青语气低落，她问苏青怎么了。

"詹周氏明天就要判决了，是死刑。"

"就是杀丈夫那个吗，那你为什么难过？"

"你一直没关心这个吗？"

"我只是知道这场争论，死刑还是终身监禁，但我无所谓，我没态度。"

"一件事情发生了，你能做到没态度？"

电话那边停了好久，在想怎么跟她解释。"就像写小说，把它如实描绘下来，我可能会有倾向，类似于同情，但我真的没态度。你知道，我不是左拉或罗曼·罗兰那类作家。"

"你可以做那样的作家。"

"像鲁迅那么操心，搞得自己一本书也写不出来吗？"

"好吧，你是托尔斯泰。"

苏青笑了，挂掉电话她又打给一个人，接通后她就后悔了。那边是胡兰成，听到苏青有点不对劲，问要不要找个地方喝点什么。地点定在静安，离他俩都不算远。苏青要血腥玛丽，由于口渴，一口气干掉头一杯，喝到第二杯的时候，苏青说起詹周氏，事实上她都没机会去提篮桥探视过她，但说不上来，死刑为什么会让她很难过。

"说真的，我们能不能改变世界，让上海变得更美好？"

胡兰成沉默，苏青也觉得自己格局太小了，胡兰成干什么的，以前给汪精卫写稿子，新总统上任前都得跟他拉拉关系。苏青又要一杯，喝得太快有点晕了,想从吧台上下来,找个舒服点的卡座。胡兰成搀着她胳膊走下去,坐好之后胡兰成说:"现在局势不稳定,说好的三个月,八年还没拿下。老蒋随时可能回来,你知道我这几天一直在想什么吗,我没有想我胡兰成什么下场,怎么个死法,我在想中国以后会什么样,会更好还是更坏。我们都一样,我们都想为改变这个世界尽一点力气,可有时候我们会错,我一直努力的事,没能让整个世界更好,到那时我们才发现,我们把力气用反了。"

苏青的确是喝多了,脑子要转好几个弯才能想明白胡兰成在说什么,尽管她不愿意承认,但好像是越来越喜欢这个男人了,他太强大了,在他身上总能找到一种力量来治愈她阶段性的虚弱。

结账之后他们站在街边叫车,这时候她都不知道是一辆还是两辆,第一辆车停在他们面前,他为她开车门,她坐到后排里侧,胡兰成也弯腰探进车内,说:"对了,我忘记说了,我要和张小姐结婚了。"

"哪个张小姐?"苏青皱了皱眉,想到是谁了,"可是,你妻子不是刚给你生了个女儿吗?"

"所以我上个月离婚了。"

苏青冷笑,摇了摇头,嘴里念叨着:"真是禽兽。"

胡兰成还是对她笑了笑,感谢她介绍张爱玲与他相识,最后退出车内,礼貌地帮她关上了车门。

十七

薛至武后来想想,当时应该明确回答那个问题,一般来说,从死刑到执行是十五天到二十天。奇怪的是,两次詹周氏都没死成,头一次是七月十八日,清晨小雨,像是与世界告别的日子,可上面突然要求调走所有的警力,全城巡逻戒严。于是行刑推迟二十天,于八月六日的晌午执行。

五号的晚上詹周氏吃了一顿不错的上路饭。到六号上午,东京时间的八点十五分,日本出事了,美军在广岛投放了蘑菇云一般的炸弹。所有的警察进入戒备状态,包括行刑队,眼下有比枪毙几个犯人更大的事儿等着他们。

晚上通知下来了,日本拒绝投降,周佛海要求提篮桥先处置政治犯,刑事犯人暂时搁置。行刑队马不停蹄,平均每二十分钟便往刑场拉一名犯人,枪决,掩埋,再进入提篮桥提下一个政治犯。八月九日,第二颗原子弹在长崎郊区爆炸了,时间紧迫,行刑队连刑场都不去了,直接在提篮桥打开牢房大门,对着犯人的额头就是一枪。

这段时间薛至武一直抱病在家,他知道老蒋会回来,日本人不会带他走,事实上他们连和服女人都无法带走了。每多杀一个犯人，日后都会多一份罪责。他在思考怎么活命，有一种预感，詹周氏都会比他活得久。

还好，最终日期定为八月十五日，真是躲得了初一，躲不过十五。他那天上午出门，想去提篮桥看看，老蒋的人差不多都杀光了，一千多人，在监狱西北角拢起一个火堆，专门火化临时处决的尸体。在那一天詹周氏终于害怕了，自杀的时候她一心想死，可别人要杀的时候，她坐在那里两腿发抖。

这回没上路饭，监狱已经乱成一团，狱警的伙食都难以供应。以前的那些厨子们不是辞职就是告假，他们只是养家糊口，日后万一上纲上线怕是命都没了。副典狱长带人将詹周氏和小宁波押在前面，薛至武跟在后面，鞋跟一下一下地敲打在监狱的长廊上。他依旧带个手电筒，像那天走进来一般，在无窗的长廊里忽明忽暗。

走到行刑地点，副典狱长先将小宁波绑在柱子上。所谓行刑队也没几个人了，树倒猢狲散，六人的行刑队，现在还剩三个。副典狱长一声令下，端枪上膛。不知是残忍还是人性，民国时的枪决需三人瞄准头部，三人瞄准心脏，保证犯人第一时间无痛苦死亡。副典狱长喊"预备"时，小宁波绑在柱子上尿了裤子，哭着喊着说，你要保我的，你个王八蛋！

砰！三个人开枪却只有一声枪响，因为身子绑起来了，小宁波向前倒不下去，最终脑袋耷拉着站着死在柱子上。下一个是詹周氏，还好没吓尿。薛至武可不想看到这一幕，尤其是长相还不错的女人。三个人退枪换弹，薛至武有几句话要对詹周氏说，背对着三个枪口走到詹周氏身前，凑在她耳边说："告诉我，那个人是谁？"

詹周氏看着他摇头，那眼神，真像是告别，居然没有恨。

"说出来别怕，我副局长的位子也坐不久了，没时间抓他，我只是想知道，他到底是谁。"

詹周氏眼神发直，盯着电线杆上的喇叭，这眼神在法庭上也曾经有过，直到薛至武把她叫回来，又问一次到底是谁。

詹周氏张了几次嘴，决定说出来："你调查过这个人，怀疑过他，他是……"

话没说完，喇叭响起警报声，不大会是空袭，上海已八年无战事。警报过后冒出一个女播音员的声音："各级单位注意，各级单位注意，日本天皇已于今日正午一点零五分，宣布接受波茨坦公告，无条件投降。"

中文报了两遍，之后是天皇接受投降的日语原声，薛至武当然听不懂，但他知道那语气有多沮丧，仿佛失败者的遗嘱，他长吸一口气，仰头望了望天空，等转回身时三杆长枪全都垂下来，指向沾满血迹的水泥地上。薛至武，你生命中最高光的时刻结束了。

十八

审判自上而下,一车一车地拉人,一批一批地审,轮到上海警察局这一块,已经是入冬时分。没人当他律师,烫手山芋,律师们避之不及,不愿跟汉奸、卖国贼有一点关系。听说东京也要大审判了,东条英机一枪没打准,还要被美国人救起来,等着上绞刑架。薛至武没自杀的念头,他就一警察,国民党来了他抓犯人,日本人来了他也是抓犯人,怎么加罪也不至于判他死刑。

开庭那天被告席上站满了同僚,该来的都来了,就好像上海警察局迟来的年会。没律师,每个人都自我辩护无罪。但是说实话,日本人在这儿八年,上海哪个警察手上没沾过军统中统的血?十五年的,二十年的,还有两个周佛海的刽子手直接判了死刑。轮到薛至武自我陈述的时候,他说的第一句话还是那三个字:"我没罪。"

现场也没什么反应,因为大家都这么说,早习惯了。薛至武继续讲:"我是戴局长安插在周佛海身边的卧底。"

这句话引起了骚动,法官敲了敲小锤子,示意现场安静后,问道:"是戴笠局长吗?"

"是的。"

"虽然你在牢里,但你不可能不知道,戴笠局长上个星期飞机失事了。"

薛至武倒抽一口气,一副茫然失措的样子看着法官说:"我不知道。"

"除了戴局长之外,还有谁可以证明你的卧底身份?"

"蒋委员长,"薛至武说,"戴局长告诉我,如果他有什么不测,蒋委员长会知道我的真实身份。"

法官盯了薛至武许久,他不敢怠慢,既不能轻易判被告死刑,错杀有功之臣,又不能将报告发到委员长那里,让自己闹出笑话。他右手举锤敲下去,宣布休庭,择日审判。

从此以后便再没开庭过,当然,他不会见到蒋委员长,没人知道此人真假,狱警也不敢找他麻烦,将他如软禁一般押在提篮桥。薛至武一直坐牢到一九四九年。他一直想去女监看看,像一块心病。民国三十七年的除夕,提篮桥搞过一次文艺晚会,台上唱唱跳跳,薛至武没半点心思,两个多小时一直伸着脖子往前排的女区张望。他好像看到了詹周氏,回头同后面说了两句话。他不确定是她,她早该死了,可他又觉得她死不了,三次行刑未中一颗子弹,永生之神庇护在她头顶。之后他就盯着那女人的后脑勺,然而她再没有回过头。薛至武在想,那会是她吗,哪怕她多回几次头,他能确定吗?三年过去了,他忘记她的脸了,也许他记得的只是那一画面,手电筒从旗袍一路向上,最后定在她略微翘起的嘴唇上。

十九

连苏青的日子都不好过,先是张爱玲与胡兰成的离婚,苏青在报纸上读到张爱玲写给逃到武汉去的胡兰成一封公开诀别信。这让她难过挺长时间,尽管不那么情愿,多少她也算是媒婆,更多的是心疼张爱玲,要么是她不再爱胡兰成,要么是被谈话了,不得不与汪精卫的主笔划清界限。有几次苏青拿起电话,想去看看寡居的姐妹。可她不知道怎么面对,有次聚会的时候听朋友聊起了她,张爱玲那年写了两部卖座电影,《太太万岁》和《不了情》,一分钱都没留,两部电影的编剧费连同那封诀别信,全都寄给了胡兰成。真是傻姑娘。那晚苏青一个人喝了好多酒,转念一想自己何尝不是如此,胡兰成当年要求她介绍张爱玲,她又为什么无法拒绝,还不是怕惹怒他,永远失去这个男人。

更糟糕的事情是,将她与政治挂钩。爱国委员会在汪伪时期的报纸翻到《结婚十年》的一篇短评,充满赞誉之词,这本没什么,不幸的是,这篇短评的作者署名为周佛海。顺藤摸瓜,他们查到苏青曾经被邀,两次成为周佛海的座上宾。于是他们带她到局里谈话,一天一夜不让她回家。他们认定有些罪行是一戳即破的,比如苏青一定是周佛海的情妇,周佛海也一定跟苏青征求过卖国的计划。

车轱辘话正问反问,将近二十四小时还没取得口供的爱国委员会,开始在大仁大义上对她宣判:"不管怎么说,你应该拒绝汉奸周佛海的邀请。"

"为什么?他那时不是汉奸,是上海市市长,你让我拒绝上海市市长的邀请?"

"他是日本人扶持起来的,你是作家,你应该明白,这就是汉奸。"

"那你们还是美国人扶持起来的,中共是苏联人扶持起来的,无非就是你们胜了,他们败了,我就是一个女人,写小情小爱的一个女作家,不管你们哪一个做上海市市长邀请我,对我来说都是荣幸之至,我考虑不到你们想的那么大,吃一顿晚饭是爱国还是卖国?"

离开爱国委员会是早上六点钟,她想起在胡兰成家的最后一晚,也是这个时间,天刚蒙蒙亮。张爱玲与胡兰成一夜定终身,可是我们曾坚信的终身,最终也成了终身之恨。看着日出她想念张爱玲,想到要哭出来,睫毛沾着清晨的露珠就大片大片地掉起了眼泪。

这次她没打电话,直接去敲张爱玲的门,开门的是她姑姑,说爱玲在睡觉。

她求姑姑告知一声,说苏青在外面。姑姑关她在外进去询问,苏青在台阶上冻得直跺脚。过了一阵儿姑姑出来说,爱玲昨日风寒,此时见面怕将苏小姐传染。苏青愕然站在原地,确定无疑,她最好的,也是唯一的朋友就要与她疏远了。

冬日漫长而寒冷,她的第三本书终于写完了。关于詹周氏的一生,关于中国女人的一生。将近一年,她前后去了提篮桥十几次,除了杀夫案不谈,詹周氏跟她无话不说。她从自幼父母双亡讲起,随苏北姨妈家来到上海,因无力抚养,将她送到周家做丫鬟。那年她九岁,詹云影十四岁,在周家的厨房打杂。直到十六岁老爷把她许给詹云影时,她还对这个未来的丈夫没任何印象,可是她没法拒绝,她不能再赖在老爷家里吃闲饭。詹周氏说,她不是没提过离婚,哪怕出去饿死,也不想在他身边受罪。詹云影也并非不答应,他说,等你找到姘头,我就把你休了。她问苏青,这是为什么,他为什么一定要戴上绿帽子才同意离婚?

"因为你是老爷许给他的,"苏青说,"只有这样,他回周家才能说,是你有姘头,不是他詹云影辜负老爷。"

这本书在元旦前交稿,编辑一改之前的催稿态度,一直到春节都没回复她。正月初五她约编辑吃饭,她问写得怎么样,如果哪里不妥,她可以修改。

"我还没有读。"编辑低着头夹菜,似乎回避她目光,"现在是新时代新气象,你的书没法出版。"

"酱园弄是去年发生的事情,也能算陈旧吗?"

"不是题材,是你,你是汪伪时期红起来的作家。"

"那我应该怎么办?"

"我不知道,我也被连累了,我们一起往前走着看吧。"

那就走着看吧。正月十五城隍庙灯会,那些一闪一闪的赤炎光芒,感动得她一阵一阵地想哭。二月二她去烫了个卷发,然后依然待在家里,一个月没有出门社交。到春天她收到一封没有署名的信。里面写道:"我知道你一直对我尚佳,也一直将我当姐妹对待,只是当我得知真相之时,仍无法说服自己,你是无心之过,或是你有何种难言之隐。理智告诉我,你日后的隐瞒只是避免你我二人出现不堪,可我愈发觉得我如此可笑,只是在你与兰成的游戏中扮演一个痴情的小丑。就此别过,勿念,心安。"

她认识这字迹,苏青的《杂志》发过张爱玲的稿子。这一次她没能哭出来,可与悲伤媲美的内疚。她怕自己会再读一遍,第一时间用火机将信烧了。所有的幸福、放肆、痛苦、骄傲、怀念,最后都会连同躯体殊途同归。差不多可以了,她三十二岁了,她应该就此衰老下去了。

二十

有时候会出门，离家五百米，不需要拐杖，在花园的长椅上手持诗集晒太阳，读一组诗，一首诗，一行诗，连字义都忘记，只是觉得这些字组合在一起，上下排列起来真美。头两个月还在经常光顾的咖啡馆就餐，到后来她要算笔经济账了。没有版税，新书的出版遥遥无期，她要去市场买菜试着烧饭。那么难吃，但可以让她越来越瘦，离死亡越来越近。慢慢地她已不在乎买到什么，市场的菜名与价格如诗一般排列，两斤四十，三斤五十，多奇妙的逻辑与组合。

盛夏的一天晚上她仿佛把全上海的西红柿都拎回来了，没别的原因，在两斤四十、三斤五十的下面写着，一百全收。快到家时她看见一个年轻男人挡在门前，她从他身后绕过去，用钥匙打开门，转身面对着他后退进屋，将门关上。大概过了十秒她又打开门，探出头问："你找谁？"

这么热的天还穿着一身西服，年轻男人用手背抹抹额头上的汗，有些结巴地说："我找苏、苏、苏、苏小姐。"

年轻人叫施施施拜休，是个律律律师。苏青眨着眼端详他好久也想不明白，口吃这般严重之人，是怎么当上律师的。大概十年前他去美国游学，二十出头的样子，四年的法学院还未结业，上海沦陷。之后一等就是八年，从风华正茂的少年，熬成一个形单影只的中年人。他连娶妻生子的本事都没有，一身学问在美国却无以为生，他说，那里的华人不打打打官司，犯什么事儿就认认认栽，美国人更不会会会找他这张中国脸做律师，只等着抗战胜利，好回到上海大展拳脚。

苏青歪着脑袋问他："你在美国怎么考下来的律师证？"

施拜休解释了半天，美国人讲究三权分立，法律也是如此，检察院、法院和律师协会，谁也管不了谁，只要他刻苦，不需要像在中国那样托人找关系，就有机会取得律师资格。

"只有笔试，对吗？不需要面试？"

"有的，我打打打官司的时候，不不不结巴。"

苏青笑了，问他："你打过官司吗？"

"没没没有，但我知道，我知道我在法庭上不会结结结结巴。"

大概就是这个原因，他的律师事务所不到半年面临倒闭，没客户找他，他就试着自己掏钱找客户，头几单不为赚钱只为吆喝，最好是那种板上钉钉的死案，有些端倪也可以推翻，如果社会影响力再大一点，在上海人尽皆知，就再理想不过了。酱园弄杀夫案是他心中的完美命案，詹周氏还有一次上诉机会，帮凶又被枪决,口供是否真实可信,又是汪伪时期受理的案子,好多空子可以钻,值得重新推敲。

"起码,当年判她死死死死刑的那帮人,"他说,"现在都是汉奸罪坐坐坐牢呢。"

顺着这些材料他看到了苏青这个名字,他长期在国外,不知道《结婚十年》这本书有这么畅销。他需要她的帮忙,需要她跟他在一起,扫除他将在中国面临的人际障碍。

"怎么做呢?"苏青问,"凶手是詹周氏,确定无疑,你有什么本事,能让她无罪释放?"

"不一定释放,哪哪哪怕是死刑改为无期,也是成成成功的。"

苏青盯着他,点起她的长杆烟,慢悠悠地说:"我不管你何种目的,我也不关心你的律师事务所,倒闭也好,飞黄腾达也好,你要我帮你只有一个前提,你要保证,不能让詹周氏死。"

二十一

施拜休无名无分,去了两次提篮桥也没能见到詹周氏。事实上苏青也无能为力,与詹周氏非亲非故。她写了一封长信,将一年多力挺詹周氏的文章做成简报附在里面,托熟人带给詹周氏。第二个星期那边给了回音,要求见到苏青女士。

这是苏青第二次来提篮桥,头一次是民国三十二年,去牢里探望胡兰成,写信给汪精卫说情,求总统释放胡兰成。大半年她都在想,如果当时胡兰成娶了她,或是自己阴差阳错嫁了他,她现在会过得怎样,在哪里,会不会像张爱玲一样,连新书的序言都要向读者向政府道歉。

探视时间是下午两点,苏青和施拜休到早了一些。狱警破例让他们去探监室等待,非常时期,大把大把的汉奸等着拉刑场,杀人犯已经是小罪,用不着十分戒备。苏青一进去就注意到了从头顶射来的一缕阳光,差不多四十公分见方的铁栏窗,硕大的太阳要好不容易才能从外面挤进来,在房间里形成一道沾满灰尘的射线。苏青呆呆地看着这一切,头也不回地问施拜休:"她还会被枪毙吗?"

"不管政府姓汪还是姓蒋,中华民国的刑法没没没变。"

"那什么时候枪毙?"

一切都取决于最高法院复核下来的日期,施拜休告诉她,可能今晚就会被枪决,也可能在里面待十年二十年,老死在监狱里,都没等到行刑通知。

"他们复核的逻辑是什么？"

"没法说，什么原因都都都有，可能今年枪毙太多了，就等明年再说，可能监狱不够住了，赶紧上上上路腾地方。"他说，"我也着急，一旦申诉成功，这期间不管最后怎么判，但是诉讼期间，她算是未决犯人，不会被拉拉拉走。"

"未决犯人？未被枪决的意思？"

"不是，是未被被被判决的犯人。"施拜休告诉她，按照计划他打算十一月上诉。

"现在才八月，"苏青问，"为什么要那么久？"

"因为我要赢，我输不起了。"

"那如果这几个月，詹周氏被毙了怎么办？你连赢的机会都没有。"

"但至少我没输，我可以再找别的案子，我还有赢的机会。"

苏青瞪大眼睛，咽了口唾沫。外面传来脚步声，詹周氏戴着脚镣进来了。直到今天苏青才第一次见到这个瘦弱女子。狱警将她带到对面的座位上，詹周氏没有第一时间坐下，而是向苏青鞠了个躬。

"我认识你。"她说，"以前有人给我读过你为我写的文章。我早就知道，有个叫苏青的女士一直在外面帮我。"

"我是帮过你，可我什么都没帮成。"

"那我也要谢谢你。你知道吗，去年上刑场前，狱警问我还有什么心愿，或是想说的话，我当时说没有，其实我的心里想说的是，我想见你一面，当面谢谢你和那些帮过我的人。我要是识字就好，起码死之前还能给你写封信。"

"真好，你还活着。"

"你为什么要帮我呢？"

"因为我不想你死。"

苏青说完扭过头去，在包里掏出香烟，找了半天才想起来，火柴在进门的时候就被狱警收走了。她咬着过滤嘴，空吸一口空气，之后长吐出来。施拜休则打开本子，里面写着备好的问题，每一个问题下面都留了七八行的空白，仿佛詹周氏可以对他的提问长篇大论一般。

三人一时有点无话可说，施拜休赶紧翻着问题，挑一个重要的问："詹詹詹女士，请问你当时的律师是是是谁？"

詹周氏有些诧异，转头问苏青："这是我的律师吗？"

苏青点点头，施拜休接过话回答："我是否有资格当你的律师，取决于你。"见詹周氏没反对，他继续问之前的律师叫什么。

"一个老律师，我不知道叫什么，姓徐吧。"

施拜休在本子上写下来，问她最后一次见到徐律师是什么时候。

"没有最后一次,我只见过他一次,在法庭上。"

"开庭之前他没有来过?"

"没有,就是上了法庭,我才知道我还有个律师。"

"是法院委托的律师。"苏青补充道。

"不管是是是谁委托的,他也是拿拿拿了法院的钱的!他应该有起码的操操,操守!"

听施拜休讲话很有趣,明明很愤怒,可是最后几个字一结巴,又多少有些可笑。

"可能这是一个怎么折腾都改变不了结果的案子吧?"苏青说。

"如果是这样,"他摇着头,"为什么还要接呢?"

说完低下头看着本子上的问题,很多可以查到,多问詹周氏一遍,也没什么用,他合上本子,只想问最重要的那个问题:"詹周氏,你在这里自杀过,是是是吗?"

詹周氏点点头。

"那么我问你,你现在还想死吗?"

"我想活。"

"等我几个月,我会竭尽全力帮助你活活活下去。"

"你们为什么要帮我呢?"

"我刚才说了,"苏青讲,"我们不想让你死。"

"我活下来,对你们也没好处,你们为什么还要帮我呢?不是这样的,你们跟我认识的人不一样,以前大块头在酱园弄几天打我一回,有的时候打到夜里,吵得邻居们都睡不好觉,你知道他们怎么想的?他们盼着我哪天被大块头打死,那样世界就清静了。这才是正常人的想法,可是你们,无亲无故,为什么要帮我呢?"

从提篮桥出来,两个人一路不说话。一直开进市区,施拜休建议找个地方喝点什么,苏青望着他,一脸茫然,这时她才意识到,原来她早就戒酒了,说不上从哪天开始,她差不多一年没碰过酒了。那就吃点什么,可惜也没胃口,下午的探视让她有些难受。她干脆让施拜休直接送她回家。车停在门口,苏青摸着门把手,想最后跟他讲几句:"你也没帮她,你和他们一样,你在做你的事,只是碰巧在帮她。要是她死了,你再去帮别人。你想翻身,总要找个人帮的。"

施拜休拉开车窗,让晚风吹进来,把头探出窗外盘算了一会儿,钻回车内欲言又止。苏青对他摇着头,又冲他笑笑,打开车门说:"谢谢你送我回家。"

二十二

整个八月施拜休都往返于法院与巨鹿路的住宅的路上,那天分开以后,他决定立即上诉,不再拖延,用前途去打赌。本来是想瞒着苏青的,待拿到上诉书再去找她,证明给她看。只是几趟法院跑下来,一点头绪都没有。他找法院,法院推给检察院,他找检察院,检察院又说汪伪时期的检察院跟他们完全不是一个机构,况且那时期的大多数检察长,不是降职就是坐牢,擦屁股的事儿他们可不想管。然后他又回到法院,挨个儿房间敲法官的门,过完整幢楼时,他产生了一种幻觉,好像这不是上海,所有人都有西南口音,就算不是陪都重庆,也是成都昆明那一带的。日据八年,江南都没几个干净的法官了,坐在大厅他冒出了个结论,这是个被摧毁后正在重建的时代。照这个逻辑,他施拜休将成为民国法制最需要的新生代,自我慰藉一番,他一下子又充满了动力。

只是充满动力地坐在那儿等,他做不了什么。通常他拦住一个法官,刚说上几句,就被挥挥手,说写一份书面报告交上来,回去等消息。没人愿意跟他聊,没人在乎过去的几年上海发生了什么,就好像是两个朝代,崇祯年间的事情,顺治才不关心。

他看看时间,下午两点半,他决定等到五点法院下班,还有两个半小时。大堂的北窗正对着一座工厂的食堂,一股股炊烟从烟囱里冒出来,在空中逐渐变淡。人生难得有两个小时的放空,未来不敢想,他自己这三十多年,从中国出去,滞留在美国,抗战后归来,通通过了一遍。然后他激动地站了起来,对着窗外的炊烟问自己:"施拜休,你学法律,当律师,到底是为了什么?"

是,为了让自己过得好一些,吃饱饭,住好房,找一个好太太,做一个中产阶级,但这都是后来的欲望,最早立志的时候可不是这样,不然哪个行业发财干哪个好了。民国十九年,百废待兴,他可是想着改变国家。真是的,年纪大了就将家庭、婚姻、幸福视为男人的责任感,反倒失去了少年时的磊落气概。

不是小情小爱,不是功成名就,他推开窗户,使劲挥了一下拳头,大口呼吸着上海的空气。

五点差一刻,第一个法官从电梯出来,准备离开。施拜休认识他,他姓于,也是从重庆调过来的。施拜休装好文件追上他,结结巴巴地自我介绍。

"你是律师?"于法官停下来,狐疑地看着他。

"是是是的。"施拜休抓紧时间陈述这个案子,可是由于口吃语速跟不上,最后一着急说出可能让他感兴趣的那句话,"这是日伪时期上海三大奇案之之之一。"

于法官看看门口,挥手让外面的司机等一下,转身问:"奇在哪里呢?"

"奇在杀夫这件事,所引起的社社社会轰动。"

"现代版潘金莲?"于法官自言自语,低头看眼手表说,"我不是不接,从法官到检察长,没一个亲历一审,连你这律师都是新的,重新审理耗时耗力,这是在浪费国民政府的钱啊。"

"律师!徐律师!他他他是亲历者。"

"那就叫他申诉,叫他提供材料。"于法官说完就向门口赶去,推大门的时候他回头问施拜休:"年轻人,你怎么选的律师这一行呢?"

"啊?"

"真是哪壶不开提哪壶。"

找到徐律师不难,卷宗上写他叫徐沛东,祖籍浙江丽水,自己是土生土长的上海人。今年六十三岁,应该是儿孙满堂的年纪,光复以后就退离这行,在家养老赋闲。第一次拜访并不顺利,管家将施拜休领进去,听到他的身份就连连摆手推辞:"我不接案子,老了,干不动了。"

"不不,不是接案子,是您您过去的案子。"

"谁的? 一朝天子一朝臣,早就清算了。"

"詹周氏,酱园弄杀夫案。"

徐律师想了很久,漫长的律师生涯里,那几乎是个微不足道的案子,就一上午的工夫,法院的朋友让他去走个过场。还好社会舆论够大,徐律师不至于彻底忘掉。

"我记得,两个人,一男一女,不是死刑吗? 早执行了吧。"

"小宁波被毙了,詹周氏还活着,还没来得及毙她,日本人就投降了。"

"那你想让我做什么?"

"帮帮帮詹周氏翻案,重重重新上诉。"

"是冤案? 人不是她杀的?"

"人是她杀的,但罪不至死。"

"既然杀了人,能活着,终身监禁是造化,就是死刑,也算不上冤枉。"

管家刚刚把茶水准备好,端上来,徐沛东示意他不必了,可以送客了。他想最后对施拜休说一番话:"我真的老了,干了三十多年,从有律师有法院那天,我就干这一行,日本人来了,我活得跟狗一样,日本人滚蛋了,我还是要低三下四,反复查我,从我身上查不出毛病,就要我检举揭发同行、法官、检察长,几十年的交情了,就算有些小毛病,贪点财,爱点美色,总不至于到汉奸的程度。我们研究的就是法律,可是法永远在变,去年授勋嘉奖的,明年就变成了卖国求荣。我累了,再也不想进法院的大门。你还年轻,有的是机会,多大成就看你多大本事,起码可以肯定的是,你未来的世道,不会再像我们这样动荡不安。"

不能就这么放弃,还是要去找苏青女士。听完施拜休的讲述后,苏青的第一反应是怎么可能,他是律师,你也是律师,你都劝不动他,我怎么能做到? 她点着一支烟,摇着头苦笑:"你要我去陪老爷子睡吗?"

"当当当然不是!"

"那我拿什么说服他?"

"不知道,"他说,"可是你那么在乎詹周氏的原因是什么?"

"因为我们同为女人,同为婚姻不幸福的女人。我同情她,摆在詹周氏面前只有两条路,要么被大块头杀死,要么杀死大块头。"

"可是你既没有杀死你前夫,也没有被你前夫杀死,你现在过得很好。"

"那是因为我运气好,我前夫同意离婚。"

施拜休若有所思,难得跟苏青讨了一支烟,抽完之后他说给他两天时间,星期日他们一起去拜访徐沛东。

二十三

再去的时候下雨,两个人在庭院门口候了十分钟。徐沛东本不想见他们,见不得他们淋雨,让苏青和施拜休进来暖和一下。

"我说过不接,是肯定不接的。"

徐律师把毛巾递给施拜休。他接过来只是简单擦一把脸,仿佛赶时间一般直奔主题:"您要接下这这这个案子,您是在上海生,上海长,可能以后也会在上海终老。你很了解这个城市,全世界第四大都市,仅次于纽约、巴黎和伦敦,我在美国十多年我知道,美国人很在乎上海最近发生了什么,大事小事他们都会关心,不光是美国,全世界都在看着我们,或者羡慕,或者笑话,我们应该为上海做点什么。"

徐沛东承认他说得有道理,上海是不错,是有影响力,可这只是一桩杀人案,再怎么样也不会被什么人关注的。

"会的。"苏青说,"它背后的社会效应将会持续发酵。"按照计划,苏青重复了一遍那天的原话:"摆在詹周氏面前只有两条路,要么被大块头杀死,要么杀死大块头。"

"《婚姻法》,"施拜休说,"中华民国的宪法规定,女人没有权利提出离婚。只有男人才有同意离婚的权利。詹周氏提出过离婚,大块头不同意,说等你找到姘头那天再离不迟。这是缓兵之计,不难想象,当詹周氏真有姘头那天,一定会被大块头打死,而按照我们的法律,詹周氏犯有通奸罪,他会被轻判,甚至缓刑释放。"

"男人休女人,自古以来的道理,难道还允许女人把男人休了?"

"您说得对,可放大去想,全世界的大城市,只有我们还停在休妻的层面上,这是不合理的,这是被世界取消的法规。"

"好,就算是这样,詹周氏这个案子跟那些没关系,那是杀人案,杀人偿命,放在哪儿都合理吧?"

"有关系,我要打一场胜仗,如果我们赢了,詹周氏没死,判无期,让媒体持续关注这件事,我相信不出五年,《婚姻法》就会重新修订。您做律师这么多年,能碰上这样的案子,一场官司就能改变法律的进程,相信您也会觉得,不白干这一行。"

徐沛东半天没说话,弯腰大喝一口茶水,牙齿在嘴唇抿了半天,寻找那一棵漏进来的茶叶。从头到尾如背景一般的管家接过他手中的茶杯,抢话说:"老爷,您不能接这个案子,您身体不允许。"

他找到了那棵茶叶,将舌尖的茶叶吐进烟灰缸,站起来问:"什么时候上诉?"

"只要你你你同意,随时可以。"

"我听你一次,把官司做大,把案子抻长,抓紧时间,我们弄一把大的。"

二十四

对詹周氏来说,最近来看她的人多了起来。先是苏青女士和那个结巴律师,没两个月他们又领来一位老律师看她。她记得他,第一次就是她的律师,只是这次不一样了。他开始跟她聊天,打听她的状况,询问她和詹云影当初是怎么结婚的,媒人是谁。她说她是周家的丫鬟,大块头是周家的长工,要是真论起媒人,就算是老爷吧。

"大块头之前怎么样,刚结婚那阵儿。"徐律师问她。

她说那时还挺不错的,两个人从周家搬出来,在酱园弄租个房子,老爷给他谋了个当铺的差事,挣的钱够花,够养活这个家。只是后来当铺倒闭了,没了工作,他又试了各种营生,没一个长久的,就染上了赌博的恶习,经常酒后打她,苦日子就来了。

"当铺怎么黄的?"

"日本人进来后,都忙着逃难,当铺里光是当,没人赎,放到市场也卖不上价钱,弄得当铺最后净是些古董古玩,现金却一分钱也没有了。"

"那还是日本人的罪行。"

这挺奇怪的,大块头打她,狂嫖滥赌,最后都要怪罪到日本人头上。他一直在引导她,暗示她大块头以前还是不错的,甚至对他俩的未来有一个挺好的规划,上海一沦陷,这一切都变了,丢掉工作不说,大块头会拿老爷和当铺老板举例子,一辈子辛辛苦苦,赚了那么多钱,到最后不就是个家破人亡,那么,勤劳努力还有什么用呢?

詹周氏乍一听有道理,按照徐律师的原话,"时代的悲剧的产儿",她死也没法把这么深刻的称呼和大块头联系在一起。坐了几年牢,她也慢慢了解了法院的每个职位,检察长是起诉她的,罪责越重越好,律师则是帮她脱罪的,越轻越好,法官是判官,听两边的陈述,他来做决定。可是,把大块头的恶习,把她的罪都怪罪到日本人身上,真的就可以帮她减罪吗?

徐律师除了一直引导她,还一直在做的事情就是咳嗽,监狱空气不好,她习惯了,可是有到尘土飞扬的程度吗?每次咳嗽都是用他的白手绢捂着嘴巴,好像咳出来的是黄金,怕别人看到似的。那天走的时候,他把手绢忘在了这里,詹周氏以为会很恶心,打开一看却是很可怕,真是,一摊厚厚的凝血。看的时候她有点伤感,她想,就算官司输了,她还是死刑,这个满头白发的徐律师,都可能比她先死。

二十五

大概在十月施拜休才意识到,徐沛东的咳嗽不是感冒着凉,不是偶感风寒,可能是肿瘤,美国人称之为 cancer 的绝症。白天偶尔咳嗽不止还只是小症状,难过的是晚上,一夜一夜地胀痛,就好像有双手伸进体内要把肺掏出来一般。

开庭前三天,他们最后一次去提篮桥,三个人,施拜休、苏青,以及咳得有点弓着身子的徐沛东。他确认最终的一件事情,确认詹周氏不会反口。三两句寒暄后他直奔主题,聊起了已被处决的小宁波。徐沛东问这是个什么样的人,和大块头从哪一年开始认识的,他是不是一直这么好赌。

詹周氏与小宁波见面不多,更多是从大块头的口中得知。她只知道这个人无可救药,属于天生的赌徒,最狠的一次竟将自己的女儿输给了人贩子。说着她想把实话说出来,她想说那个帮手不是他,虽然小宁波这种人死不足惜,可不该死在大块头的命案上。

这就是徐律师要来确认的事情,詹周氏不可以讲这些,屈打成招可以为她加分,可是整个案子最大的疑点是,詹周氏做来这些,到底是谁在帮他?一时间詹周氏听得都想讲出那个人的名字了，徐沛东摆摆手说："我不在乎那个人是谁，你只有死咬小宁波，不然等于你身上又背了一条人命。"

回去的路上下雨了，就像是老天安排，他们恳请徐律师那天也是雨天，两个人在外面守了很久，而这一次，大战之前又迎来了大雨。他们先将苏青送回家，临到徐律师家门口时，他让施拜休将车停在路边，狠狠地咳上一阵后，看着雨点啪啪地打在车窗上，好半天才说话。施拜休将买好的一打手绢递给他，犹豫了半天对他讲："对不起，我不知道您您您病得这么严重。"

手绢五颜六色，徐沛东在里面挑了两条素一点的收下，说："光复之后我一直做证人，证明这个不是汉奸，那个不是卖国贼，一场官司也没接。民国三十四年有几场，酱园弄这个也算一个，都是这种案子，一目了然。被告人没钱，从法院那儿有笔不菲的酬劳，但又不需要我做什么，按法官的意思走就好了。这十年都这样，早失去了年轻时的激情，所以我得谢谢你，又给我送来这个，让我觉得几十年的律师生涯，不是浑浑噩噩就这么过来的。"

二十六

那个《申报》记者，几年前曾笑话薛至武，詹周氏连个猪爪都剁不动，又怎么将大块头大卸十六块的人，在第二天的报纸上这样写道——或许这将成为中国法律史上的奇观，两个律师，一个是结巴，一个又咳嗽不止，连一个完整的句子都讲不出来，乍一看来是最可笑滑稽的官司，可是随着案情的深入，我们会慢慢发现，他们如此可敬，这场官司的胜负已经不再是詹周氏的死活，最后的判决可说是宣判中国两万万女性的未来。

庭审三日，因为报纸的特稿，第二天来了更多的人旁听，他们都在关心，在中国，在上海，法律对女性的态度。到第三天庭审已无法顺利进行，下面喧喧嚷嚷，法官每敲一次锤子，也只能将安静维持到检察长或被告的下一次讲话。上午的程序只草草进行到十点钟，法官要求休庭，下午两点宣判结果。之后他要检察长和两位律师跟他去密议室商议。

"说说吧，都想要什么？"

进到房间，法官坐下来，擦着额头上的汗，搜出几支烟，不管抽不抽，给每个人都扔过去一支，自己点上后问大家。

检察长不抽烟，将烟在桌上摆好说："维持原判。"

"死刑？"法官笑着指指徐沛东，"你觉得他们能干吗，这老病秧子，他要是不死，还得再上诉，下次啊，他得把北平的记者都找来闹。说吧，你呢？"

徐沛东接过来说："终身监禁。"

"不可能,这你别指望,杀人偿命,历朝历代如此,我判詹周氏无期,往后的社会影响,有点小仇小恨,就起杀生之心,不是你我能担当得了的。"

"起码不能能能死。"施拜休说。

"这样吧,斩监候,死缓怎么样?你们俩赢了,检察院也有台阶下。"法官掐掉烟,站起身拿椅背上的外套,"我对你们就一个请求,谁也别再闹,谁也别上诉。这事就这么了了吧。"

二十七

两点钟宣判,三点多从法院出来的时候外面已经挤满了记者,这是一场胜利,他们等着采访战场归来的战士,施拜休和徐沛东。人多嘴杂,施拜休和几家报纸约定了改日的专访时间,从人群中与徐沛东挤出来,钻进车里面。

徐沛东邀请他去家里坐坐,准备家宴晚上邀请苏女士庆功。到达徐律师府上已经快五点,天有些发暗,街上开始起风,眼看就要下一场秋雨。他吩咐厨房着手准备,两个人坐在院子里吹着大雨前的秋风。

"这样的结果,这样的关注度,是你的完美起步,你以后会很好。"

施拜休一时有些不好意思,说:"这都是仰仗您。"

"你当时说,这是一个可以引起全社会关注、推进《婚姻法》的案子。"徐律师说,"知道我为什么对推进法律那么感兴趣吗?"

"因为,这真的可以改变中国女性的婚姻地位。"

"我不在乎那个,她们过得好坏跟我无关,杀了人,或者是被人杀,花钱请我打官司就好了。记住,律师是冷血动物,上来就这么感性的东西,你走不远。"

"那您在乎的是什么?"

"你看看这宅子,这池塘,这些文物,这些都是我干了几十年律师赚来的。我研读法律,倚仗这个打官司,让我请得起管家,请得起厨子,下面还有几个用人。我之所以接这个官司,是因为我觉得,法律带给我那么多,一辈子的衣食无忧,而现在应该是我回报法律的时候了。"

施拜休有些惊诧地望着他,雨似乎下起来了,偶尔有雨点打在脸上。徐沛东说:"但是我老了,见得到一审,见不到二审,死缓不能接受,不管詹周氏结果如何,你要上诉到,让全上海,让全社会都认清,我们的《婚姻法》错得有多么荒唐。"

二十八

一九八一年的苏青老是思念一些过去的老朋友。胡兰成已经死在日本,她想给张爱玲写信,苦于她在美国,无法寄出。几年前她已从芳华越剧团退休了。到现在她都不知道自己到底做错了什么,不知道自己在为哪一个时代还债。最惨的时候,她在剧团守了十年的大门,上面传达编排郭沫若的《屈原》,剧团领导审查几次依然不够满意,这时剧团才不得不直面这样的窘况,全上海最有才华的女子正在收发室替他们看大门呢。她可以改善《屈原》,却无法改善自己的人生,每次彩排结束,她都要抱着《屈原》的打印稿,回到收发室继续改编。

上个月她刚刚和人换了房子,住了半个世纪的老屋,由于她政治背景有问题,又是个有作风问题嫌疑的离异女人,没人瞧得起她。邻居习惯性地在她门前堆放垃圾。有一次她终于忍受不了了,她提醒这些邻居:"新中国成立前这里都是我的家!你们住进来也就算了,为何天天还要针对于我!"

她没说服任何人,每天一开门,除了满地的垃圾,门口从此多了一摊又一摊的脏水。在给朋友信中她写道:"每日痛苦生不如死,却又失于死的勇气。"

她小女儿在郊区给她联络了一户人家,远离市区,房间反而更小,思量许久她决定和女儿一起换过去。新房地处荒郊野岭,夜晚的时候风声鹤唳,第二个星期她终于习惯这里的荒凉与清静。那时候她才意识到,她早已不在上海,上海的荣辱都将成为她最后的记忆。

这一年十月家里头一次来了客人,先是门口停了一辆"红旗"车,客人一副干部装扮从车上下来,穿着一套系扣到顶的中山装,戴一副厚厚的眼镜,头发也基本掉光。隔着门苏青瞅了半天也想不起在哪儿见过,直到他讲出第一句话:"是苏苏苏青女士吗?"

施拜休从北京过来,说是回上海探亲,其实他早在民国时期就父母双亡了。他去老宅找过苏青,没想到她真"住"在那里,以前一个人的房子,现在变成四五户人家合住,新换的那个人家告诉他这个地址,才叫上海法院派车把他送来。

"不然不愿动用公车。"他说。

苏青问他现在在做什么,弄得这么大发。全国最高人民法院的死刑复核官,每天的工作就是对着卷宗,在那些已经被判死刑的案子上写上"核"字,或是不写字。

"核就是同意死刑,七天内,我核准的这个人就要被枪毙了。要是不写字,就是打回去,等到明年或者下一批再说。"

"你以前跟我说过这个,没想到,你现在就做了这一行。"

"我们分红案和白案,红案子是杀人越货,那是一定死的,写上核。为难的是那些白案,反革命、通奸、巨额的投机倒把,甚至贩毒走私,我们每天都在讨论,这些人该不该死。"

苏青留他吃饭,可是家里也没什么,下一碗面条,炒一盘鸡蛋浇在上面。还好有些酒,可以慢慢小酌。月色上来施拜休说出了心中的困惑,他说这次是回来探亲,其实已无亲可探,他只是想回来静一静,想一想自己还做不做法官,要不要抱病退休。

　　"还记得詹周氏吗?"他问。

　　"笑话,不记得她,我就不记得你了。"

　　两个人笑了,苏青建议碰杯,小饮一口后,施拜休说:"我当时跟徐律师讲,酱园弄杀夫案是可以推进《婚姻法》的案子,我当时没当真,我是为了我自己,想要说服他。但是他认真了,临死前嘱托我,把这个事做下去。我呼吁了三十年,去年我们终于推行了,新修订的《婚姻法》,女方可以'感情破裂'为理由申请离婚。"

　　"我以为早该有了。"

　　"对啊,我们都这么想,什么年代了,可是你知道吗,一九五〇年《婚姻法》允许女方主动提出离婚后,出现了多少起杀妻案?过去一年,《婚姻法》修订后,又有多少男人将妻子也好,前妻也好,杀死的案例?"

　　苏青被惊到了,有些失神地看着酒杯。

　　"所以我不知道,我这一年净核这些杀妻案,要是没出这个法律,这些人可能就不会死了。我想休假一阵儿,好好想想,我们三十多年前就在呼吁的事情,到底是错的还是对的?"

二十九

　　倒是詹周氏后来结婚了,从大丰农场释放后,组织给她物色了一个合适的结婚对象,两人说不上什么感情,只是在物资匮乏的年代,结婚成了实用主义的互补。从前几年开始她就搬进孤儿院居住。她一辈子无儿无女,忽然又拥有了这么多孩子。有时候,阳光明媚心情爽朗的日子,她会回想一下过去,要是她能生育的话,要是她给大块头生了一个孩子,他对她会不会好一些,会不会多一点家庭的责任心,不那么嗜赌?

　　有时候她会想起另一个人,那个永远查不到的帮凶。她有假想过跟那个人在一起会怎么样,比如他们那天藏尸成功了,顺利脱逃了,会不会幸福余生?也许他们逃不过战火,到处都在打仗开枪,也许他早就死在日本人手里,或是被哪一颗冷弹打死。

　　一九八〇年有二月二十九日,那一天是正月十五,院长通知他们今天镇委书记会来看望阳光福利院的孤儿们。为此她带着孩子连做了三天的大扫除,又排练一出方阵欢迎仪式。那天一早，他们就在院前铺上了红毯，十点钟左右镇委书记莅临福利院，在欢迎欢迎的口号中，挥手笑着走过红毯。本来是顺利验收的一天，但詹周氏就是觉得不对劲，有个老司机，给镇委书记开车的，好像一直在车里盯着她。是不是太敏感了，因为自己的过往。那天来了三辆车，都是停在院前的路边，其他两辆都没问题，只有那一辆，把车窗摇开，好像还跑到副驾位上来辨认她。

对的，一定是辨认，过了正月她想，他一定认识她，上海的旧人，也许是酱园弄的某个邻居。她以为他会再来，她可不怕，虽然杀过人，可现在是光明正大，除了干儿子干女儿，谁都不用瞒，连她丈夫都知道，自己娶的这个女人，在旧社会不忍家暴，坐了那么些年牢，改造良好才出来的。

但他还是来了。那一年夏天，苏北最热的那几天。她带着孩子们在泳池玩水，他直奔大厅，坐在吊扇下面看着她做事，中间还抽了几支烟。

她不去理会，也没法抽身出来，直到把孩子们从泳池劝走，将他们哄睡午觉后，回到大厅，和他面对面坐着。两个人都不说话，吊扇的影子一下下打在他脸上。詹周氏记起他是谁了，那个薛局长，喜欢拿着手电筒的薛至武。完全变了样子，不只是变老了，身上再没一点光鲜的东西。他戴着前进帽，一身藏青色的卡其布衣服，脚底也不再是响彻提篮桥的皮鞋，只是一双军绿色的胶鞋。

他居然还没有死，她想。事实上连薛至武自己都想不通，自己怎么还不死，新中国成立，五六十年代毙了那么多人，政委也没找他谈话。也许是从1945年就一直在提篮桥坐牢的关系。他想如果国民党没抓他，继续做他的上海警察局局长，以这个官位他没机会去台湾，留下来就一定是死。可他是阶下囚，国民党的犯人，解放后，好像敌人的犯人就不再是犯人一般，只是转到大丰，简单地进行几年劳改，就被分配到镇政府当司机。三十几年从宣统到北洋，从租界到汪伪，从民国到解放，王朝更迭，你永远都不知道你明天的命运如何。慢慢地，他从薛局长变成了薛师傅。自然他永远讲不出那句话：在上海，我说了算。

他几乎都忘了，詹周氏的出现才提醒他，他不是一辈子都这么卑微。他也没什么好说的，就是过来看看她，似乎通过她能看见自己不错的日子。

"我在提篮桥见过你一次，我后来也进去了。"他说，"五〇年我跟着来了大丰，我知道你肯定也在这儿，只是三十万上海人，就又过了三十年。"

"你一直在找我？"

他点点头，又拿出一支烟，说："因为是个谜，我想知道，那个人是谁？"

詹周氏眨着眼看他。

"你用不着怕，我现在就是个老司机。"他抽口烟说，"几十年我都在想这事儿，我们忽略了最重要的一个线索，分尸，就是，你为什么要分尸，你又拿不走，为什么要分？因为死的人不是大块头，是何惠贤，早在退房子的时候，你们就把他杀了，占了他全部家当。你们接下来要做的，就是你杀了大块头的假象，计划那天晚上远走高飞，只是被楼下的瞎子发现了，计划乱了。"

"你想多了。"

"我没想多，大块头发现你俩有奸情，失手打死了他，你也没法报警，你是通奸罪，之后那几天，他想到了这个办法，看起来是把自己杀死，这样你这边也相当于离婚了，他死了，你也就自由了。也许怀揣罪恶，你们各跑各的，只是他跑了，你还在犹豫往哪里跑。"

"你真的想多了。"

薛至武搓着脸，有些不自信地："难道死的人是大块头？而那个人，我一直在问的那个人是谁，那个人是何惠贤？反正有一个是何惠贤！"

詹周氏笑了，不置可否，死的人是谁，杀的人又是谁，随着时间的流逝已经没有意义了，其实她詹周氏也该死了，她自己都不明白，哪里来的力量，让她活得那般长久。

三十

一九九五年九月八日，中国人的中秋节，远在加州的张爱玲在公寓死了一个星期，才被她的美国房东推门发现。老无所依，贫困交加，张爱玲晚年给朋友写信时曾抱怨贫穷，为了钱她什么都干，甚至五六十岁的年纪，还要去餐馆刷盘子。她的房东是再普通不过的美国老太太，推开门的一刻，她绝对不会想到，死在她房间里的这个中国老太太，是二十世纪中国最伟大的女作家，没有之一，甚至不需要性别限制：最伟大的作家。

第二天我一直睡到中午，相当于多蹭一顿午饭才告辞。午饭过后她一直抓着我的手，仿佛生怕一松手就见不到我了。她问我，还见过别的人没有，比如帮过她的那个女作家，那个结巴律师。我说都没了，时间那么久，再没谁如您一般长寿，苏青女士于一九八二年死于上海郊区，施拜休在一九八五年死于心脏病，而那时他仍没有想好，他所推动的《婚姻法》是对的还是错的，他没能呼吸到二十一世纪自由的空气，薛至武于一九八一年死于糖尿病并发症，就葬在大丰农场。我没有他那么疯魔，但如果有机会的话，去他墓前走走，告诉他，那个人是谁。

风和日丽，她想跟我出去走走，数字命名的农场大门她轻车熟路。在路上我发现头一天绕路了，走了一个马蹄，直接去汽车站的话，是不用经过田地的。

等车的时候她比我还要焦虑，时不时看车来的方向，希望迟些过来。直到站长吹了一声哨子，让大家准备好上车，她最后一次握住我的手。我说您保重身体，若有时间我还会再来看你。这是敷衍，她的时间不多了，我也不大会过来。

"你就只是来看看？"

"啊？"

"真的不是案子重审了？"

她问第二遍了，昨天离开的时候就问过我一遍。我挥手上车，大巴在大丰前后颠簸，半个小时后进入平稳高速，右侧的公里牌如年份一般，每四十秒上涨一个数字。我把窗帘拉上，有些明白了，也许她想说的是，如果案子再重审一次，她就会把真相讲出来。真是的，在逃的那个人，也早已只剩在天之灵了吧。

【作者简介】蒋峰，男，1983年生于吉林长春市。著有长篇小说《维以不永伤》《为他准备的谋杀》《一、二，滑向铁轨的时光》《淡蓝时光》《白色流淌一片》等，短篇小说、散文数十篇，及《独刺》等影视作品。

章 某 某

马小淘

一

"听说章某某被拉走的时候嘴也没停,还在念绕口令……"

"有没有这么夸张?是八百标兵奔北坡,还是哥挎瓜筐过宽沟啊?"

"你说章某某到底怎么想的?"

"是她老公偷人了,还是她疑神疑鬼?"

这是广播学院播音本科毕业十年的聚会,我亲爱的同学们端着红酒杯挺拔而昂扬地讨论着,那端庄优雅的姿态和清晰的吐字归音配上那么大妈范儿的八卦话题,颇有一番喜剧效果。

"你不是一直和她有来往吗?总该知道她是怎么循序渐进的吧?"

章某某和我同一宿舍,更具体点说,她住我上铺。大学报到时,瘦小的她和瘦小的她爸爸曾拐弯抹角地建议我把下铺让给她,我也拐弯抹角地拒绝了。

她是春风得意地走进来的,穿着碎花连衣裙和一双粗跟凉鞋,略黑的脸上泛着油光,一根细长的辫子系着发带,有一种"台北不是我的家,我的家乡没有霓虹灯"的小镇气质。后边跟着同样春风得意的她爸,瘦小的父女俩被某种幸福笼罩着。

章某某在她的家乡是个名人。她六岁在马路上被电视台导演相中,机缘巧合成了儿童节目的小主持人。在那个电视只有八个频道,泱泱大台中央台也不过一个频道的时代,章某某每周三晚六点准时出现在电视里,也算得上掌握了话语权的人物。

一直到十二岁,她才告别了少儿节目主持生涯。她本人虽然万分舍不得,却不得不拿着编导们送的娃娃、发夹等等告别礼物，哭着告别了摄像机。当主持人的感觉太好了，镜头下，说错了话随时重录，剪辑出来的她一个磕巴都不打。少年时的章某某最爱收看自己的节目，她迷恋电视里那个完美的自己，漂亮、热情、有爱心、懂礼貌，代表着一切真善美，为全市小朋友的成长尽着绵薄之力，用现在的说法叫作传递正能量。每周三，她都虔诚地守着电视，成了自己最忠实的粉丝。甚至，她也很享受知名主持人身份的附加值，蛋糕店老板认出她，非要多送一块；卖衣服的摊贩主动给打折；邻里邻居批评孩子时都不忘拿她来做榜样；学校里其他班的男生鬼鬼祟祟地偷瞄她……这一切感觉好极了，少年成名是一种甜蜜的滋味。

　　当然这一切都是和我们熟了之后她自己说的，口述史在客观性上多少都会有点欠缺，但谁忆往昔峥嵘岁月稠的时候都会有点夸大其词，刨除一点水分，也依然能体会到章同学少年时的风光。

　　"于是，我下定决心要成为一个主持人。一个家喻户晓、主持春晚的主持人。"这是章某某讲完自己灿烂的过去加上的总结性收尾。当时我和宿舍里的其他人正在拿勺挖西瓜，我们都满脸黑线地住了口，不知该接一句什么好。

　　但是接触长了，又慢慢觉得，你也很难讨厌她。她活在自己的世界里，那世界鸟语花香，像小学的思想品德课本一样充满着非黑即白的绝对价值。她从不觉得孤独，甚至面对外部世界的荒芜，她有小小的得意，欣慰地盘点自己的世界多么郁郁葱葱。有同学商量打折季一起去香港买东西，她在看电脑里的历年春晚视频。有人说如果抢到特价机票，又买到折扣鞋子，那可真是爽死了。她忽然说，你们知道吗？一九九五年春晚开场歌舞那两个演员，后来全死了，一个是癌症一个是自杀……有女生谈起恋爱，她像班主任和家长一样露出恨铁不成钢的神色。问她喜欢什么样的男孩，她说要王子，要长得像雕像一样的王子。每每谈及男人，她都反复强调他们的脸，用当年的说法叫外貌协会，如今的归类是颜控。总之在很多事情上，她都有她自己的一套，走到哪里都有种"孔乙己是站着喝酒而穿长衫的唯一的人"的特立独行效果。

二

　　"她被拉走的时候叫什么？章熹琬？章旵姝？还是别的乱七八糟的什么？"同学们又开始了关于章某某的七嘴八舌。

　　这便是她一直被称为章某某的理由。入学的时候她叫章海妍，大家都海妍海妍地喊她，也有男生用琼瑶的小说开玩笑，故意叫她章含烟。就这样章海妍了一年，她突然郑重宣布自己更名为章艺囡。为了方便记忆，她还印制了名片。

粉红色的小卡片上三个宋体字:章艺囡。再后来,宿舍里还有一盒没发完的名片,她就改名为章熹琬还是章暅姝了,总之她的名字越改越复杂,笔画多,读音吊诡成了她追求的方向。我曾经打趣,等她真当上了春晚主持人,给人签名就可以把自己累个半死了,谁叫她名字笔画那么多呢。可是,真会有章熹琬或者章暅姝之类名字的主持人吗? 这也太不喜闻乐见,太费脑子,不适合过年的气氛了。好像还有章澜黛、章毓娜,其中那个章毓娜还颇有讲究,她说她取"袅娜"的意思,所以那个字在她的名字里念"挪",而绝不是"那"。

我忘记了其中哪些名字,还是大师给取的。她自从染上了改名的瘾,就沉浸在一种没有最好只有更好的欲罢不能里,每一个名字都只能让她满意一段时间。甚至,有一次她在西街买水果丢了手机,回来干的第一件事竟然是翻字典。

每隔几个月,我们全班同学都会收到她群发的短信:即日起本人正式更名为章××。一开始,还有人起了章子怡、樟茶鸭、障眼法一类外号,后来看她一门心思在改名的道路上闪转腾挪,也干脆作罢。给人起外号的速度还没人自己改名的速度快,外号又有什么意思呢! 后来忘记了是谁开始称呼她章某某,一开始,她还有点不高兴,一直到大四,她狡兔三窟的名字逐渐被大家遗忘,同学们都亲切地称呼她为章某某。有时我突然心情好想讨她欢心叫她名字,却又总是猛然想不起她当下正用着哪个,只好叫她亲爱的。如果不是亲爱的,也只能是章某某了。

三

其实,不断改名说明着章某某心态的变化。那不断上岗、下课的新名字像章某某零落的信心一样,越来越短命。

她当初是意气风发来的,她甚至觉得时不我待,大学四年毕业,顺理成章她就会变成春晚的一颗新星。然而开学的第一个朗诵会,她就有点蒙。钟丽竟然是当年一部火爆儿童剧里小公主的配音,邵岩曾经在全国朗诵比赛拿过名次……那些陌生的同龄人强大而好看,将和她一起参与未来的竞争。

从此以后的章某某绷紧了弦,好像一直逆水行舟。周六周日,我们在屋里睡懒觉或者逛商场,她去自习室,背英语看学报。下课后,我们窝在宿舍看电视打游戏,她报了个德语班要学第二外语。她总露出一种兵荒马乱的神色,仿佛随时准备迎接最苛刻的面试,那种时刻准备自我实现的劲头,像一个来日无多的将军,渴望一个证明。有一次课堂上有人朗诵郑板桥的《竹石》:"咬定青山不放松,立根原在破岩中。千磨万击还坚劲,任尔东西南北风。"几个同学不约而同地扭头看她。某一个阴天,宿舍只有我们俩,她疑似交流又疑似自言自语:"人在荣誉面前最容易自我迷失,只有面对新的挑战时才最清醒。我曾经得到无数荣耀,没有资格谈委屈。"窗外乌云密布,房间没有开灯,幽暗的光线里我望着她深沉的侧脸,静默了。

但是一分耕耘一分收获这种话其实只是大方向的正确,世界要是公平到谁复习最刻苦谁就考第一,谁最善良谁就当总理恐怕也没意思。章某某在学期末的成绩单上表现平平,她说她甚至有种没脸回家过寒假的感觉,不想让父母突然接受一个不那么优秀的她。

章某某从挫败感中焕发的勇气在峰值持续了一段时间,而后在皇天负了苦心人的怨怼中委顿下来。而终于跌到谷底,是因为一次面试。

大学时经常有节目组到我们学校挑兼职主持人,有兴趣的都可以去面试。可是机会有时就是给符合条件的人准备的,不是永远属于所谓有准备的人。当时大家起哄都坐在面试的教室里,章某某昂着脖子和制片人滔滔不绝介绍自己的简历。制片人只淡淡扫了她一眼,"同学,我们这个是时尚节目,需要一个风格比较洋气的主持人。"

章某某话没说完,嘴还半张着僵在那儿。"土鳖。"人群中传来一个男生的讥诮,声音小到隐隐约约,却是那种你还是能听到的隐隐约约。

面试之后的夜晚,章某某叽叽歪歪地问:"我真的土吗?"

宿舍里的气氛一直挺融洽,一开始我们虽然觉得章某某有点格格不入,慢慢就发觉她其实非常单纯。对于女孩子来说,她真是毫无侵犯性。

"这个问题不是自取其辱吗?难道你觉得自己很洋气?"

"是呀,上高中的时候大家都觉得我很时髦啊,同学都说我很港!"章某某不信邪。

"港?香港啊?你去过香港吗?我看你顶多也就是连云港吧!"

"你们真讨厌。"章某某偶尔也撒娇。

我们七嘴八舌议论她的审美,像女家庭教师的粗跟鞋,各种颜色浑浊的连衣裙,过大的卫衣,过时的发带。章某某虽然愤愤不平,但她没有淘汰掉这些古板的穿戴,却淘汰掉了自己的名字。

四

她的初恋我也全程旁观。那男生是表演系的才子,请我们宿舍吃过一次饭,是章某某埋的单。其实表演系多以皮囊取胜,那家伙长了个净高一米八五的好身板,无非会弹几下吉他。章某某偶然被叫去帮表演系的短片作业配音,一眼就相中了镜头里的那两条长腿。长腿男显然是高手,大抵一瞥就发觉了章姑娘的小鹿撞怀,于是火速半推半就将两人的关系发展到暧昧阶段。

那时正叫着章艺囡的章某某彻底改变了生活重心。德语班彻底放弃,理论书也闲置了许久,她像校园里任何一个恋爱的女学生一样,满脸温煦的笑容,徘徊在表演系排练室门口。素来省吃俭用认为买衣服都是浪费的她,为他九百一件的夹克刷了卡;深信知识改变命运的她,窃喜德语课的钱省下来正好可以请他吃饭;她一改不吃早饭直接上课的恶习,坚持在食堂为他打包早点;他病了,她半夜穿着睡衣给他买药送到宿舍楼下;他论文来不及写,她跑图书馆查资料苦读之后亲自捉刀;他咳嗽两声,她立马买来一条昂贵的围巾……

有同学当年就是撞见了风驰电掣飞奔买药的她,才一直觉得她奇葩。她说她完全不能理解怎么会有人以奔丧的架势去买药,即使天黑了,即使男朋友是癌症,也该穿上内衣,换上能见人的衣服出门吧。我也不能理解,为什么长腿男发个烧,她就要穿着暴露的睡衣冲出寝室,砸药店的门,打车送药,而后筋疲力尽回到宿舍,流下担忧的泪水。这一切太戏剧了,而且像男主角为女主角做的。

长腿男康复没多久,就领着正牌女友招摇过市了。章某某自然是大受打击,据说她很克制地询问长腿男与新女友的关系。长腿男连敷衍和狡辩都没有,斩钉截铁说那是他女朋友。

“他说她才是花,我本来就是草。”

章某某号啕回到宿舍时嘴里念叨着这句。那天她的哭声歇斯底里,以至于隔壁宿舍以为我们房间发生了不共戴天的群殴。我第一次看到昂扬、自律、要主持春晚的章某某如此放纵,她撒泼打滚的哭叫让我目瞪口呆。而后,她干号着栽倒,没了任何声息。宿舍里余下的三个人全傻了,大概几秒钟的犹疑,我们才反应过来要抢救伤员。于是她被抬上我的床,又是掐人中又是捏虎口,又是拍脸又是喊叫,她终于缓缓睁开双眼,挤出一个吃力的笑。

“麻烦帮我保密。”

从此,她又变成了原来的她,上自习、背英语、看书、做题。

我们对隔壁宿舍的解释是,那天心情太好,于是把影碟机开到了最大声。没有吵架,也没有人哭,一切都是电影,电影里总有伤心的女人和凉薄的分离。

五

大学后两年,她逐渐收了锋芒。不断的努力让她的综合成绩越来越靠前,但依然没有成为计划中的佼佼者。四年大学之于她,原本是圆梦之旅,读着读着却变成了梦醒时分,她好像一点点从梦中醒来,发现了梦想的遥不可及。后来她就不再看春晚的视频了，也收敛了自己外交辞令式的语言方式，变得有点寡言。不过，这并不意味着消沉，她只是微调了自己的轨道，依然执着地向远方奋进着。她研究了很多知名主持人的自传，在当年主持人出书热的大潮中扮演着买方市场中嗷嗷待哺的忠诚读者。

"很多主持人都是上学时就把路铺好了。实习，表现优良，水到渠成地留在栏目组，而后大展宏图。"章某某如是说。

"那你是要到春晚实习吗？干两年才参与两次节目。"我后来特别喜欢跟她抬杠。

"不要总提春晚了。春晚主持人平时都是有常规栏目做的。"

章某某就这样沿着诸多知名主持人的足迹，走向了实习道路。她觉得自己站在了巨人肩上，很快就能看到蓝天白云和远处的群山与汪洋。

被传统的大妈逻辑洗脑，她认为吃苦受累都是成功必然的代价，没有苦中苦，哪做得了人上人。在我们打工都是为了赚钱的时候，她以一种高屋建瓴的姿态在各种杂乱的栏目组、剧组、配音间、活动现场汲取着营养。据说，她主持过超市开业，推介过新款手机，录过性知识科普宣传片，扮演过电视剧里的路人甲，甚至参加过历史剧选秀，千里之行始于足下，她小碎步迈得一切尽在掌握。

有一次她偷偷告诉我，她拍了一个平面广告，海报被立在东四一个大楼顶上，她每每经过都有一种要被人认出的紧张。后来我跟她一起去看了那海报。海报倒是巨幅的，当红小生身着宝蓝色羽绒服，头发被风吹起，一副哥英俊潇洒哥一点不冷的享受模样。小生背后，有两个被虚化了的背景人物，滑雪场装备，因为近大远小看不出真正的高矮胖瘦，整个脸被帽子和护目镜遮蔽，甚至很难判断是男是女。我心里涌起悲伤，又冒出些鄙夷。她是怎么做到的，像潮水一样，不管怎么落下，还会再涨起？

六

毕业十年，我和章某某大概单独吃过四次饭。

第一次，她又经历了一次先意乱情迷后冷峻残酷的"恋上美少年"。对方是个年轻摄像，比她小三岁，还在读书。恋情轨迹和上一次长腿男之恋如出一辙，无非章某某飞蛾扑火，摄像弟弟三心二意，最后所托非人，罄竹难书。

"说好了一起上山看风景。怎么能把人家一个人留在半路兀自逃跑，让我在半山腰如何自处啊！我一开始简直想嫁给他，现在看真是痴心错付。这是一段指向婚姻的爱情吗？这太像一段回忆了，什么狗血桥段都有了，我已弹尽粮绝,无力再战。"

"你不这么说话会死吗?"

第二次,她正犹豫要不要放弃和一个法国官僚子弟的甜蜜关系。

那是周六,我从被窝里被她忧心忡忡地叫起。像上学时一样,她总是在周末宣讲"一日之计在于晨",敦促我别养成泡被窝的恶习。

九点钟,我和她坐在餐厅临窗的位置,点了两份周末特供早午餐。窗外的树枝上小鸟喇啾鸣嗻,扑棱棱扎向清早没有几朵云的天空。

"非常高兴今天又和我大学最好的朋友一起吃早餐,感谢主让我们重逢,感谢主赐我们食物与水,阿门。"章某某双眼紧闭双手握拳,旁若无人地陈词一番。

"我现在信主了。这种内心的安宁,前二十几年从来不曾拥有。"章某某有点语重心长的意思。

"是主让你今天找我的?"我在她亲切而友好的话语中,吃完了煎蛋。

"是的,我这几天非常煎熬,今天忽然想到你,也许你旁观者清,可以帮我走出迷惘。"

"你又被甩了?"

"不是,我男朋友的爷爷曾经是法国的一个部长。"

"哈哈,你终于想开了,也知道划拉名门之后了。"

"你不要这么庸俗好吗?法国哪有什么官二代那一套,他没钱,甚至可以算是贫穷,为了梦想,在中国飘荡。我被他吸引,当然是因为……"

"他长得好。"这个题目太简单了,我必须抢答。

"大概就是这个意思。"

"然后呢?你煎熬什么?"

"他……最近他……提出那种要求。"章某某面露羞涩,吞吞吐吐。

"滚床单!"

"你小点声。"她把食指放在嘴唇边,一副小心翼翼的难以启齿。

"这有什么好煎熬的。看你自己呗,有兴趣就从了,没兴趣就算了呗。你又不是十四岁,装未成年少女吗?"

"你不知道。我不能堕落。别说我爸,就是我自己也不能接受堕落。我爸说没有一个男人会珍惜不是一张白纸的女人,我不确定我会跟他结婚,所以没法说服自己和他上床。但是他不能理解为什么一个女人爱他却不肯和他一起睡觉。这种感觉非常糟糕,你爱的人思维和你的不在一条线上。"

"亲爱的,你确定在地球范围内,有人可能跟你在一条线上吗?或者说,你真的曾经遇到过谁,顺利地跟上了你的思路?"

"你啊。我觉得你还挺懂我的。"

第三次，大概是前年，也就是说，在同一座城市，我们已经三年未见。

焕然一新的章某某坐在我对面。头发是披散的波浪，指甲上是浅色的彩绘，衣服优雅中透着知性。她递给我一张请帖，请帖上的名字是她身份证的名字——章海妍。

"做我的伴娘吧。"

"你要结婚了？和谁？"

"有钱人。靠谱吧？"

我不戴眼镜，不然真会大跌一把来表示我的吃惊。在章某某过去的价值观里，嫁给有钱人简直是一种罪恶。

"我这样的笨蛋，不找个有钱人，难道要连滚带爬独自走完整个人生吗？你知道毕业五年多我换了多少工作？我录过彩铃，剪过片子，最热的天跑别人不愿意跑的采访，又怎么样呢？还是连个主持人也当不上！勤学苦练，天道酬勤，我信了快三十年，再信就信死了！你大学天天吃饭睡觉打豆豆，我唱念做打快累成狗，然后呢？你生在北京，天生就带着户口，我还不是什么也没有，住在出租房里，当北漂。王浅羽四级都差点没过，她爸爸来了一趟北京不就解决了户口；姚燕业务那么差，不就是长得好，照样天天出镜月月曝光。我怎么办？一辈子卧薪尝胆吗？没有好爹，也没有好脸，难道就一直那么愚蠢地努力？十多年了，从进学校大门，我按部就班规划我的人生，我想稳扎稳打，但是哪怕一个短期目标也没实现过。命运把我按到阴沟里，不许我张扬。我必须认命了。没有在早晨一块钱把菠菜卖掉，如今中午了还不八毛出手，难道要等到晚上五毛处理掉吗？那个时候别提什么好看不好看，穷不穷，恐怕要求对方未婚都没那么容易了。这是我最后的机会。我不能让家人为我骄傲，总不能让他们替我担忧吧。"

大段的独白声情并茂。这当然是不完全记录，我无法如实再现她当时的神经质，既要敞开心扉，又要捏住最后的尊严，仿佛胸口藏着一座火山，不吐不快的岩浆喷薄着自尊的火焰。那一刻我其实特别感伤。兴冲冲以总结经验的口吻谈教训，即使被狂风吹得跟跄，也会挺直胸膛乐观展望明天的晴朗……我还以为，她永远不会变。

七

婚礼是章某某亲力亲为张罗的，她先生非常忙，也无法左右她对任何细节的一意孤行，就干脆任由她天马行空。一切都要最好的，百合、兰花、白玫瑰，光是满场象征圣洁的白色花卉就斥资二十几万。她说那代表圣洁，只有处女才能这样美好。

章某某的婚纱是在香港定做的，她还量了我的尺寸订了伴娘礼服，甚至还给买了一双三千块的平底鞋。

终于，折腾了一圈的章某某，又变回了章海妍，她宛若仙子地嫁给了一个矮个子。矮小的她穿上高跟鞋，就比肩了新郎。她是笑着步上的红毯，脸上全程荡漾着笑，连惯常的热泪盈眶都没有。她瘦小的父亲跟送她报到时一样，一副被胜利冲昏头脑的傻乐呵模样。看到只有父亲一人坐在新郎父母的旁边，我才意识到上下铺睡了四年，章某某从没提到过妈妈，大抵她早就没有妈妈了。

她邀请的同学不多，大家齐刷刷啧啧着她真人不露相的挥金如土。作为伴娘，我站在离她最近的位置，可以看清她的空洞笑容。"一个乌烟瘴气的婚礼足以让人一生抬不起头来。"她把抬起头看得太重。只是那白色的花太肃杀了，圣洁是圣洁，可是有必要那么白那么白吗？回忆里纯白的画面，摇曳着一股凄凉。

我想起和她最后一次见面，也是毕业后我们第四次单独吃饭，是她结婚三年以后，她邀请我去她家喝下午茶。

"我现在该叫你什么？海妍？还是章某某？"多年不见总是有点局促，我发自肺腑地不知道到底要怎样称呼才能兼顾准确和亲密。

"Eva，当年那个法国男人给取的，我挺喜欢，就一直用着呢。或者你还是叫我章某某，大学毕业就没人这么叫过了，当年我多讨厌你们这么叫，现在想想，这名字多适合我，一个面目模糊的人，我其实一直是某某来着。"

"你老公不会也叫你 Eva 吧？"

"他爱叫我什么就叫什么。"

我们吃着松软的蛋糕，像任何一对多年不见的老友一样，只能从一些无关痛痒的话题开始。客厅落地窗前一对风铃咿咿呀呀迎风吟唱，那毫无规律的脆亮声响，像几只不懂事的鸟，叫得我心烦意乱。窗外的风并不大，但是风铃就是负责叫的，对于多小的风，它也太单薄了。我说得很少，但是感觉很累。那对话像一场准备不充分的采访，随时都会冷场。

她没有说她不快活，只是不论她、她的花草茶，还是她那讲究排场的房子，都散发着一种向下坠的气息，仿佛一种轻巧又隐秘的力量将和她有关的一切向下拉，让我隐隐感到一种即将失重的不安。要知道那是章某某啊，头上一直有根绳子牵引她不断向上的章某某，竟然就那么坠下来了。

"我从来不看春晚。每年过年都是我心情最不好的时候，我小时候觉得那一切离我那么近，现在才发现它跟我毫无关系，比天涯还远。"她轻轻抖动着茶包,专注于可有可无的动作。

"你也太秀逗了吧,好歹也是个嫁作商人妇的阔太,三十多的人了,还惦记着上电视的少女梦。"

"商人妇,商人妇就是我原来最鄙视的弱势群体。"

"反正主持了春晚又怎样?再奔命要的还不是一个好日子,你现在锦衣玉食,不用主持春晚也得到了。你比那些主持人不知道滋润多少倍。"

"这些和我最初的梦想相去甚远……我从来不在乎这些,我要的就是那种奔命,他们连奔命的机会也没给我。"她抬起头,皱着眉望我,右手不停搓自己的耳朵。

"好了,别无病呻吟了大姐。"

"没有梦想的人生不是人生。"

"胡扯,没有什么的人生都是人生。和人生比起来,梦想太文艺了。"

"你说我是不是正过着你妈的日子?"

"啊?"

"你爸应该蛮有钱的吧,你妈嫁给他,就生出个这样的你。我要是能生育,大概也能生出你这样的孩子。有钱人的孩子虽然懒了点,但是性格比较好。"

"我爸没有你老公有钱。"

八

同学聚会的尾声,大屏幕上校歌的 MTV 里处处是当年熟悉的场景,青葱岁月的记忆扑面而来,很多同学都流下了眼泪。

"校园边大路两旁,有一排年轻的白杨……"我眼前浮现出大一的章海妍——已是深秋,她戴着一个遮阳的凉帽,拎着一个破旧的水壶,白杨树下练声的身影孤绝而高傲。她也曾是这校园里年轻的白杨,如今她被连根拔起种在精神病院里。

没有人知道到底发生了什么,这个圈子由于八卦的繁殖率过强,反而很难得知真相。有人说她老公出轨了,有人说她不能生育,还有人说她老公对她无可指摘是她自己疑神疑鬼郁郁寡欢,反正各种八点档家庭剧的桥段都被安在了她身上。他们说她后来失控了,一直在家练声,反反复复朗诵诗词,呼台号,练习两字词,还在淘宝买了很多话筒。甚至每个传闻都配有具体的练声内容,有人说她反复念叨"三十功名尘与土,八千里路云和月。莫等闲,白了少年头,空悲切",有人说她一直在说"中央人民广播电台、中央电视台"……

有个同学疯了,这是同学聚会绕不开而且一定会津津乐道的话题。大家都觉得自己特别正常，并没有谁十分不善良。没有确凿的真相，反正她变成了一个需要治疗的播音狂。她庞大的理想终于撑破了命运的胶囊。

我不想在众人面前提起她。我甚至不敢再去医院探望。我怕她见到我依然无动于衷，目光回到《播音创作基础》课本上。

【作者简介】马小淘，女，上世纪80年代生。硕士毕业于中国传媒大学。已出版长篇小说《飞走的是树，留下的是鸟》《慢慢爱》《琥珀爱》，小说集《火星女孩的地球经历》，散文集《成长的烦恼》等。曾获新概念作文大赛一等奖、中国作家鄂尔多斯文学新人奖、西湖·新锐文学奖等奖项。现居北京。

歧 途

艾 玛

"爸爸，你能写一个小灰兔的故事吗？它不是我们看到的小灰兔的样子，它像我这么高，有和我一样的黑头发，像我一样会说话。"

这是儿子五岁时候对他说的话。

很多年以后，他还记得那一刻的情景。他在书房里埋头写自己的稿子，儿子悄悄推开门，踮着脚尖走进来，默默地站在他的书桌边。儿子把两只小手扒在桌子边，眨巴着一双大眼睛，安静地注视着专心写作的父亲。也不知过了多久，他才注意到这孩子。他伸出一只手，摸了摸孩子的小脑袋，就在这时，幼小的儿子开口对他说了那番话。

当时，他当然觉得这都是些孩子才会说的话。他没有往心里去。

"好吧。"为了尽快打发走这孩子，他应付着答道，"等我写完这本书，我就给你写一个小灰兔的故事。"

孩子很高兴，转身跑出了他的书房。孩子没有忘记给他把门关上，他转过身来，踮起脚尖够到门把手关门。门关上之前，孩子当然也没忘记再次快活地对他微笑。

他也还记得那天孩子的穿着。灰色松紧带布鞋，白灰蓝三色格纹背带裤，都是出自他妻子之手。

他是个作家。四十岁之前，他一直过着极其窘迫的生活。四十岁那年，时来运转，他的一本只印了两千册的小说突然被某个电视剧导演看中了，他得到了一笔数目相当可观的钱。这笔钱在城市里花不了多少年，在乡下，却可以过上许多年衣食无忧的生活。于是，作家向他年轻的女友求婚，带着她进了崂山。在一个偏僻的小山村，他们以非常低廉的价格从一个农民手中买下了一座废弃的小院，这座小院位于村子最安静的一角，与其他村民的房子隔着一条小山沟。山沟大部分时候都是干的，只有雨后，山沟里才会有哗哗的流水。说实话，这小院破败到已经不适合人类居住了，墙歪瓦破，门窗歪斜，积满灰尘的地面上布满不明动物的足印。但作家和妻子毫不在意，他们真心喜欢这小院的安静。他们自己动手换下屋顶上的碎瓦片，往歪斜的墙上撑好木头，修好门窗，把每间房都刷得雪亮。他们还自己动手做桌子椅子，在院子里种菜，种果树，到小山沟里捡来碎石铺平门前的小路，把倒塌的院墙重新砌好……总之，他们完全靠自己的两双手，让这座破败的小院焕然一新。作家和妻子很高兴。到了晚上，作家就到书房写作，妻子在书房旁边一间餐厅兼休息室的房间里做针线，偶尔，作家会将妻子叫到书房去，把自己刚写的小说念给她听。他的妻子虽然年轻，却也非常喜欢这样安静朴素的生活。那段时间他们是真幸福。

小院的后面是一面山坡，翻过这山坡后，再翻过一面和这差不多的山坡，就是游人如织的上清宫了，那里住着许多道士。隔着两座山，作家和他的妻子过得安安静静、简简单单，比道士们更像是修行。从作家书房的窗口可以看到山坡上的一片树林，都是些槐树、栎树之类的杂木，林下长着茂密的野草。白天，在写作的间歇，作家凭窗远眺，偶尔能看到小动物从草丛中一跃而过，鹌鹑、松鼠、狐狸什么的，更多的是野兔，它们都有着灰色的机警的长耳朵，跑起来忽隐忽现，非常灵巧轻快。有时候，作家会陪着他年轻的妻子去山坡上采蘑菇，摘野菜。妻子戴着草帽，穿着自己缝制的碎花棉布长裙，胳膊上挽着一只小竹篮，快活地走在他身边。他们去山坡上的时候，从来没有正面遇到过这些小东西。没错的，它们非常机警，在白天它们总是与他们保持着足够安全的距离，但作家知道它们一定藏在某个地方，偷偷地观察他们。于是他面带微笑，始终保持着温文尔雅的风度，装作不经意地四处搜寻，以期能遇到一对明亮的小动物的眼睛。他喜欢看到它们远远地从草丛中跃起，惊慌地跑向树林深处的样子。晚上，虫鸣阵阵，四周漆黑，只有他书房的窗口有温暖的光。有时候他能听到窗外传来的特别轻的脚步声，是那种非常轻微的"沙——沙——"声。他停止敲击键盘，侧耳倾听，这脚步声就会消失掉，等他开始打字，"沙——沙——"的声音又会重新响起。他笑一笑，不再理会，专注地写自己的东西。这样的夜晚，不管写作进行得如何，他的心情却总是愉快的。

他们搬到那个小山村的第二年，作家的妻子怀孕了。转过年来的春天，她诞下了一个白白胖胖的小男孩。孩子长得很漂亮，唯一美中不足的是，他有点唇裂。但这只会让他们更加爱他。在孩子六个月大的时候，夫妻俩下山，到市里的大医院给孩子做了修复手术。除了上嘴唇那一道淡淡的疤痕外，这孩子近乎完美。孩子很听话,很乖巧,安安静静地在他们身边长大。从会走路起,他就开始帮妈妈干活了,他迈着趔趄的小步,往她新翻过的土里播种子,用小洒水壶给菜苗浇水,捉虫,喂小鸡,他做着一切力所能及的事情。而且,这孩子也像作家的妻子一样,对作家的写作怀有神圣的敬意,从不无缘无故跑到他的书房打扰他。偶尔,孩子会捧着一杯水,或是一枚刚从树上采摘下来的苹果,学妈妈那样蹑手蹑脚地走进他的书房,给他放在书桌上后,又蹑手蹑脚地离开。孩子这样的举动,令作家感到温暖。有了孩子后,作家还是像从前一样给他的妻子念他刚写的小说,他读自己的小说时,孩子总是很安静。他还是个婴儿的时候,就很安静。他从不哭不闹,有时候他会在作家读小说的声音里睡着,陷入甜美梦乡的小脸上不时露出一丝微笑。稍大一点后,孩子坐在妈妈的膝头听作家读小说,如果故事很悲惨,碰巧他又听懂了的话,这孩子会把脸埋在妈妈的怀里哭泣,作家的妻子要用许多的亲吻才能让他恢复平静。大部分时候,作家读完小说的最后一句,孩子会安静地站起来,叹一口气后默默走掉。孩子这样的举动,与他的年纪极不相称,常常会把作家和作家的妻子都逗笑了。

"爸爸,你能写一个小灰兔的故事吗?它像我这么高,有和我一样的黑头发,像我一样会说话。"

孩子七岁的那年,又对他说了这番话。

"好吧。"他停住敲击键盘,微笑着对孩子说道,"等我把手上这本书写完,我就给你写一个小灰兔的故事吧。"

很快三十年过去了,他还是没有给孩子写那个小灰兔的故事。因为他一直有"手上这本书"要写,也就是说,他"手上这本书",一直都没有写完。

一事无成的人生的最后几年,作家总是想起孩子再次跟他说这番话的情景,那是个夏日的夜晚,孩子临睡前进来跟他道晚安。孩子看上去很忧郁,因为第二天,孩子就要到山下上学去了,像村子里其他的孩子一样。孩子不喜欢上学。几天前,作家和妻子跟他提到这件事时,他当场就哭了起来。他们耐心地给孩子讲道理,鼓励他,最终他也接受了"每个孩子都要到学校去"这个现实。不过,孩子还是有点不开心。做父亲的注意到了这一点,所以他忙里偷闲地伸手抚摸了一下孩子的小脑袋。跟五岁时相比,孩子又长高了些,比父亲的书桌高出了一个脑袋。不过,终究还是个孩子,听说要上学还哭,还惦记着小灰兔的故事呢。

时隔三十年后,作家其实没怎么费劲就想明白了,为什么孩子会在五岁和七岁时对他说那番话。孩子六个月大时的那场唇裂缝合手术很成功,但后来,他在说话上还是进行了很长时间的练习。作家的妻子表现出了令人钦佩的坚韧,每天都在训练孩子说话。孩子五岁的时候,一句话只要经过几次练习,他就可以像他们一样发出清晰而准确的声音来。所以,孩子那句"爸爸,你能写一个小灰兔的故事吗?"一定也进行过许多的练习,直到练得很好了,他才郑重其事地走进他的书房来对他说。七岁,孩子要下山上学,也就是从上学开始,他们其实就在经历一场漫长的告别。孩子似乎把那句话,当作了他们临别的赠语,只是当时他没有意识到而已。三十年后,他停止了平庸的写作,坐在轮椅上度日,虽然时日无多,但拿来回忆往事却绰绰有余。上轮椅好比上岸,作家坐在轮椅上回首往事,就像在岸上看别人在河里游泳,他发现自己比过去更能将往事看分明:这孩子跟许多人一样,也有着冥冥中被安排好的一生……先是小学,上完小学后,接着是中学,中学那孩子就到城里的学校住校了,每到周五下午,孩子坐中巴车到山下的马路边,然后步行上山回家。周日下午,他又步行下山,去等中巴车到学校去。寒暑假孩子会服从老师或父母的安排,参加各种夏令营、冬令营,和他们待在一起的时间并不太多。孩子在家里的时候,也总是有做不完的功课。一家人的夜晚常常是这样的:他在书房写他那总也写不完的书,妻子在隔壁的房间做针线,孩子在自己的房间内写作业。作家竟然不记得后来他到底有没有再将自己刚写的小说念给孩子和妻子听。再后来,孩子念完一所不好不坏的大学,留在城市工作。十多年来,他换过许多的工作,生活得不尽如人意。现在,年近四十的他,在一家工厂做着仓库管理员的工作,每天按时上班,按时下班,一周休两天,月底领工钱。像其他人家的孩子一样,不管过得怎样,每到年底,他都会回家来陪他们过春节。但每一年,回到他们身边的那个人,似乎都与那个站在他的书桌边,要求他写一个小灰兔故事的孩子不相干……那可是他唯一的孩子。作家意识到他欠了这孩子什么时,不由得感到了内疚、悲伤。

　　作家下定决心,要写一个小灰兔的故事。离春节还有一个多月,作家决定在儿子回到家里之前,把这故事写完。
　　每天,作家都让他的患了老年痴呆症,但四肢健朗的妻子将他推到书桌边去——他们真是天造地设的一对——他的一只手已经不太好使了,他用另一只手敲击键盘。有时,他能敲下几行字,有时,他什么也敲不出来。他很气恼,把敲不出东西来的责任归于冬天。是啊,窗外白雪茫茫,一片寂寥,那片树林光秃秃的,毫无生气。在他看来,冬天就像是用来钉棺材的钉子,又冷又硬,有什么东西能在冬天出得来?作家很苦恼。他从网上买了一大堆孩子们看的书来读。他想,总能找得到一个故事,适合小灰兔。他读到了很多很多的故事,有的属于一只小狐狸,有的属于一只大灰狼,有的属于一只小蚂蚁……总之,各种各样的故事,它们各不相同。但作家发现这些各不相同的故事却有个共同点,那就是每个故事都曾挽救了一颗纯真的心。起初,作家读到一个有趣的故事时,他会控制不住地想,不妨拿来一用。要知道,他是个作家,这样的事他并不陌生。有句谚语怎么说来着?如果纸会脸红,那世界上大部分的书都会是红色的。但这一次作家却没法这样干了,因为他意识到小灰兔应该有小灰兔的故事。非常奇怪的是,明白这一点后,作家很快就写出了一个小灰兔的故事,他坐在电脑前,手指一触到键盘,故事就从他的指尖流了出来。这是前所未有的事。写完后,作家激动得流下了眼泪。原来,写作是一件如此幸福的事情!作家也为自己感到遗憾,遗憾自己竟然到人生暮年才发现这一点。

在作家写下的故事中,调皮的小灰兔很喜欢街市的热闹,它常常在白天偷偷下山,化成一个书生的样子,穿着干净的绸衫,摇着纸扇,去热闹的街市上游荡。小灰兔的白日偷行,很快被老灰兔发现了。老灰兔非常严肃地警告小灰兔:"做人是非常危险的!平常人,祖祖辈辈做人,也未必过得好一生。你一兔子,没根没底,冷不丁跑去做人,何苦呢?生而为兔,就老老实实做兔子吧,不要误入歧途!"老灰兔觉得是时候把人的残酷真相告诉天真的孩子们了,于是它把小灰兔的兄弟姐妹们都召集在一起,讲了一个祖传的杀千刀的故事给它们听。这个故事并不是虚构的,是老灰兔的祖父的祖父的祖父亲眼所见。老灰兔的祖父的祖父的祖父曾亲眼见到一群人把一个人绑在柱子上,然后用了三千六百刀来杀死他。旁边还有许多人挎着小篮,谈笑风生地排队等着买那个可怜人的肉回去吃。而据老灰兔的祖父的祖父的祖父说,那个被割了三千六百刀的人,就是一只受人世诱惑,半途跑去做人的兔子。小灰兔的兄弟姐妹们都被这个故事吓得晕了过去,但小灰兔却不怎么相信,因为只有它偷偷去过人类的街市,它到人类的街市上去了那么多回,所遇之人都很和气,而且,人笑起来的样子非常好看,小灰兔很喜欢。它一点也没觉得危险。再说,老灰兔平时没事就爱吹牛皮,说话常常夸大其词,所以小灰兔就断定老灰兔是在吓唬它,于是就拿它的话当了耳边风,还是经常偷偷跑到街市上去。化成人的小灰兔风度翩翩,街市上的人都以为他是富人家的子弟,渐渐有许多人打听他,想把自己的女儿嫁给他——人是非常非常喜欢钱的,这一点千真万确——小灰兔很得意,它到人类的街市上去得更勤了。有一天,穿着绸衫的小灰兔从街市上走过,突然,一根晾衣服的竹竿从楼上掉下来,正好打在它的头上。小灰兔抬头一看,只见一个极美丽的少女,正羞怯地从二楼的窗口往楼下张望自己。一时间,小灰兔只觉得目眩神迷,一下爱上了这个少女(一眼动真情,这在兔子的世界里是不太可能发生的,兔子们至少要在一起啃掉超过十二根的胡萝卜后,才有可能爱上彼此,只有轻浮的人类才相信一见钟情这种鬼话)。心里有了爱情的小灰兔,不再甘心只是白天为人,它想在夜里也做人。于是,小灰兔就去向兔子界的巫师老黑兔求救。老黑兔拿出一瓶人的拳头大小的药,这药黑漆漆的,谁朝它看上一眼,谁就有如坠深渊之感。在把药交给小灰兔之前,老黑兔照例对小灰兔说了一大段话。老黑兔说:

你这样的兔子我一生见过多少!这些话,我都不知道说过多少遍了,我真是说厌了!可悲的是,隔不了几年,我就又得说一遍。现在,我也得对你说一遍。这是规矩。

我首先要告诉你的是,人的言行是不一致的。比如他们嘴里喊着人人平等,可实际上根本就不是那么回事。如果人类的一个国王患病,需要换个好肾脏,他就有办法让全国人民都去做个体检……你以后会明白的。人话不好懂,但更不好说。听不懂人话事小,说不好人话才麻烦呢。上帝造物时,让每个物种自己选择自己的语言,除了人,没谁选择说人话,即便是老虎这样厉害的家伙,也没敢选择说人话。可你吃下这瓶药后,就要开始说人话了,这是天底下最困难的事情,说得不好会有性命之忧。你得记住了。

我还要告诉你,你常常偷偷跑去的超市,人类自己还有个说法,叫社会。你看到的街市很规矩,人们面带微笑,一手交钱,一手交货,买卖的也都是寻常之物。但社会就不一样了,社会笑里藏刀,什么样的东西都可以买卖,什么可怕的事情都会发生,一句话,什么样的罪恶都有。

人有一样东西很珍贵,很美好。这东西叫真爱。人类的真爱是一种致命的诱惑,多少好兔子毁于人类的真爱!人类自己对他们的真爱也不甚明了,他们想尽办法保护他们自认为是珍贵的东西,他们建立军队来保护他们的国家,他们制定法律来保护他们的生命和财产,他们为了寸草不生的土地流血,他们还约定俗成,不打彼此的狗,他们门前的树木都有人看守,但是他们却没有采取任何措施来保护他们最珍贵的真爱。因此,人类的真爱非常脆弱。真爱一旦消失,人会变得与猛兽无异,到那时,只怕你会宁愿自己从来没有过真爱呢。唉,我现在说得再多,你也不会往心里去的,我从你的眼睛里看到,人类的真爱已蒙蔽了你那颗原本星星般明亮的心。我只告诉你一件确定会发生的事,那就是如果你所爱的女人不再爱你了,她说的每一句话都将变成诅咒,到那时候,我的药就会失效,你会如她所愿,死去,或落入任何可能的悲惨境地。死亡算是很仁慈的,最可怕的是死不了,又活不好,到那时,除非有人能把你的经历编成故事,否则,你终生都只能待在那悲惨的境地里——你可想好了?

这些话听上去非常可怕,可是,被真爱蒙住了心窍的小灰兔哪里听得进去?它毫不犹豫地从老黑兔手中接过那瓶黑色的药,一仰头都喝了下去。小灰兔可以白天黑夜都做人了!起初,他和那少女日夜厮守,过得很幸福。人类的生活在他看来简直就像一罐蜜。偶尔，幸福的小灰兔想起老黑兔的话，嘴角还会浮现一丝轻蔑的笑呢。可人世间的好事物从来就不长久，不知是在什么时候，也不知是谁在人类的生活里下了个恶毒的咒语——好花不常开，好景不常在，很快，小灰兔在人世间的生活起了变化，甜蜜的东西渐渐少了，苦涩的东西渐渐多了。小灰兔所有的本事在人世间都用不上，要知道，它可是兔子中不可多得的好兔子，聪明，机灵，有教养，而且非常非常善良，到哪里再找得出一只这么好的兔子来？可是，再好的兔子，也做不好人，做好一个人需要的东西太多了！把老虎的凶狠、狼的残忍、狐狸的狡诈加在一起也不够做人的，只怕把所有动物的长处加起来，也都不够做人的。可怜的小灰兔，在爱人的眼里，很快就一无是处了。他再爱她，又有什么用呢？爱人看他的眼光，渐渐变得又冷又硬，简直扎得死人。小灰兔想起老黑兔的话，整天战战兢兢的。可他越是战战兢兢，在爱人的眼里就越是委琐无用。终于，有一天，在他不小心摔碎了一只饭碗后，那女孩再也无法忍受，破口大骂道："你这挨千刀的！"

这样的结局实在是太悲惨了！作家想到这是写给儿子的故事，马上又春节了，他就想，一定要把结局弄得喜庆些。可是他很快发现自己竟然无能为力，故事似乎知道自己要去哪里。作家想到儿子，于是与故事进行了艰苦的斗争，最后，他终于将结尾稍微修改了下。他让那负心的女人只是骂："给我滚得远远的，你这没用的东西！"

小灰兔就滚得远远的了。但是，没用的东西，到底是什么东西？作家心里也没个数。垃圾？很多垃圾都可以回收利用。蚯蚓？蚂蚁？麻雀？苍蝇？还是什么别的？作家一时想不出来，也懒得猜。改完结尾，他可是累坏了！再说他一向都懒得猜，他喜欢让读者猜。

很快，春节到了。小山沟对面的农家燃放鞭炮的夜晚，那在城里做仓库管理员的儿子回到了家。他依然是个仓库管理员的样子，穿着一条又旧又肥大的牛仔裤，从棉衣袖管里伸出来两只冻得通红的粗大的手，唇上浓密的短髭，盖住了那道淡淡的疤痕。他也还是跟从前一样沉默，只是背比先前佝偻了些，头上还多了几根白发。显然，在度过了一个没有童话故事的童年之后，他的人生一直没什么起色。

作家赶紧把自己写好的故事打印好拿了出来。他让妻子烧了一壶热乎乎的茶，端来好吃的点心，一家三口围坐在书房里温暖的炉火边后，作家开始把小灰兔的故事读给妻子和儿子听。他的妻子早就对他的故事没有任何反应了，只顾低头缝补儿子的一只袜子，但他的儿子非常惊讶。起初，他搓着双手，安静地听着，后来，他的嘴唇开始哆嗦，有了一些浅浅皱纹的脸涨得通红的，简直比炉火的红光还要红呢。故事读完后，作家的儿子把脸埋在作家不能动弹的腿上，抽泣起来。作家的儿子对作家说："爸爸，谢谢你……"作家感到非常幸福，他把手轻轻放到儿子头上，就像怕惊到了他。也不知过了多久——作家感觉上就像打了个盹，他抬手拍拍儿子，却惊讶地发现自己腿上只剩了件儿子的衣服，儿子原本穿在身上的那条旧牛仔裤堆在他轮椅边的地板上，还有一双鞋——他只看一眼就知那是儿子的鞋，鞋很旧了，鞋跟磨得又薄又歪。他问妻子，儿子去哪了？他的妻子只是傻笑，却不肯告诉他。作家就很恍惚，他把儿子的衣服抱在怀里，想，可能是妻子怕自己冷，拿来盖在自己腿上的，也许儿子根本就没有回来。——这是人的另一样本事，他们很善于欺骗自己。

第二天一早，一个道士翻了两座山来到了作家的家里。道士对作家说："昨晚，有个知恩图报的人去我家，恳求我为你做件好事，他苦苦哀求，我只好答应了他。"道士说完，用手指沾水，在作家书房的墙上画了一个碗大的圆圈，这个圆圈就在那扇面向后山的窗户下面。作家是个唯物主义者，也是个无神论者，他觉得道士有些疯疯癫癫的，就没怎么理睬。倒是他那已变傻的妻子，反而跟那道士说了好些莫名其妙的感谢的话呢。

当天夜里，作家和他的妻子正在炉火边打盹，突然听到了一阵异样的声响，作家睁开眼，看到一只小灰兔从窗户下的圆圈里跳了进来，它落到地板上后，很快变成了作家儿子的样子。作家不敢相信自己的眼睛，他想这一定是那疯道士的幻化之术。但是这儿子和从前有些不一样，他似乎变年轻了，背也比从前直了许多，看上去是那么快活，让作家一下想起了那个穿灰色松紧带布鞋、白灰蓝三色格纹背带裤的可爱男孩。作家很欢喜。作家的儿子蹦蹦跳跳地跑到火炉边，热烈地拥抱了作家和他的妻子，他以前从不这样做，作家和妻子都感到了幸福。儿子告诉他们，他不再去城里做仓库管理员了，他找了份新工作，看管屋后山坡上的那片小树林。作家发现，儿子很喜欢他的新工作，每天晚上，他回到家里时都很快活，他带回来许多松子，偶尔还有作家和妻子都爱吃的新鲜蘑菇——这在这个季节可不多见。儿子给他们做好吃的，吃完饭还会跟他们聊一天中所见的各种趣事。他聊到他新交的朋友，说他们打趣了他的嘴唇。不过，儿子说起这件事时一直笑着，并不气恼，就好像在说一件很好玩的事情。小时候，他也常因为嘴唇的事被小朋友们取笑，多少次哭着回家。作家的儿子偶尔也会跟他们提到过去，一讲到那些年在城里的生活，他就直叹气直摇头，说："哎呀呀，还不如……"还不如什么，儿子没有说出来，作家也不问。写完一个小灰兔的故事后，作家能想象得出一个孩子一生中会经历的各种事情，那绝不可能都是愉快轻松的事情，一定曾有些可怕的事情发生。想到这些，作家心里会很难过，为自己曾经的疏忽。不过，作家很快就会安慰自己：那都是过去的事了,现在开心就好。没错的,一家人现在都很开心,尤其是作家的儿子,他拖地、洗碗的时候还会吹口哨、唱歌呢。当然,过去多少也会留下阴影,作家注意到,儿子从不吃黑色的东西,即便是黑色的蜂蜜也不吃。而且,他似乎很怕家里那根晾衣服的竹竿,从不打那底下过。作家心里明白,任何事情都会留下痕迹,没什么能凭空消失,就像多年前的某个地方,一座神庙几番被毁后,最终留下了一堵哭墙。

【作者简介】艾玛,女,生于上世纪70年代初,湖南澧县人。法学博士,曾做过高校教师、兼职律师。2007年开始小说创作,作品曾入选多种选刊、选本。曾获泰山文艺奖、蒲松龄短篇小说奖、《中国作家》鄂尔多斯文学奖等奖项。现居青岛,中国作家协会会员,山东省作家协会签约作家。

天使的台阶

周李立

　　莫先生和莫太太结婚三十五周年的这个夏天，莫家三口人决定去奥地利旅行，以纪念他们美满持久的婚姻。

　　这是独生女小莫的主意。小莫已经活到二十八岁了，在北京独居多年，现有存款十二万。此外，她还有一条斗鱼和两盆绿萝——都是像乞丐一样好养赖活的东西，所以，她大可放心地陪同莫先生莫太太游玩去。家庭纪念活动虽花去小莫七万巨款，她仍能心花怒放，毕竟这是莫家人第一次集体出游。

　　出发前，有些不好的兆头。莫先生和莫太太断断续续吵了一个月的架。若不是怜惜小莫的存款，莫太太表示，她断不会在临行的早晨准时现身首都机场。此前，莫先生莫太太刚刚在赶赴首都的火车上度过了极为尴尬的一夜。他们竟分别负责各自的行李证件车票——这足够让莫先生方寸大乱。但他还是分出一些精力，主要用来应对莫太太那些名目繁多的训话——他觉得那多是没有创见的陈词滥调。

　　筋疲力尽的莫家夫妻，终于登上飞赴奥地利的国际航班并胃口很好地吃光分发的土豆泥与橙汁，之后，他们心照不宣假装睡去——反正这会是一次漫长的对抗，日子还长，他们总得让对方好好睡个觉。

　　要不是后来发生在大巴车上关于广场舞的讨论，莫家人的奥地利之行终究会圆满。走出国门的莫先生莫太太，大概对陌生的国家和语言都紧张，所以暂时放下了彼此看不顺眼的那些东西，相互照应着，也心平气和地在维也纳待了三天。莫太太喜爱音乐，她退休前一直在小学教孩子们唱歌，音乐之都更有助于滋长她的自信或气焰，这只需看她如何对旅行团里的四个家庭眉飞色舞地谈论莫扎特和施特劳斯（莫先生刚知道，原来施特劳斯还有大小两个）就不

269

难发现。

"莫扎特,那也是你们老莫家的人哦。"人们对莫扎特和施特劳斯的了解都实在有限,只能没话找话。

"老莫家的莫,是莫名其妙的莫。"莫太太摇头,像恨铁不成钢的家长。莫先生不满,"谁愿意跟他是一家人? 他还是莫须有的莫呢!"莫太太此时心情仍不错,或者这段上下文已成为他们几十年婚姻里用得最多的台词,反正,她现在没计较。

这是在从维也纳去萨尔茨堡的路上。对莫太太来说,萨尔茨堡比维也纳更可爱,因为"那是莫扎特的出生地",但莫太太刚好抢了导游的话,年轻的导游不动声色找回尊严,"萨尔茨堡更有名的地方一说大家就知道,它是《音乐之声》的拍摄地……"

在萨尔茨堡酒店住下,莫先生开始抱怨莫扎特。于是,"不去了,不去了,没意思。"莫太太攒了三天的不满,爆发了。

"那我去了!"莫先生也不安抚,扔下话后便独自离开房间,下楼乘车。

小莫察觉到莫先生表情的微妙变化,"我妈呢? "

"你妈不去。"

"怎么不去了? 她就想看莫扎特的。"小莫说。

莫先生呼呼喘气,"她自己说的,不去了。"

小莫想上楼找母亲,刚巧看见莫太太满脸委屈出了电梯。她是人民教师,一辈子知书达理,她根本不会让自己影响集体行程。但她明显忍辱负重的模样,也让莫先生恼火。他不明白,她为什么这么委屈,自从他不知道奥地利有两个施特劳斯时开始。

"她对我意见大!"莫先生一言以蔽之,向困惑的小莫解释。

游客们的热情大概在维也纳都挥霍了,困倦起来。莫家的内部矛盾让气氛紧张,于是几个敏感的游客打起精神开始闲聊。

"多好的广场,怎么没人跳广场舞呢? "他们望着萨尔茨堡敞亮的广场打趣,"还是咱们中国大妈喜欢音乐,到处都有广场舞。"

导游也有兴致介绍,"前阵来过一个中国大妈旅游团,刚在广场拉开架势,警察就来了,说非法集会。"

"啊? "某风韵犹存的女游客显然很不满,"我们锻炼身体,怎么就成非法集会了? "她该是广场舞的热心拥趸。

"因为低俗。"莫太太忍不住插话,一本正经地。

莫先生赶紧圆场,"不是低俗,是通俗,哈……"

女游客于是开始整理头上的发卡,虽然那显然并没松动。她漫不经心的动作显出傲慢。但待到双手放下来,她的神情竟迅速转成和善。可不是嘛,这样的时候,谁会真的跟谁计较呢——不过是临时同车的某某某罢了。

"凤凰传奇、小苹果、骑马舞……都是什么啊……"莫太太的声音很小,刚够坐她身边的小莫听见。

前排的莫先生却扭过头来,说:"你说人家低俗,不就是因为学校退休老师跳广场舞都不要你嘛!"

这句话足够恶毒,恶毒到让莫太太不再为莫先生留情面。她像是要揭开一个重大秘密般,鼓足勇气说:"你还说我,我非告诉你女儿——你爸打麻将,把老马的脑袋打开花了。还不让我告诉你! 六十岁的人,还能捅这么大娄子,赔钱不说,我还得去医院候着,你怎么不干脆赔上命呢。"

小莫听得不明不白,只觉得"人命""赔命"听起来很严重。她想,原来父母漫长的赌气是有幕后花絮的。

莫先生说:"那能怪我吗? 麻将飞起来,我怎么知道那么巧,刚刚砸他脑袋上。你扯那么远干吗?"莫先生生怕让全车人看笑话,小心翼翼息事宁人。

莫太太也爱惜脸面,如此小莫再问,她也缄口不言。

莫先生退休后热爱上麻将。如他说,麻将实在值得热爱,一、活跃思维,防止老年痴呆;二、社交活动,防止老年寂寞;三、娱乐活动,防止老年无聊;四、偶有收益,贴补老年家用;五、麻友们亲如一家,交流战果,相谈甚欢……

莫太太无法与莫先生在麻将上同乐。在县城,退休的先生们每晚在麻将桌上继续他们一生的竞争厮杀时,太太们都身着鲜亮的练功服在广场上载歌载舞。先生们都不需抬头,只管听着朗朗上口的《荷塘月色》的曲子,便知道太太们正在度过一个同样刺激欢快的夜晚。尽管舞场上的竞争,也从不比牌场轻松。但如果不如此,他们该如何在对自己那身处北京上海或者国外的儿女的思念里,熬过一个个沉默长夜呢?

莫太太不去跳广场舞。原因如她说,那毫无美感,不过是"一些当过红卫兵的老女人不服老,还在广场上作怪。跟音乐和舞蹈都没什么关系,她们唱歌跑调,跳舞踩不准节奏,而且那也不比广播体操更锻炼身体"。但莫先生以为,其实是莫太太音乐老师的身份,让大家对她敬而远之。"走到哪里都好为人师,她给人家说的东西,人家不愿意听,她就不高兴,然后她就再也不去了,人家也不喜欢她去。"

莫太太的退休生活如此不典型,难免让小莫担忧。"没事,我在家弹风琴。"莫太太宽慰女儿,"倒是你爸打麻将,打得昏天黑地,高血压都打出来了!"莫太太心里想的是,"还打出人命了!"

父母在县城衣食无忧的退休生活,这么看来危机重重,尽管三十五年的婚姻,该早已把他们磨合成锁和钥匙般的绝配了。但婚姻这么残酷,连时间都无法美化。

小莫自然想起了沧桑历尽的自己。她很早就结婚,于是离婚也早。成家又分家的两套烦琐程序都走完,总共才用了不到三年。热恋是把火,不知怎么就烧起来了;出轨的男人也是把火,星星点点,也能燎原。婚姻便是两把火烧出的死灰。小莫如今更愿意多陪父母,尽管她在北京工作,只能每晚遥想着县城里父亲的牌局和母亲的风琴——那才是婚姻应有的样子,也以此寄托对相濡以沫爱情的期待。

车停了,但这里显然不是莫扎特出生的那条小巷,因为那小巷的照片,在莫家客厅就挂着一张。而这里,雕塑喷泉错落林立着,是一座巴洛克风格的花园。

"我们现在到了米拉贝尔花园,《音乐之声》拍摄地。"导游介绍,并带领他们穿过大型喷泉、绕过骑士雕塑,又走上曲折的台阶,登上矮小而起伏的山坡。

"果然很眼熟。"有一个热爱音乐的教师母亲,小莫的童年教育里少不了《音乐之声》,虽然她从来都更关注玛利亚修女的爱情。

小莫已穿过了玛利亚和孩子们曾载歌载舞的喷泉、花园,登上了玫瑰山。她可以像玛利亚一样回头望去,远处的萨尔茨城堡和近前的米拉贝尔花园,便一览无余。玫瑰花恰逢其时正处花期,夏季慷慨给予中欧大陆的艳阳下,花朵如玛利亚般明艳。小莫当然会记得,玛利亚对爱情其实也逃过、不知所措过,但小莫认为,那不过是电影,所以玛利亚才终究会如愿。而现实中,爱情在玛利亚与上校逃往瑞士时,才刚刚开始。那其实也不会有太多悬念:他们要么厌倦到老,就像父母,要么眨眼间分开,就像自己。

在号称阿尔卑斯山以北最美的花园里,各怀心事的莫家三人毫无游玩心情,他们像是约好一般紧跟着导游,就像电影里的七个孩子紧跟着玛利亚,他们仿佛十分需要和陌生人在一起,才能忽略掉彼此心中那些呼之欲出的疑问。

"这是个有故事的地方。"导游带领着莫家人,沿石板路从玫瑰山顶往花园另一端走,他刚刚已经说完了米拉贝尔花园的历史——十七世纪初大主教为情人莎乐美所建。他还强调莎乐美一生为情人生育十五子、存活十子。他也说了,这里在十九世纪初毁于大火,如今,很遗憾,你们看到的是后来的重建。他又为游客们指点出《音乐之声》中那些可以拍照的经典场景,才宣布自由活动。但现在,他还得为莫家人说些什么。既然莫家人没有兴趣在玫瑰山留影,那么按惯例,他该带他们去看"天使的台阶"。

"什么是天使的台阶?"小莫问。

故弄玄虚的导游当然不打算轻易拿出存货,"小姐,下一次最好和你的未婚夫一起来。"

"为什么?"

"小姐还未成家?那你只能看着你父母登上天使的台阶了。"

"哦,就是象征爱情呗,景点的噱头,你们都这样。"小莫意兴阑珊。但她好像突然想起什么,追上莫先生问,"打麻将出人命这么大的事,为什么不告诉我?"

"老马又没死,只脑门儿上流点儿血,拍片子了,一点儿事没有。他居然还赖在医院住了一天。"

"怎么会流血呢?"

"自摸啊!一激动,牌拍桌上,怎么又弹起来了?可能劲儿太大了。也该老马倒霉,这都被砸中了。我们怕你担心,才说不告诉你。本来也没大事儿。"

"我妈生这么大气,还不算大事儿?"

"你妈妈啊,你该是知道的,一辈子清高怕丢人。"

"你以后少打麻将了!"小莫决定帮母亲说话。

"那我干什么呢?家务事她都做完了,小县城又没什么好玩的。出门转两圈,全城都逛完了。又不想上北京烦你。我能打麻将,不错了。你妈才是没事干,她不打麻将,不跳广场舞。她喜欢的弹琴啊,莫扎特啊,我不懂,在县城,就更没人懂了。要不是还能跟我生个气,她就真没事干了。"

"你怎么还没把自己嫁出去?"莫先生大概意识到自己家长的身份,而且他现在还是一个离异女人的父亲,他应当理直气壮一些。

小莫斜着眼睛看莫先生,不出所料,她看出了与他的话完全相反的意思。他一辈子都在县城名目奇怪的某局任职。小时候,小莫曾觉得父亲办公室桌上那块大玻璃板和墙上的县城地图,是世界上最神圣不可侵犯的东西。上大学后,小莫寒假回县城,去帮他取单位发的年货——几筐长途运输来的苹果,她才发现,他的职位与办公室,一直都没变过,但她看见的东西与记忆中全不一样了。办公桌玻璃板上是陈年的胶水印迹,搪瓷茶缸上是看不出字迹的印花和不同深浅的黑斑——与破败的县城、破败的单位小楼一样,它们明目张胆地揭露着时间的真相。但他却始终乐观和善,还能气定神闲给女儿削苹果,像极了电视剧里的宰相刘罗锅——其貌不扬的眉目,反而显出与生俱来的安稳知足。这也是他现在的神情——她多熟悉的表情啊。她知道那是在说——你的生活和爱情,都是你自己的事,但无论你怎么做,爸爸都会这样,笑着支持你。

小莫当然可以像任何一个撒娇任性的女儿,避开父亲的责问。但这其实也无必要了。因为他们已经来到"天使的台阶"。

在这一路上,导游或许出于不甘,还是把"天使的台阶"的秘密,讲给了莫太太——这个半老徐娘，一路上都在抢他的话。她以为自己什么都知道，她知道金色大厅、蓝色多瑙河，而《费加罗的婚礼》《唐璜》和《魔笛》就更不用说，她竟然还知道连奥地利人都无所谓的茨威格，那可并不是音乐家。但她不可能知道"天使的台阶"——只有欧洲的导游学校，才会教给他们这种用来讨好游客的东西。但那又有什么关系呢？她看上去，毕竟太骄傲了，不让人喜欢，总是不高兴的样子。她不喜欢这个情人的花园？一定是的，老女人们最咬牙切齿的，不正是年轻的情敌吗？

"1818年的大火烧毁了整座花园。这段楼梯是唯一留下的东西。人们认为这是天使对爱情的呵护，所以把它修复成现在的样子，命名为'天使的台阶'。现在这里还为全世界的情侣办结婚登记，情侣们相信，在这里结婚，或者走走'天使的台阶'，就会得到天使的祝福。"

导游几乎是炫耀般地讲完这段台词的，他也没忘记捕捉莫太太表情的微妙变化。但他没什么收获。莫太太只在他说到"结婚登记"时，意味深长地看了看女儿小莫。他有些气馁，看来连伟大的爱情也没有触动她，这个傲慢、冷漠的女人。其实她看起来，真的很像受困于疲倦的婚姻，或者某个神秘的情敌。

"烧光了不更好吗？"莫太太总能说出这样扫兴的话。她根本没理会导游的建议跟结婚三十五年的丈夫走上这段浴火重生的台阶。因为那高高的台阶看上去那么冰冷，让她感觉不到一点儿爱情的暖意。她也是在这个时刻突然觉得，导游一定是说错了，爱情从来不会是淬火后毫发无伤的大理石，爱情其实才是那场意外降临的大火——瞬间烧掉所有，然后，爱情只会留在这些似是而非的传说里。这真是个巨大的错误。他们都错了。而她自己，在这个大理石般坚固的错误里，也待了三十五年。她本来可以给自己争取的知青返城名额，她本来将成为大学教授而不是小学音乐老师，还有一定会存在的那个更能理解她的伴侣……都毁于那场三十五年前的大火，毁于黑暗的山区县城那个被清风明月蛊惑的夜晚。如今她拥有的，不过是些被麻将牌砸出血般不堪、莫名其妙、羞于谈及的尴尬日子。

母亲只能把目光转向女儿，以缓解内心如冰冻的不适，或者，是让更复杂的情绪将自己的内心占据，那几乎是她现在最难言表的骄傲——小莫没有重蹈覆辙，让爱情成为坚固的错误，小莫的幸运、明智和勇气让莫太太从不怀疑，女儿一定会比自己幸福。

莫太太、莫先生和导游都没有注意到，小莫在他们三人觉出尴尬并只得离开后，独自轻轻地，但几乎是迫不及待地跑上了"天使的台阶"。她甚至还仔细数了数，那一共是三十五级台阶。

在三十五级台阶之上，巨大的水晶吊灯，已赫然在目，它将从天顶射入的阳光,折散开——七种颜色的光芒,像无数彩虹从天而降。

　　小莫便是在这样一种艳丽的景象前,闭上眼睛的。她举起合十的双手,用临时的、自行设计的动作,许下心中那个存在了很久但从没说出口的愿望——如果可以重来,她真的想拥有父母这样的爱情,哪怕只是厌倦到老呢。

【作者简介】 周李立,女,1984年生于四川。毕业于中国人民大学新闻学院。2008年开始发表小说。著有小说集《欢喜腾》等。曾获第四届汉语文学女评委奖。现居北京。

奔 丧

祁　媛

　　我坐在火车上,回去为我的叔叔奔丧。叔叔死得非常突然,大约半个月前,我接到电话说他得了酒精肝硬化住进了医院。对于他得肝硬化这件事,我并不奇怪,我倒是有点奇怪他得的不是肝癌。叔叔是我见过酒瘾最大的酒鬼,他每天醒来做的第一件事情就是去喝酒。我印象里他几乎没有完全清醒的时候,整个人像是长期被酒精给浸泡着,醉醺醺的。一周前,叔叔的状况还是相对稳定,大家都以为他可以拖过农历新年,没想到昨天我就接到了他去世的消息。据说,两天前的早上,他还从病房里溜出去偷偷喝了一瓶白酒。就是这瓶白酒加速了他的死亡,他这样做无疑等同于自杀。

　　不管怎样,叔叔的死是件很突然的事。我坐在回家的火车上,想起半年前的一天中午,奇怪地接到叔叔的电话。爷爷死后,我们的联系就很少了,接到叔叔的电话,我本能地觉得出了什么事情。叔叔说要到杭州来,问他为什么,他也说不出,只支吾着说想来看看我。这让我纳闷,我从来没想过他会来看我,他从来就不喜欢我,他喝醉酒,倒是揍过我一顿,他掐着我的脖子使劲乱晃,差点没把我晃死。两个小时后,又接到他的电话,说是已经上了火车,但是火车上太热,他打算在下一站下车,然后回家,就不来看我了。不来就不来吧,这件事我也没放在心上。

　　现在,我要回去为叔叔奔丧了。我坐的是绿皮火车,这种火车没什么特点,就是慢和脏,就像某种人生。一对乞讨夫妻忽然大声唱着歌走过车厢,妻子用她烧伤了的手牵着她的盲人老公,并挨个向车上的乘客乞讨。她像一只母鸡一样带着她的盲人丈夫。已经是十一月了,她依然裸露着手臂上的大半肌肤,以展示她那烧伤过的像树皮一样虬结的皮肤,但是,丑陋和残疾已经不能引起别人的注意和同情了,他们在这节车厢里几乎没有什么收获,我想他们在其他车厢里也不会有什么收获。他们经过我身边的时候,我给了他们一块钱,并不是因为我具有同情心,而是我觉得他们也算付出了劳动,应该得到报酬,虽然只是一块钱的报酬。

火车在一个不知名的小站临时停车了,这里大概是个工业城市,我看到很多的烟囱矗立在楼房之间,在这样一个朦胧的雨天,城市安静得仿佛死了一样,只有这些烟囱静静地向天空冒着白烟。

四十二年前,一个美貌的中年妇女挺着一个五个月大的肚子去医院打胎。在此之前,她曾吃过两次打胎药,但是都没有把孩子流掉。肚子继续一天天地大起来,她一个人去了医院。她那个时候已经四十多岁了,医院拒绝为她做手术,说做手术对小孩大人都有危险,她又一个人慢慢地走回了家。五个月后,一个男孩出生了,这个男孩就是我叔叔了。

这个孩子在很小的时候就已经显示出暴烈而又偏执的性格,他不爱上学,酷爱打架,初中还没有毕业就已经领着一帮小鬼每日在街上打架斗殴。叔叔很早便辍学了,整日在家无所事事,爱看武侠小说,喜欢射击,幻想过当军人。他去参军,没有成功,还学过理发,开过餐厅,但都失败了,他似乎做什么事都没有耐心,不能持久。可是漫长的时间该如何打发好呢,像大多数无聊的男人一样,他把时间花在了女人身上。这个无比懒散的男人却有一张异常英俊的脸,他好似从不缺女人。幼时的我经常在上学放学的途中看见他和不同的女人约会,但是其中只有一个女人让我留下了印象。该怎么形容这个女人呢,我是一个不会用形容词的人,只知道是她让我第一次知道了什么叫作漂亮。她也是叔叔的女朋友里我见面次数最多的一个,我一直以为他们会结婚的,可是他们最后还是分手了。分手的原因据说是因为有一次天热,他们出去游玩,她穿着长袖的连衣裙,出了很多汗,叔叔闻见了她腋下的狐臭味,第二天便不再与她来往了。叔叔和她分手之后,她很受打击,之后的婚恋很不顺利。叔叔这边当然没有丝毫影响,他继续换着女朋友,没心没肺。不知道为什么,那时年幼的我竟然觉得叔叔离开了那个女人是件可惜的事情,他会后悔的。后来我还在街上遇到过这个女人,彼时,她已经四十多岁了,保养得很好,看上去依然年轻,生意也做得很好,是潭城有名的房地产商人。那时的叔叔已经变成一个为她工地每天拉石子的卡车司机。据说他们后来曾经相遇过,那个女人依然记得当年的事,耿耿于怀,她对叔叔说:"我会永远恨你。"

叔叔吊儿郎当混到了三十岁,女朋友找了一打,但是没有一个长久的,不是不联系了就是被叔叔打跑了。奶奶开始急了,托人给叔叔相亲。为了交差,叔叔去见过几个,不是嫌人太瘦就是嫌人太矮,总之是都不行。叔叔的工作也是一个问题。后来爷爷托关系，在单位里给叔叔谋了个临时工，一开始还好，时间一长，叔叔又干不下去了。他和单位的领导合不来，一天夜晚，他用砖头砸了领导的车，破口大骂，整个市政大院都可以听见他的叫嚣。

没工作了，他又开始了百无聊赖的生活。没过多久，叔叔领回来一个女人，一个体态健壮皮肤粗黑的女人，长了一副肥厚的嘴唇，像两片黑香肠似的要把整张脸包住。有的时候我看她的脸，会有一种错觉，好像她那张脸上只长了一张嘴，其余的五官都可以忽略。我不明白叔叔为什么要和她好，因为在我看来，她不仅不好看，简直可以算难看了。我以为这次叔叔也会和以往一样，很快和这个女人分开，然后再换一个，出乎我意料的是，他们不仅没有分手，还很快结了婚，这个女人成了我的婶婶。

叔叔想结婚，爷爷奶奶自然不会反对，也许他们觉得一段稳定的婚姻可以让一个男人成熟起来。很明显，他们错了，叔叔是不会成熟的，他只会变老。婚后叔叔婶婶经常吵架打架，没有几天安生，一开始叔叔还占上风，但很快他就不是这个健壮黝黑的女人的对手了。这个女人习惯一边打一边骂："你这只呆猪，傻子，窝囊废。"叔叔习惯了似的，听见就像没听见，这个从前的少女杀手，现在变成了他粗野妻子身边的一条狗。他好像对什么都无所谓了一样，我感觉他身上的某些东西在一天天地死掉。他嗜酒的毛病也是从那时起，一天天地厉害起来了，他开始频繁喝醉，喝醉后就什么也不管地往床上一倒，口水就吐在自己枕边的床单上，他的房间总是有股闷闷的腥臊气味。婶婶大概也管过叔叔喝酒的事情，但是好像怎么都没有用，有时她一气之下就离家出走，然后叔叔就去把她给找回来，再走，再找，再找，再走。他们俩好像都不爱对方，但是却又病态地纠缠在一起十几年。

他的妻子，这个从农村出来的剽悍女人，有着母猪一般的旺盛生殖力。她为我叔叔总共怀过八次胎，流产流掉了七个，其中唯一生下来的是他们的第三胎即我的妹妹。我妹妹出生后，这个女人的性格更加暴躁了，她总是指使叔叔干这干那，干得不顺她的心，她就破口大骂。叔叔呢，也好像更厌了，他成天为女儿洗尿布，为老婆洗内裤，干这些鸡毛蒜皮的烂事，完全沉溺在日常生活的琐碎和无聊中。他迅速地就衰老了，相貌也发生了巨大的变化。很奇怪，原来年轻时长相好看的人有时比长相平庸的人老起来要更加的丑陋不堪，叔叔很快变成了一个庸俗甚至是有点猥琐的中年人。有一次喝酒，他醉倒在桌子底下，磕掉了半边门牙，从此叔叔好像更没有底气了，每次出门都站在他那黑胖妇人身后，心虚地微笑着。没有人瞧得起他，他的妻子，他的女儿，甚至是我也瞧不起他，爷爷对他似乎也不喜欢。只有奶奶，这个贫病的老妇人依然宠他，这个已然中年的男人有时喝醉酒还会扑倒在他母亲的怀里哭泣，背影远远看上去好像一只丧家之犬。

想到这里，我有点烦躁起来，突然想中途下车，折回杭州去了，就像叔叔那次来看我一样。不过这也就是一念而已，车又开始缓缓地行驶。我到家的时候已经是夜里了，街上的人也不多了，只有路边树上的彩灯还在不知疲倦地闪烁着，盲目地高兴着，也不知道在高兴什么。我已经想象到了我回家之后的场景：一个新寡的妇人带着她尚未成年的女儿，捧着遗像坐在地上哀号。无非如此，还能怎么样呢？可是当我走进家门的时候，这一幕却并没有发生。家里异常地平静安详，我婶婶在和她的母亲、妹妹躺在床上聊天，我妹妹正在玩电脑游戏。屋里的气氛出奇地温馨，我不由得怀疑叔叔是不是真的死了，直到我婶婶走出房间，看到她袖子上别着的孝带，我才再次确认这个家里确实有人去世了。婶婶的表情迟缓而平静，她对我说，你叔叔去世了，我们决定四天后火化，明天你陪我去医院给你叔叔打死亡证明。坟地我已选好，你可以去看看。你的叔叔留下两张银行卡，一张是他的工资卡，我已经领完；另外一张是你爷爷生前的银行卡，我不知道密码，你知道吗？我回答她，是否为叔叔举办一个告别会，他的遗容可还安详，有否为他的遗体化妆？爷爷的密码我不知道，但是你可以输爷爷的生日试试。在我们说话的时候，妹妹一直全程面无表情地参与着，既不激动也不伤心，趁我不注意，她把她的小拇指放进了鼻孔里面。你叔叔死的时候很安详，他不需要化妆，也不需要遗体告别会，没有什么人来。婶婶的回答把我从妹妹的鼻孔里拉了出来。

我们的谈话结束了，不到十分钟，但是已经把我叔叔的死亡和接下来四天要做的事情都安排妥当了。我收拾行李，原本以为要大哭一场的事情并没有发生，我坐在凳子上开始有点无聊起来，也许是因为无聊，我开始感到饥饿，我想起来我还没有吃晚饭。

妹妹陪我一起去街对面的小巷子吃夜宵，因为有夜宵吃，妹妹似乎有些开心，但是她也许隐隐觉得这个时候为了吃而开心是不对的，所以极力克制住，勉强装出一副成人的懂事的伤心的表情来给我看，她知道我一直在看她。

走到原来熟悉的夜宵摊档，这家原来很火爆的小店不知为何生意变得十分冷清，店员们好似已经习惯了这种冷清，都在专注地看着电视连续剧。我的突然来到打断了他们这种闲散的状态，他们似乎有点不高兴。我点了炒米粉、烤鸡翅、花蛤和茄子，当我在冰柜挑选肉串和翅膀时，它们因为存放的时间太久吧，都已经冻住，并结了一层薄薄的冰霜，我突然想起叔叔此刻也正躺在殡仪馆停尸间的冰柜里，他是不是也已经被冻住，像这鸡翅一样结起冰霜了呢？我忽然觉得他有些可怜。

因为店里没有生意，我们点的东西很快就送上来了，为了省时方便，原来烤制食物的炭火炉已经被电子炉所替代,全然没有了以前的味道。妹妹坐在我的对面,她胃口很好,一面对着电视机里的剧情哈哈大笑,一面大快朵颐,她好像是真的不伤心。妹妹十五岁了,肥胖而早熟,臃肿的身材就像她吃的鸡翅膀一样仿佛被注射过某种激素,被迅猛激烈地催肥了。她的体态神情早已不像一个未成年的少女,倒更像一个接近中年的妇女。我一直看着她,想不明白为什么有些人的成长会这么畸形而快速。我依然记得妹妹八九岁时的模样,那时候的她已经有了少女的漂亮与妩媚,眼角仿佛好像经历过情事,连邻居家的老太太看见我都说:"你妹妹长得真像你,不过可比你漂亮。"妹妹的美仿佛具有一种野性,生猛粗野但具有活性,有着让人动心的力量。和她一比我简直就像一块木头。我看着妹妹,想起当年奶奶还在世时,有一次在饭桌上她看妹妹的眼神。我一看见那个眼神我就死心了,因为我知道奶奶永远不可能用这种眼神看我,那是一种打心眼儿里发出的爱与喜欢。我再也没有见过这样的眼神,仿佛看一眼就得到了全世界的幸福。那时,妹妹还小,没有一点儿收入的奶奶用自己攒的私房钱给妹妹买了一个玩具大熊,两百块钱,这对奶奶已经是天价了。但是妹妹喜欢,奶奶没怎么犹豫就给她买了。这个玩具熊后来被妹妹暴力地把眼珠和鼻子抠掉,头扯烂,成为一块肮脏不堪的坐垫后,无情地扔进了垃圾桶。

妹妹在对面发出了愉悦的打嗝声,对于我这个姐姐,她基本满意,因为每次只要我回来,她都可以有几次这样胡乱吃喝的机会。听着她愉悦的嗝声,我打消了原本想要问她的问题:"你一点也不想你的爸爸,不为他伤心吗?"现在看来,这个问题不仅无聊而且幼稚,我为自己的幼稚哆嗦了一下,匆忙地付了钱。回家的路上,妹妹一路小跑,因为她知道我给她带了礼物,她迫不及待地要去拆开它们了。

家里客厅的中间摊着一条床单,大概是叔叔睡过的,上面堆着叔叔穿过的衣服、鞋子,还有为数不多的个人用品,也就是一两个茶杯,几瓶没吃完的药什么的。婶婶和她的家人在收拾,我问婶婶,叔叔的东西就这些了吗?全在这儿了?得到肯定的答复之后,我稍微翻了一下叔叔的衣服,几件他常穿的衬衫和两件半新不旧的外套,一件棉袄一件大衣,两条西裤,几双旧鞋,这就是叔叔的全部东西了。我第一次发现叔叔的东西竟然比爷爷的还要少,爷爷去世后,他在这个家里好像变得越来越可有可无,妻子和女儿都不需要他这个不会挣钱的酒鬼了。婶婶倒是越活越年轻滋润了,家里到处都堆着她和妹妹新买的衣服、化妆品和皮鞋。不知道为什么我想到小时候看过的动画片,里面有一集讲母螳螂和公螳螂成婚交配后,母螳螂为了繁殖下一代,补充营养,就把公螳螂给活活吃掉了。

这夜,我一点也没睡好。屋外又传来了阵阵的猫叫声,是邻居家养的猫,到发情期了吗？不过这声音听上去更像婴儿在哭，微弱的，凄恻的，断断续续，一直到深夜还似有若无地挥之不去。

第二天早晨，我被一阵急促而又粗暴的手机铃声吵醒。我一看时间，六点钟，正打算继续睡过去，就看见一张肥厚的嘴，堵在了我的眼前。"你该起床了，我们今天要去医院，为你叔叔开死亡证明。"还没等我完全反应过来，婶婶那仿佛来自另一个维度的声音已经在我耳边响起。我渐渐清醒过来，想起昨晚婶婶和我说的话，是的，我今天要和她一早去医院为我叔叔开死亡证明，然后再去火葬场，再去看公墓，好尽快安排我叔叔的后事。

我们很快出了门，婶婶开着电动车带我穿过闹市，几个月前还矗立在市中心的潭城一中已经变成废墟，我微微有些吃惊。城市到处都在翻新拆建，瞬间就已不再是原来的样子。这种突然而又剧烈的变动让你分不清哪一种才是真实。街上的路人还不多，偶尔出现的几个人，脸上懒散而又麻木，这是这个城市的人普遍的表情。太阳刚刚出来一个侧脸，环卫工人已经在打扫卫生，灰尘的颗粒在浮起的光线中若隐若现，我对着太阳看着颗粒在手指缝中穿过，内心突然有一种沧桑的微茫感。等红灯的时候，我看见分岔路的路面上有一只打散了的鸡蛋，一个小男孩拿着木棍在不停地敲打着鸡蛋，好像要把里面的蛋黄全部挑出来。蛋黄的半边躺在路面上，有点像今天早上的太阳。

街道并不拥挤，这个点就连每天在中心大街晃悠的疯子也都没有出门。没过多久，我们就到了医院，这家医院在今年全部翻新过，已经找不到从前的半点影子了。医院新盖的大楼外墙刚刚刷好漆，白得似乎都可以反光，没有一样东西是我熟悉的了。我们上了十五楼，走过叔叔的病房，我停下来向里张望，叔叔的病床上早已经躺着一个新的病人。新的医院，新的病房，新的病床，新的病人，这些病人每天不停地在做生老病死这些毫无新意的事。

在婶婶等叔叔的主治医生的时候，我又在医院别处溜达了一下，偶尔路过一两处荒僻的走廊，心中暗暗就想，这里会不会就是叔叔死之前喝那瓶酒的地方呢，他一个人在这儿喝酒时是什么样的心情呢，他知道这是他人生中最后一瓶酒吗，他是在对酒这个老朋友告别还是在对人生告别？还没等我想完，开死亡证明的医生来了，是个肥肥矮矮的中年人，脸色红润得几乎有点愚蠢。开死亡证明对他来说早已经是家常便饭。所以他办起这件事，轻松快速，他一边吃着早饭一边签完了字，表情甚至是愉快的。我猜他大概签字的时候一口咬到了他包子的肉馅，因为他的脸现在就像个肉包子一样。

我们下午去了公墓，这是一个荒凉的快被废弃的公墓，但是因为价格便宜，所以断断续续地还在维持着。穿着藏青色破旧大褂的看墓人领我们进了公墓，沿着长长的窄道进去，两旁的松树好似要拥抱我们，这样单纯的路我好像有好多年没有走过了，虽然这是个公墓，但是我倒并不讨厌这里，反而有点喜欢。在这条窄路的拐角处，有一大片圆形的墓地。这就是我们今天的目的地了。这些墓碑一层一层地排列着，墓碑与墓碑之间的距离不会超过二十厘米，每个墓碑所占的位置最多也就三十乘四十厘米那么大。在城市里的人，活着已经够拥挤，没想到死了却更加拥挤，这是否是人们不想死的原因之一？想到这儿，我不禁觉得有些可笑，看墓人奇怪地看了我一眼，也许他觉得我在墓地里发笑是件很不严肃的事情。我懒得理他，继续看我面前的这些死人，看他们贴在墓碑上的黑白相片，看他们的出生日期和死亡日期，看他们有无子女，推算他们活了多少年纪，猜测他们的死因还有活着的生活又是怎样。这些人我没有一个认识，可是不知道为什么，在这瞬间，我好像都认识了他们，理解了他们。他们中很多人死的时候，比我年纪还要小，这么年轻就死了，是死于车祸，死于意外，死于疾病？我无从得知。对于他们中的很多人，生活还没有开始，就已经结束了。那么，我呢，我活得比其中有些人还要久，可是我又何曾觉得自己真正开始生活过。姊姊在和看墓人挑选墓地的位置，说是选其实就是随便乱指一块。姊姊这种挑选的姿态有点像扔垃圾，我说不出这样到底对不对，因为我也说不出挑选墓碑应该是什么姿态，也许从某方面来说，人死了埋在墓地里以后，就是一堆垃圾，一堆被上帝抛弃的垃圾。人的出生和死亡好像都不是自己的选择，人的一生又能够有多少自己的选择呢？不过也许选择太多也不是什么好事，人生的道路，很多选择仿佛都是错的。

两天以后的清晨，叔叔的葬礼举行了，当音乐声响起的时候，他们都唱道："世界不是我们的家，我们的家园在天上。"这齐声的合唱烘托出了一种人为编排的庄严感，好似一部通俗电影，非要制造一些情节，布置一下气氛，在故事的结尾烘托一下高潮，可是落入俗套，曲终人散之后回头再看，发现原来不过如此。想想也可以理解，因为大部分人的一生平淡无味，无聊漫长，于是不约而同地要在一些固定的情节上人为制造一些高潮，比如：出生，结婚，生子，死亡……他们自己是自己人生的导演，同时也是主演。可惜剧本大多抄袭，又缺乏独特性，于是就产生了无数的烂片。

妹妹穿着不知从哪儿借来的白大褂站在送葬队伍的最前面，她知道她是今天的主角，所以一直在努力地扮演哀伤。可惜她的阅历她的智商不足以支撑她的演技，她很不入戏，总是四处张望，频繁地做小动作。不过，没关系，她的大部分观众也都不是想要认真看戏的好观众，就是来走个过场，无暇顾及她真的感受。蹩脚的舞台，蹩脚的演员，蹩脚的观众，还有妹妹身上污渍斑斑蹩脚的白大褂，一切都是蹩脚的，就像叔叔的人生一样。除了请来的群众演员之外，真正来参加叔叔葬礼的人寥寥无几，也没有什么人真正的悲伤，这个潦倒、暴烈、愚蠢、失败的男人独自在人生舞台上演完最后一场戏,没有赢得一个观众、一点掌声,这世上除了把他生下来的母亲没有一个人真正爱过他。

到了火葬场,停尸间比我想象的要简陋,而且小得多,一排排不锈钢的冰柜年代已久,看得出被频繁使用的痕迹。叔叔的尸体存放在编号十七的冰柜里,被两个工作人员熟练地打开了。冰柜里是一个略嫌有些小的黑色廉价尸袋,鼓鼓囊囊的,拉链拉开后,我看见了一具双脚没有完全放平弯曲着的尸体。可能是袋子小了的缘故,他脚上的黑色胶鞋也没有穿好,半套在脚上。由于生前疾病留下的腹水,他的肚子像孕妇一样肿胀着,脸则像冻过的绛紫色猪肝,嘴唇和眉毛都结上了薄薄的冰霜,五官依稀还可以辨认生前的模样,身上穿的白色丧服,做工简陋而粗糙,很明显是在小裁缝铺里低价定制的。我告诉自己,眼前这具浮肿而轻微扭曲的尸体就是我的叔叔了。谁能够想到这具即将要腐败、火化的肉身也曾是个英俊的翩翩少年,他也曾年轻过,鲜活过,不过这一切都像淡淡的水彩颜料在洗漱池里被水彻底地冲刷到污秽的下水道里去了。

叔叔的尸体被抬上了焚尸炉的管道,甚至连尸袋也没有拿掉,脚也没有摆平,就被送进了焚尸炉,一切都是这么仓促,快到我都不及反应。此刻站在我身边的妹妹却突然夸张地放声大哭了起来,仿佛她把握好了节奏,就像是表演进行到最后一定要给你看的指定动作一样,她开始入戏了。我的婶婶,这个黝黑粗壮的女人,这时她轻轻地转过了身去,仿佛不忍看似的。我没有看到她是什么表情,但是她的背影告诉我,她还是有些伤心的,但是伤心的同时,她会不会也有一种解脱感呢?毕竟叔叔一死,她就可以彻底地开始她的新生活了,也许她一边伤心一边高兴着吧。

焚尸炉的窗口合上了,他们要像烧一块破布一样焚烧我的叔叔了。十年之内,我站在这个窗口外面,分别送走了我的父亲、我的奶奶、我的爷爷,然后是我的叔叔。我想起了十多年前,我们一家人围着一张桌子吃夜饭的情景,小小的方桌,每次吃饭的时候总好像很拥挤,奶奶负责盛饭,碗一只一只地传递着。夏天的傍晚,头顶昏黄的小灯泡被微风吹得左右轻轻摇晃,那时小小的我以为这就是一生一世了。十年过去了,他们都死了,我却还活着,我只是觉得疲倦。

焚烧尸体的师傅正悠闲地坐在一边抽烟,我忍不住向他要了一根,由于无聊,他主动和我攀谈了起来,并向我炫耀他的专业知识。他说道:"焚烧一个人的平均时间在一个小时左右,如果是老人或小孩还有干瘦的没有什么脂肪的农村人时间则更短,半小时到四十分钟就烧好了。中年、壮年、肥胖的都市人则要烧一个或者一个多小时,有肝病或者肺病的人则要更久一些。"我默默地听着,不知道为什么,觉得从他嘴里说出来,火化一个人就好似在做一道菜,都需要把握火候,不同的是做菜需要作料,而人却连作料也省了。我不由得看了师傅一眼,他气色极佳,脸色红润,我情不自禁地想道,他的伙食一定很好吧。

我把烟头熄灭了,走出了焚烧间。妹妹和她的表弟在门口玩耍,有一种演出之后下场的轻松。我继续往前走,焚烧间的旁边是条土路,顺着土路走上去是一个小山坡,开采过的山,地表的岩石丑陋地暴露着,像一个人在活着的时候就被剥开了皮肤,露出了血淋淋恶心的皮下脂肪。坡顶聚集着密密麻麻的墓碑,还有一间简陋的小石板房,年迈的看墓人牵着一只狗在坡顶上站着,不知道为什么,这活着的看墓人比那些死者的墓碑,更让我觉得萧瑟和荒凉。山顶阳光很好,蓝天白云,却依然让我感觉这里是另一个世界,仿佛是活着的死后世界,一个和尘世无关的世界。我回头看见焚尸炉高高的烟囱里冒出的青烟,我的叔叔大概快要烧完了。十分钟之后,叔叔的骨灰从炉子里推了出来,因为尸体没有摆正,两根腿骨还是斜的。廉价的尸袋还没有被完全烧干净,有一些焦黑的化纤碎片,尸袋上的拉链也安静地躺在叔叔的头骨旁边,一看见叔叔的白骨,不知为什么我的眼泪自己夺眶而出了。

旁边一炉的家属走过来好奇地打量着叔叔的骨灰,探头探脑,神情悠闲得好像在菜场挑菜。这位仁兄十分钟之前还伏在他母亲的尸体上哀号不止,伤心欲绝,几近要哭死过去。师傅把叔叔的骨头从每个部位都截取了一块,放在操作台上碾碎,磨平,然后铲入骨灰盒,手法干净而又利落,像刀工很好的红案。在骨灰装入骨灰盒,盖上饰布,交到我妹妹手上的那一瞬间,原来脸色平静的妹妹又开始准时悲号了起来。她以后一定会是一个好演员。

我捧着叔叔的相片,妹妹捧着骨灰,我们俩走在最前面,其余的一行人跟在后面,我们一起坐上了开往叔叔墓地的大巴车。天空湛蓝,道路两旁的树木郁郁葱葱,风吹过,还能闻到泥土和植物的气息。一年以前,也是这样的大巴车,这样的好天气,好得不应该办葬礼似的,所不同的是一年前的我回来是为爷爷奔丧,现在是为叔叔奔丧。那时我捧的是爷爷的照片,叔叔捧的是爷爷的骨灰,就坐在我的对面。谁都没有想到一年后的今天会是这样的场景。我在此刻似乎有点了解叔叔了,并且忽然无比地想念他。

【作者简介】祁媛,女,1986年生,籍贯江苏。2014年毕业于中国美术学院,硕士。曾获西湖·新锐文学奖、"紫金·人民文学之星"短篇小说奖、2012—2014年度浙江省优秀文学作品奖等。现居杭州。

金刚四拿

(土家族)田　耳

我好几年没见着罗四拿,罗代本也这样。他俩是父子关系,具体说,罗代本是老子,罗四拿就只好是儿子。

刚进腊月,村里先有一头牛掉进老蛙田那眼天坑,后有一只羊掉进孩儿坟后面的天坑。掉牛当晚,村里果然又死一人。羊是郭金宝家的,他儿子见羊掉进坑,赶紧跑回村大声叫唤,找人帮他找羊。天坑不是每个人都能下去的,要找火焰高的人,他们肩有双灯,哪都敢走。

罗瞻先气息奄奄地躺在床上,耳郭却罩得远,听见有人在说有羊掉进天坑了。过不多久,罗瞻先就发觉自己喘气变得浊重。他把罗代本叫来,说自己差不多了,要罗代本聚拢亲戚,给他接气,送他走最后一程。

罗代本当然要问他爹,那好,你先说说,为什么有这想法?

羊掉进天坑,必有人了命。罗瞻先喘着粗气说,算来算去,最该死的要算到我头上。

是算出来的,还是真不舒服?

罗瞻先好好体会一番,肯定地说,真不行,今晚要走,有人在耳边叫我。

我们打狗坳有这风习,人在将死之际,所有亲戚朋友围着他,和他说道别的话,送他最后一程,这叫接气。罗代本倒不急着叫亲戚,前面罗瞻先也说过自己要死,亲戚朋友全叫来,他却又活过来。一次两次,虚惊一场,大家心里还欣喜;但事不过三,次数一多,亲戚朋友纷纷感到烦躁。罗代本打电话去叫,对方会问一句,这回真的要走? 你肯定?

罗代本没法肯定,只好先找豁嘴老覃讨主意。

村里有几个天坑,既深且陡,牲畜掉进去出不来,是凶事之兆。为什么是凶兆,只有豁嘴老覃知道。村里,每人都有专司的职事,老覃负责讲邪怪的事。你拎一壶米酒去问他,就掉一只牲畜进天坑,怎么有凶事?老覃只摆故事,你要不信,他再摆一个。只要不断往他碗里续酒,他就不断跟你讲,直到你背脊蹿起阵阵阴风,一个劲发凉。罗代本想问他,掉一只羊和掉一头牛,凶险的程度是否一样?是否当天就死人?若非当天见效,前三后四死了谁就算应验,那岂不是扯淡?腊月正月,天寒地冻,不管有没有牲畜掉进天坑,也要隔三岔五地死人。

罗代本还没找到豁嘴老覃,四拿意外地将电话打来。四拿像传说中的游击队员,游击队打一枪换一个地方,四拿打一个电话换一张卡。一般情况下,罗代本也打不通四拿的电话,只好等他打过来,而他一年难得打来几次。罗代本将情况讲给四拿,四拿不用歇下来想,眼一转就有主意了,跟他爹说,你回去告诉爷爷,村里马冬奎的儿子在外面打工,出车祸死了,电话刚打回家。

这话怎么能乱说?马冬奎又没跟我家红过脸。

那就郭忠全家的儿子,反正都几年不回去。

郭忠全,你怎么能说他儿子?你妈没奶,你还喝过他婆娘的奶!

——随你便,那你想一个红过脸的、我也没吃过他家奶的,反正是要救人,再说爷爷迈不出门槛,不管说谁,他都不会去找人对证。

罗代本一想,虽然是损招,好歹也算一招,眼下没别的办法,不妨试试。又嘱咐四拿,你爷爷有一天没一天,你却好几年不回来。趁这次过年,回来看看他。四拿说,要回来,昨天半夜醒来,我心里说不来的酸楚,我想我是在思念故乡。

故乡?罗代本感到一阵牙酸,纠正说,是老家,是罗家垭打狗坳。

四拿的办法非常见效,罗代本跟罗瞻先讲有人抢着死,在外面打工出了车祸,罗瞻先就放了心,很快活过来。再过几天,四拿也真的回到打狗坳。那天我们正铺路,村级路已连上了乡级路,一辆中巴车开过。四拿探出脑袋,戴一副变色镜。虽然变色镜严重遮住了脸,我更确定是他,他每次回来都要搞一些新标记。

四拿!我朝他招手。

村长在我身畔,抬眼看见四拿很高兴,说,四拿你长高了哟。

四拿古怪地看他一眼说,村长,我坐着的。

村长说,来了就好,正缺人手。党的政策好,水泥都白给,我们只要有力的出力就行。你帮我们一块儿铺路。

四拿说,好的,我回去摆一摆东西就来。

我知道他不会来,这是明摆着的。他果真不来。村长还当他是几年前的四拿,我相信四拿比几年前有了更多见识,以及更远大的理想。

晚上四拿来找我，我备了酒，以及下酒菜，就在我家鱼塘边的茅棚。四拿老早就喜欢这地方，说这里可以当成我们的一个据点。他走进来，我就看出他是要找我谈理想。果然，他抿一口酒，恨其不争地说，田拐，你一辈子待在打狗坳不出去，简直就是 bào tiǎn tiān wù！我听不明白，我认得的怪词没有认得的狗多。他又说了一遍，暴殄天物，就是说，你把自己浪费了。我说，哪有什么好浪费！我是个拐脚，出去谁也不会请我干活。他就说，天生拐脚必有用，有些事情肯定是专门为你这种拐脚准备的。我说，那当然，你是说打狗。我一条腿比另一条腿短八公分，天生如此，不怨爹娘，但我走路必须不断地下腰，狗见我就躲。

他喝两个二两五，就讲以前喝三个二两五才讲的话，比如一定把我带出去见世面，有钱一起花，有难他独挡，诸如此类。他讲的这些话，我早已习惯，当耳边风。这么多年，他只要在村里，就总要找上我，跟我闲扯。他个儿矮，村长每次见他都夸他又长高了，可能是好心，但他听在耳里却有说不出的酸楚。一同玩大的一帮人，都比他高半个头，只有当我右脚撑地，走路下腰时，和他一般高，所以他和我特别有亲近感。我也一样，在打狗坳，我一晓得事，想挤进孩子堆一同玩耍，别人老是不要我，只有四拿不嫌弃我。我觉得我俩亲如兄弟，慢慢发现，他不一定这么看。比如，他夸我，老用一个词，忠心耿耿。我一开始真以为是夸我，后来觉得不对劲，什么叫忠心耿耿？查了字典，这个词，主要用在仆人和狗身上。我也不声张这些发现，直到那天，他自己憋不住讲了。

那时候他十六岁，和我一样大小。那天我俩坐在油桐树上闲扯，我不惮于说出我的理想，进城，有间房，能上班下班。他嗤我一声，说他不但进城，还要干出点事业，雇几个城里人，长得有模有样。以后每年回打狗坳，都是前呼后拥，两个走前，两个走后，每人一身西装，戴墨镜，一只手自然下垂，一只手插进怀里……

我说，那是保镖。村里红事白事包夜场电影，经常放港产黑帮片。四拿这么一说，我分明有印象。

差不多是的。四拿也承认。说到这儿，他神思恍惚地看向某处，看了许久，忽又将眼光拉回，定定地看我。我被他看得发毛。他说，田拐，我这个人日后一定会发达，你必须相信，我发达一定有你好处。我点点头，信他一回并不吃亏。

他又问，真的信是不？他逼视着我，要我当即表态。我只好重重地把头垂下，让他直视无碍看向我后脑壳。

好的，他说，那你给我磕一个头。

什么？

你真信我说的，就给我跪下。四拿不是开玩笑，脸绷得像皮筋一样紧，每个字用力吐出来。又说,以后我有钱,你就是我家总管,一辈子跟我过好日子。

我扑哧一笑说,跪就算了,不习惯。

他失望,喃喃地说,你这家伙,要来真的,就不肯信我。

又一次,大概七八年前,四拿从广东打来电话到南货铺,叫老虾米传唤我接。我去接,他便说,我这里有个职位,是部门经理。我认为你适合干这个。

为什么我适合?我都不知道是哪个部门的经理,具体要干什么。

你只管相信我。

我相信你,但我不认为我能当什么部门经理。

工资一个月四千起底。

吓死我了,赚这么多钱怎么花?

娶个老婆!

我学他的腔调,这实在是我人生规划之外的事情!

不要把我随便哪句话都当名言记下来!电话那头,他定然无奈地一笑。

他劝我有半小时,我反复跟他说有台水泵急修,他才想到结束。挂断前,他幽幽地说,你始终不肯信我。我能说什么呢?我对他的相信也只是点个头,而不是磕个头,心里有分寸。后来听说,本村和邻村有几个人被他拉到广东当部门经理,交了五千多块的保证金,干几个月没赚一分钱工资只好滚回来。滚回来的人,信誓旦旦地说,狗日的罗四拿,最好是不要回来。四年前,四拿回到打狗坳,那些人也没把他怎么样。他们邀成一群,找时间在四拿家里截住他。他便仰着脖子,别人只好勾着脖子,脸对脸,各自放了一通狠话。后面就无声无息了,见面照样打招呼,递纸烟。

那次他回来,我开始相信他已混成一个狠人,从外面学来一些狠劲。这种角色,哪天发达起来,还真不好说。

四拿回家两天,将铺盖再次卷成卷,来找我,要住进鱼塘边的茅棚。

又和你爹扯皮?

说来话长。他定睛看看我,又说,我要闭关一阵,想想以后的事。

我告诉他,我大爹从养老院例行回家过年,眼下也住那里。

没得事,我可以再开个地铺。大爹老熟人了,我们在一起正好搭伴。

他又住进我家茅棚。看样子,四拿还是当年的四拿。从前,他一旦和他爹扯皮倒毛,闹不痛快,就狗一样蜷进我家鱼塘边的茅棚,一睡一整天,躺在幽暗中,思考着一些别人无法想象的问题。以前我也陪他住茅棚,夏天一只一只地摁死花脚蚊,冬天拼命挤作一堆,听他逐一分析,附近几个村寨,哪个妹子尚有可能被我弄到手。

四拿要下榻我家茅棚,我在前面开路。走进去,是从光处进到暗处,里面的人先看清我们。大爹冲他喊,罗家老四?

他说,大爹,你老别来无恙?我看你像是回光返照,完全变年轻了嘛!

是四拿吗?大爹眼神不差,但耳朵产生了怀疑。

大爹,你以前掉柴刀,都是我去帮你捡。

是四拿!

大爹以前喝醉,就拎一把柴刀往外跑,我爹在后头跟,看他搞什么名堂。大爹以前娶过一个得脑膜炎的女人,女人给他生过一个胖小孩。后来女人跌死,埋往后山;小孩夭折,埋在村东头那片孩儿坟。大爹是往村东走,要给死孩子坟头除草,除得寸草不留,把那坟包伺弄得像新埋的一样。但柴刀总是一次次掉落在那片孩儿坟,坟茔不大,坟头坟间,草却过于繁茂,挤成一团一团。柴刀掉进草窠,很难找见。也怪,别人都找不见大爹的刀,大爹只好叫四拿去,四拿一次次轻易找见。

我看得见一道刀光!

四拿也喜欢把话往玄乎处讲,表情也配合得极到位。村里人公认,豁嘴老覃走后,指定是四拿接班。

次日听人说,四拿这次回来,又和他爹闹了一场严重的不痛快。以前他父子俩扯皮,事由摆上台面,村人各有倾向(小小的打狗坳,评理是最基本的集体生活),有说四拿脑子缺根筋,找不痛快,也有人偏说,罗代本也够古板。比如一次,四拿把头发染黑,也惹他生气。四拿原本一头黄棕头发,看上去像染的,所以染黑,想让人以为他没染发。罗代本在村口嚷嚷半天,说小孩不学好,染完头发就会往身上文鬼脑壳,然后拖一把马刀街面上砍人。大家就劝,四拿还没有一把马刀长,不会干那种事。这次父子俩扯皮,舆论难得地一边倒,都骂四拿不是东西,出去几年变了坏种。

这次,罗代本替人杀牛时将这事捅出来:这小杂毛,出去跑几年江湖,自以为有口才,回到家,当着面,想说服他爷爷,反正是死,不如早点死。

——那怎么行呢?所有听说的人都义愤填膺,打狗坳和别的地方一样,坏种总是层出不穷,但也没见谁干这大逆不道的事。

我进到茅棚,四拿心情不错,正跟大爹讲自己见闻,天南海北的事,还扯到叙利亚和伊拉克,仿佛都去转过。大爹兴致高,他一直不喜欢看电视,不相信"新闻联播"的主持人,只信乡里乡亲讲亲身的经历。

我等四拿歇气,问他,你真的劝你爷爷早点死?

四拿冷静地看着我,问,我爹到底怎么说的?我就跟他学起来。我嗓门儿老气,学年轻人学不好,学他们的爹讲话,学谁像谁。四拿听后只是冷笑,跟我们说,原话不是这样,我爹最喜欢诬陷我,你们又不是不知道。

那你怎么说?大爹愿闻其详,四拿讲什么他都有兴趣。

我只是跟他说,看样子去不去也就最近的事情,不如趁着过年跨出这一步。过年大家都回家,一个打狗坳还凑得齐八大金刚给他抬棺。要是正月十五一过,年轻人都出门,他再死,就只好用郭小毛的拖拉机拖走。我知道,这几年村里有谁死去,都用郭小毛的拖拉机拖。四拿又说,郭小毛的拖拉机,以前拖牛拖狗,现在拖人。我们都是人生父母养,父母死了,应该众人抬着,走最后一段路。

四拿话讲得铿锵,理也占得稳,我却忽然记起来,四拿很早的理想,就是成为村里八大金刚之一。

每个村都必须挑出八条汉子,是为八大金刚,专管抬死人。年轻人都想加入其中,八大金刚,就是一个村庄的颜面。死了人,丧堂上,八大金刚挤满一张八仙桌,好酒好肉伺候。别村的人来吊唁,免不了往这边瞟一眼,心里想,这村的八大金刚比我们村威风,或者是,这个村要凑八个人,都紧巴。很小,四拿便羡慕八大金刚吃酒吃肉、顾盼自雄的样子。这些壮汉,一喝酒就拼上了,喝到半夜,第二天一早抬人,却不耽误。时辰一到,道士就发令:四大天王各守一方!四大天王并不现身,道士煞有介事,大家也相信,云里雾里的四大天王可不敢怠慢。道士又喝一声:八大金刚各在其位!八条汉子即刻动手,一条龙骨,两根横杠,四根抬扛,麻利地榫接在一起。抬扛压住肩头,为首的金刚吆一声,嗨呀。众人就齐声回,嗨呀。那棺材就稳稳升起。

只十来岁,四拿就想当金刚,为这他还发狠地练身体,挑柴比别人霸得蛮,十五岁能挑一百三十斤,上山下坡,走了十里地,几乎瘫倒,心里得意。他还主动跟我说,田拐,你砍的柴我帮你挑。他是要让肌肉长横实,那时开始,就把自己一点一点变成金刚。但没想到,光有力气不行,身体一打横,就不往上长个儿。当他确认自己是条汉子,就去找八大金刚为首的石榜商量。榜大叔,我来跟你混,也当一条金刚。我晓得,郭万才腿脚有风,抬棺用不上力。对此你有什么看法?四拿攒钱买了好烟,整条地送,搞关系。石榜掂了掂烟,仿佛好烟比差烟压秤。他说,八大金刚不赚钱,抬人基本上白抬。四拿赶紧说,我那份以后都孝敬你。

没问题,你这家伙心眼子开窍。但要干这事,我对你有个小要求。

你说你说。

那我就说啦!石榜把烟扔回,这才说,等你再长高一个脑壳,可以来找我。

劝爷爷早死,经四拿一说,也有理由。但说来说去,这事情显然是有,并非罗代本诬陷。大爹在一旁听完,也要表明个态度,就说,四拿,这就是你不对。有些事情能劝,有些不能劝,虽然罗瞻先随时会死,但你不能推一把。不推是他自己死,推了就变成你害死的。是不是这个道理?

四拿说,人活着,要讲活得长久,但也要讲活的质量,要活得好。

在我看来,活得长久就是活得好!大爹也是打狗坳一张利嘴。

大爹,你能代表一部分人,甚至绝大多数人的看法,但是,死了没人抬,扔在拖拉机上拖走,总不是你愿意看到的吧?

活得长短,跟死后用车拖还是用人抬,是两回事。

你想到死后是用车拖着走,还有什么心情活个长久?

他俩拌起嘴,我只好主持大局,岔开了问四拿,是你自己想着当一回金刚吧?

他没否认,还跟我说,要是我家死人,八大金刚我来凑,钱开双份,由我打头,由我喊号。

但你个头——你要抬棺,别的金刚跟你不搭调。

这个问题,早就解决了。现在有一种鞋,叫增高鞋,它可以拉平所有人的身高差距。

我说,我知道,女的穿叫高跟鞋,男的穿叫增高鞋。

两回事嘛,他坚决反驳,严厉地告诫我,增高鞋就是增高鞋。

那年大年初三,有陌生女人跑进打狗坳,逢人就问罗四拿家住哪儿。大家纷纷指方向,还下意识瞟了瞟女人的肚皮。女人长相不赖,个头比村里女人都高,比罗四拿高半头。这种事,当然是重要话题。听人说,女人在罗家歇两晚,最后是被四拿撵走的。罗代本大骂罗四拿脑子进水,女人自己找上门,若是谈婚论嫁,他们家就不好意思高喊高要。再说这个女人,一看就是好劳力。

我和她感情不和!四拿这么跟他爹解释,而且,现在我心思也不在这上面!

你有什么资格讲感情不和?你又不是城里人,又没上大学读书。罗代本认定自己迟早要被这条崽搞疯掉,痛心地说,你那心思,是不是还想着你爷爷几时死?

所以年初三四拿又跑去茅棚找我大爹喝酒,把我叫去。我并没拒绝,这几天他事务繁忙,没空理我,现在正好问一问那女人的事。这么个须尾俱全,看似愿意白贴给他的女人,竟然不要,说明他在外面还认得更好的女人。要知道,当年窝在打狗坳,他跟我一样,相亲回回不中,瞄准了目标靶靶零环,每次拽着自己身影,灰溜溜滚回家。

——其实是个概率问题。

概率?你说说。我好歹也读完高中,知道概率怎么回事,想听听四拿怎么拿它跟女人扯上关系。他拿以前的事打比方,譬如有一阵,他帮着我打周边村庄女人的主意,看我这拐脚能不能娶上媳妇。经他周密策划,那事情还是落了空。为什么落了空?四拿说,你想想,周围四乡八村,看上去跟你有苗头的女人,顶多也就十来个。你就这么多选项,这个不答应,那个也不答应,你的好事就到头了。如果你出去走一走,混一混,会撞到多少选项?我跟你说,你出去,就会碰上整个中国的女人。那是多大概率?百货中百客,别说你是拐脚,就算你断了两只脚,也会撞上一个死心塌地跟你过日子的女人。

为什么?

为什么?大多数女人喜欢钱财,没关系,总有些女人,偏就喜欢励志。

我能励什么志?

跟一个拐脚过日子,竟还过得下去,就特别励志,特别激发人的成就感。

四拿能说,我跟不上他思路。

那年过年,四拿爷爷又挨过一道年关,我家大爹却觉得自己身体不行了。本来他还到处能走,见山能爬,遇水能涉,但年初四那天,大爹在村口转了几圈,就躺进茅棚不肯动,要我给他送饭。我想叫人把他背回家,他不肯,跟我说他有了预感,鱼塘边的茅棚是他最后的归宿。

怎么觉得自己就不行了?见他饭量丝毫不减,我难免有疑问。

我怕活不过年初七!大爹答非所问。

年初七?七不出门八不归,年初七以前,出外务工的人都还待在打狗坳。我明白了,问他,大爹,你是不是想死了有人抬你上山?

大爹竟嘿嘿一笑。我这一下又猜对了。四拿这次回家,没有做通他爷爷的工作,却无心插柳柳成荫,把我大爹说服,要死趁早,有人抬上山。我这才意识到,让他俩同住茅棚,日夜长谈,是巨大错误。四拿能说,大爹并不容易被人说服,按说不会中招。但四拿出去晃荡,毕竟多有见识。见识这东西,对付没见识的人,往往管用。在我岔神的一会儿工夫,大爹把饭菜吃净,还意犹未尽抹了抹嘴。他哪是一个要死的人?我坚信大爹只是中了四拿的蛊惑,好在有我爹,他一定能除蛊解惑。大爹年纪虽大,毕竟长期靠我爹照应,所以晓得看谁脸色。我爹赶到后就把大爹训斥一顿,你还好意思当我哥?你身体明明一点问题没有,来了管吃管喝,还有睡处,去了有关饷的地方(养老院一个月还有百把块钱补助),怎么好意思想到死你说?你对得起党和国家的好政策吗?对得起养老院对你的养育之恩吗?一通抢白,党国组织全扯上,在气势上就摧枯拉朽。大爹只好缩着脑袋认错。

还想不想死?

瞎说说。

死也是瞎说说？我爹趁热打铁说，你再好好活个几十年。你刚过七十，身体挺好的，该硬的地方都硬邦邦。我们也不是守旧的人，养老院男男女女一大堆，有合适的老婆子再找一个，也不是不可以。

我，我注意一下。

少和四拿这种人来往，他出去几年，搞不定入了邪教。

我也补充说，大爹，要珍惜生命，远离四拿。

你们才是我亲人。大爹目光炯炯，向我们保证，四拿再来，我叫他想死的话自己先死，缺人抬棺我算一个。

我爹放下心来，冲大爹交代，过完元宵，准时去养老院报到。

说来也怪，过了元宵大爹没走，不是不肯走，脚软，躺床上下不了地，嘴还呻吟，一声长一声短，那韵律，装是装不出来。我去给他送饭，看那气色一点点地垮下来，赶紧叫车拖到县医院，请医生给他看。医生按部就班，望闻问切听，测压测糖，验血验便，浑身筛查，都没问题。医生就说，怕是老病。

这显然在大爹意料之中，听完松口气并嘱咐我，你把四拿盯紧，看着他别出远门。

他跟你下药了？

他答应过的，我死了，会找一帮人抬我上山。

我说，大爹，你死了关他什么事？这事他要不承认，我能怎么办？

我相信他，他跟我打过保证。

打保证？谁反悔谁是狗？

不要那么说人家，你不信我信。

回了村，我去找四拿，没想到他还窝在家里没有外出。我把大爹的意思转达给他，提醒他要认账。他淡淡地说，好的，最近我不会离开，有些问题我必须在这里想明白。不离开当然好，同时我也请他不要去茅棚。他离开打狗坳，大爹心里不托底，说不定死得快；同样，他要是再去茅棚，给大爹加油打气，估计大爹也没几天活头。可以说，四拿好比一眼茅坑，近不得，离不得。

我等着四拿问一句为什么不要去茅棚，我会跟他拿茅坑打比，这厮没问。

那以后大爹一直没见好转，过了正月开始在床上抽风。把他抬回家，我和我爹轮班看护，但阻止不了他日薄西山的架势。我时刻去盯四拿，看他走了没有，回来就劝大爹安心，四拿虽然不讲人话，但还干人事，说不走就不走。大爹翻翻白眼，说他等着当一回金刚。

我并不看好这样的事，金刚要凑足八个，村里年轻人以及中年壮汉元宵之前都已走光，剩下老弱病残孕，据说还有代孕，都不是当金刚的料。邻村估计也好不到哪去，只要能走动的，都不好意思留在家里。以目前这状况，一个乡镇凑足八大金刚,都不容易。

过了清明,挨近谷雨,大爹真就死掉了。记得那天艳阳高照,一个孤老离开人世,并没有激起悲悲戚戚的心情。我没去找四拿,这不关他的事,虽然他跟大爹打过保证,但并没立字据打欠条。四拿自己找上门来,主动帮着料理后事。

灵堂打理好,我拉他到一边,说看样子你是说话算话的人。

你不要操心,金刚由我去找。他马上知道我要说什么。

这不是开玩笑。

我几时和你开过玩笑?他瞪我一眼,甩开我,又去放鞭炮。

道士看了日子,要摆五天,才等到吉日,好上山。坟地也选好,村东头棋盘坳,和那片孩儿坟不远对山相望,爷儿俩好互有照应。村马路距坟地三百米,拖拉机爬坡厉害,可把棺材拖到墓穴旁边。车屁股朝向墓穴停稳,直接放绳垂棺,就像一种排泄,非常省事。大爹想有人抬着上山,四拿也答应帮他找人,但这事不能指望四拿。当然,若四拿真就找来了人,不妨当作意外的好事。四拿每天来灵堂,见缝插针地找事做,就想显得自己最卖力,但没见他提找金刚的事。我跟他开过一次口,不好再提醒。好在有罗代本,他找个场合,人不多,但也有两三个相熟的做旁证,所以这番话就传到我耳里。

人已经走两天了——你答应找人抬棺,他才走得这么急。罗代本说,现在这事你办到哪一步,电话总要打一打吧?

这个你不要操心。

我不想操心,可是恰好我是你爹。你抬抬屁股就走人,我还要在打狗坳活下半辈子。

我什么地方让你没脸做人?

八大金刚,你凑足一条腿了不?

既然你要操心,索性再教教我,怎么把人凑齐?

怎么凑齐?好的……罗代本掐起了手指,拇指是石榜,食指是郭宝海,中指是罗长平……以前的八大金刚,进城打零工有四五个,要打电话趁早,约好了,他们才能及时赶来。

四拿却说,打电话不是问题,价格谈到多少合适?

你自己想办法。你答应人家的时候,这些都应该想清楚。四拿,讲出的话就是欠下的账,怎么还,你自己考虑清楚。

我是负责找人,贴钱我可贴不起。

你这叫赖皮!

四拿一笑,只说,话别说早。经他爹提醒,他很快来找我,以及我爹,开口仍是叫我们不必担心,自打娘胎出来,他一直坚持用嘴说话,而不是用屁股。又说，村里原来的八大金刚，都是好劳力，现在城里打零工，有力气的一天赚三四百，再加误工费，来回车费，伙食，一个人少说要算到六七百块。一个六七百，是六七百，八个六七百，那就是五千多。而且，要是一个一个打电话，他们就容易自以为是，自抬身价，给他六七百，还摆出救苦救难雪中送炭的模样，花了钱，还欠下人情，摆明是亏本买卖……

我大概听出来，他讲一大堆，无非是三加二减五的意思。那些把话讲得很漂亮的人，你就怕他嘴里突然蹦出个"但是"。

我爹也不笨，索性问，你到底想说什么？

你们还是误会了，依我的经验，有些事，人越多的场合越能办成，因为有气氛，甚至是气场。这么说有点专业，我一下子没法跟你们讲透。而我，参加过三四千人的大会，那种激动人心的场面，我的妈，不管谁有资格站在中间讲话，只要不磕巴，都会得到热烈的响应，你想不自我感觉良好，想不要飘飘欲仙，都办不到！四拿说着说着，竟然进入回忆状态，忘了我们的存在。

这跟找人抬棺有什么关系？我爹还是听不出来，我也是。

我是说，找抬棺的人，用不着一个一个请。这种事，好比买东西，拆零了买就贵，要打批发，批得越多越便宜。

哪里有八大金刚打批发？

话就只能说到这里了，说得太明白，效果可能打折扣。我只想问，灵堂哪时候人最多？

上山前一天晚上。

谁都知道，上山前一天的晚上，有一场最大的法事，到时道士打绕棺，唱通夜丧堂。以前，哪里道士丧堂唱得好，邻村有人找过来听。现在只怕人聚得不多，光有道士闹不起来，有钱人家还请一台草台班的晚会，唱歌跳舞小品，搞怪逗笑，极尽粗鄙之能事，都在上山前一天的晚上。

四拿又说，等道士打绕棺搞完，会吃夜宵，那时候人最多。你们只要稍微配合我，吃夜宵时支一张门板——不，要支两张，在整个灵堂最显眼的地方。

说来奇怪，上山前一天晚上，那餐夜宵，是让人记忆深刻的东西。

当晚，要将祭羊宰杀。祭羊白天牵去坟地，将一块土皮上的草啃净，晚上就杀它，肉还热得烫，就有一帮妇人用快刀片成薄片，放进沸腾的酸汤锅，煮成汤粉的浇头。粉丝也要现做，浇上一瓢酸汤羊肉，那种异香……我们一致认为，"舌尖上的中国"不拍酸汤羊肉粉，简直徒有虚名！

大爹停灵的第四天，也就是上山前一天，四拿没有现身。我爹联系好了拖拉机，那拖拉机前轮小后轮大，前轮是抓手后轮是推手，简直专门用来爬坡。道士打绕棺时，人果然来得不多，快到夜宵的点，就陆续赶来。熟人见面互开玩笑。这个说，你来得正是时候啊。那个说，想不来，行吗？眼睛躲得了，鼻头躲不了。

我端一盆切的羊肉往那边赶，大锅下的柴棒子燃得噼啪作响。这当口，四拿又冒出来，肩上扛一捆短杠，一手拎着一个白胶壶，能装二十五斤酒的那号。他问我，门板支好没有？

就等你来，马上就支好。

不急，我还要折回去，还有两壶酒，一起提来。

这么多酒？

算好的，二十来条人，一条人三斤，应是差不多。

门板是很有用的东西，有时候摆死人，有时候当饭桌，有时候遮住自己以防丢人现眼。这大有用处之物，家家都有，我支一张是长条桌，支起两张就成方桌。我爹又将瓦数最大的灯泡拉在上面，晃人眼目。我放眼四周，已来了不少人，有的坐着吃，有的偏就蹲着吃，都在吃酸汤羊肉粉，吸溜汤粉的声音绵密厚实，经久不绝。现在碗小，一碗装二两粉丝，村里男人少说要吃三四碗。打狗坳最高纪录是十七碗，纪录保持者是——今晚躺进棺材那位。吃粉时，有人又提起这个，引发一阵唏嘘。

四拿走进人群，拍拍这个，叫叫那个，拉了一二十人围住那张门板，一起喝酒。拧开壶盖，喝起来酒味比啤酒还淡，甜味却浓，更像饮料。其实，这叫"神仙酒"，用糯米和拐枣酿成，还加话梅，加杂花蜜，加姜丝，放进大竹筒子煮热。喝着浑不觉，喝到一定时候就像被人下了蒙汗药，叫一声"倒也"，你就倒。有的色鬼，就喜欢拿神仙酒去弄女人。而现在，四拿拿来这么多神仙酒，吓不着围上来的二十多个男人。他们当然都被神仙酒放翻过，心里却不肯信，这水一样的酒，真的放翻了我？不信邪，那好，再试一次。

酒喝开以后，有人就问，四拿，你不是答应说要请人抬田黑苗（我大爹）上山的吗？怎么一个金刚都还没现身？有人跟着说，和活人开开玩笑，不能跟死人开玩笑，死者为大，要有报应。

我不骗田大爹，答应的事一定办到。四拿吸溜一口粉丝喝一口酒，显然也饿得不轻。又说，金刚我都请到了。

接下来，自然有人要问，在哪里？

四拿一脸神秘兮兮，将围桌的人都瞟了一圈，喝酒的就放下碗，知道四拿又要讲怪谈玄。豁嘴老覃几时也挤过来，扯起耳朵，想听四拿能讲出什么新花样。

真的请到了，这是当大事，开玩笑明天就落雷劈死哟。四拿又嗑一大口，说不要急的，金刚即使请到，也不是说来就来，他们那叫"现身"。要想他们现身，总要有些套路，总要敬些礼数。

怎样的礼数？心急的,自然还追问。四拿已得豁嘴老覃真传,知道如何一点一点吊起别人胃口。又说,酒喝完,我立马请金刚现身,让你们看个仔细。

桌上摆开下酒菜,有的再去要米粉,用米粉下酒。大几十斤水酒,不紧不慢地喝,也用不了多长时间。喝完,半数有了状态,有的开始说胡话,有的两两抱一起,抱得很紧,也有个别的开始溜桌子。

有人还能记事,冲四拿说,四拿,少耍花样。酒壶把把都空了,你再不叫金刚现身,我们就捉着你打油槌。

——已经现身了。四拿喂着最后一口。

众人面面相觑,愈加糊涂,又问,在哪儿,在哪儿？四拿,今天这番话兜不圆,小心田黑苗半夜带你一起走。

这不都看见了嘛。四拿嘿嘿哈哈,指指这个,又指指那个。

明白过来的人,有的冷笑,有的嚷嚷。这玩笑有些离谱。这一桌男人,大都是半劳力。八大金刚哪是随便凑得出来,棺材不是谁都有资格去抬。但是,四拿有种当这么多人开玩笑,又能把他怎么样？别的人不痛不痒说几句,便要忙别的事,罗代本认定自己一辈子待在打狗坳,他挂不住脸。生出这样的儿子,他只好一次一次挂不住脸。他摆出要发作的模样,冲四拿说,你有种,你今天敢在这里开玩笑！这里面哪个有金刚的体质？

我们都是金刚。四拿蛮有把握地说,为什么一定要是八大金刚？为什么不能是十六个？要找十六个人抬棺,我们个个都有资格!

十六个？

找八个找不出,就十六个,两个抵以前一个金刚,我看没问题。他又指指我,田拐都可以当金刚。我有一种鞋,他一穿两只拐脚就能变得一样长。他都可以是金刚。

噢,是的,抬棺的人越多,级别越高。最先呼应的,是豁嘴老覃,没准是四拿找好的托。他还说,两个人抬是滑竿,四个人抬是花轿,八个人抬是大官坐的官轿,十六个人抬,我看是以前皇帝才有的资格。

是的,不能等了。四拿什么时候站了起来,又把别的站着的人吆喝着坐下,只他一人站着,这才继续往下说。不能等了,要是老去等八大金刚,我们每个人都只好被车子、被拖拉机像拖死狗一样拖走。人生父母养,生下来是被人迎接,走的人也应该被大家手把手送走。

他喘喘气,旁边的人递烟,燃上。他狠狠地说,今天你不抬人家,明天也没人抬你。我们每个人,都必须是金刚。

场面上没了声音,每个人的表情都有些凝滞,想着,感受着,在自己死后,有人抬或是被拖拉机拖走,这滋味有多少差别。

稍后,有人问,怎么抬?

问得好!四拿早就等着有这一问,他掏出一根短棍说,这是一根杠。他比画着,龙骨一根,棺材就平行吊在龙骨下面;横杠垂直于龙骨,前后各一根;以前的抬杠四根,左右垂直于两根横杠。而现在,他又弄出八根短杠,前后垂直于四根抬杠。每根短杠各两个人抬,正好十六人。

这两天我一直在琢磨,怎么弄才抬着舒服,是加四根抬杠,还是在抬杠上面再加短杠。想来想去,在四根抬杠上加八根短杠,无疑是最省事的办法。

这是很简单的设计,大多数人明白,有个别人偏要说,四拿你再讲一遍。

好的,讲是讲不清楚,现在大家都站起来。四拿退后几步,走到较空旷的地方,手一挥,喝酒的人即使摇摇晃晃,都往那边走去。四拿见自己已开始掌控局面,又下了个指令,要所有人按高矮秩序排好。

有的人嘻嘻哈哈,郭麻子就说,罗四拿,你还捉着我们搞军训?

谁和你开玩笑?郭麻子,现在不是你说话的时候,快站好队!四拿的语气,忽然就变得严厉。郭麻子一看别人已经渐成队形,赶紧比着高矮,找自己位置。

不久,我也当上金刚,抬了一回死人。罗瞻先很快也去了,我去抬,一只脚穿自己的鞋,一只脚穿四拿借我的增高鞋,两只脚就一齐用上力。

大爹上山时,来送他的人很多,留在村里的男人,个个都变身金刚,围在棺材周围。十六个抬棺人可以随时被替换,因为都是老弱病残,谁体力稍有不支,吆喝一声,马上有人替他。一路不停地走,人不断地替换,喊号子的声音始终不绝于耳。整个队伍像在搞接力赛跑,像是火炬传递,人一多,自有一股热火朝天的气氛。一些人原本是旁观,看着看着,不知不觉,袖口一挽,拢上前来报名说,我来替一替。

大爹没有子嗣,所以我这侄儿要拦棺,要摔盆,充当孝子的角色。我爹在一旁监视着我。在他看来,这好比一次难得的彩排机会,下次该他走,我就可以很熟练地当孝子。要是他不盯得那么紧,我也想挤进抬棺的队伍,冲各位金刚说,来,我也替一把。

罗瞻先肯定是知道我大爹死得很风光。整个打狗坳还能走路的男人,都给他抬了棺,所以罗瞻先后脚跟着走,想有同等待遇。走之前,他特意交代四拿说,抬棺的事,你要当总指挥。四拿哪敢拒绝,胸脯一拍说,你放心,别人家的我都尽心尽力,你嘛我更是要弄得隆重气派,弄得轰轰烈烈。罗瞻先上山的时候我也当了一回金刚,要是没有四拿,我不敢想象我这拐脚,也能当一回金刚。我左脚穿着自己的平底鞋,右脚穿着四拿送我的增高鞋,抬棺走半里地,别人强行将我替下。

我决定出去看看,再不出去,我就只能一辈子待在打狗坳。四拿也是出去长了见识,才能变成一号人物。他自己也说,以前当业务员,费尽唇舌,也没做成几单好生意,但嘴皮子到底是磨快了,回到打狗坳,竟然管用。我决定跟着他出去混,不一定赚着钱,只求开开眼界,改变心境。天下之大,不定还真碰到一个一心想嫁给拐脚的漂亮妹子。

我去找四拿,告诉他:我已经打定主意跟他出去,鞍前马后,忠心耿耿。他脸色犯难,跟我说,不行,兄弟,我已经决定留下来了。

当村长助理?

村里什么事也瞒不住,我知道村长要他当村长助理。这也是村里那些自觉得差不多活到头的老人强烈要求,他们相信,抬棺这事需要四拿主持,若没有四拿,换一个人主事,没准抬棺的人就凑不齐了。村长不是干部,每月有一千五百块的误工补助,村长助理每月一千二。

四拿跟我说他打算干这个。

一千二?

一千二。他用力地点点头。

为什么?

为什么?问得好!这几乎成为他口头禅。他抽着烟,仔细地想了一会儿,告诉我,出去十来年,我发现外面人不需要我,谁都不需要我。但这次回打狗坳,竟然还有人需要我。

需要你抬棺材。

那也是需要!需要我抬棺材,我才能变成金刚。

你已经把太多人变成金刚,所以,在我看来,似乎不缺你一个。我还是想有他带我出去混事,没有他,外面显得太大。

他拍着我肩说,田拐,所以你要出去,你出去转一圈,再回来,说不定就明白了。哪天我接了村长,你也可以来当我的助理。

我爹帮我看了个宜出门的日子,我拿着很少的行李上路,四拿也来送我。他把外套披在身上,双手反叉在胯骨上,让我想起很多年前焦裕禄的画像。道别后我没有回头,径直奔向三岔口,在那里搭车。我脚上穿着不同的鞋子,一只是平底鞋,一只是增高鞋。这增高鞋是四拿带回来的,现在送给我了。另一只,他也一把揣进我的怀里说,这只穿不上,也算是个纪念。

【作者简介】田耳,本名田永,男,土家族,1976年生,湘西凤凰人。1999年开始小说创作,著有长篇小说《天体悬浮》等。中篇小说《一个人张灯结彩》获第四届鲁迅文学奖。现居广西。

摩洛哥王子

徐则臣

　　要不是碰上个卖唱的,这辈子我都不会关心摩洛哥在哪里。那家伙唱得真不错,嗓子一会儿像刘欢一会儿像张雨生。模仿田震《自由自在》的时候我跟上他的,那种狭窄、茫然又激越的声音,可以乱真。当然,跟上之前我给了他十块钱。给钱的时候我脸是红的。我心疼,十块钱不是小数目。但已经掏出来了,哪好意思再塞回兜里呢。我明明记得兜里有张一块的,掏出来才发现三张都是十块,要命,硬着头皮也得给人一张。他以为我脸红是因为慷慨,他就对我招手:喜欢就跟着听。他看出来我喜欢田震的歌,接下来他唱的都是田震,《执着》《干杯朋友》《月牙泉》《未了情》。从地铁的这头唱到那头。地铁在西直门站停下,我得下车了。

　　他停下弹奏和歌唱,扭着身子指自己后背。他的夹克上印着五个字:摩洛哥王子。

　　回到平房,我跟行健说:"见着摩洛哥王子了。摩洛哥在哪儿啊?"

　　行健哼了一声:"我还见着西班牙王妃了呢。"

　　米萝已经从他的百宝箱里翻出了世界地图,旧书摊上花两块钱买的。"北非。在北非。头顶上就是西班牙。老大你太牛了,摩洛哥跟西班牙前后脚你都知道。"

　　"知道个屁!"行健完全是顺嘴瞎说,但误打误撞也让他的虚荣心有了点小满足,"老子看看,这摩洛哥到底在哪旮儿。"

　　他把地图摊在我们的小饭桌上,我把脑袋也伸过去。摩洛哥头顶上不仅有西班牙,还有葡萄牙。左边是浩瀚的大西洋,右边是阿尔及利亚。边境之南是我只在地理课本上见过的毛里塔尼亚。

我们漫无边际地谈论了一通摩洛哥。除了国名我们对这个国家一无所知，所以谈得更加充分。我们给这片抽象的国土想象出了名山大川、亭台楼阁和大得难以想象的客流量。关于摩洛哥王子，我跟行健和米萝说，真不知道他长得像不像摩洛哥人，不过鼻子倒是挺高。

聊完就洗洗睡了。很快我们就把摩洛哥和卖唱的小伙子忘到了脑后。不是记不住，是所有激动人心的事情最终跟我们都没关系。我们的生活里永远不可能出现奇迹。我们还住在北京西郊的一间平房里，过着以昼伏夜出为主的日常生活。我依然隔三岔五地出没在地铁 2 号线沿线，逢人不备的时候，鬼鬼祟祟地帮我办假证的姑父洪三万打小广告。行健和米萝也是，他们帮陈兴多打小广告，偶尔我们会在同一条街或者同一条地铁线上碰头。有一天傍晚，我在西直门站地铁口的背风处吃烤红薯，行健从身后拍了我的肩膀，说："看见你那个'摩洛哥王子'了。"

"那家伙是不是只有一件衣服？"米萝说。他们看见的也是那件印有"摩洛哥王子"的夹克。"他还带着个头发乱得像草窝的小女孩。他妹妹？"他们看见他的时候，他正从保温杯里倒水给一个脏兮兮的小姑娘喝。

我哪知道。

"我跟他说起你，"行健说，"他竟然记得。"

我继续吃烤红薯。行健的话你听一半就够了。

"不信？"米萝说，"我们真说起了你。说你给了他十块钱，他没想起来；说你跟着他听田震的歌，从车头听到车尾，他就一下子想起来了。他说，那个哥们儿啊，背个军用黄书包。"

看来是真的，那天我的确背着一个军用黄书包。其实那几年我背的都是这个包，就一个包。打小广告的一套家伙都装在里面：刻着洪三万电话号码的一个大印章，墨水瓶，涂墨水的板刷，印有我姑父电话和假证业务范围的名片，当然还有纸和笔，以备不时之需。能撒名片的时候撒名片，可以直接盖上个大戳的时候就盖戳，实在不行，用笔在一切可以写字的地方写上我姑父的名字和他的电话号码。

"那是他妹妹吗？"米萝又问，"穿得可不如他啊。"

我真不知道。我也只见过那家伙一次。

吃完红薯，我陪他俩在路边抽了一根烟。秋风乍起，纸片和几片树叶被吹进了地铁口。一群人走出来，像这个秋天的黄昏，有种虚弱的单薄。最后出来的是一串饱满的歌声。海面倒映着美丽的白塔，四周环绕着绿树红墙。小船儿轻轻，漂荡在水中，对，水中，迎面吹来了凉爽的风。没有吉他声，但我知道"摩洛哥王子"来了。果然，摩洛哥王子和一个扎着两个蓬乱小辫的女孩从地铁站走出来。他在教那女孩唱《让我们荡起双桨》。小女孩六七岁的样子，鼻梁不高，脸有点脏，褂子还是用北方乡村里当被面的花布做的。摩洛哥王子该有二十岁出头，看上去比行健和米萝大。

"你们呀——"摩洛哥王子说。

"来一根不？"行健挥挥右手夹着的中南海香烟。

摩洛哥王子笑笑，从兜里掏出一把零钱递给那小女孩，说："过马路注意安全啊。别忘了歌词。"

小女孩犹豫一下还是接住了，然后向他摆摆手："谢谢哥哥，我记着呢。"跳过马路牙子走到对面去了。

我们凑在一起抽烟，像一群不良少年。"你妹妹？"我还是问了。

"小花？不是。"摩洛哥王子抽烟的动作很熟练，"地铁里认识的。"

"她这样——干啥的？"米萝问。

"要钱的。"

"要钱的"就是"乞讨的"。地铁里有各种各样的乞讨者：残疾人；卖艺的，像摩洛哥王子这样；老人；孩子，比如那个小姑娘，叫小花？

"最近老是遇到她。"摩洛哥王子说。

"你为啥要给她钱？"米萝问。

"她说一天下来要不够数，回到家她爸会打她。"

我们都火了，这什么畜生爹！哪天逮着狗日的好好修理他一顿。

"少安毋躁。"摩洛哥王子劝我们，"我也想跟小花的爸爸谈谈，小花不让，怕谈过了挨的揍更多。你们是干啥的？"

我想告诉他我们是做小广告的，行健瞪了我一眼，说："你叫啥名字？"

"王枫。"

"你衣服上印着个'摩洛哥王子'，算啥？"

"一直想整个乐队，叫'摩洛哥王子'，我是主唱。不过得慢慢来。还有吗？再来一根。"

明白了。他只是想象中的"摩洛哥王子"的主唱，或者说，是"摩洛哥王子"的"王子"。但他的广告做得好，八字还没一撇，他就把乐队名字印到衣服上了。

我们开始抽第二根烟。西直门的傍晚开始降临，在烟头掐灭的那一瞬间天黑了下来。

第二天下午我们出门比平时早，买了地铁票在2号线上乱坐，反正只要不出站，你坐多少站、坐多长时间都是一张票的钱。我们坐两站就下来，换乘下一班，直到遇上王枫。出门前我们达成共识，只是到地铁上听王枫卖唱；其实我们都心照不宣,我们都想到了"摩洛哥王子"乐队。实话实说,这么长时间以来,这是唯一一件让三个人都心动的事。昨天我们做了半夜的梦,梦见自己成为"摩洛哥王子"乐队的一员,我们和电视里、电影里、街头上那些乐队一样,演奏的演奏,唱的唱,跳的跳——成为乐队的一员,无论如何要比给办假证的洪三万和陈兴多打小广告要高雅和体面,这个我们都懂;可是,所有的乐器我们都不会,唱歌也只能瞎唱,跳舞嘛,只有行健会一段残缺不全的霹雳舞。昨天凌晨回到住处,行健扭了一段,跳不下去的时候他就翻来覆去地"擦玻璃",那动作实在太像擦玻璃了。我们都想成为"摩洛哥王子",但我们一无所长,所以我们都不吭声,只说去看王枫唱歌吧。好,同去同去。然后我们在雍和宫那一站找到了正唱梅艳芳的《女人花》的王枫。我们抓着扶手站成一排,王枫余音袅袅地唱完最后一句"女人如花花似梦"时,我们热烈地鼓起了掌,一起喊:"好!"

乘客们开始掏钱。我咬咬牙,把钱塞到王枫斜挎的敞口人造革大皮包里,我看见行健和米萝放进去的也都是十块钱。

王枫继续往前走,边走边唱。从一班地铁的车头走唱到车尾,下车,换下一班。再从车头唱到车尾,再换下一班。我们跟着,鼓掌,叫好,偶尔投进去一两个硬币,实在没有太多的钱。在我们的想象里,这是整个"摩洛哥王子"乐队在前进中演出。

晚上七点钟,"摩洛哥王子"停下来,王枫说一块儿吃个饭吧,聊聊。我们都觉得好。王枫说,看看能不能碰上小花。主唱发话了,我们当然继续说好。那就一起去找。

在前门站的地铁里,我们看到了小花。她在车厢里慢慢走,端一只揉皱的"康师傅"方便面桶,一声不吭,见人就鞠躬,鞠完躬就眼巴巴地看着对方,直到对方往她的面桶里放了零钱,直到确定假寐的乘客再也不会给她钱,她才挪到下一个乘客面前弯下腰。

"小花。"王枫喊。

小花看见我们,抱着方便面桶颠儿颠儿地跑过来。"哥哥。"她在王枫身边停下,自然地抓住了王枫的手。

"今天够吗?"

小花对王枫摇摇头,委屈地撇了一下嘴,泪花子就出来了。

"没事,小花,先跟哥哥去吃饭。"

前门的那家馆子很小,只摆得下六张小桌子,但我们所有人都觉得味道好。家常菜怎么能做得那么别致呢,我们喝痛快了。当然小花没喝,她专心吃菜,单独给她又炒了一份芹菜炒肉丝。王枫酒量不错,行健数了数喝空的啤酒瓶子,决定还是不比下去了,真喝到底谁倒下去都不一定。我认为还是王枫酒量更大一点，因为最后是他把单埋了。他非常清醒地说："兄弟们能来听我唱歌，别说请顿饭，卖两次血我王枫都干。"临别时他还清醒地说，"就这么定了，过两天搬过去和兄弟们一起住。"出了门，夜风一吹，半瓶啤酒我就醉了。王枫清醒地拉着小花的手，说："小花，哥哥送你一段。"

回西郊平房的路上，我们一致认为这是一次圆满的聚会、胜利的聚会。虽然没有迅速解决加盟"摩洛哥王子"的问题，但意外地解决了王枫加盟我们的问题。他租的地下室到期了，再不续交房租就得被房东赶出来，他在犹豫。他想住在有阳光的地方，地下室的阴暗生活他受够了。行健敏锐地抓住这个机会，手一挥，好办，咱们屋里空着一张床，欢迎老兄你来！我和米萝也说，欢迎老兄你来。

进了房间，行健拍着宝来留下的那张空床，说："来了，就是咱们的人了。"

米萝说："来了，咱们就是他的人了。"

他们俩已经说得这么白了，我就不好再说什么，就嘿嘿一笑。

三天后是周末，米萝翻出来一本算命的书，摇头晃脑地说，良辰吉日，宜乔迁、出行。外面响起了喇叭声，王枫已经坐着出租车到院门口了。

除了一个占地方的大吉他，王枫就两件行李，一个旅行箱、一个蛇皮编织袋，编织袋里装着被褥和枕头。他把几本书摆到床头时，我们才知道他是正规音乐专业的毕业生，尽管那学校我们从来没有听说过，而且是个大专学校。有两本是他念书时的教材，此外都是影像和传记类的书，有讲猫王的，有讲后街男孩的，还有关于滚石乐队、魔岩三杰和黑豹乐队的。我们三个的心立马沉了下去。

按照计划，安顿好王枫就该进入下一个议程，准"摩洛哥王子"乐队狂欢一下，庆祝相互成了"自己人"。具体地说，就是我们来到院子里，王枫弹吉他主唱，我们仨跟着附和、伴奏、配舞。这两天我们去了动物园小商品批发市场，买了廉价的手鼓、笛子、葫芦丝、碰铃，米萝甚至还买了唢呐。这些乐器怎么玩，我们都不会，不会可以学啊，王枫也不是天生就会弹吉他唱歌的。我们一直认为王枫也是半路出家，碰巧了嗓子好，碰巧了模仿能力强，就唱上了；就跟地铁里天南海北来的卖唱的一样，胆子大点、脸皮厚点而已。但人家是科班出身。我们突然就自卑了，我们仨没一个完整地高中毕业的；更要命的是关于猫王、后街男孩、滚石乐队、魔岩三杰和黑豹乐队的那几本书，每一本书里的每一个人都那么洋气。即使只穿一条破破烂烂没有腰带的牛仔裤，赤着脚光着上身也那么洋气，他们怎么看都不像是我们的这个院子里可能走出去的。我们也可以留一头长发，也可以脱得只剩下一条到处是洞的牛仔裤，甚至脱得只剩一条内裤，但我们永远也成不了他们。这个想法让我们黯然神伤。趁着王枫没注意,行健把他的手鼓往床底踢了踢,米萝把盛葫芦丝的抽屉也推上了,我把笛子往被窝里塞时,被王枫看见了。

"你们怎么了?"他说,"有亲戚朋友要死了么?"一把掀开我的被子,把笛子攥在了手中。"啥意思?"

我抓了抓脑门儿,"不会吹。"

"不会吹可以学啊。"

我笑笑。行健和米萝也干巴巴地笑了。

"哪个地方不对。"王枫转着脑袋把房间看了一遍。我们租的房间不大,放两张上下铺的架子床和一张偶尔兼做饭桌的破旧写字桌,剩下的地方就不多了。他绕过几双臭鞋子走了一圈,伸手拉开抽屉,葫芦丝上的假商标都没有揭掉。"你的?"他问米萝。

米萝说:"我也不会吹。"

"我也不会。"

行健拍了一下脖子,声音很大,说:"哥们儿,不绕圈子了,哥儿几个就想跟你凑个热闹。"他弯腰从床底下捞出手鼓,扔给了王枫。"你不是想弄一个乐队吗,哥儿几个给你打下手。音乐啥的咱不懂,但要出苦力的,哥们儿没问题。"

"有什么懂不懂的,凑一块儿玩呗。"王枫坐下来,把手鼓放在膝盖上,嘭嘭嘭敲了一阵,站起来说,"要不现在就整一场?"

那肯定是有史以来最怪异的一次演出。我们站在院子里,把扫帚支在椅背上当立式麦克风,王枫抱着吉他站在麦克风后面,边弹边唱。我们三个因为紧张和慎重,坚持站成一排,每人拿一件根本不会演奏的乐器做着样子比画,我的笛子根本就没靠上嘴。米萝的葫芦丝基本上保持在鼻子和眼之间的位置;行健倒是敲了鼓,敲得像抽风,情绪高亢时鼓声就大一点,信心不够了根本找不着声音。但我们都卖力地跟着吉他的节奏扭动了,王枫唱的是轻摇滚版的《我家住在黄土高坡》。如果谁从门外看见了,没准会觉得我们都疯了,一个个又是点头又是耸肩,一会儿挺胸一会儿撅屁股,偶尔也像癫痫发作,扭动得像条惊慌失措的虫子,全无章法。一曲终了,我们自己都笑了,笑得坐到了地上,眼泪都出来了。

"演出如何?"行健开玩笑地问。

"演出成功!"米萝说。

"合作愉快!"王枫握紧拳头举起来,"耶!"

谁都没说"乐队"演出成功,或者"乐队"合作愉快。说都没有说"摩洛哥王子"乐队。

寒气从水泥地面沿着屁股往我们身上爬。王枫先站起来,"起来了,"他说,"来日方长,如果想学,我教你们。有些乐器咱们也得一起学。"

　　生活在继续。我们三个还是昼伏夜出到处打小广告,王枫还是背着吉他出入地铁和车水马龙的街头卖唱,在外面碰上了,就一起吃个简单的饭。回到平房,一起聊天、吹牛、讲黄段子,爬到屋顶上看着蓬勃生长的北京城打牌喝啤酒,也会在屋顶上学习演奏乐器。我学笛子,米萝学葫芦丝,行健学手鼓和唢呐。王枫经常在屋顶上弹着吉他吊嗓子练歌,也跟我们一起学他陌生的乐器。当然也合作过,牛鬼蛇神似的一起又唱又跳。合作演出的时候通常在院子里,为的是不影响周围的邻居。如果哪天喝高兴了,也会不管不顾爬到平房的屋顶上大喊大叫大唱大跳。只要不是晚上,屋顶上的演出还是挺让邻居们开心的,生活要淡出个鸟来,难得有人在高处死皮赖脸地逗乐,他们就当看耍猴了。不管别人怎么看,音乐的确让我们的生活有了一点别样的滋味,想一想,我都觉得我的神经衰弱的脑血管也跳得有了让人心怡的节奏。

　　因为王枫,我们见到乞讨的小花次数也多了。他们俩没任何关系,只是王枫在地铁里卖唱遇到过小花几次,他觉得小姑娘挺可怜,买了吃的就分给她一半,天凉了,他把带的热水分一杯给小花喝,就算认识了。那是个招人疼的孩子。我们都觉得小花的爹妈太不地道了,正念书的年龄,拉出来天天让她在地铁上乞讨。但是没办法,孩子是人家的,你报了警都没用,警察也不会天天守着。这样的孩子很多,分散在北京的各个角落向过路行人要钱,鞠躬的,装残疾的,背着小音箱一路播放歌曲的,也有五音不全地演唱的。前阵子新闻上说,某大学教授见到一对夫妻带八岁的儿子乞讨,责问为啥不让孩子念书,那两口子操着方言说:"没钱怎么让他念书?"

　　"没钱去挣啊。"

　　"我们不是正在挣嘛!"

　　再理论下去,该父母说:"你有责任心,你境界高,你给我们儿子出学费吧。"

　　围观的人群一阵笑,见怪不怪了。教授败下阵来。

　　但让我们不能容忍的是,小花的爹妈现在每天都给小花定下任务,今天要到五十,明天就五十五,后天变成六十。有一天王枫卖完唱回到平房,骂骂咧咧地说,小花的爹妈太不是东西了,给小花的定额马上涨到一百了。要不到一百,小心回家挨板子。

　　在那几年,一天一百块钱是个相当高的指标。

　　"这事好办,"行健说,"咱们先去给那对狗男女一顿板子。"

　　米萝说:"打死丫的,看以后敢动小花一根寒毛!"

"问题是,小花死活不愿意带我去见她爸妈。"王枫点上一根烟,"也怪我,隔三岔五给小花点钱,让他们尝到甜头了。这俩孙子得锅往炕上爬,目标越定越高。"

这事还真得赖到王枫头上。头一回他见小花没要到几块钱,在地铁口哭,给了她十五块钱;第二次见她哭,给了二十块钱;第三次看她恐惧着不敢回家,又给了二十块钱。水涨船高,没平息小花的恐惧,反倒把她爹妈的胃口给吊起来了,他们相信闺女一定有能力越要越多,指标就上去了。好心办了坏事。弄得小花现在每天更不敢回家,因为指标越来越高,完全不可能完成。王枫也不能无止境地帮她填坑,毕竟坑越填越大。

"王枫,别弄得跟个知识分子似的,"行健把右脚踩到凳子上,"这事听我的。两个字:修理。得把狗日的打痛快了。"

"可咱们根本见不着她爸妈。"

米萝也把右脚踩到凳子上,"顺藤摸瓜。"

第二天傍晚,我们三个睡足了,吃了驴肉火烧,接到王枫的短信:七点,复兴门地铁站。这事没那么刺激,一个小丫头而已。我们仨平常的工作得防着警察突然袭击,基本上也练就了一套反跟踪的小能力。我们懂。倒了两次公交,我们晃晃悠悠地到了地铁口附近时,王枫和小花正在地铁口挥手再见,一个往东,一个往西。米萝把运动衫的帽子戴上,低头跟在最前面。隔二十米之后是行健,然后是我,最后是王枫。

那段路挺绕,我们几个都不记得走过哪些地方。路左,路右,顺行,逆行,过天桥,小花走得犹犹豫豫、心事重重,没事就回头看两眼。我问王枫是不是露馅了,他说没,因为要掐着点儿到地铁口,他催了小花,给了她三十块。"我也没剩下几块了,"王枫说。

"上次你送的小花,住哪儿你总该知道个差不多吧?"

"差多了。"王枫说,"也就到了复兴门地铁站,我背个身点了根烟,她就没影了。"

小花停下了,抱着膝盖在马路牙子上坐下来。头顶是盏路灯,她的影子几乎要缩到她身体里。我们慢慢地向前靠近,行人和车辆不断,到处是光影,不必担心被发现。突然,她站起来横穿马路,一辆车紧急停下,尖锐的刹车声直往我脑仁子里钻。小花肯定被吓傻了,那辆奥迪A6在她两三厘米外,小花呆立在原地。王枫撒腿就跑,我跟上。小花还站在原地,王枫抱住她的时候她正浑身哆嗦。车主擦着冷汗从车里出来,气急败坏地说:"你这孩子,不要命啦?还有你,你们,怎么带孩子的!你们不知道我有强迫症啊,以后让我还怎么开车!"

王枫道着歉,把小花抱到了人行道上,小花抱住王枫,哇地哭出来。在路灯下我也看见了小花的眼角和右手手背是青紫的。行健和米萝也聚拢过来。

"他们会打死我的！"小花抽噎着说，"他们会打死我的！"

米萝问："谁？"

"他们会打死我的。"

我对着行健的耳朵说："是亲生的吗？"

行健拍了一下脖子，说："是啊，我怎么没想到这茬儿呢！"

首要的任务是把小花送回去。小花不让送，看着她走都不行，她要看着我们先走她再走。她说离她家已经很近了。

跟踪结束。我们先离开。路上又谈到是否亲生的问题，王枫说他也在怀疑，小花提到她爸妈时，从来都是"他们""他们"。什么样的父母才能让孩子以"他们"相称呢？

我们的担忧应验了。几天后王枫带来了真相。小花在他的诱导下终于说了实话。她在北京的"爸妈"有八个孩子，年龄从五岁到十四岁不等，除了最小的那个弟弟由"爸妈"带着在车站等公共场合乞讨，大一点的孩子都单独行动。早出晚归，自己找地方，每天的乞讨指标五十到一百不等。一大家人租住在一个两居室里，离复兴门不远，她和另外三个姐妹挤在一张地铺上睡觉。那地方小花闭着眼睛都能找到，但说不上来名字，她不认识字，"爸妈"也不打算让她念书。

"亲生的？"

"一个十一岁的姐姐和最小的弟弟是，"王枫说，"其他的都不是。"

"拐——卖？"我说得相当犹豫。这种事报纸上天天都在说，可放到你眼跟前了，你还是觉得有点远。

"被倒了好几手。"

也就是说，小花自己都不清楚她怎么就有了现在的"爸妈"，也不明白怎么就到了北京。她离开家的时候刚五岁。

"现在多大？"

"十岁。"

看着有点小。也正常，这么多年担惊受怕，吃得也不会好，肯定营养不良。

"小花记得过去的事吗？"

"记不清了。她只记得，她家里的爸爸身上有酒味，好像家里还有个弟弟。"

"哪儿人？"

"不知道。她说她好像是跟爸爸去看山，在山里。她爸身上有酒味，坐在路边的石头上，低着头。有人对她摇晃一根棒棒糖，在前面走，她就迷迷糊糊跟上去了。"

"然后呢？"

"被带走了。再然后，换了一个又一个地方，换了一个又一个人带着她，有的给她好吃的，有的打她，还不给饭吃。"

"山的名字叫啥？"

小花不记得了。王枫让她回去再想想。

过了两天，下午我们正睡觉，行健的手机响了。王枫的短信：龙虎山。查查有没有这个地方。小花模模糊糊想起这名字，好像离他们家不远。

我们立马从床上跳下来，直奔书店。三个人在海淀图书城分头查。行健找名胜古迹类，米萝找名山大川类，我翻各种地图册。晚上差一刻八点，我在江西省的地图中看到龙虎山的名字。地图右下角注：龙虎山，位于江西省鹰潭市西南二十公里处贵溪市境内。然后我们继续分头查与龙虎山相关的资料，包括周边的地理环境、风土人情、饮食习惯。凡是可能唤醒小花记忆的，我们都不放过。回到住处，王枫已经回来了，一兜子信息我们全汇总给了他。王枫想了想，没准是，小花南腔北调的普通话里的确有点湘赣的口音。

又过了两天，印证完毕，基本可以确定小花的家在江西鹰潭附近。王枫用鹰潭日常生活里最显著的特征一一提醒小花，在她邈远的记忆里，部分印象缓慢地浮出水面。小花很谨慎，每透露一个信息都嘱咐王枫别说出去，以免让北京的"爸妈"知道。她想离开，但又恐惧离开，广阔的世界对她来说是个可怕的陷阱。如何帮她找到亲生父母，我们四个人每天都在商量，可头发揪光了也没理出个头绪。她完全不记得村庄和父母的名字，自己原来姓什么都忘了。我们每天都谈，每天都以叹息告终。

一个周四中午，出门两个小时不到，王枫又回来了，身后跟着正在吃汉堡的小花，因为嘴角破了，张嘴小心翼翼，但分明又饿得不行。颧骨上瘀青，左手手腕处也结了一块血疤，走路踮着脚，膝盖受了伤。昨天晚上被她"爸"打的。小花昨天的收成不错，回到家"爸妈"还没回来，她躺到地铺上不小心睡着了，醒来发现口袋里少了三十块钱。旁边的兄弟姐妹都摇头，"父亲"就火了，一顿胖揍。

行健说："这日子没法过了。"

米萝说："先揍丫一顿再说。"

我说："还是自己家好。"

王枫问行健要了一根烟，吸得那个狠，每一口都想要了烟的命似的。"要不——"王枫说，"把小花送回鹰潭？"

王枫说得很慢，我相信这个想法把他自己也吓了一跳。不是送回去就完了，而是要替她找到亲生父母。跟大海捞针没什么两样。房间里突然安静下来，只剩下小花小口咀嚼汉堡的声音。

"小花，你想回自己的家吗？"王枫说。

小花也愣了，把我们四个人轮番看了两遍，恐惧地说："我不知道。"

"小花别怕，跟哥哥说，"王枫把水杯端到她面前，"你想回家吗？"

"哥哥，我真不知道。"小花哭了。

"小花，想回家就点点头，哥哥送你回去。哥哥帮你找到爸爸妈妈。"

我们盯着小花看。小花放下汉堡，一分钟后点了点头。

"好，买了车票咱们就回！"

"想好了？"

"想好了。"

行健、米萝和我，每人拿出两百块钱硬塞给王枫，一点心意。只能做这么多了。王枫让我们别担心，一个月后准回。大不了边唱边找，他唱，小花也可以唱。这些天她学会了好几首歌，一张嘴像模像样。我们在屋顶上给王枫和小花饯行，喝啤酒，吃驴肉火烧。

我在墙上画正字，数着日子等王枫回来。一周过去。半个月过去。一个月过去。四十天过去。王枫发来短信，还在找，没想到鹰潭这么大。好消息是，小花唱得越来越好，吉他也能弹出调了，天生学音乐的料。

两个月过去。北京进入了严冬。

第十四个正字缺一画的那天，北京大雪，我和行健、米萝躲在房间里吃火锅。借来的锅，煮了三棵大白菜和六斤五花肉，我们热气腾腾地接到了王枫的电话。鹰潭肯定也很冷，所以王枫的声音很大，没按免提我们都听得见。王枫在电话里说："行健，米萝，穆鱼，你们帮我证明一下，我是不是送小花回家的——"

鹰潭的风声很大，更大的是人声，一个暴烈的江西男声从行健的手机里冲出来："证明，拿什么证明？谁信啊！"

又一个暴烈的江西男声："跟他废什么话——"

在他的尾音里我们听见更大的风声，然后是巨大的撞击和破裂声。行健的手机发出了焦躁的、永恒的忙音。行健对着电话喂喂了半天，还是忙音。他给王枫拨回去，一个优美圆润的女声在电话里说："您拨叫的电话已关机。"

三个月后，我们过完春节，和浩荡的返城人流一起从老家回到北京。北京重新变成一个无边无际、五方杂处的大都市。有天下午，我从洪三万那里取完他刚印制好的名片回到住处，发现院门口坐着一个穿粉红底白碎花羽绒服的小女孩。我咳嗽一声，她抬起头，是小花。

"小花，王枫呢？"

"哥哥还没回来吗？"

"找到你爸妈了吗？"

"找到了。"小花说，踢了半天门槛，"可是，我爸，他说是哥哥把我拐卖走的。"

见了鬼了，这跟王枫有个屁关系啊。但小花她爹就认准了，他说你们看，我闺女跟着他卖唱，挣的钱肯定都归他。你们不信？你们听听我闺女唱的歌，好不好？好，你们都听出来了。这么小的娃儿会唱这么多歌，得学多久啊！你们相信他是要把娃儿送回来的吗？鬼才信！你们相信世界上有这样的好人吗？看，你们不信了吧。老少爷们儿，帮个忙，把他那什么琴下了，还有钱。这样的人得送公安局去！看着长得白白净净顺顺水水的，欺负人欺负到家门口了！

在他们的村口，他们摔了王枫的手机，他们把王枫送进了派出所。王枫和小花怎么解释都不行。王枫当然要辩解，他们不听。而小花要解释，那一定是受了坏人的胁迫。整个事情在他们村里突然变得极其简单，就那么回事。肯定是那么回事。没什么好说的。

那也是小花最后一次见到王枫。

我把院门打开，小花不进。小花说："我就过来看看，"然后大哭，"我以为哥哥回来了呢。"

王枫没回来。

过了几天，行健和米萝说，他们在地铁里看见小花了。小花在卖唱，抱着一把吉他，唱得还真像模像样。后面跟着个小个子男人，专门收钱。

"你猜那家伙是谁？"米萝问我。

"小花的亲爹。"

"你怎么知道的？"米萝说。

我可以说是我猜的吗。

"长得真他妈像，"行健说，"那塌鼻梁。"

【作者简介】徐则臣，男，1978年生于江苏东海。北京大学中文系硕士。1997年开始小说创作。著有长篇小说《午夜之门》《夜火车》《耶路撒冷》，小说集《鸭子是怎样飞上天的》《跑步穿过中关村》《天上人间》《人间烟火》《居延》，散文随笔集《把大师挂在嘴上》《到世界去》等。曾获鲁迅文学奖、老舍文学奖、庄重文文学奖、腾讯书院文学奖、华语文学传媒大奖年度小说家奖等奖项。根据中篇小说《我们在北京相遇》改编的《北京你好》获第十四届北京大学生电影节最佳电视电影奖，参与编剧的《我坚强的小船》获第四届好莱坞AO国际电影节最佳外语片奖。曾获《小说月报》第十三、十六届百花奖。现为某文学杂志编辑。

假 开 心

周嘉宁

"我们认识的时候,你才只有二十岁。"小山喝大以后常常这样说,然后他朝我举起酒杯,one shot! 一口气喝完以后几乎要战栗着跺一下脚。

场所合适的话,我们最愿意喝的是各种烈酒。近两年我们发掘了两个隐蔽的酒吧,隐蔽指的是地理位置。两个酒吧都位于紧挨闹市区的小马路上,没有招牌,但是推门以后,生意却好到不行,经常需要等位。我们都是没有耐心的人,这种时候却愿意忍受。两间都以鸡尾酒作为特色。一间稍微便宜些,光顾的多是附近常驻的欧洲人,提供用芝士煮的毛豆下酒(在其他任何地方都没有吃到过)。另外一间贵了不少,尽管地方很大,但是在酒鬼圈里实在名气太响,有时候不得不因为等位时间太久而放弃。单单就酒来讲,后面那家更好,酒单做了不少创意,却并不花哨,看得出老板专业的态度,而且还特意用海明威命名了一种威士忌做底的鸡尾酒。可惜装修风格过分花哨,桌子和椅子的间距也有问题,音乐不错,但是太响。和小山在一起还好,我们不太交谈,换作其他人,就会有些伤脑筋。

和四五个朋友的话,去的更多的是居酒屋。也有两间常去的,食物说不上有多好吃,但是烤串也好,纳豆也好,煮萝卜也好,玉子烧也好,该有的都有。最主要的是生啤非常便宜,完全可以敞开了喝。

冬天偶尔去街边的热气羊肉店喝瓶装啤酒。一年里也总有一两次会叫上一大伙人去唱卡拉 OK。从十二月份到来年开春前,则趁着各种节日,在我家里吃几顿火锅。我准备两瓶红酒,小山带上一瓶朗姆酒或者一瓶金酒,一塑料袋罐装啤酒。我租过的房子都非常适合喝酒。不大不小,正好可以把人围拢在沙发前的区域,又不会感觉局促。勉强称得上干净,杂乱维持在恰好的程度,喝酒的时候不会感觉畏首畏尾。抽烟没有关系，烟灰落在地上也不扎眼。

　　但不管是在哪里喝酒，小山都会喝醉。通常他用两三杯 shot 迅速把自己带入中间地带，等待意识的缝隙渐渐发出咔嗒咔嗒的声响，接着放慢节奏，要一杯兑过水的威士忌，这时候他才算是开始喝酒了。因此啤酒对他来说太缓慢，红酒复杂的口感反倒成为感官上的干扰，而且相对烈酒来说，开到一瓶好红酒的概率要低很多。虽然小山家里藏着几瓶不错的威士忌，但他平时最常喝的是日本产的白州或者山崎，价格合适，容易买到。他的工作和卖酒有些关系，对各种酒都能说上几句。

　　"我不是卖酒的，说了多少遍，我是 IT 男，而且去年已经换了工作。"每次他都不得不纠正我，但他确实曾经在一家制酒的外国公司工作，是个正经上班族。不仅如此，不到四十岁便已经成为高管，公司在使馆区，薪水当然也很可观。到底赚多少钱，工作的具体内容是什么，我们却从没聊起过。

　　"我现在是全球最大的管理软件公司在中国消费品行业的首席忽悠官。"

　　"什么是管理软件公司。"

　　"软件是用来做企业管理的。说了你也不明白。我估计你连什么叫企业都不知道。"

　　"哈哈哈。"

　　"你这样可不行。"

　　"就是因为你对我来说是非常重要的人，所以才根本没有想过你到底是做什么的。"

　　"唉，唉。不是说这个。我是说你喝酒太慢，这样可不行，什么时候才能喝醉啊。"

　　谁不喜欢喝醉呢。一年四季的醉略有不同，却各有各的妙。冬天从热乎乎的小酒馆里出来，披着大衣在寂静的马路上歪歪斜斜地走两步，清冽的空气从鼻子猛灌进肺里。夏天从傍晚就开始喝酒，夜晚仿佛永远都不会到来。秋天我们抓紧最后的机会在室外喝酒。春天，春天最能体会到动物性的感伤和喜悦。

　　今年小山四十岁，我三十一岁。认识了十一年是一个什么概念——起初觉得他是位社会经验丰富的前辈，渐渐地便成为同龄人。我和其余一些朋友也有超过五年的交情，哪怕是以十年为界，依然能找到比小山认识年数更长的朋友（比如阿敏，我们的交往从中学一年级开始便没有中断过），甚至过了三十岁，依然幸运地交到了一两位崭新的朋友。因此，所谓成年以后很难交到朋友的魔咒并未在我身上兑现。

　　而小山的不同之处大概在于，他认识我的时候，我恰好二十岁。我一直不知道该如何描述那段时间，直到后来读到一位日本摄影师影集里的话："如果真有一段可以称为青春的岁月，我想，那指的并非某段期间的一般状态，而是一段通过青涩内在，在阳光的照射下轻飘摇晃，接近透明而无为的时间吧。也是被丢进自我意识泛滥之大海时所遭遇的瞬间陶醉。换句话说，那是一种光荣的贫瘠，伟大的缺席。"——正是如此。

也就是说，我们相识在一段几近空白的时间里。漫长的，白晃晃的，与世隔绝的。这段时间与之前或者之后全然没有关系，就这样凭空存在着。我相信小山提起"二十岁的我"，他并没有想起确切的我。他既是霍尔顿，又是盖茨比，又是渡边彻。所以他想起的大概只是他的愿望，而不是发生过的现实。

"我们奋力向前，小舟逆水而上，不断地被浪潮推回到过去。"

二十岁的夏天，大学一年级暑假。阿敏在 OICQ 聊天室里认识了小山，两个人都是九寸钉乐队和金属乐队的死忠。虽然不清楚小山是怎么样的人，我对阿敏却再熟悉不过。我们中学六年都是同班同学，之后又在同一所大学念两个专业，毕业旅行和大学报到都是一块儿去的。就连父母们也因为我俩的缘故成为了经常往来的朋友，考虑搬家时甚至商量了一下，把家里的房子买到了同一个小区。我的父母非常喜欢阿敏，常常拿她作为我的参照物，她向来给人一种处事稳妥、温柔谦和的印象，却不知道那其实是因为她对入流的大部分事物完全不感兴趣。比方说她从来不修饰外表，朴素到了放任自流的地步，学业也是马马虎虎地糊弄，没有什么明确的人生理想，既不想发财，也不想周游世界。虽然因为专业是政治学的原因，热衷谈论宏观的玩意儿，思考问题也非常严肃，但绝对不是因为感觉自己背负着什么了不起的使命。

阿敏和我谈论小山，把他们在聊天室的对话复述给我，又和小山谈论我（不是我自夸，我也是一个蛮有意思的人，只不过坚持的事情和阿敏略有不同）。于是我和小山之间也借此交流着，依靠句子和标点符号构建起对彼此粗略的印象。笼统地来说，小山有一颗少年的心灵——年龄虽然增长，却无法把一些事情视为理所当然，对约定俗成的东西格外警惕。除此之外，他聪明，好学，了解世界的运行规则。

然而，这些特征无法解释清楚阿敏对小山的感情。小山对阿敏来说，是一个陨石级别的人。爆炸，燃烧，像一道白光照亮她世界的每个角落。

晚上，阿敏坐在我宿舍的床上和小山打电话，我在旁边写作业或者看连续剧。他们为空泛的问题争论不休，阿敏不时放下电话和我说一会儿，询问我的意见，再接着和小山讲。911 的那晚，宿舍的走廊里面人头攒动，所有的无线电台都打开着。阿敏紧握着电话，我站在她旁边，听小山在电话那头给我们转述网络上看到的最新消息。我们感觉震撼、恐惧,力所能及地用极度贫乏的经验和知识谈论着美国梦、国家机器,然而这些词语如同外部世界一样过分庞大,我们根本无法触及它们的边界。

那段时间,我们三个人的关系大概接近于《挪威的森林》,只是很难将我们和绿子、直子以及渡边彻一一对应起来。从人物关系上来说,阿敏更像是渡边彻,我和小山则担当着直子和绿子的部分,各自占据阿敏人生重要的部分,只是性别是错乱的,角色也在时刻转换。就是在那段近乎透明的青春时期,我和他俩之间产生了一种亲人般的感情,这种感情又与精神的成长紧密联结在一起。或许是因为阿敏把小山当成是我的另一个分身,这个分身完整着阿敏另一部分我所不了解的灵魂。我竟然也在不知不觉间认同了这一点,感觉小山是宇宙间的另外一个我,并且像理解我自己一样去理解他。

大学二年级的一天,阿敏问我:"男人是不是都应该想做那件事情?"

我当时刚刚交往了第一个男朋友,虽然自然地发生了性关系,但是对男人和性的了解却并没有比文学小说和星座书里读来的多多少。

"如果男人不想和你上床的话,应该说明他不喜欢你吧。"她继续问。

"理论上说来是没错。但是——"

"小山不肯跟我上床,也只能是因为他不喜欢我吧。"

"唔,也可能是其他什么原因。身体的缘故啊,奇怪的信仰什么的。"

"身体完全没有问题。而且其他事情我们也都做过。接吻还相当不错。"她不好意思地笑起来,"该有的反应全部都有,有时候还主动要求我帮他用手解决,解决完了以后抱在一起睡觉也很好,但是无论如何他都不肯完成最后一步。"

"他是怎么说的?"

"没有理由。固执地坚持,认为他不应该这么做。但是人得有多大的意志力才能违背身体的愿望啊。"

"这样听起来不过是一个自私和不肯负责的人。"

"我倒觉得不是这样的。他这个人,压根儿不会去想责任不责任的事情。如果真的想到这个,讲不定还会故意忤逆规则去做些什么呢。"

"不过人坚持一件事情,总是有理由的。"

"大概——是因为他的女朋友。"

"什么!"

"哦哦。是前女友。小山有一个前女友。"

"和这有什么关系?"

"小山说如果前女友回来找他,我们的关系就必须立刻结束。不管是什么时候。"

"他是这样说的,就这样直接对你说的?"

"是啊。说的时候好像也完全没有觉得哪里有问题。"

"神经病。当然有问题啊。你们是在恋爱吧?"

"恋爱——这个说起来也有点复杂。"

"哪里复杂?"

"我们没有那种寻常恋爱的交往模式。比方说我们从来没有一起在外面吃过饭,更不用提逛街或者看电影这样的事情了。他没有带我见过任何朋友,大概根本没有和任何朋友提起过我。不过他的解释是他没有其他朋友。"

"总得和其他人有一些交往吧。同事也好,同学也好。"

"社会关系的交往是有,但是对他来说那只是为了维持正常生活的运转而进行的。"

"前女友到底是怎么回事?"

"说是大学社团里的女同学,前几年就分手了。具体为什么分手我不太清楚,对方是怎么样的人我也不了解,小山没有怎么说过。他也不是不愿意说,而是认定说出来,我也无法理解,所以干脆不说。他就是那种人啊,非常害怕误解。"

"呃。"

"唉。我应该怎么做呢。"

照理听到这样混蛋的话应该立刻跳起来骂小山,却不知怎么的,我竟然只是跟着阿敏一起,叹了口气。

尽管小山说,认识我的时候,我才二十岁,但是我们面对面交谈却已经是九年以后。所以我们共谋着,故意把时间点往前挪,把间接的、书面的、转述的时间全部都算上。

九年后的夏天,阿敏从美国回来,不是回来过暑假,而是彻底结束了学业。她的论文在最后阶段出了问题,没有能够拿到博士学位,和她一起碰到问题的还有一位印度籍的女同学。我们都认为她的导师存在明显的歧视(当时正逢中国留学生的论文抄袭问题成为敏感话题,阿敏的论文有两处引用没有标示注解,导师在未通知她修改的情况下,直接将论文提交了评审委员会),阿敏却坚持说导师是个公正的人,待她也不错,曾经为她的人生提供过建设性的建议。

因为这件事情的缘故,我和小山通过几次电话,商讨解决方法,然而其实我们所能做的,不过是胡乱地表达愤怒。阿敏的表现却和我们截然相反,她早早地决定放弃申诉,积极准备着回国事宜,甚至还利用了这段混乱时期,游览了西海岸。她的过分平静稍许惹恼了我们,但无论如何,她回国是这一两年里发生的最好的事情。

我们三个在一间居酒屋见面,为阿敏接风。

阿敏和小山早就不是恋人关系了。在他们交往的第二年,小山的前女友回来找他,小山单方面中断了与阿敏之间的关系。但是在阿敏的坚持和妥协下,他们艰难地维护住了一段友谊。我是一个见证人和半个参与者。这段友谊如同独立器官般存活,随着阿敏出国留学,渐渐地与我们各自面对着的世界都变得毫无关联。它几次衰竭,却又因为其中一个人的努力或者一段境遇而继续了下去,终于变成了一个理所当然的存在。之后阿敏又交往了若干男友,或长或短的关系,都非常自然地终结了。

至于小山的私人生活,我一无所知。

晚饭吃得很愉快,周围很吵,左右两桌的人都吃得东倒西歪的,我们也因此胃口大开。咕嘟咕嘟的博多锅端上来以后,我们像那些久别重逢的朋友一样,聊起二十岁左右发生的事情。小山坚持说他曾经见过:"你们毕业那年,有一回坐车经过你们学校,看见你在车站上等公交车,当时就和阿敏讲了,因为外貌和她的描述完全符合,但是她说不可能有这种事情,不可能因为听到一个人的描述就认得出来。现在看到你,觉得没错,肯定没认错人。"

"别闹了,这么久的事情不可能记得那么清楚。"阿敏打断了他。

我们哈哈笑着,我也伺机打量着小山。不得不说,之所以见到小山以后的一切感觉都很熨帖,确实得要归功于阿敏准确的描述,仿佛这个人始终以语言的形式存在于我们中间。他的头发很短(阿敏说摸上去很硬,抱在一起会被扎到),大概是自己用电动刨子简单处理的,不像是那种会费心去理发店的男人。不瘦,但也并不让人感觉有赘肉。穿着一件颜色稍有些花哨的格子衬衫,虽然是个IT男,却给人一种在意自己年龄的印象。总的来说相貌平平,也看不出什么突出的性格,因此令人感觉非常亲切,是个性格直接的人。自卑也好,偏执也好,自我膨胀也好,这些令人厌烦的特质看起来都和他没有关系。

这样不偏不倚的相貌会让人误以为他或许只是个平庸无聊的人,然而一旦他开口说话,却妙趣横生。他的幽默感又是天真的,丝毫没有粗鄙猥琐的成分,更没有故意讨好。每次服务生过来倒茶,都飞快地瞥他一眼,又捂嘴笑着跑开。

而我们一轮清酒、一轮生啤地交换喝(主要是我和小山,阿敏只喝了一杯掺过梅酒的乌龙茶),不知不觉地也都喝多了。大笑一通之后纷纷陷入暂时的沉默。

"你还记得那会儿我俩一起写一个博客,叫什么来着,假开心?"阿敏放下筷子问。

"是啊。Fake happiness。我是你俩最值得骄傲的读者，"小山插嘴，"唯一的。"

阿敏还在美国的时候，有一年冬天我们开了这个博客，除了小山没有其他人知道，也没有其他读者。里面记录的全是做饭的流水账。今天阿敏包了韭菜鸡蛋饺子，烤了牛油蛋糕，我半夜里炸了肉丸子，这些细小的事情，都会详细地写下来，有的时候还配上图片。因为写这个博客的缘故，也更认真地做饭，好像由此而对生活打起了精神来。

"其实我根本不喜欢做饭。"阿敏说。

"诶？"

"那年冬天一直在下大雪，我不会开车，如果男友周末有事不能过来，我就没法去超市，只能待在家里用一点点食物做东西填饱肚子。但其实根本不享受这个过程。"

"啊，我一点都没有发现，在我看来，我还像是受到你的鼓励。那会儿你教我做烧卖的事情也记得清清楚楚，现在我也还会做。先泡糯米，过夜。然后把糯米煮熟或者蒸熟。切香菇丁和猪肉糜放在一起翻炒，再放点料酒啊酱油啊调味，和糯米搅拌在一起。最后放在烧卖皮子里捏一捏就好了。过程虽然漫长琐碎，做的时候却非常忘我。"

"完全不是这样的。因为日常生活非常非常地难熬，我又不得不把它应付过去。有一天大雪停课，我记得我一边和你打电话聊天，一边在盘点家里的食物。那会儿冰箱里只有两个鸡蛋。"

"但是当时——"

"当时肯定没法清晰地察觉到的，我也是刚刚突然想到的，想起那个冬天。怎么说呢，就是假开心，没错。"

从居酒屋出来，我和小山陪阿敏坐在门口的花坛边抽了一根烟，然后我们又互相拍了些合影，不知为什么有种想要留作纪念的冲动。那时天色尚未完全变黑，对我来说，有一些瞬间像是回到了大学时代。可能是因为天气的缘故，也可能是因为跟前的这两个人。初夏，空气里充满花香和雨水的气味。一种青春的幻觉，却又被无法描述的阴影笼罩。

"我说，我们不如换个地方继续喝酒吧！"小山建议。

结果却只剩我和小山两个人转场继续找了一间酒吧。虽然是初次见面，但在居酒屋里已经都喝大了，所以也不觉得有什么尴尬。我们没有在酒单上多加停留便各要了一杯威士忌——刚刚从闹哄哄的居酒屋出来，当然要一杯威士忌。我要了双份的普通威士忌，兑了水，加了冰块。小山要了单份的单麦，很快喝完，又要了一杯同样的。等我喝完，又照他的点了相同的。几个回合以后，我们对对方的选择都非常赞赏。

"你有没有觉得阿敏发生了什么变化。"小山这样问我，当然是已经有了一个预设，希望我能够认同他的想法。

"为什么这样说呢。"我心想，可谁不是在难熬的时光里变化着呢。

"因为很难和她聊天了。她常常心不在焉，我们也很容易争吵，感觉彼此间失去了一种朋友间的信任，也就是说，感觉对方是在伤害自己，因此而启动了防御机制。我想大概导火线就是毕业论文的事情，我说了很多愤怒的话，但是愤怒对她来说没有任何意义。她觉得我对她的人生指手画脚，而且感觉我在轻视和侮辱她。"

"她应该也正在经历人生中非常痛苦的时期吧。虽然说之前在感情上也碰到问题，但是在学业或者其他任何方面都没费过神。"

"大概是吧。不管怎么说，她在很长一段时间里是我最好的朋友。"

"她嘛，总是说她的人生被你毁了。当然这是一种褒义的说法。"

"这样啊。"

"也说不准到人生的某个点上你们又会在一起的。"

"不会的。"小山坚定地说，似乎认真地思索了下，"但是现在啊，再也没有人能和我聊摇滚乐了。"

"诶？"

"以前阿敏是唯一一个会和我聊摇滚乐的人。"

我虽然也和阿敏一起听了不少摇滚乐，车里始终摆着几张老掉牙的摇滚唱片，前些年还在北京看了九寸钉乐队的现场演出，却对摇滚乐说不上有多少了解。有时会有强烈的身体性伤感，或者一瞬而逝的心灵的震动，但说到底，完全无法了解在大学时代的无数个漫漫长夜，阿敏和小山聊着的摇滚到底是什么，也因此其实无法了解他们之间的感情。尽管很想问问，关于摇滚乐，你们都在聊些什么呢。但想来想去，还是没能问出口。

于是我们喝到这间酒吧打烊，又换了一间。

第二天傍晚我和小山继续约在一间粥店见面。我们的脸色都非常糟糕，即便是白粥上漂着的一点油花都让我感觉恶心。周围人的讲话声则如同打雷。小山也比我好不到哪里去，我们勉强吞下两口粥，嚼了碟子里的几颗盐煮毛豆，便落荒而逃。

在陪我走去地铁站的路上，小山坚持在便利店里买了一罐啤酒。

"还魂酒。"他咕咚咕咚喝起来，然后把剩下的一半递给我，"你也应该喝点,这样会感觉舒服些。"

"我再也不要喝酒了。"我咬紧牙关。

"这样的话我说过几百遍,转头就忘记了。"

"我现在痛苦得要命,绝对不会忘记。"

"真高兴啊,没想到和你喝酒是一件很高兴的事情,我们认识了那么久竟然从来没有一起喝过酒,感觉浪费了很多年。连你都已经快三十岁啦,我认识你的时候,你才只有二十岁。我就更加老了,快要变成奇怪的大叔了。"尽管面如菜色,但小山看起来却很有兴致,"你是什么时候开始喝酒的啊?"

"唔——"

谁会记得这种事情。父母虽然也都能喝一点,但是仅限于偶尔晚饭时两个人一块儿喝一罐啤酒,家庭遗传什么的完全说不上。第一次喝酒应该是工作以后的事情,酒量肯定不算好,喝起酒来却有一种毫不含糊的气势,而且酒品很好,从来没有因为喝醉而给人添过麻烦(我也很头痛那些动不动就把自己灌倒在桌上的人),所以朋友们喝酒都喜欢叫上我。

正这样想着,我们经过了第二个便利店,小山自然又跑进去买了一罐相同的啤酒,噗一声打开。我念大学的时候,交过一个爱喝酒的男友,当时是位乐手(后来竟然进了投资银行),很喜欢在便利店里买瓶装的啤酒,还有用牙齿撬开瓶盖的绝技。我们常常夜晚在学校附近溜达,他必然是一手拉着我,一手握着啤酒,作为一个少年,他大概是迫切地想要用这种方式成为一个潇洒的成年人。我想起这些,是因为眼前的小山却是一个彻彻底底的成年人,不管是他的穿着,还是他拿着易拉罐的方式都称不上是潇洒。

"今天晚上本来要去相亲的唉。"小山突然说。

"啊?"我吓了一跳。

"家里有一个怪讨厌的亲戚,不知道为什么认识一大把单身女青年,隔三岔五地打电话给我妈妈。所以常常会需要出门去见陌生女人。"

"你没有反抗吗?"

"为什么要反抗啊。我自己也会上相亲网站的,还在上面费了不少时间呢。"

"什么!"

"我是个非常典型的 IT 男啊,再说晚上总要吃饭的,和另外一个人吃顿饭好像也不是什么很为难的事情。不过至今为止还没遇见合适的人。哦,有一个人倒是成了公司的客户。"

"对于结婚这件事情你到底是怎么看待的?"

"有朝一日,沉湎感官、欢娱和自我的生活多半会变得枯槁,消逝,然而在这之前还有充裕的行乐时间。前几天看的一个傻×电影里是这样说的,竟然有点道理。我是非常喜欢现在的生活的,一种彻底的自由。说起结婚,其实一点都不想,根本没法想象和另外一个人共享生活空间。但为什么还要这样做呢,因为我是IT男啊,我喜欢可以运行的规则。"

说到这儿,我们走到地铁站了,小山手里握着今天路上的第三罐啤酒。

"今天的天气太闷热啦。"他笑嘻嘻地说。

"你实在是喝得太多了。"我告诉他。

"我知道啊。"他还是笑嘻嘻的。

接下来的大半年,不知不觉地,我和小山喝了很多次酒。阿敏也参加过一两次,但是她坚持认为自己没有微不足道又无处安放的情绪,而且她对失控这件事情非常戒备,认为喝酒是一种无意义的纯粹消耗。一旦抱定这种想法,便也很难向她解释清楚,喝酒对于我们来说(至少对于我)和情绪并没有多大关系。借酒消愁这回事,确实也曾经发生过,但是经历过几次严重的宿醉以后,早就已经不那么干了。反而是在高兴或者放松的时候更想喝酒,而喝酒多半也是为了在自由自在的状态里多停留一会儿。没有什么我不喜欢喝的酒,前几年觉得黄酒难喝,现在却也迷上了绍兴咸亨酒店里卖的酒。唯一不主动喝的大概就是烧酒了,不过偶尔兑在其他饮料里也可以接受。

后来,不仅和小山两个人喝酒,与朋友的酒局也会叫上他。当他不再以邮件、聊天记录和转述的形象出现时,竟然是一个热情洋溢的人。我不知道这种印象的变化是由于实体和语言的转换造成的,还是由于他被安放于外部世界的自我经历了我们所不知道的种种。自那次见面以后,我们三个人之间的交流就被固化了,正逢MSN宣告停止服务,我们也顺势不再以文字这样非实体的方式沟通。

没有人不喜欢小山。他有趣,利落,喝起酒来节奏感也好得很。有一回我们在卡拉OK,一次毫无意义的聚会。小山来的时候拖着一只拉杆箱,里面装着金酒、朗姆、伏特加,剩下的空间里塞满了罐装啤酒,打开以后把所有人都吓了一跳。

直到现在,我们都还在谈论这场酒,因为都喝大了,又哭又笑,像是我们年轻的友情的巅峰。仿佛剩下的人生,都不可能再喝到那么大。我们在小山的指挥下,两轮伏特加的shot过后,紧接着几轮兑过苏打水的金酒和朗姆,然后才打开啤酒慢慢喝。不断有人跑出去吐,也不断有人跑出去买回来新的啤酒。

最后我和小山走在清晨的马路上,疲惫万分,感觉既快乐,又恐惧。

我们就这样,每周喝一次酒,直到第二年,小山的身体出了问题。

小山的股骨头有一部分坏死,医生诊断慢性酒精中毒。治疗的办法是从膝盖上截下另一块细的软骨,放到股骨头里面作为救援。右腿先开刀,休息一段时间以后,再开左腿。

"那膝盖那边被截掉的骨头怎么办?"

"空在那里就好了。会有神经长出来,所以没有大碍。"他在电话里保持着轻描淡写的积极,"不过大概要重新思考一下喝酒的问题。"

"怎么会这样啊。"

"就跟河流是一个道理。清澈的河水流得轻快,污浊的河水则容易淤积。过度的酒精让血液变得黏稠,股骨头附近细小的血管就被堵住了。导致骨头最后塌方。"他耐心地向我解释,然后关照说,"先不要告诉阿敏。"

"诶?"

"觉得怪不好意思的。毕竟我一直给人乐观和有纪律感的印象。"

阿敏并没有这样想过吧,我私下琢磨。但是他这样说也没错。我见过不少饮酒过量的人(有可能是什么奇怪的性格吸引,总之我很容易遇见消沉的人,或者缺乏理性思维的人,还交往过患有抑郁症的男友),但是小山无论怎么看都不像会有酗酒问题。这个人群拥有可以归纳的特征——像是自卑或者由此而导致的极度骄傲,爱说丧气话,暴躁,争强好胜以及偏执。我早说过,这些和小山毫无关联,从他身上,甚至无法明确地观察到幽暗的栖所。

况且我从没真正见他喝醉过,呕吐,断片,丧失行动力,这些全都没有发生过。哪怕喝大了,也不会抱怨,或者说起什么伤心的事。而且他经济宽裕,事业看起来势头十足,也没有提起过任何一位女性。尽管对他的日常生活一无所知,却不知为什么可以确定,他完全没有在谈恋爱。倒是我和阿敏各有各的问题。阿敏在和一个讨厌的家伙谈着以结婚为目的的恋爱,我虽然没有在谈恋爱,却不时和这个或者那个人上床,惹了不少烦心事。

要喝多少酒才能把骨头喝到崩坏,这件事情发生在小山身上,真是怎样都无法理解。

只有在极其偶尔的情况下,能够感觉到他性格中的一些缝隙,但是人人都有这样的缝隙,没什么大不了。确实有几次,在喝大了以后,我能听见性格的板块彼此碰撞着,缝隙里发出细微的声响。不过我也无从辨认,那是来自于我自己,还是来自于小山。

唉,再这样想下去,几乎要气恼起来。

小山右腿动手术前的一周,我们讲好出来走走,正好也是星期五,是我三十一岁生日。我提议说不如就吃顿饭吧,或者做点其他什么,不要再喝酒了。但是这样提议以后,却始终想不出什么值得一去的地方。

"没事的,反正马上就要换上新的骨头了,现在的情况已经不会更糟糕了。"小山说得倒也挺有道理,于是我们在路上走了一会儿,又走进了那间卖芝士煮毛豆的酒吧。先喝了两杯调得浓浓的内格罗尼,接着点了大份烤肉和松露薯条,心里也已经盘算好了之后要喝些什么酒。

"手术是要全身麻醉的唉。"小山一边痛快地大吃,一边和我说起具体细节,膝盖那里的骨头如何拆下来,髋关节又要怎么处理。据说已经把之后三个月要用到的双拐和助步器都准备好了。嘴里嚼着烤肉喷香的油脂听他讲这些,真是有点奇怪。

"需要帮忙的话,要记得告诉我和阿敏。"

"你怎么也说起这样的话来。有一回我和阿敏说起我俩喝酒的事情,知道她是怎么说的吗——那是因为你俩都是自私冷漠的混蛋。"他模仿着阿敏的口气,接着乐不可支地笑起来。

"什么啊。"

"和医生讨论完手术方案,我回到家里,打算把所有酒都收起来,确实是下了决心。但结果却照例喝掉了小半瓶山崎,完全喝翻啦。一边喝一边思索着,为什么要喝酒。因为喝酒本身真是一件愉快的事情啊。你也是这样想的吧。"

"可是——"

"有时候会遇见这样的人。他们喝酒,是希望能在酒精的作用下更好地倾诉。倾诉原本就是可怕的玩意儿,他们无端把自己的苦恼放大,既絮叨,又不懂礼貌,讨厌得很。"

"是啊。喝酒就是喝酒,是不掺杂任何其他愿望的。"

"但可能是因为喝了太多酒,便会把这种想法贯穿到整个人生里,我想,阿敏说的其实是这个意思吧。在我们看来潇洒和专注的事情,在旁人看来就变成了冷漠,甚至是自私的,会造成伤害的行为。"

尽管我其实并不知道小山确切是在讲什么,但我还是点了点头。我突然想要一杯双份威士忌,小山却建议我还是换成啤酒吧,现在喝威士忌还为时过早。于是我要了一杯波本威士忌做底的鸡尾酒,小山要了加冰块的龙舌兰。然后我们一人点了一盘芝士毛豆。推门进来的客人湿漉漉的,身上带着雨水的气味,外面不知从什么时候下起了大雨。我们闷头喝了一会儿,周围的桌子渐渐全都坐满了。

"你会有那种感觉吗,好景不长在。"小山继续说。

"常常这样想。"

"正是这样，所以希望维持住现在的样子。就拿此刻来讲，坐在这儿喝酒多好，不用想着手术的事情，过了今晚以后或许就再也不会畅快地喝酒了。再往久远点说，希望你们都不要结婚就好了。但大家总是渐渐变得严肃起来，不再傻乐，傻喝，傻玩。"

"你从来没有打算过结婚的事情吗。"

"一想到现在的生活可能会因为婚姻的介入而被打乱，就变得很紧张。如果结婚的话，就没法在每个星期五晚上跑出来和你喝酒啦。这样的事情或许也会被理解，但是需要去解释。手术的事情不想告诉阿敏，也是类似的原因。总之，不能忍受秩序被打乱。"

这会儿我们认识的酒保过来打招呼，送来两个伏特加 shot，于是三个人一块儿痛快地干了杯。又要了两轮酒以后，终于觉得差不多可以喝威士忌了。因为想要多待一会儿，慢慢喝，所以不约而同地要了比较便宜的白川。

"已经想不起来第一次和你喝酒是什么时候啦。"我说。

"唔，"小山掏出手机玩了一会儿，我吃完了盘子里的毛豆，然后他说，"去年的七月三十一日。"

"这么确切的日期是怎么说出来的。"

"我是 IT 男啊，IT 男从来不删除东西，所谓的删除就是给系统做个标记。你问我，我只要打开电脑看一下就好了，因为那天用手机拍了照片。"

"所有的记录都在？"

"嗯。不仅是数据的记录，还有各种大件物品的购买发票，所有手续的存单，租房合同，第一份工资单。基本就是我来上海的前十年里最值得保留的东西。"

"这种东西都留着干吗？"

"我想了想，正是因为我记得每个第一次的见面，才会对人与人的关系彻底绝望。"

我们从酒吧出来，天空中滚动着春雷，雨下得非常大，但是一点都不冷。我们在路灯底下走出几步，被从酒吧里奔出来的酒保唤住。他手里握着酒瓶，还有三个小杯子。于是我们停住脚步，跺着脚，干掉了今晚最后一杯酒。One shot!

此刻，我骑着自行车去医院里看望做完手术的小山，沿着城市靠河的西南岸，哼着歌，一路新月相伴。我有一种使命感，今晚除了探望小山，其他没有什么事情值得去做。小山事先发给我医院的地址，病床号码。除此之外还发给我一个链接。我在家里打开了，竟然是他在相亲网站的主页。页面上的照片是在他家里拍的，应该是找了一个最整洁的角落，他站在一排书架跟前，穿着浅色的衬衫,双手背在身后,显得亲切随和。个人简介里写着:"那种热咖啡都能一饮而尽的男子。"

想到这儿,我奋力踏着脚踏板,差点儿笑出声来。哈哈哈哈哈。

【作者简介】周嘉宁,女,1982年生于上海,毕业于复旦大学中文系,文学硕士。已出版长篇小说《荒芜城》《女妖的眼睛》,短篇小说集《我是如何一步步毁掉我的生活的》《撒谎精的时光宝盒》《杜撰记》《最后一次忘记你》等。现为中国作协会员,上海作协签约作家。

文学是一种礼物（编后语）

从 2001 年起，每至岁末，本刊编辑团队都会梳理过去一年曾选载的篇目，遴选出我们心目中足以代表当代小说创作实绩与态势的佳作，编辑成书。重新打开这十多卷《小说月报》年度精品集，宛如置身一段或近或远的旅程，沿途所领受的，既有来自时间的馈赠，也有文学自身溢出时间之外的魅力——时间的流动，使我们得以看取风景的不同侧面，了解当代小说演进的轨迹；而文学自身则不断把我们拉回一个原初的场景：与一篇动人心魂的作品不期而遇，常常能激发出分享的冲动，将它作为一份礼物，传递给更多知音。《小说月报》作为一本文学选刊的使命，以及编辑年度选本的动力，皆源自这里。与日新月异的商业模式与时代蓝图无关，我们与文学的关系本来就可如此简单明了，却又足以证明，在试图重新解释一切、重新定义一切的商品逻辑、资本逻辑之外，尚有一种属于文学的"礼物的逻辑"存在。

2014 年精品集的编后语中解释过将原来的年度选本一分为二的原因：《小说月报》历经三十多年的淘洗与沉淀，已在读者心中立住一席之地，自应有稳固的内核，却不必有森严的边界——内核稳固，方不至随波逐流，边界开放，所以能不拘一格，向充满可能性的外部开放。我们尝试以"实力"与"活力"为尺度，将过去一年值得分享的名家力作与小说新声分别结集，彰显《小说月报》坚守既有格局，又不断自我突破的努力。这一次的年度精品集依然同时推出两卷：《小说月报 2015 年活力作家精品集》侧重呈现 70 后、80 后作家的多元探索，《小说月报 2015 年实力作家精品集》则把视野投向备受读者期待的文坛名家，以及持续向深处开掘的实力作者。两卷选本合在一起，便是一份代表《小说月报》态度与品格的礼物，奉献给关注当代小说的读者。

本书入选作品分中篇、短篇两部分，均按本刊选载先后排序，书后附有《小说月报》2015 年选载作品总目录。编辑过程中，承蒙各位入选作者大力协助，值此机会表示最诚挚的谢意。感谢各界朋友对本刊始终如一的厚爱与支持，真诚期望您对我们工作中的不足之处，给予批评指正。

《小说月报》编辑部
2015 年 12 月

《小说月报》2015年总目录

中篇小说

增刊

短篇小说

开放叙事